Aquí estoy

Seix Barral Biblioteca Formentor

Jonathan Safran Foer
Aquí estoy

Traducción del inglés por
Carles Andreu

Obra editada en colaboración con Editorial Planeta – España

Título original: *Here I Am*

Diseño original de la colección: Josep Bagà Associats
Diseño de portada: Planeta Arte & Diseño
Fotografía del autor: © Jeff Mermelstein

© 2016, Jonathan Safran Foer
© 2016, Carles Andreu, por la traducción
© 2016, Editorial Planeta, S.A. – Barcelona, España
Seix Barral, un sello editorial de Editorial Planeta, S.A.

Derechos reservados

© 2016, Editorial Planeta Mexicana, S.A. de C.V.
Bajo el sello editorial SEIX BARRAL M.R.
Avenida Presidente Masarik núm. 111, Piso 2
Colonia Polanco V Sección
Deleg. Miguel Hidalgo
C.P. 11560, Ciudad de México
www.planetadelibros.com.mx

Primera edición impresa en España: octubre de 2016
ISBN: 978-84-322-2960-2

Primera edición impresa en México: octubre de 2016
ISBN: 978-607-07-3676-6

El discurso presidencial del capítulo «La palabra que empieza por
I» está adaptado a partir del que pronunció el presidente Obama
en 2010, después del terremoto en Haití.

Los poemas citados en la parte VII son «Año Uno» y «Progreso», de Franz Wright.

Radiolab, Invisibilia, 99 % Invisible y Hardcore History,
de Dan Carlin, proporcionaron la inspiración necesaria
para los *podcasts* que escucha Jacob.

MW: *Facing you.*

Impreso en los talleres de EDAMSA Impresiones, S.A. de C.V.
Av. Hidalgo núm. 111, Col. Fracc. San Nicolás Tolentino, Ciudad de México
Impreso en México - *Printed in Mexico*

Para Eric Chinski, que me ve,
y para Nicole Aragi, que me guía

I

ANTES DE LA GUERRA

VOLVER A LA FELICIDAD

Cuando empezó la destrucción de Israel, Isaac Bloch se debatía entre suicidarse y mudarse a una residencia judía. Había vivido en un departamento con libros hasta el techo y unas alfombras tan gruesas que si se te caía un dado lo perdías para siempre, y luego en un piso de una habitación y media con suelo de hormigón; había vivido en el bosque, bajo las estrellas indiferentes, y oculto bajo las tablas del suelo de un cristiano que, tres cuartos de siglo más tarde y a medio mundo de allí, mandaría plantar un árbol en honor a su propia superioridad moral; había vivido en un hoyo, durante tantos días que nunca más pudo volver a enderezar las rodillas; había vivido rodeado de gitanos, partisanos y polacos casi decentes, y en campamentos de refugiados y desplazados; había vivido en un barco donde había una botella en cuyo interior un agnóstico insomne construyó milagrosamente otro barco; había vivido al otro lado de un océano que nunca terminaría de cruzar, y encima de media docena de tiendas de comestibles que se había matado remodelando, para luego venderlas a cambio de un pequeño beneficio; había vivido junto a una mujer que comprobaba las cerraduras una y otra vez hasta romperlas, y que había muerto a los cuarenta y dos años sin soltar una sola palabra elogiosa por la boca, pero con las células de su madre asesinada todavía dividiéndose en su cerebro; y finalmente, durante el último cuarto de siglo, había vivido en Silver Spring, en un dúplex tranquilo como el interior de un globo de nieve, con un grueso volumen del fotógrafo Roman Vishniac destiñéndose sobre la mesita de centro, *Enemigos, una historia de amor* desmagnetizándose en el último reproductor de VHS operativo del mundo y una ensalada de huevo mutando en gripe aviar dentro de un refrigerador momificado con fotografías de sus bisnietos: unos niños guapísimos, auténticos genios libres de tumores.

Los horticultores alemanes habían podado el árbol genealógico de Isaac y le habían seguido el rastro hasta Galitzia, pero con «suerte» e «intuición», y sin ninguna ayuda de arriba, Isaac no sólo había trasplantado sus raíces a las aceras de Washington D. C., sino que había vivido lo suficiente para ver crecer nuevas ramas. Y, a menos que Estados Unidos se volviera contra los judíos —«hasta que», lo habría corregido su hijo Irv—, el árbol seguiría echando ramas y retoños. Desde luego, para entonces Isaac estaría otra vez en el hoyo. Nunca volvería a enderezar del todo las rodillas, pero a su ignota edad, con ignotas humillaciones asomando en un horizonte más o menos cercano, había llegado el momento de relajar sus puños judíos y aceptar el principio del fin. La diferencia entre rendirse y aceptar algo es la depresión.

Incluso dejando de lado la destrucción de Israel, el *timing* era bastante desafortunado: faltaban pocas semanas para el *bar mitzvá* del mayor de sus bisnietos, que Isaac marcó como la línea de meta de su vida cuando cruzó la anterior, el nacimiento del menor de sus bisnietos. Pero uno no puede controlar en qué momento el alma de un judío viejo decidirá abandonar su cuerpo, y éste dejará su codiciado departamento de un dormitorio para que lo pueda ocupar el siguiente cuerpo de la lista de espera. Como tampoco puede uno posponer ni meterle prisa a la llegada de la edad adulta. Aunque, por otro lado, comprar una docena de boletos de avión no reembolsables, reservar un piso entero del Washington Hilton y abonar un depósito de veintitrés mil dólares para un *bar mitzvá* que figura en el calendario desde las últimas Olimpiadas de invierno tampoco es garantía de que éste se acabe celebrando.

Un grupo de chicos iba por los pasillos de Adas Israel, riendo y pegándose puñetazos, con la sangre circulando a toda velocidad de sus cerebros en desarrollo a sus genitales también en desarrollo, en ese juego de suma cero que es la adolescencia.

—No, pero en serio —dijo uno, y la ese se le trabó en el aparato de ortodoncia—. Lo único bueno de las mamadas son las jaladas húmedas que las acompañan.

—Amén.

—Por lo demás, es como cogerte un vaso de agua con dientes.

—Es absurdo —añadió el pelirrojo, al que todavía le daban escalofríos cada vez que se acordaba del epílogo de *Harry Potter y las reliquias de la muerte*.

—Puro nihilismo.

De haber existido un Dios que juzgaba a los hombres, habría perdonado a aquellos chicos, consciente de que actuaban empujados por fuerzas al mismo tiempo externas e internas, y de que también ellos estaban hechos a su imagen y semejanza.

Se hizo el silencio mientras aflojaban el paso para ver cómo Margot Wasserman bebía agua de la fuente. Se decía que sus padres estacionaban dos coches delante de la puerta de su garaje de tres plazas porque tenían cinco coches. Se decía que a su perro Pomerania todavía no le habían cortado las pelotas, que eran como dos melones enanos.

—Carajo, yo quiero ser esa fuente —dijo un chico con el hebreísimo nombre Peretz-Yizchak.

—Pues yo quiero ser el hilo de su tanga.

—Pues yo me quiero llenar el pene de mercurio.

Hubo un silencio.

—¿Y eso qué diablos significa?

—Ya me entiendes —dijo Marty Cohen-Rosenbaum, nacido Chaim ben Kalman—, o sea..., que quiero convertir mi pene en un termómetro.

—¿Cómo? ¿Dándole sushi?

—O inyectándomelo. O lo que sea, ya me entiendes.

Cuatro cabezas dijeron que no con sincronía involuntaria, como si fueran espectadores de un partido de ping-pong. Y, entonces, en un susurro:

—Para metérselo por el culo.

Los otros tenían la suerte de que sus madres vivían en el siglo XXI y sabían que es posible tomar la temperatura con dignidad en la oreja. Chaim, por su parte, tuvo la suerte de que algo distrajera a los otros antes de que le pusieran un apodo del que ya no se habría librado jamás.

Sam estaba sentado en un banco, delante del despacho del rabino Singer, con la cabeza gacha y los ojos clavados en las manos, colocadas boca arriba sobre el regazo, como un monje a punto de arder. Los chicos se detuvieron y dirigieron todo su autoodio hacia él.

—Nos han contado lo que escribiste —le dijo uno, clavando un dedo en el pecho de Sam—. Te pasaste.

—Ya ves, cómo se te va, colega.

Era extraño, porque generalmente Sam sólo empezaba a sudar a mares cuando la amenaza ya arreciaba.

—No lo escribí yo, y no soy su —hizo unas comillas con los dedos— colega.

Podría haber dicho algo así. También podría haber explicado que las cosas no eran lo que parecían. Pero no lo hizo. En lugar de eso se limitó a tragar, como hacía siempre en la vida real, a este lado de la pantalla.

Detrás de la puerta, frente al escritorio del rabino, estaban sentados Jacob y Julia, los padres de Sam. No querían estar allí. Nadie quería estar allí. El rabino todavía tenía que hilvanar unas palabras que parecieran sentidas sobre un tal Ralph Kremberg antes de que empezara el sepelio, a las dos. Jacob habría preferido estar trabajando en la biblia de *El pue-*

blo agonizante, o registrando su casa en busca del celular extraviado, o por lo menos dándole a la palanquita de internet para recibir sus dosis de dopamina. En cuanto a Julia, se suponía que aquél era su día libre, y aquello era todo lo contrario de librar.

—¿Sam no debería estar también aquí? —preguntó Jacob.

—Creo que es preferible que tengamos una conversación adulta —respondió el rabino Singer.

—Sam es un adulto.

—Sam no es un adulto —dijo Julia.

—¿Porque le faltan tres versos para aprenderse de memoria las bendiciones que vienen después de las bendiciones de su *haftará*?[1]

Ignorando a Jacob, Julia puso una mano sobre el escritorio del rabino y dijo:

—Contestarle una impertinencia a un maestro es intolerable y queremos saber qué podemos hacer para corregir esta situación.

—Aunque, al mismo tiempo —intervino Jacob—, ¿no le parece que una expulsión es una medida un poco draconiana para algo que, puesto en perspectiva, tampoco es tan grave?

—Jacob...

—¿Qué?

En un esfuerzo por comunicarse con su marido sin que el rabino se diera cuenta, Julia se llevó dos dedos a la frente y meneó la cabeza al tiempo que ensanchaba las fosas nasales. Parecía más un entrenador de tercera base que una mujer casada, madre y miembro de la comunidad que intentaba evitar que el océano llegara al castillo de arena de su hijo.

—Adas Israel es un *shul*[2] progresista —dijo el rabino. Y, en un acto reflejo, Jacob puso los ojos en blanco como si le viniera una náusea—. Estamos orgullosos de nuestro largo historial cuando se trata de superar las convenciones cultura-

1. Pasaje del libro de Profetas.
2. Sinagoga.

les de cada momento y de buscar la luz divina, la *Or Ein Sof* de cada individuo. Los insultos racistas son algo que nos tomamos muy en serio.

—¿Perdón? —preguntó Julia, corrigiendo su postura.

—Es imposible —dijo Jacob.

El rabino soltó un suspiro de rabino y les pasó un papel por encima del escritorio.

—¿Mi hijo ha dicho todo esto? —preguntó Julia.

—Lo escribió.

—¿Qué es lo que escribió? —preguntó Jacob.

Negando con la cabeza, con incredulidad, Julia leyó la lista en voz baja:

—Árabe sucio, perro amarillo, puta, maricón, sudaca, judío asqueroso, negrat...

—¿Escribió la palabra que empieza por ene? —preguntó Jacob—. ¿Lo escribió con todas las letras?

—Con todas las letras —dijo el rabino.

Aunque debería haber priorizado el aprieto en el que se encontraba su hijo, Jacob se despistó pensando en por qué, de todo lo que había escrito, esa expresión era la única que no se podía repetir en voz alta.

—Tiene que haber algún malentendido —dijo Julia, que finalmente le pasó el papel a Jacob—. Sam recoge animales y los cuida hasta que vuelven a...

—¿«Carrete filipino»? Pero si eso ni siquiera es un insulto, es una postura sexual. Creo, vamos. Tal vez.

—No todo son insultos.

—De hecho, estoy casi seguro de que un «árabe sucio» también es una postura.

—Voy a tener que confiar en usted.

—Lo que quiero decir es que estamos haciendo una interpretación totalmente equivocada de esta lista.

—¿Qué ha dicho Sam? —preguntó Julia, ignorando una vez más a su marido.

El rabino se hurgó en la barba, buscando las palabras como un macaco busca piojos.

—Lo ha negado todo. Categóricamente. Pero las palabras no estaban ahí antes de la clase y él es el único que se sienta en ese pupitre.

—No ha sido él —dijo Jacob.

—Es su letra —comentó Julia.

—Todos los niños de trece años escriben igual.

—No ha sabido encontrar otra explicación para esto —dijo el rabino.

—Es que no tiene por qué hacerlo —repuso Jacob—. Y, por cierto, si Sam hubiera escrito todo eso, ¿por qué diablos lo habría dejado en su pupitre? Es tan descarado que sólo eso ya demuestra su inocencia. Como en *Instinto básico*.

—Pero al final en *Instinto básico* sí había sido ella —dijo Julia.

—¿Ah, sí?

—Con el picahielos.

—Sí, seguramente tienes razón. Pero es una película. Es evidente que hay un chico genuinamente racista que se la trae contra Sam y que le ha endosado la lista.

Julia se volvió hacia el rabino.

—Nos aseguraremos de que Sam entienda que lo que escribió es ofensivo.

—Julia... —dijo Jacob.

—¿Bastaría una disculpa al profesor para que el *bar mitzvá* no peligrara?

—Es lo que yo tenía intención de sugerir, pero me temo que ya ha corrido la voz entre la comunidad. Y, claro...

Jacob resopló, frustrado, un gesto que o le había enseñado a Sam, o había aprendido de él.

—¿Es ofensivo para quién, por cierto? Hay una gran diferencia entre partirle la nariz a alguien y boxear con un contrincante imaginario.

El rabino se quedó mirando a Jacob.

—¿Dirían que Sam está pasando por un momento difícil en casa? —preguntó.

—Está muy agobiado con los deberes... —dijo Julia.

—No ha sido él.

—Y se ha estado preparando para el *bar mitzvá*, que, por lo menos en teoría, supone una hora más cada noche. Y luego están también el chelo, el futbol. Además, su hermano menor, Max, pasa por una fase existencial que está resultando dura para todos. Y el más pequeño, Benjy...

—Parece que tiene muchos frentes abiertos —la interrumpió el rabino—. Y me compadezco de él. Exigimos mucho a los niños, mucho más de lo que nos exigieron a nosotros. Pero me temo que el racismo no tiene cabida aquí.

—Por supuesto que no —dijo Julia.

—Un momento. ¿Está llamando *racista* a Sam?

—Yo no he dicho eso, señor Bloch.

—Ya lo creo, ¡pero si lo acaba de decir! Julia...

—No recuerdo sus palabras exactas.

—«El racismo no tiene cabida aquí», eso es lo que he dicho.

—El racismo es lo que expresan los racistas.

—¿Ha mentido usted alguna vez, señor Bloch? —En un acto reflejo, Jacob se llevó de nuevo la mano al bolsillo para tomar el celular—. Asumo que, como cualquier otra persona, ha dicho usted alguna mentira en la vida. Y, sin embargo, eso no lo convierte en un mentiroso.

—¿Me está llamando mentiroso? —preguntó Jacob, agarrando con fuerza la nada del bolsillo.

—Persigue usted sombras, señor Bloch.

Jacob se volvió hacia Julia.

—Bueno, lo de la palabra que empieza por ene está mal. Muy, muy, muy mal. Pero no es más que una expresión entre muchas.

—¿Estás diciendo que, considerada en un contexto más amplio de misoginia, homofobia y perversión, queda atenuada?

—¡Pero es que no ha sido él!

El rabino se revolvió en su silla.

—Si puedo hablarles con franqueza un momento —dijo, y se hurgó disimuladamente la nariz, de tal modo que, si alguien lo hubiera acusado de ello, podría haberlo negado—, para Sam no tiene que ser fácil ser el nieto de Irving Bloch.

Julia se reclinó en la silla y pensó en castillos de arena y en el santuario sintoísta que había llegado a la costa de Oregón dos años después del tsunami.

Jacob se volvió hacia el rabino.

—¿Disculpe?

—Como modelo para un niño, digo.

—Vaya, veo que nos vamos a divertir.

El rabino se dirigió a Julia:

—Estoy seguro de que saben a qué me refiero.

—Lo sabemos perfectamente.

—No, no lo sabemos.

—A lo mejor si Sam no tuviera la sensación de que puede decir lo que sea, por muy...

—¿Ha leído usted el segundo tomo de la biografía que Robert Caro escribió sobre Lyndon Johnson?

—No, me temo que no.

—Bueno, pues si fuera un rabino sofisticado y hubiera leído este clásico del género, sabría que las páginas 432 a 435 están dedicadas a Irving Bloch y a cómo hizo más que nadie en Washington, o en ningún otro lugar, para garantizar que se aprobaba la Ley del Derecho al Voto. Un niño no podría encontrar un mejor modelo que seguir.

—Un niño no tendría ni que buscar —dijo Julia, mirando al frente.

—A ver..., mi padre escribió algo lamentable en su blog. Sí, es verdad. Fue lamentable. Y también él lo lamenta; lo suyo es un bufet libre de lamento. Pero de ahí a sugerir que su pretensión de superioridad sea algo más que una inspiración para su nieto...

—Con todos mis respetos, señor Bloch...

Jacob se volvió hacia Julia:

—Oye, larguémonos de aquí.

—No, *oye*, hagamos lo que Sam necesita.

—Sam no necesita nada de lo que aquí le ofrecen. Fue un error obligarlo a hacer el *bar mitzvá*.

—¿Cómo? Jacob, no lo obligamos. A lo mejor le dimos un empujoncito, pero...

—No, con la circuncisión le dimos un empujoncito. Con el *bar mitzvá* lo obligamos, con todas las letras.

—Desde hace dos años, tu abuelo no hace más que decir que, si todavía aguanta, es sólo para llegar al *bar mitzvá* de Sam.

—Razón de más para no celebrarlo.

—Y queríamos que Sam supiera que es judío.

—¿De verdad crees que puede no saberlo?

—Que supiera *ser* judío.

—Judío, sí. Pero ¿religioso?

Jacob nunca había sabido responder a la pregunta «¿Es usted religioso?». Nunca había dejado de ser miembro de una sinagoga, nunca había dejado de hacer algún gesto hacia la *cashrut*,[3] nunca había dejado de asumir —incluso en sus momentos de máxima frustración con Israel, con su padre, con los judíos americanos o con la ausencia de Dios— que iba a criar a sus hijos con un grado mayor o menor de conciencia (y práctica) de lo que significa ser judío. Pero las dobles negaciones nunca han bastado para sustentar una religión. O, tal como diría tres años más tarde el hermano menor de Sam, Max, en su *bar mitzvá*: «Al final te quedas sólo con lo que te niegas a soltar». Y por mucho que Jacob deseara la continuidad (de la historia, la cultura, el pensamiento y los valores), por mucho que quisiera creer que existía un significado más profundo al que podían recurrir no sólo él, sino también sus hijos y los hijos de sus hijos..., la luz se le escurría entre los dedos.

Cuando empezaron a salir, Jacob y Julia se referían a menudo a una «religión para dos»; habría resultado embarazoso si no les hubiera parecido noble. Tenían su *sabbat*[4] particular: cada viernes por la noche, Jacob leía una carta que le había escrito a Julia a lo largo de la semana, y ella recitaba un poema

3. Pureza de los alimentos según la ley judía.
4. Sábado. La festividad judía.

de memoria; entonces, con las luces apagadas, desconectaban el teléfono, escondían los relojes debajo de los cojines de la butaca de pana roja y comían lentamente lo que lentamente habían preparado; por último, llenaban la bañera y hacían el amor mientras el nivel de agua iba subiendo. Los miércoles salían a pasear al alba: sin querer, la ruta, recorrida una y otra vez, una semana tras otra, se fue ritualizando, hasta que sus pasos quedaron marcados en la acera: eran imperceptibles, pero estaban ahí. Cada *Rosh Hashaná*,[5] en lugar de asistir al oficio, observaban el ritual del *tashlij*[6] y echaban migas de pan, que simbolizaban los remordimientos del año que terminaba, al río Potomac. Algunas se hundían y otras se las llevaba la corriente, que las arrastraba hasta otras orillas. Algunos remordimientos los tomaban las gaviotas y se los daban a sus crías, todavía ciegas. Cada mañana, antes de salir de la cama, Jacob besaba a Julia entre las piernas; no era un gesto sexual (el ritual exigía que aquel beso nunca condujera a nada), sino religioso. En los viajes habían empezado a coleccionar cosas cuyo interior parecía más grande que su exterior: el océano que hay dentro de una concha de mar, una cinta de máquina de escribir usada, el mundo de dentro de un espejo de azogue... Cada cosa parecía encauzada hacia el ritual —Jacob recogía a Julia del trabajo los jueves, cada mañana se tomaban el café en silencio, Julia reemplazaba los puntos de libro de Jacob con notitas— hasta que, como un universo que se ha expandido alcanzando su límite y se contrae de vuelta a su momento inicial, todo se perdió.

Algunos viernes por la noche era demasiado tarde y algunos miércoles por la mañana era demasiado pronto. Después de una conversación espinosa, se terminaron los besos entre las piernas, y ¿cuántas cosas pueden considerarse realmente más grandes por dentro que por fuera sin un poco de generosidad? (No se puede archivar el resentimiento en una estantería.) Se

5. Festividad de Año Nuevo.
6. Rito de Año Nuevo.

aferraron a lo que pudieron e intentaron no admitir que se habían vuelto seculares. Pero de vez en cuando, generalmente en una reacción a la defensiva que, a pesar de las mejores intenciones de ambos, sólo podía adoptar la forma de un reproche, uno de los dos decía: «Extraño nuestros *sabbats*».

El nacimiento de Sam pareció brindarles una nueva oportunidad, y lo mismo sucedió con el de Max y con el de Benjy. Una religión para tres, para cuatro, para cinco... Adoptaron el ritual de señalar la altura de los niños en el marco de la puerta el primer día de cada año —secular y judío—, siempre a primera hora de la mañana, antes de que la gravedad cumpliera con su tarea de compresión. Cada 31 de diciembre arrojaban sus propósitos de Año Nuevo a la chimenea; cada martes, después de la cena, la familia entera sacaba a Argo a pasear y leían los boletines de notas en voz alta, de camino a la tienda italiana donde compraban latas de *aranciata* y *limonata*, prohibidas durante el resto de la semana. Acostaban a los niños siguiendo un orden concreto, en función de complejos protocolos, y cuando era el cumpleaños de alguien, dormían todos en la misma cama. Observaban el *sabbat* a menudo —tanto en el sentido de contemplar la religión de forma consciente como de respetarlo—, tomando *jalá*[7] de Whole Foods y jugo de uvas *kosher*,[8] y con velas de cera de abejas en peligro de extinción en candelabros de plata de antepasados ya extinguidos. Después de las bendiciones, y antes de comer, Jacob y Julia se acercaban a los niños y, uno por uno, les susurraban al oído algo de lo que se habían sentido orgullosos aquella semana. La intensa intimidad de unos dedos que se hundían en el pelo, de un amor que no era secreto pero que había que expresar con susurros, hacía temblar los filamentos de los focos.

Después de cenar llevaban a cabo otro ritual cuyo origen nadie recordaba, pero cuyo sentido nadie cuestionaba. Los cinco cerraban los ojos y se dedicaban a dar vueltas por la

7. Pan del sábado.
8. Alimento puro.

casa. Aunque estaba permitido hablar, hacer tonterías y reírse, la ceguera siempre los volvía silenciosos. Con el tiempo, fueron desarrollando una tolerancia a la oscuridad silenciosa y podían llegar a aguantar diez minutos, más tarde incluso veinte. Al terminar, se reunían todos en la mesa de la cocina y volvían a abrir los ojos al mismo tiempo. Cada vez era una revelación. No, dos revelaciones: la extrañeza que les causaba una casa en la que los niños habían vivido durante toda su vida y la extrañeza de ver.

Un *sabbat*, mientras iban en coche a visitar a su bisabuelo Isaac, Jacob dijo:

—Una persona se emborracha en una fiesta y, volviendo a casa, atropella a un niño y lo mata. Otra persona se emborracha igual, pero toma el coche y vuelve a casa sin contratiempos. ¿Por qué el primero va a la cárcel para el resto de su vida y el segundo se levanta al día siguiente como si no hubiera pasado nada?

—Porque el primero ha matado a un niño.

—Pero, en términos de lo que hicieron mal, los dos son igualmente culpables.

—Pero el segundo no ha matado a un niño.

—Sí, de acuerdo, pero no porque fuera inocente, sino sólo porque ha tenido más suerte.

—Bueno, pero aun así el primero ha matado a un niño.

—Pero, cuando pensamos en la culpa, ¿no deberíamos tener en cuenta las acciones y las intenciones, además de los resultados?

—¿Qué tipo de fiesta era?

—¿Cómo?

—Sí, eso, y ¿qué hacía un niño en la calle a esas horas?

—Yo creo que el tema aquí es si...

—Sus padres deberían haberse ocupado de él. A ésos sí que habría que mandarlos a la cárcel. Aunque supongo que entonces el niño se quedaría sin padres. A menos que se fuera a vivir a la cárcel con ellos, claro...

—Se te olvida que el niño está muerto.

—Es verdad.

A Sam y a Max les fascinaba el concepto de «intención». Una vez, Max había entrado corriendo en la cocina, llorando y agarrándose la barriga. «Le di un puñetazo —admitió Sam desde su cuarto—, pero ha sido sin querer.» Para vengarse, Max pisoteó el chalet de Lego que Sam casi había terminado de construir, y acto seguido dijo: «No lo hice adrede; sólo quería pisar la alfombra muy fuerte». Le daban brócoli a Argo bajo la mesa «por accidente». No se preparaban para algunos exámenes «a propósito». La primera vez que Max le dijo a Jacob «cállate» —como respuesta a la inoportuna sugerencia de que se tomara un descanso de un clon del Tetris justo cuando estaba a punto de entrar en la lista de las diez mejores puntuaciones del día, aunque en realidad tenía prohibido jugar—, soltó inmediatamente el celular de su padre, se le acercó corriendo, lo abrazó y, con los ojos vidriosos por el miedo, dijo: «No lo dije en serio».

Cuando Sam se machucó los dedos de la mano izquierda en el quicio de la pesada puerta de hierro y empezó a gritar «¿Por qué tuvo que pasar?», una y otra vez, «¿Por qué tuvo que pasar?», y Julia, abrazándolo con fuerza mientras la sangre le empapaba la camisa, como le ocurría años atrás con la leche materna cada vez que oía llorar a un bebé, respondió simplemente: «Te quiero, estoy aquí», y Jacob dijo: «Tenemos que ir a urgencias»; Sam, que temía a los médicos más que a nada de lo que un médico pudiera hacer, suplicó: «¡No, no tenemos que ir! ¡De verdad que no! ¡Fue a propósito! ¡Lo hice a propósito!».

El tiempo pasó, el mundo se fue imponiendo, y a Jacob y a Julia se les empezó a olvidar hacer las cosas por un motivo. Y como los propósitos de Año Nuevo, y los paseos de los martes, y las llamadas telefónicas a los primos de Israel, y las tres bolsas rebosantes de comida de la tienda de especialidades judías que le llevaban al bisabuelo Isaac el primer domingo de cada mes, como faltar al colegio para ver el primer partido de la temporada de los Nationals en casa, y cantar *Singing in the Rain* montados sobre Ed la Hiena en el túnel de lavado, y los «diarios de agradecimiento», y las «inspecciones auditivas», y la tradición anual de elegir una calabaza, vaciarla y tostar las semillas y ver cómo pasaba un mes descomponiéndose, aquel orgullo expresado entre susurros se perdió.

El interior de la vida se volvió mucho más pequeño que el exterior y creó un hueco, un vacío. Por eso el *bar mitzvá* parecía tan importante: porque era el último hilo de un ronzal desgastado. Si se rompía, de lo que Sam tenía tantas ganas, y tal y como Jacob, en contra de lo que realmente necesitaba, parecía sugerir en aquel momento, no sólo Sam sino toda la familia saldrían despedidos y quedarían flotando en el vacío, donde dispondrían del oxígeno suficiente para la vida, sí, pero ¿para qué tipo de vida?

Julia se volvió hacia el rabino.

—Si Sam se disculpa...

—¿Por qué va a disculparse? —preguntó Jacob.

—Si se disculpa...

—¿Y delante de quién?

—De todo el mundo —dijo el rabino.

—¿De todo el mundo? ¿Todo el mundo vivo y muerto?

Jacob pronunció aquella frase («todo el mundo vivo y muerto») no a la luz de lo que estaba a punto de suceder, sino inmerso en la oscuridad absoluta del momento: este episodio tuvo lugar antes de que un aluvión de plegarias dobladas floreciera en el Muro de las Lamentaciones, antes de la crisis en Japón, antes de los diez mil niños desaparecidos y de la Marcha del Millón, y antes de que *Adia* se convirtiera en la palabra más buscada de la historia de internet. Antes de las réplicas devastadoras, antes del alineamiento de nueve ejércitos y de la distribución de pastillas de yodo, antes de que Estados Unidos no enviara los F-16, antes de que el Mesías estuviera demasiado distraído o ausente para despertar a los vivos o a los muertos. Sam se estaba convirtiendo en un hombre. Isaac se estaba debatiendo entre suicidarse y mudarse de su casa a una residencia.

—Queremos pasar página —le dijo Julia al rabino—. Queremos hacer lo correcto y celebrar el *bar mitzvá* según lo planeado.

—¿Disculpándonos por todo delante de todos?

—Queremos recuperar la felicidad.

Jacob y Julia percibieron en silencio toda la esperanza, la tristeza y la extrañeza que contenía aquella frase, mientras la última palabra se disipaba por la habitación y se posaba encima de las pilas de libros religiosos y de la alfombra manchada. Se habían extraviado, habían perdido el norte, pero no la creencia de que era posible volver al camino, aunque ninguno de los dos supiera exactamente a qué felicidad se refería Julia.

El rabino entrecruzó los dedos, como hacen los rabinos, y dijo:

—Hay un proverbio hasídico que dice: «Persiguiendo la felicidad nos alejamos de la satisfacción».

Jacob se levantó, dobló el papel, se lo metió en el bolsillo y dijo:

—Se equivoca de persona.

AQUÍ (NO) ESTOY

Mientras Sam esperaba sentado en el banco de enfrente del despacho del rabino Singer, Samanta se acercó a la *bema*.[9] Sam la había construido con madera de olmo digital que había recuperado del fondo de un lago digital de agua dulce que había excavado él mismo y en el que había sumergido un pequeño bosque hacía más o menos un año, cuando, como un perro inocente al que colocan encima de uno de esos diabólicos suelos electrificados, había aprendido el significado de la indefensión.

«Que quieras o no celebrar el *bar mitzvá* no tiene relevancia —le había dicho su padre—. Pero intenta verlo como algo estimulante.»

Porque ¿a qué venía su obsesión con la crueldad animal? ¿Por qué aquella atracción irrefrenable hacia unos videos que sabía que no harían más que reforzar lo que ya pensaba de la humanidad? Pasaba una cantidad ingente de tiempo buscando manifestaciones de violencia: crueldad animal, sí, pero también peleas de animales (tanto organizadas por humanos como espontáneas), animales que atacaban a personas, toreros que se llevaban su merecido, skaters que se llevaban su merecido, rodillas de atletas que se torcían hacia donde no debían, peleas entre vagabundos, decapitaciones por helicóp-

9. Tribuna.

teros y mucho más: accidentes con trituradoras de basura, lobotomías con antenas de coche, víctimas civiles de guerras con armas químicas, lesiones masturbatorias, cabezas chiíes clavadas en postes de verjas suníes, negligencias quirúrgicas, víctimas de quemaduras de vapor, videos tutoriales sobre cómo amputar las partes cuestionables de animales muertos en la carretera (como si hubiera partes no cuestionables), videos tutoriales sobre suicidio indoloro, como si eso no fuera imposible por definición, etcétera, etcétera, etcétera. Las imágenes eran objetos afilados que usaba contra sí mismo: había muchas cosas dentro de él que tenían que salir al exterior, pero el proceso requería heridas.

Durante el silencioso trayecto de vuelta a casa, Sam exploró la capilla que había construido alrededor de la *bema*: las patas en forma de garras de tres dedos que sostenían los ingrávidos bancos de dos toneladas; los nudos gordianos de los flecos que adornaban los extremos de la alfombra del pasillo central; los libros de oraciones, cuyas palabras se actualizaban continuamente usando sinónimos: «Dios es Uno... El Señor está Solo... El Todopoderoso está Abandonado...». Pasado el tiempo necesario, las plegarias volverían, aunque sólo fuera por un instante, al origen. Pero aun en el caso de que la esperanza de vida siguiera creciendo un año cada año, transcurriría una eternidad antes de que la gente viviera eternamente, de modo que lo más probable era que nadie llegara a verlo.

La presión acumulada en el interior de Sam solía adquirir la forma de una luminosidad inútil y no compartida, y mientras su padre, sus hermanos y sus abuelos comían en la planta baja, mientras hablaban sin duda sobre los hechos de los que lo habían acusado y se preguntaban qué debían hacer con él, mientras se suponía que él debía estar memorizando el texto hebreo y la melodía judía de una *haftará* cuyo significado no le interesaba a nadie, él creaba vidrieras animadas. En la ventana de la derecha de Samanta aparecía el pequeño Moisés arrastrado por las aguas del Nilo, rodeado de madres. Era un *loop*, pero estaba empalmado de tal forma que evocaba un viaje sin fin.

A Sam se le ocurrió que sería genial convertir el ventanal más grande en una representación en constante evolución del Presente Judío, de modo que, en lugar de aprenderse aquellos estúpidos *ashrei* que no servían para nada, escribió una serie de comandos que elegían palabras clave de un *feed* de Google News relacionado con cuestiones judías, las pasaba por una búsqueda improvisada de videos (que descartaba las repeticiones, las pistas falsas y la propaganda antisemita), aplicaba un filtro a esos resultados (escalando las imágenes para que encajaran con el marco redondo y retocando los ajustes de color para dar una mayor impresión de continuidad) y proyectaba las palabras en el vitral. La idea en su cabeza era mejor que el resultado real, pero eso pasaba siempre.

Alrededor de la capilla había construido la sinagoga propiamente dicha: el laberinto de pasadizos con bifurcaciones literalmente infinitas; las fuentes de jugo de naranja y los orinales hechos con los huesos de cazadores furtivos de elefantes; las montañas de porno donde la mujer se sienta sobre la cara del hombre, pornografía genuinamente adorable y no misógina, almacenada en la sala de depósitos del centro social del Club para Caballeros; la irónica plaza para discapacitados del estacionamiento para carritos de bebé; el muro conmemorativo cubierto de pequeños focos que no funcionaban nunca, junto a los nombres de aquellos a quienes deseaba una muerte rápida e indolora, pero muerte al fin y al cabo (antiguos mejores amigos, gente que hacía a propósito que las toallitas para el acné picaran, etcétera); varias cuevas para besarse, donde chicas sensibles y bastante simpáticas vestidas como anuncios de American Apparel y que escribían *fan fiction* de Percy Jackson dejaban que los chicos más torpes les chuparan sus tetas perfectas; pizarras que soltaban descargas de seiscientos voltios cuando las arañaban abusones estúpidos y repelentes a quienes estaba claro —para todo el mundo excepto para Sam— que les quedaban quince años para convertirse en imbéciles panzones, con trabajos soporíferos y esposas regordetas; pequeñas placas omnipresentes que atestiguaban que era gracias a la generosidad de Samanta, a su bondad elemental, a su amor, a su compasión, a su sentido de la justicia y del beneficio de la duda, a su decencia, a su valor intrínseco, a su carácter en absoluto desagradable y cero tóxico, que existía la escalera hacia el techo, que existía el techo y que existía un Dios almacenándose perpetuamente en el búfer.

Originalmente, la sinagoga se alzaba en los límites de una comunidad que se había formado alrededor de un amor compartido por los videos en que perros que han hecho una travesura exteriorizan su culpa. Sam podía pasarse todo un día mirando videos de ésos —en más de una ocasión lo había hecho— sin entrar a analizar por qué le gustaban tanto. La explicación fácil habría sido que empatizaba con el perro, y desde luego algo de verdad había en ella. («¿Has sido tú, Sam? ¿Escribiste tú esas palabras? ¿Te portaste mal?»). Pero también se sentía próximo a los dueños. Todos esos videos eran obra de personas que querían a sus perros más que a sí mismos; las «reprimendas» eran siempre exageradas y bienintencionadas, y todas terminaban con reconciliación. (Sam había intentado hacer alguno, pero Argo era demasiado viejo y estaba demasiado hecho polvo para hacer nada que no fuera cagarse encima, algo que difícilmente admite reprimendas bienintencionadas.) Así pues, tenía que ver con el pecador, pero también con el juez, con el miedo a que no te perdonaran y con el alivio de que te volvieran a querer. A lo mejor en su siguiente vida sus sentimientos no lo absorberían todo y quedaría algo de él disponible para entender las cosas.

La ubicación original no tenía nada específicamente erróneo, pero así como la vida era un lugar donde las cosas estaban *más o menos* bien, en Other Life cada cosa tenía que ocupar exactamente el sitio que requería. Aunque nunca lo había expresado en voz alta, Sam creía que todo era susceptible de sentir deseo; más aún, que todo sentía deseo permanentemente. Por ello, después de la humillante bronca de su madre de esa misma tarde, pagó con moneda digital a unos transportistas digitales para que desmontaran la sinagoga en partes que cupieran en unos camiones enormes, las trasladaran y las volvieran a montar siguiendo una serie de capturas de pantalla.

—*Vamos a tener que hablar con papá cuando vuelva de la reunión, pero antes te tengo que decir algo. Es necesario.*

—*Vale.*

—*Deja de decir «vale».*

—*Lo siento.*

—*Deja de decir «lo siento».*

—*Creía que se trataba justamente de que me disculpara...*

—*Por lo que has hecho.*

—*Pero yo no he...*

—*Estoy muy decepcionada de ti.*

—*Ya lo sé.*

—*¿Y eso es todo? ¿No tienes nada más que añadir? ¿Como por ejemplo: «He sido yo y lo siento»?*

—*No he sido yo.*

—*Ordena este basurero. Da asco.*

—*Es mi habitación.*

—*Pero es nuestra casa.*

—*Ese tablero no lo puedo mover. Dejamos la partida a medias; papá me dijo que la terminaremos cuando ya no esté metido en este lío.*

—*¿Tú sabes por qué siempre le ganas?*

—*Porque me deja ganar.*

—*No te ha dejado ganar desde hace años.*

—*Porque se lo toma con calma.*

—*No es verdad. Le ganas porque a él le emociona matar figuras, pero tú siempre piensas cuatro movimientos por adelantado. Y eso hace que se te dé bien el ajedrez y que se te dé bien la vida.*

—*No se me da bien la vida.*

—*Cuando eres razonable, sí.*

—*¿A papá se le da mal la vida?*

Salió casi perfecto, pero los operarios de mudanzas son

31

menos casi perfectos que el resto de la humanidad, de modo que hubo algunos contratiempos en los que no se fijó casi nadie —¿quién, aparte de Sam, se iba a dar cuenta de que había una estrella de David abollada y colgada al revés?—, sobre todo porque, para empezar, casi nadie se fijó en la sinagoga. Pero la minúscula distancia que la separaba de la perfección hacía que se convirtiera en una mierda.

El padre de Sam le había pasado un artículo sobre un chico de un campo de concentración que, para celebrar su *bar mitzvá*, había excavado una sinagoga imaginaria y la había llenado de ramitas que conformaban una congregación silenciosa. Su padre, naturalmente, nunca habría podido imaginar que Sam lo leería, y nunca hablaron de ello, pero ¿cuenta como recuerdo estar constantemente pensando en algo?

Todo existía ni más ni menos que para aquella ocasión; los cimientos de toda la religión organizada habían sido concebidos, construidos y preservados para un brevísimo ritual. A pesar de la inmensidad incomprensible de Other Life, no había ninguna sinagoga. Y a pesar de su profunda reticencia a pisar una sinagoga real, tenía que haber una sinagoga. No deseaba que hubiera una, pero lo necesitaba: lo que no existe no se puede destruir.

LA FELICIDAD

Todas las mañanas felices se parecen entre sí, lo mismo que todas las mañanas infelices, y ésa es la base de la profunda infelicidad que provocan: la sensación de que esta infelicidad ya se ha producido anteriormente, de que cualquier esfuerzo por evitarla sólo servirá para reforzarla o acaso exacerbarla, y de que el universo, por las razones inconcebibles, innecesarias e injustas que sea, conspira contra la inocente secuencia de ropa, desayuno, dientes y remolinos rebeldes, mochilas, zapatos, chamarras y adiós.

Jacob había insistido en que Julia tomara su coche para ir a la reunión con el rabino Singer, así podría irse directamente y disfrutar todavía de su día libre. Atravesaron la escuela hasta el estacionamiento sumidos en un severo silencio. Sam nunca había oído hablar del derecho a permanecer callado, pero lo intuía. Aunque tampoco importaba: sus padres no querían hablar delante de él sin hablar primero a sus espaldas. Así pues, lo dejaron esperando en la entrada, entre los niños-hombre con bigote que jugaban a Yu-Gi-Oh!, y fueron a buscar sus coches.

—¿Quieres que compre algo? —preguntó Jacob.

—¿Cuándo?

—Ahora.

—Tienes que ir a casa, al *brunch* con tus padres.

—Sólo lo preguntaba por si puedo ahorrarte trabajo.

—No nos vendría mal pan para los bocadillos.

—¿De algún tipo en concreto?

—Del tipo que compramos siempre.

—¿Qué pasa?

—¿Qué pasa de qué?

—Pareces molesta.

—¿Tú no lo estás?

¿Había encontrado el celular?

—¿No vamos a hablar de lo que acaba de suceder ahí dentro?

No había encontrado el celular.

—Sí, desde luego que sí —dijo él—. Pero no en este estacionamiento. No con Sam esperándonos en las escaleras y con mis padres esperando en casa.

—Entonces ¿cuándo?

—¿Esta noche?

—¿Esta noche? ¿Así, con interrogantes? O: esta noche.

—Esta noche.

—¿Me lo prometes?

—Julia...

—Y no dejes que se encierre enfurruñado en su cuarto con su iPad. Que sepa que estamos enfadados.

—Ya lo sabe.

—Sí, pero quiero que también lo sepa mientras yo no esté.

—Lo sabrá.

—¿Me lo prometes? —preguntó ella, aunque esta vez pronunció la pregunta en tono descendiente en lugar de ascendiente.

—Y si no, por favor, que me parta un rayo.

Ella podría haber añadido muchas cosas, le podría haber puesto varios ejemplos de su historia reciente, podría haber explicado por qué lo que le preocupaba en realidad no era el castigo, sino cómo aquello iba a reforzar sus papeles como padres, ya casi calcificados y totalmente sesgados; pero lo que hizo, en cambio, fue darle un leve apretón en el brazo.

—Te veo esta noche.

Hasta entonces, el tacto siempre los había salvado. Por grave que fuera el enfado o el resquemor, por profunda que fuera su soledad, les bastaba con tocarse, incluso levemente, para recordar lo unidos que estaban. Una simple palma sobre el cuello y todo volvía. Una cabeza apoyada en el hombro. La reacción química era explosiva, el recuerdo del amor. A veces era casi imposible salvar la distancia que separaba sus cuerpos y tender la mano. A veces era totalmente imposible. Los dos conocían el sentimiento a la perfección, en el silencio de un dormitorio oscuro, contemplando el mismo techo: si pudiera abrir los dedos, los dedos de mi corazón se abrirían también. Pero no puedo. Quiero tenderte la mano y que tú me la tiendas a mí. Pero no puedo.

—Siento lo de esta mañana —dijo él—. Quería que tuvieras todo el día para ti.

—No has sido tú quien escribió esas palabras.

—Tampoco ha sido Sam.

—Jacob...

—¿Qué?

—No puede ser y no será uno de esos casos en los que uno le cree y el otro no.

—Pues créele.

—Está clarísimo que ha sido él.

—Créele de todos modos. Somos sus padres.

—Exacto. Y tenemos que enseñarle que los hechos acarrean consecuencias.

—Creerle es más importante —dijo Jacob. La conversación iba tan rápido que le costaba seguir el hilo de sus propias palabras. ¿Por qué había elegido aquella batalla?

—No —repuso Julia—, quererle es más importante. Y cuando se termine el castigo, sabrá que nuestro amor, que nos obliga a causarle dolor de vez en cuando, es la consecuencia última.

Jacob abrió la puerta del coche de Julia y dijo:

—Continuará.

—Sí, continuará. Pero necesito que me digas que en este asunto los dos estaremos del mismo lado.

—¿Quieres que diga que no le creo?

—Que, creas lo que creas, vas a colaborar para que quede claro que estamos decepcionados y que se tiene que disculpar.

Jacob odiaba aquella situación. Odiaba a Julia por obligarle a traicionar a Sam y se odiaba a sí mismo por no afrontar a Julia. Y si le hubiera quedado odio para repartir, habría sido todo para Sam.

—De acuerdo —dijo.

—¿Seguro?

—Sí.

—Gracias —dijo ella, y se metió en el coche—. Continuará esta noche.

—De acuerdo —dijo él, y cerró la puerta—. Tómate todo el tiempo que necesites.

—¿Y si el tiempo que necesito no cabe en un día?

—Yo tengo la reunión con HBO.

—¿Qué reunión?

—Pero no es hasta las siete. Ya te lo comenté. Pero, bueno, seguramente para entonces ya habrías vuelto.

—Ahora ya no lo sabremos nunca.

—Es un fastidio que sea en fin de semana, pero serán sólo una o dos horas.

—No pasa nada.

Él le dio un apretón en el brazo.

—Aprovecha lo que queda —dijo.

—¿Cómo?

—Del día.

El trayecto a casa transcurrió en silencio a excepción de la NPR, cuya omnipresencia adquiría carácter de silencio. Jacob echó un vistazo a Sam por el retrovisor.

—Ay, me comí una de sus latas de atún, Miss Daisy...

—¿Te está dando un derrame o algo?

—Era una referencia cinematográfica. Y puede que fueran de salmón.

Jacob sabía que no debía dejar que Sam usara el iPad en el coche, pero ya había tenido suficiente por aquella mañana. Parecía razonable que su hijo se tomara un rato para aislarse y calmarse un poco. Además, así podía aplazar una conversación que no le apetecía tener, ni en aquel momento ni nunca.

Jacob había planeado preparar un *brunch* muy elaborado, pero cuando el rabino Singer había llamado a las 9:15, Jacob les pidió a sus padres, Irv y Deborah, si podían pasar por su casa y cuidar a Max y Benjy. Ahora no habría pan brioche tostado con ricota, ni ensalada de lentejas, ni ensalada de virutas de col de Bruselas. Lo que habría serían calorías.

—Dos rebanadas de pan de centeno con crema de cacahuate cremosa cortadas diagonalmente —anunció Jacob y le pasó el plato a Benjy. Pero Max lo interceptó.

—En realidad eso es mío.

—Es verdad —dijo Jacob, y le acercó un tazón a Benjy—, porque para ti tenemos unos Cheerios de nueces y miel con un chorrito de leche de arroz.

Max examinó el cuenco de Benjy.

—Esto son unos Cheerios comunes y corrientes con miel encima.

—Sí.

—¿Y por qué le has dicho una mentira?

—Gracias, Max.

—Y he dicho pan tostado, no inmolado.

—*¿Inmolalos?* —preguntó Benjy.

—Destruidos por el fuego —explicó Deborah.

—¿Qué le pica a Camus? —preguntó Irv.

—Déjalo en paz —respondió Jacob.

—Oye, Maxy —dijo Irv, acercándose a su nieto y hablándole al oído—, una vez me contaron que hay un zoológico increíble...

—¿Dónde está Sam? —preguntó Deborah.

—Mentir está mal —dijo Benjy.

Max soltó una carcajada.

—Es bueno —dijo Irv—, ¿verdad?

—Se ha metido en un lío en el colegio hebreo esta mañana y está castigado en su cuarto. Y que conste —añadió Jacob dirigiéndose a Benjy— que yo no he dicho ninguna mentira.

Max echó otro vistazo al tazón de Benjy.

—Eres consciente de que eso no es ni miel, ¿verdad? —dijo—. Es agave.

—Quiero que venga mamá.

—Le dimos el día libre.

—¿Libre de nosotros? —preguntó Benjy.

—No, no. Mamá nunca necesita tomarse tiempo libre de ustedes.

—¿Libre de ti? —preguntó Max.

—Uno de mis amigos, Joey, tiene dos padres. Pero los bebés salen del agujero de la vagina. ¿Por qué?

—¿Por qué qué?

—¿Por qué me mentisteis?

—Aquí nadie ha mentido a nadie.

—Quiero un burrito congelado.

—El congelador está estropeado —dijo Jacob.

—¿Para desayunar? —preguntó Deborah.

—Es un *brunch* —la corrigió Max.

—¡Sí se puede! —dijo Irv.

—Si quieres salgo un momento y te traigo uno —ofreció Deborah.

—Congelado.

Durante los últimos meses, los hábitos alimenticios de Benjy habían dado un giro hacia lo que podría llamarse la comida en potencia: verdura congelada (o sea, que se la comía congelada), avena directa del paquete, fideos de *ramen* sin hervir, masa no horneada, quinoa cruda, macarrones precocinados cubiertos de queso en polvo no rehidratado... Más allá de modificar la lista del súper, Jacob y Julia no habían hablado del tema: les parecía demasiado psicológico siquiera para abordarlo.

—¿Y qué hizo Sammy? —preguntó Irv con la boca llena de gluten.

—Te lo cuento después.

—Burrito congelado, por favor.

—Tal vez no haya un después.

—Se ve que en clase escribió palabrotas en un papel.

—¿Cómo que «se ve»?

—Él dice que no ha sido.

—¿Pero ha sido o no?

—No lo sé. Julia cree que sí.

—Sea lo que sea, y con independencia de lo que piense cada uno, esto lo tienen que abordar juntos, chicos —dijo Deborah.

—Ya.

—¿Me puedes recordar qué es una palabrota? —dijo Irv.

—Te lo puedes imaginar.

—No, en realidad no puedo. Puedo imaginar contextos en los que una palabra se consideraría una palabrota...

—Digamos que esas palabras no encajaban demasiado en el contexto de un colegio hebreo...

—¿Qué palabras?

—¿De verdad importa?

—¡Claro que importa!

—No importa —dijo Deborah.

—Digamos que aparecía la palabra que empieza por ene.

—Quiero un burr... ¿Cuál es la palabra que empieza por ene?

—¿Contento? —le preguntó Jacob a su padre.

—¿Usada de forma activa o pasiva? —preguntó Irv.

—Te lo cuento después —le dijo Max a su hermano pequeño.

—Esa palabra no admite un uso pasivo —le dijo Jacob a Irv—. Y no, no se lo contarás —añadió dirigiéndose a Max.

—Tal vez no haya un después —dijo Benjy.

—¿En serio he criado a un hijo que se refiere a una palabra como «esa palabra»?

—No —repuso Jacob—, no has criado a ningún hijo.

Benjy se acercó a su abuela, que nunca tenía un no.

—Si de verdad me quieres, me conseguirás un burrito congelado y me dirás cuál es la palabra que empieza por ene.

—¿Y cuál era el contexto? —insistió Irv.

—No importa —dijo Jacob—, y no quiero hablar más del tema.

—¡No hay nada que importe más! Sin contexto, todos seríamos monstruos.

—La palabra que empieza por ene —dijo Benjy.

Jacob soltó el tenedor y el cuchillo.

—Bueno, ya que tanto te interesa, el contexto es que Sam te ve haciendo el ridículo en las noticias cada mañana y luego ve cómo te ridiculizan en los *talk-shows* cada noche.

—Les dejas ver demasiado la tele.

—Casi no la ven.

—¿Podemos ir a ver la tele? —preguntó Max.

Jacob lo ignoró y siguió hablando con Irv.

—Lo expulsaron hasta que pida perdón. Y si no pide perdón, no hay *bar mitzvá*.

—¿Hasta que pida perdón a quién?

—¿Y cable premium? —preguntó Max.

—A todo el mundo.

—¿Y por qué no lo extraditan a Uganda para que le den una electrocución escrotal?

Jacob le pasó un plato a Max y le susurró algo al oído. Max asintió con la cabeza y se fue.

—Lo que hizo está mal —dijo Jacob.

—¿Ejercer la libertad de expresión?

—No, ejercer el discurso del odio.

—¿Has pegado ya un puñetazo en la mesa de algún maestro?

—No, no, por supuesto que no. Hemos hablado con el rabino y ahora estamos en modo salvar el *bar mitzvá* a toda costa.

—¿Han «hablado»? ¿Tú crees que hablar fue lo que nos sacó de Egipto o de Entebbe? Pues no. Plagas y uzis. Hablar sólo sirve para conseguir un buen sitio en la fila de una ducha que no es una ducha.

—Por Dios, papá. ¿Siempre igual?

—Por supuesto, siempre. «Siempre» para que «nunca más».

—Vale, pero ¿qué te parece si esto me lo dejas a mí?

—Sí, porque de momento estás haciendo un trabajo genial...

—Porque es el padre de Sam —dijo Deborah—. Y tú no.

—Porque una cosa es tener que recoger las mierdas de tu perro —dijo Jacob— y otra muy distinta tener que recoger las de tu padre.

—Mierdas —repitió Benjy.

—Mamá, ¿puedes llevarte a Benjy arriba y leerle un cuento?

—Quiero estar con los adultos —dijo Benjy.

—La única adulta aquí soy yo —repuso Deborah.

—Antes de que reviente —dijo Irv—, quiero estar seguro de que lo he entendido. Estás insinuando que se puede trazar una línea que conecta una mala interpretación de mi blog con el problema de Sam con la Primera Enmienda.

—Nadie ha malinterpretado tu blog.

—Lo han tergiversado radicalmente.

—Escribiste que los árabes odian a sus hijos.

—Error. Escribí que el odio de los árabes hacia los judíos trascendía el amor que sentían hacia sus propios hijos.

—Y que son animales.

—Sí, eso también lo escribí. Son animales. Los humanos somos animales. Viene en la definición.

—¿Los judíos son animales?

—No es tan simple, no.

—¿Cuál es la palabra que empieza por ene? —le preguntó Benjy a Deborah en susurros.

—Natillas —le susurró su abuela.

—Mentira.

Deborah tomó a Benjy en brazos y se lo llevó de la cocina.

—La palabra que empieza por ene es *no* —dijo Benjy—, ¿verdad?

—Sí.

—Mentira.

—Con un Dr. Phil en la tele ya hay suficiente y de sobra, lo que necesita tu hijo es un especialista. Sabes perfectamente, o por lo menos deberías saberlo, que este asunto atenta frontalmente contra la libertad de expresión, y resulta que no sólo formo parte del Comité Nacional de la Unión Americana por las Libertades Civiles, sino que sus miembros cuentan mi historia durante la Pascua judía. Yo de ti sondearía las aguas de Adas Israel en busca de un abogado astuto y monomaniaco hasta el autismo, que haya sacrificado muchas cosas por el placer de defender las libertades civiles.

—Ya, y yo de ti me suicidaría por el bien de mi familia.

—Oye, yo también disfruto quejándome de las injusticias como el que más, pero tú eres un tipo capaz, Jacob, y estamos hablando de tu hijo. Nadie te culpará si no velas por ti mismo, pero nadie te perdonará por no velar por tu hijo.

—Estás idealizando el racismo, la misoginia y la homofobia.

—Tú has leído el libro de Caro sobre...

—He visto la peli.

—Sólo quiero sacar a mi nieto de un lío. ¿Qué tiene eso de malo?

—Que a lo mejor es preferible no sacarlo.

Benjy regresó trotando a la cocina.

—¿Es matrimonio?

—¿Qué?

—¿La palabra que empieza por ene?

—Esa empieza por eme.

Benjy dio media vuelta y se alejó al trote.

—Lo que dijo antes tu madre, eso de que tú y Julia tienen que abordar juntos el problema, no es verdad. Tienes que defender a Sam. Que se preocupen los demás de averiguar lo que ha pasado realmente.

—Yo le creo.

—Por cierto —dijo entonces, como si acabara de darse cuenta—, ¿dónde está Julia?

—Se tomó el día libre.

—¿Libre de qué?

—Libre.

—Gracias, Anne Sullivan, pero ya te había oído. ¿Libre de qué?

—De estar ocupada. ¿Podemos dejarlo ya?

—Sí, claro —respondió Irv, asintiendo con la cabeza—. Es una opción. Pero permíteme unas sabias palabras que ni siquiera la Virgen María sabe.

—Me muero por oírlas.

—Las cosas no se esfuman. Nada pasa, así, sin más. O acabas con un problema o el problema acaba contigo.

—¿Y lo de «esto también pasará»...?

—Salomón no era perfecto. En toda la historia de la humanidad, nunca nada se ha esfumado por sí solo.

—El olor a pedo sí —dijo Jacob, como en homenaje a la ausencia de Sam.

—Tu casa apesta, Jacob. No te das cuenta porque es tuya.

Jacob podría haber respondido que había una cagada de Argo en algún lugar dentro de un radio de tres habitaciones. Lo había notado nada más abrir la puerta de casa. Benjy volvió a entrar en la cocina.

—Ya me acordé de mi pregunta —dijo, aunque no había dado señales de haber estado intentando recordar nada.

—Dime.

—El sonido del tiempo. ¿Qué le pasó?

UNA MANO COMO LA TUYA Y UNA CASA COMO ÉSTA

A Julia le gustaba que el ojo se sintiera atraído hacia los lugares a los que el cuerpo no puede ir. Le gustaba cuando algunos ladrillos sobresalían de la pared, y cuando era imposible saber si eso era una muestra de dejadez o de genialidad. Le gustaba la sensación de recogimiento, combinada con un toque expansivo. Le gustaba que la vista no estuviera centrada con la ventana y, al mismo tiempo, recordar que las vistas, por la naturaleza de la propia naturaleza, están centradas. Le gustaban las manijas que uno no quiere soltar. Le gustaban las escaleras que subían y luego bajaban. Le gustaban las sombras proyectadas sobre otras sombras. Le gustaban los banquetes de desayuno. Le gustaban las maderas ligeras (de haya, de arce), no tanto las maderas «masculinas» (de nogal, de caoba) y menos aún el acero, y detestaba el acero inoxidable (por lo menos hasta que estaba completamente cubierto de arañazos), las imitaciones de materiales naturales le parecían intolerables, a menos que su falta de autenticidad fuera manifiesta, que fuera justamente la gracia, en cuyo caso podían ser bastante bonitos. Le gustaban las texturas que los dedos y los pies conocen, aunque el ojo tal vez ignore. Le gustaban las chimeneas centradas en cocinas centradas en la planta principal. Le gustaba que hubiera más librerías de las necesarias. Le gustaban los tragaluces encima de las duchas, pero en ningún otro sitio. Le gustaban las imperfecciones buscadas y no soportaba la indiferencia, aunque también le gustaba recordar que la imperfección buscada no existe. La gente siempre se confunde y cree que lo que es agradable a la vista lo será también a los otros sentidos.

me estás pidiendo de rodillas que te la meta,
pero todavía no te lo mereces

No le gustaban las texturas uniformes: las cosas no son así. No le gustaban las alfombras centradas en las habitaciones. La buena arquitectura tiene que hacerte sentir que estás en una cueva con vistas al horizonte. No le gustaban los techos de doble altura. No le gustaba que hubiera demasiado cristal. La función de una ventana es dejar entrar la luz, no enmarcar un paisaje. Un techo tiene que quedar sólo a unos centímetros de las yemas de los dedos de la mano levantada de la persona más alta, puesta de puntitas, que viva en la casa. No le gustaba que todos los cachivaches tuvieran su sitio: las cosas van donde no les corresponde. Un techo de tres metros treinta es demasiado alto. Hace que se sienta uno perdido, abandonado. Un techo de tres metros es demasiado alto. Le daba la sensación de que todo estaba fuera de su alcance. Dos setenta es demasiado alto. Siempre es posible conseguir que algo que resulta placentero —seguro, cómodo, diseñado para la vida— sea también agradable a la vista. No le gustaba la iluminación empotrada, ni las lámparas que se encienden con interruptores de pared; prefería, por tanto, los candelabros, las luces de araña y el esfuerzo. No le gustaban las funciones ocultas: los refrigeradores panelados, los tocadores detrás de espejos o las teles que se esconden dentro de armarios.

todavía no lo necesitas lo suficiente
te quiero ver chorrear hasta el culo

Todos los arquitectos fantasean con construirse su propia casa, y lo mismo puede decirse de todas las mujeres. Desde que tenía memoria, Julia experimentaba una íntima emoción cada vez que pasaba por delante de un pequeño estacionamiento o de una parcela sin urbanizar: «potencial». Aunque ¿potencial para qué? ¿Para construir algo bonito? ¿Inteligente? ¿Nuevo? ¿O simplemente una casa que haga sentir como en casa? Sus alegrías eran compartidas, no eran exclusivamente suyas, pero aquellos momentos de emoción eran íntimos.

Nunca había querido ser arquitecta pero siempre había querido construir su propia casa. Tiraba las muñecas para poder aprovechar las cajas en las que venían. Pasó un verano entero amueblando el espacio de debajo de su cama. Su ropa cubría todas las superficies de su cuarto, porque no quería malgastar los armarios dándoles un fin utilitario. No fue hasta que empezó a diseñar casas para sí misma —siempre sobre papel, todas ellas fuente de orgullo y vergüenza a partes iguales— cuando comprendió el significado de «para sí misma».

«Es realmente genial», decía Jacob cuando ella le mostraba un plano. Julia nunca compartía sus obras con Jacob a menos que él se lo pidiera. No es que fueran un secreto, pero la experiencia de compartirlas siempre le dejaba un regusto de humillación. Él nunca se mostraba lo bastante entusiasta o, por lo menos, no con lo que debía. Y cuando el entusiasmo aparecía, era como un regalo envuelto con un moñito excesivamente delicado. (El «realmente» lo echaba todo a perder.) Jacob estaba almacenando aquel entusiasmo para poder recuperarlo en el futuro, la siguiente vez que ella le dijera que nunca demostraba entusiasmo por su trabajo. Para Julia, el simple hecho de necesitar su entusiasmo, de desearlo siquiera, le suponía una humillación.

¿Qué tienen de malo esa necesidad y ese deseo? Nada. Y la vasta distancia entre dónde estás y lo que siempre habías imaginado tampoco supone ningún fracaso. La decepción no tiene por qué ser decepcionante. El deseo, la necesidad, la distancia, la decepción: crecer, saber, comprometerse, envejecer junto a otra persona. Uno puede vivir perfectamente solo. Pero no será una vida.

—Es genial —dijo él, tan cerca que casi tocaba con la nariz aquella representación bidimensional de sus fantasías—. Increíble, de hecho. ¿En qué piensas cuando se te ocurren estas cosas?

—No estoy segura de que piense en nada.

—¿Y qué es esto? ¿Un jardín interior?

—Sí, las escaleras rodearán un chorro de luz.

—Sam diría que mejor un chorro que una chorra...

—Y tú te reirías, y yo lo ignoraría.

—O lo ignoraríamos los dos. No, ahora en serio: es una maravilla.

—Gracias.

Jacob puso un dedo sobre el plano y fue avanzando por varias habitaciones, siempre a través de las puertas.

—Sé que no se me da muy bien leer estas cosas, pero ¿dónde dormirían los niños?

—¿A qué te refieres?

—No sé si se me escapa algo, seguramente sí, pero sólo veo un dormitorio.

Julia ladeó la cabeza y entornó los ojos.

—¿Te sabes el del matrimonio que se divorcia después de ochenta años casados? —preguntó Jacob.

—No.

—Todo el mundo les pregunta: «¿Por qué ahora? ¿Por qué no se divorciaron hace décadas, cuando todavía les quedaba vida por delante? ¿O por qué no han aguantado hasta el final?». Y ellos responden: «Estábamos esperando a que se murieran los nietos».

A Julia le gustaban las calculadoras-impresoras (los judíos del material de oficina, que habían sobrevivido tercamente a máquinas mucho más prometedoras), y mientras los niños se aprovisionaban de material escolar, ella sacaba varios metros de cifras. Una vez había calculado los minutos que faltaban para que Benjy fuera al instituto. Lo dejó ahí, como prueba.

Las casas que diseñaba no eran más que ejercicios tontos,

un pasatiempo. Ella y Jacob nunca iban a tener el dinero, el tiempo ni las energías necesarias; además, Julia tenía suficiente experiencia en la arquitectura residencial para saber que el deseo de exprimir unas gotas más de felicidad casi siempre terminaba por destruir la felicidad que con tanta fortuna habías logrado reunir, pero que eras demasiado ingenuo para ver. Era siempre lo mismo: una remodelación en la cocina por valor de cuarenta mil dólares terminaba convirtiéndose en una remodelación por valor de setenta y cinco mil dólares (porque todo el mundo cree que las pequeñas diferencias supondrán grandes diferencias), en una nueva salida al jardín (para que la cocina ampliada tenga más luz), en un baño nuevo (si vas a destinar toda la planta a trabajar...), en una estúpida remodelación de toda la instalación eléctrica (para poder controlar la música de la cocina con el teléfono), en discusiones pasivo-agresivas sobre si las nuevas estanterías deben tener patas (para que se vean los acabados con incrustaciones del suelo) y se convierte en peleas directamente agresivas cuyo origen ya nadie recuerda. Uno puede construir una casa perfecta, pero no vivir en ella.

¿te gusta mi lengua abriéndose paso entre tus labios?
demuéstramelo
vente en mi boca

Poco después de casarse pasaron una noche en un hostal de Pensilvania. Se fumaron un porro —era la primera vez que cualquiera de los dos fumaba desde la universidad—, se echaron en la cama desnudos y se prometieron compartirlo todo, todo sin excepciones, sin pensar en la vergüenza, la incomodidad o el dolor potencial que eso les pudiera causar. Les pareció la promesa más ambiciosa que podían hacerse dos personas. Algo tan simple como contarse la verdad les pareció una revelación.

—Sin excepciones —dijo Jacob.

—Una sola omisión lo minaría todo.

—Incluso si mojamos la cama, o lo que sea.

Julia tomó a Jacob de la mano y le dijo:

—¿Tú sabes cuánto te querría si compartieras algo así conmigo?

—Ya no mojo la cama, que conste. Sólo estaba fijando los límites.

—No hay límites, ésa es la cuestión.

—¿Y las relaciones sexuales pasadas? —preguntó Jacob, consciente de que se trataba de su principal punto débil y que, por tanto, determinaría la dirección que iba a tomar aquella promesa. Siempre, incluso después de haber perdido el deseo de tocarla o de que ella lo tocara a él, había detestado la idea de que otro hombre la tocara o que ella tocara a otro. La gente con la que había estado, el placer que había dado y recibido, las cosas que había gemido... Jacob no era un tipo inseguro en otros ámbitos, pero (como les sucede a esas personas incapaces de evitar revivir un trauma una y otra vez) su cerebro no podía dejar de imaginarla en una situación sexualmente íntima con otros. ¿Qué les había dicho a ellos que ahora también le decía a él? ¿Y por qué sentía que esas repeticiones eran la peor de las traiciones posibles?

—Resultaría doloroso, está claro —dijo ella—. Pero lo crucial es que no se trata de que quiera saberlo todo de ti. Es que no quiero que te calles nada.

—No lo haré.

—Yo tampoco.

Se pasaron el porro varias veces, sintiéndose valientes, todavía jóvenes.

—¿Qué te estás callando ahora mismo? —preguntó ella, sintiendo casi vértigo.

—Ahora mismo, nada.

—Pero ¿sí te has callado cosas con anterioridad?

—Me callo cosas, luego soy.

Ella se rio. Le encantaba que fuera tan ocurrente, la extraña y reconfortante calidez de sus conexiones mentales.

—¿Qué fue lo último que te callaste?

Jacob pensó un momento. El pasón dificultaba el hecho

de pensar pero, en cambio, hacía que le resultara más fácil compartir sus pensamientos.

—Ya lo tengo —dijo—. Bueno, es una tontería.

—Las quiero todas.

—Bueno. El otro día estábamos en el departamento. Era ¿miércoles, tal vez? Y te preparé el desayuno. ¿Te acuerdas? *Frittata* de queso de cabra.

—Ah, sí —dijo ella, apoyando la mano sobre su muslo—, fue todo un detalle.

—Dejé que te quedaras un rato más durmiendo y te preparé el desayuno en secreto.

Julia soltó una columna de humo que conservó la forma durante más tiempo del que parecía posible, y dijo:

—Ahora mismo me comería un montón de *frittata*.

—Lo preparé porque quería cuidarte.

—Sí, lo noté —dijo ella subiéndole la mano por el muslo, y a él se le puso dura.

—Y lo dispuse con mucha elegancia sobre la bandeja. Con una ensaladita al lado.

—Como en un restaurante —añadió ella, y le tomó el pene con la mano.

—Y después del primer mordisco...

—¿Qué?

—Ay, por esto la gente se calla las cosas...

—Pero nosotros no somos gente.

—Bueno. Pues, bueno, después del primer mordisco, en lugar de darme las gracias o decir que estaba delicioso, me preguntaste si le había echado sal.

—¿Y qué? —preguntó ella, moviendo el puño arriba y abajo.

—Pues que me sentó fatal.

—¿Que te preguntara si le habías echado sal?

—A lo mejor, decir que «me sentó fatal» no es preciso. Me molestó. O me decepcionó. Fuera lo que fuera lo que sentí, no lo compartí.

—Pero era una pregunta sincera.

—Me encanta lo que me estás haciendo.

—Me alegro, cariño.

—Pero ¿te das cuenta de cómo, en el contexto del esfuerzo que había hecho para ti, preguntarme si le había echado sal transmitía más una crítica que un agradecimiento?

—¿Sientes que prepararme el desayuno te supone un esfuerzo?

—Era un desayuno especial.

—¿Así te gusta?

—Me encanta.

—Entonces, en el futuro, si creo que una comida necesita más sal, ¿prefieres que me lo calle?

—O, según parece, soy yo quien tiene que callarse que estoy dolido.

—Que estás decepcionado.

—Ahora mismo podría venirme.

—Pues vente.

—No quiero venirme todavía.

Julia ralentizó el ritmo hasta casi detenerse.

—¿Qué te estás callando ahora mismo? —preguntó él—. Y no digas que estás ligeramente dolida, molesta o decepcionada porque me doliera, me molestara o me llevara una decepción, porque no te lo estás callando.

Ella se rio.

—Bueno, ¿qué?

—No me estoy callando nada —dijo Julia.

—Piénsalo más.

Ella meneó la cabeza y se rio.

—¿Qué?

—En el coche, cuando cantabas *All Apologies*, no parabas de decir «*I can see from shame*».

—¿Y?

—Que no dice eso.

—Pues claro que dice eso.

—«*Aqua seafoam shame.*»

—¡¿Perdón?!

—Es así.

—¿«*Aqua seafoam shame*»?

—Lo juro sobre la Biblia judía.

—¿Me estás diciendo que mi frase, que tiene sentido por sí misma y también en el contexto, no es más que una expresión subconsciente de mi lo que sea reprimido, y que Kurt Cobain juntó intencionadamente las palabras «*Aqua seafoam shame*»?

—Sí, eso te estoy diciendo, ni más ni menos.

—Bueno, pues no lo creo. Y, al mismo tiempo, estoy profundamente avergonzado.

—No lo estés.

—Ah, claro, porque decir eso siempre funciona cuando alguien está avergonzado.

Ella se rio.

—Eso no cuenta —dijo Jacob—. Es callarse algo por hobby. No, quiero algo bueno.

—¿Bueno cómo?

—Algo realmente difícil.

Julia sonrió.

—¿Qué? —preguntó él.

—Nada.

—¿Qué?

—Ay, nada.

—Pues a mí me parece algo...

—Bueno —dijo ella—. Me estoy callando algo. Algo realmente difícil.

—Perfecto.

—Pero no creo haber evolucionado lo suficiente para compartirlo.

—Así fue como desaparecieron los dinosaurios.

Julia se cubrió la cabeza con la almohada e hizo las tijeras con las piernas.

—Sólo soy yo —la tranquilizó Jacob.

—Bueno —dijo ella, con un suspiro—. Vale. Bueno. Aquí echados, drogados, desnudos, acabo de tener un deseo.

Instintivamente, él le metió la mano entre las piernas y se dio cuenta de que ya estaba mojada.

—Cuéntamelo —dijo.

—No puedo.

—Anda que no.

Julia se rio.

—Cierra los ojos —dijo Jacob—, así será más fácil.

Ella cerró los ojos.

—No —dijo—. No es más fácil. ¿Probamos a ver si cerrando tú los tuyos...?

Él cerró los ojos.

—Tengo un deseo. No sé de dónde viene, ni siquiera por qué lo tengo.

—Pero lo tienes.

—Sí.

—Cuéntamelo.

—Tengo un deseo. —Se volvió a reír y hundió la cara en la axila de él—. Quiero abrir las piernas, que coloques la cabeza ahí abajo y que me mires hasta que me venga.

—¿Mirándote y nada más?

—Sin dedos y sin lengua. Quiero que me hagas venirme sólo con los ojos.

—Abre los ojos.

—Y tú también.

Jacob no dijo nada ni hizo ningún ruido. Con fuerza suficiente, pero no excesiva, la colocó boca abajo. Intuyó que lo que ella deseaba era en parte no poder ver cómo él la miraba, renunciar a ese último elemento de seguridad. Ella gimió, dándole a entender que estaba en lo cierto. Él descendió por su cuerpo, le abrió las piernas y se las separó. Acercó la cara hasta que podía olerla.

—¿Me estás mirando?

—Sí.

—¿Y te gusta lo que ves?

—Lo deseo.

—Pero no lo puedes tocar.

—No lo haré.

—Pero te puedes masturbar mientras me miras.

—Estoy en ello.

—Y te quieres coger lo que estás viendo.

—Sí.

—Pero no puedes.

—No.

—Quieres sentir lo húmedo que está.

—Sí.

—Pero no puedes.

—Pero lo veo.

—Pero no puedes ver lo tensa que me pongo cuando estoy a punto de venirme.

—No, no puedo.

—Dime lo que ves y me vendré.

Se vinieron juntos, sin tocarse, y podría haber terminado allí. Ella habría podido girarse hasta recostar la cabeza sobre su pecho. Y podrían haberse dormido. Pero sucedió algo: ella lo miró, le sostuvo la mirada y cerró una vez más los ojos. Jacob también cerró los ojos. Y podría haber terminado allí. Se podrían haber quedado así, en la cama, explorándose uno a otro, pero Julia se levantó y empezó a explorar la habitación. Jacob no la vio —sabía que no debía abrir los ojos—, pero la oyó. Sin decir nada, se levantó también. Acariciaron el banco que había a los pies de la cama, el escritorio y la taza con bolígrafos, las borlas de los cordones de las cortinas. Jacob tocó la mirilla de la puerta, ella tocó el control que controlaba el ventilador del techo, él colocó la mano encima del pequeño refrigerador: estaba caliente.

—Todo lo que haces me encaja —dijo ella.

—Y a mí lo que haces tú —dijo él.

—Te quiero mucho, Jacob —dijo ella—. Pero, por favor, di sólo «Ya lo sé».

—Ya lo sé —dijo él, y palpó las paredes y los edredones de *patchwork* colgados, hasta que llegó al interruptor—. Creo que apagué la luz.

Julia quedó embarazada de Sam un año más tarde. Luego llegó Max. Y luego, Benjy. Su cuerpo cambió, pero el deseo de Jacob no. Lo que sí cambió fue la cantidad de cosas que empezaron a callarse. Seguían teniendo sexo, pero lo que siempre había surgido de forma espontánea empezó a requerir o bien un empujoncito (una borrachera, ver *La vida de Adèle* en la cama con la computadora de Jacob, el Día de San Valentín) o un esfuerzo para superar la inseguridad y el temor al ridículo, lo que solía traducirse en potentes orgasmos sin besos. De vez en cuando todavía decían cosas que, justo después de venirse, resultaban tan humillantes que obligaban a uno de los dos a alejarse físicamente para ir a buscar un vaso de agua que no necesitaba. Los dos seguían masturbándose pensando en el otro, aunque esas fantasías no guardaban ningún parentesco con la vida vivida, y a menudo incluían a otro otro. Pero tuvieron que callarse incluso el recuerdo de aquella noche en Pensilvania, que era una línea horizontal en el marco de una puerta: «Mira cuánto hemos cambiado».

Jacob quería cosas, y las quería de Julia, pero la posibilidad de compartir deseos fue menguando a medida que su necesidad de oírlos iba aumentando. A ella le sucedía lo mismo. A ambos les encantaba la compañía mutua y siempre la preferían a estar solos o acompañados por otra persona, pero cuanto más consuelo encontraban juntos, y cuanta más vida compartían, más se distanciaban de sus vidas interiores.

Al principio estaban siempre o bien consumiéndose mutuamente o bien consumiendo el mundo juntos. A todos los niños les gusta ver que las señales en el marco de la puerta están cada vez más arriba, pero ¿cuántas parejas son capaces de ver un progreso en el simple hecho de seguir como siempre? ¿Cuántas son capaces de ganar dinero sin preguntarse qué pueden comprar con él? ¿Cuántas, a medida que se acercan al final de la vida fértil, saben que han tenido ya el número apropiado de hijos?

Jacob y Julia nunca habían sido de esos que se resisten a las convenciones por principio, pero tampoco podrían haber imaginado que terminarían siendo tan convencionales: se compraron un segundo coche (y un segundo seguro de coche); se apuntaron a un gimnasio con una oferta de clases que ocupaba veinte páginas; dejaron de preparar la declaración de la renta ellos mismos; de vez en cuando hacían que el mesero se llevara una botella de vino después de probarla; se compraron una casa con dos lavamanos contiguos en el baño (y contrataron un seguro de hogar); multiplicaron por dos sus artículos de aseo personal; mandaron construir un cubículo de tablarroca para los contenedores de basura; cambiaron el horno por otro más bonito; tuvieron un hijo (y contrataron un seguro de vida); pidieron vitaminas a California y colchones a Suecia; compraron prendas orgánicas cuyo precio y amortización, teniendo en cuenta el número de veces que habían sido utilizadas, los obligaban a tener otro hijo. Tuvieron otro hijo. Se preguntaron si una alfombra conservaría su valor, y se informaron acerca de qué era lo mejor de cada cosa (aspiradoras Miele, licuadoras Vitamix, cuchillos Misono, pintura Farrow and Ball), y consumieron cantidades freudianas de sushi, y trabajaron todavía más para poder pagar a la gente más preparada para que cuidara a sus hijos mientras ellos trabajaban. Y tuvieron otro hijo.

Sus vidas internas quedaron abrumadas de tanto vivir, no sólo por el tiempo y la energía que requería una familia de cinco miembros, sino también por todos esos músculos que desarrollaron y por los que se fueron debilitando. El autocontrol de Julia con los niños alcanzó proporciones de omnipaciencia, al tiempo que su capacidad de comunicarse con su marido se vio reducida a mensajes de texto con los Poemas del Día. El truco de magia preferido de Jacob, consistente en quitarle el brasier a Julia sin utilizar las manos, se vio reemplazado por una habilidad tan impresionante como deprimente montando parques infantiles mientras subía por las escaleras. Julia podía cortarle las uñas a un recién nacido con los dientes y dar el pecho mientras hacía una lasaña, arrancar astillas sin pinzas ni dolor, lograr que los niños le suplicaran el peine antipiojos y dormirlos con un masaje en la frente, pero se le olvidó cómo tocar a su marido. Jacob les explicaba a los niños la diferencia entre «prejuicio» y «perjuicio», pero ya no sabía cómo hablarle a su mujer.

Los dos alimentaban sus vidas íntimas en privado —Julia diseñaba casas para ella; Jacob trabajaba en su biblia y se compró un segundo teléfono— y entraron en un ciclo destructivo: en paralelo a la incapacidad de Julia a la hora de comunicarse, Jacob estaba cada vez menos seguro de qué cosas le gustaban y tenía más miedo de quedar en ridículo, con lo que la distancia entre la mano de Julia y el cuerpo de Jacob se hizo todavía mayor, algo para lo que éste no disponía del lenguaje necesario. El deseo se convirtió en una amenaza —un enemigo— a su existencia doméstica.

Cuando iba a la guardería, Max adquirió el hábito de regalarlo todo. Cada vez que un amigo iba a jugar a su casa se iba con un coche de plástico o un animal de peluche. Si por casualidad caía dinero en sus manos —si se lo encontraba por la calle, o si su abuelo le daba un billete de cinco dólares por haber expuesto un argumento de forma convincente—, él se lo ofrecía a Julia en la fila del supermercado, o a Jacob delante del parquímetro. Siempre invitaba a Sam a que tomara de su postre. «Toma más», le decía a Sam si éste se detenía. «Más, más.»

No era que Max respondiera a las necesidades de los demás: en ese sentido, su capacidad de ignorarlas era equiparable a la de cualquier otro niño. Y tampoco era que fuera generoso, pues para eso habría tenido que conocer el significado de *dar*, que era precisamente lo que le faltaba. Todo el mundo dispone de un conducto por el que canaliza lo que puede y está dispuesto a compartir con el mundo, y a través del que recoge lo que puede y quiere del mundo. No era que el conducto de Max fuera mayor que el de los demás, sino que no estaba obstruido.

Lo que en su momento había sido un motivo de orgullo para Jacob y Julia pronto se convirtió en una fuente de preocupación: «Max se va a quedar sin nada». Esforzándose por no dar a entender que hubiera algo equivocado en su forma de vivir, poco a poco empezaron a introducir conceptos sobre el valor y sobre la finitud de los recursos. Al principio Max se resistió —«Siempre hay más»—, pero, como suele suceder con los niños, terminó convenciéndose de que había algo equivocado en su forma de vivir.

Y se obsesionó por comparar valores. «¿Podrías cambiar una casa por cuarenta coches?». («Depende de la casa y de los coches.») O: «¿Qué preferirías tener, un puñado de diamantes o una casa llena de plata? Una mano como la tuya y una casa como ésta». Empezó a intercambiar cosas de forma compulsiva: juguetes con amigos, objetos varios con Sam, obligaciones con sus padres («Si me como la mitad de la col, ¿podré irme veinte minutos más tarde a la cama?»)... Quería saber si era mejor ser repartidor de FedEx o maestro de música, y se frustraba cuando sus padres ponían peros a aquel uso del término *mejor*. Quería saber si pasaba algo por que su padre tuviera que pagar una entrada extra cuando se llevaban a su amigo Clive al zoológico. «¡Estoy desperdiciando la vida!», exclamaba a menudo si no tomaba parte en alguna actividad. Una mañana, muy pronto, se metió en la cama de sus padres y les preguntó si estar muerto era eso.

—¿Si es qué, peque?

—No tener nada.

La no satisfacción de las necesidades sexuales entre Jacob y Julia suponía una abstinencia de lo más primitiva y frustrante, pero no era ni mucho menos la más dañina. El movimiento de distanciamiento —entre el uno y otro, pero también respecto a sí mismos— se producía con pasos mucho más pequeños y sutiles. Cada vez estaban más próximos en el ámbito del hacer —coordinaban la creciente complejidad de las rutinas, se llamaban y escribían cada vez más y, de forma más eficiente, limpiaban juntos lo que sus hijos ensuciaban— y más alejados en el sentir.

En una ocasión Julia se había comprado ropa interior.

Había pasado la mano por una pila de prendas de seda, no porque tuviera ningún interés, sino porque, como su madre, era incapaz de controlar el impulso de tocar el producto en las tiendas. Sacó quinientos dólares de un cajero para que no apareciera en el estado de cuenta de la tarjeta. Quería compartirlo con Jacob, e hizo todo lo posible por encontrar o provocar la ocasión apropiada. Una noche, cuando los niños ya dormían, se puso las braguitas. Quería bajar por las escaleras, quitarle a Jacob la pluma de entre las manos y, sin pronunciar una sola palabra, decirle: «Mira lo guapa que me puedo poner». Pero no fue capaz. Tampoco fue capaz de ponérselas para ir a la cama, por miedo a que él no se diera cuenta, ni de dejarlas encima de la cama para que él las encontrara y preguntara. Ni siquiera fue capaz de devolverlas a la tienda.

En otra ocasión, Jacob escribió una frase que le pareció la mejor que había escrito jamás. Quiso compartirla con Julia, no porque estuviera orgulloso de sí mismo, sino para ver si todavía podía llegar a ella como antes, e inspirarla a decir algo así como: «Eres mi escritor». Se llevó las páginas a la cocina y las dejó boca abajo en la barra.

—¿Qué tal va? —le preguntó ella.

—Regular —respondió él, justamente de la forma que ella más detestaba.

—¿Pero avanzas?

—Sí, la pregunta es si en la dirección correcta.

—¿Hay una dirección correcta?

«Tú di sólo: "Eres mi escritor"», quiso responderle él, pero no logró franquear la distancia inexistente que los separaba. La inmensidad de su existencia compartida hacía que fuera imposible compartir su singularidad. Necesitaban una distancia que no fuera distanciamiento, sino atracción. Al releer la frase a la mañana siguiente, Jacob constató con sorpresa y tristeza que seguía pareciéndole buenísima.

Una vez Julia se estaba lavando las manos en el baño después de limpiar otra caca de Argo, y mientras se fijaba en cómo el jabón formaba membranas entre sus dedos, el foco parpadeó pero no se apagó, y de pronto la invadió una tristeza inesperada que no significaba nada ni hacía referencia a nada, pero que tenía un peso opresivo. Quería compartir esa tristeza con Jacob: no con la esperanza de que él fuera a entender algo que a ella se le escapaba, pero sí de que la ayudara a cargar con algo que era muy pesado para ella sola. Pero la distancia inexistente era demasiado grande. Argo se había cagado en su cama, y o bien no se había dado cuenta o no se había querido mover, de modo que se había ensuciado el costado y la cola.

—Bueno, no pasa nada —le dijo Julia mientras lo limpiaba con champú para humanos y una camiseta húmeda de un equipo de futbol olvidado que en su día había roto corazones—. Ya casi estamos.

En otra ocasión, Jacob se había planteado comprarle un prendedor a Julia. Había entrado en una tienda de Connecticut Avenue, el tipo de establecimiento que vende tazones de madera reciclada y cucharas para ensalada con el mango hecho de cuerno de animal. No buscaba nada en particular, no se acercaba ninguna fiesta ni aniversario que hubiera justificado un regalo. La mujer con la que había quedado para comer le había mandado un mensaje para decirle que estaba en un embotellamiento, detrás de un camión de la basura; a él no se le había ocurrido tomar un libro o un periódico, y todas las sillas de Starbucks estaban ocupadas por gente que moriría tristemente antes de terminar de escribir sus tristes memorias, de manera que Jacob no había encontrado ningún lugar para sentarse y sumergirse en su triste teléfono.

—¿Ése es bonito? —le preguntó a la vendedora que había al otro lado del mostrador—. Es una pregunta tonta, ya lo sé.

—A mí me gusta mucho —respondió ella.

—Claro, qué va a decir.

—Eso, por ejemplo, no me gusta —respondió la mujer, señalando un brazalete que había en un estuche.

—Es un prendedor, ¿verdad?

—Sí, de plata. Hecho a partir de una rama de verdad. Es una pieza única.

—¿Y esto son ópalos?

—Sí, exacto.

Jacob se alejó hasta otra sección, fingió examinar una tabla de cortar con incrustaciones, pero al rato regresó donde estaba el prendedor.

—Pero... es bonito, ¿verdad? Es que no sé si parece el complemento de un disfraz...

—Para nada —dijo la mujer, que lo sacó del aparador y lo colocó encima de una bandeja forrada de terciopelo.

—Sí, no sé —dijo Jacob, sin tomarlo.

¿Era bonito? Desde luego, era arriesgado. ¿La gente llevaba prendedores? ¿Era cursi o demasiado figurativo? ¿Iba a terminar olvidado en un joyero, hasta que se lo legaran a una de las novias de los chicos, como una reliquia familiar, para que ésta lo guardara en su joyero y no lo volviera a sacar hasta legarlo otra vez? ¿Setecientos cincuenta dólares era un precio apropiado para un objeto así? Pero lo que le preocupaba no era el dinero, sino el riesgo de equivocarse, el bochorno de intentarlo y fracasar: un brazo extendido se rompe con mucha más facilidad que si está flexionado. Después de comer, Jacob volvió a la tienda.

—Discúlpeme si estoy siendo ridículo —le dijo a la misma mujer que lo había atendido antes—, pero ¿le importaría probárselo?

La mujer volvió a sacarlo del estuche y se lo prendió al suéter.

—¿Y no pesa? ¿No jala la tela?

—Es bastante ligero.

—Y... ¿le parece sofisticado?

—Se puede llevar con un vestido, en un saco o en un suéter...

—¿A usted le gustaría que se lo regalaran?

La distancia genera distancia, pero si la distancia no existe, ¿cuál es el origen? Entre ellos no había transgresión, ni crueldad, ni siquiera indiferencia. La distancia original era su proximidad, la incapacidad de sobreponerse a la vergüenza que les producían una serie de necesidades subterráneas para las que ya no había lugar en la superficie.

vente para mí
y te la meto

La intimidad de su mente era el único lugar donde Julia podía preguntarse qué aspecto tendría su propia casa. Qué ganaría y qué perdería. ¿Podría vivir sin ver a los niños cada mañana y cada noche? ¿Y si admitía que sí, que podría? En seis millones y medio de minutos no iba a tener más remedio. Nadie juzga a una madre por dejar que sus hijos vayan al colegio. Dejar que se vayan no es ningún crimen. El crimen es elegirlo.

no te mereces que te la meta por el culo

Si ella construía una vida nueva, Jacob haría lo mismo. Se volvería a casar. Es lo que hacen los hombres. Se sobreponen y siguen adelante. Siempre. No le costaba nada imaginarlo casándose con la primera mujer con la que saliera. Se merecía a alguien que no construyera casas imaginarias para una sola persona. No se merecía a Julia, pero se merecía a alguien mejor que Julia. Se merecía a alguien que, al despertar, se estirara en lugar de retraerse, alguien que no olisqueara la comida antes de metérsela en la boca. Alguien que no viera los animales domésticos como una carga, que lo llamara con apodos, que bromeara delante de los amigos sobre cómo le gustaba que se la cogiera. Un conducto nuevo, no obstruido, hasta una persona nueva, y aunque en último término estuviera condenado a fracasar, por lo menos el fracaso estaría precedido de felicidad.

ahora sí te mereces que te la meta por el culo

Necesitaba un día libre. Le habría encantado sentir que no sabía cómo llenar el tiempo, vagar sin rumbo por Rock

Creek Park, saborear de verdad una de esas comidas que sus hijos no tolerarían jamás, o leer algo más largo y con más sustancia que una columna sobre cómo organizar las emociones o las especias. Pero uno de sus clientes necesitaba ayuda para elegir manijas de puerta. Y sí, tenía que ser en sábado, porque ¿en qué otro momento tenía tiempo alguien que podía permitirse unas manijas personalizadas? Y es evidente que nadie necesita ayuda para elegir manijas, pero Mark y Jennifer eran excepcionalmente incapaces de negociar sus respectivas e incompatibles faltas de gusto, y una manija de puerta era algo lo bastante irrelevante y simbólico para requerir mediación.

Para completar la irritación de Julia, resultaba que Mark y Jennifer, que eran padres de uno de los amigos de Sam, consideraban a Jacob y Julia amigos suyos y querían salir a tomar un café con ellos y «ponerse al día». A Julia le caían bien y, en la medida en que las relaciones extrafamiliares lograban despertar su entusiasmo, los consideraba amigos. Pero la verdad era que no le despertaban demasiado. Por lo menos mientras no pudiera ponerse al día consigo misma.

Alguien tenía que inventar una forma de estar cerca de la gente sin tener que verla, hablar con ella por teléfono, o escribir (o leer) cartas, correos electrónicos o mensajes de texto. ¿Acaso las madres eran las únicas que comprendían lo valioso que era el tiempo? ¿La falta absoluta de tiempo? Además, no puedes simplemente tomarte un café, y menos aún con gente a la que no ves casi nunca, porque tardas una hora en llegar al sitio (si tienes suerte) y media hora más en volver a casa (si vuelves a tener suerte), por no mencionar los veinte minutos que te cuesta simplemente salir de casa, como si fuera un impuesto: un café rápido terminan siendo cuarenta y cinco minutos a velocidad de plusmarquista olímpico. Y, encima, aquella mañana habían tenido aquel lío tremendo en la escuela hebrea, y los israelíes llegaban en menos de dos semanas y el *bar mitzvá* se estaba despidiendo del mundo en la UCI, y aunque uno siempre puede pedir ayuda, cuando te ayudan te sientes mal; la ayuda es motivo de vergüenza. Puedes hacer el súper por internet y que te lo manden a casa, pero te queda una sensación de fracaso, la sensación de haber abdicado de tus obligaciones, no, de tus privilegios maternos: tomar el coche para ir a la tienda que, aunque esté más lejos, tiene mejores productos, elegir el aguacate que alcanzará el punto de maduración perfecto en el momento en que lo vas a usar, asegurarte de que no lo aplastas en la bolsa del súper y de que la bolsa del súper no quede aplastada en el carrito... Todas esas cosas que constituyen el trabajo de una madre. No el trabajo, sino la dicha. Aunque ¿qué pasaba si ella lograba hacer el trabajo pero sin la dicha?

Nunca había sabido gestionar la sensación de querer más cosas para ella: tiempo, espacio y silencio. De haber tenido niñas a lo mejor todo habría sido distinto, pero había tenido niños. Durante un año no se separaba de ellos, pero después de aquellas vacaciones de insomnio quedaba a merced de su vertiente más física: de sus gritos, de sus ganas de pelearse y de usar la mesa como tambor, de sus competiciones de pedos y de su obsesión por explorarse el escroto. Y le fascinaba, todo aquello le encantaba, pero al mismo tiempo exigía tiempo, espacio y silencio. A lo mejor, si hubiera tenido niñas, éstas habrían sido más contemplativas, menos salvajes, más constructivas, menos animales. Plantearse siquiera esos pensamientos la hacía sentirse mala madre, aunque sabía desde siempre que era todo lo contrario. Pero entonces ¿por qué resultaba tan complicado? Había mujeres que habrían dado hasta el último centavo por hacer las cosas que a ella le molestaban. Todas las bendiciones que les habían prometido a las estériles heroínas de la Biblia le habían caído en las manos abiertas, como agua. Y se le habían escapado entre los dedos.

quiero lamerte el semen del ano

Se reunió con Mark en la galería de interiorismo. Era un lugar elegante y odioso, y en un mundo donde el mar arrastraba los cuerpos de niños sirios hasta las playas, era inmoral, o cuando menos vulgar. Pero sus comisiones valían la pena.

Cuando llegó encontró a Mark echando ya un vistazo a las muestras. Tenía buen aspecto: una barba canosa y cuidada; prendas intencionadamente ceñidas, de las que no vienen en packs de tres. Transmitía la confianza de alguien que, en cualquier momento, desconoce el estado de su cuenta bancaria dentro de un margen de error de cien mil dólares. Y eso no era exactamente atractivo, pero tampoco se podía ignorar.

—Julia.

—Mark.

—Bueno, queda claro que ninguno de los dos tiene alzhéimer.

—¿Qué es el alzhéimer?

Aquel coqueteo inocente resultaba de lo más tonificante: un leve cosquilleo en la lengua que provocaba un leve cosquilleo en el ego. Se le daba bien y le encantaba, siempre le había gustado, pero a lo largo de su matrimonio le había ido generando una sensación de culpa cada vez más acusada. Sabía que no tenía nada de malo tontear en esos términos: Julia quería que Jacob hiciera lo mismo. Pero también era consciente de los celos irracionales, incontenibles, de su marido. Y, por frustrante que fuera —nunca se atrevía a sacar a colación una experiencia romántica o sexual del pasado, y tenía que dar mil explicaciones sobre cualquier experiencia del presente remotamente susceptible de ser malinterpretada—, aquello formaba parte de Jacob, y Julia quería protegerlo.

De hecho, era una parte de él que la atraía. La inseguridad sexual de Jacob era tan profunda que sólo podía tener su origen en una fuente igualmente profunda. E incluso cuando tenía la sensación de saberlo todo sobre él, en el fondo desconocía de dónde provenía aquella necesidad insaciable del consuelo que proporciona el amor. A veces, después de omitir conscientemente algo que sabía que alteraría la paz de Jacob, siempre tan frágil, le dirigía una mirada cargada de cariño y se preguntaba: «¿Qué te pasó?».

—Siento llegar tarde —dijo Julia, arreglándose el cuello de la camisa—. Sam se metió en un lío en la escuela hebrea.

—*Oy vey.*[10]

—Pues sí. Pero, bueno, aquí estoy. Física y mentalmente.

—¿Quieres que nos tomemos un café primero?

—Lo estoy intentando dejar.

—¿Por qué?

—Porque estoy demasiado enganchada.

—Eso sólo es un problema si no hay café.

—Jacob dice que...

—Eso sólo es un problema si está Jacob.

Julia se rio, aunque no sabía si era por la broma o por su incapacidad de resistirse a los encantos de Mark.

—Ganémonos la cafeína primero —dijo, y le quitó de la mano una manija de bronce envejecido en exceso.

—Bueno, tengo una noticia —dijo Mark.

—Yo también. ¿No tendríamos que esperar a Jennifer?

—No. Y ésa es la noticia.

—¿Qué quieres decir?

—Jennifer y yo nos vamos a divorciar.

—¡¿Qué?!

—Llevamos separados desde mayo.

—Pero has dicho «divorciar».

—Hemos estado separados. Y nos vamos a divorciar.

—No —dijo ella, estrujando la manija y gastándola todavía más—, eso es mentira.

—¿Qué es mentira?

—Que han estado separados.

—Lo sabré yo.

—¡Pero si hemos estado juntos! Fuimos al Kennedy Center...

—Sí, fuimos juntos a ver una obra de teatro.

—Se rieron, se tocaron. Lo vi.

10. «¡Dios mío!».

—Somos amigos. Los amigos se ríen juntos.

—Pero no se tocan.

Mark alargó la mano y tocó el hombro de Julia, que se encogió instintivamente. Se rieron los dos.

—Somos dos amigos que han estado casados —dijo.

Julia se colocó el pelo detrás de la oreja.

—Que todavía están casados —puntualizó.

—Pero que pronto dejarán de estarlo.

—Creo que todo esto es un error.

—¿Un error de quién?

—Que no puede estar pasando, quiero decir.

Él le mostró la mano: no llevaba anillo.

—Lleva pasando desde hace lo suficiente como para que se haya borrado la marca.

Se les acercó una mujer delgada.

—¿Les puedo ayudar en algo?

—A lo mejor mañana —dijo Julia.

—Creo que de momento nos arreglamos solos —dijo Mark, con una sonrisa que a Julia le pareció igual de insinuante que la que le había dirigido a ella.

—Estaré por aquí si me necesitan —dijo la mujer.

Julia dejó la manija con un exceso de ímpetu y tomó otra, un octágono inoxidable: ridículamente afanoso, repulsivamente masculino.

—Bueno, Mark... No sé qué decir.

—¿Felicidades?

—¿Cómo que «felicidades»?

—Pues eso.

—No me parece que sea ni mucho menos lo apropiado.

—Pero es que estamos hablando de lo que me parece a mí.

—¿Felicidades? ¿En serio?

—Soy joven. Del pelo, pero todavía lo soy.

—Nada del pelo.

—Tienes razón. Somos jóvenes y punto. Si tuviéramos setenta años sería distinto. A lo mejor incluso si tuviéramos sesenta o cincuenta. A lo mejor entonces diría: «Soy así y éste es mi destino». Pero tengo cuarenta y cuatro. Una parte importante de mi vida todavía no ha sucedido. Y lo mismo se puede decir de Jennifer. Nos hemos dado cuenta de que una vida distinta nos haría más felices. Y eso es bueno. Desde luego, es mucho mejor que fingir, o reprimirte, o estar tan consumido por la responsabilidad de representar tu papel que nunca te preguntas si es el papel que escogerías. Todavía soy joven, Julia, y quiero elegir la felicidad.

—¿La felicidad?

—La felicidad.

—¿Pero la felicidad de quién?

—Mi felicidad. Y la de Jennifer, también. Nuestra felicidad, pero por separado.

—Persiguiendo la felicidad nos alejamos de la satisfacción.

—Bueno, ni mi felicidad ni mi satisfacción están junto a ella. Y, desde luego, su felicidad tampoco está junto a mí.

—¿Y dónde está? ¿Debajo de un cojín del sofá?

—En su caso concreto, debajo de su tutor de francés.

—¡No me jodas! —exclamó Julia, y se golpeó la frente con la manija con más fuerza de la que habría querido.

—No sé por qué reaccionas así: es una buena noticia.

—¡Pero si ni siquiera habla francés!

—Y ahora ya sabemos por qué.

Julia buscó a la dependienta anoréxica con la mirada. Lo que fuera para no tener que mirar a Mark.

—¿Y tu felicidad? —preguntó ella—. ¿Qué idioma no estás aprendiendo tú?

Él se rio.

—Por ahora estoy muy feliz solo. He pasado toda mi vida con otros: con mis padres, con novias, con Jennifer... A lo mejor quiero algo distinto.

—¿La soledad?

—Hay una diferencia entre estar solo y la soledad.

—Esta manija es muy fea.

—¿Estás molesta?

—Se han pasado, está demasiado envejecida. ¡Ni que fuera física cuántica!

—Por eso reservan la física cuántica para los físicos cuánticos.

—Es que no puedo creer que ni siquiera hayas mencionado a los niños.

—Es un tema complicado.

—Lo que esto va a suponer para ellos, lo que va a suponer para ti verlos la mitad del tiempo...

Se apoyó en el mostrador y se inclinó unos cuantos grados. No iba a poder rebajar la incomodidad que le provocaba aquella conversación se pusiera como se pusiera, pero por lo menos podría esquivar el golpe. Dejó la manija y tomó otra que le recordó el consolador que le habían regalado en su despedida de soltera, hacía dieciséis años; se parecía a un pene tan poco como aquella manija se parecía a una manija. Sus amigas se habían reído, ella se había reído, y cuatro meses más tarde lo había encontrado por casualidad, rebuscando en su armario con la esperanza de poder volver a regalar un batidor de té *matcha* que todavía no había abierto, y descubrió que estaba lo bastante aburrida u hormonal para probarlo. No sintió nada. Era demasiado seco, demasiado indolente. Pero ahora, sujetando aquella manija tan ridícula, no podía pensar en otra cosa.

—He perdido el monólogo interior —dijo Mark.

—¿El monólogo interior? —preguntó Julia, con una sonrisita de desdén.

—Pues sí.

Ella le tendió la manija.

—Hola, Mark, te llama tu monólogo interior, por cobrar. Le han robado la tarjeta en Nigeria y necesita que le mandes doscientos cincuenta mil dólares hoy mismo.

—A lo mejor parece una tontería, a lo mejor parece egoísta...

—Sí a las dos.

—... pero he perdido lo que me hacía ser yo.

—Eres adulto, Mark, no un personaje de Shel Silverstein contemplando sus bobadas emocionales sentado en el tronco del árbol que ha empleado para construir su cabaña, o lo que sea.

—Cuanto más te resistes, más seguro estoy de que estás de acuerdo —dijo él.

—¿De acuerdo? ¿De acuerdo con qué? Estamos hablando de tu vida...

—Estamos hablando de pasar todo el día preocupadísimo por tus hijos y toda la noche rememorando las peleas que no has tenido con tu pareja. ¿No serías una persona más feliz y una arquitecta más ambiciosa y productiva si estuvieras sola? ¿No estarías menos agotada?

—¿Cómo? ¿Agotada, yo?

—Cuanto más te burlas, más seguro estoy de que...

—Pues claro que lo sería.

—¿Y las vacaciones? ¿No las disfrutarías más sola?

—No grites tanto.

—¿Te asusta que alguien pueda oír que eres humana?

Julia acarició la cabeza de la manija con el pulgar.

—Echaría de menos a mis hijos, naturalmente —dijo—. ¿Tú no?

—No te pregunté eso.

—Sí, preferiría tenerlos conmigo y que estuviéramos de vacaciones, ellos y yo.

—Qué frase tan rebuscada.

—Elegiría que estuvieran ahí. Si eso se pudiera elegir.

—¿Por qué? ¿Para no poder dormir nunca hasta tarde, para no poder disfrutar nunca de una comida o para tener que estar siempre vigilándolos desde el borde de la hamaca de playa en la que nunca te vas a tumbar?

—Por la satisfacción que proporcionan, que no encuentras en ningún otro lado. Lo primero que hago al despertarme y lo último antes de acostarme es pensar en mis hijos.

—Pues eso digo yo.

—No, eso digo yo.

—¿Cuándo piensas en ti misma?

—Cuando pienso en que un día, dentro de varias décadas, aunque tendré la sensación de que han pasado apenas unas horas, me enfrentaré a la muerte sola, excepto que no estaré sola, sino rodeada de toda mi familia.

—Es mucho peor vivir la vida equivocada que morir la muerte equivocada.

—¡Demonios, ayer me salió la misma galletita de la fortuna!

Mark se acercó más a ella.

—Julia, sinceramente —le dijo—, ¿no te apetecería recuperar el tiempo, recuperar tu propia mente? No te pido que hables mal de tu marido ni de tus hijos. Supongamos que nunca nada te haya importado ni la mitad que ellos y que nada te puede importar más. No te pido la respuesta que quieres dar, ni la que sientes que tienes que dar. Sé que pensar en todo esto es duro y decir lo que piensas todavía más. Pero, sinceramente, ¿no serías más feliz sola?

—Das por sentado que la felicidad es la ambición definitiva.

—No, sólo te pregunto si no serías más feliz sola.

Naturalmente, no era la primera vez que se había hecho aquella pregunta, pero sí era la primera vez que se la planteaba otra persona. Era la primera vez que no podía evitarla sin más. ¿Sería más feliz sola? «Soy madre», pensó; aquello no respondía a la pregunta, y tampoco expresaba que ésa fuera su ambición definitiva, por encima de la felicidad, sino más bien su identidad definitiva. No disponía de otras vidas con las que comparar la suya, soledades paralelas que contraponer a su soledad. Simplemente estaba haciendo lo que creía que era lo correcto; viviendo como creía que tenía que vivir.

—No —dijo—. No sería más feliz sola.

Él acarició una manija platónicamente esférica con un dedo y dijo:

—En ese caso lo tienes todo. Qué afortunada.

—Sí. Soy muy afortunada. Tengo mucha suerte.

Mark pasó unos largos segundos acariciando el frío metal en silencio.

—¿Y bien? —dijo finalmente, dejando la manija encima del mostrador.

—¿Y bien qué?

—¿Cuál es tu noticia?

—¿De qué hablas?

—¿No has dicho que tenías una noticia?

—Ah, sí —dijo ella, sacudiendo la cabeza—. Bueno, en realidad no es una noticia.

Y era verdad. Ella y Jacob habían estado hablando de buscar una casa en el campo. Algo lindo, que se pudiera remodelar. En realidad, ni siquiera habían estado hablando de ello, más bien habían dejado que la broma durara demasiado, hasta que ya no tenía gracia. No era una noticia, sino más bien un proceso.

La mañana posterior a la noche que habían pasado en el hostal de Pensilvania, hacía una década y media, Julia y Jacob habían ido de excursión a una reserva natural. En un cartel de bienvenida inusualmente prolijo, habían leído que los caminos existentes no eran originales, sino más bien «sendas de deseo», atajos que la gente tomaba pisando la vegetación y que, con el paso de los años, parecían intencionados.

La vida familiar de Julia y Jacob se caracterizaba por el proceso de vivir, con sus negociaciones interminables y sus pequeños ajustes. A lo mejor este año tendríamos que pasar de todo y quitar las mosquiteras de las ventanas. A lo mejor la esgrima es la actividad extra que colma el vaso para Max, además de resultar demasiado evidentemente burguesa para sus padres. A lo mejor si reemplazáramos las espátulas metálicas por espátulas de plástico no tendríamos que reemplazar todas las sartenes antiadherentes que nos están provocando cáncer. A lo mejor tendríamos que comprar un coche con otra fila de asientos. A lo mejor estaría bien comprar un proyector de ésos. A lo mejor el profesor de chelo de Sam tenía razón y es mejor que el niño toque sólo canciones que le gusten, aunque eso signifique tener que aguantar *Watch Me (Whip/Nae Nae)*. A lo mejor la naturaleza es parte de la respuesta. A lo mejor si nos trajeran el súper a casa cocinaríamos platos más sanos, y eso reducirá la innecesaria pero inevitable sensación de culpa por hacernos traer el súper a casa.

Su vida familiar era una suma de ajustes y correcciones. Infinitos incrementos infinitesimales. Las noticias tienen lugar en salas de urgencias, despachos de abogados y, al parecer, en la Alliance Française. Y hay que evitarlas por todos los medios.

—Miremos complementos otro día —dijo Julia, metiéndose la manija en la bolsa.

—No vamos a hacer remodelaciones.

—Ah, ¿no?

—En la casa ya no vive nadie.

—Ah, bueno.

—Lo siento, Julia. Evidentemente te pagaremos por...

—No, claro, claro. Hoy estoy un poco lenta.

—Has dedicado tantas horas...

Después de una nevada sólo hay sendas de deseo. Pero siempre vuelve a hacer calor y, aunque a veces tarde más de la cuenta, la nieve termina por derretirse y revelar lo elegido.

me da igual si te vienes,
pero haré que te vengas de todos modos

Para su décimo aniversario, volvieron al hostal de Pensilvania. La primera vez —antes del GPS, de TripAdvisor y de que lo excepcional de la libertad echara a perder la libertad en sí— habían dado con él por casualidad.

La visita de aniversario les había llevado una semana de preparativos y había empezado con la tarea más difícil, consistente en localizar el hostal. (Estaba perdido en territorio amish, tenía colchas en las paredes de los dormitorios, la puerta de color rojo, barandillas ásperas y ¿no estaba al final de una avenida arbolada?) Tuvieron que encontrar una noche en que Irv y Deborah pudieran quedarse con los niños, en que ni uno ni otro tuvieran obligaciones laborales, en que los niños no tuvieran nada —reuniones del colegio, visitas al médico, alguna función— que requiriera la presencia de los padres, y en que la habitación específica estuviera disponible. Faltaban tres semanas para la primera noche en que podían hilvanar todos los alfileres de aquel acerillo. Julia no sabía si eso era mucho o poco.

Jacob hizo la reserva y Julia preparó el itinerario. No llegarían hasta que se pusiera el sol, pero llegarían justo para la puesta de sol. Al día siguiente desayunarían en el hostal (Julia llamó con antelación para informarse sobre el menú), repetirían la primera mitad de la excursión por la reserva natural, visitarían el granero más antiguo y la tercera iglesia más antigua del noreste del país, echarían un vistazo a varios anticuarios y, quién sabe, a lo mejor encontrarían algo para su colección.

—¿Qué colección?

—La de cosas que son más grandes por dentro que por fuera.

—Genial.

—Entonces comeremos en una pequeña bodega sobre la que he leído en *Remodelista*. Que conste que no he dicho nada de buscar un lugar donde comprar tonterías para los niños.

—Consta.

—Y regresaremos para cenar con la familia.

—¿Habrá tiempo para todo?

—Es mejor tener opciones —dijo Julia.

(No llegaron a los anticuarios, porque sus vacaciones eran mayores por dentro que por fuera.)

Tal como se habían prometido a sí mismos, no escribieron instrucciones para Deborah e Irv, no dejaron cena precocinada, ni almuerzo preparado, ni le dijeron a Sam que sería «el hombre de la casa» mientras ellos estuvieran fuera. Dejaron claro que no iban a llamar para ver cómo iba todo, pero que, por supuesto, tendrían los celulares encendidos y cargados en todo momento por si acaso.

Durante el trayecto de ida hablaron —no sobre los niños— hasta que se quedaron sin nada que decir. No era un silencio incómodo ni amenazante, sino compartido, agradable y seguro. Estaban justo a las puertas del otoño, como una década antes, y condujeron hacia el norte atravesando un espectro de colores: unos kilómetros más lejos, unos grados más de frío, unos tonos más luminosos. Una década de otoños.

—¿Te importa que ponga un *podcast*? —preguntó Jacob, y se avergonzó tanto por desear una distracción como por haberle pedido permiso a Julia.

—Me parece genial —dijo ella, tratando de mitigar el bochorno de origen desconocido que percibía en él.

Al cabo de tan sólo unos segundos, Jacob dijo:

—Ah, ya lo he oído.

—Pues cámbialo.

—No, es muy bueno. Quiero que lo oigas.

Puso una mano encima de la de ella, sobre la palanca de velocidades.

—Qué detallista —dijo, y a él aquel «qué detallista» cuando esperaba un «qué detalle» le pareció todo un detalle.

El *podcast* empezaba con una descripción del campeonato del mundo de damas de 1863, en el que cada partida de una serie de cuarenta terminó en tablas, y veintiuna de las partidas fueron idénticas, jugada por jugada.

—Veintiuna partidas idénticas. Todas las jugadas.

—Increíble.

El problema era que las damas tienen un número relativamente limitado de posibles combinaciones y, como algunas jugadas son mejores que otras, era posible conocer y recordar la partida «ideal». El narrador explicó que el término *libro* se empleaba para referirse a la historia de todas las partidas precedentes. Una partida está «en el libro» mientras la configuración de las fichas en el tablero ya se ha dado con anterioridad. En cambio, una partida está «fuera del libro» a partir del momento en que su configuración no tiene precedentes. El libro de las damas es relativamente reducido. El campeonato de 1863 demostró que las damas habían alcanzado la perfección y que los jugadores habían memorizado el libro. Así pues, lo único que quedaba era una monótona repetición en que cada partida terminaba en tablas.

El ajedrez, en cambio, es infinitamente más complejo. Hay más partidas de ajedrez posibles que átomos en el universo.

—Más partidas que átomos en el universo, ¡imagínate!

—¿Cómo pueden saber cuántos átomos hay en el universo?

—Contándolos, supongo.

—¿Tú te imaginas cuántos dedos se necesitarían para eso?

—Ay, muy gracioso.

—Pues yo no veo que te rías.

—Por dentro, sí. En silencio.

Jacob entrelazó los dedos con los de Julia.

El libro de ajedrez se había creado en el siglo xvi, y a mediados del siglo xx ocupaba ya una biblioteca entera del Club de Ajedrez de Moscú: cientos de cajas llenas de tarjetas que documentaban todas las partidas profesionales jamás disputadas. En los años ochenta el libro del ajedrez se publicó en la red, y muchos consideran ese momento como el principio del fin del deporte. A partir de entonces, cada vez que dos contrincantes se enfrentaban, podían consultar el historial del oponente: cómo respondía a diferentes situaciones, sus puntos fuertes y sus puntos débiles, y qué era lo más probable que hiciera.

El acceso universal al libro ha hecho que algunas partes del ajedrez, en especial las aperturas, se asemejen a las damas: secuencias que siguen un patrón idealizado y memorizado. Los primeros dieciséis movimientos se pueden ventilar simplemente «recitando» el libro. Pero prácticamente en todas las partidas de ajedrez se llega a un escenario nuevo, una configuración de piezas sobre el tablero nunca vista en la historia del universo. En el acta de esa partida, el siguiente movimiento se marca como «fuera del libro». A partir de ahí, ambas partes deben valerse por sí mismas, sin estrellas muertas que les ayuden a encontrar el camino.

Jacob y Julia llegaron al hostal justo cuando el sol se estaba poniendo, como una década antes.

—Frena un poco —le había dicho Julia a Jacob cuando les

faltaban unos veinte minutos para llegar. Él había creído que quería oír el resto del *podcast* y eso lo había conmovido, pero lo que quería en realidad era que llegaran en el mismo instante que la última vez, algo que, de haberlo sabido, lo habría conmovido.

Jacob detuvo el coche en el centro del estacionamiento y puso punto muerto. Apagó la radio y miró a Julia, su mujer, durante mucho tiempo. La rotación de la Tierra hizo que el sol se hundiera detrás del horizonte y en el espacio que quedaba debajo del coche. Había oscurecido: una década de puestas de sol.

—Nada ha cambiado —dijo Jacob, pasando la mano por la pared de piedra mientras atravesaban el musgoso camino hacia la entrada. Como diez años antes, Jacob se preguntó cómo demonios habrían construido aquel muro.

—Lo recuerdo todo, menos a nosotros —dijo Julia, y soltó una fuerte carcajada.

Pasaron por recepción, pero antes de llevarse la bolsa de lona a la habitación, se acercaron a la chimenea y se echaron en unas butacas de piel capaces de provocarte un coma, de las que no se acordaban, pero que de pronto no podían dejar de recordar.

—¿Qué nos tomamos cuando nos sentamos aquí la última vez? —preguntó Jacob.

—Pues me acuerdo —dijo Julia—, porque me sorprendió cuando lo pediste. Un rosado.

Jacob se rio con ganas y preguntó:

—¿Y qué tiene de malo un rosado?

—Nada —dijo Julia—, pero no me lo esperaba.

Pidieron dos copas de rosado.

Intentaron recordarlo todo sobre su primera visita, hasta el menor detalle: qué llevaban (qué ropa, qué joyas), qué cosas dijeron y en qué momento, qué música sonaba (si sonaba alguna), qué había en la tele del bar de autoservicio, con qué aperitivos les habían obsequiado, qué chistes había contado Jacob para impresionarla, qué chistes había contado Jacob para esquivar una conversación que no quería tener, qué había pensado cada uno, quién había tenido el valor de empujar su reciente matrimonio para que atravesara el puente invisible que separaba el lugar donde se encontraban (que era emocionante pero inspiraba poca confianza) del lugar donde querían estar (que sería emocionante e inspiraría toda la confianza), a través de un abismo de dolor potencial.

Pasaron las manos por las ásperas barandillas de las escaleras que conducían al comedor y cenaron a la luz de las velas; casi toda la comida procedía de la misma propiedad.

—Creo que fue durante ese viaje cuando te conté por qué no doblo los lentes antes de dejarlos en el buró.

—Sí, creo que tienes razón.

Otra copa de rosado.

—¿Te acuerdas de cuando volviste del baño y tardaste veinte minutos en ver la nota que había escrito con gachas en tu plato?

—«Me tienes enamorado hasta las gachas.»

—Sí, lo siento. La próxima vez lo haré mejor.

—La próxima vez es ahora —dijo ella, brindándole una nueva oportunidad y también un desafío.

—Pero luego no me digas que te aburro. ¿Pillas?

—Pues no sé...

—¿No lo pillas, papillas?

—Uf, ¿no das para más?

—Tu estoicismo me deja hecho puré.

—Hoy tienes el sentido del humor a ras de suelo.

—Es para ver si te a... gachas.

Esa broma sí provocó una risita. Instintivamente, Julia intentó reprimirla (no por él, sino por ella), y la asaltó un deseo inesperado de alargar la mano por encima de la mesa y tocarlo.

—Y luego podemos jugar a la piragua...

—Ésa no la he entendido. Qué te parece si pasamos a chistes de frutas. O, mejor aún, qué te parece si hablamos.

—¿Por qué, me he pasado? ¿Las prefieres con grumos?

—Descansa, Jacob.

—«Grumores, grumores, grumores...».

—Bueno, ésa es insuperable. Es la broma ideal para dejarlo ahí.

—Espera, espera. Soy un poco melón y bastante membrillo, pero ¿a que disfrutas? ¿Soy o no soy el hombre más gracioso que has conocido nunca?

—Sólo porque Benjy aún no es un hombre —dijo Julia, pero la combinación entre la rapidez mental de su marido y su necesidad de sentirse querido le provocaba oleadas de amor y la arrastraba hacia su océano.

—Qué mala uva, no me pasas ni una...

¿Y si ella le hubiera dado el amor que tanto necesitaba, y que además necesitaba dar? ¿Y si le hubiera dicho: «Tu ingenio me da ganas de tocarte»?

¿Y si él hubiera sido capaz de hacer el chiste apropiado en el momento adecuado o, mejor aún, de mantener la boca cerrada?

Otra copa de rosado.

—¡Y robaste un reloj de la recepción! ¡Me acabo de acordar!

—Yo no robé ningún reloj.

—Que sí —dijo Julia—. Ya lo creo.

Por primera vez en su vida, Jacob imitó a Nixon:

—¡No soy un delincuente!

—Pues entonces desde luego lo eras. Era un trasto pequeño, barato, de sobremesa. Fue después de hacer el amor. Te acercaste a la recepción, paraste el reloj y te lo metiste en el bolsillo del saco.

—¿Y por qué haría algo así?

—Creo que pretendía ser un gesto romántico. ¿O tal vez divertido? ¿O a lo mejor intentabas demostrarme tu espontaneidad? Ni idea. Retrocede en el tiempo y pregúntatelo a ti mismo.

—¿Estás segura de que fui yo? ¿No sería otro? ¿Otra noche romántica en otro hostal?

—Nunca he pasado una noche romántica en un hostal

con nadie más —dijo Julia. No era verdad, naturalmente, pero quería proteger a Jacob, especialmente en aquel momento. Apenas habían empezado a cruzar aquel puente invisible, pero ninguno de los dos sabía que éste no terminaba jamás, que pasarían el resto de su vida dando pasos en el vacío que sólo llevarían al siguiente paso al vacío. Julia quería protegerlo entonces, pero no querría siempre.

Se quedaron en la mesa hasta que el mesero, deshaciéndose en disculpas, les dijo que el restaurante iba a cerrar.

—¿Cómo se llamaba esa película que no vimos?

No les quedó otra que ir a la habitación.

Jacob dejó la bolsa de lona encima de la cama, como en su día. Julia la trasladó al banco que había al pie de la cama, como en su día. Jacob sacó el neceser.

—Sé que no debería —dijo Julia—, pero me pregunto qué estarán haciendo los niños.

Jacob soltó una risita. Julia se puso su pijama «elegante». Jacob la miró, inconsciente de que nada hubiera cambiado en su cuerpo a lo largo de la década transcurrida desde que habían estado allí, porque había visto su cuerpo cada día desde entonces. Todavía echaba miraditas furtivas a sus pechos, como un adolescente, fantaseando con algo que era al mismo tiempo real y suyo. Julia se sintió observada y le gustó, así que se tomó su tiempo. Jacob se puso bóxers y camiseta de manga corta. Julia fue hasta el lavabo, echó el cuello hacia atrás —un hábito adquirido hacía tiempo— y examinó su cara mientras jalaba los párpados inferiores, como si fuera a ponerse un lente de contacto. Jacob sacó los cepillos de dientes, extendió pasta sobre los dos y dejó el de Julia, con las cerdas hacia arriba, encima del lavamanos.

—Gracias —dijo Julia.

—No. Hay. De. Qué —respondió Jacob con una graciosa voz robótica cuya súbita aparición sólo podía ser una expresión de la ansiedad por las emociones y las acciones que se esperaban de ellos. O por lo menos eso fue lo que Julia pensó.

Jacob se cepilló los dientes y pensó: «¿Y si no se me para?».

Julia se cepilló los dientes y buscó en el espejo algo que no quería ver. Jacob se aplicó Old Spice durante cinco segundos en cada axila (aunque ni se movía ni sudaba mientras dormía), se lavó la cara con limpiador facial diario Cetaphil para pieles ligeramente grasas (aunque tenía una piel entre normal y seca), se aplicó loción hidratante facial de protección diaria Eucerin, con factor de protección solar 30 (aunque el sol se había puesto hacía horas y aunque dormía bajo techo). Se puso unas gotas extra de Eucerin en los puntos más delicados: alrededor de las alas de la nariz, entre las cejas y en la parte de arriba de los párpados superiores. El régimen de Julia era más complejo: un lavado facial con un limpiador básico de S. W., un poco de crema reparadora de noche de máxima potencia con Retinol 1.0 de SkinCeuticals, un poco de crema hidratante Water Bank de Laneige y unos toques de crema de noche reafirmante y antiarrugas Lancôme Rénergie Lift alrededor de los ojos. Jacob regresó al dormitorio y empezó a hacer los ejercicios de estiramiento de los que toda la familia se burlaba, a pesar de que su quiropráctico insistía en que eran imprescindibles para alguien con una vida sedentaria como la suya y de que le funcionaban de verdad. Julia se limpió los dientes con hilo dental Oral-B Glide 3D, que, aunque fuera tanto un desastre para el medio ambiente como un timo, no le daba náuseas. Jacob volvió al baño y se limpió los dientes con el hilo más barato que había encontrado en CVS: el hilo no es más que hilo.

—¿Ya te cepillaste los dientes? —preguntó Julia.

—A tu lado. Hace un momento —contestó Jacob.

Julia se frotó las manos para hacer desaparecer un resto de crema y regresaron al dormitorio.

—Tengo que hacer pis —dijo entonces Jacob, como hacía siempre en ese momento. Regresó al baño y cerró la puerta, llevó a cabo su solitario ritual nocturno y echó un trozo de papel higiénico sin usar al excusado, para completar la farsa. Cuando volvió al dormitorio, Julia estaba apoyada en el cabezal de la cama, aplicándose crema de noche antiarrugas efecto colágeno de L'Oréal en la pierna flexionada. A menudo, Jacob quería decirle que no hacía falta, que él la querría tal como era, igual que ella lo querría a él; pero querer sentirse atractiva también formaba parte de quien era, lo mismo que él, o sea que tenía que quererla también por eso. Julia se recogió el pelo.

Jacob acarició un tapiz que representaba una batalla naval debajo de un estandarte que rezaba LA SITUACIÓN ESTA-DOUNIDENSE: GUERRA DE 1812, y dijo:

—Qué bonito.

¿Lo recordaría ella?

—Por favor, dime que no llame a los niños —le pidió Julia.

—No llames a los niños.

—Es que no debo.

—O llámalos si quieres. No somos unos fundamentalistas de las vacaciones.

Julia soltó una carcajada. Jacob nunca había sido inmune a su risa.

—Ven —dijo ella, dando unas palmaditas al colchón.

—Mañana nos espera un gran día —dijo Jacob, iluminando varias rutas de escape al mismo tiempo. Tenían que descansar, el día siguiente era más importante que aquella noche; no se llevaría una decepción si ella reconocía estar cansada.

—Debes de estar muerto —dijo Julia, cambiando el enfoque y trasladándole la responsabilidad.

—Pues sí —dijo él, casi como una pregunta, casi aceptando su papel—, y tú también debes de estarlo —añadió, pidiéndole a ella que aceptara el suyo.

—Ven —dijo ella—, abrázame.

Jacob apagó la luz, dejó los lentes sin plegar encima del buró y se metió en la cama, junto a la que desde hacía una década era su mujer. Ella se echó de lado y colocó la cabeza en el hombro de su marido. Éste la besó en el Polo Norte de la coronilla. A partir de ahí debían valerse por sí mismos, sin historia ni estrellas muertas que los ayudaran a encontrar el camino.

Si los dos hubieran dicho lo que pensaban, Jacob habría dicho: «Si te soy sincero, no es tan bonito como lo recordaba». A lo que ella habría respondido: «Es que no lo podía ser».

«De niño solía bajar en bici la cuesta de detrás de mi casa. Y narraba cada descenso. "Jacob Bloch se dispone a establecer un nuevo récord de velocidad. Toma el manubrio. ¿Lo conseguirá?" Lo llamaba "La gran cuesta". De todas las cosas de mi infancia, no había nada que me hiciera sentir tan valiente. El otro día pasé por allí. Iba de camino a una reunión y me sobraban unos minutos. No la encontré. O, mejor dicho, encontré el lugar donde estaba, donde debería haber estado, pero había desaparecido. En su lugar había una cuesta diminuta.»

«Has crecido», habría dicho ella.

Si hubieran dicho lo que estaban pensando, Jacob habría dicho: «Estoy pensando en que no estamos haciendo el amor. ¿Tú también?».

«Sí, yo también», habría contestado Julia, sin ponerse a la defensiva ni sentirse atacada.

«No te estoy pidiendo nada, que conste. Te lo prometo. Sólo quiero que sepas lo que pienso, ¿vale?».

«Vale.»

Y, arriesgándose a dar otro paso a través del puente invisible, Jacob habría añadido: «Me preocupa que no quieras acostarte conmigo. Que ya no me desees».

«Pues no te preocupes», habría contestado Julia, y le habría acariciado la mejilla con el dorso de la mano.

«Yo te deseo siempre —habría dicho—. Te estaba mirando mientras te desnudabas...».

«Ya lo sé. Lo he notado.»

«Estás igual de guapa que hace diez años.»

«Eso es mentira. Pero gracias.»

«Para mí es verdad.»

«Gracias.»

Y, así, Jacob habría llegado al centro del puente invisible, superando el abismo de dolor potencial, en el punto más alejado de un lugar seguro.

«¿Por qué crees que ya nunca hacemos el amor?».

Y Julia se habría incorporado y, sin mirar hacia abajo, habría dicho:

«¿A lo mejor porque las expectativas son demasiado altas?».

«Puede ser. Además, estamos cansados de verdad.»

«Yo estoy rendida.»

«Ahora voy a decir algo que no es fácil.»

«No tienes nada que temer», le habría prometido ella.

Él se habría girado hacia ella y habría dicho: «Nunca hablamos de cómo a veces no logro que se me pare. ¿Crees que tiene que ver contigo?».

«Sí.»

«Pues no.»

«Gracias por decirlo.»

«Julia —habría insistido él—, no tiene que ver contigo.»

Pero no dijo nada, y ella tampoco. No porque se callaran lo que pensaban, sino porque el conducto entre los dos estaba demasiado obstruido para mostrar tanta valentía. Era el resultado de un exceso de pequeñas acumulaciones: palabras erróneas, ausencia de palabras, silencios impuestos, ataques contra puntos débiles conocidos y expresados de tal forma que habría sido posible negarlos a posteriori, cosas mencionadas que no hacía falta mencionar, malentendidos, accidentes y momentos de debilidad, pequeños actos de venganza mezquina como respuesta a pequeños actos de venganza mezquina como respuesta a pequeños actos de venganza mezquina como respuesta a ofensas originales que ya nadie recordaba. O como respuesta a ninguna ofensa.

Aquella noche no se alejaron el uno del otro. No se apartaron hasta extremos opuestos de la cama, ni se sumieron en sendos silencios. Se abrazaron y compartieron el silencio a oscuras. Pero era silencio. Por lo tanto, ninguno de los dos sugirió que exploraran la habitación con los ojos cerrados, como habían hecho la última vez que habían estado allí. Y, por lo tanto, exploraron la habitación por separado, mentalmente, uno junto al otro. En el bolsillo del saco de Jacob estaba el reloj parado —una década entera a la 1:43—, y él había estado esperando el momento apropiado para enseñárselo.

voy a seguir haciendo que te vengas incluso después
de que me supliques que pare

En el estacionamiento de la galería de interiorismo, Julia se metió en su coche, un Volvo como el de todo el mundo, de un color que había sabido que era el equivocado desde el preciso instante en que era ya demasiado tarde para cambiar de opinión. No sabía qué hacer, aunque era consciente de que tenía que hacer algo. No dominaba lo suficiente su teléfono para perder todo el tiempo que necesitaba perder, pero por lo menos podía malgastar unos minutos. Encontró la empresa que fabricaba sus árboles para maquetas arquitectónicas preferidos. No eran los más realistas, ni siquiera estaban bien hechos. No le gustaban porque evocaran árboles reales, sino porque evocaban la tristeza que evocan los árboles, del mismo modo que una fotografía desenfocada puede capturar mejor que ninguna otra la esencia de su sujeto. Era sumamente improbable que el fabricante los produjera con esa intención, pero eso no quería decir que no fuera posible y, además, no importaba.

La empresa acababa de presentar una nueva línea de árboles otoñales. ¿Quién constituía el mercado de un producto así? Arce naranja, arce rojo, arce amarillo, sicómoro otoñal, álamo naranja claro, álamo amarillento, arce de entretiempo, sicómoro de entretiempo... Julia imaginó a un Jacob minúsculo y más joven, y a una Julia minúscula y más joven, dentro de un Saab minúsculo, sucio y cubierto de arañazos, conduciendo por carreteras hechas con cordones de zapato bordeadas por una infinidad de diminutos árboles de entretiempo, debajo de una infinidad de estrellas diminutas, inmensas; como los árboles, aquella pareja joven y diminuta no era realista, ni siquiera estaba bien hecha, y no evocaba a sus yoes más grandes y viejos, sino la tristeza que éstos evocarían con el tiempo.

Mark dio unos golpecitos en la ventana. Cuando intentó bajarla, Julia se dio cuenta de que para ello el motor debería estar en marcha, pero no había metido la llave en el contacto, ni tampoco la llevaba en la mano, y no le apetecía ponerse a hurgar en la bolsa, de modo que abrió torpemente la puerta.

—Nos vemos en la excursión al simulacro de la ONU.

—¿Cómo?

—Dentro de unas semanas. Voy a ser el padre acompañante.

—Ah, no lo sabía.

—Así podremos proseguir con nuestra conversación.

—No creo que haya mucho más que añadir.

—Siempre hay algo que añadir.

—A veces no.

Y entonces, en su día libre, cuando lo que le apetecía en realidad era alejarse de su vida cuanto más mejor, se dio cuenta de que estaba abriendo una senda de deseo hacia su casa.

se terminará cuando yo diga que se ha terminado

¡AQUÍ (NO) ESTOY!

>¿Alguien sabe cómo fotografiar estrellas?
>¿Del cielo o de Hollywood?
>El flash de mi teléfono lo vuelve todo blanco. Lo he apagado, pero entonces el obturador se abre tanto tiempo que el menor movimiento hace que todo quede borroso.
>De noche los teléfonos no sirven para nada.
>A menos que tengas que recorrer un pasillo oscuro.
>Mi teléfono se está muriendo.
>O llamar a alguien.
>Pues intenta que se sienta cómodo.
>¡Samanta, este sitio está iluminado!
>Vaya locura.
>¿Dónde estás, que hay estrellas?
>El tipo me dijo que no le pasaba nada. Le dije: «Si no le pasa nada, ¿por qué está roto?». Y me dice: «¿Por qué está roto si no le pasa nada?». Yo volví a intentarlo, se lo enseñé, pero de pronto funcionaba, claro. No sabía si ponerme a llorar o matarlo.
>¿Por cierto, qué pasa en un *bat mitzvá*?

En un momento cualquiera hay cuarenta horas distintas en la Tierra. Otro dato interesante: China tenía cinco zonas horarias, pero ahora sólo tiene una, de modo que para algunos chinos el sol no sale hasta pasadas las diez. Otro: mucho antes de que los hombres viajaran al espacio, los rabinos debatieron si también allí había que observar el *sabbat*: no porque se anticiparan al viaje espacial, sino porque donde los budistas tratan de convivir con los interrogantes, los judíos prefieren la muerte. En la Tierra, el sol sale y se pone una vez al día. Una nave orbita la Tierra una vez cada noventa minutos, de modo que hay un *sabbat* cada nueve horas. Un enfoque sostenía que los judíos simplemente no debían ir a un lugar que planteara ese tipo de paradojas sobre las plegarias y su observancia. Otro, que las obligaciones terrenales son terrenales: lo que sucede en el espacio se queda en el espacio. Algunos afirmaban que un astronauta judío debía observar la misma rutina que en la Tierra. Otros, que el *sabbat* debía observarse según la hora que marcara el instrumental de a bordo, aunque la ciudad de Houston fuera igual de judía que el vestuario de los Rockets. Dos astronautas judíos han muerto en el espacio. Ningún astronauta judío ha observado el *sabbat*.

El padre de Sam le pasó un artículo sobre Ilan Ramon, el único israelí que ha viajado al espacio. Antes de partir, Ramon visitó el Museo del Holocausto para encontrar un artefacto que llevarse consigo. Eligió un dibujo de la Tierra hecho por un niño anónimo que murió en la guerra.

—Imagina ese niñito dibujando —dijo el padre de Sam—. Si un ángel se le hubiera posado en el hombro y le hubiera dicho: «Te van a matar antes de tu próximo cumpleaños, y dentro de sesenta años un representante del Estado de Israel va a llevarse tu dibujo de la Tierra vista desde el espacio al espacio...».

—Si los ángeles existieran no lo habrían matado —dijo Sam.

—Si los ángeles fueran ángeles buenos.

—¿Creemos en los ángeles malos?

—Probablemente no creamos en ningún tipo de ángel.

A Sam le gustaba el conocimiento. La acumulación y clasificación de hechos le proporcionaba una sensación de control, de utilidad, justo las antípodas de la indefensión que provoca tener un cuerpo tirando a pequeño y aún por desarrollar que no responde a las órdenes mentales de un cerebro sobreestimulado y tirando a grande.

Siempre era atardecer en Other Life, de modo que una vez al día el «otro tiempo» se correspondía con el «tiempo real» de sus habitantes. Algunos se referían a aquel momento como «la Armonía». Había quienes no se lo perdían nunca. A otros no les gustaba estar delante de sus pantallas cuando se producía. Todavía faltaba un poco para el *bar mitzvá* de Sam, pero aquel día era el *bat mitzvá* de Samanta. ¿Qué había sucedido con el dibujo? ¿Simplemente se había inmolado cuando el transbordador especial había estallado? ¿Quedaban todavía pequeños fragmentos orbitando la Tierra? ¿Habían caído al agua y, con el paso de las horas, se habían ido hundiendo hasta llegar al fondo marino, donde se habían posado encima de una de esas criaturas de las profundidades oceánicas, tan extrañas que parecen llegadas del espacio?

Los bancos estaban llenos de la gente que conocía a Samanta, personas a las que Sam no había visto nunca. Gente de Kioto, de Lisboa, de Sacramento, de Toronto, de Oklahoma City y de Beirut. Veintisiete atardeceres. Estaban todos juntos, sentados en aquel santuario virtual creado por Sam; mientras ellos admiraban su belleza, Sam veía todas las taras del lugar, sus propias taras. Estaban allí por Samanta, eran una comunidad dentro de sus comunidades. Hasta donde sabían, se trataba de una ocasión feliz.

>Llévalo a otra tienda. Insiste en que lo abran.
>Tira ya el puto celular desde un puente.
>¿Alguien me puede explicar qué va a suceder aquí?
>Pues tiene gracia, porque estoy cruzando un puente ahora mismo, pero voy en un Amtrak y no se pueden abrir las ventanillas.
>Mándanos una foto del agua.
>Hoy Samanta se convierte en una mujer.
>Hay más de una forma de abrir una ventana.

>¿Le va a venir el periodo?

>Imagina las olas arrastrando miles de teléfonos hasta la playa.

>Cartas de amor en botellas digitales.

>¿Por qué imaginar? Ve a la India.

>Hoy se va a convertir en una mujer judía.

>¡Yo también voy en un Amtrak!

>¿Una mujer judía? ¿Cómo?

>Más bien correos amenazantes.

>No empecemos a averiguar si viajamos en el mismo tren, ¿vale?

>Israel es la puta escoria.

>Wiki: «Cuando una chica cumple los doce años, se convierte en *bat mitzvá* —hija de la orden— y la tradición judía le reconoce los mismos derechos que a un adulto. A partir de entonces es ética y moralmente responsable de sus decisiones y actos».

>Pon la cámara de tu teléfono en modo temporizador y déjala en el suelo, apuntando hacia arriba.

>Los judíos son lo peor.

>Toc toc.

>¿Pero para qué quieres tomarles una foto a las estrellas?

>¿Quién es?

>Seis millones de judíos seguro que no.

>¿?

>Me muero.

>¡Antisemita!

>Me muero.

>¡Yo soy judía!

Nadie le había preguntado nunca a Sam por qué había elegido a una latina como avatar, porque, aparte de Max, no lo sabía nadie. La elección de Sam podía parecer extraña, incluso había gente que podría haberla encontrado ofensiva. Pero habrían estado equivocados. Lo que era extraño y ofensivo era ser Sam. Tener unas glándulas salivales y sudoríficas tan prolíficas; ser incapaz de no pensar en caminar mientras caminaba. Acné en la espalda y en el culo. No había experiencia más humillante ni existencialmente desalentadora que ir a comprar ropa. Pero ¿cómo explicarle a su madre que prefería no tener nada que le quedara bien que tener que confirmar, en una sala de tortura con espejos, que nunca le quedaría bien nada? Las mangas nunca terminarían en el lugar adecuado. Los cuellos nunca dejarían de ser excesivamente puntiagudos, o demasiado altos, o de estar mal doblados. Los botones de las camisas, todas las camisas, estarían siempre colocados de tal forma que el penúltimo empezando por abajo haría que el cuello quedara demasiado apretado o resultara demasiado revelador. Había tan sólo un punto —literalmente una ubicación única en el espacio— donde podía ir un botón para crear una sensación y un efecto naturales. Pero nunca se había confeccionado una camisa con un botón en esa posición, seguramente porque nadie tenía un tronco con unas proporciones tan desproporcionadas como el suyo.

Como sus padres eran unos retrasados tecnológicos, Sam sabía que comprobaban periódicamente su historial de búsquedas, unos barridos estándar que sólo lograban restregarle por su nariz cubierta de espinillas el patetismo de ser un preadolescente con un cromosoma «Y» que miraba tutoriales sobre cómo coser botones en YouTube. Esas noches detrás de su puerta cerrada, cuando sus padres temían que estuviera buscando información sobre armas de fuego, la bisexualidad o el islam, las dedicaba a desplazar el penúltimo botón y el ojal de sus detestables camisas a la única ubicación tolerable. La mitad de las cosas que hacía eran estereotípicamente gays. De hecho, seguramente la proporción era mucho mayor si se eliminaban todas las actividades que, como sacar a pasear un perro de dimensiones normales o dormir, no eran catalogables ni como hetero ni como homo. No le importaba. Los gays no le molestaban en absoluto, ni siquiera estéticamente. Y, sin embargo, le habría gustado poner las cosas en claro, pues nada le molestaba tanto como sentirse incomprendido.

Una mañana, durante el desayuno, su madre le preguntó si había estado quitando y volviendo a coser los botones de sus camisas. Él lo negó con vehemente indiferencia.

—Creo que te quedó muy bien —insistió ella.

Así pues, desde aquel momento, la mitad superior de su uniforme diario para todas las estaciones pasó a consistir en camisetas de American Apparel, a pesar de que realzaban misteriosamente su pecho en un torso por lo demás hundido.

Resultaba incómodo tener un pelo que nunca, por muchos productos que se pusiera, caía como debía. Resultaba incómodo caminar y darse a menudo cuenta de que adoptaba un paso súper (o infra) estilizado, de pasarela, balanceando el trasero a un lado y a otro, y pisando con fuerza no como si intentara aplastar insectos, sino como si quisiera perpetrar un genocidio. ¿Por qué caminaba así? Porque quería caminar como si nada, y el esfuerzo extremo por conseguirlo generaba el horrendo espectáculo de un horrendo contoneo por parte de alguien que, por lo demás, era un mechón rebelde humano de tales proporciones que, efectivamente, utilizaba la palabra *contoneo*. Resultaba incómodo tener que sentarse en sillas, tener que establecer contacto visual, tener que hablar con una voz que sabía que era la suya pero que no reconocía, o que sólo reconocía como la de otro autoproclamado sheriff de Wikipedia, que nunca tendría una entrada biográfica propia visitada (y menos aún editada) por alguien que no fuera él mismo.

Dejando a un lado los momentos en que se masturbaba, suponía que había otros en que se sentía (o se había sentido) cómodo en su cuerpo, pero no conseguía recordarlos. ¿A lo mejor antes de aplastarse los dedos? Samanta no era su primer avatar en Other Life, pero era el primero que encajaba con su piel logarítmica. Nunca había tenido que explicarle a nadie su elección. Max era lo bastante idealista o ecuánime para no darle más importancia, pero ¿cómo se la explicaba a sí mismo? No quería ser una chica. No quería ser una latina. Pero, al mismo tiempo, tampoco era que *no* quisiera ser una chica latina.

A pesar de la lástima casi constante que le producía ser él mismo, nunca había creído que el problema fuera él. No, el mundo era el problema. Era el mundo lo que no encajaba. Pero ¿cuánta felicidad se ha derivado históricamente de poner de relieve la culpabilidad del mundo?

>He estado despierto hasta las 3:00, dando vueltas por mi barrio en Google Street View, y me he visto a mí mismo.
>¿Va a haber algún tipo de fiesta después?
>¿Alguien sabe cómo manipular un PDF? Me da pereza investigar.
>El título de las memorias que escribiré cuando sea famosa: *Era el peor de los tiempos, era el peor de los tiempos.*
>¿Qué tipo de PDF?
>¿Nos vamos a quedar sin miel de maple dentro de tres años?
>¿Esto va a ser en hebreo? En caso afirmativo, ¿alguien menos vago que yo puede escribir un programa que lo pase por un traductor en tiempo real?
>Sí, yo también lo he leído.
>¿Por qué me parece tan increíblemente deprimente?
>¿Alguien tiene un pen drive NexTek?
>Porque te encantan los *waffles.*
>El título de mis memorias cuando sea famosa: *Lo hice a tu manera.*
>Me salté directamente el artículo sobre refugiados sirios. Sé que es un tema horrible y sé que en teoría me pone supertriste, pero no consigo que me provoque una sola emoción verdadera. Con lo de la miel, en cambio, me dieron ganas de esconderme debajo de la cama.
>Sólo duran unas semanas.
>Pues escóndete y llora lágrimas de maple.
>Samanta, te he traído algo que te va a encantar, si no lo

tienes ya, claro, aunque seguramente lo tienes. Bueno, te lo estoy enviando.

>Estoy oyendo una canción buenísima que sale de los audífonos de la chica que va sentada al otro lado del pasillo.

>Lo más visto hoy: unos niños rusos y un puenting improvisado, un caimán mordiendo a una anguila eléctrica, un viejo tendero coreano pegándole una tunda a un ladrón, unos quintillizos riendo, dos niñas negras partiéndose la cara durante el recreo...

>¿Qué canción es?

>Quiero hacer algo enorme, pero ¿qué?

>Da igual, ya lo he descubierto.

>Mierda, no sabía que había que traer un regalo a un *bat mitzvá*.

>El envío está tardando una eternidad.

Sam pensó en mandarle un mensaje a Billie y preguntarle si quería acompañarlo a una función de danza contemporánea (o performance, o como se llamara) el sábado. Parecía genial. Así lo había descrito ella en su diario, el mismo que Sam había sacado de su mochila mientras ella estaba en clase de gimnasia, había escondido dentro de su libro de química, mucho más grande y mucho menos interesante, y había leído con detenimiento. No le gustaba mandar mensajes de texto, porque eso implicaba tener que mirar su pulgar, el dedo que se había llevado la peor parte, o que había sanado peor. El que la gente prefería no mirar. Semanas después de que los otros dedos hubieran recuperado el color y la forma aproximada, el pulgar seguía estando negro, doblado a la altura del nudillo. El médico había dicho que no estaba arraigando y que habría que amputarlo para impedir que la infección se extendiera al resto de la mano. Lo dijo delante de Sam. «¿Está seguro?», preguntó su padre, y su madre insistió en que buscaran una segunda opinión. La segunda opinión fue la misma que la primera. Su padre suspiró y su madre insistió en que buscaran otra. El tercer médico dijo que no había riesgo inmediato de infección, que los niños tienen una resistencia casi sobrehumana y que «estas cosas suelen encontrar la forma de sanar por sí solas». A su padre no le gustó cómo sonaba eso, pero a su madre sí, y al cabo de dos semanas la punta del pulgar había empezado a aclararse. Sam tenía casi ocho años. No se acuerda de los médicos ni de la rehabilitación. Apenas se acuerda del accidente en sí, y a veces se pregunta si no se limitará a recordar los recuerdos de sus padres.

Sam no recuerda que gritó «¿Por qué tuvo que pasar?», tan fuerte como pudo, no por terror, ni rabia, ni confusión, sino por el tamaño de la pregunta. Hay historias de madres que levantan coches para liberar a sus hijos atrapados, de eso se acuerda, pero no recuerda la compostura sobrehumana con que su madre lo miró a los ojos desencajados, lo calmó y le dijo: «Te quiero y estoy aquí». No recuerda que lo sujetaron mientras el médico le volvía a pegar las puntas de los dedos. No recuerda despertar tras una siesta de cinco horas después de la operación y encontrarse con que su padre había llenado la habitación con todos los juguetes que había encontrado en Child's Play. En cambio sí recuerda un juego al que solían jugar cuando era un niño: «Pulgarcito, pulgarcito, ¿dónde estás? ¡Aquí estoy!». Después del accidente no habían vuelto a jugar a aquello con Benjy, ni una sola vez, y nunca nadie lo había mencionado. Sus padres intentaban protegerlo, pero no comprendían que lo único de lo que lo podrían haber protegido era precisamente de la vergüenza que se insinuaba en su silencio.

>Hay una app que no existe y debería existir: apuntas algo con tu celular y éste muestra un video del aspecto que tenía ese algo unos segundos antes. (Naturalmente, para ello casi todo el mundo tendría que grabarlo y subirlo casi todo casi siempre, pero ya casi estamos ahí.) Así, sabrías lo que pasa en el mundo al tiempo que sucede.
>Qué gran idea. Y podrías cambiar las configuraciones para incrementar el *lag*.

>¿?

>Podrías ver el mundo de ayer, de hace un mes, o de tu cumpleaños, o —aunque eso sólo será posible en el futuro, cuando se hayan subido suficientes videos— la gente podría moverse por su niñez.

>Imaginen a una persona moribunda, que todavía no ha nacido, caminando un día por la casa donde creció.

>¿Y si la han derruido?

>Y habría fantasmas también.

>¿Cómo fantasmas?

>«Una persona moribunda que todavía no ha nacido.»

>¿Esto va a empezar algún día?

Sam volvió a este lado de la pantalla porque alguien lo llamó.

—Largo.

—Vale.

—¿Qué pasa? —preguntó, abriéndole la puerta a Max.

—Me estoy largando.

—Qué es eso.

—Un plato de comida.

—Mentira.

—El pan tostado es comida.

—¿Y por qué demonios iba yo a querer un pan tostado?

—No sé, ¿para taparte las orejas?

Sam le hizo un gesto a Max para que pasara.

—¿Están hablando de mí?

—Sí, claro.

—¿Y qué dicen? ¿Cosas malas?

—Bueno, no te están cantando «Porque es un muchacho excelente», desde luego.

—¿Papá está decepcionado?

—Diría que sí.

Sam volvió a fijarse en la pantalla, mientras Max intentaba asimilar disimuladamente los detalles de la habitación de su hermano.

—¿De mí? —preguntó Sam sin girarse a mirar a su hermano.

—¿Qué?

—¿Decepcionado de mí?

—Sí, ya sé que has preguntado eso.

—Mira que puede llegar a ser nenaza...

—Sí, pero a veces mamá tiene unos huevos...

Sam se rio.

—Ya te digo.

Sam se desconectó y se giró hacia Max.

—Arrancan la tirita tan despacio que da tiempo a que nuevos pelos crezcan y se peguen.

—¿Eh?

—Ojalá se divorciaran de una vez.

—¿Divorciarse? —preguntó Max, y su cuerpo desvió el flujo sanguíneo hacia la parte del cerebro encargada de ocultar el pánico.

—Sí, claro.

—¿En serio?

—¿Tú qué eres, un ignorante?

—¿Y eso qué significa? ¿Estúpido?

—Significa que no sabes nada.

—Pues no.

—Bueno —dijo Sam, pasando el dedo por el marco del iPad, aquel desgarro rectangular en el mundo real—, ¿y tú a quién elegirías?

—¿De qué?

—A quién elegirías. Para vivir.

A Max aquello no le gustó.

—¿Pero los niños no se reparten el tiempo, o lo que sea?

—Sí, empezaría así, pero al final siempre hay que elegir.

A Max aquello le pareció fatal.

—Supongo que papá es más divertido —dijo—. Y me llevaría muchas menos broncas. Y seguramente tendría más cosas padres, podría ver más la tele...

—... sí, y disfrutar de la vida antes de morir de escorbuto, o de un melanoma por no llevar nunca crema solar, o de que te metieran en la cárcel por llegar tarde al colegio día sí, día también.

—¿Te meten en la cárcel por eso?

—La ley dice claramente que tienes que ir.

—También echaría de menos a mamá.

—¿Qué, concretamente?

—Que sea ella.

A Sam aquello no le gustó nada.

—Pero si me fuera con mamá echaría de menos a papá —añadió Max—, o sea que supongo que no lo sé. ¿Tú a quién elegirías?

—¿En tu lugar?

—No, en el tuyo. Yo sólo querría estar donde estuvieras tú.

A Sam aquello le pareció más que fatal.

Max ladeó la cabeza y levantó los ojos hacia el techo, invitando a las lágrimas a regresar rodando detrás de las cuencas. El gesto pareció casi robótico, aunque su incapacidad de enfrentarse a una emoción humana tan directa era precisamente lo que lo convertía en humano. O por lo menos en el hijo de su padre.

Metió las manos en los bolsillos —una envoltura de caramelo, un lápiz mordido de un día que habían ido a un minigolf, un boleto con la tinta descolorida—, y dijo:

—Una vez fui a un zoológico.

—Has ido al zoológico muchas veces.

—Es un chiste.

—Ah, vale.

—Una vez fui a un zoológico. Me habían dicho que era el mejor del mundo y lo quería ver con mis propios ojos.

—Debía de ser bastante espectacular.

—Pues lo más raro es que dentro de las jaulas sólo había excremento.

—¿De Argo?

—Caramba, me arruinaste el final.

—Vale, pues vuelve a repetir la última frase.

—Empiezo otra vez desde el principio.

—Vale.

—Una vez fui a un zoológico. Me habían dicho era el mejor del mundo, pero en las jaulas sólo había excremento.

—¡No me digas!

—Sí. Era un zoológico de mierda.

—Muy gracioso —dijo Sam, incapaz de reír aunque el chiste le había parecido genuina y realmente divertido.

—Pero lo entendiste, ¿no? Era un zoológico... de mierda...

—Sí.

—Porque en las jaulas sólo había mierdas.

—Gracias, Max.

—¿Soy impertinente?

—Ni mucho menos.

—Sí, lo soy.

—Al contrario.

—¿Qué es lo contrario de impertinente?

Sam ladeó la cabeza y puso los ojos en blanco.

—Gracias por no preguntarme si he sido yo —dijo.

—Ah —respondió Max, frotando entre el índice y el pulgar el boleto descolorido—. Es porque no me importa.

—Ya lo sé. Eres el único al que no le importa.

—Resultó que era una mierda de familia —dijo Max, preguntándose adónde iría cuando se fuera de aquella habitación.

—No tiene gracia.

—A lo mejor no lo entendiste.

EPÍTOME

—¿Papá? —dijo Benjy, entrando de nuevo en la cocina, seguido por su abuelo. Siempre decía papá entre interrogantes, como preguntando dónde estaba.

—Dime, colega.

—Ayer, cuando preparaste la cena, mi brócoli estaba tocando el pollo.

—¿Y estabas pensando en eso ahora mismo?

—No. Llevo todo el día.

—De todos modos, al final termina mezclándose todo en tu estómago —dijo Max desde la puerta.

—¿Y tú de dónde sales? —preguntó Jacob.

—Del agujero de la vagina de mamá —respondió Benjy.

—Y te vas a morir de todos modos —añadió Max—, o sea que ¿qué más da qué toque el pollo si de todos modos está muerto?

Benjy se volvió hacia Jacob.

—¿Es verdad, papá?

—¿Qué parte?

—¿Me voy a morir?

—¿Por qué, Max? ¿Me puedes decir qué necesidad había?

—¡Me voy a morir!

—Pero dentro de muchos, muchos años.

—Da igual —dijo Max.

—Podría ser peor —dijo Irv—. Podrías ser Argo.

—¿Por qué sería peor ser Argo?

—Pues porque ya tiene una pata en el otro barrio...

Benjy soltó un gemido lastimero y en ese preciso instante, como si la hubiera transportado un rayo de luz desde donde fuera que estuviera, Julia abrió la puerta y entró como una exhalación.

—¿Qué ha pasado?

—¿Ya has vuelto? —preguntó Jacob, odiando el momento en todos los aspectos.

—Papá dice que me voy a morir.

—En realidad —puntualizó Jacob soltando una carcajada forzada—, lo que dije es que vas a vivir muchos, muchos, muchos años.

Julia se sentó a Benjy en el regazo.

—Pues claro que no te vas a morir —le dijo.

—En ese caso, que sean *dos* burritos congelados —dijo Irv.

—Hola, cariño —le dijo Deborah a Julia—. Empezaba ya a faltarme el estrógeno.

—¿Por qué tengo una costra, mamá?

—No tienes ninguna costra —dijo Jacob.

—En la rodilla —añadió Benjy, señalando un lugar donde no había nada—, aquí.

—Te habrás caído —dijo Julia.

—¿Por qué?

—¡Pero si no hay ninguna costra!

—Porque caerse forma parte de la vida —le contestó Julia.

—Es el epítome de la vida —dijo Max.

—Caramba, Max, qué palabra.

—¿Epítome? —preguntó Benjy.

—Es la esencia de algo —explicó Deborah.

—¿Y por qué caerse es el epítome de la vida?

—No lo es —dijo Julia.

—La Tierra está siempre cayendo hacia el sol —dijo Max.

—¿Por qué? —preguntó Benjy.

—Por la gravedad —dijo Max.

—No —insistió Benjy, volviéndose hacia Jacob—, ¿por qué caerse no es el epítome de la vida?

—¿Por qué no lo es?

—Sí.

—No estoy seguro de entender tu pregunta.

—¿Por qué?

—¿Por qué no estoy seguro de entender tu pregunta?

—Sí.

—Porque esta conversación es cada vez más confusa, y porque sólo soy un ser humano con una inteligencia gravemente limitada.

—Jacob...

—¡Me estoy muriendo!

—No seas cuentista.

—Cuentisto, no soy una niña.

—Cuentista.

—¡Cuentisto!

—Es cuentista, Benjy.

—Dale un beso en la rodilla, Jacob —intervino Deborah. Jacob dio un beso en la costra inexistente de Benjy.

—Puedo levantar el refrigerador —dijo Benjy, que no sabía si quería dejar ya de llorar.

—Qué bien —dijo Deborah.

—Qué vas a poder —le soltó Max.

—Max dice que qué voy a poder.

—Dale un respiro al niño —murmuró Jacob sin bajar el tono de voz—. Si él dice que puede levantar el refrigerador, es que puede.

—Y me lo puedo llevar muy lejos.

—Bueno, déjalo en mis manos —dijo Julia.

—Puedo controlar el microondas con la mente —dijo Max.

—Ni hablar —le contestó Jacob a Julia, de forma demasiado despreocupada para resultar creíble—. Todo va genial. Lo hemos estado pasando en grande. Has llegado en un mal momento. No es representativo. Pero todo va bien y hoy es tu día.

—¿Libre de qué? —le preguntó Benjy a su madre.

—¿Cómo? —preguntó Julia.

—¿De qué necesitas un día libre?

—¿Quién ha dicho que necesite un día libre?

—Papá, ahora mismo.

—No, yo lo que he dicho es que te hemos dado el día libre.

—Pero ¿libre de qué? —insistió Benjy.

—Eso, eso —dijo Irv.

—De nosotros, evidentemente —dijo Max.

Era un exceso de sublimación: la proximidad doméstica se había transformado en distancia íntima, esa distancia íntima en vergüenza, la vergüenza en resignación, la resignación en miedo, el miedo en resentimiento, y el resentimiento en autoprotección. Julia pensaba a menudo que si lograban seguir el hilo hasta el origen de sus silencios —la fuente de todo lo que se callaban—, a lo mejor podrían recuperar la sinceridad. ¿Había sido el accidente de Sam? ¿Era la pregunta, nunca formulada, de qué había pasado? Julia siempre había asumido que se protegían mutuamente con aquel silencio, pero ¿y si lo que buscaban era en realidad hacer suyo el dolor, que la herida pasara de Sam a ellos? ¿O se trataba de algo más antiguo? ¿Era posible que el hecho de no contarse cosas fuera anterior al momento de conocerse? Creer eso lo cambiaría todo.

Aquel resentimiento hecho de miedo, de resignación, de distancia y de proximidad era demasiado pesado para cargar con él todo el día, cada día. ¿Y dónde podían soltarlo? Pues en los niños, naturalmente. Lo hacían los dos, pero Jacob más. Cada vez era más brusco con ellos, porque sabía que se lo permitían. Los avasallaba porque sabía que ellos no se la devolverían. Julia le daba miedo, pero los niños no, o sea que vertía en ellos lo que le correspondía a ella.

—¡Ya basta! —le gritó Jacob a Max, alzando la voz con un gruñido—. ¡Basta!

—Ya basta tú —respondió Max. Jacob y Julia se miraron, tomando nota mental de la primera vez que su hijo les había contestado con insolencia.

—¿Perdón?

—Nada.

Jacob se hartó.

—No pienso discutir más contigo, Max. Estoy cansado de discutir. En esta familia se discute demasiado.

—¿Quién está discutiendo? —preguntó Max.

Deborah se acercó a su hijo.

—Tómate un respiro, Jacob —le dijo.

—Me tomo demasiados respiros.

—Vayamos arriba un momento —dijo Julia.

—No. Eso es lo que hacemos nosotros con ellos, no lo que haces tú conmigo —le espetó, y se volvió hacia Max—. A veces, en la vida, en una familia, hay que hacer lo que toca, sin analizarlo ni negociarlo todo eternamente. Te espabilas y te apegas al programa.

—Eso, a apegarse al pogromo —dijo Irv, imitando a su hijo.

—Ahora no, papá, ¿vale?

—Puedo levantar la cocina —dijo Benjy, tocando el brazo de su padre.

—No se puede levantar una cocina —contestó Jacob.

—Que sí.

—No, Benjy. No se puede.

—Eres tan, tan fuerte —le dijo Julia, tomándole las dos muñecas.

—Inmolado —dijo Benjy. Y acto seguido, en un susurro, añadió—: Puedo levantar la cocina.

Max miró a su madre. Ésta cerró los ojos, reticente o incapaz de protegerlo como hacía con su hermano pequeño.

Como caída del cielo, una pelea de perros en la calle hizo que todos se acercaran corriendo a la ventana. En realidad no era tal, tan sólo dos perros que le ladraban a una ardilla descarada subida a una rama. Pero, aun así, la interrupción vino como caída del cielo. Cuando retomaron sus posiciones en la cocina, era como si los diez minutos anteriores hubieran sucedido hacía diez años. Julia se excusó y se fue a la ducha. Nunca se duchaba durante el día y le sorprendió la fuerza de la mano que la empujaba hacia allí. Oía efectos sonoros procedentes de la habitación de Sam; era evidente que estaba ignorando el primer mandamiento de su exilio, pero Julia prefirió no detenerse.

Cerró la puerta del baño con pestillo, dejó la bolsa, se desnudó y se examinó en el espejo. Levantó el brazo y siguió una vena que descendía y le pasaba por debajo del seno derecho. Se le había caído el pecho y le había salido panza. Todo eso había sucedido poco a poco, con pequeños cambios imperceptibles. Se le había oscurecido el vello púbico que le subía por el vientre; la piel entera, de hecho, parecía más oscura. Nada de aquello era una novedad, sino más bien parte de un proceso: Julia había presenciado y percibido aquella transformación no deseada de su cuerpo, por lo menos desde el nacimiento de Sam: la expansión y posterior reducción de los pechos, la aparición de estrías en los muslos, el decaimiento de todo lo que había sido firme. Durante su segunda visita al hostal, y en otras ocasiones, Jacob le había dicho que le gustaba su cuerpo exactamente como era, pero, a pesar de creerle, a veces ella sentía el impulso de disculparse.

Y entonces se acordó. Naturalmente que se acordó: había puesto allí aquello ni más ni menos que para recordarlo en ese preciso instante. En su momento no lo había entendido, no había entendido por qué ella, que no había robado nada en su vida, de repente lo había hecho. Pero había sido justo por eso.

Levantó un pie y lo apoyó en el lavabo, se acercó la manija a la boca, la calentó y la humedeció con el aliento. Separó los labios vaginales, llevó la manija ahí abajo y presionó, primero suavemente y luego ya no tanto, al tiempo que lo hacía girar. Notó cómo la primera oleada de placer le atravesaba el cuerpo y le fallaron las piernas. Se puso en cuclillas y jaló el cuello de la camiseta hasta dejar un pecho al aire. Volvió a humedecer la manija con la lengua y se la colocó de nuevo entre los labios, describiendo pequeños círculos alrededor del clítoris y dando golpecitos, deleitándose en la forma en la que el metal cálido se le pegaba a la piel y jalaba un poco cada vez.

Estaba a cuatro patas. No. Estaba de pie. ¿Dónde estaba? Al aire libre. Exacto. Echada sobre su coche. En un estacionamiento. En medio de un campo. No, inclinada, con la parte superior del cuerpo sobre el asiento trasero del coche y los pies en el suelo. Los pantalones y las bragas bajadas lo justo para que se le viera el culo. Pegó la cara al asiento, con el culo en alto. Abrió las piernas tanto como se lo permitieron los pantalones. Quería mantenerlas juntas. Quería que fuera difícil. Los podían cachar en cualquier momento. Tendrás que ser rápido, le dijo. ¿A quién? Métemela hasta el fondo. Era Jacob. Haz que me venga. Cógeme como quieras, Jacob, y lárgate. Déjame aquí con tu semen chorreándome entre los muslos. Cógeme y vete. No. De repente cambió. Estaba en una galería de interiorismo. Sin hombres. Sólo había manijas. Hundió la manija contra el clítoris, se lamió tres dedos y se los metió para notar las contracciones mientras se venía.

Notó un golpe seco, como la violenta sacudida que a veces la despertaba bruscamente cuando ya estaba a punto de dormirse. Pero no era eso, no se estaba cayendo al suelo, sino que se le venía algo encima. ¿Qué demonios le estaba pasando? ¿Le había bajado demasiada sangre al abdomen de golpe y había sufrido un desajuste neuronal? La masturbación suponía un esfuerzo mental, pero ella de pronto estaba a merced de su mente.

A través de la tapa de su ataúd de pino vio a Sam de pie encima de ella, vestido con traje, guapísimo, con una pala en la mano. Esa imagen no la había elegido. No le producía ningún placer. Qué chico tan guapo. Qué hombre tan guapo. No pasa nada, cariño. No pasa nada, no pasa nada. Ella gemía, él lloraba, los dos eran animales. Sam tomó otra palada de tierra y se la echó encima. Así pues, esto es lo que se siente. Ahora ya lo sé, pero nada será diferente.

Y entonces Sam se fue.

Y Jacob, Max y Benjy con él.

Todos sus hombres se fueron.

Le echaron más tierra encima, aunque ahora quienes manejaban las palas eran desconocidos, de cuatro en cuatro.

Y entonces éstos se fueron.

Y ella se quedó sola, en la diminuta casa que era su vida.

Lo que la devolvió al mundo, a la vida, fue un zumbido; la arrancó de aquella fantasía que no había elegido y la dejó frente a frente con la insensatez de lo que estaba haciendo. ¿Quién se había creído? Tenía a los suegros en el piso de abajo, a su hijo en el pasillo, un plan de pensiones más voluminoso que su cuenta bancaria. No es que se avergonzara: se sintió estúpida.

Otro zumbido.

No lograba ubicarlo.

Era un teléfono, pero el zumbido no le sonaba.

¿Era posible que Jacob le hubiera comprado a Sam un smartphone para sustituir el teléfono plegable heredado con el que había pasado el último año sin escribir un solo mensaje? Habían hablado de regalárselo por su *bar mitzvá*, pero todavía faltaban varias semanas, y eso había sido antes de que se metiera en aquel lío. Además, al final habían rechazado la idea. Había ya demasiadas cosas que arrastraban a todo el mundo hacia el ruido de otra parte. El experimento con Other Life sólo había servido para secuestrar la conciencia de Sam.

Volvió a oír el zumbido.

Rebuscó dentro de la cesta de mimbre llena de artículos de tocador, en el botiquín: frascos de Advil enormes y pequeños, quitaesmalte, tampones orgánicos, Nivea, agua oxigenada, alcohol etílico, Biodramina, Neosporin, ibuprofeno infantil, descongestivo nasal, desinfectante para manos Purell, Imodium, laxantes, amoxicilina, aspirina, crema con triamcinolona, crema con lidocaína, espray Dermoplast, gotas para los tapones de los oídos, solución salina, crema Bactroban, hilo dental, loción de vitamina E... Todas las cosas que un cuerpo puede necesitar. ¿Por qué con el paso del tiempo los cuerpos tienen tantas necesidades? Durante años y años ella no había necesitado nada.

Volvió a oír el zumbido.

¿Dónde estaba? Podría haber llegado a convencerse de que sonaba en casa de los vecinos, al otro lado de la pared, o incluso que lo había imaginado, pero entonces volvió a sonar y en esa ocasión ubicó la vibración en un rincón, en el suelo.

Se puso de rodillas. ¿Estaba en el revistero? ¿Detrás del lavabo? Palpó alrededor del excusado y en el preciso instante en que lo tocó, el teléfono volvió a vibrar, como si respondiera a su tacto. ¿De quién era? Se oyó un último zumbido: una llamada perdida de JULIA.

¿Julia?

Pero si Julia era ella.

¿qué te pasó?

E-S-T-O-T-A-M-P-O-C-O-P-A-S-A-R-A

Sam sabía que todo terminaría por derrumbarse, lo único que no sabía era el cómo y el cuándo. Sus padres se divorciarían, y terminarían odiándose y propagando destrucción, como el reactor nuclear japonés. Todo eso le parecía evidente, aunque para ellos todavía no lo fuera. Sam había intentado no fijarse en sus vidas, pero era imposible no darse cuenta de que su padre se quedaba dormido cada vez más a menudo delante de la ausencia de noticias, de que su madre se dedicaba a podar los árboles de sus modelos arquitectónicos y a refugiarse en ello, de que su padre había empezado a servir postre cada noche, de que su madre le decía a Argo que «necesitaba espacio» cada vez que se acercaba a lamerla, de que su padre había cambiado la contraseña de su iPad, de que su madre estaba cada vez más enganchada a la sección de viajes, de que en el historial del navegador de su padre sólo había páginas de inmobiliarias, de que cada vez que su padre entraba en la sala, su madre sentaba a Benjy en su regazo, de la rabia cada vez más acusada que su padre expresaba hacia los atletas consentidos que «ni siquiera se esfuerzan», que su madre había donado tres mil dólares a la campaña de captación de donativos de la radio pública, de que su padre se había comprado una Vespa para vengarse, y de que se habían terminado los aperitivos en los restaurantes, el tercer cuento de antes de acostarse de Benjy y el contacto visual.

Sam veía lo que ellos no veían o no podían permitirse ver, y eso todavía lo enojaba más, porque ser menos estúpido que tus padres es asqueroso, como beber un trago de leche que creías que era jugo de naranja. Y, porque era menos estúpido que sus padres, sabía que llegaría el día en que le dirían que no tenía que elegir, aunque en realidad sí tendría que hacerlo. Sabía que empezaría a perder el deseo o la capacidad de fingir en el colegio y sus notas empezarían a deslizarse por un plano inclinado, siguiendo una fórmula que debería haberse sabido al dedillo, y las muestras de amor de sus padres se inflamarían como respuesta a la tristeza que les generaría su tristeza, y acabarían recompensándolo por venirse abajo. La sensación de culpabilidad de sus padres por haberle exigido demasiado le permitiría librarse de tener que participar en deportes de equipo, podría renegociar más favorablemente las horas de televisión, las cenas empezarían a ser cada vez menos orgánicas y pronto se encontraría en rumbo de colisión con el iceberg, mientras sus padres se enzarzaban en un duelo de violines.

Le encantaban los datos interesantes, pero casi siempre andaba distraído pensando cosas raras, recurrentes. Como ésta: ¿qué sucedería si un día presenciaba un milagro? ¿Lograría convencer a alguien de que no estaba bromeando? ¿Qué pasaría si un recién nacido le contara un secreto? ¿Y si un árbol se alejaba caminando? ¿Y si conocía a su yo de mayor y éste le revelaba todos los errores catastróficos evitables que iba a ser incapaz de evitar? Imaginaba sus conversaciones con su madre, con su padre, con amigos inventados del colegio, con amigos reales de Other Life. La mayoría simplemente se burlaban de él. A lo mejor conseguía que uno o dos hicieran como que le creían. Max por lo menos querría creerle. Benjy le creería, pero es que Benjy se lo creía todo. ¿Billie? No. Sam estaría solo con su milagro.

Llamaron a la puerta. No a la del santuario, sino a la de su habitación.

—Lárgate, mamón.

—¿Perdona? —dijo su madre, que abrió y entró.

—Lo siento —dijo Sam, y puso el iPad boca abajo encima del escritorio—. Creía que eras Max.

—¿Y ésa te parece forma de hablarle a tu hermano?

—No.

—¿O a cualquier otra persona?

—No.

—¿Y por qué lo haces?

—No lo sé.

—A lo mejor deberías tomarte un momento para reflexionar sobre ti.

No sabía si se trataba de un comentario retórico, pero era consciente de que era un mal momento para no tomarse a su madre de forma literal. Después de un rato reflexionando, lo mejor que se le ocurrió fue:

—Supongo que soy alguien que dice cosas que sabe que no debería decir.

—Sí, supongo que sí.

—Pero mejoraré.

Su madre examinó la habitación con la mirada. Dios, cómo detestaba aquellas inspecciones furtivas de sus deberes, sus cosas, su aspecto... Su juicio constante lo atravesaba como un río y creaba dos orillas.

—¿Qué has estado haciendo, aquí arriba?

—Ni escribiendo ni leyendo e-mails, ni enviando mensajes, ni jugando a Other Life.

—Bueno, pero ¿qué has estado haciendo?

—Pues no lo sé.

—No estoy segura de que eso sea posible.

—¿Hoy no era tu día libre?

—No, no es mi día libre. Es un día en que tenía que hacer varias cosas que llevo tiempo aplazando. Como respirar y pensar, por ejemplo. Pero esta mañana hemos tenido que hacer una visita no planeada a Adas Israel, como seguramente recordarás, y luego he tenido que reunirme con un cliente...

—¿Por qué has tenido que hacerlo?

—Porque es mi trabajo.

—Pero ¿por qué hoy?

—Porque me ha parecido que tenía que hacerlo, ¿de acuerdo?

—De acuerdo.

—Y entonces, en el coche, se me ocurrió que, aunque es probable que lo hayas fastidiado todo, seguramente lo mejor es seguir actuando como si tu *bar mitzvá* fuera a celebrarse. Y una de las muchas, muchísimas cosas en las que sólo yo soy capaz de pensar es tu traje.

—¿Qué traje?

—Exacto.

—Es verdad, no tengo traje.

—En cuanto te lo han dicho parece evidente, ¿verdad?

—Sí.

—Constantemente me fascina la cantidad de cosas que funcionan así.

—Lo siento.

—¿Qué culpa tienes tú?

—No sé.

—Tenemos que comprar un traje.

—¡¿Hoy?!

—Sí.

—¿En serio?

—Las tres primeras tiendas no tendrán lo que necesitamos, y si encontramos algo pasable, no te quedará bien, y el sastre lo va a hacer mal dos veces.

—Pero ¿yo tengo que ir?

—¿Adónde?

—A la tienda de trajes.

—No, no, claro que no tienes que ir. Lo haremos más fácil: fabricaremos nuestra propia impresora 3D con palos de paleta y macarrones, imprimiremos un modelo anatómicamente correcto basado en ti y lo arrastraré sola hasta la tienda de trajes en mi día libre.

—Y ya puestos, ¿le podemos enseñar también mi *haftará*?

—Ahora mismo no me río de tus bromas.

—Eso no hacía falta decirlo.

—¿Disculpa?

—Que no hace falta que digas que no te ríes para que los demás se den cuenta de que no te estás riendo.

—Eso tampoco hacía falta decirlo, Sam.

—Bueno. Lo siento.

—Vamos a tener que hablar con papá cuando vuelva de la reunión, pero antes tengo que decirte algo. Es necesario.

—Vale.

—Deja de decir «vale».

—Lo siento.

—Y deja de decir «lo siento».

—Creía que se trataba justamente de que me disculpara...

—Por lo que has hecho.

—Pero yo no he...

—Estoy muy decepcionada de ti.

—Ya lo sé.

—¿Y eso es todo? ¿No tienes nada más que añadir? ¿Como por ejemplo: «He sido yo y lo siento»?

—No he sido yo.

Julia se puso las manos en la cintura, con los pulgares a través de las presillas del cinturón.

—Ordena este basurero. Da asco.

—Es mi habitación.

—Pero es nuestra casa.

—Ese tablero no lo puedo mover. Dejamos la partida a medias; papá me dijo que la vamos a terminar cuando deje de estar metido en este lío.

—¿Tú sabes por qué le ganas siempre?

—Porque se deja ganar.

—No te ha dejado ganar desde hace años.

—Pues porque se lo toma con calma.

—No es verdad. Le ganas porque a él lo emociona matar figuras, pero tú siempre piensas cuatro movimientos por adelantado. Y eso hace que se te dé bien el ajedrez y que se te dé bien la vida.

—No se me da bien la vida.

—Cuando eres razonable, sí.

—¿A papá se le da mal la vida?

—Ésa no es la conversación que vamos a tener ahora mismo.

—Si se concentrara podría ganarme.

—Es posible, pero nunca lo sabremos.

—¿Y qué conversación vamos a tener?

Julia se sacó el teléfono del bolsillo.

—¿Qué es esto?

—Un teléfono celular.

—¿Es tuyo?

—No se me permite tener celular.

—Por eso me enfadaría si fuera tuyo.

—Pues no tienes por qué enfadarte.

—¿Y de quién es?

—Y yo qué sé.

—Los teléfonos no son como los huesos de dinosaurio. No aparecen así, sin más.

—Los huesos de dinosaurio tampoco son así.

—Yo que tú no me pasaría de listo. —Le dio la vuelta al teléfono. Dos veces—. ¿Cómo lo desbloqueo?

—Supongo que tendrá una contraseña.

—Pues sí.

—En ese caso lo tienes difícil.

—Puedo probar con e-s-t-o-t-b-p-a-s-a-r-a, ¿no?

—Sí, supongo.

Todos los miembros de la familia Bloch usaban aquella ridícula contraseña para todo: desde Amazon hasta Netflix, pasando por la alarma doméstica y los teléfonos.

—No —dijo Julia, mostrándole la pantalla a Sam.

—Valía la pena probarlo.

—¿Lo llevo a la tienda, o qué?

—Ni siquiera desbloquean teléfonos de terroristas.

—Podría probar la misma contraseña, pero con mayúsculas.

—Podrías.

—¿Cómo se ponen las mayúsculas?

Sam tomó el teléfono. Cuando escribía sonaba como la lluvia cayendo sobre un tragaluz, pero su madre sólo veía su pulgar desfigurado a cámara lenta.

—Tampoco —dijo él.

—¿Y con todas las letras?

—¿Cómo?

—T-a-m-b-i-e-n.

—Menuda tontería sería eso.

—Pero comparado con emplear la misma contraseña para todo, sería brillante.

—e-s-t-o-t-a-m-b-i-e-n-p-a-s-a-r-a... Pues no. Lo siento. Ay, no lo siento.

—Inténtalo con todas las letras y la primera en mayúscula.

—¿Eh?

—E mayúscula y t-a-m-b-i-e-n, con todas las letras.

De pronto Sam escribió más despacio, prestando atención.

—Hmmm...

—¿Está desbloqueado?

Julia alargó la mano para recuperar el teléfono, pero él lo retuvo durante una fracción de segundo, lo suficiente para provocar un forcejeo incómodo. Sam miró a su madre. El pulgar enorme, antiquísimo, de Julia empezó a empujar palabras por la pequeña montaña de cristal. Entonces miró a Sam.

—¿Qué? —preguntó éste.

—¿Qué de qué?

—¿Por qué me miras?

—¿Que por qué te miro?

—Sí, ¿por qué me miras así?

Jacob no podía dormirse sin un *podcast*. Decía que la información lo calmaba, pero Julia sabía que era por la compañía. Generalmente, cuando él se metía en la cama, ella ya estaba dormida —una de sus coreografías no reconocidas—, pero de vez en cuando ella también escuchaba alguno a solas. Una noche, mientras su marido roncaba a su lado, oyó a un científico experto en sueño que hablaba sobre sueños lúcidos, esos en los que uno es consciente de que está soñando. La técnica más común para provocar un sueño lúcido consiste en adquirir el hábito, estando despierto, de mirar textos —una página de un libro o una revista, un cartel, una pantalla—, apartar la vista y luego volver a mirar. En los sueños, los textos no se mantienen estables. Si uno lo practica, el hábito se convierte en un reflejo. Y si uno practica el reflejo, éste se cuela en los sueños. La discontinuidad de un texto te indicará que estás soñando, y en ese momento no sólo serás consciente de ello, sino que tendrás el control.

Julia apartó la mirada del teléfono y acto seguido lo volvió a mirar.

—Ya sé que no se *juega* a Other Life. ¿Qué es lo que se hace?

—¿Cómo?

—¿Qué verbo se usa para lo que se hace?

—¿Vivir? —dijo él, intentando interpretar el cambio que se había producido en el rostro de su madre.

—En Other Life, quiero decir.

—Sí, ya te había entendido.

—Entonces ¿*vives* Other Life?

—Generalmente no tengo que describir lo que hago allí, pero sí.

—Puedes *vivir* Other Life.

—Exacto.

—No, digo que te doy permiso.

—¿Ahora?

—Sí.

—Creía que estaba castigado.

—Y lo estás —dijo ella, y se guardó el teléfono en el bolsillo—. Pero ahora puedes vivir eso, si quieres.

—Podemos ir a por el traje...

—Otro día. Hay tiempo.

Sam apartó la mirada de su madre y acto seguido la volvió a mirar.

Había comprobado todos los aparatos. No estaba enfadado, sólo quería decir lo que tenía que decir y acto seguido arrasar la sinagoga y dejarla reducida a escombros. Fallaba algo, no se sentía en casa. Lo cableó todo con celo excesivo y colocó el triple de explosivos de los necesarios: debajo de cada banco, ocultos encima de la librería donde guardaba los *siddurim*[11] y enterrados debajo de los cientos de *yarmulkes*,[12] en su contenedor de madera octogonal que llegaba hasta la cintura.

Samanta sacó la Torá del arcón. Salmodió varios versos sin sentido que había memorizado, apartó el paño de satén que cubría el libro sagrado y lo abrió delante de ella, sobre la *bema*. Esas letras preciosas, de un negro azabache. Todas esas hermosas frases minimalistas, combinadas para formar aquellas hermosas historias que, con su eco interminable, deberían haberse perdido en la historia o quizá se acabarían perdiendo. El detonador estaba en el punto de libro de la Torá. Samanta lo tomó, encontró su pasaje en el rollo y empezó a salmodiar.

>*Bareju et Adonai Hamevoraj.*[13]
>¿Eh?
>Me llevé a mi hermano pequeño al zoológico y dos rinocerontes se pusieron a coger, fue emocionante. Mi hermano se quedó allí mirando. Lo más gracioso de todo era que ni siquiera sabía que lo que veía era gracioso.
>¡Presta atención!
>Sí, resulta gracioso cuando alguien no sabe que algo es gracioso.
>¿Cómo puedo echar de menos a alguien que no conozco?

11. Libros de oración.
12. Solideo.
13. «Bendigan al Señor.»

>*Baruj Adonai hamevoraj leolam va-ed.*
>Yo siempre, siempre, siempre preferiré la falta de honestidad a la honestidad fingida.
>App: todo lo que digas un día se usará en tu contra.
>*Baruj Atah, Adonai...*
>Lo tengo: Bendito seas, Señor.
>Desde hace un tiempo me pasa una cosa rara: no recuerdo qué aspecto tiene la gente que conozco. O me convenzo de que no lo recuerdo. Me descubro intentando recordar la cara de mi hermano y no puedo. No es que no fuera capaz de distinguirlo entre una multitud, o que no lograra reconocerlo. Pero cuando intento pensar en él, no puedo.
>*Eloheynu, melej haolam...*
>Bájate un programa llamado VeryPDF. Es bastante fácil de usar.
>Dios nuestro, Rey del universo...
>Perdona, estaba cenando. Estoy en Kioto, las estrellas hace ya rato que han salido.
>¿Alguien ha visto el video de la decapitación de ese periodista judío?
>*asher bajar banu mikol ha'amim...*
>VeryPDF tiene un millón de errores.
>Nos has escogido de entre todos los demás pueblos...
>Mi iPhone me está mareando.
>*venatam lanu et Torato...*
>Tienes que bloquear la rotación. Haz doble clic en el botón inicio para que aparezca la barra de multitareas. Deslízate hacia la derecha, hasta que te salga algo parecido a una flecha circular: eso es lo que activa y desactiva el bloqueo de rotación.
>¿Te puedes quedar ciego mirando una grabación del sol?
>¿Alguien sabe algo de ese nuevo telescopio que los chinos dicen que van a construir? En teoría permitirá ver el doble de lejos hacia el pasado que cualquier otro telescopio.

>*Baruj Atah, Adonai...*
>Sé que va a parecer que estoy drogado, pero ¿no deberíamos celebrar la extrañeza de lo que acabas de decir? ¿«El doble de lejos hacia el pasado»?
>Podría guardar todas las palabras que he escrito en mi vida en un *memory stick.*
>¿Y eso qué quiere decir?
>Bendito seas, Señor...
>Imagina que pusieran un espejo en el espacio, realmente lejos de la Tierra. Si lo enfocáramos con el telescopio, ¿no nos veríamos a nosotros mismos en el pasado?
>¿Perdón?
>Cuanto más lejos estuviera, más lejos en el pasado podríamos ver: nuestros nacimientos, el primer beso de nuestros padres, los hombres de las cavernas...
>Los dinosaurios...
>Mis padres no se besaron nunca y cogieron una sola vez.
>La vida saliendo a rastras del océano...
>*notein ha Torah.*
>Y si estuviera perfectamente alineado, podrías ver el vacío de tu propia ausencia.
>El que da la Torá.

Samanta levantó la mirada.

¿Qué demonios tenía que hacer un ser humano fundamentalmente bueno para que lo vieran? No para que lo percibieran: para que lo vieran. No para que lo valoraran o lo apreciaran, ni siquiera para que lo amaran; para que lo vieran, en su totalidad.

Echó un vistazo a la congregación de avatares. Eran personas de fiar, generosas, fundamentalmente agradables. Las personas más fundamentalmente agradables que jamás conocería eran personas a las que nunca iba a conocer.

Observó el vitral del Presente Judío y miró a través de él simultáneamente.

Sam había oído todo lo que habían hablado con el rabino

Singer desde el otro lado de la puerta. Sabía que su padre creía en él y que su madre no. Sabía que su madre intentaba hacer lo que creía que era mejor, y que su padre intentaba hacer lo que creía que era mejor. Pero ¿lo mejor para quién?

Había encontrado el teléfono un día antes que su madre.

Iban a hacer falta muchas disculpas, pero él no tenía que disculparse ante nadie.

Samanta, sin una garganta que aclarar, empezó a hablar, a decir lo que había que decir.

EPÍTOME

Cuanto mayor se hace uno, más difícil le resulta dar cuenta del tiempo. Los niños preguntan: «¿Falta mucho para llegar?». Y los adultos: «¿Cómo hemos llegado hasta aquí tan rápido?».

Sin saber cómo, era tarde. Sin saber cómo, las horas se habían ido no se sabía adónde. Irv y Deborah se habían ido a casa. Los chicos habían cenado, se habían bañado pronto y habían leído en la cama. Jacob y Julia habían colaborado mutuamente para evitarse: tú sacas a Argo mientras yo ayudo a Max con las mates mientras tú doblas la ropa limpia mientras yo busco la pieza de Lego de la que depende todo mientras tú finges saber cómo se arregla una llave con fuga, y así, sin comerlo ni beberlo, un día que, al empezar, se suponía que tenía que ser para Julia, terminaba con Jacob saliendo supuestamente a tomar algo con alguien de HBO mientras ella se quedaba limpiando la casa. ¿Cómo podía ser que tan poca gente ensuciara tanto en tan poco tiempo? Estaba lavando los platos cuando Jacob entró en la cocina.

—Al final se ha alargado más de lo que creía —dijo preventivamente—. Qué aburrimiento —añadió, para reducir todavía más su culpabilidad.

—Debes de estar borracho.

—No.

121

—¿Cómo puedes pasar cuatro horas tomando copas sin emborracharte?

—Una copa —puntualizó, dejando el saco sobre el taburete—, no «copas». Y han sido tres horas y media.

—¿Cómo se hace para sorber tan despacio?

Su tono era mordaz, pero eso podía deberse a muchos motivos: a que había perdido su día libre, al estrés de la mañana, al *bar mitzvá*... Julia se secó la frente con la primera zona del brazo que no estaba cubierta de espuma y dijo:

—Se suponía que teníamos que hablar con Sam.

Bien, pensó Jacob. De todos los conflictos posibles, aquél era el menos aterrador. Podía disculparse, enmendar el error y volver a la felicidad.

—Sí, ya lo sé —dijo, y notó el sabor a alcohol en los dientes.

—Dices «ya lo sé», pero en cambio es de noche y no estamos hablando con él.

—Acabo de llegar. Iba a servirme un vaso de agua y a hablar con él.

—El plan era que habláramos con él los dos.

—Bueno, prefiero evitarte tener que hacer de poli malo.

—Evitarle a él que haya un poli malo, quieres decir.

—Yo seré los dos polis.

—Tú lo que serás es un camillero.

—No entiendo qué quieres decir con eso.

—Te disculparás por tener que castigarlo, los dos terminarán riendo y yo volveré a quedar como la madre pesada y quisquillosa. Tú pasarás un rato haciendo chistes y yo me llevaré un mes de resentimiento.

—Ni una sola de las cosas que acabas de decir es verdad.

—Bueno.

Julia frotó los restos calcinados de una sartén.

—¿Max está durmiendo? —preguntó Jacob, hablando con ella pero mirando hacia otro lado.

—Son las diez y media.

—¿Y Sam está en su cuarto?

—¿Cuatro horas para una copa?

—Tres y media. Es que llegó alguien cuando ya íbamos por la mitad y...

—Sí, Sam está arriba, encerrado en su búnker emocional.

—¿Jugando a Other Life?

—Viviéndolo.

El miedo que les daba estar sin niños que llenaran el vacío era cada vez más acusado. A veces, Julia se preguntaba si dejaba que se acostaran tan tarde sólo para protegerse del silencio, si se sentaba a Benjy en el regazo a modo de escudo humano.

—¿Qué tal le ha ido la noche a Max?

—Está deprimido.

—¿Deprimido? Eso no es verdad.

—Bueno, pues seguramente tendrá la mononucleosis.

—Sólo tiene once años.

—Sólo tiene diez.

—*Deprimido* es una palabra muy fuerte.

—Pero sirve para describir una experiencia muy fuerte.

—¿Y Benjy? —preguntó Jacob, hurgando en un cajón.

—¿Perdiste algo?

—¿Cómo?

—Como te veo rebuscando...

—Subiré a darle un beso a Benjy.

—Lo vas a despertar.

—Seré un ninja.

—Tardó una hora en dormirse.

—¿Literalmente una hora? ¿O te pareció una hora?

—Sesenta minutos pensando en la muerte, literalmente.

—Es un niño fantástico.

—¿Porque está obsesionado con morirse?

—Porque es sensible.

Jacob revisó el correo mientras Julia cargaba el lavavajillas: el aburrido catálogo mensual de Restoration Hardware, la invasión de su privacidad semanal por parte de la Unión Americana por las Libertades Civiles, una petición de donativos por parte de la escuela Georgetown Day que nunca llegarían a abrir, un folleto publicitario de un agente de bolsa con aparatos en los dientes que anunciaba a los cuatro vientos por cuánto había vendido la casa de los vecinos, varios comprobantes impresos de pagos por servicios públicos que te cobraban por internet para no gastar papel, y un catálogo de un fabricante de ropa infantil cuyo algoritmo de marketing no era lo suficientemente sofisticado para comprender que la niñez es una fase temporal.

Julia sacó el teléfono.

Él se mantuvo erguido, aunque se desmoronó por dentro, como uno de esos payasos inflables que vuelven a levantarse una y otra vez para llevarse un puñetazo.

—¿Sabes de quién es?

—Mío —dijo él, quitándoselo de entre las manos—. Me compré uno nuevo.

—¿Cuándo?

—Hace unas semanas.

—¿Por qué?

—Porque... la gente se compra teléfonos nuevos.

Julia puso demasiado jabón en el lavavajillas y lo cerró con más ímpetu del necesario.

—Tiene contraseña.

—Sí.

—Tu teléfono de antes no tenía contraseña.

—Sí tenía.

—Que no.

—¿Cómo lo sabes?

—¿Cómo no lo voy a saber?

—Bueno, supongo que es verdad.

—¿Tienes que contarme algo?

A Jacob lo habían suspendido por copiar en la universidad. Eso fue antes de que existieran programas capaces de detectar si un trabajo estaba copiado. O sea, que si te pescaban copiando era porque habías cometido un plagio descarado, como en su caso. Aunque en realidad no lo habían pescado: había confesado por accidente. Su profesor de Literatura épica estadounidense lo había llamado a su despacho y lo había tenido allí, fermentando en la halitosis, mientras él terminaba de leer las tres últimas páginas de un libro y acto seguido revolvía entre los papeles que cubrían su escritorio, buscando el trabajo de Jacob.

—Señor Bloch.

¿Era una afirmación? ¿Una confirmación de que tenía al tipo correcto?

—¿Sí?

—Señor Bloch —repitió el profesor, agitando las páginas como si fuera un *lulav*[14]—, ¿de dónde han salido estas ideas?

Pero antes de que el profesor tuviera tiempo de añadir: «Porque son demasiado complejas para alguien de su edad», Jacob dijo:

—De Harold Bloom.

A pesar del suspenso, y a pesar de la reprobación académica, se alegró de que se le haya sido la lengua; no porque la honestidad le pareciera tan importante en ese caso, sino porque no había nada que detestara tanto como que alguien pusiera en evidencia su culpabilidad. Era un niño aterrorizado por esa posibilidad y habría hecho cualquier cosa para evitarla.

—Los nuevos teléfonos te piden una contraseña —dijo Jacob—. Creo que la exigen, de hecho.

—Qué forma tan curiosa de decir que no.

—¿Cuál era la pregunta?

—¿Tienes que contarme algo?

—Siempre hay muchas cosas que quiero contarte.

—Dije «tienes».

Argo gimió.

—No estoy entendiendo esta conversación —dijo Jacob—. ¿Y qué es ese olor?

Tantos días a lo largo de su vida compartida, tantas experiencias. ¿Cómo le habían hecho para pasar dieciséis años

14. Rama para la fiesta del Sukot.

desaprendiéndose mutuamente? ¿Cómo era posible que la suma de tanta presencia diera como resultado la desaparición?

Y, finalmente, cuando su primer bebé estaba a punto de entrar en la edad adulta y el último hacía preguntas sobre la muerte, ahí estaban, en la cocina, delante de cosas de las que era ya mejor no hablar.

Julia se dio cuenta de que tenía una manchita en la blusa y empezó a restregarla aunque sabía que era antigua y permanente.

—Imagino que no habrás traído la ropa de la tintorería —dijo.

Lo único que detestaba más que sentirse como se sentía era hablar como hablaba. Como aquello que, según le había contado Irv, Golda Meir le había dicho a Anwar el-Sadat: «Le podemos perdonar que matara a nuestros hijos, pero nunca le perdonaremos que nos obligue a matar a los suyos». Odiaba a la persona que la obligaba a hablar así, como una mujer amargada, ofendida, aburrida, la típica esposa gruñona: Julia habría preferido suicidarse que terminar de esa manera.

—Tengo mala memoria —dijo él—. Lo siento.

—Yo también tengo mala memoria, pero no se me olvidan las cosas.

—Lo siento, ¿sí?

—Resultaría mucho más creíble sin el «sí».

—Actúas como si yo fuera el único que se equivoca aquí.

—Échame la bolita —dijo ella—. ¿Qué cosas haces bien en esta casa?

—¿Lo dices en serio?

Argo dio un largo gemido. Jacob se volvió hacia él y le soltó lo que no era capaz de soltarle a Julia:

—¡Cierra la puta boca! —exclamó, y acto seguido, sin darse cuenta de que estaba haciendo un chiste a costa de sí mismo, añadió—: Nunca levanto la voz.

Ella sí se dio cuenta.

—¿Tú qué crees, Argo?

—A ti y a los niños, nunca.

—No levantar la voz, como no pegarme a mí ni abusar de los niños, no cuenta como algo que haces bien. Es simple decencia. Además, no levantas la voz porque eres un reprimido.

—Eso no es verdad.

—Si tú *no* lo dices...

—Pero, aunque fuera por eso, y que conste que no creo que lo sea, no levantar la voz sigue siendo una cosa buena. Muchos hombres gritan.

—Siento celos de sus mujeres.

—¿Quieres que sea un cabrón?

—Quiero que seas una persona.

—¿Y eso qué se supone que quiere decir?

—¿Estás seguro de que no tienes que contarme nada?

—No entiendo a qué viene tanta insistencia con esa pregunta.

—Permíteme reformularla: ¿cuál es la contraseña?

—¿De qué?

—Del teléfono que estás estrujando.

—Es mi teléfono nuevo. ¿De verdad es tan importante?

—Soy tu mujer. Y sí, soy tan importante.

—Nada de lo que dices tiene sentido.

—Ni falta que hace.

—¿Qué quieres, Julia?

—La contraseña.

—Pero ¿por qué?

—Porque quiero saber qué es lo que no me puedes contar.

—Julia...

—Una vez más, me has vuelto a identificar correctamente.

Jacob había pasado más horas despierto en su cocina que en ningún otro espacio de la casa. Ningún bebé sabe cuándo le retiran el pezón de la boca por última vez. Ningún niño sabe cuándo es la última vez que llama a su madre «mamá». Ningún hijo sabe cuándo se cierra el libro del último cuento de buenas noches que le leerán jamás. Ningún niño sabe cuándo se vacía el agua del último baño que tomará con su hermano. Ningún joven sabe, cuando siente su primer gran placer, que ya nunca volverá a no ser sexual. Ninguna chica sabe, en el momento de convertirse en mujer, que pasarán cuatro décadas antes de que vuelva a ser infértil. Ninguna madre sabe que está oyendo la palabra *mamá* por última vez. Ningún padre sabe cuándo ha cerrado el libro de la última historia de buenas noches que leerá jamás: «Desde aquel día, y durante muchos años, la paz reinó en la isla de Ítaca, y los dioses fueron benévolos con Odiseo, su mujer y su hijo». Jacob sabía que, pasara lo que pasara, volvería a ver la cocina. Y, no obstante, sus ojos se convirtieron en esponjas y absorbieron todos los detalles —el tirador bruñido del cajón de los snacks; la línea donde se juntaban los azulejos de esteatita; el pegamento del PREMIO ESPECIAL A LA VALENTÍA de la parte inferior del saliente de la isleta, que le habían dado a Max el día en que, sin que nadie lo supiera, le habían arrancado el último diente, una calcomanía que Argo, y sólo Argo, veía muchas veces al día—, porque Jacob sabía que un día los exprimiría para extraerles las últimas gotas de aquellos momentos finales, que brotarían como lágrimas.

—Bueno —dijo Jacob.

—¿Bueno qué?

—Bueno, te diré la contraseña. —Dejó el teléfono encima del mostrador con un golpe impetuoso de superioridad que tal vez, ¡tal vez!, lograría estropearlo—. Pero que sepas que esta falta de confianza perdurará eternamente entre nosotros.

—Creo que sobreviviré.

Jacob miró el teléfono.

—Estoy intentando recordar la contraseña. La perdí nada más comprarlo. Es que creo que ni siquiera la llegué a usar.

Volvió a tomar el teléfono y se quedó mirándolo.

—¿Y qué tal la contraseña que los Bloch usan para todo? —sugirió ella.

—Bueno —dijo él—. Es definitivamente la que habría usado: e-s-t-o-t-b-p-a-s-a-r-a. Y... Pues no.

—Vaya, qué mala suerte.

—Seguramente puedo llevarlo a la tienda y que lo desbloqueen.

—¿Y si, y que conste que estoy improvisando, pones la primera letra en mayúscula y escribes t-a-m-b-i-e-n en lugar de t-b?

—No, yo nunca lo haría así —dijo él.

—¿Seguro?

—Seguro. Siempre lo hacemos de la otra forma.

—Pruébalo.

Jacob quería huir de su terror infantil, pero al mismo tiempo quería ser un niño.

—Pero es que nunca lo haría así.

—¿Quién sabe qué haría uno? Tú pruébalo.

Jacob examinó el teléfono, envuelto por sus dedos, dentro de la casa que los envolvía a todos, y en un impulso irreflexivo —un acto reflejo, como el de la pierna cuando te golpean la rodilla con un martillo de médico— lo lanzó contra la ventana y rompió el cristal.

—Creía que estaba abierta.

A continuación siguió un silencio que hizo retumbar los cimientos.

—¿Crees que no sé salir al jardín?

—Eh...

—¿No podías pensar más la contraseña? ¿Aunque sólo fuera para que Sam no pudiera adivinarla?

—¿Sam miró el teléfono?

—No. Pero sólo porque tienes una suerte increíble.

—¿Estás segura?

—¿Cómo pudiste escribir esas cosas?

—¿Qué cosas?

—Esta conversación ha ido ya demasiado lejos para eso.

Jacob sabía que era demasiado tarde y se fijó en las muescas de la tabla de cortar, las suculentas colocadas entre el fregadero y la ventana, los dibujos de los niños pegados con blutack a los azulejos.

—No significaron nada —dijo.

—Me compadezco de alguien capaz de decir tantas cosas sin que signifiquen nada.

—Julia, dame la oportunidad de explicarme.

—¿Por qué no podías decirme esas cosas que no significan nada a mí?

—¿Cómo?

—Le dices a una mujer que no es la madre de tus hijos que quieres lamer tu semen de su ano y a mí, en cambio, el único que me hace sentirme guapa es el puto florista coreano de al lado de la charcutería, que ni siquiera es florista.

—Soy asqueroso.

—Ni se te ocurra hacer eso.

—Julia, sé que es difícil de creer, pero no son más que mensajes. Es lo único que ha pasado.

—En primer lugar, es muy fácil de creer. Nadie sabe mejor que yo que eres incapaz de cometer ningún tipo de transgresión. Y también que eres demasiado gallina para lamerle el ano a nadie, con semen o sin.

—Julia.

—Pero, y esto es lo más importante, ¿cuánto tiene que pasar? ¿Crees que puedes ir por ahí diciendo y escribiendo lo que te dé la gana sin que eso tenga consecuencias? A lo mejor tu padre puede; a lo mejor tu madre es lo bastante débil para tolerar esas guarradas, pero yo no lo soy. La decencia y la indecencia existen, y son cosas distintas. Lo que está bien y lo que está mal son cosas distintas. ¿Lo sabes?

—Pues claro que...

—No, no lo sabes. ¿Le escribiste a una mujer que no es la mujer con la que estás casado que su vagina no te merece?

—No fue exactamente eso lo que escribí. Y fue en el contexto de...

—Además, en el fondo no eres buena persona, y no hay ningún contexto en el que puedas decir esas cosas sin que pase nada.

—Fue un momento de debilidad, Julia.

—¿Se te está olvidando que no borraste los mensajes? ¿Que hay un historial entero? No fue un momento de debilidad, fue una *persona* de debilidad. Y ¿puedes dejar de decir mi nombre?

—Se ha terminado.

—Pero ¿sabes qué es lo peor de todo? Que ni siquiera me importa. Lo más triste de todo ha sido constatar mi absoluta falta de tristeza.

Jacob no lo creía, pero tampoco habría creído que Julia fuera capaz de decirlo. El simulacro de una relación basada en el amor había hecho que la ausencia de dicha relación resultara soportable. Y de pronto ella estaba renunciando a las apariencias.

—Escucha, creo que...

—¿Lamerle el semen del ano? —preguntó Julia, con una carcajada—. ¿Tú? ¡Pero si eres un cobarde obsesionado con los gérmenes! Sólo querías escribirlo. Que está bien, oye; incluso es fantástico. Pero por lo menos admite la fantasía: querrías querer una vida sobrecargada sexualmente, pero lo que quieres en realidad es el cochecito de bebé esperándote en la banda de equipaje, botecitos de Nivea e incluso tu existencia sin felaciones, que te permite no tener que preocuparte por las erecciones. ¡Por Dios, Jacob, pero si incluso llevas siempre un paquete de toallitas para no tener que usar papel higiénico! Ésa no es la actitud de alguien que quiere lamer semen de anos ajenos.

—Julia, ya basta.

—Y, por cierto, aun en el caso de que te encontraras en esa situación, con el ano real de una mujer real lleno de tu semen real pidiéndote lengua, ¿sabes qué harías? Te darían esos ridículos temblores en las manos, empezarías a empapar la camiseta, perderías la media erección gelatinosa que con suerte habrías conseguido y seguramente te largarías al baño a mirar videos pueriles y sin gracia en la web del *Huffington Post*, o a escuchar otra vez el episodio de Radiolab sobre los galápagos. Eso es lo que pasaría. Y ella descubriría lo penoso que eres.

—No llevaría camiseta.

—¿Perdón?

—Que no empaparía la camiseta, porque no llevaría.

—Pero qué réplica tan, tan cruel...

—Deja de buscarme.

—¿Hablas en serio? No lo creo. No puedo creer que hables en serio —dijo Julia y, sin motivo aparente, se giró hacia la llave del fregadero—. ¿Crees que eres el único que quiere actuar de forma imprudente?

—¿Quieres tener una aventura?

—Quiero dejar que todo se derrumbe.

—Porque yo ni tengo una aventura ni estoy dejando que todo se derrumbe.

—Hoy vi a Mark. Él y Jennifer se van a divorciar.

—Pues muy bien. O muy mal. ¿Qué se supone que tengo que decir?

—Y Mark ha estado flirteando conmigo.

—*Mazel tov.*[15]

—Si supieras cuánto te he protegido, cómo me he preocupado por tu patética inseguridad de pollito. Te he ahorrado un montón de cosas inocentes que no tenías ningún derecho a que te molestaran, pero que te habrían destrozado. ¿Tú crees que yo nunca he tenido fantasías? ¿Crees que siempre que me masturbo pienso en ti? ¿En serio?

—Esto no lleva a ninguna parte.

—¿Había una parte de mí que quería cogerse a Mark hoy? Sí. De hecho, todas las partes que quedan por debajo del cerebro. Pero no lo he hecho porque yo no hago esas cosas, porque no soy como tú...

—Yo no me he cogido a nadie, Julia.

—... pero no por falta de ganas.

Jacob levantó la voz por segunda vez en una sola conversación.

—¡Por Dios, ¿qué es ese olor?!

15. «Enhorabuena.»

—Tu perro se ha vuelto a cagar dentro de casa.

—¿Ahora es mi perro?

—Sí, el perro que tú trajiste a casa, a pesar de que habíamos acordado explícitamente que no íbamos a tener un perro.

—Los niños querían uno.

—Los niños querrían que les conectaras los brazos a un cuentagotas lleno de helado Ben & Jerry derretido, y sus cerebros a una cubeta llena de semen de Steve Jobs. Criar hijos no tiene nada que ver con decir que sí a todo lo que quieren.

—Estaban tristes por algo.

—Todo el mundo está triste por algo. Deja de echarle la culpa a los niños, Jacob. Necesitabas ser el héroe y pintarme a mí como la mala de la película.

—Eso no es justo.

—No, desde luego que no. Trajiste un perro a casa aunque habíamos acordado que sería un error, tú fuiste el superhéroe y yo la supervillana, y ahora hay un mojón de mierda apestosa en la sala de estar.

—¿Y no se te ha ocurrido limpiarla?

—No, como a ti no se te ha ocurrido enseñarle a que haga sus necesidades siempre en el mismo sitio...

—El pobre no lo puede evitar...

—... ni sacarlo a pasear, ni llevarlo al veterinario, ni limpiarle la cama, ni acordarte de darle las pastillas para el corazón, ni de mirar si tiene pulgas, ni de comprarle comida, ni de dársela. Yo recojo su mierda cada día; dos veces al día. O más. Por Dios, Jacob, odio los perros, odio este perro, y ni quería ni quiero perros en casa, pero si no fuera por mí, éste llevaría años muerto.

—Sabes que te entiende cuando hablas, ¿verdad?

—Que ya es más de lo que se puede decir de ti. Tu perro...

—Nuestro perro.

—... es más listo que mi marido.

Y entonces Jacob gritó. Era la primera vez que le había levantado la voz a Julia. Era un grito que se había ido acumulando a lo largo de dieciséis años de matrimonio, cuatro décadas de vida, cinco milenios de historia... Un grito dirigido a ella, pero también a todo el mundo, vivo o muerto, y sobre todo a sí mismo. Durante años Jacob había estado ausente, siempre oculto detrás de una puerta blindada, refugiándose en un monólogo interior al que nadie —ni siquiera él— tenía acceso, o en un diálogo escondido dentro de un armario cerrado. Aquél, en cambio, era él.

Dio cuatro pasos hacia ella, pegó los cristales de sus lentes a los ojos de Julia y le gritó:

—¡ERES MI ENEMIGA!

Unos minutos antes, Julia le había dicho a Jacob que lo más triste de todo había sido constatar su falta de tristeza. En su momento había sido cierto, pero ya no lo era. Vio su cocina a través del prisma de las lágrimas: el aro de plástico agrietado de la llave, las ventanas batientes que conservaban su buen aspecto, pero cuyos marcos se desmenuzaban si los agarrabas con demasiada fuerza. Vio el comedor y la sala: todavía eran bonitos, pero en las paredes había dos capas de pintura sobre una capa de tapaporos sobre una década y media de lento deterioro. Su marido no era su compañero.

Un día, cuando iba a tercero, Sam había vuelto a casa muy emocionado y le había dicho a Julia:

—Si la Tierra tuviera el tamaño de una manzana, la atmósfera sería más fina que la piel.

—¿Qué?

—Que si la Tierra tuviera el tamaño de una manzana, la atmósfera sería más fina que la cáscara.

—No sé si entiendo dónde está el interés. ¿Me lo puedes explicar?

—Mira hacia arriba —le había dicho él—. ¿A ti te parece tan fina?

—Sólo veo el techo.

—Si estuviéramos fuera.

La cáscara era muy fina, pero ella siempre se había sentido protegida.

Habían comprado una diana en un mercadito, hacía meses, y la habían colgado en la puerta del fondo del pasillo. Los chicos fallaban con la misma frecuencia con la que acertaban, y cada vez que arrancaban un dardo de la puerta se llevaban un trozo de pintura. Julia descolgó la diana después de que Max entrara en la sala con el hombro cubierto de sangre y dijera: «No ha sido culpa de nadie». Quedó un círculo en la puerta, definido y rodeado por cientos de agujeros.

Ahora, contemplando la cáscara de su cocina, lo que le parecía más triste era saber qué había debajo y que bastaba un arañazo en un punto vulnerable para revelar la verdad.

—¿Mamá?

Julia y Jacob se giraron y vieron a Benjy en la puerta, apoyado en el marco donde habían ido señalando el crecimiento de los niños. Intentaba meter las manos en los inexistentes bolsillos del pijama. ¿Cuánto tiempo llevaba allí?

—Mamá y yo estábamos...

—Querías decir «epítome».

—¿Cómo, cariño?

—Has dicho «enemiga», pero querías decir «epítome».

—Ahí tienes tu beso —le dijo Julia a Jacob, secándose las lágrimas y reemplazándolas con espuma de jabón.

Jacob se puso de rodillas y tomó las manos de Benjy entre las suyas.

—¿Tuviste una pesadilla, colega?

—Si me muero no pasa nada —dijo Benjy.

—¿Cómo?

—Que si me muero no pasa nada.

—¿En serio?

—Siempre y cuando todos los demás se mueran conmigo, sí: si me muero no pasa nada. Lo que me asusta es que los demás no se mueran.

—¿Tuviste una pesadilla?

—No. Se estaban peleando.

—No, no nos peleábamos, sólo...

—Y oí cómo se rompía un cristal.

—Sí, nos estábamos peleando —dijo Julia—. Los seres

humanos tienen sentimientos, y a veces son muy complicados. Pero no pasa nada. Puedes volver a la cama.

Jacob lo tomó en brazos, con la mejilla de Benjy pegada al hombro. ¡Qué ligero era! Pero cada día pesaba más. Un padre nunca sabe cuándo está llevando a su hijo en brazos a la cama por última vez.

Jacob arropó a Benjy bajo las sábanas y le acarició el pelo.

—¿Papá?

—Dime.

—Estoy de acuerdo contigo, probablemente el paraíso no existe.

—Yo no dije eso. Lo que dije es que no podemos estar seguros, o sea que probablemente no sea buena idea organizar nuestras vidas alrededor de eso.

—Sí, exacto, y estoy de acuerdo.

Jacob se podía perdonar por negarse el consuelo a sí mismo, pero ¿por qué tenía que negárselo también a los demás? ¿Por qué no podía dejar que su hijo pequeño se sintiera seguro y feliz en un mundo justo, bonito e irreal?

—Pero ¿alrededor de qué crees que deberíamos organizar nuestras vidas, entonces? —preguntó Benjy.

—¿De nuestras familias?

—Sí, yo también lo creo.

—Buenas noches, colega.

Jacob fue hasta la puerta pero no salió.

—¡Papá, te necesito! —gritó Benjy al cabo de un largo silencio.

—Estoy aquí.

—Las ardillas evolucionaron para tener la cola peludita, ¿por qué?

—¿Para mantener el equilibrio, tal vez? ¿O para no pasar frío? Es hora de dormir.

—Por la mañana lo buscaremos en Google.

—Bueno, pero ahora hay que dormir.

—¿Papá?

—Sigo aquí.

—Si el mundo dura el tiempo suficiente, ¿habrá fósiles de fósiles?

—Rayos, Benjy, qué pregunta más buena. Hablaremos de ello por la mañana.

—Sí. Tengo que dormir.

—Eso es.

—¿Papá?

Jacob empezaba ya a perder la paciencia.

—¿Benjy?

—¿Papá?

—Estoy aquí.

Se quedó en la puerta hasta que oyó la respiración pausada de su hijo menor. Jacob era un hombre que negaba el consuelo a los demás, pero que seguía quedándose en el umbral cuando otros ya haría rato que se habrían ido. Siempre esperaba ante la puerta abierta hasta que el coche que llevaba a sus hijos al colegio se iba. Del mismo modo que aguardaba junto a la ventana hasta que la rueda trasera de la bici de Sam había doblado la esquina. Del mismo modo que presenciaba su propia desaparición.

AQUÍ (NO) ESTOY

>Con sentido de la historia y un fastidio extremo, compa-
rezco hoy en esta *bema* preparado para cumplir con este
rito iniciático a la edad adulta, aunque no sé muy bien
qué significa. Quiero dar las gracias al cantor Fleischman
por ayudarme a lo largo del último medio año a convertirme en un autómata judío. En el caso altamente improbable de que dentro de un año todavía me acuerde de
algo, seguiré sin saber qué significa, y esto también se lo
agradezco. También quiero darle las gracias al rabino Singer, esa lavativa de ácido sulfúrico humana. Mi único
bisabuelo vivo es Isaac Bloch. Mi padre dijo que tenía que
pasar por el aro por él, algo que mi bisabuelo nunca me
ha pedido. Hay cosas, en cambio, que sí me ha pedido,
por ejemplo que no lo obliguemos a mudarse a una residencia judía. Mi familia está muy preocupada por preocuparse por él, pero no lo suficiente como para preocuparse
realmente, y yo no he entendido ni una palabra de lo que
hoy he recitado, pero eso, en cambio, sí lo entiendo. Quiero darles las gracias a mis abuelos, Irv y Deborah Bloch,
por ser dos fuentes de inspiración en mi vida y por ani-
marme siempre a esforzarme un poco más, a indagar, a
hacerme rico y a decir lo que quiera cuando mejor me
parezca. También a mis abuelos Allen y Leah Selman, que

viven en Florida, y de cuya naturaleza mortal sólo soy consciente gracias a los cheques de Hanukkah y de cumpleaños que no se han adaptado al costo de la vida desde que nací. Quiero darles las gracias a mis hermanos, Benjy y Max, por exigir una gran parte de la atención de mis padres. Me resulta imposible imaginarme a mí mismo sobreviviendo a una existencia en la que hubiera tenido que cargar con todo el peso de su amor. Además, cuando vomité encima de Benjy en el avión, su reacción fue decirme: «Tranquilo, sé lo mal que sienta vomitar». En cuanto a Max, una vez se ofreció a someterse a un análisis de sangre para que yo no tuviera que hacerlo. Lo cual me lleva a mis padres, Jacob y Julia Bloch. La verdad es que yo no quería hacer el *bar mitzvá*. Ni siquiera en parte, ni un poquito, ni por todos los bonos de ahorro del mundo. Hablamos del asunto, como si mis opiniones tuvieran alguna trascendencia. Todo fue una farsa, una farsa que puso en marcha esta otra farsa, en sí misma apenas un peldaño más en la farsa de mi identidad judía. Dicho en otras palabras, y en el sentido más literal, sin ellos nada de esto habría sido posible. No los culpo por ser quienes son, pero sí por culparme a mí por ser quien soy. Pero ya basta de agradecimientos. Bueno, la parte de la Torá que me ha tocado es *Vayeira*. Se trata de una de las partes más conocidas y estudiadas de la Torá, y me han dicho que poder leerla hoy supone un gran honor. Dada mi absoluta falta de interés por la Torá, habría sido mucho mejor que se la dieran a un niño al que le guste este rollo, si es que ese niño existe, y que a mí me asignaran una de las partes más desdeñables, sobre las reglas que deben obedecer las leprosas durante la menstruación, por ejemplo. Supongo que aquí hemos patinado todos. Una cosa más: algunas partes de la interpretación que sigue las he tomado prestadas sin miramientos. Menos mal que los judíos sólo creen en castigos colectivos. Bueno... Cuando Dios pone a prueba a Abraham, el texto dice: «Un tiempo más tarde, Dios decidió poner a prueba a Abraham. Y le dijo: "¡Abraham!". "¡Aquí estoy!", respondió él». La mayoría de la gente asume que la prueba consistió en que Dios le pidió a Abraham que sacrificara a su hijo, Isaac. Pero yo creo que también es posible que la prueba fuera el mismo hecho de llamarlo. Abraham no respondió: «¿Qué quieres?». No dijo: «¿Qué?». Respondió con una declaración: «Aquí estoy». Con independencia de lo que Dios necesite o quiera, Abraham está totalmente presente para él, sin condiciones, ni reservas, ni necesidad de explicaciones. La palabra misma, *hineni*, «Aquí estoy», aparece otras dos veces en ese fragmento. Cuando Abraham se lleva a Isaac al monte Moriá, Isaac se da cuenta de lo que está pasando y de que lo tiene jodido. Toma conciencia de que lo van a sacrificar, como saben todos los niños cuando está a punto de llegar el momento. Leemos: «E Isaac le dijo a Abraham, su padre: "¡Mi padre!". Y éste respondió: "Aquí estoy, hijo mío". E Isaac dijo: "Ahí están el fuego y los maderos, pero ¿dónde está el carnero para el sacrificio?". Y Abraham dijo: "Dios se encargará del carnero para la ofrenda, hijo mío"». Isaac no dice «Padre», sino «Mi padre». Abraham es el padre del pueblo judío, pero también es el padre de Isaac, su padre carnal. Y Abraham no pregunta: «¿Qué quieres?». Lo que dice es: «Aquí estoy». Cuando Dios llama a Abraham, Abraham está totalmente presente para Dios. Cuando Isaac llama a Abraham, Abraham está totalmente presente para su hijo. Pero ¿cómo es posible? Dios le está pidiendo a Abraham que mate a Isaac, e Isaac le está pidiendo a su padre que lo proteja. ¿Cómo es posible que Abraham sea dos cosas directamente opuestas al mismo tiempo? La palabra *hineni* aparece una vez más en la historia, en el momento más dramático. «Y llegaron al lugar que Dios le había indicado y Abraham construyó el altar, y esparció la madera, y ató a Isaac, su hijo, y lo colocó en el altar, encima de la madera. Y Abraham alargó la mano, presto a descargar el cuchillo de carnicero sobre su hijo. Y el mensajero de Dios lo llamó desde el cielo y le dijo: "¡Abraham, Abraham!", y él dijo: "¡Aquí estoy!". Y el mensajero dijo: "No levantes la mano contra tu hijo ni le hagas nada, pues ahora sé que temes a Dios y que no has perdonado a tu hijo unigénito por amor de Mí".» Abraham no pregunta: «¿Qué quieres?». Lo que dice es: «Aquí estoy». Mi fragmento para el *bar mitzvá* trata sobre muchas cosas, pero creo que sobre todo trata de para quién estamos totalmente presentes y cómo eso, más que nada, define nuestra identidad. Mi bisabuelo, a quien he mencionado antes, me ha pedido ayuda. No quiere ir a una residencia judía. Pero nadie de mi familia le ha contestado con un «Aquí estoy», sino que han intentado convencerlo de que no sabe qué es mejor para él, de que ni siquiera sabe lo que quiere. De hecho, no han intentado ni convencerlo; simplemente le han dicho lo que va a pasar. Esta mañana me han acusado de utilizar palabrotas en la escuela judía. Ni siquiera estoy seguro de que *utilizar* sea el verbo apropiado: hacer una lista difícilmente puede considerarse «utilizar» nada. En todo caso, cuando mis padres han llegado para hablar con el rabino Singer, no han dicho «Aquí estamos», sino que me han preguntado: «¿Qué has hecho?». Ojalá me hubieran concedido el beneficio de la duda, porque me lo merezco. Los que me conocen saben que la cago a menudo pero también saben que soy buena persona. Pero no merezco el beneficio de la duda porque sea persona, sino porque soy su hijo. Aunque no me creyeran, deberían haber actuado como si fuera así. Mi padre me contó una vez que antes de que yo naciera, cuando la única prueba de mi existencia eran las ecografías, él tenía que creer en mí. En otras palabras, cuando naces tus padres pueden dejar de creer en ti. Bueno, gracias por venir. Y, ahora, todos fuera, largo.

>¿Ya está?

>No. No exactamente. Ahora voy a volar este lugar.

>¿Pero qué carajo...?

>He preparado un banquete en el tejado de la antigua fábrica de carretes de color que hay al otro lado de la calle. Lo veremos todo desde allí.

>¡Corran, rápido!

>¿Carretes de color?

>No hace falta que corran. Nadie va a resultar herido.

>Confíen en ella.

>Película fotográfica para cámaras antiguas.

>No hace falta que confíen en mí. Piénsenlo: si tuvieran que correr ya habrían muerto.

>Carajo, qué lógica tan perversa.

>Una última cosa, antes de irnos: ¿alguien sabe por qué los aviones bajan la potencia de la luz al despegar y al aterrizar?

>¿Pero qué carajo...?

>¿Para que el piloto vea mejor?

>Oye, salgamos ya de aquí, ¿no?

>¿Para ahorrar energía?

>No me quiero morir.

>Se han acercado bastante. Es porque ésos son los momentos más críticos durante el vuelo. Más del ochenta por ciento de los accidentes se producen en el momento del despegue o del aterrizaje. Bajan las luces para dar tiempo a los ojos a adaptarse a la oscuridad de una cabina llena de humo.

>Tendría que haber una palabra para eso.

>Sigan las luces para salir de la sinagoga. Ellas les mostrarán el camino. O me pueden seguir a mí.

¡SOCORRO, SOCORRO!

Julia estaba en un lavamanos del baño, y Jacob en el otro. Lavamanos contiguos, una particularidad muy buscada en las casas de época de Cleveland Park, como los intrincados marcos que bordean el entarimado, las chimeneas originales y lámparas de araña de gas. Aquellas casas tenían tan pocas diferencias entre sí que las que había eran celebradas por todo lo alto, pues de otro modo todo el mundo trabajaba demasiado por demasiado poco. Aunque, por otro lado, ¿quién quiere lavamanos contiguos?

—¿Sabes qué acaba de preguntarme Benjy? —dijo Jacob, delante del espejo de su lavamanos.

—¿Que si el mundo dura el tiempo suficiente, habrá fósiles de fósiles?

—¿Cómo lo...?

—El monitor lo sabe todo.

—Ah, vale.

Jacob usaba hilo dental casi siempre que había testigos. Cuarenta años usando hilo dental sólo a veces y sólo había tenido tres caries; la de tiempo que se había ahorrado. Aquella noche, con su mujer como testigo, usó el hilo. Quería pasar un poco más de tiempo en aquellos lavamanos contiguos; o un poco menos en la cama.

—Una vez, de niño, creé mi propio sistema postal. Convertí la caja de un refrigerador en una oficina de correos. Mi

143

madre me hizo un uniforme de cartero. Incluso tenía sellos con la cara de mi abuelo.

—¿A qué viene eso ahora? —preguntó ella.

—No lo sé —dijo él, con el hilo de seda colgándole entre los dientes—. Se me acaba de ocurrir.

—Bueno, pero ¿por qué se te acaba de ocurrir?

Jacob soltó una risita.

—Pareces el doctor Silvers.

Julia no soltó ninguna risita.

—El doctor Silvers te encanta.

—No tenía nada que repartir, o sea que empecé a escribirle cartas a mi madre. Lo que me gustaba era el sistema en sí; los mensajes me daban lo mismo. Pero, bueno, el primero decía: «¡Si lees esto, es que nuestro sistema postal funciona!». De eso sí me acuerdo.

—Nuestro —dijo ella.

—¿Cómo?

—Nuestro. «Nuestro sistema postal.» Y no «mi sistema postal».

—A lo mejor escribí *mi* —dijo, desenroscando el hilo de los dedos, donde quedaron lo que parecían marcas de anillos—, no me acuerdo.

—Sí te acuerdas.

—No sé.

—Sí te acuerdas. Y por eso me lo estás contando.

—Fue una madre fantástica —dijo él.

—Ya lo sé. Lo he sabido siempre. Hace que los niños sientan que no hay nadie en el mundo mejor que ellos, y que no son mejores que nadie. Y conseguir ese equilibrio no es fácil.

—A mi padre no se le da tan bien.

—A tu padre no se le da bien ningún tipo de equilibrio.

Las marcas de los dedos ya habían desaparecido.

Julia tomó un cepillo de dientes y se lo pasó a su marido. Jacob intentó esbozar una sonrisa, pero no le salió.

—Se terminó la pasta de dientes.

—Hay otra en el armario.

Un momento de silencio mientras se cepillaban los dientes. Si cada noche pasaban diez minutos preparándose para irse a la cama —y desde luego que así era, nunca les llevaba menos que eso—, eso equivalía a sesenta horas al año. Pasaban más horas juntos preparándose para acostarse que de vacaciones. Llevaban dieciséis años casados; en ese tiempo, habían pasado cuarenta días enteros preparándose para ir a la cama, casi siempre en aquellos lavamanos tan buscados y tan solitarios, casi siempre en silencio.

Meses más tarde, después de mudarse a otra casa, Jacob crearía un sistema postal con los chicos. Max había empezado a encerrarse en sí mismo: cada vez reía menos y fruncía más el ceño, y siempre quería sentarse junto a la ventana. Jacob podía negarlo ante sí mismo, pero otros empezaron a darse cuenta y a hablar de ello. Deborah se lo llevó a un lado durante un almuerzo y le preguntó: «¿Cómo ves a Max?».

Jacob encontró unos buzones *vintage* en Etsy, y colgó uno en la puerta de cada chico y otro en la suya. Les dijo que sería su sistema postal secreto, para esos mensajes que no se pueden decir en voz alta.

—Como cuando la gente dejaba notas en el Muro de las Lamentaciones —dijo Benjy.

«No», pensó Jacob, pero dijo:

—Sí. Más o menos.

—Solo que tú no eres Dios —dijo Max, y aunque el comentario, además de ser una obviedad, encajaba con la actitud que Jacob deseaba en sus hijos (como ateos y también como personas que no temían a sus padres), le dolió.

Jacob comprobaba su buzón cada día. Benjy era el único que escribía: «Paz en el mundo»; «Que nieve»; «Una tele más grande».

Criar a los chicos a solas tenía muchas partes difíciles: la logística de preparar a tres niños para el colegio con sólo dos manos, un volumen de transporte por coordinar comparable al de la torre de control de Heathrow, tener que hacer mil cosas a la vez mientras hacía mil cosas a la vez... Pero lo más difícil era encontrar tiempo para hablar de forma íntima con los chicos. Siempre estaban todos juntos, siempre había barullo, siempre tenían algo que hacer, y nunca había nadie que pudiera echarle una mano. Por eso, cada vez que se le presentaba la ocasión de charlar de tú a tú con sus hijos, experimentaba al mismo tiempo la necesidad de aprovecharla (por forzado que pareciera en ese momento) y una dosis concentrada del viejo temor a decir demasiado o demasiado poco.

Una noche, pocas semanas después de crear el sistema postal, Sam le estaba leyendo a Benjy un cuento, y Max y Jacob se encontraron orinando en el mismo baño.

—¡No cruces los rayos, Ray!

—¿Eh?

—Es de *Cazafantasmas*.

—Sé que es una película, pero no la he visto.

—Estás bromeando.

—No.

—Pero si me acuerdo de verla con...

—No la he visto.

—Vale. Bueno, pues hay una escena donde disparan unos rayos de protones o no sé qué por primera vez, y Egon dice: «No cruces los rayos, Ray», porque si los cruzan sucederá algo apocalíptico, y desde entonces siempre que orino con alguien lo pienso. Pero, bueno, ya hemos terminado los dos, o sea que ya no tiene sentido.

—Lo que tú digas.

—No has dejado ningún mensaje en mi buzón.

—Ya. Lo haré.

—No son deberes, ¿eh? Pero se me ocurrió que sería una buena forma de desahogarse...

—Vale.

—Todo el mundo se calla cosas. Tus hermanos, yo, mamá. Pero callarse cosas puede hacer la vida muy difícil.

—Lo siento.

—No, me refería para ti. Yo me he pasado la vida esforzándome por evitar las cosas que más temía, y al final no es que pueda decir que no había nada que temer, pero a lo mejor tampoco habría sido tan grave que mis peores temores se hicieran realidad. A lo mejor tanto esforzarme fue peor. Recuerdo la noche en que me fui al aeropuerto. Les di un beso, como si fuera un viaje cualquiera, y les dije algo así como: «Nos vemos dentro de una o dos semanas». Mientras me preparaba para irme, mamá me preguntó que qué esperaba. Dijo que era un acontecimiento considerable y que, por tanto, debía de tener sentimientos considerables, y ustedes también.

—Pero no volviste a entrar para decirnos nada más.

—El temor pudo más.

—¿Qué temías?

—No había nada que temer, es lo que te estoy intentando decir.

—Sí, ya sé que en realidad no había nada que temer, pero ¿qué temías?

—No sé, tal vez temía convertirlo en algo real.

—¿Qué, irte?

—No. Lo que teníamos. Lo que tenemos.

Julia mordió el cepillo y puso las manos debajo de la llave. Jacob escupió.

—Le estoy fallando a mi familia como mi padre nos falló a nosotros —dijo.

—No es verdad —respondió—. Pero evitar sus errores no es suficiente.

—¿Qué?

Julia se quitó el cepillo de la boca y repitió:

—Que no es verdad. Pero evitar sus errores no es suficiente.

—Eres muy buena madre.

—¿A qué viene eso?

—Estaba pensando en que mi mamá fue muy buena madre.

Julia cerró el neceser, hizo una pausa, como si meditara si debía decir algo, y finalmente dijo:

—No eres feliz.

—¿A qué viene eso?

—Es la verdad. Pareces feliz. A lo mejor incluso crees que eres feliz. Pero no lo eres.

—¿Tú crees que estoy deprimido?

—No. Creo que le das tanta importancia a la felicidad, a la tuya y a la de los demás, y que la infelicidad te parece tan amenazadora, que estás dispuesto a irte a pique con el barco con tal de no tener que admitir que hay una fuga.

—No creo que eso sea verdad.

—Y sí, creo que estás deprimido.

—Seguramente sólo sea la mononucleosis.

—Estás harto de escribir para una serie que no es tuya y que le encanta a todo el mundo menos a ti.

—No le encanta a todo el mundo.

—Pero a ti, desde luego, no te encanta.

—Me gusta.

—Y detestas hacer algo que sólo te gusta.

—No sé.

—Sí sabes —dijo ella—. Sabes que llevas algo dentro: un libro, una serie, una película, algo, y que si pudieras sacarlo, todos los sacrificios que tienes la sensación de haber hecho dejarían de parecerte sacrificios.

—No tengo la sensación de haber tenido que hacer...

—¿Te das cuenta de cómo has cambiado la frase? Yo he hablado de los sacrificios que «sientes que has hecho», pero tú has dicho que los has «tenido que hacer». ¿Ves la diferencia?

—Dios, de verdad que tendrías que sacar un título y comprarte un diván.

—Hablo en serio.

—Ya lo sé.

—Y estás harto de fingir que estás felizmente casado...

—Julia.

—... y detestas que la relación más importante de tu vida sólo te guste.

A menudo Jacob se sentía molesto con Julia, a veces incluso la odiaba, pero nunca, jamás quería hacerle daño.

—Eso no es verdad —dijo él.

—Eres demasiado bueno o estás demasiado asustado para admitirlo, pero es la verdad.

—Que no.

—Y estás cansado de hacer de padre y de hijo.

—¿Por qué intentas hacerme daño?

—No es mi intención. Además, hay cosas peores que hacernos daño mutuamente —dijo, ordenando los diversos productos antienvejecimiento y antimuerte en el estante—. Vámonos a la cama —añadió.

«Vámonos a la cama.» Esas cuatro palabras diferencian un matrimonio de cualquier otro tipo de relación. No encontraremos la forma de ponernos de acuerdo, pero vámonos a la cama. No porque queramos, sino porque no hay más remedio. Ahora mismo nos odiamos, pero vámonos a la cama. Es la única cama que tenemos. Echémonos cada uno en su rincón, pero rincones de la misma cama. Repleguémonos en nosotros mismos, pero juntos. ¿Cuántas conversaciones han terminado con esas cuatro palabras? ¿Cuántas peleas?

A veces iban a la cama y hacían un último esfuerzo, ahora horizontal, para arreglar las cosas. A veces ir a la cama hace posibles cosas que eran imposibles en un cuarto de dimensiones infinitas. La intimidad de estar debajo de una misma sábana, dos hornos contribuyendo a un calor compartido, sin la necesidad de verse el uno al otro. La visión del techo y todo lo que los techos evocan. O a lo mejor era que el lóbulo de la generosidad estaba situado en la parte posterior del cerebro, donde se acumula toda la sangre.

A veces iban a la cama y rodaban hasta los bordes del colchón, que los dos, cada uno por su parte, habría querido que fuera extragrande; cada uno por su parte deseaba que aquello se terminara, aunque no tenían suficientes huesos en los dedos para sostener y examinar ese «aquello». ¿A qué hacía referencia? ¿A la noche? ¿A su matrimonio? ¿Al dilema de la vida familiar de su familia? Iban a la cama juntos, pero no porque no tuvieran elección; *«kein briere iz oich a breire»*, como diría el rabino en el funeral, tres semanas más tarde: no tener elección también es una elección. El matrimonio es lo opuesto al suicidio, pero es lo único que se le puede comparar en tanto que acto de voluntad definitivo.

«Vámonos a la cama...».

Justo antes de meterse bajo las sábanas, Jacob lanzó una mirada confusa, se palpó los bolsillos inexistentes de sus bóxers, como si acabara de darse cuenta de que no sabía dónde había dejado las llaves, y dijo: «Voy a orinar», exactamente como hacía cada noche en ese momento.

Cerró la puerta con pestillo, abrió el cajón de en medio del botiquín, levantó una pila de ejemplares de *The New Yorker* y sacó una cajita de supositorios de acetato de hidrocortisona. Extendió una toalla en el suelo, enroscó otra a modo de almohada, se tumbó sobre el costado izquierdo con la rodilla derecha doblada, pensó en Terri Schiavo, o en Bill Buckner, o en Nicole Brown Simpson, e introdujo el supositorio suavemente. Sospechaba que Julia sabía qué hacía cada noche, pero no se atrevía a preguntárselo, pues eso habría implicado admitir que tenía un cuerpo humano con todo lo que eso implica. Podía compartir casi todo su cuerpo casi todo el tiempo, lo mismo que sucedía con el de ella, pero a veces había partes que era necesario ocultar. Pasaban horas y horas analizando los movimientos peristálticos de los niños; aplicaban el Desitin directamente con los dedos; siguiendo las instrucciones del doctor Donowitz, hacían girar el termómetro rectal para así estimular el esfínter y aliviar el estreñimiento del bebé. Pero en la relación entre ambos, se imponía cierto grado de negación.

no te mereces que te la meta por el culo

El ano, que, de un modo u otro, obsesionaba a todos los miembros de la familia Bloch, era el epicentro de la negación de Jacob y Julia. Era necesario para la vida, pero no se podía mencionar. Todos tenían uno, pero debían esconderlo. Era donde todo confluía —lo que cohesionaba el cuerpo humano— pero debía mantenerse fuera del alcance de todo, principalmente de la atención, y más aún de un dedo o del pene, y mucho más aún de la lengua. Había suficientes cerillos junto al lavabo para prender y alimentar una hoguera.

Cada noche Jacob decía que iba a orinar, y cada noche Julia lo esperaba. Sabía que escondía los envoltorios de supositorio en bolas de papel higiénico que sepultaba en el fondo del bote de basura con tapa, y sabía que sólo jalaba la cadena para disimular. Esos minutos en que se escondía, esos instantes de vergüenza silenciosa, tenían paredes y techo. Como con sus *sabbats* y aquellas confesiones de orgullo susurrado, habían transformado el tiempo en arquitectura. Sin necesidad de contratar a hombres con faja lumbar, ni de enviar cartas comunicando ningún cambio de dirección, ni siquiera de reemplazar la llave de sus llaveros, se habían trasladado de una casa a otra.

Durante una temporada, Max se había aficionado a jugar al escondite, y nadie, ni siquiera Benjy, podía tolerarlo. Conocían la casa demasiado bien, la habían explorado demasiado, era un juego tan acabado como las damas. Así pues, Max lograba convencerlos para jugar sólo en ocasiones especiales (por su cumpleaños, o como recompensa si se había portado particularmente bien). Pero siempre se aburrían tanto como preveían: había alguien dentro del armario, conteniendo el aliento detrás de las blusas de Julia, o echado dentro de la bañera, o agazapado detrás del lavamanos, o escondido con los ojos cerrados, incapaz de sobreponerse a la sensación instintiva de que eso lo hacía menos visible.

Incluso cuando los chicos no se escondían, Jacob y Julia no podían evitar buscarlos: por miedo, por amor... En cambio, podían pasar horas sin que nadie se percatara de la ausencia de Argo. En cuanto alguien abría la puerta, abría la llave del baño o ponía comida en la mesa, aparecía. Todos daban por sentado que iba a volver. Jacob siempre intentaba fomentar acalorados debates durante la cena, para estimular la elocuencia y el pensamiento crítico de los chicos. En medio de uno de esos debates —sobre si la capital de Israel debía ser Jerusalén o Tel Aviv—, Julia preguntó si alguien había visto a Argo.

—Tiene la cena ahí.

Después de unos minutos llamándolo y buscándolo sin demasiado empeño, a los chicos empezó a entrarles el pánico. Llamaron al timbre de la puerta. Le pusieron comida humana en el tazón. Max tomó el chelo y tocó algo del Libro 1 del método Suzuki, algo que siempre arrancaba un gemido. Pero nada.

El mosquitero estaba cerrado, pero la puerta estaba abierta, de modo que no era descabellado pensar que hubiera salido de casa. («¿Quién habrá dejado la puerta abierta?», pensó Jacob, enojado con nadie en concreto.) Buscaron por el barrio llamando a Argo, primero suavemente, pero luego cada vez más angustiados. Algunos vecinos se unieron a la búsqueda. Jacob no podía evitar preguntarse —para sus adentros, naturalmente— si Argo se habría ido para morir, como al parecer hacen algunos perros. Oscureció, cada vez les costaba más ver.

Al final resultó que estaba en el baño de invitados del piso de arriba. Se había quedado encerrado, nadie sabía muy bien cómo, y era tan viejo (o tal vez tan bonachón) que ni siquiera había ladrado. O a lo mejor era que prefería estar allí, por lo menos hasta que le diera hambre. Aquella noche lo dejaron dormir en la cama. Y a los niños también. Porque ya pensaban que lo habían perdido y porque en realidad había estado siempre tan cerca. Al día siguiente, durante la cena, Jacob dijo:

—Decidido: Argo puede dormir en la cama cada noche. —Los niños gritaron de alegría—. Supongo que estarás a favor —añadió Jacob, con una sonrisa.

—Un momento, un momento —respondió Julia, sin una sonrisa.

Fue la última vez que esos seis animales durmieron bajo las mismas sábanas.

Jacob y Julia se ocultaban dentro del trabajo que se ocultaban mutuamente.

Buscaban la felicidad, pero no a expensas de la felicidad de nadie.

Se ocultaban detrás de la intendencia familiar.

El momento de búsqueda más pura era el *sabbat*, cuando cerraban los ojos y reconstruían su casa y a sí mismos.

En cambio, aquella arquitectura hecha de minutos, cuando Jacob se encerraba en el baño y Julia no leía el libro que tenía en las manos, era el momento más puro de ocultación.

ahora sí te mereces que te la meta por el culo

Se fueron a la cama, Julia con camisón, Jacob con camiseta y bóxers. Ella dormía siempre con brasier; decía que la sujeción la hacía sentirse más cómoda, y a lo mejor era toda la verdad. Él decía que el calor de la camiseta lo ayudaba a dormir, y a lo mejor era también toda la verdad. Apagaron las luces, se quitaron los lentes y miraron a través del mismo techo, el mismo tejado, con dos pares de ojos imperfectos a los que podían poner lentes, pero que nunca iban a mejorar por sí solos.

—Ojalá me hubieras conocido de niño —dijo Jacob.

—¿De niño?

—O... antes. Antes de que me convirtiera en esto.

—Te gustaría que te hubiera conocido antes de que tú me conocieras a mí.

—No. No lo entiendes.

—Busca otra forma de decirlo.

—Julia, no soy... yo mismo.

—Y entonces ¿quién eres?

Jacob quería llorar, pero no podía. Pero tampoco podía ocultar que se estaba ocultando. Ella le acarició el pelo. No le perdonaba nada. Nada. Ni los mensajes, ni tampoco aquellos años. Pero no podía dejar de reaccionar cuando él la necesitaba. No quería que fuera así, pero no podía evitarlo. Era una versión del amor. Aunque las dobles negaciones nunca han bastado para sustentar una religión.

—Nunca he expresado lo que sentía —dijo Jacob.

—¿Nunca?

—No.

—Menuda acusación.

—Es la verdad.

—Bueno —repuso ella, con la primera risita desde que había encontrado el teléfono—, hay muchas otras cosas que haces bien.

—He aquí el sonido de cuando no todo está perdido.

—¿De qué hablas?

—De tu risita.

—Ah, ¿eso? No, ha sido el sonido de cuando te cuentan una broma graciosa.

«Duérmete», se suplicó Jacob a sí mismo. «Duérmete.»

—¿Qué cosas hago bien? —preguntó.

—¿Lo dices en serio?

—Sólo una.

Estaba hecho polvo. Y aunque Julia pensara que se lo merecía, no lo podía tolerar. Había dedicado una parte demasiado grande de sí misma —había renunciado a demasiadas cosas— a protegerlo. ¿Cuántas experiencias, cuántos temas de conversación, cuántas palabras había sacrificado para apaciguar su profunda vulnerabilidad? No podían ir a una ciudad donde ella había estado con un novio veinte años antes. Julia no podía hacer ningún comentario inocente sobre la falta de límites en casa de sus padres, y menos aún sobre sus decisiones de crianza, que a menudo parecían la ausencia de decisiones. Recogía la mierda de Argo porque el perro no podía evitarlo, aunque ni lo había elegido ni lo quería. Era una carga injusta, pero Argo era suyo.

—Eres bueno —le dijo a su marido.

—No, no lo soy.

—Te podría poner cientos de ejemplos...

—Tres o cuatro me serían extremadamente útiles.

Julia no quería hacerlo, pero tampoco podía evitarlo.

—Siempre devuelves el carro del súper a su sitio. Doblas siempre el *Washington Post* y lo dejas para que lo aproveche otro lector en el metro. Dibujas mapas para turistas perdidos...

—¿Pero eso es ser bueno o diligente?

—Bueno, pues eres diligente.

¿Y él? ¿Toleraba estar hecho polvo? Julia habría querido saberlo, pero no se atrevía a preguntárselo.

—¿Te entristece que queramos a los niños más de lo que nos queremos el uno al otro? —le preguntó.

—Yo no lo diría así.

—No, tú dirías que soy tu enemiga.

—Estaba muy alterado.

—Ya lo sé.

—No lo he dicho con intención.

—Ya lo sé —dijo ella—. Pero lo has dicho.

—No creo que la rabia revele la verdad. A veces dices cosas, y ya está.

—Ya lo sé. Pero tampoco creo que las cosas surjan así, de ninguna parte.

—Yo no quiero a los niños más que a ti.

—Que sí —dijo ella—. Y yo también. A lo mejor tiene que ser así. A lo mejor la evolución nos empuja a ello.

—Yo te quiero —dijo Jacob, volviéndose hacia ella.

—Ya lo sé. No lo he dudado nunca, y tampoco lo dudo ahora. Pero es un amor distinto al que necesito.

—¿Y qué significa eso para nosotros?

—No lo sé.

«Duérmete, Jacob.»

—¿Sabes cuando tomas novocaína —dijo— y dudas dónde termina tu boca y dónde empieza el mundo?

—Supongo.

—¿O cómo a veces crees que una escalera sigue pero en

realidad se ha terminado y atraviesas con el pie un peldaño inexistente?

—Sí, claro.

¿Por qué le costaba tanto atravesar el espacio físico? Tendría que haber sido mucho más fácil, pero no lo era.

—Ya no sé qué estaba diciendo.

Julia se dio cuenta de que estaba apurado.

—¿Qué?

—No sé.

Deslizó una mano detrás de la cabeza de Julia, le puso la palma en la nuca.

—Estás cansada —le dijo.

—Sí, destrozada.

—Los dos estamos cansados. Nos hemos dado de bruces en el suelo. Tenemos que encontrar la forma de descansar.

—Si hubieras tenido una aventura lo entendería. Me enojaría, y me dolería, y seguramente terminaría haciendo algo que no me apetece.

—Como qué.

—Te detestaría, Jacob, pero por lo menos te entendería. Siempre te he entendido. ¿Recuerdas que siempre te lo decía? ¿Que eras la única persona que me encajaba? Pues ahora todo lo que haces me confunde.

—¿Cómo que te confunde?

—Tu obsesión con las inmobiliarias, por ejemplo.

—No estoy obsesionado con las inmobiliarias.

—Cada vez que paso por delante de tu portátil, la pantalla está llena de anuncios de casas.

—Es sólo curiosidad.

—Pero ¿por qué? ¿Y por qué no le dices a Sam que es mejor que tú jugando al ajedrez?

—Sí se lo digo.

—No es verdad. Le haces creer que lo dejas ganar. ¿Y por qué eres tan absolutamente diferente en situaciones diferentes? Conmigo nunca dices nada y te muestras pasivo-agresivo; a los niños, en cambio, les gritas, pero dejas que tu padre te pisotee. Hace una década que no me escribes una carta de viernes, pasas todo tu tiempo libre trabajando en algo que te encanta pero que no quieres compartir con nadie, y luego vas y escribes todos esos mensajes que según tú no significan nada. Cuando nos casamos di siete vueltas a tu alrededor y, ahora, ni te encuentro.

—No tengo una aventura.

—¿No?

—No.

Julia empezó a llorar.

—He intercambiado unos mensajes horribles e inapropiados con alguien del trabajo.

—Con una actriz.

—No.

—¿Con quién?

—¿De verdad importa?

—Si me importa a mí, importa.

—Una de las directoras.

—¿Que se llama como yo?

—No.

—¿Es esa mujer pelirroja?

—No.

—Ay, mira, da igual. Es que ni me importa.

—Mejor. No debe importarte. No tienes motivos para...

—¿Cómo empezó?

—Pues... evolucionó. Como suele pasar. Empezó a tomar...

—Es que ni me importa.

—Nunca ha pasado de las palabras.

—¿Desde cuándo?

—No lo sé.

—Claro que lo sabes.

—Cuatro meses, tal vez.

—¿Me pides que crea que llevas cuatro meses mandándote mensajitos sexuales con una mujer con la que trabajas a diario pero que nunca ha pasado al plano físico?

—No te pido que me creas. Te estoy contando la verdad.

—Lo más triste es que te creo.

—Eso no es triste. Es un rayo de esperanza.

—No, es triste. Eres la única persona que conozco, o que podría imaginar, capaz de escribir unas frases tan atrevidas y, al mismo tiempo, llevar una vida tan sumisa. En realidad te creo capaz de escribirle a alguien que quieres lamerle el ano, que te rete a pasar a la acción, y luego tirarte el día entero sentado a su lado durante cuatro meses sin permitir que tu mano se deslice los quince centímetros que la separan de su muslo. Sin ser capaz de reunir esa valentía. Sin ni siquiera darle a entender que debe ser ella quien supere tu cobardía y te ponga la mano sobre el muslo. Piensa en las señales que debes de haberle estado mandando para mantenerla con la vagina húmeda y la mano a raya.

—Te estás pasando, Julia.

—¿Que me estoy pasando? Es broma, ¿no? Aquí el único que no sabe lo que es pasarse eres tú.

—Sé que me pasé cuando escribí lo que escribí.

—Y yo lo que te digo es que te has quedado corto en lo que has vivido.

—¿Y eso qué se supone que significa? ¿Quieres que tenga una aventura?

—No, quiero que me escribas cartas de *sabbat*. Pero si vas a escribirle mensajes pornográficos a otra, pues sí, entonces quiero que tengas una aventura. Porque así por lo menos podría respetarte.

—Lo que dices no tiene ningún sentido.

—Tiene todo el sentido del mundo. Te habría respetado mucho más si te la hubieras cogido. Porque me habría demostrado algo en lo que hace tiempo que cada día me cuesta más creer.

—¿Qué?

—Que eres un ser humano.

—¿No crees que sea humano?

—Creo que estás totalmente ausente.

Jacob abrió la boca sin saber qué iba a salir de ella. Quería devolvérselas todas, catalogar sus neurosis y sus irracionalidades, sus debilidades, sus hipocresías y sus fealdades. También quería reconocer que todo lo que le había dicho era cierto, pero al mismo tiempo contextualizar su monstruosidad: no todo era culpa suya. Quería levantar una pared de ladrillos con una mano mientras con la otra la derribaba a martillazos.

Pero en lugar de su voz, oyeron la voz de Benjy:

—¡Los necesito! ¡De verdad que los necesito!

Julia soltó una carcajada.

—¿De qué te ríes?

—No tiene nada que ver con que las cosas no estén perdidas.

Era la risa nerviosa del desacuerdo. La risa oscura de quien sabe que ha llegado el fin. La risa religiosa ante la inmensidad.

—¡Socorro! ¡Socorro! —volvió a gritar Benjy a través del monitor.

Se quedaron los dos en silencio. Julia escrutó la oscuridad buscando los ojos de su marido para escrutar su mirada.

—¡Socorro!

LA PALABRA QUE EMPIEZA POR ENE

Cuando Jacob volvió de calmar a Benjy, Julia ya se había dormido. O, por lo menos, imitaba de forma muy convincente a una persona dormida. Jacob estaba inquieto. No le apetecía leer un libro, ni una revista, ni siquiera un blog de ofertas inmobiliarias. No quería ver la tele. Sabía que no iba a poder escribir y tampoco le apetecía masturbarse. De hecho, no había ninguna actividad que le apeteciera: hiciera lo que hiciera, tendría la sensación de estar actuando, una persona imitando a otra persona.

Fue a la habitación de Sam buscando encontrar un momento de calma al observar a su primogénito dormido. Una luz vacilante asomó por debajo de la puerta e iluminó el pasillo antes de volver a recular: olas del océano digital que se extendía al otro lado. Sam, siempre tan celoso de su intimidad, oyó los pesados pasos de su padre.

—¿Papá?

—El único e irredimible.

—Bueno, pero... ¿te vas a quedar ahí? ¿Necesitas algo?

—¿Puedo pasar? —preguntó Jacob, abriendo la puerta sin esperar respuesta.

—¿Es una pregunta retórica? —respondió Sam, sin apartar la vista de la pantalla.

—¿Qué haces?

—Ver la tele.

—Pero si no tienes tele.

—En la computadora.

—Pero entonces ¿no estás viendo la computadora?

—Pues eso.

—¿Qué hay?

—Todo.

—¿Pero qué miras tú?

—Nada.

—¿Tienes un segundo?

—Sí: uno...

—Estaba siendo retórico.

—Ah.

—¿Cómo estás?

—¿Esto es una conversación?

—Sólo quería ver cómo te iba.

—Regular.

—Pero ¿no es genial ir regular?

—¿Cómo?

—Nada, lo oí no sé dónde y... En fin, Sam...

—El único y reversible.

—Buena. Oye, escucha. Siento tener que volver a sacar el tema, pero lo de la escuela hebrea esta mañana...

—No he sido yo.

—Bueno, pero...

—¿No me crees?

—Es que no se trata de eso.

—Pues claro que se trata de eso.

—Sería mucho más fácil sacarte de este lío si tuvieras otra explicación.

—No la tengo.

—Muchas de esas palabras no tienen importancia. Entre tú y yo, no me importaría aunque las hubieras escrito tú.

—No he sido yo.

—Pero la palabra que empieza por ene...

Sam se volvió por primera vez hacia su padre.

—¿Seguro que no quieres decir «divorcio»?

161

—¿Cómo?

—Nada.

—¿Por qué has dicho eso?

—No he dicho nada.

—¿Te refieres a mamá y a mí?

—No sé. Ni siquiera puedo oír lo que pienso con el ruido de cristales rotos.

—¿Te refieres a lo de antes? No, lo que has oído...

—No pasa nada. Mamá subió y hablamos.

Jacob echó un vistazo a la tele en la computadora. Pensó en cómo Guy de Maupassant comía cada día en el restaurante de la Torre Eiffel porque era el único lugar de París desde donde no se veía la torre. Los Nationals jugaban contra los Dodgers, entradas extra. Jacob aplaudió, con un súbito estallido de emoción.

—¡Vayamos mañana al partido!

—¿Cómo?

—¡Será la bomba! Podemos llegar temprano y ver el calentamiento. Comer basura a toneladas.

—¿Comer basura?

—Bueno, comida basura.

—¿Te importa dejarme mirar esto?

—Pero es que he tenido una idea genial.

—Ah, ¿sí?

—Qué, ¿que no?

—Yo tengo futbol, chelo y la lección de *bar mitzvá*, siempre y cuando siga en pie, Dios no lo quiera.

—Puedo hacer que te libres de todas esas cosas.

—¿De mi vida, quieres decir?

—No, me temo que de eso no hay forma de librarse.

—Además, juegan en Los Ángeles.

—Es verdad —dijo Jacob, bajando el tono de voz—. Tendría que haberme dado cuenta.

Aquel cambio en el tono hizo que Sam se preguntara si no habría herido a su padre y experimentó un asomo de una sensación que, a pesar de saber que era totalmente absurda, lo asaltaría con más fuerza e insistencia durante el año siguiente:

la sensación de que una pequeña parte de todo aquello era tal vez culpa suya.

—¿Terminamos la partida de ajedrez?

—Nah.

—¿Andas bien de dinero?

—Psé.

—Y lo de hoy en el colegio hebreo no ha tenido que ver con el abuelo, ¿verdad?

—No, a menos que también sea el abuelo de quien lo haya hecho.

—Ya me lo parecía. Bueno...

—Papá, Billie es negra, ¿cómo voy a ser racista?

—¿Billie?

—La chica de la que estoy enamorado.

—¿Tienes novia?

—No.

—Estoy confundido.

—Es la chica de la que estoy enamorado.

—Bueno. ¿Y dices que se llama Billie? Pero es una chica, ¿no?

—Sí. Y es negra. ¿Cómo voy a ser racista?

—No estoy seguro de que esa lógica funcione.

—Pues funciona.

—¿Sabes quién suele señalar que sus mejores amigos son negros? La gente que no se siente cómoda con los negros.

—Yo no tengo amigos negros.

—Y, ya que estamos, creo que la nomenclatura preferida es *afroamericano*.

—¿Nomenclatura?

—Terminología.

—¿Y no tendría que ser el chico que está enamorado de la chica negra quien fije la nomenclatura?

—Cuando me sales con ésas me pongo afroamericano.

—¿Cómo?

—Nada, una broma. Es un nombre interesante, eso sí. Y que conste que no es una crítica. A ti, ya lo sabes, te pusimos tu nombre en honor a un primo de tu bisabuelo que murió en

Birkenau. Con los judíos siempre tiene que haber algún significado añadido.

—Algún sufrimiento, quieres decir.

—Los gentiles eligen nombres simplemente porque suenan bien. O se los inventan.

—A Billie la bautizaron en honor a Billie Holiday.

—Pues es la excepción que confirma la regla.

—¿Y a ti, en honor a quién te bautizaron? —preguntó Sam; su interés era una pequeña concesión en respuesta a la culpabilidad que había sentido por haber hecho que su padre cambiara el tono de voz.

—A un familiar lejano llamado Yakov. Un personaje increíble, casi mítico. Según cuenta la historia, le aplastó la cabeza a un cosaco con la mano.

—Genial.

—No hace falta decir que yo no soy tan fuerte.

—Y ni siquiera conocemos a ningún cosaco.

—Y, en el mejor de los casos, soy más o menos creíble.

A uno de los dos le rugió la panza, pero no habrían sabido decir a quién.

—Bueno, resumiendo, me parece genial que tengas novia.

—Que no es mi novia.

—La nomenclatura contraataca. Me parece genial que estés enamorado.

—No estoy enamorado. La quiero.

—Bueno, sea lo que sea, esto quedará entre nosotros. Puedes confiar en mí.

—Ya se lo he contado a mamá.

—¿En serio? ¿Cuándo?

—No sé. Hace un par de semanas o así.

—¿O sea que no es ninguna novedad?

—Todo es relativo.

Jacob se quedó mirando la pantalla de Sam. ¿Era eso lo que tanto atraía a su hijo? ¿No la posibilidad de estar en todas partes, sino de no estar en ninguna?

—¿Y qué te dijo? —preguntó Jacob.

—¿Quién?

—Tu madre.

—¿Te refieres a mamá?

—Esa misma.

—No sé.

—Cuando dices que no sabes, ¿estás diciendo que no te apetece hablar de ello conmigo ahora mismo?

—Eso es.

—Pues es raro, porque ella está convencida de que has escrito esas palabras.

—No he sido yo.

—Vale. Bueno, me estoy poniendo pesado. Me voy.

—Yo no he dicho que fueras pesado.

Jacob fue hasta la puerta, pero entonces se detuvo.

—¿Quieres que te cuente un chiste?

—No.

—Es un chiste guarro.

—En ese caso, definitivamente no.

—¿Qué diferencia hay entre un Subaru y una erección?

—No es no.

—En serio, ¿qué diferencia hay?

—En serio, no me interesa.

Jacob se inclinó hacia delante y susurró:

—Que no tengo un Subaru.

A su pesar, Sam soltó una sonora carcajada, de esas que incluyen ronquidos y salivazos. Jacob se rio, aunque no de su chiste, sino de la carcajada de su hijo. Se rieron juntos, histérica, inconteniblemente.

Sam intentó sin éxito recuperar la compostura, y dijo:

—Lo más... lo más gracioso es que... que... que sí tienes un Subaru.

Se volvieron a reír, Jacob escupió un poco, se le llenaron los ojos de lágrimas y se acordó de lo horrible que era tener la edad de Sam, de lo doloroso e injusto que era.

—Es verdad —dijo Jacob—. Tengo un Subaru. Tendría que haber dicho Toyota. ¿En qué estaría pensando?

—Sí, ¿en qué estarías pensando?

¿En qué habría estado pensando?

Recuperaron la calma. Jacob se enroscó las mangas de la camiseta; le apretaban un poco, pero quería que le quedaran por encima del codo.

—Mamá cree que tienes que pedir perdón.

—¿Y tú?

En el bolsillo, su mano agarró nada, un cuchillo, y dijo:

—También.

El único y risible.

—Pues bueno —dijo Sam.

—Tampoco será tan horrible.

—Sí lo será.

—Ya —dijo Jacob, y le dio un beso en la coronilla: el único lugar donde todavía lo podía besar—. Será un palo.

Al llegar a la puerta, Jacob se giró.

—¿Qué tal va Other Life?

—Pues...

—¿En qué estás trabajando?

—Estoy construyendo una nueva sinagoga.

—¿En serio?

—Sí.

—¿Y puedo preguntar por qué?

—Porque destruí la vieja.

—¿Que la destruiste? ¿Con un martillo de demolición?

—Tal cual.

—¿Y ahora tienes que construir una tú solo?

—La vieja también la construí yo.

—A mamá le encantaría esto —dijo Jacob, consciente de que lo que Sam no quería compartir era brillante, precioso—. Y seguramente tendría un millón de ideas.

—No le menciones nada, por favor.

Aquello le proporcionó a Jacob una emoción que no deseaba.

—Por supuesto —dijo, asintiendo—. No se lo diría nunca —añadió, negando con la cabeza.

—Vale —repuso Sam—, pues si eso es todo...

—¿Y la vieja sinagoga? ¿Para qué la construiste?

—Para poderla volar por los aires.

—¿Volarla? Si fuera otro tipo de padre, seguramente me sentiría obligado a informar al FBI.

—Si tú fueras otro tipo de padre, yo sería otro tipo de niño, y no hubiera necesitado hacer volar una sinagoga virtual por los aires.

—*Touché* —dijo Jacob—. Pero ¿no es posible que no la construyeras para destruirla? ¿O, por lo menos, no sólo para destruirla?

—No, no es posible.

—Que... no sé, que intentaras hacer algo perfecto, pero como no lo conseguiste no te quedó más remedio que destruirla...

—Nadie me cree.

—Yo te creo. Creo que quieres que las cosas estén bien, en su sitio.

—Es que no lo entiendes —dijo Sam, porque no iba a admitir que su padre entendía algo ni loco. Pero lo cierto era que sí lo entendía. Sam no había construido la sinagoga para destruirla. No era uno de esos tibetanos que crean mandalas de arena, sobre los que había tenido que escuchar un programa durante un trayecto en coche: cinco tipos que pasan miles de horas trabajando en un proyecto artístico que no va a tener ninguna funcionalidad. («Y yo que creía que lo contrario de los judíos eran los nazis», dijo su padre, desconectando su teléfono de la radio del coche.) No, Sam había construido la sinagoga con la esperanza de sentirse finalmente a gusto en alguna parte. No era sólo que la pudiera crear según sus propias especificaciones esotéricas: podía estar ahí sin tener que estar ahí. Un poco como cuando se masturbaba. Pero, como cuando se masturbaba, si no era perfecto, era total e irremediablemente equivocado. A veces, en el peor momento posible, su yo ebrio se desviaba bruscamente y ante los focos de su mente aparecía el rabino Singer, o Seal (el cantante), o su madre. Y entonces ya no había marcha atrás. Lo mismo sucedía con la sinagoga: la menor imperfección —una rotonda con una asimetría infinitesimal, unas escaleras con peldaños demasiado altos para los niños bajitos, una estrella judía colgando boca abajo— lo estropeaba todo. Y no es que fuera impulsivo: era cuidadoso. ¿No podría haberse limitado a arreglar lo que no estaba bien? No, porque siempre sabría que en su momento había estado mal. «Ésa es la estrella que colgó boca abajo.» Para otra persona, tal vez, corregir el error habría generado una perfección superior que si hubiera estado bien desde el principio. Pero Sam no era otra persona. Y Samanta tampoco.

Jacob se sentó en la cama de Sam.

—De joven, cuando iba al instituto o así, me gustaba escribir las letras de mis canciones preferidas —dijo—. No sé por qué lo hacía. Supongo que me proporcionaba esa sensación de que todo estaba donde tenía que estar. Pero, bueno, te hablo de mucho antes de internet. Me sentaba con la cadena...

—¿La cadena?

—Un radiocasete con bocinas.

—Era un comentario desdeñoso.

—Ah, vale... Pues eso, me sentaba con la cadena y ponía uno o dos segundos de una canción, escribía lo que oía, rebobinaba y volvía a ponerlo para asegurarme de que estaba bien. Entonces ponía unos segundos más, escribía lo que oía y volvía a rebobinar para revisar las partes que no había entendido, o que no estaba seguro de haber entendido, y las copiaba. Rebobinar una cinta no es una ciencia exacta, o sea que irremediablemente me pasaba de largo o me quedaba corto. Era un proceso increíblemente laborioso. Pero me encantaba. Me encantaba esa sensación de estar haciendo algo minucioso y de estar haciéndolo bien. Pasé miles de horas haciendo eso. A veces había canciones con las que me bloqueaba, eso empezó a pasarme sobre todo con el grunge o el hip-hop. Y no aceptaba ningún tipo de especulación, porque eso habría minado el objetivo último de poner las letras por escrito: recogerlas de forma correcta. A veces tenía que escuchar el mismo fragmento una y otra vez, decenas, centenares de veces.

Podía llegar a gastar la cinta, y cuando más tarde volvía a escuchar la canción, justamente la parte que me interesaba oír no estaba. Me acuerdo de un verso de *All Apologies*. Conoces la canción, ¿verdad?

—No.

—¿Nirvana? Es una gran, gran, gran canción. Bueno, pues Kurt Cobain la canta como si tuviera la boca llena de todos los tornillos que le faltaban, y hay un verso que me costó particularmente. La suposición que me pareció más razonable, después de escucharla centenares de veces, era «*I can see from shame*». No descubrí que estaba equivocado hasta muchos años más tarde, cantándola a grito pelado, como un idiota, con mamá. Poco después nos casamos.

—¿Y te dijo que no la estabas cantando bien?

—Sí.

—Típico de mamá.

—Yo se lo agradecí.

—Pero estabas cantando.

—Sí, cantando mal.

—Y qué. No tendría que haberte cortado.

—No, hizo lo que tenía que hacer.

—¿Y cuál era el verso correcto?

—Abróchate el cinturón. Era: «*Aqua seafoam shame*».

—¡Imposible!

—¿Verdad?

—¿Pero qué quiere decir?

—No quiere decir nada. Ése fue mi error. Yo creía que tenía que querer decir algo.

II

APRENDIENDO
LA TRANSITORIEDAD

ANTIETAM

Ni Jacob ni Julia sabían muy bien qué estaba pasando durante las dos primeras semanas después de que Julia encontrara el teléfono: qué cosas habían acordado, implicado, abordado de forma hipotética o pedido. Ninguno de los dos sabía qué era real y qué no. Tenían la sensación de que había múltiples minas emocionales: los dos atravesaban las horas y las habitaciones de la casa de puntitas, con unos enormes audífonos conectados a unos sensibles detectores de metal capaces de detectar rastros de sentimientos enterrados, si bien a expensas de aislarse del resto de la vida.

Durante un desayuno que a un espectador de televisión le habría parecido de lo más feliz, Julia, dirigiéndose al refrigerador, dijo:

—Siempre nos quedamos sin leche.

A través de sus audífonos, Jacob oyó: «Nunca has cuidado lo suficiente de nosotros», pero en cambio no oyó a Max cuando dijo:

—Mañana no vengan al concurso de talentos.

Al día siguiente, en la escuela de Max, obligados a compartir a solas el reducido espacio del ascensor, Jacob dijo:

—El botón de «cerrar puerta» no conecta con nada. Es puramente psicológico.

A través de los audífonos, Julia oyó: «Ventilémonos esto», pero en cambio no se oyó a sí misma decir:

—Yo creía que todo era puramente psicológico.

Una frase que, a través de los audífonos de Jacob, sonó como: «Tantos años de terapia y nadie sabe menos que tú sobre la felicidad», lo que le impidió oírse a sí mismo diciendo:

—Hay diferentes tipos de pureza.

Un padre seguramente satisfecho de una familia seguramente no desestructurada entró y le preguntó a Jacob si estaba presionando el botón de «abrir puerta» a propósito.

Tanto caminar de puntitas, tanto concentrarse para sobreinterpretarlo todo y tanto evadirse minuciosamente, y en realidad no estaban en un campo minado. Estaban en un campo de batalla de la guerra de Secesión. Jacob había llevado a Sam a Antietam, igual que Irv había llevado a Jacob. Y le había soltado un discurso parecido, sobre el privilegio que supone ser estadounidense. Sam había encontrado una bala medio enterrada. Las armas enterradas en la tierra de Jacob y Julia eran igual de inofensivas: antiguos artefactos de batallas que uno podía examinar, explorar, incluso probar sin riesgo alguno. Si hubieran sabido, claro está, que no había por qué temerlas.

Los rituales domésticos estaban lo bastante arraigados para que se pudieran esquivar de forma sencilla y discreta. Ella se duchaba y él empezaba a preparar el desayuno. Ella servía el desayuno y él se duchaba. Él se aseguraba de que los niños se cepillaran los dientes, ella preparaba la ropa encima de las camas, él comprobaba las mochilas para que no se les olvidara nada, ella echaba un vistazo al clima y respondía con la ropa adecuada, él arrancaba a Ed la Hiena (después de calentar el motor durante los seis meses en que hacía demasiado frío y de enfriarlo durante los seis meses en que hacía demasiado calor), ella sacaba a los niños de casa y se asomaba a Newark para comprobar que no bajaban coches por la cuesta, él metía marcha atrás.

Encontraron dos asientos en las primeras filas, pero después de dejar la bolsa, Jacob dijo:

—Iré por unos cafés.

Eso hizo. Y acto seguido se esperó en la puerta del colegio

hasta que faltaban tres minutos para el inicio del acto. A media interpretación del *Let It Go* por parte de una niña nada talentosa, Jacob le susurró al oído a Julia:

—A ver si se aplica el cuento y lo deja ya.

No hubo respuesta.

Un grupo de niños recrearon una escena de *Avatar*. Una niña (seguramente era una niña) explicó el funcionamiento del euro utilizando diferentes tipos de moneda. Ni Jacob ni Julia querían admitir que no sabían qué iba a hacer Max. Ninguno de los dos podía soportar el remordimiento por haber estado demasiado preocupados con su propio sufrimiento para estar presentes para su hijo. Y ninguno de los dos podía soportar el remordimiento que le producía pensar que el otro había sido mejor padre. Para sus adentros, los dos suponían que Max iba a hacer el truco que le había enseñado el mago después la fiesta del cuarenta cumpleaños de Julia. Dos niñas cantaron *When I'm Gone* llevando el ritmo con una taza.

—Esfúmate de una vez —susurró Jacob.

—¿Perdón?

—No, ella. La cantante.

—Compórtate.

Para el número final, los profesores de música y teatro interpretaron una versión pasteurizada de la apertura de *The Book of Mormon*, viviendo sus sueños al tiempo que reconfirmaban por qué eran sueños. Muchos aplausos, un sucinto agradecimiento del director y los niños se fueron de vuelta a clase.

Jacob y Julia regresaron a sus respectivos coches en silencio. Aquella noche, en casa, no mencionaron el concurso de talentos. ¿Qué le habría pasado a Max? ¿Se habría rajado? ¿Habría decidido que no tenía ningún talento? ¿Cómo debían interpretar su renuncia? ¿Era un acto de agresión? ¿O acaso les estaba pidiendo ayuda? Si le hubieran formulado alguna de esas preguntas, él habría contestado que les había pedido específicamente que no fueran.

Tres noches más tarde, cuando Jacob fue a la cama después de esperar la hora de rigor, encontró a Julia todavía leyendo.

—Ay, se me olvidó algo —dijo, y volvió al piso de abajo a no leer el periódico mientras no miraba otro capítulo de *Homeland* y se lamentaba, como hacía a menudo, de que Mandy Patinkin no tuviera diez años más: habría sido insuperable en el papel de Irv.

Dos días después, Julia entró en la despensa y se encontró a Jacob, que estaba comprobando si varios cientos de miles de millones de átomos no se habrían organizado espontáneamente para crear algún snack desde la última vez que había echado un vistazo, hacía diez minutos. Julia volvió a salir. (A diferencia de Jacob, ella nunca ofrecía ninguna explicación cuando decidía alejarse de él, nunca se le había «olvidado algo».) La despensa no era uno de los espacios extraoficialmente asignados —en cambio, el cuarto de la tele era de Jacob y la salita era de Julia—, pero era demasiado pequeña para compartirla.

El décimo día, Jacob abrió la puerta del baño y sorprendió a Julia secándose después de darse un baño. Julia se cubrió. La había visto salir de cientos de baños, había visto salir de su cuerpo a tres niños. La había visto vestirse y desnudarse miles y miles de veces, dos de ellas en el hostal de Pensilvania. Habían hecho el amor en todas las posiciones imaginables y habían visto todas las partes de sus cuerpos desde todas las perspectivas posibles.

—Lo siento —dijo Jacob sin saber por qué se disculpaba, más allá de que había estado a punto de pisar el detonador de una mina.

O de tropezar con un artefacto de alguna vieja batalla, que seguramente habría podido examinar, explorar, incluso probar.

¿Y si en vez de pedir perdón y dar media vuelta le hubiera preguntado si su necesidad de ocultarse era nueva o por el contrario era antigua pero tenía una nueva justificación?

Cuando la línea defensiva de Robert E. Lee en Petersburg

se vio superada y la evacuación de Richmond se hizo inminente, Jefferson Davis ordenó el traslado de la tesorería confederada. El traslado se realizó primero en tren y luego en diligencia, la tesorería pasó por muchas manos y bajo numerosos ojos. La Unión siguió avanzando y el bando confederado se desmoronó, pero aún hoy el paradero de las cinco toneladas de lingotes de oro sigue siendo un misterio, aunque se supone que están enterrados en alguna parte.

¿Y si en vez de pedir perdón y dar media vuelta se le hubiera acercado y hubiera tocado a Julia, le hubiera mostrado no sólo que todavía quería hacer el amor con ella, sino que todavía era capaz de arriesgarse a que lo rechazara?

Durante la primera visita de Jacob a Israel, su primo Shlomo había llevado a la familia a la Cúpula de la Roca, a la que por entonces todavía podías entrar aunque no fueras musulmán. Jacob quedó profundamente conmovido por la devoción de aquellos hombres que rezaban arrodillados en las alfombras, lo mismo que por los judíos que rezaban más abajo. De hecho, lo conmovió todavía más, porque aquellos hombres parecían menos cohibidos por su devoción: los del Muro de las Lamentaciones sólo movían la cabeza, mientras que los de allí gemían. Shlomo les explicó que estaban encima de una cueva excavada en la roca. En el fondo de esa cueva había una pequeña depresión bajo la que se suponía que había otra cueva, llamada a menudo el Pozo de las Almas. Era el lugar donde Abraham había respondido a la llamada de Dios y se había preparado para sacrificar a su amado hijo, el lugar desde donde Mahoma había ascendido al paraíso y el lugar donde estaba enterrada el arca de la alianza, llena de tablas rotas y enteras. Según el Talmud, la roca señala el centro del mundo y es un refugio del abismo donde todavía se revuelven las coléricas aguas del diluvio universal.

—Estamos encima del mayor yacimiento arqueológico que jamás existirá —dijo Shlomo—, con los objetos más valiosos del mundo, el lugar donde historia y religión coinciden. Todo bajo tierra, nadie lo tocará nunca.

Irv estaba convencido de que Israel debía excavar, pasara lo que pasara. Era una obligación cultural, histórica e intelectual. Para Jacob, en cambio, hasta que aquellas cosas fueran desenterradas —hasta que se pudieran ver y tocar— serían irreales. O sea que era mejor mantenerlas lejos de la vista.

¿Y si en vez de pedir perdón y dar media vuelta, Jacob se le hubiera acercado y le hubiera levantado la toalla, como le había levantado el velo antes de la boda, confirmando en un gesto que seguía siendo la mujer que decía ser, la mujer que él aún quería?

Jacob intentaba que sus conversaciones con Julia discurrieran de forma subterránea, pero ella necesitaba ver y tocar el final de su familia. Julia manifestó una y otra vez su respeto por Jacob y su deseo de que fueran amigos, mejores amigos, y de que cooperaran en la crianza de los niños, de que cooperaran a la perfección, de que recurrieran a un mediador y no se ofuscaran por cosas que no importaban, de que vivieran el uno cerca del otro, fueran juntos de vacaciones y bailaran en la segunda boda de ambos —aunque luego juraba que ella nunca volvería a casarse—. Jacob estaba de acuerdo, pero no creía que ninguna de esas cosas estuviera sucediendo o fuera a suceder. ¡Habían vivido juntos tantos ritos de paso necesarios! Los niños habían aprendido a dormir solos, les habían salido los dientes, se habían caído de sus pequeñas bicis para principiantes, Sam había ido a terapia de rehabilitación... Seguramente aquello también pasaría.

Sabían moverse por la casa evitándose mutuamente y moverse por sus conversaciones para mantener aquella ilusión de seguridad, pero cuando uno de los niños estaba en la misma habitación o conversación que ellos, no había sala subterránea donde ocultarse. Muchas veces, Julia miraba a sus hijos —Benjy levantando la mirada de una ilustración de Odiseo ante el Cíclope, Max examinándose el vello del antebrazo, Sam reparando su carpeta con cinta adhesiva— y pensaba: «No puedo hacerlo».

Y Jacob pensaba: «No lo haremos».

DAMASCO

El día antes del inicio de la destrucción de Israel, Julia y Sam intentaban terminar de preparar sus cosas antes de que el conductor de Uber, Mohammed, decidiera darles una estrella, sellando así su destino como clientes *haram*. Jacob estaba preparando a Benjy, que iba vestido de pirata, para ir a pasar el día con sus abuelos.

—¿Lo tienes todo? —le preguntó Julia a Sam.

—Que sí —respondió él, incapaz de reunir la energía hercúlea necesaria para disimular su fastidio generalizado.

—No le contestes así a tu madre —le dijo Jacob, pensando en Julia pero también en sí mismo.

La camaradería casi había brillado por su ausencia durante las últimas dos semanas, pero no la había reemplazado la crueldad, sino la ausencia de cualquier tipo de interacción directa. Y, no obstante, había habido unos pocos momentos, desencadenados generalmente por el asombro reflexivo ante algo que acababa de decir o hacer unos de los chicos, en los que había parecido que Jacob y Julia llevaban otra vez el mismo uniforme. El día de la muerte de Oliver Sacks, Jacob había compartido algunos hechos de la vida de su héroe con los niños: su amplio abanico de intereses, su homosexualidad tanto tiempo ocultada, cómo se había hecho famoso por usar levodopa en humanos, o cómo, siendo la persona más curiosa y comprometida del último medio siglo, había pasado más de treinta años célibe.

—¿Célibe? —preguntó Max.

—Sin practicar el sexo.

—Ah. ¿Y?

—Pues que le entusiasmaba absorber todo lo que el mundo tenía para ofrecer, pero no quería o no podía compartir nada de sí mismo.

—A lo mejor era impotente —apuntó Julia.

—No —respondió Jacob, sintiendo cómo la herida volvía a abrirse—. Es que...

—O a lo mejor era paciente.

—Yo soy célibe —dijo Benjy.

—¿Tú? —dijo Sam—. ¡Pero si eres Wilt Chamberlain!

—No sé quién es ése, pero no soy él, y tampoco he metido el pene en el agujero de la vagina de otra persona.

Aquella defensa del celibato resultó bastante graciosa. Que se refiriera al «agujero de la vagina de otra persona» fue bastante gracioso, aunque decía cosas todavía más graciosas y más precoces cada pocos minutos. No pareció ni una metáfora ni una muestra de sabiduría accidental. No hurgó en ningún nervio sensible. Pero por primera vez desde que había descubierto el teléfono, Julia se sintió impelida a buscar la mirada de Jacob. Y en aquel momento Jacob estuvo seguro de que sabrían volver a encontrar el camino.

Sin embargo, la camaradería seguía brillando por su ausencia.

—¿Pero qué he dicho? —preguntó Sam.

—No es lo que has dicho, sino cómo lo has dicho —contestó Jacob.

—Y cómo he dicho lo que sea que haya dicho.

—Así —dijo Jacob, imitando el «sí» de Sam.

—Puedo hablar con mi hijo sin tu ayuda —dijo Julia. A continuación se volvió hacia Sam—: ¿Has tomado el cepillo de dientes?

—Pues claro que ha tomado el cepillo de dientes —dijo Jacob, aplicando un pequeño ajuste de lealtades.

—Mierda —exclamó Sam, que dio media vuelta y salió corriendo escaleras arriba.

—Sam quería que lo acompañaras tú —dijo Julia.

—No. Lo dudo mucho, vamos.

Julia tomó a Benjy en brazos.

—Te voy a echar de menos, pequeñito.

—El abuelo me dijo que en su casa puedo decir palabrotas.

—Es su casa y manda él —dijo Jacob.

—En realidad no va así... —lo corrigió Julia.

—«Mierda» o «pene»...

—«Pene» no es una palabrota —dijo Jacob.

—No creo que a la abuela le guste que digas esas cosas.

—El abuelo dijo que no importaba.

—Lo oirías mal.

—Dijo: «La abuela no importa».

—¡Hablaba en broma! —exclamó Jacob.

—«Cabrón» es una palabrota.

Sam volvió a bajar con el cepillo.

—¿Zapatos de vestir? —preguntó Julia.

—Caraaaaajo.

—«Carajo» también —dijo Benjy.

Sam volvió a subir las escaleras.

—¿A lo mejor si le dieras un poco más de espacio? —sugirió Jacob entre unos signos de interrogación dirigidos diríase que a la conciencia colectiva.

—No creo estar atosigándolo.

—No, claro que no. Sólo digo que a lo mejor Mark puede ser el malo de la peli durante el viaje. Si hace falta, claro.

—Espero que no haga falta.

—¿Cuarenta pubertos lejos de casa?

—Yo no describiría a Sam como «puberto».

—¿«Puberto»? —preguntó Benjy.

—Me alegro de que Mark te acompañe —dijo Jacob—. No te acordarás, pero hace unas semanas dijiste algo sobre él, en el contexto de...

—Sí, me acuerdo.

—Dijimos muchas cosas.

—Pues sí.

—Sólo quería que lo supieras.

—No estoy segura de haber entendido lo que acabas de decir.

—He dicho lo que he dicho, y ya está.

—Aprovecha para conocerlo un poco —dijo Julia, dirigiéndose hacia la puerta.

—¿A Max?

—No se encierren cada uno en su mundo.

—Yo no tengo mundo, o sea que vete tranquila.

—Se la pasaran bien recogiendo a los israelíes mañana.

—¿Tú crees?

—Max y tú pueden ser la selección de Estados Unidos.

Max bajó por las escaleras.

—¿Por qué están hablando de mí?

—No hablábamos de ti —dijo Jacob.

—Le estaba diciendo a papá que a ver si encuentran cosas divertidas que hacer juntos mientras están solos.

Llamaron a la puerta.

—Mis padres —dijo Jacob.

—¿Juntos... juntos? —le susurró Max a Julia.

Jacob abrió la puerta. Benjy se zafó de entre los brazos de Julia y salió corriendo hacia Deborah.

—¡Abuela!

—Hola, abuela —dijo Max.

—¿Y yo qué? —preguntó Irv—. ¿Tengo el ébola?

—¿Ébola?

—Hola, abuelo.

—Oye, qué disfraz de Moshé Dayán tan padre.

—¡Soy un pirata!

Irv se agachó hasta quedar a la altura de Benjy y los obsequió a todos con lo que tal vez era una imitación perfecta de Dayán, aunque nadie sabía cómo hablaba Dayán:

—¡Los sirios pronto descubrirán que la carretera de Damasco a Jerusalén también va de Jerusalén a Damasco!

—¡Al abordaje!

—Toma, esto es su horario —le dijo Julia a Deborah—. Y ahí tienes también una bolsa con varias comidas preparadas.

—He preparado un millón de comidas en mi vida...

—Ya lo sé —dijo Julia, intentando corresponder al cariño evidente de Deborah—. Sólo intento ponértelo lo más fácil posible.

—Tengo un congelador lleno de comida muy congelada —le dijo Deborah a Benjy.

—¿Tiras de tocino vegetariano de MorningStar Farms?

—Eh...

—Caraaaaajo.

—¡Benjy!

Sam bajó corriendo por las escaleras con los zapatos y se paró en seco.

—¡Me lleva el carajo! —exclamó, y dio media vuelta.

—¡Esas palabrotas! —dijo Julia.

—Papá dice que las palabrotas no existen.

—No, yo lo que dije es que hay usos groseros. Y eso ha sido un uso grosero.

—¿Vamos a quedarnos despiertos hasta las tantas? —le preguntó Irv a Benjy.

—No sé...

—No hasta muy tarde —le dijo Julia a Deborah.

—¿Y mañana iremos juntos a buscar a los israelíes?

—Me lo llevo al zoológico, ¿te acuerdas? —dijo Deborah.

Irv sacó el teléfono.

—Siri, ¿me acuerdo de lo que me está contando esta mujer?

Sam volvió a bajar por las escaleras con un cinturón.

—Hola, chico —dijo Irv.

—Hola, abuelo. Hola, abuela.

—¿Qué tal lo de tus comentarios difamatorios? ¿Todo en orden?

—No fui yo.

—¿Sabes que en su día acompañé a tu padre a un simulacro de la ONU?

—Eso no es verdad —dijo Jacob.

—Ya lo creo que sí.

—Créeme, no es verdad.

—Ah, tienes razón —dijo Irv, guiñándole un ojo a Sam—. Me he confundido con la vez que te llevé a la ONU de verdad —añadió, y se dio una palmada en la mano—. ¡Mira que fui mal padre!

—Es verdad, y luego me dejaste allí olvidado.

—No para siempre, eso es evidente —contestó Irv—. Bueno —añadió, dirigiéndose a Sam—, ¿preparado para darles lata?

—Sí, supongo.

—Recuerda: si te sientan con un delegado de algo llamado Palestina, los pones en su sitio, te levantas y te vas. ¿Me oyes? Golpea con la lengua y habla con los pies.

—Representamos a Micronesia...

—Siri, ¿qué es Micronesia?

—... y, bueno, debatimos resoluciones y damos respuesta a todas las crisis que se inventen.

—¿Quiénes? ¿Los árabes?

—Los coordinadores.

—Sabe lo que se hace, papá.

Tres largos bocinazos seguidos de nueve más cortos. *Shevarim teruah*.

—Mohammed está perdiendo la paciencia —dijo Julia.

—Nunca fue su fuerte —soltó Irv.

—Sí, nosotros también nos vamos —dijo Deborah—. Tenemos un día fantástico por delante: leeremos cuentos, haremos manualidades, daremos un paseo por el bosque...

—... comeremos fruta confitada, nos reiremos de Charlie Rose...

—¡Vamos, Argo! —llamó Jacob.

—Me encanta la fruta confitada.

—Lo llevamos al veterinario —le explicó Max a Deborah.

—Todo va bien —aclaró Jacob, quitándole hierro a un asunto que no le interesaba a nadie.

—Excepto que se hace caca dentro de casa dos veces al día —añadió Max.

—Porque es viejo. Es una tradición.

—¿El bisabuelo se hace caca dentro de casa dos veces al día? —preguntó Benjy.

Se hizo el silencio mientras todos reconocían para sus adentros que, considerando lo infrecuentes que se habían vuelto sus visitas, no podían descartar la posibilidad de que Isaac se hiciera caca dentro de casa dos veces al día.

—En realidad, todo el mundo se hace caca dentro de casa dos veces al día, ¿no? —preguntó Benjy.

—Tu hermano se refiere a hacerse caca en casa, no en el baño.

—Lleva una bolsa de colostomía —dijo Irv—. Su caca lo acompaña a todas partes.

—¿Qué es una bolsa de... eso? —preguntó Benjy.

Jacob se aclaró la garganta.

—Los intestinos del bisabuelo... —empezó a decir.

—Es como la bolsa de las sobras del restaurante, pero para la mierda —dijo Irv.

—¿Para que se la pueda comer después? —preguntó Benjy.

—A lo mejor, mientras no estamos, alguien podría ir a ver cómo está —sugirió Julia—. Incluso podrían pasar a visitarlo con los israelíes.

—Es lo que tenía previsto —mintió Jacob.

Mohammed volvió a tocar el claxon, pero esta vez pisando el pedal de resonancia.

Salieron todos juntos: Deborah, Irv y Benjy a ver una representación de *Pinocho* con marionetas en Glen Echo Park; Julia y Sam para ir a tomar el autobús del colegio; y Jacob, Max y Argo para ir al veterinario. Julia abrazó a Max y a Benjy; no abrazó a Jacob, pero le dijo:

—No te olvides de...

—Largo —dijo él—. Que se diviertan. A ver si logran la paz en el mundo.

—Una paz duradera —dijo Julia, dejando que sus palabras se organizaran solas.

—Y saluda a Mark de mi parte. En serio.

—No es el momento, ¿sí?

—Has oído algo que yo no he dicho.

—Adiós —dijo Julia, secamente.

Al llegar a mitad del caminito, Benjy se giró y exclamó:

—¿Y si no los extraño?

—Llama cuando quieras —dijo Jacob—. Tendré el teléfono siempre conectado y siempre estarás a unos minutos en coche de aquí.

—No, digo si NO los extraño.

—¿Qué?

—Pues que si pasa algo.

—¡Pues claro que no pasa nada! —dijo Julia, y le dio un último beso a Benjy.

—Nada me haría tan feliz como que te lo pasaras tan bien que ni te acordaras de nosotros. —Jacob bajó las escaleras y le dio a Benjy el último, ultimísimo beso—. Además —añadió—, nos extrañarás.

Por primera vez en su vida, Benjy decidió no decir lo que pensaba en voz alta.

LA CARA OCULTA

De camino pararon en McDonald's. Formaba parte del ritual de las visitas al veterinario, que Jacob había instaurado después de oír un *podcast* sobre una perrera de Los Ángeles que sacrificaba a más perros que cualquier otra de Estados Unidos. La mujer que la dirigía aplicaba la eutanasia a todos los perros personalmente, a veces una decena al día. Los llamaba por su nombre, los sacaba de paseo en la medida en que los animales pudieran andar, les hablaba, los acariciaba y, como último gesto antes de clavarles la aguja, les daba McNuggets. Según la mujer, «es la última comida que pedirían si pudieran».

En los últimos años habían llevado a Argo al veterinario varias veces porque tenía dolor articular, los ojos empañados, bultos de grasa en el vientre e incontinencia. No eran augurios de un final próximo, pero Jacob sabía que a Argo la consulta del veterinario lo ponía muy nervioso, y sentía que le debía una recompensa, que a lo mejor servía también para crear una asociación positiva. No sabían si aquélla habría sido la última comida que habría elegido, pero lo cierto era que devoraba los McNuggets que daba gusto, y que se tragaba la mayoría sin masticar. Desde que era miembro de la familia Bloch, había comido alimento Newman's dos veces al día, sin variaciones. (Julia les tenía terminantemente prohibido darle restos en la mesa, pues eso «convertiría a Argo en un mendigo».) Los

McNuggets siempre le provocaban diarrea y a veces incluso vómitos. Pero por lo general tardaba unas horas y se podía hacer coincidir con un paseo por el parque. Y valía la pena.

Jacob y Max también pidieron McNuggets. Casi nunca los comían en casa —otra decisión de Julia—, donde la comida rápida figuraba justo después del canibalismo en la lista de cosas que no había que hacer jamás. Ni Jacob ni Max echaban de menos los McNuggets, pero compartir algo que Julia les tenía prohibido sería una experiencia que los uniría. Se estacionaron en Fort Reno Park y montaron un pícnic improvisado. Argo era lo bastante leal, y letárgico, para poder dejarlo suelto sin correa. Max lo acarició mientras engullía un McNugget tras otro, diciéndole:

—Eres muy buen perro. Muy bueno, muy bueno.

Aunque resultara patético, Jacob sintió envidia. Los comentarios crueles de Julia —por justos y merecidos que fueran— se le habían quedado dolorosamente clavados en el recuerdo. No podía dejar de repetir mentalmente la frase «Creo que estás totalmente ausente». Era una de las críticas menos concretas y cáusticas que le había lanzado durante la primera discusión después de encontrar el teléfono, y a otra persona seguramente se le habría clavado cualquier otra frase. Pero el eco que él oía todo el tiempo era: «Creo que estás totalmente ausente».

—De más joven venía aquí muy a menudo —le contó Jacob a Max—. Solíamos tirarnos en trineo por aquella pendiente.

—¿Tú y quién más?

—Amigos, normalmente. Es posible que el abuelo me acompañara algunas veces, pero no lo recuerdo. Cuando hacía calor veníamos a jugar al béisbol.

—¿Partidos? ¿O a pasar el rato?

—Sobre todo a pasar el rato. Nos costaba mucho reunir un *minyán*, aunque algunas veces pasaba, el último día de colegio, tal vez, antes de vacaciones.

—Eres muy bueno, Argo. Muy bueno.

—De mayores íbamos a comprar cerveza al colmado de Tenleytown, que está por ahí. Nunca nos pedían la documentación.

—¿Qué quiere decir eso?

—Tienes que tener veintiún años para comprar cerveza legalmente, por eso los comercios suelen pedirte algún tipo de documentación, como el permiso de conducir, para comprobar la edad. Pero Tenleytown no nos lo pedía nunca, de modo que comprábamos la cerveza allí.

—O sea que te saltabas la ley.

—Era otra época. Y ya sabes qué dijo Martin Luther King sobre las leyes injustas.

—No, no lo sé.

—Básicamente, comprar cerveza era nuestra responsabilidad moral.

—Qué bueno eres, Argo.

—Es broma, claro. No es recomendable comprar cerveza si no tienes la edad mínima y, por favor, no le digas a mamá que te he contado esta historia.

—Vale.

—¿Sabes qué es un *minyán*?

—No.

—¿Y por qué no preguntas?

—No sé.

—Son diez hombres de más de trece años; es lo que se requiere para que las plegarias en la sinagoga tengan valor.

—Me parece discriminatorio, por sexo y por edad.

—Pues sí, lo tiene todo —dijo Jacob, arrancando una flor silvestre—. Fugazi solía hacer un concierto gratis aquí cada verano.

—¿Qué es Fugazi?

—Una de las mejores bandas que ha existido jamás, según todas las definiciones de «mejor». Hacían una música buenísima, tenían una ética buenísima... Eran buenísimos.

—¿Qué es una ética?

—Sus convicciones.

—¿Y cuál era su ética?

—No desplumar a los fans, no tolerar la violencia en los conciertos, no hacer videos ni vender productos promocionales. Y crear, hacer música con un mensaje contrario a las grandes empresas, antimisógina y con conciencia de clase, música que hacía que se te derritiera el cerebro.

—Qué buen perro eres.

—Tendríamos que ir pagando.

—Mi ética es: «Encuentra la luz en la belleza del mar, he decidido ser feliz».

—Es una ética fantástica, Max.

—Es un verso de Rihanna.

—Pues Rihanna es muy lista.

—La canción no la escribió ella.

—Pues quien la escribiera.

—Sia.

—Pues Sia es muy lista.

—Además, era broma.

—Bueno.

—¿Y cuál tienes tú?

—¿De qué?

—¿Cuál es tu ética?

—No desplumar a los fans, no tolerar la violencia en los conciertos...

—No, en serio.

Jacob soltó una carcajada.

—En serio —insistió Max.

—Pues... déjame que lo piense.

—Seguramente tu ética sea ésa.

—Ésa es la ética de Hamlet. Hamlet sí sabes quién es, ¿no?

—Tengo diez años, no diez meses.

—Bueno, perdón.

—Además, Sam lo está leyendo en clase.

—Me pregunto qué habrá sido de Fugazi. Me pregunto si seguirán siendo idealistas, hagan lo que hagan.

—Eres muy buen perro, Argo.

Ya en la consulta del veterinario, los llevaron a una sala de exploración situada en la parte trasera.

—Es raro, pero esto me recuerda a la casa del bisabuelo.

—Sí, es raro.

—Todas esas fotos de perros son como las fotos mías, de Sam y de Benjy. Y el tarro de chucherías es como el bote de caramelos.

—Y huele a...

—¿A qué?

—A nada.

—No, ¿a qué?

—Iba a decir «a muerte»; pero me pareció bastante feo y he intentado morderme la lengua.

—¿A qué huele la muerte?

—A esto.

—¿Y tú cómo lo sabes?

Jacob nunca había olido una persona muerta. Sus tres abuelos que ya no vivían habían muerto o bien antes de que Jacob naciera, o cuando era tan pequeño que no se había enterado. Ninguno de sus colegas, amigos, antiguos colegas y antiguos amigos había muerto. A veces lo asombraba haber podido vivir cuarenta y dos años sin entrar en contacto directo con la mortalidad. A ese asombro le seguía siempre el temor a que la estadística decidiera ponerse al día y le ofreciera una batería de muertes para las que no estaría en absoluto preparado.

La veterinaria tardó media hora en atenderlos, y Max le dio a Argo una chuchería tras otra.

—Puede que no le sienten muy bien con los McNuggets —lo advirtió Jacob.

—Eres muy bueno, muy, muy bueno.

Argo sacaba otra cara de Max, una dulzura y una vulnerabilidad que normalmente quedaban ocultas. Jacob se acordó del día en que había ido con su padre al Museo de Historia

Natural, con la edad de Max. Jacob tenía muy pocos recuerdos de haber pasado momentos a solas con su padre —Irv trabajaba muchas horas en la revista, y cuando no estaba escribiendo estaba dando clases, y cuando no estaba dando clases socializaba con personas importantes para confirmar que era una persona importante—, pero recordaba aquel día.

Estaban delante de un diorama de un bisonte.

—Qué bonito —dijo Irv—, ¿verdad?

—Muy bonito —dijo Jacob, conmovido (perturbado incluso) por la extrema presencia del animal, por lo autosuficiente que parecía.

—Pero nada de esto es accidental —dijo Irv.

—¿A qué te refieres?

—Se esfuerzan mucho en recrear escenas naturales con precisión. De eso se trata, claro. Pero podrían haber elegido muchas otras escenas con igual precisión, ¿no? El bisonte podría estar galopando en lugar de inmóvil. O peleándose, o cazando, o comiendo. Podría haber dos bisontes en lugar de uno. Le podrían haber puesto un pajarillo sobre el lomo. Había muchas opciones entre las que elegir.

A Jacob le encantaba que su padre le contara cosas. Le producía una sensación embriagadora y lo hacía sentirse seguro. Y también confirmaba que Jacob era una persona importante en la vida de su padre.

—Pero esa elección no siempre es libre —añadió Irv.

—¿Por qué no?

—Porque tienen que ocultar lo que trajo estos animales hasta aquí.

—¿Qué quieres decir?

—¿Tú de dónde crees que vienen estos animales?

—De África o algo así.

—¿Pero por qué terminan en un diorama? ¿Crees que se presentan voluntarios para que los disequen? ¿O que los científicos los encuentran muertos por casualidad junto a la carretera?

—Supongo que no lo sé.

—Los cazan.

—¿En serio?

—Y las cacerías no son limpias.

—Ah, ¿no?

—No se puede cazar algo que no quiere ser cazado sin hacer una carnicería.

—Ah.

—Las balas dejan agujeros, a veces bastante grandes. Y las flechas también. Y a un bisonte no lo derribas con un agujerito.

—No, supongo que no.

—O sea que cuando colocan los animales en un diorama, lo disponen todo de tal modo que el espectador no vea los agujeros, los cortes y los desgarros. Los únicos que los ven son los animales pintados en el paisaje. Pero recordar que están ahí lo cambia todo.

Una vez, después de que Jacob le diera un ejemplo de cómo Julia lo denigraba sutilmente, el doctor Silvers había dicho: «La mayoría de las personas reaccionan mal cuando están heridas. Si tenemos en cuenta las heridas, nos resultará mucho más fácil disculpar ese comportamiento».

Julia estaba en el baño ese día cuando Jacob llegó a casa. Éste caminó arrastrando los pies, llamó a la puerta y dijo su nombre para intentar advertirla de su presencia, pero el agua hacía demasiado ruido y, al abrir la puerta, la sobresaltó. Después de recuperar el aliento y de reírse de su espanto, Julia apoyó la barbilla en el borde de la bañera. Escucharon el agua juntos. Cuando te llevas una concha al oído, ésta se convierte en una caja de resonancia de tu sistema sanguíneo. El océano que oyes es tu propia sangre. Su baño, esa noche, se convirtió en una caja de resonancia de su vida compartida. Y detrás de Julia, donde deberían haber estado las toallas y la bata, Jacob vio un paisaje pintado, una superficie plana ocupada ya para siempre por una escuela, un campo de futbol y la sección de productos a granel de Whole Foods (una hilera de cubetas de plástico llenas de guisantes pintados, arroz integral, mango seco y anacardos crudos), un Subaru y un Volvo, una casa, su casa, y a través de una ventana de la segunda planta, una habitación, tan minúscula y detallada que sólo podía ser obra de un maestro, y encima de una mesa, en un cuarto que se convirtió en el despacho de Julia cuando ya no necesitaban una habitación de juegos, un modelo arquitectónico, una casa, y en esa casa dentro de la casa dentro de la casa donde transcurría la vida había una mujer, colocada delicadamente.

Finalmente llegó la veterinaria. No era lo que Jacob preveía o esperaba, es decir, un abuelo afable. Para empezar era una mujer. En la experiencia de Jacob, los veterinarios eran como los pilotos de aviones: casi siempre hombres canosos (o directamente con el pelo blanco) y tranquilos. La doctora Shelling parecía demasiado joven incluso para invitar a Jacob una copa (una situación más que improbable), estaba en forma, tenía un cuerpo firme y llevaba lo que parecía una bata de laboratorio hecha a medida.

—¿Qué los trae hoy por aquí? —preguntó, examinando el historial de Argo.

¿Vería Max lo mismo que Jacob? ¿Era lo bastante mayor para prestar atención? ¿Para avergonzarse?

—Ha tenido algunos problemillas —dijo Jacob—, seguramente achaques normales para un perro de su edad: incontinencia, dolor articular... Nuestro antiguo veterinario, el doctor Hazel de Animal Kind, le recetó Rimadyl y Cosequin, y nos aconsejó aumentar la dosis si no mejoraba. No mejoró, de modo que doblamos la dosis y empezamos a darle también una pastilla para la demencia, pero no hemos apreciado cambios. Por eso hemos decidido buscar una segunda opinión.

—Muy bien —dijo la doctora, y dejó el fichero encima de la mesa—. ¿Y este perro tiene nombre?

—Argo —dijo Max.

—Un gran nombre —dijo ella, apoyando una rodilla en el suelo.

Tomó la cabeza de Argo con las dos manos y lo miró fijamente a los ojos mientras lo acariciaba.

—Tiene dolor —dijo Max.

—Tiene malestar de vez en cuando —puntualizó Jacob—. Pero ni es constante, ni es dolor.

—¿Tienes dolor? —le preguntó la doctora Shelling a Argo.

—Gime cada vez que se levanta y se tumba —dijo Max.

—Eso no suena bien.

—Pero también gime si no le damos suficientes palomitas mientras vemos una peli —dijo Jacob—. Es un quejumbroso católico.

—¿Recuerdan otros momentos en los que gima de malestar?

—Ya le digo, gime sobre todo cuando quiere comida o que lo saquen a pasear. Pero eso no es ni dolor ni malestar. Es sólo deseo.

—También gime cuando tú y mamá se pelean.

—No, la que gime es mamá —dijo Jacob, intentando sacudirse la vergüenza que le había producido aquel comentario delante de la veterinaria.

—¿Con qué frecuencia lo sacan a pasear? —preguntó ella—. Un perro no debería gemir porque quiere salir...

—Lo sacamos muy a menudo —dijo Jacob.

—Tres veces al día —añadió Max.

—Un perro como Argo necesita salir cinco veces. Por lo menos.

—¿Cinco veces al día? —preguntó Jacob.

—Y el dolor que han observado ¿desde cuándo dirían que lo tiene?

—Es malestar —la corrigió Jacob—. Dolor es una palabra demasiado fuerte.

—Desde hace mucho —dijo Max.

—Tampoco tanto. ¿Medio año, tal vez?

—En el último medio año ha empeorado —dijo Max—, pero gime desde que Benjy tenía tres años.

—Lo mismo podría decirse de Benjy.

La veterinaria volvió a examinar los ojos de Argo, ahora en silencio. Jacob quería que lo miraran así.

—Bueno —dijo—. Le tomaré la temperatura, comprobaré sus signos vitales y, si les parece bien, le haremos unos análisis de sangre.

Sacó un termómetro de un frasco de cristal que había encima del mostrador, le aplicó vaselina y se lo introdujo a Argo por detrás. ¿Qué pensaba Jacob de la situación? ¿Lo excitaba? ¿Lo deprimía? Sí, lo deprimía. Pero ¿por qué? ¿Por el estoicismo de Argo siempre que pasaba eso? ¿Porque le recordaba su propio rechazo, o incluso incapacidad, a exteriorizar el malestar? No, tenía que ver con la veterinaria, porque era joven y guapa (parecía rejuvenecer a medida que avanzaba la visita) y, sobre todo, porque era tierna y cariñosa. Inspiraba fantasías en Jacob, aunque no de un encuentro sexual. Ni siquiera de aquella mujer metiéndole un supositorio. La imaginaba poniéndole el estetoscopio sobre el pecho, mientras le exploraba delicadamente las glándulas del cuello, cómo se estiraba para doblarle los brazos y las piernas, al tiempo que lo auscultaba intentando detectar la diferencia entre molestia y dolor, con el silencio y la atención de alguien que intenta abrir una caja fuerte.

Max puso una rodilla en el suelo y colocó la cara frente a la de Argo.

—Éste es mi chico. Mírame —le dijo—. Lo estás haciendo muy bien.

—Bueno —dijo la veterinaria, sacando el termómetro—. Es un poco alta, pero está dentro de lo aceptable.

A continuación pasó las manos por todo el cuerpo de Argo, le examinó las orejas, le levantó los labios para comprobar dientes y encías, le palpó la barriga y le giró la cadera hasta que el animal soltó un gemido.

—Esa pata la tiene un poco sensible.

—Le cambiaron las dos caderas —dijo Max.

—¿Un reemplazo total de cadera?

Jacob se encogió de hombros.

—No, en la izquierda fue una osteotomía de la cabeza del fémur —dijo Max.

—Una decisión interesante...

—Ya —respondió Max—. Estaba al límite de peso y el veterinario pensó que era preferible ahorrarle un reemplazo total. Pero fue un error.

—Veo que prestaste atención.

—Es mi perro —dijo Max.

—Bueno —dijo ella—, es evidente que le duele un poco. Seguramente tenga algo de artritis.

—Hace más o menos un año que se hace caca dentro de casa —dijo Max.

—Un año no —lo corrigió Jacob.

—¿Te acuerdas de la fiesta de pijamas de Sam?

—Vale, pero eso fue una excepción. No se convirtió en un problema constante hasta muchos meses más tarde.

—¿Y también se orina dentro de casa?

—Sobre todo se caga —dijo Jacob—, aunque últimamente a veces también se mea.

—¿Todavía se agacha para defecar? Generalmente se trata de un problema de artritis, más que intestinal o rectal: el perro ya no puede adoptar la posición, de modo que defeca mientras camina.

—A menudo hace caca mientras camina, sí —dijo Jacob.

—Pero a veces también se hace en la cama —dijo Max.

—Como si no se diera cuenta de que está cagando —sugirió la veterinaria—. O simplemente no pudiera controlarse.

—Exacto —dijo Max—. No sé si los perros sienten vergüenza o tristeza, pero...

Jacob recibió un mensaje de Julia: «Ya estamos en el hotel».

—Eso no lo sabremos nunca —dijo la veterinaria—, pero desde luego no parece que tenga que ser agradable.

«¿Y nada más?», se preguntó Jacob. «¿"Ya estamos en el hotel"?» Era como si hablara con un colega al que simplemente toleraba, o se limitara a cumplir con la comunicación mínima exigida por las obligaciones legales. Y entonces pensó:

«¿Por qué siempre me ofrece tan poco?». Aquel pensamiento lo tomó por sorpresa, no sólo por la repentina oleada de rabia que lo acompañó, sino también porque tenía la sensación de haber dado en el clavo —y también por esa palabra, *siempre*—, a pesar de que nunca antes se le hubiera ocurrido de forma consciente. «¿Por qué siempre me ofrece tan poco?». Tan poco beneficio de la duda, tan pocos elogios, un reconocimiento tan escaso. ¿Cuándo había sido la última vez que no había podido reprimir una carcajada ante uno de sus chistes? ¿Cuándo había sido la última vez que le había pedido leer lo que estaba escribiendo? ¿O que había iniciado una aproximación sexual? Tan poco de lo que alimentarse. Él se había portado mal, de acuerdo, pero sólo después de una década de heridas infligidas por unas flechas demasiado romas para lograr lo que se esperaba de ellas.

A menudo se acordaba de aquella pieza de Andy Goldsworthy en la que éste se había echado en el suelo mientras una tormenta se acercaba y se había quedado ahí hasta que había pasado de largo. Al levantarse, había quedado en el suelo su silueta seca, como el trazo de tiza de una víctima. Como el círculo sin agujeros de la puerta, donde en su día había estado la diana.

—Todavía se lo pasa bien en el parque —le dijo Jacob a la veterinaria.

—¿Cómo dice?

—Que todavía se lo pasa bien en el parque.

Y con ese comentario que no venía al caso, la conversación dio un giro de ciento ochenta grados y la cara oculta quedó mirando al frente.

—Sí, a veces —dijo Max—. Pero generalmente no se mueve. Y las escaleras de casa le cuestan mucho.

—El otro día se echó unas carreras.

—Y luego se pasó como tres días cojeando.

—A ver —dijo Jacob—, es evidente que su calidad de vida va disminuyendo. Y es evidente que ya no es el perro que fue en su día. Pero todavía tiene una vida que vale la pena.

—¿Y eso quién lo dice?

—Los perros no se quieren morir.

—Pues el bisabuelo sí.

—Oye, espera, frena. ¿Qué has dicho?

—Que el bisabuelo se quiere morir —repitió Max, como si tal cosa.

—El bisabuelo no es un perro. —Aquel comentario tan extemporáneo empezó a encaramarse lentamente por las paredes de la sala. Jacob intentó salirle al paso enmendando sus palabras—. Y no se quiere morir.

—¿Y eso quién lo dice?

—¿Necesitan un momento a solas? —preguntó la veterinaria, que cruzó los brazos sobre el pecho y dio un paso hacia la puerta caminando de espaldas.

—El bisabuelo ve el futuro con esperanza —dijo Jacob—. Por ejemplo, quiere vivir lo suficiente para poder ver el *bar mitzvá* de Sam. Y también disfruta de los recuerdos.

—Como Argo.

—¿En serio crees que Argo tiene ganas de que llegue el *bar mitzvá* de Sam?

—Nadie tiene ganas de que llegue el *bar mitzvá* de Sam.

—El bisabuelo sí.

—¿Y eso quién lo dice?

—Los perros disfrutan de los pequeños placeres de la vida —dijo la veterinaria—. Tumbarse en un trozo de suelo caliente por el sol, probar comida humana de vez en cuando... No es fácil saber si su experiencia mental va más lejos que eso, en ese sentido tenemos que conformarnos con suposiciones.

—Argo tiene la sensación de que nos hemos olvidado de él —dijo Max, dejando claro cuál era su suposición.

—¿Olvidado?

—Igual que el bisabuelo.

Jacob le dirigió una sonrisa boba a la veterinaria y dijo:

—¿Quién dice que el bisabuelo siente que nos hemos olvidado de él?

—Él mismo.

—¿Cuándo?

—Siempre que hablamos.

—¿Y cuándo es eso?

—Cuando hacemos un Skype.

—No lo dice en serio.

—¿Y cuando Argo gime? ¿Cómo sabes que va en serio?

—Todo lo que hacen los perros va en serio.

—Dígaselo —le pidió Max a la veterinaria.

—¿Que le diga qué?

—Dígale que tenemos que sacrificar a Argo.

—Uy, yo no soy quién para decir eso. Es una decisión muy personal.

—Bueno, pero si creyera que no hay que sacrificarlo, habría dicho que no cree que haya que sacrificarlo.

—Todavía corre por el parque, Max. Y ve películas tumbado en el sofá.

—Dígaselo —le volvió a pedir Max a la veterinaria.

—Mi trabajo como veterinaria consiste en cuidar de Argo y hacer lo posible para que se mantenga sano, no en dar consejos sobre si hay que poner fin a su vida.

—O sea, en otras palabras, está de acuerdo conmigo.

—No ha dicho eso, Max.

—Yo no he dicho eso.

—¿Usted cree que deberíamos sacrificar a mi bisabuelo?

—No —respondió la veterinaria, que se arrepintió al momento de validar la pregunta con su respuesta.

—Dígaselo.

—¿Qué le tengo que decir?

—Dígale que cree que deberíamos ponerle una inyección letal a Argo.

—No me corresponde a mí decir eso.

—¿Lo ves? —le dijo Max a su padre.

—Eres consciente de que Argo está en esta sala, ¿verdad, Max?

—No nos entiende.

—Pues claro que nos entiende.

—A ver, un momento. Entonces ¿tú crees que Argo entiende las cosas pero el bisabuelo no?

—El bisabuelo lo entiende todo.

—¿En serio?

—Sí.

—En ese caso eres un monstruo.

—¡Max!

—Dígaselo.

Argo vomitó una docena de McNuggets enteros entre los pies de la veterinaria.

—¿Cómo logran que el cristal se mantenga limpio? —le había preguntado Jacob a su padre, tres décadas atrás.

Irv le había dirigido una mirada de perplejidad.

—Pues no sé, ¿con limpiacristales?

—No, me refiero al otro lado. No puede entrar nadie ahí dentro, se cargaría lo que hay en el suelo.

—Pero si no entra nadie, no se ensucia.

—Sí se ensucia —replicó Jacob—. ¿Te acuerdas de cómo al volver de Israel estaba todo sucio aunque hacía tres semanas que no había nadie en casa? ¿Te acuerdas de que escribimos nuestros nombres en hebreo sobre el polvo de las ventanas?

—Una casa no es un entorno cerrado.

—Sí lo es.

—No tanto como un diorama.

—Que sí.

Lo único que a Irv le gustaba más que enseñarle cosas a Jacob era que éste lo cuestionara, el indicio de que un día su hijo lo superaría.

—A lo mejor por eso ponen esa cara del cristal mirando hacia el otro lado —dijo Irv, sonriendo y hundiendo los dedos en el pelo de su hijo, que, con el tiempo, crecería tanto que se los ocultaría por completo.

—Eso no funciona con los cristales.

—Ah, ¿no?

—No se puede esconder la otra cara de un cristal.

—¿Y con los animales sí funciona?

—¿A qué te refieres?

—Mira la cara de ese bisonte.

—¿Por qué?

—Mírala con atención.

AÚN NO

Sam y Billie estaban sentados en el fondo del autobús, varias filas vacías detrás de los demás.

—Te quiero enseñar una cosa —dijo ella.

—Vale.

—En tu iPad.

—No lo he traído.

—¿En serio?

—Mi madre no me dejó —dijo Sam, que inmediatamente deseó haberse inventado una justificación menos infantil.

—¿Por qué? ¿Ha leído un artículo de opinión o algo?

—Quiere que esté «presente» durante el viaje.

—¿Qué gasta cuarenta litros de gasolina pero no se mueve?

—No sé.

—Un monje budista.

Sam se rio, aunque no lo había captado, y le preguntó:

—¿Has visto el del caimán que muerde una anguila eléctrica?

—Sí, es la onda. —Billie sacó la tableta de marca blanca que sus padres le habían regalado por Navidad (más miserable que un adulto en un *scooter*), y empezó a teclear—. ¿Has visto el del hombre del tiempo empalmado?

Lo vieron juntos y se rieron.

—Lo mejor es cuando dice: «¡Este frente viene caliente!».

Billie cargó otro video y dijo:

—Mira qué sífilis tiene este conejillo de indias.

—Creo que es un hámster.

—Creo que las úlceras genitales no te dejan ver el bosque.

—Odio sonar como mi padre, pero ¿no es de locos que tengamos acceso a esta mierda?

—De locos no, es el mundo.

—Vale, pues ¿no te parece que el mundo está loco?

—Eso es imposible por definición. Locos están los otros.

—Me gusta mucho, mucho cómo piensas.

—Y a mí me gusta mucho, mucho que me lo digas.

—No lo digo por decir, va en serio.

—Otra cosa que me gusta mucho, mucho es que no te atreves a decir lo que tú ya sabes porque te da miedo que yo interprete algo que no has dicho.

—¿Eh?

—Me gusta mucho, mucho, muchísimo.

La quería.

Billie puso la tableta en suspensión y dijo:

—*Emet hi hasheker hatov beyoter.*

—¿Qué es eso?

—Hebreo.

—¿Hablas hebreo?

—Parafraseando a Franz Rosenzweig cuando le preguntaron si era religioso: «Aún no». Pero me pareció que uno de los dos tenía que aprender un poco en honor a tu *bar mitzvá*.

—¿Franz qué? ¿Y qué quiere decir, por cierto?

—«La verdad es la mejor de las mentiras.»

—Ah. Bueno: *Anata we subete o rikai shite iru baai wa, gokai suru hitsuyo ga arimasu.*

—¿Y eso qué significa?

—«Si lo entiendes todo es que estás desinformado.» Creo que es japonés. Era el subtítulo de *Call of Duty: Black Ops*.

—Ah, ya; estudio japonés los jueves, pero no lo había captado por tu acento.

Sam quería enseñarle la sinagoga en la que había estado trabajando durante las últimas dos semanas. Se preguntaba si era la mejor cara de su mejor yo y si a Billie le gustaría.

El autobús se estacionó delante del Washington Hilton, el hotel donde, teóricamente, iba a tener lugar el *bar mitzvá* de Sam dos semanas más tarde, si es que lograban arrancarle una disculpa. Los niños bajaron y se desperdigaron. Dentro del vestíbulo había una gran pancarta donde podía leerse: BIENVENIDOS AL MODELO DE LAS NACIONES UNIDAS 2016. Amontonaron varias decenas de maletas y bolsas de viaje en un rincón: no había casi ninguna que no contuviera algo que se suponía que no debía estar ahí. Mientras Mark intentaba hacer un recuento, Sam se llevó a su madre aparte.

—Cuando hables con todo el mundo no des la nota, ¿vale?

—¿La nota? ¿Cómo?

—Tú no hagas el ridículo y ya está.

—¿Estás preocupado por si te dejo en ridículo?

—Sí. Me has obligado tú a decirlo.

—Sam, estamos aquí para pasarla padre...

—No digas «pasarla padre».

—... y lo último, ultimísimo que quiero es ser una pesada.

—Ni «ser una pesada».

Mark le hizo un gesto afirmativo a Julia, que se dirigió al grupo.

—A ver, ¿me pueden prestar atención?

Nadie le prestaba atención.

—¡Yujuuu!

—Ni «yuju» —susurró Sam, sin dirigirse a nadie en concreto.

Mark, con su voz de barítono y agitando los brazos, exclamó:

—Cierren la boca y levanten los ojos, ¡ahora!

Los chicos se callaron de golpe.

—Vale —dijo Julia—. Bueno, como seguramente ya sabrán soy la madre de Sam. Mi hijo me ha pedido que no dé la nota, o sea que me limitaré a lo básico. En primer lugar, quiero decirles que me encanta estar aquí con ustedes.

Sam cerró los ojos y se obligó a desaprender la permanencia de los objetos.

—Espero que resulte una experiencia interesante, estimulante e increíble.

Julia vio que Sam cerraba los ojos, pero no supo qué había hecho.

—Bueno, repasemos algunos aspectos de intendencia antes de entregarles las llaves, que creo que no son llaves, pero las llamaremos llaves. Verán que soy una persona muy relajada, pero para poder relajarnos todos tenemos que poner de nuestra parte. Sé que han venido para pasarla bien, pero recuerden que también están aquí en representación de la escuela Georgetown Day, por no hablar de nuestro archipiélago, ¡los Estados Federados de Micronesia!

Esperó a que aplaudieran o algo. Billie llenó el silencio con una sola palmada y se quedó con la papa caliente de la incomodidad en las manos.

—Seguramente no haría falta ni mencionarlo —siguió diciendo Julia—, pero ya se pueden ir olvidando de tomar drogas recreativas.

Sam perdió el control sobre los músculos del cuello y se le cayó la cabeza hacia delante.

—Si tienen receta, adelante, siempre y cuando no le den un uso recreativo o abusen. Soy consciente de que todavía no tienen ni trece años, pero también quería tocar el tema de las relaciones sexuales.

Sam se hizo a un lado. Billie lo siguió. Mark se dio cuenta de lo que estaba pasando y decidió intervenir:

—Creo que lo que la señora Bloch intenta decir es que no hagan nada que no quieran que les contemos a sus padres. Porque se lo vamos a contar y entonces estarán de mierda hasta el cuello. ¿Estamos?

Los alumnos asintieron colectivamente.

—Mi madre es el motivo por el que Kurt Cobain se suicidó —le susurró Sam a Billie.

—Sé un poco más comprensivo con ella.

—¿Por qué?

Mientras iba repartiendo las tarjetas de las habitaciones, Mark dijo:

—Llévense sus trastes a las habitaciones, deshagan las maletas, no pongan la tele ni se acerquen al minibar. Nos veremos en mi habitación, la 1124, a las dos en punto. Los que tengan un teléfono o una tablet, apúntenlo: 1124 a las dos. Los que no tengan, pueden poner a prueba su cerebro. Sé que son jóvenes listos y motivados, y que aprovecharan este rato para repasar los informes de situación y llegar superpreparados a las minisesiones de esta tarde. Ya tienen mi número de celular, por si, y sólo por si, sucede algo. Deben saber que soy omnisciente. En otras palabras, aunque no esté físicamente presente, lo veo y lo oigo todo. Venga, aire.

Los chicos tomaron sus tarjetas y se fueron.

—Y ésta es para ti —dijo Mark, entregándole su tarjeta a Julia.

—Es la suite presidencial, imagino.

—Exacto. Pero al nivel del presidente de Micronesia, me temo.

—Gracias por echarme una mano.

—No, gracias a ti por convertirme en un icono de padre genial.

Julia se rio.

—¿Vamos a tomar una copa?

—¿En serio? ¿Una copa, copa?

—Un relajante bebible, sí.

—Tendría que llamar a los padres de Jacob. Cuidan de Benjy durante el fin de semana.

—Qué lindos.

—Sí, hasta que nos lo devuelvan convertido en un Meir Kahane en fase latente.

—¿Eh?

—Un loco de extrema derecha que...

—Está claro que necesitas, necesitas, una copa, copa.

Y de repente no había ningún asunto logístico que atender, ninguna charla intrascendente pero necesaria, tan sólo la acechante sombra de su conversación en la galería de interiorismo y todo lo que Julia sabía pero no pensaba compartir.

—Ve a llamar, anda.

—Sólo serán cinco minutos.

—Lo que sea será. Mándame un mensaje cuando termines y nos encontraremos en el bar. Tenemos mucho tiempo.

—¿No es demasiado pronto para una copa?

—¿Te refieres al milenio?

—No, al día.

—¿A tu vida?

—Al día, Mark. Ya estás borracho de soltería.

—Alguien que estuviera borracho no señalaría que el término *soltería* es para alguien que no está casado.

—Pues estás borracho de libertad.

—¿Quieres decir que estoy borracho de estar solo?

—Intentaba imaginar qué dirías tú.

—Estoy borracho de mi nueva sobriedad.

Julia se consideraba a sí misma particularmente astuta en lo tocante a las motivaciones de los demás, pero no habría sabido decir qué estaba haciendo Mark. ¿Flirteando con alguien a quien deseaba? ¿Animando a alguien que le producía lástima? ¿Charlando inocentemente? ¿Y ella qué estaba haciendo? Cualquier atisbo de culpabilidad que el hecho de flirtear le hubiera provocado en el pasado estaba ahora tan superado que lo había perdido de vista. Es más, le habría encantado que Jacob estuviera allí para verlo.

En su día tenían sus líneas secretas de comunicación, maneras de pasarse mensajes: deletrear delante de los niños cuando éstos eran pequeños; susurrar delante de Isaac; escribirse notitas sobre una conversación telefónica en curso; gestos faciales y con las manos, desarrollados a lo largo de los años, como cuando, en el despacho del rabino Singer, Julia se había llevado dos dedos a la frente y había meneado levemente la cabeza al tiempo que ensanchaba las fosas nasales, un gesto que significaba: «Déjalo ya». Podían comunicarse superando cualquier obstáculo. Pero necesitaban ese obstáculo.

Su mente saltó a otro asunto. Jacob había obligado a Sam a escuchar un *podcast* sobre pájaros mensajeros durante la Primera Guerra Mundial. El chico había quedado tan fascinado que había pedido una paloma mensajera para su undécimo cumpleaños. Admirada ante la originalidad de aquella petición, y deseosa como siempre no sólo de hacer lo que fuera para satisfacer los deseos de sus hijos, sino también de presentarse como alguien dispuesto a hacer lo que fuera para satisfacer los deseos de sus hijos, Julia se lo tomó en serio.

—Son unos animales de compañía de interior fantásticos —prometió Sam—. Hay una...

—¿De interior?

—Sí. Necesitan una jaula grande, pero...

—¿Y Argo?

—Sólo habría que acondicionar un poco la...

—Gran palabra.

—¡Mamá! Si acondicionáramos un poco la casa podrían hacerse muy buenos amigos y cuando...

—¿Y qué me dices de las cagadas?

—Llevan calzoncitos de paloma. Básicamente es un pañal. Hay que cambiarlo cada tres horas.

—Ah, qué fácil, ¿no?

—Lo haría yo.

—Pero pasas más de tres horas en el colegio...

—Mamá, sería superdivertido —dijo Sam, agitando los puños de una forma que en su día había hecho que Jacob se preguntara si no tendría una pizca de Asperger—. La podríamos llevar al parque, al colegio, a casa de los abuelos o a cualquier lugar. Le ataríamos un mensaje al cuello y volvería volando a casa.

—¿Y puedo preguntar qué tiene eso de divertido?

—¿Lo dices en serio?

—En tus propias palabras.

—Si no te parece evidente, no sé cómo explicarlo.

—¿Y es difícil entrenarlas?

—Es superfácil. Básicamente, les pones una casa fantástica y siempre querrán volver.

—¿Y cómo es una casa fantástica?

—Grande, con luz solar directa y envuelta por una malla de alambre lo bastante tupida como para que no pueda asomar la cabeza y quedarse atascada.

—Qué agradable.

—Lo fundamental es que el suelo esté cubierto de hierba, que hay que cambiar regularmente, y que disponga de una bañera, que hay que limpiar regularmente.

—Vale.

—Y que le des muchas chucherías sabrosas, como endivias, bayas, alforfón, lino, brotes de soja, algarrobas...

—¿Algarrobas? ¿En serio?

—Sí, no sé, es lo que he leído.

—Y cuando dices que la jaula tiene que ser grande, ¿de qué estamos hablando?

—Lo ideal sería uno ochenta por dos setenta.

—¿Uno ochenta por dos setenta qué?

—Metros. Uno ochenta de ancho y de fondo por dos setenta de alto.

—¿Y dónde meterías una jaula tan grande?

—En mi cuarto.

—Habría que levantar el techo.

—¿Se podría hacer?

—No.

—Bueno, también podría ser un poco más bajita y no pasaría nada.

—¿Y si no le gusta su casa?

—Le gustará.

—Pero ¿y si no le gusta?

—Mamá, te digo que le gustará, porque voy a hacer todo

lo que hay que hacer para crear una casa genial, que le guste mucho.

—Sólo pregunto qué pasa si no le gusta.

—¡Mamá!

—¿Qué? ¿No puedo ni hacer una pregunta?

—Pues supongo que no vuelve, ¿ya? Que vuela y sigue volando.

Sólo tuvo que pasar una semana para que Sam se olvidara de que existían las palomas mensajeras —porque descubrió que había algo llamado «pistolas con proyectiles de gomaespuma»—, pero Julia nunca se olvidó de su respuesta: «Vuela y sigue volando».

—Por qué no —le dijo a Mark, deseando que hubiera una superficie donde golpear con los nudillos—. Tomémonos una copa, copa.

—¿Sólo una?

—Tienes razón —dijo ella, acicalándose las plumas de las alas antes de emprender un vuelo que revelaría lo cómoda que era su jaula—. Seguramente ya es demasiado tarde para eso.

LA OTRA VIDA DE OTRO

Hacía más de ocho horas que habían vuelto en silencio desde la consulta del veterinario, llevaban cuatrocientos noventa minutos evitándose mutuamente por la casa. Tenían ingredientes para preparar la comida, pero les faltaba la voluntad de hacerlo, o sea que Jacob metió unos burritos en el microondas. Preparó una decena de minizanahorias que era evidente que nadie se iba a comer y una cucharada inmensa de humus para que, cuando volviera, Julia viera la cantidad que faltaba en el tarro. Se llevó la comida al cuarto de Max, llamó a la puerta y entró.

—No he dicho que pudieras pasar.

—No te estaba pidiendo permiso, sólo quería darte tiempo para que te quitaras el dedo de la nariz.

Max se metió un dedo en la nariz y Jacob dejó el plato encima del escritorio.

—¿Qué tal, qué haces?

—Normal y nada, respectivamente —contestó Max, colocando el iPad boca abajo.

—No, en serio, ¿qué haces?

—En serio, nada.

—¿Estabas viendo pelis guarras? ¿Comprando cosas con mi tarjeta de crédito?

—No.

—¿Buscando fórmulas caseras de eutanasia?

—No haces gracia.

—¿Pues qué?

—Other Life.

—No sabía que jugabas a eso.

—No se juega a eso.

—Es verdad. No sabía que te dedicabas a eso.

—En realidad no lo hago, Sam no me deja.

—Qué cabrito.

—Sí, bueno, no sé.

—Tú tranquilo, que no me chivo.

—Gracias.

—¿Lo captas? Cabrito, chivo...

—Ya, ya.

—¿Y de qué va? ¿Es un juego?

—No es un juego.

—¿No?

—Es una comunidad.

—Bueno, pero ¿no es un poco exagerado decir eso? No sé... —respondió Jacob, incapaz de resistirse a emplear su tono desdeñoso.

—Es verdad —dijo Max—, no sabes.

—Pero ¿no es más..., por lo que yo sé, vamos..., no es más bien un grupo de gente que paga una cuota mensual para reunirse y explorar juntos un..., no sé, un paisaje imaginario?

—No, eso sería una sinagoga.

—Bueno, *touché*.

—Gracias por la comida. Hasta luego.

—Sea lo que sea —dijo Jacob, que no estaba dispuesto a rendirse—, tiene buena pinta. Por lo que he podido ver. Desde lejos.

Max se metió el burrito en la boca.

—En serio —insistió Jacob, sentándose a su lado—. Siento curiosidad. Sé que Sam juega, quiero decir que se dedica a esto todo el tiempo, y me gustaría saber de qué va.

—No lo entenderías.

—¿Cuánto apuestas?

—No lo entenderías.

—¿Eres consciente de que gané el National Jewish Book Award a los veinticuatro años?

Max volvió a poner el iPad boca arriba, lo desbloqueó deslizando un dedo y dijo:

—Ahora mismo estoy reclutando valencias para una promoción de resonancia. Cuando las tenga las cambiaré por un tapizado psíquico y...

—¿Un tapizado psíquico?

—Dudo que alguien que realmente hubiera ganado un premio de literatura nacional tuviera que hacer esa pregunta.

—¿Y ése eres tú? —preguntó Jacob, tocando una criatura de aspecto élfico.

—No. Y no toques la pantalla.

—¿Cuál eres tú?

—No soy ninguno.

—¿Y cuál es Sam?

—Tampoco es ninguno.

—¿Cuál es el personaje de Sam?

—¿Su avatar?

—Eso.

—Esa de ahí, junto a la máquina expendedora.

—¿Perdón? ¿La chica morenita?

—Es una latina.

—¿Y por qué Sam es una mujer latina?

—¿Y tú, por qué eres un hombre blanco?

—Porque no pude elegir.

—Pues él sí pudo.

—¿Me la puedo llevar a dar una vuelta?

Max detestaba notar la mano de su padre encima del hombro. Le resultaba repulsivo, una experiencia que quedaba justo en el centro de un espectro cuyos extremos opuestos eran unos huevos cocidos con la yema aún líquida y treinta mil personas exigiendo un beso cuando la Kiss Cam del campo de los Nationals los había proyectado a su madre y a él en el marcador gigante.

—No —contestó, quitándose aquella mano de encima—, no puedes.

—¿Qué es lo peor que podría pasar?

—Podrías matarla.

—Evidentemente eso no va a pasar. Pero, si pasara, que no pasará, ¿no puedes echar unas moneditas más y continuar?

—Sam ha tardado cuatro meses en desarrollar todas sus habilidades, su armamento y sus recursos psíquicos.

—Yo he tardado cuarenta y dos años.

—Y por eso no debes permitir que nadie asuma tus controles.

—Maxy...

—Max es suficiente.

—Max. Tu padre, que te dio la vida, te lo suplica.

—No.

—Te ordeno que me dejes tomar parte en la comunidad de Sam.

Max soltó un suspiro largo y dramático.

—Dos minutos —dijo—. Y sólo puedes vagar sin rumbo, nada más.

—«El que vaga sin rumbo» es mi apodo.

Con gran reticencia, Max le pasó el iPad.

—Para moverte, desliza el pulgar en la dirección hacia donde quieras ir. Para tomar algo...

—El pulgar es el corto y chato, ¿no?

Max no contestó.

—Era broma, ¿eh?

—No apartes los ojos de la carretera.

Cuando Jacob era pequeño, los juegos tenían un solo botón. Eran simples y divertidos, y nadie tenía la sensación de no estar a la altura. Nadie sentía la necesidad de agazaparse, de girar, de cambiar de arma: tenías una pistola, disparabas contra los cabrones y lo celebrabas con tus amigos. Jacob no quería tantas opciones: cuanto más control tenía, menos sentía que controlaba.

—Oye, esto se te da de pena.

—A lo mejor lo que da pena es este juego.

—No es un juego, y ganó más dinero en un solo día que todos los libros publicados en Estados Unidos en todo el año.

—Estoy seguro de que eso no es verdad.

—Pues yo estoy seguro de que sí lo es, porque lo leí en un artículo.

—¿Dónde?

—En la sección de Arte y Cultura.

—¿Perdón? ¿Desde cuándo lees la sección de Arte y Cultura, tú? ¿Y desde cuando los videojuegos son arte?

—No es un juego.

—Y aunque ganara tanto dinero, ¿qué más da? —dijo Jacob, frotándose las manos: aquél era uno de sus temas preferidos—. ¿Eso qué indica?

—Pues que ha ganado mucho dinero.

—De acuerdo, pero eso ¿qué indica?

—No sé, ¿lo importante que es?

—No es lo mismo *preponderancia* que *importancia*, estoy seguro de que eres consciente de ello.

—Y yo estoy seguro de que eres consciente de que no tengo ni idea de qué significa *preponderancia*.

—Kanye West no es más importante culturalmente que...

—Sí lo es.

—... que Philip Roth.

—De entrada, es la primera vez que oigo ese nombre. Y, en segundo lugar, a lo mejor Kanye no tiene valor para ti, pero definitivamente es más importante para el mundo.

Jacob se acordó de la época en que Max se había obsesionado con los valores relativos: «¿Qué preferirías tener, un puñado de diamantes o una casa llena de plata?». Durante un instante fugaz, que desapareció tal como había llegado, volvió a ver a Max de pequeño.

—Supongo que vemos las cosas de forma diferente —dijo Jacob.

—Pues sí —dijo Max—. Yo las veo de forma correcta y tú

no, he aquí la diferencia. ¿Cuántas personas ven tu serie cada semana?

—No es mi serie.

—La serie para la que escribes.

—No es una pregunta fácil de responder. Alguna gente la ve cuando la estrenan, otra la ve en otros horarios, y luego hay gente que la graba con el DVR y...

—¿Unos pocos millones?

—Cuatro.

—Este juego tiene setenta millones de usuarios. Y estamos hablando de gente que ha tenido que comprarlo, no simplemente encender la tele cuando no le apetecía estar con sus hijos o besarse con su mujer.

—¿Qué edad tienes?

—Casi once.

—Cuando yo tenía tu edad...

Max señaló la pantalla.

—Presta atención a lo que haces, papá.

—Estoy prestando atención.

—Pero no...

—Todo controlado.

—Papá...

—*Yeah, yeah, yeahs...* —dijo, y apartó los ojos del iPad parar mirar a Max—. Es un grupo de música.

—¡Papá!

—Realmente has heredado el talento de mamá para preocuparte.

Y entonces Jacob oyó un ruido que nunca antes había oído, un cruce entre el derrape de una rueda y el chillido del animal moribundo que ésta acababa de atropellar.

—¡No! ¡¡Mierda!! —gritó Max.

—¿Qué pasa?

—¡Mierda, mierda!

—Un momento, ¿esa sangre es mía?

—¡Es de Sam! ¡Acabas de matarlo!

—Qué va. Sólo he olido unas flores.

—¡Has inhalado un Ramillete de la Muerte!

—¿Y por qué existen «ramilletes de la muerte»?

—¡Para que los imbéciles puedan morirse de forma estúpida!

—No te pases, Max. Fue sin querer.

—¡¿Y eso qué importa?!

—Y, con todos los respetos...

—¡Mierda, mierda, mierda!

—... sólo es un juego.

Jacob no debería haber dicho eso, se dio cuenta enseguida.

—Con todo respeto —repuso Max con un autocontrol escalofriante—, vete a la mierda.

—¿Qué has dicho?

—He dicho —Max fue incapaz de mirar a su padre a los ojos, pero no tuvo ningún problema para repetir sus palabras— «vete a la mierda».

—Cómo te atreves a hablarme así.

—Es una pena que no haya heredado el talento de mamá para comer mierda.

—¿Y eso qué se supone que quiere decir?

—Nada.

—Pues a mí no me ha parecido nada.

—No quiere decir nada, ¿de acuerdo?

—No, no estoy de acuerdo. Mamá hace muchas cosas, pero comer mierda no es una de ellas. Y sí, ya sé que no hablabas literalmente.

¿Habría oído Max también cómo discutían? ¿O el cristal roto? ¿O simplemente había probado suerte, para ver cómo respondía él? ¿Qué tipo de respuesta esperaba? ¿Y qué respuesta estaba preparado Jacob para darle?

Jacob fue hasta la puerta con paso furioso, dio media vuelta y dijo:

—Cuando te quieras disculpar, estaré...

—¡Estoy muerto! —exclamó Max—. Los muertos no se disculpan.

—No estás muerto, Max. Hay personas muertas en el mundo, muertas de verdad, y tú no eres una de ellas. Estás enfadado. Enfadado y muerto son dos cosas distintas.

Sonó el teléfono: una prórroga. Jacob pensó que sería Julia; cuando no estaba en casa, siempre llamaba antes de que los niños se fueran a la cama.

—¿Diga?

—Hola.

—¿Benjy?

—Hola, papá.

—¿Todo bien?

—Sí.

—Es tarde.

—Voy en pijama.

—¿Necesitas algo, colega?

—No, ¿tú?

—Yo tampoco.

—¿Querías hablar conmigo antes de ir a la cama?

—En realidad me has llamado tú a mí.

—Es que quiero hablar con Max.

—¿Ahora? ¿Por teléfono?

—Sí.

—Benjy quiere hablar contigo —dijo Jacob, y le pasó el teléfono a Max.

—¿Podrías darnos un poco de privacidad? —preguntó Max.

Aquella situación absurda, agónica, bellísima, desarmó a Jacob: esas dos conciencias independientes, que no existían hacía diez años y medio, y que ahora existían gracias a él, no sólo podían funcionar sin él (de eso era consciente desde ya hacía tiempo), sino que también exigían libertad.

Jacob tomó el iPad y dejó que sus vástagos hablaran a solas. Sin saber ni cómo, amplió la pantalla que había detrás de Other Life. Era un foro titulado «¿Se puede sacrificar a un perro en casa con dignidad?». El primer comentario que vio decía: «Yo tuve los mismos problemas, pero con un perro viejo.

Es muy triste. Mamá se llevó a Charlie a la granja de un amigo que vive cerca de nuestra casa y que le dijo que podía pegarle un tiro. Para nosotros fue mucho más fácil así: se lo llevó a dar una vuelta, habló con él todo el rato y le pegó un tiro mientras paseaban».

LA EMERGENCIA ARTIFICIAL

En lugar de llamar para ver cómo estaba Benjy, que evidentemente estaba bien, Julia se arregló el pelo, se alisó la camisa, comprobó el maquillaje, escondió la barriga, succionó las mejillas y entornó los ojos. Le mandó un mensaje a Mark, aunque sólo fuera para dejar de reprocharse su actitud: «Confirmado, mi hijo está vivo. Estoy lista cuando quieras». Al llegar al bar del hotel, lo encontró ya en la mesa.

—¿Te tocó un alojamiento espacioso? —preguntó Mark después de que ella se sentara frente a él.

—¿Una habitación entera para mí sola? ¡Incluso un horno me resultaría espacioso!

—Parece que has nacido setenta y cinco años tarde —dijo Mark, y acto seguido fingió encogerse—. ¿Me he precipitado?

—A ver, mi suegro diría que no pasa nada, siempre y cuando la persona que hace la broma no tenga un solo glóbulo de sangre gentil en las venas. Jacob no estaría de acuerdo. Entonces intercambiarían posiciones y seguirían discutiendo con energías redobladas.

Se acercó un mesero.

—¿Dos copas de vino blanco? —sugirió Mark.

—Sí, perfecto —dijo Julia—. ¿Y tú? ¿También vas a tomar una?

Mark se rio y levantó dos dedos.

—¿Cómo está Irv? He oído que está removiendo bastante mierda.

—Es un desatascador humano. Aunque mejor eso que ser invisible.

—¿Qué es mejor? ¿Que todo el mundo diga pestes de ti?

—Que ahora nos enfrascáramos a hablar sobre él es justo lo que él querría. No le demos el gusto.

—Pues cambiemos de tema.

—Cuéntame, ¿qué tal?

—¿Qué tal qué? ¿El divorcio?

—El divorcio, si has recuperado tu monólogo interior... Un poco todo.

—Es un proceso.

—¿No fue así como Dick Cheney describió la tortura?

—Me acabo de acordar de un chiste viejo: ¿por qué los divorcios son tan caros?

—¿Por qué?

—Porque valen la pena.

—Creía que eso era lo que se decía de la quimio.

—Bueno, los dos te dejan calvo —dijo él, pasándose las manos por el pelo.

—No estás calvo.

—Por favor, ahora no me digas que soy «distinguido».

—Ni siquiera eres eso.

—Soy un poco más alto que mi pelo, nada más.

—Son todos iguales, siempre experimentando con el vello facial, obsesionados con una alopecia inexistente, pero indiferentes a la panza que les cuelga por encima del cinturón.

—Yo estoy muy, muy calvo, pero no es eso a lo que íbamos. A lo que íbamos es que divorciarse es muy costoso, emocional, logística, económicamente... Pero vale la pena. Aunque por poco, que conste.

—¿Por qué por poco?

—Quiero decir que compensa, pero no de forma espectacular.

—Tienes que compensarlo con tu vida, ¿no?

—Es mejor salir del edificio con quemaduras en el noventa por ciento del cuerpo que morir dentro. Pero es mejor todavía salir antes del incendio.

—Sí, pero fuera hace frío.

—¿Dónde está tu casa incendiada? ¿En Nunavut?

—Siempre imagino los incendios en invierno.

—¿Y tú? —preguntó Mark—. ¿Qué noticias hay en Newark Street?

—No eres el único que está en medio de un proceso.

—¿Me quieres contar algo?

—No, nada —dijo ella, desdoblando la servilleta.

—¿Nunavut?

—¿Cómo?

—¿No piensas compartirlo ni un poquito?

—De verdad que no es nada —aseguró ella, que volvió a doblar la servilleta.

—Muy bien.

—No debería hablar de ello.

—Seguramente no.

—Pero todavía no he empezado a beber y llevo ya un puntito psicosomático.

—Esto va a ser una bomba, ¿verdad?

—Puedo confiar en ti, ¿no?

—Supongo que depende.

—¿En serio?

—Sólo una persona de fiar admite su falta de fiabilidad.

—Olvídalo.

—El año pasado defraudé a Hacienda, ¿vale? Defraudé un dinero. Me desgravé una oficina que ni siquiera tengo. Ahora me puedes hacer chantaje, si es necesario.

—¿Y por qué defraudaste a Hacienda?

—Porque es un honor contribuir al funcionamiento de nuestra sociedad, pero sólo hasta cierto punto. Porque soy un cabrón. Y porque mi contador es un cabrón y me dijo que podía hacerlo. No sé por qué lo hice.

—El otro día estaba en casa y oí una vibración. Encontré un teléfono en el suelo.

—Mierda.

—¿Qué pasa?

—No hay ni una sola historia sobre un teléfono que acabe bien.

—Lo desbloqueé y había varios mensajes sexualmente explícitos.

—¿Textos o imágenes?

—¿Qué diferencia hay?

—Una imagen es lo que es. Un texto puede significar cualquier cosa.

—Lamer semen de un ano, cosas así.

—¿Pero con imágenes o sin?

—Palabras —dijo Julia—. Pero como ahora me preguntes por el contexto, llamo a Hacienda.

Llegaron las copas y la mesera se retiró apresuradamente. Julia se preguntó qué habría oído, si es que había oído algo, y qué podía contarles a las otras meseras, qué chicas jóvenes y sin responsabilidades iban a echarse tal vez unas risas a costa de la familia Bloch esa noche.

—Le pedí explicaciones a Jacob y me contestó que sólo eran palabras, un flirteo tórrido.

—¿Tórrido? Lamer semen de anos es directamente Dresde.

—Pinta fatal.

—¿Y quién había al otro lado?

—Alguien de su trabajo, de dirección.

—Pero no Scorsese...

—¡Eso sí ha sido precipitado!

—En serio, Julia, lamento mucho lo que me cuentas. Me he quedado pasmado.

—Quién sabe, no hay mal que por bien no venga. Como tú dijiste, para iluminar una habitación oscura hay que abrir la puerta.

—Yo nunca he dicho eso.

—Ah, ¿no?

—¿Le crees?

—¿En qué sentido?

—Que sólo fueron palabras.

—Sí.

—¿Y esa diferencia es importante para ti?

—¿La diferencia entre decir algo o hacerlo? Pues claro que sí.

—¿Hasta qué punto es importante?

—No lo sé.

—Te ha engañado, Julia.

—Bueno, no me ha «engañado».

—¿Te parece una palabra demasiado fuerte para cuando alguien se acuesta con otra?

—No se ha acostado con otra.

—Pues claro que lo ha hecho. Incluso aunque no lo haya hecho, lo ha hecho. Y lo sabes.

—No es que quiera disculparlo ni quitarle hierro a lo que ha hecho, pero no es lo mismo.

—Escribirle eso a otra mujer es una traición, por muchas vueltas que le des. Y, lo siento, pero no puedo quedarme callado y dejar que pienses que no te mereces algo mejor.

—Sólo fueron palabras.

—¿Y si hubieras sido tú quien «sólo» hubiera escrito esas palabras? ¿Cómo crees que habría reaccionado él?

—Si supiera que nos estamos tomando una copa juntos le daría un ataque.

—¿Por qué?

—Porque es así de inseguro.

—¿Aunque estén casados y tengan tres niños?

—Él es el cuarto.

—No lo entiendo.

—¿Qué no entiendes?

—Si sólo fuera patológicamente inseguro, vale: cada cual es como es. Y si sólo te hubiera engañado, supongo que podría verlo de otra forma. Pero ¿la combinación de las dos cosas? ¿Cómo puedes aceptarlo?

—Por los chicos. Porque tengo cuarenta y tres años. Porque llevo casi veintitrés años de historia con él, hecha casi toda de cosas buenas. Porque a pesar de la estupidez o la maldad de su error, Jacob es fundamentalmente una buena persona. Lo es. Porque yo nunca me he escrito mensajes sexuales con nadie, pero he flirteado y fantaseado lo mío. Porque a menudo no he sido una buena esposa, muchas veces a propósito. Porque soy débil.

—La debilidad es lo único convincente.

De pronto la asaltó el recuerdo del día en que, sentados en el porche de la casa que habían alquilado en Connecticut, se dedicaron a buscarles garrapatas a los niños. Se los fueron pasando entre sí —comprobando las axilas, el pelo, entre los dedos de los pies—, asegurándose de que al otro no se le hubiera escapado alguna, encontrando cada vez garrapatas que el otro no había visto. A ella se le daba muy bien eliminarlas por completo; a él, en cambio, se le daba bien distraer a los niños imitando a su madre en el supermercado. ¿Por qué se había acordado de eso justo en aquel momento?

—¿Sobre qué fantaseas? —preguntó Mark.

—¿Qué?

—Has dicho que fantaseas lo tuyo. ¿Sobre qué?

—No sé —dijo ella, y dio un trago—. Lo he dicho por decir.

—Ya. Y yo lo he preguntado por preguntar. ¿Sobre qué fantaseas?

—No te encumbe.

—¿*Encumbe*?

—Incumbe.

—¿Borracha de debilidad?

—No me pareces ingenioso.

—No, claro.

—Ni encantador, a pesar de todos tus esfuerzos.

—Ningún esfuerzo, ser poco encantador me sale natural.

—Ni sexy.

Mark dio un largo trago, se terminó la copa y dijo:

—Déjalo.

—No voy a *dejarlo*.

—¿Por qué no?

—Porque no se puede perder la fe en el matrimonio así, sin más.

—No, lo que no se puede perder es la fe en la vida.

—Y porque no soy tú.

—No, pero eres tú.

—No hay ninguna parte de mí que desee estar sola.

Pero mientras pronunciaba aquellas palabras sabía que no eran verdad. Pensó en sus casas de ensueño con una sola habitación: los planos subconscientes de su partida se remontaban a mucho antes de los mensajes sexuales, a años antes.

—No pienso destruir mi familia —añadió, una frase que no venía al caso pero que era la conclusión lógica de lo que estaba pensando.

—¿Arreglándola?

—No, fastidiándomela.

Justo entonces, en el mejor, o peor, momento posible, Billie se les acercó corriendo. Estaba emocionadísima. O eso o tenía asma.

—Siento interrumpir, pero...

—¿Hay algún problema?

—Micronesia tiene la b...

—Cálmate un poco.

—Micronesia tiene la bo...

—Respira.

Tomó una de las copas y dio un trago.

—Eso no es agua —dijo Billie, llevándose la mano al pecho.

—Es chardonnay.

—Acabo de saltarme la ley.

—Nosotros te avalaremos —dijo Mark.

—¡Micronesia tiene la bomba atómica!

—¡¿Qué?!

—El año pasado Rusia invadió Mongolia. El año anterior fue la gripe aviar. Generalmente esperan a la segunda sesión, pero... ¡Somos una potencia nuclear! ¿No es genial? ¡Qué suerte tenemos!

—¿Cómo que somos una potencia nuclear?

—Tenemos que reunir a la delegación.

—¿Qué?

—Paguen el vino y síganme.

Mark dejó unos billetes encima de la mesa y los tres se fueron corriendo hacia los ascensores.

—Los coordinadores han emitido una declaración anunciando que han pescado a un traficante de armas que intentaba introducir una maleta con una bomba en el aeropuerto de Yap.

—¿Aeropuerto de qué?

—De Yap. No sé, se llama así.

—¿Pero por qué a través de Micronesia? —preguntó Mark.

—Exacto —dijo Billie, aunque ninguno de los tres sabía ni remotamente a qué se refería.

—Ya hemos empezado a recibir ofertas de Pakistán, Irán y, curiosamente, Luxemburgo.

—¿Ofertas? —preguntó Mark.

—Nos quieren comprar la bomba —dijo—. Tú me entiendes, ¿verdad? —añadió, dirigiéndose a Julia, que asintió sin mucha convicción.

—Pues luego se lo explicas. ¡La historia ha cambiado por completo!

—Vayamos a buscar a los chicos —le dijo Julia a Mark.

—Yo reúno a los de la planta once, tú a los de la doce. ¿Quedamos en tu habitación?

—¿Por qué en la mía?

—Bueno, pues en la mía.

—No, no, si quieres quedamos en la mía, es sólo que...

—Quedamos en la de Mark —dijo Billie.

Mark se metió en el ascensor. Billie retuvo a Julia un instante.

—¿Está todo bien? —le preguntó la chica en cuanto se cerraron las puertas del ascensor.

—Tener un arma nuclear es un lío.

—Me refería a ti.

—¿A mí?

—¿Estás bien?

—¿Por qué lo preguntas?

—Porque parece que estás a punto de llorar.

—¿Yo? Qué va.

—Ah, vale.

—Creo que no, vamos.

Aunque a lo mejor sí lo estaba. A lo mejor aquella emergencia artificial había liberado sentimientos atrapados, relacionados con la emergencia real. Había una región del cerebro que centralizaba los traumas (Julia no tenía a un doctor Silvers que le explicara esas cosas, pero tenía internet); esa región podía activarse por las situaciones más inesperadas y de pronto todos los pensamientos y percepciones fluían a través de esa parte del cerebro. En el centro estaba el accidente de Sam. Y en el centro del centro —el torbellino que absorbía todos sus pensamientos y percepciones—, el momento en el que Jacob había entrado en casa con su hijo en brazos y había dicho: «Ha pasado una cosa». Ella había visto más sangre de la que había, pero no había oído los gritos de Sam y, por un momento, por un breve instante, había perdido el control. Por un momento se había desvinculado del pensamiento racional, de la realidad, de sí misma. El alma se aleja del cuerpo en el momento de la muerte, pero existe un abandono más absoluto todavía: en cuanto vio la sangre de su hijo, su cuerpo fue despojado de todo.

Jacob le dirigió una mirada dura, hierática, casi sobrenatural.

—Tienes. Que. Centrarte. Ahora —dijo, cada palabra convertida en una frase.

La suma de todas las cosas que detestaba de él nunca superaría el amor que había sentido por él en aquel momento. Jacob había dejado a Sam en sus brazos y había dicho:

—Llamaremos al doctor Kaisen de camino a urgencias.

Sam le había dirigido a Julia una mirada de terror primario y había gritado:

—¿Por qué ha tenido que pasar? ¿Por qué tuvo que pasar? —Y a continuación había suplicado—: Tiene gracia, ¿verdad que tiene gracia?

Ella lo había abrazado con la mirada, lo había mirado fijamente y no había dicho «Todo irá bien», pero tampoco se había quedado en silencio.

—Te quiero y estoy aquí —le había dicho.

La suma de todas las cosas que detestaba de sí misma nunca superaría su conciencia de que, en el momento más importante de la vida de su hijo, había sido una buena madre.

Y, entonces, después de asumir el control, la región del cerebro de Julia que centralizaba los traumas se rindió. A lo mejor estaba cansada. A lo mejor se había apiadado de ella. A lo mejor Julia había apartado la mirada y, al mirar de nuevo, había recordado que estaba en el mundo. Pero ¿cómo habían transcurrido los últimos treinta minutos? ¿Habían subido en ascensor o por las escaleras? ¿Había llamado a la puerta de la habitación de Mark o la había encontrado abierta?

El debate estaba no sólo en marcha, sino en plena ebullición. ¿Alguien se había percatado de su ausencia? ¿Y de su presencia?

—No podemos aprovechar un arma nuclear robada para negociar —dijo Billie—. Tenemos que desarmarla sin perder un segundo. Punto.

—No es verdad que la hayamos robado. Pero estoy totalmente de acuerdo con lo que acabas de decir.

—Tendríamos que enterrarla.

—¿No habría alguna forma de convertirla en energía?

—Tendríamos que dársela a Israel —dijo un chico con *yarmulke*.

—Nada, enterrémosla en Israel.

—Si se me permite intervenir un momento... —dijo Mark—. Mi función no consiste en sugerir conclusiones, sino en lanzar preguntas provocativas. A ver qué les parece ésta: ¿es posible que exista una opción que no hemos contemplado? ¿Y si nos quedamos la bomba?

—¿Quedarnos la bomba? —dijo Julia, haciendo que su presencia fuera imposible de ignorar—. No, no nos podemos quedar la bomba.

—¿Por qué no? —preguntó Mark.

—Porque somos gente responsable.

—Juguemos un poco a esto, a ver adónde nos lleva la idea.

—No creo que *jugar* sea la palabra adecuada para hablar de una bomba atómica.

—Déjalo hablar —dijo Sam.

Mark habló:

—¿Y si precisamente estamos ante la oportunidad de controlar nuestro destino? Durante la mayor parte de nuestra historia hemos estado a merced de otros: dominados por portugueses y españoles y sus imperios comerciales, vendidos a Alemania, conquistados por Japón y por Estados Unidos...

—Supongo que nadie habrá traído un violín extremadamente pequeño, ¿no? —les dijo Julia a los niños, pero nadie entendió la broma.

Mark bajó el tono de voz, tratando de imponer algo de calma.

—Lo único que digo es que nunca hemos podido ser autosuficientes.

—No ha habido un solo país autosuficiente en toda la historia —dijo Julia.

—Menuda bofetada te acaban de meter —le dijo un niño a Mark.

—Islandia es totalmente autosuficiente —respondió Mark.

—¡Te acaban de devolver la bofetada! —le dijo el mismo niño a Julia.

—Aquí nadie da ni devuelve bofetadas —replicó Mark—. Estamos intentando resolver un asunto muy complicado.

—Islandia es un pueblo —dijo Julia.

—Escúchenme —dijo Mark—, y si al final resulta que todo lo que digo son estupideces, sólo habremos perdido tres minutos.

—Acabo de recibir un mensaje de Liechtenstein —dijo Billie, sujetando el celular como si fuera una antorcha y ella fuera la Estatua de la Libertad—. Nos han hecho una oferta.

—Es evidente que ahora mismo no tenemos ningún tipo de programa nuclear...

—¿Liechtenstein es un país?

—... y no disponemos de los recursos necesarios ni tenemos ningún motivo para hacernos de un arma nuclear en el mercado negro.

—Jamaica también la quiere —anunció Billie, enseñándoles otro mensaje—. Nos ofrecen trescientos mil millones de dólares.

—Pero saben que lo que tenemos es un petardo nuclear, un *peta*, ¿verdad? ¿Dónde están esos aplausos?

—Racista —murmuró alguien.

—Y, sin embargo —siguió diciendo Mark—, de pronto somos una potencia nuclear y tenemos la capacidad, si así lo decidimos, de ingresar en el club de países autónomos, países capaces de imponer sus condiciones, países que no están supeditados a otros países ni a las limitaciones de su historia.

—Sí, claro —dijo Julia, como si su célebre compostura se hubiera acogido de pronto al programa de protección de testigos—. Nos hemos sometido algunas veces, vale, y la vida no ha sido un viaje a Disneylandia; pero, oye, basta con chocar los tacones de uranio y, ¡bum!, el guarura de la vida nos abre las puertas de la fiesta más genial de la historia.

—Creo que no es eso lo que él intentaba sugerir —dijo Sam.

—Ya, sus sugerencias son bastante confusas —respondió ella, y entonces se volvió hacia Mark—. Un arma de confusión masiva, eso es lo que eres.

—Yo sólo intentaba sugerir que exploremos, aunque sea para terminar descartándolas, las potenciales ventajas de tener una bomba.

—¡Bombardeemos a alguien! —propuso alguien.

—¡Sí, eso! —exclamó Julia—. ¿A quién? Aunque ¿importa?

—Pues claro que importa —dijo Billie, confundida y molesta por la actitud de Julia.

—¿México? —preguntó una chica.

—Irán, obviamente —dijo el chico del *yarmulke*.

—A lo mejor —dijo Julia— deberíamos bombardear un país africano arrasado por el hambre, de esos con unos huerfanitos tan esqueléticos que parecen gordos.

Eso silenció el alboroto.

—¿Por qué haríamos eso? —preguntó Billie.

—Porque podemos —contestó Julia.

—Por Dios, mamá.

—A mí no me vengas con pordioses.

—No vamos a lanzar la bomba contra nadie —dijo Mark.

—Pero es que sí la vamos a lanzar —dijo Julia—. La historia siempre va así. O eres un país que nunca lanza la bomba o eres un país abierto a lanzarla. Y en cuanto te abres a la posibilidad de lanzarla, la acabas lanzando.

—Eso no tiene ni pies ni cabeza, Julia.

—Piensas así sólo porque eres un hombre.

Los niños se miraron. Se oyeron algunas risitas nerviosas, pero la de Sam no era una de ellas.

—Muy bien —dijo Mark, viendo y subiendo la apuesta de Julia—. Tengo otra idea: ¿por qué no nos bombardeamos a nosotros mismos?

—¿Por qué? —preguntó Billie, confundiendo la razón de la angustia.

—Porque Julia...

—La señora Bloch.

—... prefiere morir que salvarse. ¿Por qué postergarlo?

—Estarás contenta —le espetó Sam a su madre.

—Jamaica acaba de ofrecernos cuatrocientos mil millones —dijo Billie, levantando el teléfono.

—¡Yuju! —dijo alguien.

—Jamaica no tiene ni cuatrocientos dólares —dijo alguien.

—Tendríamos que pedir dinero auténtico —dijo alguien—. Del que sirve para comprar cosas de verdad.

Sam se llevó a su madre al pasillo tomándola por la muñeca, como ella había hecho tantas veces con él.

—¿Se puede saber qué estás haciendo? —le dijo.

—¿A qué te refieres?

—Le dije a papá que no quería que vinieras, y vas y montas un numerito aunque te he pedido específicamente que no lo hicieras. Estás más preocupada por aparentar que eres genial que por ser una buena madre.

—¿Perdón?

—Haces que todo gire a tu alrededor. Todo tiene que girar siempre a tu alrededor.

—No sé de qué hablas, pero es obvio que tú tampoco.

—Pretendes obligarme a disculparme por unas palabras que no he escrito para poder montar un *bar mitzvá* que yo no quiero celebrar. No sólo revisas mi historial de internet, sino que intentas esconder el hecho de que no confías en mí. ¿Y qué crees, que no sé que los lápices de mi escritorio no se sacan punta a sí mismos?

—A eso se le llama cuidar de un hijo, Sam. Créeme, no me produce ningún placer tener que pasar vergüenza delante del rabino, ni ordenar el revoltijo de tu escritorio.

—Eres un fastidio. Y sí te produce placer. Lo único que te hace feliz es controlar hasta el menor detalle de nuestras vidas, porque no tienes ningún control sobre la tuya.

—¿De dónde has sacado esa palabra?

—¿Qué palabra?

—*Fastidio*.

—Lo dice todo el mundo.

—No es una palabra de niño.

—Yo no soy un niño.

—Eres mi niño.

—Y ya es lo bastante molesto que nos trates a los niños como niños, pero a papá...

—Ten cuidado con lo que dices, Sam.

—Él dice que no puedes evitarlo, pero yo no entiendo por qué se supone que eso es una disculpa.

—Ten cuidado.

—¿O qué? ¿O descubriré que hay porno en internet? ¿O se me romperá la mina del lápiz y me moriré?

—Ya basta.

—¿O se me escapará sin querer algo que todo el mundo sabe?

—¿Qué?

—Ten cuidado, mamá.

—¿Qué es eso que todo el mundo sabe?

—Nada.

—No eres tan listo como crees.

—Que nos tienes a todos con miedo. Que somos infelices porque no podemos vivir nuestras propias vidas, porque eres una pesada y te tenemos miedo.

—¿«Nos»? ¿Quién es «nos»?

Billie salió al pasillo y se acercó a Sam.

—¿Está todo bien?

—Lárgate, Billie.

—¿Y ahora qué hice?

—No has hecho nada —dijo Julia.

Sam siguió atacando a su madre, pero a través de Billie.

—¿Te importaría no meterte en los asuntos de los demás durante tres segundos consecutivos?

—¿Dije algo? —le preguntó la chica a Julia.

—Aquí no sirves de nada —le dijo Sam—. Lárgate.

—¿Sam?

Sam se fue con las lágrimas a punto de desbordarse. Julia se quedó donde estaba, una escultura de hielo de lágrimas congeladas.

—Tiene gracia, ¿no? —preguntó Billie, con los ojos anegados de las lágrimas que ni madre ni hijo podían llorar. Julia se acordó de su bebé herido, suplicando: «Tiene gracia. Tiene gracia».

—¿Qué es lo que tiene gracia?

—Los bebés te dan patadas desde dentro, y luego cuando salen te las siguen dando.

—En mi experiencia, así es —dijo Julia, llevándose la mano al vientre.

—Lo leí en uno de los libros de crianza de mis padres.

—¿Y se puede saber por qué lees esas cosas?

—Para intentar entenderlos.

LA OTRA MUERTE DE OTRO

Jacob se conectó a internet no para ver las últimas noticias en el mundo de la pornografía inmobiliaria, ni de la pornografía del diseño, ni de la pornografía, ni tampoco para informarse sobre la buena fortuna de personas a las que envidiaba y habría preferido muertas, ni tampoco para pasar media hora en el feliz útero de Bob Ross. Lo que hizo fue buscar el número de asistencia técnica de Other Life. De forma nada sorprendente, tuvo que recorrer un laberinto de preguntas de un contestador automático, como un Teseo sedentario guiado apenas por un hilo telefónico.

—Other Life... iPad... No lo sé... En serio que no lo sé... No lo sé... Ayuda... Ayuda...

Al cabo de unos minutos diciendo «No lo sé» y «Ayuda», como un alienígena imitando a un humano, le pasaron con alguien con un acento casi impenetrable, que hacía todo lo posible para que no se notara que era un indio imitando a un estadounidense.

—Sí, hola, me llamo Jacob Bloch y llamo de parte de mi hijo. Hemos tenido un problema con su avatar...

—Buenas tardes, señor Bloch. Veo que nos llama desde Washington D. C. ¿Está disfrutando de esta noche inusitadamente cálida?

—No.

A Jacob no le quedaba paciencia que perder, pero que le

pidieran fingir que aquello no era una llamada internacional lo enojaba.

—Lo siento, señor Bloch. Buenas tardes. Me llamo John Williams.

—¡No me diga! Me encantó su trabajo en *La lista de Schindler*.

—Gracias, señor.

—En *Parque Jurásico* no tanto.

—¿Cómo puedo ayudarlo esta noche?

—Como ya le he comentado, ha habido un accidente con el avatar de mi hijo.

—¿Qué tipo de accidente?

—He olido un Ramillete Mortal sin querer.

—¿De la Muerte?

—Sí, lo que sea. Lo he olido sin querer.

—¿Y puedo preguntarle por qué lo ha hecho?

—No lo sé. ¿Por qué olemos las cosas, en general?

—Pero un Ramillete de la Muerte provoca la muerte instantánea.

—Sí, claro, ya lo sé... Ahora lo sé. Pero era la primera vez que jugaba al juego.

—No es un juego.

—Lo que usted diga. ¿Se puede arreglar?

—¿Intentaba quitarse la vida, señor Bloch?

—No, claro que no. Y no soy yo, es mi hijo.

—¿Ha sido su hijo quien lo ha olido?

—Lo he olido yo actuando como mi hijo.

—Ya, comprendo.

—¿Existe algún tipo de comodín en Other Life, o algo así?

—¿Un comodín, señor?

—O una opción de deshacer.

—Si no hubiera consecuencias sólo sería un juego.

—Soy escritor, o sea que entiendo perfectamente la gravedad de la muerte, pero...

—Puede reencarnarse, pero sin tapizado psíquico. Será como volver a empezar.

—¿Y qué sugiere que haga?

—Podría recuperar el tapizado psíquico para su hijo.

—Pero si no sé cómo se juega.

—No es un juego.

—No sé cómo se hace.

—No tiene más que comer las frutas de resiliencia que encuentre a su alcance.

—¿Comer qué?

—Viñedos de boticario.

—No sabría ni por dónde empezar.

—Le llevaría bastante tiempo, pero no es difícil.

—¿De cuánto tiempo estamos hablando?

—Contando con que aprendiera deprisa, seguramente unos seis meses.

—¿Sólo seis meses? ¡Qué buena noticia! Y yo aquí preocupado por si «bastante tiempo» quería decir «mucho tiempo». Pero no, esto es muy buena noticia, porque no tengo tiempo para ir al médico y que me mire un lunar de tendencias claramente expansivas que tengo en el pecho, pero desde luego puedo pasar miles de horas cerrando los túneles carpianos y cometiendo un genocidio neuronal mientras vago por los viñedos de boticario buscando frutas de resiliencia, o como carajo se llamen.

—O, si no, puede adquirir un renacimiento completo.

—¿Un qué?

—Es posible revertir el perfil de su avatar a un momento concreto del pasado. En su caso, al momento inmediatamente anterior a oler el Ramillete de la Muerte.

—¿Y por qué no empezaba por aquí?

—Alguna gente considera que esta opción es ofensiva.

—¿Ofensiva?

—Alguna gente considera que mina el espíritu de Other Life.

—Bueno, dudo que muchos padres en mi situación se sientan así. ¿Podemos hacerlo ahora? ¿Por teléfono?

—Sí, puedo procesar el pago e iniciar el renacimiento de forma remota.

—Carajo, es la mejor noticia que he oído desde... desde siempre, creo. Gracias, muchas gracias, y siento haberme comportado como un cabrón antes. Es que hay mucho en juego.

—Sí, lo comprendo, señor Bloch.

—Llámeme Jacob.

—Gracias, Jacob. Tendré que recopilar alguna información sobre su avatar, y la fecha y hora de restablecimiento. Pero, para que conste, va a adquirir el Renacimiento Completo por mil doscientos dólares.

—Disculpe, ¿dijo mil doscientos dólares?

—Sí.

—O sea: ¿un uno seguido por un dos y dos ceros consecutivos, sin decimales?

—Más impuestos, sí.

—¿Cuánto cuesta el juego?

—No es un juego.

—Déjese de tonterías, Williams.

—Other Life es gratis.

—Esto es una broma, ¿no? ¿Mil doscientos dólares?

—No es una broma, Jacob.

—Usted es consciente de que vivimos en un mundo donde hay niños que se mueren de hambre y que nacen con una fisura en el paladar, ¿no?

—Sí, soy consciente de ello.

—Y, no obstante, ¿sigue considerando ético cobrar mil doscientos dólares para corregir un accidente en un videojuego?

—No es un juego, señor.

—Para darles mil doscientos dólares yo tengo que ganar dos mil cuatrocientos. Eso lo sabe, ¿verdad?

—No soy yo quien fija los precios, señor.

—¿Hay alguien que no sea el mensajero?

—¿Desea procesar el renacimiento completo, o el precio lo convierte en una opción poco deseable?

—¿Poco deseable? La leucemia es poco deseable. Esto es un atraco, carajo. Y tendría que darle vergüenza.

—Entonces asumo que ya no desea renacimiento completo.

—Asuma que pronto recibirá la demanda colectiva que voy a presentar contra su empresa. Conozco a gente a la que su gente debería tener mucho miedo. Conozco a abogados muy poderosos que me ayudarán, como favor. Y pienso hablar de todo esto en la sección de Tendencias de *The Washington Post*. O mejor aún en la de Opinión. Y me lo van a publicar, ya lo verá. Y entonces lo lamentará. ¡Han intentado fastidiar al tipo equivocado!

Jacob notó el olor a mierda de Argo, aunque eso era algo que le pasaba a menudo cuando estaba enojado.

—Antes de terminar esta llamada, Jacob, ¿diría que he atendido sus necesidades de forma satisfactoria?

El señor Bloch colgó el teléfono y gruñó:

—A la mierda mis necesidades.

Respiró hondo, asqueado, y volvió a descolgar, pero no marcó ningún número.

—Ayuda... —dijo, dirigiéndose a nadie en concreto—. Ayuda...

RENACIMIENTO COMPLETO

Julia estaba sentada al borde de su cama. El televisor pasaba un anuncio del hotel en el que ya se encontraba presa. La litografía de la pared formaba parte de una edición de cinco mil ejemplares. Cinco mil copos de nieve totalmente idénticos, absolutamente únicos, completamente cursis. Empezó a llamar a Jacob, pero de pronto se le ocurrió ir a buscar a Sam. Cuando no había tiempo siempre tenía demasiadas cosas que hacer; en cambio, cuando necesitaba encontrar una forma de llenar minutos, nunca sabía cómo hacerlo.

Su agitación se vio interrumpida por unos golpes en la puerta.

—Gracias por abrir —dijo Mark cuando ella apenas había abierto una rendija.

—La mirilla estaba borrosa —dijo Julia, abriendo del todo.

—Me pasé dos pueblos.

—Te pasaste dos continentes.

—Estoy tratando de disculparme.

—¿Qué pasa? ¿Que encontraste tu monólogo interior y te ha dicho que te estabas comportando como un imbécil?

—Eso es, ni más ni menos.

—Pues permite que mi monólogo interior se haga eco de esa observación.

—Tomo nota.

—No es un buen momento.

—Ya lo sé.

—Acabo de tener una discusión terrible con Sam.

—Ya lo sé.

—Tú lo sabes todo.

—Lo de que soy omnisciente no lo he dicho porque sí.

Julia se masajeó la sien y se apartó para dejar pasar a Mark.

—Cuando Sam era pequeño y lloraba, siempre le decíamos «lo sé, lo sé», y le dábamos el chupón. Al cabo de poco empezó a llamarlo su «losé». Tu omnisciencia me ha hecho pensar en eso. Hacía años que no me acordaba. —Julia sacudió la cabeza con gesto de incredulidad—. De hecho, ¿eso fue durante esta vida?

—La vida era la misma, pero él era una persona distinta.

Con una voz como una ventana que sabe que está a punto de romperse, dijo:

—Soy una buena madre, Mark.

—Sí, lo eres. Ya lo sé.

—Muy buena madre. No es sólo que me esfuerce mucho, es que soy buena.

La distancia entre los dos se redujo un paso y Mark dijo:

—Eres una buena esposa, una buena madre y una buena amiga.

—Me esfuerzo mucho.

Cuando Jacob se había presentado con Argo en casa, Julia se había sentido traicionada; se había mostrado iracunda con Jacob, pero encantada ante los chicos. Y, sin embargo, fue ella quien leyó un libro sobre educación y cuidado de perros. La mayor parte de lo que decía eran obviedades intuitivas, pero uno de los consejos se le había quedado grabado: el libro recomendaba no decirle nunca «no» a un perro, pues procesaría aquel «no» como un juicio existencial, una negación del valor del animal. El perro identificaría aquel «no» como su nombre: «Eres No». En lugar de eso, era preferible chasquear la lengua, decir «ah-ah» o dar una palmada. Julia ignoraba cómo era posible que alguien supiera tanto sobre la vida mental de un perro, o por qué era mejor que éste creyera que era un «ah-ah», pero había algo en aquel consejo que parecía plausible, incluso relevante.

Julia necesitaba un juicio existencial de su bondad. Necesitaba que le cambiaran el nombre, que alguien le dijera: «Eres Buena».

Mark puso una mano sobre la mejilla de Julia, que dio medio paso hacia atrás.

—¿Qué haces?

—Lo siento. ¿No te gustó?

—Pues claro que no me gustó. Conoces a Jacob.

—Sí.

—Y a mis hijos.

—Sí, también.

—Sabes que estoy pasando por un momento realmente complicado. Y que Sam y yo acabamos de tener una pelea horrible.

—Sí.

—¿Y tu respuesta es intentar besarme?

—Yo no he intentado besarte.

¿Era posible que lo hubiera malinterpretado? No, no era posible. Pero tampoco podía demostrar que él hubiera intentado besarla. La situación la hizo sentirse tan pequeña que habría querido esconderse en el armario pasando por debajo de la puerta cerrada.

—¿Bueno, pues qué intentabas?

—No intentaba nada. Es evidente que necesitabas que te consolaran y acercarme a ti era lo más natural.

—Eso te habrá parecido a ti.

—Lo siento.

—Y no necesito que me consuelen.

—He pensado que te vendría bien. Y todo el mundo necesita que lo consuelen.

—¿Has pensado que me vendría bien que me tocaras la cara?

—Pues sí. Por cómo te has apartado para invitarme a pasar. Por cómo me has mirado. Por cómo has dicho «Soy buena» y has dado un paso hacia mí.

¿Había hecho todo eso? Recordaba el momento, pero estaba segura de que había sido él quien se había acercado a ella.

—Caramba, al final resultará que lo estaba pidiendo.

¿Era posible que hubiera sido demasiado dura con Jacob tan sólo porque él había sido el primero en expresar lo que ella era consciente de haber sido la primera en sentir? Nunca lograría restaurar el equilibrio a través de la crueldad; eso sólo era posible engañándolo, algo que no estaba dispuesta a hacer.

—No soy un farsante. Tú crees que sí...

—Pues sí.

—... pero no lo soy. Siento haberte puesto en una posición incómoda. No es lo que pretendía.

—Estás solo y yo tengo cara de curita.

—No estoy solo y no tienes...

—Quien necesitaba consuelo eras tú.

—Éramos los dos. Somos los dos.

—Será mejor que te vayas.

—Bueno.

—¿Por qué no te estás yendo?

—Porque creo que no quieres que me vaya.

—¿Cómo te lo podría demostrar?

—Dándome un empujón.

—No voy a empujarte, Mark.

—¿Por qué crees que acabas de usar mi nombre?

—Porque es el tuyo.

—¿Y a qué le dabas énfasis? No has usado mi nombre para decirme que me fuera, sólo para decirme lo que no ibas a hacer.

—Por Dios. Vete ya, Mark.

—Bueno —dijo él, y dio un paso hacia la puerta.

Julia no sabía cuál era la emergencia, sólo que la región de su cerebro que controlaba los traumas lo consumía todo. En el margen, a salvo aún, quedaba el extraño regocijo de buscar y arrancar garrapatas en Connecticut. Pero el trauma olía el placer y lo atacaba. Esos días, cada noche, Julia se metía en la bañera vacía y comprobaba que no tuviera garrapatas: si no lo hacía ella, no lo haría nadie.

—No, un momento —dijo Julia. Mark se volvió hacia ella—. Sí necesitaba consuelo.

—Bueno, pero...

—Déjame terminar. Necesitaba consuelo, y estoy segura de que te lo he transmitido, aunque no fuera mi intención ni tuviera consciencia de ello.

—Gracias por decírmelo. Y ya que estamos poniendo todas las cartas sobre la mesa, es verdad, he sido yo quien ha dado un paso hacia ti.

—Me mentiste.

—No, es que no encontraba...

—Me mentiste y me has obligado a cuestionarme a mí misma.

—No encontraba la forma de...

—Sabía que tenía razón —dijo Julia, e hizo una pausa. Un pequeño recuerdo desplazó una pequeña carcajada—. Besos. Acabo de recordar cómo les llamaba Sam a los besos.

—¿Qué?

—Tenía diferentes nombres según la situación. Un «sana-sana» era el beso de después de que se hiciera daño. Un «*sheyna boychick*»[16] era un beso de su bisabuelo. Un «qué carita» era un beso de su abuela. Y un «tú» era uno de esos besos espontáneos, de «tengo que darte un beso ahora mismo». Supongo que siempre que buscamos unos de ésos, lo que decimos en el fondo es «tú».

—Los niños son maravillosos.

—Cuando todavía no saben nada lo son, sí.

Mark se cruzó de brazos y dijo:

—Bueno, te voy a ser sincero, Julia...

—Oh, oh, ese énfasis...

16. Niño guapo.

—Sí intentaba besarte.

—¿En serio? —Julia experimentó no sólo un gran alivio de la vergüenza que la había invadido hacía un momento, sino que, por primera vez en sus recuerdos editados de forma selectiva, se sintió deseada.

—Si he de ser sincero, sí.

—¿Y por qué intentabas besarme?

—¿Cómo que «por qué»?

—¿Era un beso «sana-sana»?

—No, era un beso «tú».

—Ya veo.

—Así pues, ¿prefieres no cerrar los ojos?

—¿Cómo?

—Como dices «ya veo»...

Julia dio un paso hacia él, con los ojos abiertos.

—¿Las cosas están a punto de torcerse? —le preguntó.

—No —dijo Mark.

Dio otro paso hacia él.

—¿Me lo prometes?

—No.

Ya no quedaba ninguna distancia que salvar.

—¿Pues qué me puedes prometer? —preguntó.

—Que las cosas están a punto de cambiar.

III

USOS DE UN PUÑO JUDÍO

TOMAR UN BOLÍGRAFO, PEGAR, AMARSE A UNO MISMO

—¿Es una broma? —preguntó Irv.

Se dirigían al aeropuerto Washington National (los Bloch habrían renunciado a volar antes que llamarlo Reagan National) y escuchaban la NPR, la radio pública, porque Irv buscaba continuamente la confrontación con las cosas que odiaba y, para su extrema repugnancia, estaban pasando un reportaje equilibrado sobre la construcción de un nuevo asentamiento en Cisjordania. A Irv le daba asco la NPR. No era sólo por la mezquindad de sus posicionamientos políticos, sino también por aquella actitud tan delicada y extravagantemente pusilánime, la sorpresa de incredulidad de esas voces que siempre parecían decir: «No pensarás pegarle a alguien que trae lentes». (Todos —hombres y mujeres, jóvenes y viejos— parecían tener la misma voz, como si se la pasaran de una garganta a otra a conveniencia.) Las virtudes de una «radio financiada por los oyentes» no alteran el hecho de que nadie con un poco de amor propio emplea la palabra *portafolios* y menos aún un portafolios de verdad; además, ¿cuántas suscripciones a *The New Yorker* necesita una persona?

—Bueno, pues ahora ya sabré qué contestar —dijo Irv, asintiendo con la cabeza, como si orara o tuviera párkinson.

—¿Qué contestar cuándo? —preguntó Jacob, incapaz de no morder el anzuelo.

—Cuando alguien me pregunte cuál es el reportaje con más información incorrecta, más repugnante moralmente y, por si fuera poco, más aburrido que he oído en mi vida.

La respuesta instintiva de Irv provocó una respuesta igualmente instintiva en la mente de Jacob y, tras un breve intercambio, los dos se convirtieron en bailarines retóricos en una boda rusa, cruzados de brazos y soltando patadas a diestra y siniestra.

—Además —añadió Jacob cuando le pareció que habían llevado las cosas demasiado lejos—, ya han dicho que era un programa de opinión.

—Pues déjame que te diga que ese estúpido idiota tiene una opinión equivocada...

Sin levantar la mirada de su iPad, Max salió en defensa de la radio pública —o cuando menos de la semántica— desde el asiento trasero:

—Una opinión no puede ser equivocada.

—Pues déjame que te diga por qué ese idiota tiene una opinión idiota —dijo Irv, que fue señalando cada motivo levantando uno a uno los dedos de la mano izquierda—. Porque sólo los antisemitas tienen una reacción antisemita a una provocación, una expresión horrible, por cierto; porque sugerir siquiera que se puede hablar con estos tarados equivaldría a echar vino Manischewitz en un incendio; porque, no por nada, sus hospitales están llenos de misiles que apuntan a nuestros hospitales, que están llenos de su gente; porque, al final, a nosotros nos gusta el pollo Kung Pao y a ellos les gusta la muerte; porque, y me acabo de dar cuenta de que debería haber empezado por aquí, el hecho es, simple y llanamente, ¡que tenemos razón!

—¡Te estás saliendo del carril!

Irv apartó también la otra mano —sujetando el volante con las rodillas— para disponer de otro dedo retórico:

—Y porque, en el fondo, ¿qué necesidad tienen nuestros *yarmulkes* de inclinarse ante un puñado de Goy Scouts que se ponen insignias de protesta delante de la Cooperativa de Berkeley, o ante esos simios con *kuffiyas* que tiran piedras en la llamada «ciudad» de Gaza?

—Por lo menos toma el volante con una mano, papá.

—¿Por qué? ¿Tú me ves a punto de tener un accidente?

—Y busca una palabra mejor que *simios*.

Irv se volvió hacia su nieto sin dejar de conducir con las rodillas.

—Escucha esto: si pones a un millón de monos delante de un millón de máquinas de escribir, te sale *Hamlet*. Pero si pones dos mil millones delante de dos mil millones de máquinas, te sale...

—¡Mira la carretera!

—... el Corán. Es gracioso, ¿no?

—No, es racista —murmuró Max.

—Los árabes no son una raza, *bubeleh*.[17] Son una etnia.

—¿Qué es una máquina de escribir?

—Y déjame añadir algo más —dijo Irv, volviéndose hacia Jacob y apuntándolo con el índice que le sobraba, sin bajar sus otros seis dedos—. Quienes viven en casas de cristal no deberían tirar piedras, pero menos aún deben hacerlo quienes no tienen patria. Porque cuando esas piedras empiecen a romper vitrales de Chagall, que no esperen encontrarnos de rodillas con una escoba y un recogedor. Que seamos más listos que esos lunáticos no significa que ellos tengan el monopolio de la locura. ¡Los árabes tienen que entender que nosotros también tenemos piedras, que nuestros tirachinas son nucleares y que el dedo que controla el botón está conectado a un brazo con una hilera de números tatuados!

—¿Has terminado? —preguntó Jacob.

—¿Con qué?

—Si te puedo hacer bajar al planeta azul por un segundo, estaba pensando que, de vuelta, a lo mejor podríamos llevar a Tamir a ver a Isaac.

—¿Por qué?

17. Cariño.

—Porque evidentemente está deprimido por lo de la mudanza y...

—Si fuera vulnerable a la depresión se habría suicidado hace setenta años.

—¡Me lleva el carajo! —dijo Max, agitando el iPad como si fuera un Telesketch.

—No está deprimido —dijo Irv—. Es viejo, nada más. La edad se parece a la depresión, pero no es lo mismo.

—Perdón —dijo Jacob—. Se me había olvidado: no hay nadie que esté deprimido.

—No, perdona tú. Se me había olvidado que todo el mundo lo está.

—Supongo que ahora te estás metiendo conmigo porque voy a terapia, ¿no?

—¿Por qué cinta vas, por cierto? ¿Café? ¿Negro? ¿Y cuándo ganas? ¿Cuando la llevas atada al cuello?

Jacob estaba dudando entre responder o pasar. El doctor Silvers lo habría llamado un planteamiento binario, pero es que la confianza del doctor Silvers en la crítica binaria era en sí misma binaria. Además, estaba teniendo una mañana demasiado difícil como para intentar encontrarle matices al yunque que era su padre. Así pues, como siempre, optó por pasar. O, mejor dicho, por tragar.

—Para él es un cambio difícil —dijo Jacob—. Es definitivo. Sólo digo que deberíamos ser sensibles y...

—¡Pero si es un callo humano!

—Es de los que sangran por dentro.

Max señaló el semáforo.

—Está verde, podemos pasar.

No obstante, en lugar de avanzar, Irv se giró y retomó el hilo desde donde lo había dejado:

—A ver si nos entendemos: la población mundial de judíos es comparable al margen de error del censo chino y todo el mundo nos odia. Europa —añadió, ignorando los bocinazos que le soltaban desde atrás—, es en sí un continente antisemita. Los franceses, esa pandilla de cobardes imbéciles, no derramarían ni una sola lágrima de tristeza si desapareciéramos.

—¿Se puede saber de qué hablas? ¿Has olvidado lo que dijo el primer ministro francés después del atentado contra el mercado *kosher*? «Cada judío que se marcha de Francia es un trozo de Francia que se pierde», o algo así.

—Y una *merde*. Sabes tan bien como yo que tenía una botella de Château Sang de Juif de 1942 aireándose en el *backstage* para brindar por todos los trozos perdidos de Francia. Los ingleses, los españoles, los italianos... Toda esa gente vive para que nosotros muramos. —Sacó la cabeza por la ventana, se giró y le gritó al conductor, que seguía tocando la bocina—: ¡Soy un cabrón, un ca-brón, pero no estoy sordo! —Y, acto seguido, volvió a girarse hacia Jacob—. Nuestros únicos aliados fiables en Europa son los alemanes, pero ¿alguien duda de que tarde o temprano agotarán la culpa y las pantallas de lámpara? ¿Y alguien duda todavía de que un día, cuando se den las condiciones apropiadas, Estados Unidos decidirá que somos ruidosos, apestosos y prepotentes, y demasiado listos para nuestro propio bien y el de los demás?

—Sí, yo lo dudo —dijo Max, haciendo pinza con los dedos para ampliar algo.

—Oye, Maxy —dijo Irv, intentando cruzarse con su mirada a través del retrovisor—, ¿sabes por qué los paleontólogos se dedican a buscar huesos y no antisemitismo?

—¿Porque son paleontólogos y no la Liga Antidifamación?

—Porque les gusta escarbar. ¿Lo captas?

—No.

—Aunque todo lo que dices fuera verdad —intervino Jacob—, que no lo es...

—Por supuesto que lo es.

—No lo es...

—Sí.

—Pero aunque lo fuera...

—El mundo odia a los judíos. Sé que crees que la preponderancia de los judíos en la cultura es una especie de contraargumento, pero eso es como decir que al mundo le encantan los pandas porque una multitud va a los zoológicos a verlos. No, el mundo odia a los pandas. Los quiere muertos, incluso a los cachorros. Y el mundo odia a los judíos. Los ha odiado siempre y siempre los odiará. Y sí, se podría decir con palabras más educadas y citando el contexto político, pero el odio es siempre odio, y está siempre ahí, porque somos judíos.

—A mí me gustan los pandas —dijo Max.

—No es verdad —lo corrigió Irv.

—Me encantaría tener uno como animal doméstico.

—Te comería la cara, Maxy.

—Pues genial.

—O cuando menos ocuparía nuestra casa y nos sometería a todos convencido de que tiene derecho a ello —añadió Jacob.

—Los alemanes asesinaron un millón y medio de niños judíos porque eran niños judíos, y treinta años más tarde les concedieron los Juegos Olímpicos. ¡Y menudo trabajo hicieron! Los judíos ganamos por los pelos una guerra por la supervivencia y nos hemos convertido en un Estado paria permanente. ¿Por qué? ¿Por qué tan sólo una generación después de nuestra aniquilación casi absoluta el deseo de supervivencia judío es visto como un deseo de conquista? Hazte esa pregunta: ¿por qué?

Pero aquel «por qué» no era una pregunta, ni siquiera retórica, sino un empujón, un ataque frontal en una época de sutilezas. Todo tenía un cariz de coacción. Isaac no quería mudarse, lo estaban obligando a ello. Sam eran tan peculiar que quería hacerse hombre teniendo relaciones sexuales con una persona que no fuera él mismo, pero ellos iban a obligarlo a disculparse por unas palabras que no había escrito para luego poder obligarlo a entonar unas palabras memorizadas de significado desconocido delante de una familia en la que no creía, de unos amigos en los que no creía y de Dios. Julia no tenía más remedio que dividir su atención entre edificios ambiciosos que nunca llegarían a construirse y reformas de baños y cocinas de gente sin ilusiones pero con recursos. Y ahora el incidente del teléfono los empujaba a una revisión que su matrimonio seguramente no superaría, pues su relación, como todas las relaciones, se basaba en una ceguera y un olvido obstinados. Incluso la diatriba intolerante de Irv estaba guiada por una mano invisible.

Nadie quiere ser una caricatura. Nadie quiere ser una versión mermada de sí mismo. Nadie quiere ser un hombre judío, ni un moribundo.

Jacob no quería coaccionar a nadie ni que lo coaccionaran, pero ¿qué se suponía que tenía que hacer? ¿Sentarse a esperar a que su abuelo se rompiera la cadera y muriera en un cuarto de hospital, como todos los viejos? ¿Permitir que Sam interrumpiera un hilo ceremonial que se remontaba a reyes y profetas, tan sólo porque el judaísmo tal como ellos lo practicaban era demasiado aburrido y rebosaba hipocresía? Tal vez sí. En el despacho del rabino le habían dado ganas de empuñar las tijeras él mismo.

Jacob y Julia le habían dado vueltas a la posibilidad de celebrar el *bar mitzvá* en Israel, como esa gente que se fugaba para poder casarse, pero en su versión judía y para celebrar el paso a la edad adulta. A lo mejor habría sido una forma de hacerlo sin hacerlo realmente. Sam se había negado aduciendo que era una pésima idea.

—¿Por qué pésima? —había preguntado Jacob, plenamente consciente de que su hijo tenía razón.

—¿De verdad no ves la ironía? —había contestado Sam. Jacob veía muchas ironías, pero sentía curiosidad por saber a cuál, concretamente, se refería Sam—. Israel se fundó para que los judíos tuvieran un lugar donde huir de la persecución. Ustedes proponen que vayamos para huir del judaísmo.

Bien visto.

Así pues, el *bar mitzvá* se celebraría en la sinagoga donde pagaban dos mil quinientos dólares por visita para poder convertirse en miembros, oficiado por un rabino joven y moderno que eludía cualquier definición razonable de *joven*, de *moderno* y de *rabino*. La fiesta tendría lugar en el Hilton, donde habían estado a punto de terminar con la agonía de Reagan y donde Julia y Sam estaban en esos momentos representando a Micronesia. La banda sabría tocar al mismo tiempo una buena *horah* y un buen rock. Naturalmente, una banda así no ha existido en toda la historia de la música en vivo, pero Jacob sabía que llega un momento en el que masticas la cápsula que llevas escondida en la boca, pegada a la cara interna de la mejilla, y esperas no sufrir demasiado. La temática de la fiesta —tratada con delicadeza y buen gusto— sería la diáspora de la familia de Sam. (Había sido idea de Julia y, en la medida en que el tema de un *bar mitzvá* puede ser una buena idea, no estaba mal.) Cada mesa representaría uno de los países a los que se había dispersado la familia —Estados Unidos, Brasil, Argentina, España, Australia, Sudáfrica, Israel y Canadá—, y en lugar de tarjetas con sus nombres, cada invitado recibiría un «pasaporte» para el país correspondiente. La decoración de las mesas representaría la cultura regional y los lugares emblemáticos —y ése constituía el mayor reto para la delicadeza y el buen gusto—, y los centros de mesa incluirían un árbol familiar con fotografías de los parientes que vivían actualmente en esos países. El bufet incluiría puestos con comida específicamente regional: *feijoada* brasileña, tapas españolas, falafel israelí, lo que fuera que comieran en Canadá, etcétera. Y los recuerdos de la fiesta serían globos de nieve de los distintos lugares. En Israel hay más guerras que nevadas, pero los chinos, que son listos, saben que los estadounidenses son tan burros que comprarán lo que sea. Y especialmente los judíos estadounidenses, que, excepto practicar el judaísmo, harían cualquier cosa para instilar un cierto sentido de la identidad judía a sus hijos.

—Te he hecho una pregunta —dijo Irv, intentando arrastrar de nuevo a Jacob a aquella discusión en la que sólo participaba él.

—Ah, ¿sí?

—Sí, ¿por qué?

—¿Por qué qué?

—El qué ni siquiera importa. La respuesta es la misma a todas las preguntas relacionadas con nosotros: porque el mundo odia a los judíos.

Jacob se giró hacia Max:

—Eres consciente de que la genética no marca tu destino, ¿verdad?

—Lo que tú digas.

—Del mismo modo que yo he podido evitar la calvicie arrasadora de tu abuelo, tú puedes evitar la demencia que convirtió a un ser humano aceptable en el hombre que se casó con mi madre.

Irv soltó un suspiro profundo, dramático.

—¿Se me permite expresar una opinión? —dijo, con toda la potencia de su falsa sinceridad.

Jacob y Max soltaron una carcajada al unísono. A Jacob le gustó aquella sensación de camaradería espontánea entre padre e hijo.

—Si no me quieres escuchar, no me escuches, tú mismo, pero o lo digo o reviento. Creo que estás desperdiciando tu vida.

—Ah, ¿eso es todo? —dijo Jacob—. Creía que ibas a soltarme algo realmente grave.

—Creo que eres una persona con muchísimo talento, muy sensible y profundamente inteligente.

—Y yo creo que el abuelo protesta demasiado.

—Pero también creo que has tomado algunas decisiones realmente malas.

—E imagino que estarás pensando en alguna en concreto.

—Sí, escribir para esa estúpida serie de televisión.

—Una estúpida serie que ven cuatro millones de personas.

—A: ¿y qué? B: ¿qué cuatro millones?

—Y que es aclamada por la crítica.

—Los que no pueden ser profes de gimnasia aclaman.

—Además, es mi trabajo. Y me permite mantener a mi familia.

—Te permite ganar dinero. Hay otras formas de mantener a la familia.

—¿Qué quieres, que me haga dermatólogo? ¿Eso sería una buena forma de invertir mi talento, sentimiento e intelecto?

—Deberías hacer algo acorde con tus capacidades y que exprese tu propia definición de lo esencial.

—En eso estoy.

—No, lo que estás es poniendo los puntos de las íes y los palitos de las tes de una aventura épica de dragones escrita por alguien que no es digno de sacarle brillo a tus hemorroides. No te pusieron en la Tierra para eso.

—Espera, ahora me vas a contar para qué me pusieron en la Tierra, ¿verdad?

—Eso es exactamente lo que voy a hacer.

—«Si infancia y juventud fallaron, tal vez el mal hice yo...». —cantó Jacob.

—Como te estaba diciendo...

—«Iba a su bola mi padre a solas, lei, odelei, odelú...».

—Eres muy gracioso, ya lo captamos, Fraukenstein.

—«Tan genial, tan genial, no bendigas mi tierra...».

Esta vez Irv no le dio opción de soltar otra.

—Jacob, deberías dedicarte a fraguar en la forja de tu alma la conciencia latente de tu raza.

Jacob soltó un «guau» nada impresionado.

—Sí, guau.

—¿Te importaría repetirlo? Pero ahora dirigiéndote a las butacas del gallinero de mi cerebro.

—Deberías dedicarte a fraguar en la forja de tu alma la conciencia latente de tu raza.

—¿Pero eso no lo hacían en los hornos de Auschwitz?

—Están destruidos. Y yo me refiero a fraguar.

—Aprecio tu súbito voto de confianza...

—Acabo de meterlo en la urna.

—... pero la forja de mi alma no desprende tanto calor.

—Eso es porque deseas desesperadamente que te quieran. La fricción genera calor.

—No tengo ni idea de qué me estás diciendo.

—Es lo mismo que sucede con lo de la palabra que empieza por ene en el colegio de Sam.

—Seguramente es preferible no meter a Sam en esto —sugirió Max.

—Lo mismo que sucede en todos los aspectos de tu vida, mires donde mires —siguió diciendo Irv—. Estás cometiendo exactamente los mismos errores que hemos cometido durante miles de años...

—¿«Hemos»?

—... creyendo que si uno consigue que lo quieran, estará salvado.

—Mi GPS conversacional está estropeado. ¿Hemos vuelto al tema del odio a los judíos?

—¿Vuelto? No, no puedes volver a algo que no has dejado nunca.

—Es una serie de entretenimiento.

—No lo crees ni tú.

—Bueno, eso ha sonado como un final de trayecto.

—¿Porque estoy dispuesto a confiar más en ti que tú mismo?

—Porque, como sueles ser el primero en señalar, la negociación es imposible si la otra parte no quiere negociar.

—¿Quién está negociando aquí?

—Pues no puedes conversar.

—De verdad, Jacob. Baja la guardia un segundo y pregúntate: ¿por qué esa necesidad de amor? ¡Con lo honestos que eran siempre los libros que escribías! Honestos y emocionalmente ambiciosos. A lo mejor no llegaban a millones de lectores y a lo mejor no te servían para enriquecerte, pero enriquecían el mundo.

—Y tú los odiabas.

—Sí, es verdad —dijo Irv, cambiando de carril sin mirar por el retrovisor—. Los odiaba. Dios no quiera que tengas que ver mis notas al margen. Pero ¿tú sabes quién odia tu serie?

—No es mi serie.

—¡Nadie! Un pasatiempo gracias al que zombis agradecidos pasan el tiempo.

—Pero entonces ¿te estás quejando de la televisión?

—De eso también podría quejarme —dijo Irv, tomando la salida del aeropuerto—. Pero no, me quejo de tu serie.

—Que no es mi serie.

—Pues consigue una.

—Pero no tengo nada que ofrecerle al hada buena a cambio.

—¿Lo has intentado?

—¿Que si lo he intentado?

Nadie lo había intentado más que él. No «conseguir» una serie —todavía no era el momento—, pero sí ser un buen guionista. Jacob llevaba más de una década partiéndose el espinazo echando carbón en la forja. Se había consagrado a la tarea secreta y completamente inútil de redimir a su gente a través del lenguaje. ¿Su gente? Su familia. ¿Su familia? Él mismo. ¿Quién era él? Y quizá *redimir* tampoco fuera la palabra correcta.

El pueblo agonizante era exactamente lo que su padre creía que deseaba: un toque de *shofar* desde lo alto de una montaña. O un grito silencioso desde un sótano. Pero si Irv hubiera tenido ocasión de leerlo, lo habría odiado —un odio mucho más integral que el que le habían generado sus novelas—. La definición de Jacob de lo esencial podía resultar bastante desagradable, pero, sobre todo, no se pondrían de acuerdo a la hora de decidir contra quién había que emplear el filo de la conciencia surgida de la forja.

Y había todavía un problema de mayor importancia: la serie mataría al abuelo de Jacob. No metafóricamente: equivaldría literalmente a cometer un abuelicidio. Un hombre que había sobrevivido a todo no lograría sobrevivir a un espejo. Así pues, Jacob mantenía el manuscrito a buen recaudo, guardado en un cajón cerrado con llave. Y cuanto menos de su proyecto podía compartir, más comprometido se sentía con él.

La serie empezaba contando cómo había empezado a escribirla. Los personajes eran los mismos personajes de la vida real de Jacob: una mujer infeliz (que no quería que la describieran así), tres hijos: uno en el umbral de la edad adulta, otro en el umbral de una conciencia extrema de sí mismo y otro en el umbral de la independencia mental, un padre xenófobo y aterrorizado, una madre que tejía y destejía en silencio y un bisabuelo deprimido. Si un día la compartía y le preguntaban hasta qué punto era autobiográfica, diría: «No es mi vida, pero sí soy yo». Y si alguien —aunque ¿quién sino el doctor Silvers?— le preguntaba hasta qué punto su vida era autobiográfica, Jacob diría: «Es mi vida, pero no soy yo».

La serie seguía el ritmo de los acontecimientos relevantes de la vida de Jacob. O su vida seguía el ritmo de la serie, a veces costaba saberlo. Jacob escribió sobre el hallazgo de su segundo teléfono varios meses antes de comprárselo, una psicología tan retorcidamente ambigua que no debería haber merecido ni un solo minuto a seis dólares con el doctor Silvers, aunque había sido objeto de varias decenas de sesiones. Pero no era sólo algo psicológico. Había momentos en los que Julia decía cosas tan escalofriantemente parecidas a lo que Jacob había escrito que no podía sino preguntarse si lo habría leído. La noche en que había descubierto el teléfono, ella le había preguntado: «¿Te entristece que queramos a los niños más de lo que nos queremos el uno al otro?». La misma frase —las mismas palabras, en ese mismo orden— constaba en el guion desde hacía meses. Aunque quien las pronunciaba ahí era Jacob.

A excepción de los momentos que la mayoría de nosotros haría cualquier cosa por evitar, la vida es lenta y en absoluto interesante, dramática o estimulante. La solución de Jacob a aquel problema (o a aquella suerte) no consistía en alterar el elemento dramático de la serie —la autenticidad de su obra era el único antídoto contra la falta de autenticidad de su vida—, sino generar más y más parafernalia.

Veinticuatro años antes, más o menos por la época en que su falta de paciencia había superado su pasión por la guitarra, Jacob había empezado a diseñar portadas de discos para un grupo imaginario. Escribía listas de canciones, letras y notas para la portada. Escribía agradecimientos a personas inexistentes: ingenieros, productores, mánagers... Copió el texto de copyright de *Steady Diet of Nothing*. Con un atlas sobre el regazo, preparó una gira por Estados Unidos, seguida de una gira mundial, para la que tuvo en cuenta los límites de su resistencia física y emocional: ¿era excesivo tocar en París, Estocolmo, Bruselas, Copenhague, Barcelona y Madrid en una semana? ¿Especialmente cuando ya llevarían ocho meses en la carretera? Y, aunque fuera posible, ¿qué sacaría de empujar al grupo a una situación de irritabilidad que pondría en peligro todo aquello en lo que creían y que tanto se habían esforzado en conseguir? Imprimió las fechas en la parte trasera de unas camisetas que él mismo diseñó y que llegó incluso a ponerse. Pero no sabía ni tocar tres acordes.

Su relación con la serie era parecida: cuanto más raquítica era la realidad, más expansivo era todo el material relacionado.

Creó una biblia (a la que estaba constantemente agregando contenido nuevo) para la serie, una especie de manual de uso para quienes un día trabajaran en ella. Generó un dosier de información sobre los personajes que actualizaba sin parar...

SAM BLOCH

A punto de cumplir los trece años. El mayor de los hermanos Bloch. Pasa casi todo el tiempo en el mundo virtual de Other Life. Detesta cómo le queda toda la ropa. Le encanta ver videos de matones que reciben palizas. Es incapaz de ignorar, o incluso de no percibir, los dobles sentidos de naturaleza sexual. Aceptaría tener el cuerpo cubierto de marcas de acné en el futuro a cambio de una frente despejada en el presente. Desea que sus cualidades positivas sean reconocidas de forma universal, pero nunca mencionadas.

GERSHOM BLUMENBERG

Muerto desde hace tiempo. Hijo de Anshel, padre de Isaac. Abuelo de Irving. Nieto de alguien cuyo nombre se ha perdido para siempre. Gran rabino de Drogóbich. Murió en una sinagoga en llamas. Da nombre a un pequeño parque con frescos bancos de mármol en Jerusalén. Aparece sólo en pesadillas.

JULIA BLOCH

Cuarenta y tres años. Esposa de Jacob. Arquitecta, aunque se avergüenza secretamente de referirse a sí misma de esta forma, pues nunca ha construido ningún edificio. Inmensamente talentosa, trágicamente abrumada, perpetuamente poco valorada, ocasionalmente optimista. A menudo se pregunta si lo único que necesitaría para cambiar por completo su vida sería un cambio de contexto radical.

... y un catálogo de escenarios con descripciones breves (aunque constantemente ampliadas) de cada lugar, cientos de fotografías para un futuro Departamento de Decorados, mapas, planos, anuncios de inmobiliarias, anécdotas...

2294 NEWARK STREET

La casa de los Bloch. Más bonita que la mayoría, aunque no la más bonita. Pero bonita. Aunque no tanto como podría. Interiores elegantes dentro de los límites de lo posible. Algunos muebles buenos, de mediados de siglo, comprados en su mayoría en eBay y en Etsy. Algunos muebles de IKEA con añadidos geniales (jaladores de cuero, vitrinas con mosaicos). Fotos colgadas por grupitos (repartidas equitativamente entre la familia de Jacob y la de Julia). Harina de almendra en un tarro de cristal comprado en Williams Sonoma, sobre una barra de esteatita. Una cazuela de hierro fundido azul mineral Le Creuset demasiado bonita como para utilizarla, encima del fogón posterior derecho de una cocina Lacanche de doble ancho, cuyo potencial se malgasta en platos de chili vegetal. Algunos libros comprados para leerlos (o, por lo menos, para echar mano de ellos), otros comprados para aparentar un tipo muy concreto de ecléctica curiosidad, y otros, como la edición en dos volúmenes y con estuche de *El hombre sin atributos*, por la elegancia del lomo. Supositorios de acetato de hidrocortisona debajo de una pila de ejemplares de *The New Yorker*, en el cajón central del mueble botiquín. Un vibrador escondido dentro de un zapato, en un estante alto. Libros sobre el Holocausto detrás de libros que no hablan del Holocausto. Una puerta de cocina cubierta de marcas que atestiguan el crecimiento de los hijos de los Bloch.

Cuando tuve que mudarme a otro lugar, me detuve en este umbral. El marco fue lo único de lo que no me pude desprender. Olvídate de la butaca Papa Bear con otomana a juego. Olvídate de velas y lámparas. Olvídate de *El botánico ciego*, la ilustración que compramos juntos, atribuida a uno de mis héroes, Ben Shahn, aunque no conste su autoría. Olvídate de la orquídea deprimida. Una tarde, cuando Julia no estaba en casa, arranqué el marco de la puerta con un destornillador plano, lo metí en el Subaru (un extremo pegado al cristal de la cajuela y el otro al parabrisas) y me llevé a una casa nueva aquel recuerdo del crecimiento de mis hijos. Dos semanas más tarde, un pintor de brocha gorda pintó el marco y reconstruí las líneas de mi lamentable memoria.

... y, lo más ambicioso (o lo más neurótico, o lo más patético): las notas para los actores, que trataban de transmitir lo que los guiones, por sí solos, no podían, porque hacían falta más palabras: CÓMO INTERPRETAR LA ÚLTIMA RISA; CÓMO INTERPRETAR CÓMO TE LLAMAS; CÓMO INTERPRETAR LOS ANILLOS DE CRECIMIENTO DEL SUICIDIO... Cada episodio tenía sólo unas veintisiete páginas. Quedaba espacio para algo de historia previa, para algunos flashbacks, historias tangenciales e información añadida torpemente que no hacía avanzar el argumento pero completaba la motivación. Hacían falta muchas más palabras: CÓMO INTERPRETAR LA NECESIDAD DE INSATISFACCIÓN; CÓMO INTERPRETAR EL AMOR; CÓMO INTERPRETAR LA MUERTE DEL LENGUAJE... Las notas eran dignas de una madre judía por su didacticismo pesado, irrefrenable, y dignas de un padre judío por su necesidad de ocultar cualquier emoción recurriendo a la metáfora y el disimulo. CÓMO INTERPRETAR A UN ESTADOUNIDENSE; CÓMO INTERPRETAR A

UN BUEN CHICO; CÓMO INTERPRETAR EL SONIDO DEL TIEM-
PO... La biblia pronto sobrepasó a los guiones en sí, tanto en
dimensión como en profundidad; el material explicativo
arrolló aquello que pretendía explicar. Qué judío. Jacob quería hacer algo que pudiera redimirlo todo, pero en lugar de
eso no hacía más que dar explicaciones y más explicaciones...

CÓMO INTERPRETAR EL SONIDO DEL TIEMPO
La mañana en que Julia encontró el teléfono, mis padres vinieron a nuestra casa porque habíamos organizado un
brunch. El mundo se desmoronaba alrededor de Benjy, aunque
yo nunca sabré qué sabía él en ese momento, y él tampoco. Los
adultos estaban hablando cuando mi hijo volvió a entrar en la
cocina y preguntó:
—¿Qué ha pasado con el sonido del tiempo?
—¿De qué hablas?
—Ya me entiendes —insistió, moviendo una manita—, el
sonido del tiempo.
Tardamos un rato (unos cinco frustrantes minutos) en
descubrir a qué se refería. Nos estaban arreglando el refrigerador, o sea que faltaba su zumbido omnipresente, casi imperceptible, en la cocina. Benjy había vivido prácticamente desde
siempre con aquel sonido en casa y lo había terminado aso-
ciando con el paso de la vida.
Me encantó aquel malentendido, porque no era un malen-
tendido.
Mi abuelo oía los gritos de sus hermanos muertos. Ése era
el sonido del tiempo para él.
Mi padre oía ataques.
Julia oía las voces de los chicos.
Yo oía silencios.
Sam oía traiciones y el sonido de los productos Apple al
conectarse.
Max oía los gemidos de Argo.
Benjy era el único todavía lo bastante pequeño para oír la
casa.

Irv bajó las cuatro ventanas y le dijo a Jacob:
—Te falta fuerza.

—Y a ti te falta inteligencia. Juntos formamos una persona absolutamente incompleta.

—En serio, Jacob, ¿a qué viene esa famélica necesidad de amor?

—En serio, papá, ¿a qué viene esa famélica necesidad de diagnosticarme?

—No te estoy diagnosticando, te estoy explicando cómo eres.

—¿Y tú no necesitas amor?

—Como abuelo, sí. Como padre y como hijo, sí. ¿Como judío? No. ¿Que una sucia universidad británica no nos deja participar en su ridícula conferencia sobre progresos recientes en biología marina? ¿A quién le importa? ¿Que Stephen Hawking no quiere visitar Israel? Pegarle a un cuadripléjico con lentes no es mi estilo, pero estoy seguro de que no le importará que le pidamos que nos devuelva su voz. Ya sabes, esa que crearon unos ingenieros israelíes. Y, ya que estamos, renunciaré con mucho gusto a tener una butaca en las Naciones Unidas Contra Israel si eso significa salvar el trasero. Los judíos se han convertido en la gente inteligente más débil de la historia de la humanidad. Mira, no siempre tengo razón, soy consciente de ello. Pero siempre soy fuerte. Y si nuestra historia nos ha demostrado algo es que es más importante ser fuerte que tener razón. O que ser bueno, si tú quieres. Prefiero estar vivo, ser malo y estar equivocado. No necesito que nadie me dé sus bendiciones, ni un obispo con tutú, ni un presidente hidrocefálico y cultivador de cacahuates, ni tampoco los eunucos pseudosociólogos de las páginas de opinión de *The New York Times*. No necesito ser luz y guía para el resto de las naciones del mundo, lo que necesito es no arder en llamas. La vida es larga mientras estás vivo, y la historia tiene muy poca memoria. Estados Unidos se encargó de los indios. Australia, Alemania, España... Todos hicieron lo que tenían que hacer. ¿Y qué? ¿Sus libros de historia tienen unas cuantas páginas desafortunadas? ¿Tienen que pronunciar disculpas con la boca pequeña una vez al año y pagar las reparaciones de las partes del trabajo que no fueron capaces de terminar? Hicieron lo que tenían que hacer y la vida siguió adelante.

—¿Adónde quieres ir a parar?

—A ninguna parte. Sólo es un decir.

—¿Un decir qué? ¿Que Israel tendría que cometer un genocidio?

—Eso lo has dicho tú.

—Pero es lo que tú querías decir.

—Yo he dicho, y eso es lo que quería decir, que Israel debería ser un país que se respetara a sí mismo, como todos los demás.

—Como la Alemania nazi.

—Como Alemania, como Islandia, como Estados Unidos. Como todos los países que han existido y no han dejado de existir.

—Qué motivador.

—En su momento no sería un espectáculo agradable, pero dentro de veinte años, con cincuenta millones de judíos repartidos por toda la tierra de Israel, desde el canal de Suez hasta los campos de petróleo, y con la mayor economía entre Alemania y China...

—Israel no está entre Alemania y China.

—... con los Juegos Olímpicos en Tel Aviv y más turistas en Jerusalén que en París, ¿crees que alguien iba a preguntarse cómo se hizo la salchicha *kosher*?

Irv respiró hondo y asintió con la cabeza, como mostrando su acuerdo con algo que sólo él sabía.

—El mundo siempre odiará a los judíos. Y eso plantea la pregunta siguiente: ¿qué podemos hacer con ese odio? Podemos negarlo o tratar de superarlo. Incluso podríamos optar por unirnos al club.

—¿Qué club?

—Conoces perfectamente a sus miembros: judíos que preferirían arreglar sus «septos desviados» antes que romper una nariz para poder sobrevivir; judíos que se niegan a reconocer que Tina Fey no es judía, o que las Fuerzas de Defensa de Israel sí lo son; sucedáneos de judíos como Ralph Lauren, nacido Lifshitz, Winona Ryder, nacida Horowitz, George Soros, Mike Wallace, la práctica totalidad de los judíos que viven en el Reino Unido, Billy Joel, Tony Judt, Bob Silvers...

—Billy Joel no es judío.

—Pues claro que lo es.

—¿Y por eso compuso *Scenes from an Italian Restaurant*?

—¿No era *Chinese Restaurant*?

—No.

—Da igual, un puño judío puede hacer mucho más que masturbarse o tomar un bolígrafo. Si sueltas la herramienta de escritura te queda una herramienta capaz de golpear. ¿Me explico? No necesitamos a otro Einstein. Necesitamos a un Koufax que, cuando lance la bola, apunte a la cabeza.

—¿Alguna vez se te ha ocurrido pensar...? —empezó a decir Jacob.

—Sí, seguramente sí.

—¿... que yo no me incluyo en tu *nosotros*?

—¿Alguna vez se te ha ocurrido pensar que el mulá *meshuggener* que controla los códigos nucleares sí te incluye?

—¿O sea que nuestra identidad está a merced de locos desconocidos?

—Si no eres capaz de generarla tú mismo, sí.

—¿Qué quieres de mí? ¿Que espíe para Israel? ¿Que vuele por los aires en una mezquita?

—Quiero que escribas algo que importe.

—En primer lugar, lo que escribo le importa a mucha gente.

—No, la entretiene.

Jacob se acordó de la conversación de la noche anterior con Max y se planteó señalar que su programa había generado más beneficios que todos los libros publicados en Estados Unidos ese año. Es posible que no fuera verdad, pero Jacob sabía cómo generar falsa autoridad.

—Por tu silencio deduzco que me has entendido —dijo Irv.

—¿Qué tal si tú te concentras en los panfletos intoleran-
tes de tu blog y yo en mi laureada serie televisiva?

—Oye, Maxy, ¿tú sabes quién se dedicaba al entretenimiento laureado en la época de los macabeos?

—Ilústrame —dijo Max, limpiando el polvo de la pantalla.

—Yo tampoco lo sé, porque sólo recordamos a los macabeos.

Lo que Jacob pensaba realmente era que su padre era un
cerdo ignorante, narcisista y fariseo, demasiado débil y neurótico para comprender el alcance extremo de su hipocresía,
su impotencia emocional y su puerilidad mental.

—Así pues, ¿nos hemos puesto de acuerdo?

—No.

—Así pues, ¿estamos de acuerdo?

—No.

—Me alegro de que estés de acuerdo conmigo.

Aunque también había argumentos para disculparlo. Los
había. Buenos. Hermosas intenciones. Heridas.

El teléfono de Jacob sonó. Su teléfono de verdad. Era Julia. La Julia de verdad. Habría saltado por cualquier ventana,
abierta o cerrada, para huir de la conversación con su padre,
pero de pronto le daba miedo contestar.

—¿Hola?

—...

—No me extraña.

—...

—¿Pero tienen sitio para alojarla?

—...

—Ya me lo imaginaba. La parte de la bomba no, pero...

—...

—Estoy en el coche.

—...

—El vuelo se ha adelantado.

—...

—Lo ha mirado Max.

—...

—Max, ¿quieres saludar a mamá?

—...

—¿Estás en el hotel? Oigo naturaleza.

—...

—Dile que hola.

—Mi padre dice que hola.

—...

—Julia dice que hola.

—Dile también que Benjy se lo ha pasado en grande en nuestra casa, y que no se ha muerto.

—Dice que te diga que Benjy se lo ha pasado en grande en su casa.

—...

—Dice que gracias.

—Dile que hola.

—Max dice que hola.

—...

—Mamá dice que hola.

—...

—A ver..., Argo está muy mayor y nos lo reconfirmó. Nos dio unas pastillas nuevas para el dolor articular y aumentó la dosis de las otras. Aguantará vivito y coleando un día más.

—...

—No hay nada que hacer. La veterinaria nos soltó un discursito sobre el honor que supone cuidar de los seres queridos, y cómo eso es algo que sólo sucede una vez.

—Eso es mentira —dijo Max, pero Jacob se encogió de hombros—. Dile que la veterinaria cree que deberíamos sacrificar a Argo.

—Un momento —le dijo Jacob a Julia, y tapó el teléfono—. Eso no es lo que dijo la veterinaria, Max.

—Díselo.

Jacob se puso el teléfono en la oreja de nuevo.

—Max quiere que te comunique que la veterinaria cree que deberíamos sacrificar a Argo, pero en realidad no dijo nada de eso.

—¡Sí lo dijo, mamá!

—...

—Sí lo dijo.

—...

—Tuvimos una agradable conversación sobre la calidad de vida y todo eso.

—...

—Lo llevé a Fort Reno de camino y le conté algunas historias sobre mi juventud.

—...

—En McDonald's.

—...

—Burritos.

—...

—No, en el microondas.

—...

—Sí, claro, zanahorias. Y también humus.

Con unos gestos con la mano, Jacob le comunicó a Max que Julia quería saber si había comido verdura.

—...

—Vale.

—...

—Ah, otra cosa: anoche la cagamos bastante con el avatar de Sam.

—...

—En Other Life. Su avatar. Estábamos tonteando.

—Tú tonteabas —lo corrigió Max.

—...

—No, seguramente no. Max estaba tonteando y...

—¿Qué? Papá, eso es mentira. ¡Mamá, es mentira!

—Y yo quise, en fin, mostrar interés, y terminamos tonteando juntos. Nada dramático, estaba caminando por ahí y explorando. Total, que lo matamos.

—No lo matamos, lo mataste tú. ¡Mamá, fue papá quien lo mató!

—...

—Su avatar, sí.

—...

—Fue sin querer.

—...

—La muerte no tiene remedio, Julia.

—...

—Anoche pasé varios meses hablando por teléfono con atención al cliente. Seguramente podría volver a dejarlo más o menos donde estaba, pero para ello tendría que estar sentado delante de su ordenador hasta que el Mesías me llame.

—...

—Hace por lo menos un año que no hablo con Cory.

—...

—Sería bastante miserable llamarle por esto después de tanto tiempo sin devolverle las llamadas.

—...

—Y tampoco creo que lo que necesitemos sea un genio de las computadoras. Ya se me ocurrirá algo. Pero ya basta de hablar de enfermedades y muerte. ¿Cómo les va? ¿Se lo están pasando bien?

—...

—¿Has conocido ya a la infame Billie?

—¿La infame Billie? —le preguntó Irv a Max a través del retrovisor.

—La novia de Sam —dijo Max.

—...

—¿Y qué tal?

—...

—¿Cómo se comporta cuando ella está cerca?

—...

—Yo no me lo tomaría como algo personal.

—...

—¿Y Mark?

—...

—¿Te gusta tenerlo ahí?

—...

—¿Ha tenido que tirar ya una bolsa de hierba por el baño o interrumpir una sesión de francés?

—El francés es con lengua, ¿no? —le preguntó Max a Irv.

—*Mais oui.*

—...

—¿Qué?

—...

—¿Qué pasa?

—...

—Pasa algo, lo noto por tu tono de voz.

—...

—Bueno, ahora ya sé seguro que algo pasa.

—¿Qué pasa? —preguntó Max.

—...

—Bueno, pero ¿no podrías por lo menos decirme de qué va, para que mi mente no pase las próximas horas dando vueltas como loca?

—...

—No me refería a eso.

—...

—Julia, ¿qué pasa?

—Ahora en serio, ¿qué pasa? —preguntó Irv, finalmente interesado.

—...

—Si no fuera nada no seguiríamos hablando de ello.

—...

—Bueno, ya te entiendo.

—...

—Espera, espera, ¿qué?

—...

—¿Julia?

—...

—¿Que Mark hizo qué?

—...

—¿Y por qué carajo hizo eso?

—Esa boca —dijo Max.

—…

—¡Porque está casado!

—…

—Pues lo estaba.

—…

—¿Qué más quieres que haga? ¿Que apuñale un muñeco de vudú de mí mismo?

Jacob subió el volumen de la radio para que a su padre y su hijo les costara más seguir la conversación. Un gramático inglés compartía con la audiencia su obsesión con los autoantónimos, palabras que son sus propios antónimos. *Conjurar* significa invocar a los espíritus pero también alejar un peligro. *Alquilar* es al mismo tiempo poner y tomar una casa en alquiler. *Sancionar* es aprobar una ley, pero también es aplicar una sanción por haber vulnerado una ley.

—…

—No es justo.

—…

—Puede ser, pero también es lo que dice la gente cuando algo no es justo.

—…

—Pues claro que sí.

—…

—O sea que se trata de la coincidencia más increíble desde…

—…

—Ah.

—…

—Pues dime de qué se trata, por favor. Porque si no es un problema de equilibrio…

—…

—Genial.

—…

—Genial.

—…

—Cuando lo hago yo, sí.

—...

—Las dos.

—¿Qué pasó? —preguntó Max.

—Nada —contestó Jacob—. Max me preguntó que qué pasó —añadió, hablando con Julia.

—...

—Pero estás molesto —insistió Max.

—La vida es molesta —dijo Irv—. Del mismo modo que la sangre es húmeda.

—Costras —señaló Max.

Jacob subió aún más el volumen hasta un punto que podía considerarse agresivo. Una perla es algo valioso, pero nadie quiere a un perla como yerno. Decimos que el agua se *filtra* cuando sale por donde no interesa, pero una secretaria *filtra* llamadas para que sólo pasen las que interesan. Denominamos temperatura *álgida* a una temperatura baja, pero el punto *álgido* es el punto más alto.

—...

—Yo ya no doy nada por supuesto.

—...

—¿Vas a volver a casa?

—...

—No lo entiendo, Julia. De verdad que no.

—...

—Pero si hace dos días, en la cama, me dijiste que sí significaba algo para ti...

—...

—Acabas de decir que no se lo has impedido. No lo puedo creer. No puedo creer que hayas hecho esto.

—¿Y si se van a un hotel? —le dijo Irv a Jacob con un susurro.

—...

—Ahora entiendo por qué no llamaste anoche.

—...

—¿Y lo de que Micronesia tiene la bomba atómica también era mentira?

—...

Jacob colgó.

Luchaban uno contra otro y también habían luchado codo con codo.

—Por Dios —dijo Irv—. ¿A qué ha venido todo eso?

—Pues a...

—¿Papá?

Durante un instante apenas lo bastante largo como para descartar la idea, Jacob se planteó la posibilidad de contárselo todo a su padre y a su hijo. Le habría sentado bien, aunque el precio que hubiera tenido que pagar habría sido su bondad.

—A... a un montón de rollos logísticos, porque van a llegar tarde y todavía no sabemos dónde van a dormir los israelíes, ni qué van a comer, y todo eso.

Naturalmente, Irv no se lo creyó. Y, naturalmente, Max tampoco. Pero Jacob casi se creía a sí mismo.

Se aferraba a la vida de la que él mismo se había excluido.

TE Q

Billie estaba preparando su discurso para la Asamblea General —tras una reunión del Foro de las Islas del Pacífico, la delegación micronesia se había retirado a la habitación de Mark y había estado deliberando hasta mucho después de la hora límite de irse a la cama, hasta acordar finalmente, y por una estrecha diferencia de votos, que entregarían la bomba a alguna organización o país externo, competente y fiable, que fuera capaz de desarmarla y deshacerse del material nuclear de forma segura— cuando en su teléfono sonaron las dos primeras palabras de *Someone Like You* de Adele, lo suficiente para desatar un Caribdis de sentimientos sin revelar a los demás que la canción no le parecía del todo cursi. Era el tono especial reservado para los mensajes de Sam; desde la noche anterior no había soltado el teléfono ni un momento: quería y al mismo tiempo no quería oír aquel «I heard».

estás trabajando en tu discurso?

qué te hace pensar que quiero hablar contigo?

que acabas de contestar

alguien debería inventar un emoji
equivalente a la palabra que alguien debería inventar
para referirse a lo dolida que estoy

lo siento

en realidad es el guernica

...

sigues ahí?

he tenido que buscar guernica

me lo podrías haber preguntado

no hay nadie como tú y nunca eres
como nadie

de dónde has sacado eso, de una
caja de tampones?

???

                                        trabájalo más

emet hi hasheker hatov beyoter

                              qué verdad? y qué mentira?

me gustas mucho, mucho...
ésa es la mentira

                                        y la verdad?

quiero

                        acabas de decir la cosa más difícil?

no, ésa es la más fácil

                        por qué te has portado tan mal conmigo?

te puedo contar algo?

                                                    vale

cuando tenía ocho años me aplasté la mano izquierda
con el quicio de una pesada puerta de hierro

me cortó tres dedos
y me los tuvieron que volver a pegar
tengo las uñas deformadas
cuando me dejen de crecer las manos me voy a
poner uñas falsas
y bueno, casi siempre llevo la mano en el bolsillo
y cuando estoy sentado
la escondo debajo del muslo

                                        ya lo sé

ha habido momentos en los que he querido
acariciarte la cara

                                    de verdad?

muchos, muchos momentos

                            y por qué no lo has hecho?

por la mano

                            te daba miedo que la viera?

sí
y también verla yo

podrías haberlo hecho con la otra mano

quiero tocarte con esa mano
de eso se trata

y yo quiero que me toques con esa mano

en serio?

...

sigues ahí?

me acerqué el teléfono al corazón

he oído los latidos

aunque estemos hablando con mensajes?

sí

puedes tocarme la cara si quieres

escribo como aquiles
pero en la vida real soy un nenaza

pues yo en la vida real soy feminista

sé que sabes que lo dije de forma figurada

sí, ya sé que no tienes vagina

ya veo que disimulo pésimo

no pienso escribir LOL

siento mucho haberte hecho daño

por qué lo has hecho?

fue una forma cobarde de hacerme daño a mí mismo

lo más duro es que siempre tengo
la sensación de que te entiendo
pero anoche no la tuve
me asustó

aceptas mis disculpas?

para emplear la célebre réplica de Franz Rosenzweig
cuando le preguntaron si era religioso:

«aún no»

                              guau, qué memoria

aún no?

                                        aún no

pero las aceptarás

                  alguna vez te has preguntado por qué
               era tan grave que hirieran a aquiles en el talón

porque era la única parte de su cuerpo
que no era inmortal

               y qué? habría sido un tipo inmortal con cojera

pero estoy seguro de que
sabes por qué

                                        pues sí

me gustaría mucho, mucho,
muchísimo que me lo contaras

mucho, mucho, mucho, mucho
hasta romper la palabra *mucho*

en un millón de trozos

y de dentro sale el amor

cuéntamelo, anda

no es que el talón fuera su única parte mortal
es que tenía TODA su naturaleza mortal
concentrada en el talón
como si evacuaras un rascacielos entero
al sótano y éste se inundara

y como si personas que trabajan en plantas distintas
y que de otra forma no se habrían conocido nunca
empezaran a hablar y decidieran salir a cenar,
y salieran a cenar más veces,
y conocieran a las respectivas familias,
y celebraran las fiestas juntos,
y se casaran, y tuvieran
hijos que tuvieran hijos que tuvieran hijos

pero se habrían ahogado

y qué?

A LO MEJOR FUE LA DISTANCIA

Jacob era el único que se refería a los primos de Israel como «nuestros» primos de Israel. Para el resto de la gente que vivía en la casa eran «los» primos de Israel. Jacob no tenía deseo alguno de reivindicar su propiedad sobre ellos, y un vínculo excesivo le provocaba ansiedad, pero sentía que les debía una cordialidad familiar acorde con la sangre que compartían. O, por lo menos, sabía que eso era lo que debería sentir. Todo habría sido más fácil si los primos hubieran sido más fáciles.

Conocía a Tamir desde que eran niños. El abuelo de Jacob y el de Tamir eran hermanos y vivían en un *shtetl* de Galitzia de unas dimensiones y una relevancia tan minúsculas que los alemanes no le echaron mano hasta el segundo barrido por la Zona de Asentamiento para recoger las migajas judías. Eran siete hermanos. Isaac y Benny habían eludido el destino de los otros cinco pasando más de doscientos días escondidos juntos en un hoyo, y luego viviendo en el bosque. Cada historia que Jacob oía sobre este periodo —Benny habría matado a un nazi; Isaac le habría salvado la vida a un niño judío— sugería una decena de historias más que nunca iba a oír.

Los hermanos pasaron un año juntos en un campo de desplazados, donde conocieron a sus futuras esposas, que también eran hermanas. Los dos matrimonios tuvieron un hijo varón: Irv y Shlomo. Benny se mudó con su familia a Israel, mientras Isaac se mudaba con la suya a América. Isaac nunca entendió la decisión de Benny. Benny entendió la de Isaac, pero nunca se la perdonó.

En menos de dos años, Isaac y su mujer, Sarah, habían abierto una bodega judía en un barrio *schwartze*, habían aprendido suficiente inglés para empezar a entender cómo funcionaba el sistema y tenían los primeros ahorros. Irv aprendió las reglas del béisbol, la lógica alfabeto-silábica del callejero de Washington D. C. y a avergonzarse del aspecto y el olor de su casa. Una mañana, su madre bajó a abrir la tienda y cayó muerta. Tenía cuarenta y dos años. ¿De qué había muerto? De un ataque al corazón. De una apoplejía. Había muerto de sobrevivir. Alzaron un muro de silencio tan alto e infranqueable alrededor de su muerte que no era sólo que nadie supiera nada relevante al respecto, sino que nadie sabía qué sabían los demás. Muchas décadas más tarde, en el funeral de su padre, Irv se permitió preguntarse si podía ser que su madre se hubiera suicidado.

Absolutamente todo era algo que o bien había que olvidar o bien había que recordar para siempre, y contaban una y otra vez la historia sobre lo que Estados Unidos había hecho por ellos. De niño, Jacob había oído a su abuelo alabar una y otra vez las maravillas de América: cómo el ejército les había proporcionado ropa y comida después de la guerra; cómo en Ellis Island no lo habían obligado a cambiarse el nombre (lo había pedido él); cómo el único límite en ese país era la voluntad de trabajar de cada uno; y cómo nunca había experimentado nada que desprendiera el menor tufo a antisemitismo, sino tan sólo indiferencia, que es mejor que el amor porque es más fiable.

Los hermanos se visitaban cada pocos años, como si aquella intimidad familiar fingida pudiera derrotar retroactivamente a los alemanes y salvarlos a todos. Isaac se prodigaba con Benny y su familia, les regalaba fruslerías de aspecto caro, los invitaba a los mejores restaurantes de segunda categoría y cerraba la tienda durante tres días para llevarlos de turismo por Washington. Y, cuando finalmente se iban, pasaba el doble de tiempo del que había durado la visita quejándose de su arrogancia y su mezquindad, y afirmando que los judíos estadounidenses eran judíos, mientras que los pirados israelíes eran hebreos, gente que, si pudiera elegir, optaría por sacrificar animales y servir a reyes. Y, acto seguido, reiteraba que era absolutamente necesario cultivar los lazos de proximidad.

A Jacob, los primos israelíes (sus primos israelíes) le parecían gente curiosa, extraña y familiar al mismo tiempo. En sus caras veía las caras de su familia, pero también algo diferente, algo que podía considerarse tanto ignorante como desinhibido, tanto falso como liberado: cientos de miles de años de evolución comprimidos en una sola generación. A lo mejor era una cuestión de estreñimiento existencial, pero parecía que a los israelíes nada les importaba un huevo. Para la familia de Isaac, en cambio, todo importaba siempre varias docenas de huevos. Eran importadores de huevos.

Jacob visitó Israel por primera vez a los catorce años, un regalo tardío que no había pedido para un *bar mitzvá* al que no había asistido. La siguiente generación de los Blumenberg llevó a la siguiente generación de los Bloch al Muro de las Lamentaciones, en cuyas grietas Jacob introdujo plegarias pidiendo cosas que en realidad no le importaban, pero que deberían haberlo hecho, como una cura para el sida o una capa de ozono sin agujeros. Habían flotado juntos en el mar Muerto, rodeados de judíos viejos, elefantiásicos, que, medio sumergidos, leían periódicos impresos con alfabetos cirílicos. Un día, de buena mañana, subieron a Masada, donde se guardaron en los bolsillos piedras que tal vez judíos suicidas habían sostenido en las palmas de las manos. Habían contemplado la salida del sol detrás del molino de viento, desde lo alto del Mishkenot Sha'ananim. Habían visitado un pequeño parque que llevaba el nombre del bisabuelo de Jacob, Gershom Blumenberg, que había sido un rabino muy querido y cuyos discípulos supervivientes, por mantenerse fieles a su recuerdo, habían optado por no tener nunca más otro rabino y, en consecuencia, por su propia desaparición. Hacía cuarenta grados. El banco de mármol estaba fresco, pero la placa metálica con su nombre estaba tan caliente que no se podía ni tocar.

Una mañana iban en coche en dirección al mar para hacer una excursión por la costa cuando, de repente, empezó a sonar una sirena contra ataques aéreos. Jacob puso unos ojos como platos y su mirada se topó con la de Irv. Shlomo detuvo el vehículo. Allí mismo, justo donde estaban, en medio de la autopista.

—¿Se ha averiado el coche? —preguntó Irv, como si aquella sirena pudiera indicar que el convertidor catalítico se había agrietado.

Shlomo y Tamir bajaron del coche con vacía determinación, como zombis. Todo el mundo estaba bajándose de sus coches, de sus camiones, de sus motos. Se quedaron de pie, miles de zombis judíos, en silencio absoluto. Jacob no sabía si había llegado el final, si lo que estaba viendo era una orgullosa forma de recibir el invierno nuclear, algún tipo de simulacro o una costumbre nacional. Como si participaran sin saberlo en un gran experimento de psicología social, Jacob y sus padres hicieron lo mismo que los demás, y se colocaron junto al coche en silencio. Cuando la sirena terminó de sonar, la vida se reanimó. Volvieron a meterse todos en el coche y arrancaron. Al parecer, Irv tenía demasiado miedo de mostrar su ignorancia para subsanar su ignorancia, o sea que fue Deborah quien preguntó qué acababa de pasar.

—*Yom HaShoah*[18] —contestó Shlomo.

—En honor a los árboles, ¿no? —preguntó Jacob.

—A los judíos, los judíos caídos —dijo Shlomo.

—*Shoah* significa Holocausto —le dijo Irv a Jacob, como si lo hubiera sabido todo desde el principio.

—¿Pero por qué se quedan todos quietos y en silencio?

—Porque parece menos fuera de lugar que cualquier otra cosa que se pueda hacer —dijo Shlomo.

18. Día del Holocausto.

—¿Y hacia dónde miran? —preguntó Jacob.

—Se miran a sí mismos —respondió Shlomo.

Jacob quedó fascinado y repugnado por aquel ritual. La respuesta judío-estadounidense al Holocausto era «nunca lo olvidemos». En Israel, hacían sonar las alarmas antiaéreas durante dos minutos, porque de otro modo habrían sonado sin parar.

Shlomo era un anfitrión tan exagerado como lo había sido Benny. De hecho, desvinculado como estaba de la dignidad que da la supervivencia, lo era todavía más. Por otra parte, la dignidad nunca fue el problema de Irv. De modo que se produjeron muchas escenas, sobre todo cuando les llevaban la cuenta al final de cada comida.

—¡No te atrevas a tocar la cuenta!

—¡No te atrevas tú!

—¡No me insultes!

—¡No me insultes tú a mí!

—¡Somos sus invitados!

—¡Y nosotros sus anfitriones!

—¡No pienso volver a comer contigo nunca más!

—¡Dalo por hecho!

En más de una ocasión, esa generosidad competitiva derivó en auténticos insultos. En más de una ocasión —en dos, concretamente—, billetes perfectamente válidos terminaron rotos en pedazos. ¿Ganaron todos o perdieron todos? ¿Qué necesidad había de ser tan binario?

Los días que Jacob recordaba con más claridad y cariño eran los que habían pasado en la casa de los Blumenberg, un edificio vagamente art déco de dos pisos situado en lo alto del monte Haifan. Todas las superficies de la casa eran de piedra y lo bastante frías para que se notara a través de los calcetines a todas horas; la casa entera era como el banco de Blumenberg Park. Había pepino cortado en diagonal y dados de queso para desayunar; salidas a zoológicos peculiarmente específicos, con tan sólo un par de jaulas: un zoológico de serpientes, otro de pequeños mamíferos... La madre de Tamir preparaba un sinfín de platitos para acompañar la comida: media docena de ensaladas, media docena de salsas. En casa, los Bloch hacían un esfuerzo consciente por no encender el televisor. Los Blumenberg, en cambio, hacían un esfuerzo por no apagarlo.

Tamir estaba obsesionado con las computadoras y tenía una colección de fotos pornográficas digitales antes incluso de que Jacob tuviera un procesador de texto. En aquella época, Jacob se tenía que conformar escondiendo revistas guarras dentro de los libros de consulta de Barnes & Noble, examinando los catálogos de lencería en busca de pezones y pubis, con la dedicación de un talmudista buscando la voluntad de Dios, o escuchando los gemidos del Spice Channel, que tenía la imagen codificada pero cuya aura era claramente perceptible. Pero lo mejor eran los tres minutos de previsualización que los hoteles ofrecían en todas las películas: familiar, adulta, ¡adulta! Incluso de adolescente, Jacob se percató de aquella tautología masturbatoria: si tres minutos de una película para adultos te convencían de que la película valía la pena, no necesitabas ver el resto. La computadora de Tamir tardaba medio día en descargar un par de tetas, pero ¿para qué más necesitaban el tiempo?

Una vez, mientras estudiaban a una mujer pixelada que abría y cerraba las piernas —una animación formada por seis *frames*—, Tamir le preguntó a Jacob si se le antojaba jalársela.

—No —respondió Jacob, imitando irónicamente la voz de un locutor de televisión.

—Tú mismo —dijo Tamir, que se aplicó un poco de crema hidratante de manteca de karité en la palma de la mano.

Jacob vio cómo se sacaba el pene duro de dentro de los pantalones y empezaba a sacudírselo, aplicando la crema longitudinalmente. Al cabo de uno o dos minutos así, se puso de rodillas y acercó el pene a la pantalla, lo bastante cerca para provocar una descarga de electricidad estática. Tenía el pene grueso, Jacob debía admitirlo, pero no creía que fuera más largo que el suyo. Dudaba mucho que, a oscuras, alguien fuera capaz de distinguir sus respectivos penes.

—¿Qué tal? —le preguntó Jacob, maldiciéndose al momento por aquella pregunta tan repulsiva.

Justo entonces, y como a modo de respuesta, Tamir tomó un *kleenex* de la caja que tenía encima del escritorio y se vino dentro.

¿Por qué Jacob había hecho aquella pregunta? ¿Y por qué Tamir se había venido justo entonces? ¿Le había hecho la pregunta justamente para que se viniera? ¿Era ésa la intención (totalmente subconsciente) de Jacob?

Se masturbaron uno junto al otro más o menos una decena de veces. Desde luego no se tocaron en ningún momento, pero Jacob se preguntaba si los débiles gemidos de Tamir eran siempre irreprimibles o si tenían algo de teatral. Después de esas sesiones nunca se referían a ellas —ni tres minutos después, ni tampoco tres décadas—, pero en cualquier caso no eran una fuente de vergüenza para ninguno de los dos. En su día eran lo bastante jóvenes como para no preocuparse por el significado que pudieran tener, y más tarde lo bastante mayores para venerar todas las cosas que habían perdido.

La pornografía era sólo un ejemplo del abismo que se abría entre sus experiencias vitales. Tamir iba caminando al colegio desde antes de que los padres de Jacob se atrevieran a dejarlo solo en una fiesta de cumpleaños. Tamir se preparaba él mismo la cena cuando un avión cargado de verduras buscaba todavía la pista de aterrizaje en la boca de Jacob. Tamir había bebido cerveza antes que Jacob y había fumado marihuana antes que Jacob; le habían hecho una mamada antes que a Jacob, lo habían arrestado antes que Jacob (a quien no arrestarían nunca), había viajado al extranjero antes que Jacob y había recompuesto su corazón después de que se lo rompieran antes que Jacob. Mientras a Tamir le ponían un M-16 entre las manos, a Jacob le entregaban un boleto de Interrail. Tamir siempre había intentado, sin éxito, mantenerse al margen de cualquier situación arriesgada, justo el tipo de situaciones en las que Jacob siempre había intentado meterse, sin éxito. A los diecinueve años, Tamir estaba en un puesto de avanzada medio enterrado en el sur del Líbano, protegido tras un muro de cemento de metro y medio de grosor. Jacob, por su parte, estaba en un dormitorio universitario en New Haven, construido con unos ladrillos que habían pasado dos años enterrados para que parecieran más viejos de lo que eran. Tamir no le guardaba resentimiento a Jacob —si le hubieran dado la opción, se habría cambiado por él—, pero había perdido la levedad necesaria para apreciar a alguien tan leve como su primo. Mientras él luchaba por su país, Jacob pasaba noches enteras preguntándose si el estúpido póster de *The New Yorker*, ése en el que Nueva York parece más grande que todo lo demás, quedaría mejor en una pared o en otra. Mientras él intentaba que no lo mataran, Jacob intentaba no morir de aburrimiento.

Finalmente, terminado el servicio militar, Tamir pudo vivir a su manera. Desarrolló una gran ambición, en el sentido de querer ganar un montón de dinero y comprar un montón de cosas. Dejó Technion al cabo de un año y fundó la primera de una serie de *start-ups* de alta tecnología. Casi todas fueron fiascos, pero no hacen falta demasiados no-fiascos para ganar los primeros cinco millones. Los celos de Jacob le impedían darle a Tamir el placer de hablarle de sus empresas, pero no era muy difícil suponer que, como la mayoría de las empresas israelíes de alta tecnología, debían de dedicarse a aplicar algún tipo de tecnología militar a la vida civil.

Las casas y los coches y el ego de Tamir iban creciendo con cada visita, al mismo tiempo que los pechos de sus novias. Jacob respondía con una expresión respetuosa que revelaba el punto justo de desaprobación, pero sus sutiles toques de silbato emocionales resultaban inútiles ante la sordera emocional de Tamir. ¿Por qué Jacob no podía alegrarse de la felicidad de su primo? Tamir era tan buena persona como cualquier hijo de vecino, pero su gran éxito le dificultaba cada vez más poner en práctica sus aceptables valores. Tener más de lo que uno necesita puede resultar confuso. ¿Quién podía culparlo por ello?

Jacob. Jacob podía culparlo porque tenía menos de lo que necesitaba —era un novelista honesto, ambicioso y medio arruinado que no escribía casi nunca —, y eso no daba lugar a ningún tipo de confusión. En la vida de Jacob no había nada que creciera —de hecho, mantener el tamaño ya conseguido requería una lucha constante—, y la gente sin posesiones materiales sofisticadas sólo puede presumir de valores sofisticados.

Isaac siempre había tenido predilección por Tamir. Jacob nunca había logrado averiguar por qué. Su abuelo parecía tener problemas graves con todos sus familiares desde el momento en que hacían el *bar mitzvá*, incluidos, desde luego, los que obligaban a sus hijos a hablar con él por Skype una vez por semana, lo acompañaban al médico y lo llevaban en coche a supermercados de las afueras donde podía comprar seis latas de levadura en polvo por el precio de cinco. Todo el mundo ignoraba a Isaac, pero nadie tan poco como Jacob, y nadie más que Tamir. Y, no obstante, Isaac habría cambiado seis Jacobs por cinco Tamires.

—Tamir sí es un buen nieto.

Aunque no fuera ni bueno ni su nieto.

A lo mejor a Isaac le gustaba la distancia. A lo mejor la ausencia permitía el surgimiento de una mitología, mientras que Jacob estaba condenado a que lo juzgara por cómo cada día fracasaba por poco en su intento por ser un tipo legal.

Jacob intentó persuadir a Tamir de que acudiera a visitar a Isaac antes de que se mudara a una residencia judía. Pasaron dieciocho meses de purgatorio, esperando a que alguien se muriera y dejara una habitación libre. Pero Tamir le quitó importancia a aquel acontecimiento.

«Yo me he mudado seis veces en los últimos diez años», le dijo en un correo electrónico, aunque lo escribió así: «Yo m he mudd 6 vcs n ls últ 10 añs», como si el inglés fuera un idioma sin vocales, como el hebreo. O como si no tuviera otra forma de demostrar que aquel mensaje le importaba un huevo.

«Sí, claro —contestó Jacob—, pero nunca a una residencia asistida.»

«Iré cuando se muera, ¿OK?».

«No sé si significará lo mismo para él.»

«Y estaremos ahí para el *bar mitzvá* de Sam», respondió Tamir, en un momento en que todavía quedaba un año para eso y no había ninguna duda de que fuera a celebrarse.

«Espero que aguante hasta entonces», escribió Jacob.

«Ya hablas como él.»

Pasó un año, Isaac sobrevivió, como tenía por costumbre, y lo mismo hicieron los judíos insolentes instalados en las diversas habitaciones que les correspondían por derecho natural. Pero un día, finalmente, la espera se terminó: alguien se rompió la cadera y se murió, e Isaac llegó a lo más alto de la lista. El *bar mitzvá* de Sam estaba finalmente a la vuelta de la esquina. Y, según el teléfono de Jacob, los israelíes estaban ya a punto de aterrizar.

—Escucha —le dijo Jacob a Max, mientras Irv dejaba el coche en un lugar de estacionamiento—, nuestros primos de Israel...

—No, *tus* primos de Israel.

—Nuestros primos de Israel no son la gente más fácil del mundo...

—¿Y nosotros sí somos la gente más fácil del mundo?

—Hay una cosa que los árabes sí hacen bien —dijo Irv, irritado con un coche mal estacionado—. No dejan conducir a las mujeres.

—Somos la segunda gente más difícil del mundo —le dijo Jacob a Max—, después de tus primos israelíes. Pero lo que intentaba decirte es que no juzgues el Estado de Israel a partir de la tozudez, la arrogancia y el materialismo de nuestros primos.

—Conocidos también como tenacidad, dignidad e ingenio —comentó Irv, que apagó el motor.

—No son así porque sean israelíes —dijo Jacob—. Son así porque son ellos. Y también son nuestros.

EN EL FONDO, CADA UNO TIENE LA CASA PERFECTA

Había decenas de rollos de plástico de burbujas en el sótano, como balas de paja en un cuadro: decenas de litros de aire atrapado, reservado durante años para una ocasión que nunca se presentaría.

Las paredes estaban desnudas: habían descolgado premios y diplomas, *ketubás* y carteles de exposiciones de Chagall, fotos de bodas, de graduaciones y de *bar mitzvás*, fotografías de *bris* y ecografías enmarcadas. Tantos cuadros que parecía que quisieran ocultar las paredes. En su ausencia, lo que quedaba era un montón de rectángulos descoloridos.

Habían quitado las baratijas hechas en China de los estantes de la vitrina y las habían guardado en cajones.

Encima del refrigerador, más rectángulos descoloridos allí donde habían estado los bisnietos, guapísimos, auténticos genios, todos ellos sin tumores; tan sólo quedaban tres fotografías de clase, tres pares de ojos cerrados. Era la primera vez en una década que alguien tocaba los Vishniac, que ahora estaban en el suelo, y las fotografías y las tarjetas que en su momento cubrían el refrigerador cubrían ahora la mesita de centro, cada una dentro de una bolsita de sándwich. Isaac las había guardado específicamente para aquel momento: había lavado las bolsas en el fregadero después de usarlas y las había colgado de la llave para que se secaran.

Encima de la cama había más montañas de cosas que aún

había que repartir entre los seres queridos. Durante los últimos años había ido regalando todas sus posesiones y ahora ya sólo quedaban las cosas de las que más costaba deshacerse, no porque tuvieran algún tipo de valor sentimental, sino porque ¿quién las iba a querer? Había algunas piezas de plata que no estaban mal, encantadoras tacitas de porcelana y, si alguien estaba dispuesto a encargarse de ello y asumir los costos, se podía argumentar sin ironía que tal vez valía la pena volver a tapizar algunas de las sillas. Pero ¿quién iba a querer llevarse a casa, o siquiera al contenedor más próximo, papeles de regalo que todavía conservaban los dobleces de las cajas que habían envuelto en su día?

¿Quién querría los bloques de *post-its*, las bolsas de cartón, las libretitas de espiral y los bolígrafos extragrandes que las empresas farmacéuticas regalaban como productos promocionales y que uno tomaba porque estaban ahí?

La cajita de gomitas petrificadas mangada del *Kiddush*[19] en honor a alguien que ahora era obstetra. ¿La querría alguien?

Como nunca recibía visitas, no necesitaba guardar abrigos, de modo que el armario de la entrada se había convertido en el lugar perfecto para almacenar más material de embalaje que no necesitaba. En verano, las burbujas se expandían y empujaban la puerta del armario; unos tornillos enormes giraban una milésima de grado en sentido contrario a las agujas del reloj por la presión.

¿Quién, de entre los vivos, querría lo que tenía para dar?

¿Y qué interrupción de la calma, qué perturbación repentina devolvería a la vida las burbujas del último *ginger ale* del refrigerador?

19. Bendición del vino.

¡QUE LLEGAN LOS ISRAELÍES!

Tamir arrastraba tres maletas con ruedas tras de sí y, por si eso fuera poco, llevaba también dos bolsas del *duty free* llenas de... ¿qué? ¿Qué tontería podía necesitar que hubiera justificado tener a sus primos esperándolo? ¿Relojes? ¿Colonia? ¿Una bolsa gigante de M&M's llena de diminutos chocolates?

La sorpresa que Jacob sentía cada vez que volvía a verlo no disminuía jamás: tenía ante sí a alguien con quien compartía más material genético que con cualquier otra persona del mundo y, sin embargo, ¿cuántas de las personas anónimas que pasaban junto a ellos habrían dicho que eran familia? El color de su piel podía explicarse por la exposición al sol y las diferencias de constitución entre ambos podían atribuirse a la dieta, el ejercicio y la fuerza de voluntad, pero ¿y el afilado mentón de Tamir, sus cejas salidas, y el pelo de los nudillos y la cabeza? ¿De dónde salían aquellos pies tan grandes, su vista perfecta y su capacidad de dejarse una barba cerrada en el tiempo que tarda en tostarse un *bagel*?

Tamir se fue derecho hacia Jacob, como un misil interceptor de la Cúpula de Hierro, le dio un abrazo, lo besó con toda la boca y, finalmente, lo sujetó con los brazos extendidos. Agarrándolo con fuerza por los hombros, lo examinó de arriba abajo, como si estuviera dudando entre comérselo o violarlo.

—¡Parece que ya no somos niños!

—Ni siquiera nuestros niños son niños.

Tenía un pecho ancho y firme. Era una buena superficie en la que alguien como Jacob podría haber escrito algo sobre alguien como Tamir.

Una vez más, sujetó a Jacob con los brazos extendidos.

—¿Qué quiere decir lo que llevas en la camiseta? —preguntó Jacob.

—Gracioso, ¿verdad?

—Sí, supongo, aunque no sé si lo capto.

—«Tienes pinta de que necesito otra copa.» O sea: tú tienes pinta de que yo necesito otra copa.

—Pero, en plan, ¿eres tan feo que necesito una copa? ¿O: reflejada en tu expresión veo mi propia necesidad de alcohol?

Tamir se volvió hacia Barak.

—¿Qué te había dicho? —exclamó.

Barak asintió y se rio, y Jacob tampoco entendió qué significaba.

Habían pasado casi siete años desde la última visita de Tamir; Jacob no había estado en Israel desde que se había casado.

Jacob sólo le había enviado a Tamir buenas noticias, muchas de ellas embellecidas y algunas directamente inventadas. También Tamir se había dedicado a embellecer y contar mentiras, aunque haría falta una guerra para sacar la verdad a relucir.

Hubo un intercambio general de abrazos. Tamir levantó a Irv del suelo y a éste se le escapó un pedo: una maniobra de Heimlich anal.

—¡Te has tirado un pedo! —exclamó Tamir, levantando un puño.

—Sólo es un poco de gas —repuso Irv. Una distinción sin diferencia, habría dicho el doctor Silvers.

—¡Voy a hacer que te tires otro!

—Preferiría que no.

Tamir rodeó de nuevo a Irv con los brazos y lo volvió a

levantar, esta vez sujetándolo con más firmeza. Y volvió a funcionar, incluso mejor que antes (aplicando una definición muy concreta de *mejor*). Tamir lo dejó una vez más en el suelo, inspiró y volvió a abrir los brazos.

—Y ahora te vas a cagar.

Irv se cruzó de brazos y Tamir soltó una carcajada.

—¡Era broma, era broma! —dijo.

Todos soltaron una carcajada excepto Irv. Era la primera vez que Jacob veía a Max reírse escandalosamente en semanas, tal vez meses. Entonces Tamir acercó a Barak, le revolvió el pelo y dijo:

—Fíjense en éste. Es un hombre, ¿no?

Hombre era la palabra justa. El chico era altísimo, tallado en madera de Jerusalén y cubierto de pelo, con unos pectorales sobre los que podrías haber hecho rebotar las monedas sueltas que llevaras en el bolsillo, de no haber estado cubiertos por un bosque de pelo rizado tan denso que habría engullido para siempre cualquier cosa que cayera ahí dentro.

Entre sus hermanos, y entre corte de pelo y corte de pelo, Max se acercaba bastante a lo que uno espera de un chico, pero al lado de Barak parecía pequeño, débil, de sexo indeterminado. Todo el mundo pareció darse cuenta de ello, más que nadie Max, que dio tímidamente medio paso hacia atrás, en dirección a la habitación de su madre en el Washington Hilton.

—¡Max! —exclamó Tamir volviéndose hacia el chico.

—Afirmativo.

—¿Afirmativo? ¿En serio? —preguntó Jacob, que soltó una risita avergonzada.

—Me salió así —repuso Max, oliendo su propia sangre.

Tamir lo repasó de arriba abajo y dijo:

—Tienes pinta de vegetariano.

—Pescatariano —dijo Max.

—Pero si comes carne... —dijo Jacob.

—No, digo que tengo pinta de pescatariano.

Sin que viniera al caso, Barak le soltó un puñetazo a Max en el pecho.

—¡Ay! ¿Pero qué...?

—Era broma —dijo Barak—. Era broma.

Max se frotó el pecho.

—Tu broma me ha fracturado el esternón.

—¿Comemos? —preguntó Tamir, dándose una palmada en la barriga.

—Había pensado que primero podíamos pasar por casa de Isaac —sugirió Jacob.

—Déjalo comer —dijo Irv, creando dos bandos al optar por uno.

—¿Qué carajo, por qué no? —respondió Jacob, recordando la célebre frase de Kafka: «En la batalla entre tú y el mundo, ponte del lado del mundo».

Tamir echó un vistazo a la terminal y dio una palmada.

—¡Panda Express! ¡Es lo mejor!

Pidió cerdo *lo mein*. Irv hizo lo posible para disimular su descontento, aunque lo posible, en su caso, no era mucho. Si Tamir no podía ser un personaje de la Torá, por lo menos podía seguir sus preceptos. Pero Irv era un buen anfitrión, y además la sangre es la sangre, de modo que se mordió la lengua hasta que sus dientes se tocaron.

—¿Sabes dónde hacen la mejor comida italiana ahora mismo? —preguntó Tamir, pinchando un trozo de cerdo.

—¿En Italia?

—No, en Israel.

—Sí, lo he oído —comentó Irv.

Pero Jacob no podía dejar pasar un comentario tan ilógico.

—Te refieres a la mejor comida italiana fuera de Italia...

—No, digo que la mejor comida italiana que se puede probar ahora mismo es la que se cocina en Israel.

—Vale. Pero estás lanzando la discutible afirmación de que Israel es el país donde se prepara la mejor comida italiana sin contar Italia.

—No, Italia incluida —dijo, haciendo crujir los nudillos de la mano con la que no sostenía el tenedor simplemente cerrando el puño y volviéndolo a abrir.

—Eso es imposible por definición. Es como decir que la mejor cerveza alemana es israelí.

—Se llama Goldstar.

—Me encanta —añadió Irv.

—Pero si ni bebes cerveza...

—Cuando bebo.

—Déjame que te haga una pregunta —dijo Tamir—. ¿Dónde hacen los mejores *bagels* del mundo?

—En Nueva York.

—Estoy de acuerdo: en Nueva York hacen los mejores *bagels* del mundo. Y ahora, dime: ¿los *bagels* son una comida judía?

—Depende de la definición que apliques.

—¿Son los *bagels* comida judía de la misma forma que la pasta es comida italiana?

—Más o menos.

—Y déjame que te haga otra pregunta: ¿Israel es la patria de los judíos?

—Israel es el Estado judío.

Tamir se enderezó en su asiento.

—Ésa no era la parte de mi argumento con la que se suponía que tenías que disentir.

—Pues claro que es la patria de los judíos —dijo Irv, lanzándole una mirada a Jacob.

—Depende de lo que entiendas por patria —insistió Jacob—. Si te refieres a la patria ancestral...

—¿A qué te refieres tú? —preguntó Tamir.

—Al lugar de donde viene mi familia.

—¿Y cuál es?

—Galitzia.

—¿Y antes de eso?

—No sé, ¿África?

—¿África, Jacob? —preguntó Irv con una voz densa como la melaza, pero sin atisbo de dulzor.

—Es arbitrario. Si quisiéramos, podríamos retroceder hasta los árboles, o el océano. Otros se remontan al Edén. Tú eliges Israel. Yo elijo Galitzia.

—Entonces ¿te sientes galitziano?

—Si vamos a tocar ese tema, yo me siento estadounidense.

—Yo me siento judío —dijo Irv.

—Lo que pasa —dijo Tamir, metiéndose el último trozo de cerdo en la boca— es que tú prefieres tocar las tetas de Julia.

Sin que viniera al caso de nada, Max preguntó:

—¿Creen que el baño estará limpio?

Jacob se preguntó si las palabras de Max, aquel deseo de irse, se debían a que sabía, o por lo menos intuía, que su padre llevaba meses sin tocarle los pechos a su madre.

—Es un baño —dijo Tamir.

—Me esperaré a volver a casa.

—Si tienes que ir, ve —le dijo Jacob—. No es bueno aguantarse.

—¿Quién lo dice? —preguntó Irv.

—Tu próstata.

—¿En serio crees que mi próstata te habla?

—No tengo que ir —contestó Max.

—Está bien aguantarse —dijo Tamir—. Es como hacer un... ¿Cómo se dice? Un *kugel* no, un...

—Ve igualmente, ¿vale, Max? Por si acaso.

—Ay, que no vaya si no quiere —dijo Irv, y se volvió hacia Tamir—. Es un *kegel*. Y sí, tienes toda la razón.

—Pues yo voy a ir —dijo Jacob—. ¿Saben por qué? Porque quiero a mi próstata.

—A lo mejor deberías casarte con ella —dijo Max.

Jacob no tenía que ir al baño, pero fue de todos modos. Y se quedó plantado frente al urinario, como un idiota, con el pene fuera, alargando aquel momento sin sentido sólo porque sí, por si acaso.

En el urinario de al lado había un hombre de la edad de su padre. El tipo meaba a ráfagas, como un aspersor, algo que al oído inexperto de Jacob le pareció un síntoma. El hombre soltó un leve gruñido y Jacob se volvió hacia él por reflejo; intercambiaron una breve sonrisa antes de recordar dónde estaban: un lugar donde apenas se toleraba un brevísimo momento de reconocimiento. Jacob tuvo la intensa sensación de que lo conocía. Era una sensación que solía asaltarlo en los urinarios, pero esta vez estaba seguro. Como siempre. ¿Dónde había visto aquella cara antes? ¿Era un profesor del colegio? ¿El maestro de uno de los chicos? ¿Un amigo de su padre? Por un instante estuvo convencido de que el tipo era una de las figuras de una de las fotografías familiares de Julia de Europa del Este, que había viajado a través del tiempo para advertirle de algo.

Jacob volvió a pensar en riachuelos rumorosos y en la lenta muerte de su zona lumbar, en cuyo deceso, como con tantas otras cosas, no pensaba hasta que no tenía más remedio, y entonces le vino: Spielberg. Desde el momento en que apareció, no hubo más dudas. Desde luego que era él. Jacob estaba de pie, con el pene fuera, al lado de Steven Spielberg, que tenía el pene fuera. ¡Menuda coincidencia!

Como cualquier judío del último cuarto del siglo XX, Jacob había crecido bajo el influjo de Spielberg. O, mejor dicho, bajo su ala protectora. Había visto *E. T.* tres veces durante la semana del estreno, todas ellas en el cine Uptown, mirando cada vez entre los dedos cuando la persecución en bici alcanzaba aquel clímax tan delicioso que resultaba literalmente insoportable. Había visto *Indiana Jones*, y la siguiente, y la tercera. Había intentado aguantar hasta el final de *Always (Para siempre)*. Nadie es perfecto. Por lo menos hasta que rodó *La lista de Schindler*, momento en que dejó de ser él y se convirtió en el representante de todos ellos. ¿Ellos? Los millones de asesinados. No, pensó Jacob, el representante de todos nosotros. Los no asesinados. Pero *Schindler* no era para nosotros. La hizo para ellos. Pero ¿quiénes son ellos? Los asesinados no, claro; ésos no van al cine. Era para todos los que no somos nosotros: los *goyim*.[20] Y como se trataba de Spielberg, en cuya cuenta corriente el público general se sentía empujado a realizar un ingreso anual, finalmente encontramos la forma de

20. Los no judíos.

obligarlos a prestar atención a nuestra ausencia, a hundirles las narices en la mierda de pastor alemán.

Y, Dios, cómo lo adoraban. A Jacob le pareció que la película era sensiblera y exagerada, y que flirteaba con el kitsch, pero aun así lo conmovió profundamente. Irv denunció la decisión de contar una historia optimista del Holocausto, de presentar un final feliz nada representativo estadísticamente, basado, además, en una especie estadísticamente tan desdeñable como la del buen alemán. Pero incluso Irv se había conmovido hasta el límite. Isaac difícilmente se habría podido conmover más: «¿Ven? ¿Ven lo que nos hicieron? A mis padres, a mis hermanos, a mí, ¿lo ven?». Todos se conmovieron y todos se convencieron de que conmoverse de aquella forma suponía la experiencia estética, intelectual y ética definitiva.

Jacob iba a tener que echarle otro vistazo al pene de Spielberg. La única pregunta era con qué excusa.

El chequeo médico anual terminaba siempre con el doctor Schlesinger arrodillándose delante de Jacob, agarrándolo por los huevos y pidiéndole que girara la cabeza y tosiera. Aquella parecía una experiencia universal (y universalmente inexplicable) entre los hombres. En todo caso, toser y girar la cabeza tenía algo que ver con los genitales. No era una lógica impecable, pero funcionó. Jacob tosió y echó un vistazo.

Lo que le causó impresión no fue el tamaño: Spielberg no la tenía ni más corta ni más larga, ni más gorda ni más flaca que la mayoría de los abuelos judíos rechonchos. Tampoco era que pareciera un plátano, ni un péndulo, ni un foco, ni un champiñón, ni que tuviera venas o forma de gancho, ni que fuera reticulada, ni reptil, ni aerodinámica, ni chueca. No, lo que chocaba era lo que no faltaba: no estaba circuncidado. Jacob tenía una experiencia muy limitada con la atrocidad visual de un pene intacto, de modo que no habría osado apostar su vida —tanto era lo que había en juego—, pero supo que tenía que echarle un segundo vistazo. La etiqueta de urinario excusa una mirada furtiva, y sí, toser le había servido de coartada, pero no tenía forma de volver a la escena del crimen sin proponer relaciones sexuales, algo que no habría sucedido ni siquiera en un mundo donde Spielberg no hubiera rodado *A. I.*

Había cuatro opciones: (1) había identificado erróneamente a aquel hombre como Steven Spielberg y había visto erróneamente que no estaba circuncidado; (2) había identificado erróneamente a aquel hombre como Steven Spielberg pero había visto correctamente que no estaba circuncidado; (3) el tipo era Steven Spielberg, pero Jacob había visto erróneamente que no estaba circuncidado (porque, naturalmente, sí lo estaba); o (4) Steven Spielberg no estaba circuncidado. Si hubiera sido un hombre dado a las apuestas, habría colocado su montaña de fichas sobre la cuarta opción.

Jacob se ruborizó (de cara al urinario), se lavó las manos demasiado rápido para que sirviera de nada y salió con los otros.

—No adivinarían nunca al lado de quién acabo de orinar.

—Dios, papá...

—Casi. Spielberg.

—¿Y ése quién es? —preguntó Tamir.

—No hablas en serio.

—¿Por?

—¡Spielberg! ¡Steven Spielberg!

—No sé quién es.

—Anda ya —dijo Jacob, que no estaba seguro de hasta qué punto Tamir fingía. Se podían decir muchas cosas de él, pero Tamir era un tipo listo, cosmopolita e inquieto. Aunque sí, se podían decir muchas cosas sobre él: también era ridículo, ensimismado y pagado de sí mismo. Si tenía sentido del humor, era más árido que la maicena. Y eso le permitía practicar acupuntura psicológica con Jacob: ¿acaban de clavarme una aguja? ¿Me duele? ¿Me está tomando el pelo? Lo de la comida italiana israelí no podía ir en serio, ¿no? ¿Y lo de que no ha oído hablar de Spielberg? Es imposible y, al mismo tiempo, totalmente posible.

—Qué fuerte —dijo Irv.

—¿Y quieres saber qué es lo más fuerte de todo? —dijo Jacob, que se inclinó hacia delante—. No está circuncidado —añadió en un susurro.

Max levantó las manos, exasperado.

—¿Le has dado un beso en el pito en pleno meadero o qué?

—¿Quién es el tal Spielberg? —insistió Tamir.

—Estábamos en el mingitorio, Max. Y no —añadió para despejar cualquier duda—, no le he dado un beso en el pito.

—No puede ser —dijo Irv.

—Ya, pero lo he visto con mis propios ojos.

—Pero ¿qué hacían tus propios ojos examinando el pene de otro hombre? —quiso saber Max.

—¡Es Steven Spielberg!

—¿Por qué nadie me explica de una vez quién es esta persona? —preguntó Tamir.

—Porque no creo que no sepas quién es.

—¿Por qué iba a fingir? —preguntó Tamir, en un tono totalmente creíble.

—Porque es tu estrafalaria manera israelí de quitarle importancia a los logros de los judíos estadounidenses.

—¿Y por qué iba a querer hacer eso?

—No sé, cuéntamelo tú.

—Bueno —dijo Tamir, que se limpió los restos de seis bolsitas de salsa de pato de las comisuras de los labios—, lo que tú digas.

Se levantó y se fue hacia el mostrador de los condimentos.

—Tienes que volver a entrar y asegurarte —dijo Irv—. Presentarte.

—Pobre de ti si lo haces —soltó Max, exactamente como habría hecho su madre.

Irv cerró los ojos y dijo:

—Estoy alterado hasta el tuétano.

—Lo sé.

—¿Y ahora qué tenemos que pensar?

—¿Verdad?

—Siempre creímos que su basura sobre el Holocausto pretendía compensar el verdadero Holocausto.

—¿De repente es basura?

—Siempre fue basura —respondió Irv—. Nuestra basura. Pero ahora... no sé qué pensar.

—Cualquiera diría que no es ju...

Pero Jacob no pudo terminar la frase. No le hizo falta: en cuanto aquel fragmento de posibilidad entró en el mundo, no hubo sitio para nada más.

—Me tengo que sentar —dijo Irv.

—Ya estás sentado —observó Max.

—En el suelo.

—No lo hagas —le pidió Jacob—. Está hecho un asco.

—De pronto todo está hecho un asco —replicó Irv.

En silencio, vieron cómo decenas de personas con bandejas demasiado llenas se abrían paso, esquivándose y evitándose mutuamente, sin tocarse ni una sola vez. Seguramente, una forma más evolucionada de vida habría tenido su propia versión de David Attenborough. Esa «persona» sería capaz de rodar un fantástico episodio dentro de una miniserie sobre seres humanos entregados a observaciones hipnóticas de ese calibre.

Max susurró algo que nadie logró comprender.

Irv apoyó la cabeza en las manos y dijo:

—Si Dios quisiera que no estuviéramos circuncidados, no habría inventado el esmegma.

—¿Cómo? —preguntó Jacob.

—Que si Dios quisiera...

—Estoy hablando con Max.

—Yo no he dicho nada —dijo Max.

—¿Qué?

—Nada.

—*Tiburón* es una película pésima —dijo Irv.

Entonces volvió Tamir. Habían estado tan ocupados con sus especulaciones apocalípticas que no se habían percatado de su ausencia.

—Vale, ya tengo la respuesta —dijo.

—¿Cuál era la pregunta?

—Tiene problemas de retención urinaria.

—¿De quién hablas?

—De Steve.

Irv se dio una palmada en las mejillas y soltó un gritito, como si acabara de entrar en una tienda de American Girl por primera vez en su vida.

—Y ya entiendo por qué creías que tenía que saber quién era. Un currículum impresionante. ¿Qué puedo decir? No veo muchas películas, la verdad. No hay forma de ganar dinero viendo películas. ¡Aunque sí haciéndolas! ¿Sabías que el tipo tiene tres mil millones de dólares? ¡Eso son nueve ceros!

—¿En serio?

—No veo por qué me iba a mentir.

—Ya, pero ¿por qué iba a contártelo?

—Pues porque se lo he preguntado.

—¿Cuánto dinero tiene?

—Sí.

—Y seguramente también le habrás preguntado si está circuncidado, ¿verdad?

—Pues sí.

Jacob abrazó a Tamir. No tenía intención de hacerlo, pero sus brazos se abalanzaron hacia él. No era porque hubiera conseguido aquella información. Era que tenía todas las cualidades de las que Jacob carecía y no quería, pero que echaba de menos desesperadamente: el arrojo, la valentía cuando no había nada que temer, la valentía cuando sí lo había, que no le importara nada una mierda.

—Tamir, eres un ser humano excepcional.

—Bueno, ¿y qué...? —suplicó Irv.

Tamir se volvió hacia Jacob.

—Ah, y te conoce, por cierto. No te ha reconocido, pero cuando le mencioné tu nombre, dijo que había leído tu primer libro. Se ve que estuvo considerando reservarse una opción, aunque no sé qué quiere decir.

—¡¿En serio?!

—Eso dijo.

—Si Spielberg hubiera filmado una película de ese libro, te juro que...

—Vamos, desembucha —dijo Irv—. ¿Lleva manga corta o no?

Tamir sacudió su vaso de refresco y los cubitos, que se habían pegado, se separaron.

—¿Tamir?

—Hemos pensado que será más divertido si no se los digo.

—¿«Hemos pensado»?

—Steve y yo.

Jacob le pegó un empujón tan espontáneo como el abrazo anterior.

—Es una mentira.

—Los israelíes nunca decimos mentiras.

—Los israelíes *sólo* dicen mentiras.

—Dínoslo, anda. Que somos *mishpujah* —suplicó Irv.

—Exacto, y si no puedes no contarle un secreto a tu familia, ¿a quién no se lo vas a contar?

—Pues me emancipo de la familia. Y ahora desembucha.

Tamir se terminó el *lo mein* que le quedaba en el plato.

—Antes de irme.

—¿Qué?

—Se los contaré antes de irme.

—No hablas en serio.

¿Hablaba en serio?

—Ya lo creo.

Irv dio un puñetazo en la mesa.

—Se lo contaré a Max —dijo Tamir—. Un regalo de *bar mitzvá* por adelantado. Lo que él decida hacer con la información es cosa suya.

—Eres consciente de que quien celebra el *bar mitzvá* es Sam, no yo... —dijo Max.

—Sí, claro —contestó Tamir con un guiño—. Es un regalo de *bar mitzvá* muy, muy adelantado.

Puso las manos sobre los hombros a Max y lo acercó a él. Le susurró algo, casi tocándole la oreja con los labios. Y Max sonrió. Soltó una carcajada.

Mientras volvían al coche, Irv no paraba de hacerle gestos a Jacob para que tomara una de las maletas de Tamir, a lo que Jacob, también por señas, respondía que Tamir no lo dejaba. Jacob, por su parte, le hacía señas a Max para que hablara con Barak, y Max respondía que su padre tendría que... ¿fumar a través de un estoma? Ahí estaban, cuatro hombres y un chico que casi también lo era, haciendo gestos tontos que no comunicaban casi nada y que no engañaban a casi nadie.

—¿Cómo está tu abuelo? —preguntó Tamir.

—¿Comparado con qué?

—Con cómo estaba la última vez que lo vi.

—Eso fue hace una década.

—O sea que seguramente estará mayor.

—Se muda dentro de unos días.

—¿La *aliyá*?[21]

—Sí, a una residencia judía.

—¿Cuánto le queda?

—¿Me estás preguntando cuánto está previsto que viva aún?

—Siempre encuentras la forma de complicar las cosas más simples.

—Sólo puedo decirte lo que me dijo el doctor...

—¿Y bien?

—Lleva muerto cinco años.

—Un milagro médico.

—Entre otras cosas. Estoy seguro de que verte significaría mucho para él.

—Vayamos a tu casa. Dejaremos las maletas, saludaremos a Julia...

21. Ir a Israel.

—No volverá hasta última hora de la tarde.

—Pues picaremos algo, echamos unas canastas... Y quiero ver qué pinta tiene tu entorno audiovisual.

—Creo que no tenemos de eso. Además, Isaac suele acostarse muy pronto, como a las...

—Eres nuestro invitado —le dijo Irv a Tamir, y le dio unas palmaditas en el hombro—. Haremos lo que quieras.

—Sí, cómo no —dijo Jacob, poniéndose del lado del mundo en la batalla contra su abuelo—. Podemos ir a visitarlo más tarde. O mañana.

—Le traje *halva*.

—Es diabético.

—Es del zoco de Jerusalén.

—Ya, pero la diabetes no distingue según la procedencia.

Tamir sacó la *halva* de la bolsa de mano, rasgó el envoltorio, tomó un pedazo y se lo metió en la boca.

—Conduzco yo —le dijo Jacob a Irv mientras se acercaban al coche.

—¿Por qué?

—Porque conduzco yo.

—Creía que la autopista te ponía nervioso.

—No digas tonterías —respondió Jacob mientras le mostraba una sonrisa desdeñosa a Tamir—. Dame las llaves —añadió en tono más imperativo, dirigiéndose a su padre.

En el coche, Tamir apoyó la suela del pie derecho en el parabrisas, expandiendo su escroto como un paracaídas, para lucirse ante cualquier cámara infrarroja de tráfico ante la que circularan. Entrecruzó los dedos detrás de la nuca —volvió a hacer crujir los nudillos—, asintió y empezó:

—Si les soy sincero, estoy ganando mucho dinero. —«Ya estamos», pensó Jacob. «Tamir imitando al imitador malo de Tamir»—. La alta tecnología es una locura y yo fui lo bastante listo, y lo bastante valiente, para meterme en muchas cosas en el momento apropiado. Ése es el secreto del éxito: la combinación de inteligencia y valentía. Porque en el mundo hay mucha gente inteligente y también mucha gente valiente, pero si buscas gente que sea inteligente y valiente a la vez, verás que no estás rodeado. Y además tuve suerte. Mira, Jake... —¿Por qué creía que podía acortar caprichosamente el nombre de Jacob? Era un acto de agresión, aunque Jacob no fuera capaz de diseccionarlo y aunque le encantara—. En realidad no creo en la suerte, pero hay que ser muy necio para no reconocer la importancia de estar en el lugar correcto, en el momento preciso. Uno crea su propia suerte, eso es lo que digo siempre.

—Tú y todo el mundo —señaló Jacob.

—Y, al mismo tiempo, no podemos controlarlo todo.

—¿Qué tal Israel? —preguntó Irv desde el asiento trasero.

—¿Israel? —«Ya estamos»—. Israel está excelente. Sólo hay que pasear de noche por las calles de Tel Aviv. No hay en todo el mundo una ciudad con más cultura por metro cuadrado. Fíjate en nuestra economía. El país tiene sesenta y ocho años, es más joven que tú, Irv. Sólo tenemos siete millones de habitantes, ningún recurso natural y estamos en guerra permanente. Y, a pesar de todo, somos el país con más empresas en el NASDAQ después de Estados Unidos. Tenemos más *start-ups* que China, la India y el Reino Unido, y registramos más patentes que cualquier otro país en el mundo, incluido el suyo.

—Las cosas van bien —confirmó Irv.

—Nunca, en ninguna parte, las cosas han ido mejor de lo que van ahora mismo en Israel.

—¿En la cumbre del Imperio romano? —se sintió obligado a preguntar Jacob.

—¿Y dónde están ahora?

—Eso es lo que los romanos se preguntaban de los griegos.

—Vivimos en un departamento distinto al que visitaron. Siempre nos estamos mudando. El negocio va bien y nos va bien también en general. Ahora vivimos en un tríplex, tres pisos. Tenemos siete dormitorios...

—Ocho —lo corrigió Barak.

—Tiene razón, son ocho.

«Es todo comedia», se recordó Jacob, tratando de convencerse a sí mismo en cuanto asomaron los celos. «Es un número. No lo dice para empequeñecerte.»

—Ocho dormitorios —siguió diciendo Tamir—, aunque sólo somos cuatro, ahora que Noam está en el ejército. Dos dormitorios por persona. Pero me gusta el espacio. Tampoco es que tengamos tantos invitados, aunque tenemos muchos, pero me gusta estar holgado; un par de habitaciones para mis negocios; Rivka se ha vuelto una fanática de la meditación; los niños tienen una mesa de hockey, sus consolas... Un futbolín alemán. Tengo una secretaria que no trabaja para mis negocios, nos ayuda con asuntos relacionados con el estilo de vida, y le dije: «Búscame el mejor futbolín del mundo». Y lo encontró. Tiene un cuerpazo y siempre encuentra todo lo que le pido. Es increíble. Podrías dejar el futbolín debajo de la lluvia durante un año entero y no le pasaría nada.

—Pensaba que en Israel nunca llovía —dijo Jacob.

—Sí llueve —dijo Tamir—, aunque tienes razón, el clima es ideal. Pero, bueno, siempre dejo mi bebida encima y ¿alguna vez queda un rodal? ¿Barak?

—No.

—Cuando vimos por primera vez el departamento nuevo, o sea, el más reciente, me giro hacia Rivka y le digo: «¿Qué te parece?», y ella contesta: «¿Para qué necesitamos un departamento tan grande?». Y yo le dije lo mismo que les diré a ustedes ahora: cuantas más cosas compras, más cosas tienes para vender.

—De verdad, tendrías que escribir un libro —le dijo Jacob, arrancándose una aguja diminuta de la espalda y clavándosela a Tamir.

—Tú también —repuso Irv, arrancando la aguja de la espalda de Tamir y hundiéndola en la aorta de Jacob.

—Y también le dije otra cosa: siempre va a haber gente rica con dinero, o sea que uno debe tener lo que querrá tener la gente rica. Cuanto más caro sea algo, más caro se volverá.

—Pero eso es lo mismo que decir que las cosas caras son caras —señaló Jacob.

—Exacto.

—Está bien —dijo el ángel bueno y ventrílocuo de Jacob—. Me encantaría verlo un día.

—Tendrías que venir a Israel.

—Sí, ¿el departamento no puede venir a mí? —dijo Jacob, con una sonrisa.

—Podría, pero eso sería una locura. Además, pronto será otro departamento.

—Pues me encantaría ver ese otro.

—Y los baños... Los baños te van a encantar. Todo hecho en Alemania.

Irv soltó un gemido.

—Es un nivel de calidad que no se encuentra.

—Al parecer sí se encuentra...

—Bueno, no se encuentra en Estados Unidos. Mi secretaria, la personal, la del cuerpazo, encontró un baño que reconoce a la persona que se acerca y aplica los ajustes predefinidos correspondientes. A Rivka le gusta que el asiento esté frío. A mí me gusta que me tueste los pelos del trasero. Yael quiere estar casi de pie mientras caga. Y Barak se sienta de espaldas.

—Yo no me siento de espaldas —protesto Barak, y pegó un puñetazo en el hombro de su padre.

—Piensan que estoy loco —siguió diciendo Tamir—. Seguramente ahora mismo me están juzgando y se están riendo de mí por dentro, pero yo soy el que tiene un lavabo que sabe cómo me llamo y un refrigerador que hace el súper por internet, y tú el que conduce un kart japonés.

Jacob no pensaba que Tamir estuviera loco. Lo que pensaba era que su insistencia en esgrimir su felicidad resultaba triste, a la par que poco convincente. Y empatizaba con él. Ahí era donde la lógica emocional se perdía. Todo lo que debería haber hecho que a Jacob no le agradara Tamir en realidad lo acercaba a él, no con envidia, sino con amor. Le encantaba la debilidad desvergonzada de Tamir. Le encantaba que no pudiera, no, que se negara a esconder su propia fealdad. Esa capacidad de mostrar la propia vulnerabilidad era lo que Jacob más deseaba y lo que más se le resistía.

—¿Y qué me dices del tema? —preguntó Irv.

—¿Qué tema?

—La seguridad.

—¿Qué seguridad? ¿La seguridad alimentaria?

—No, los árabes.

—¿Qué árabes?

—Irán. Siria. Hezbolá. Hamás. El Estado Islámico. Al Qaeda.

—Los iraníes no son árabes, son persas.

—Seguro que eso te ayuda a dormir por las noches.

—Las cosas podrían ir mejor, pero también podrían ir peor. Aparte de eso, sabes lo mismo que yo.

—Yo sólo sé lo que leo en los periódicos —dijo Irv.

—¿Y yo de dónde crees que saco la información?

—Pero ¿cómo se sienten los que viven ahí? —insistió Irv.

—¿Sería más feliz si Noam trabajara como DJ en la emisora del ejército? Desde luego. Pero me siento bastante bien. ¿Y tú, Barak? ¿Te sientes bien?

—Sí, todo bien.

—¿Crees que Israel va a bombardear Irán?

—No lo sé —dijo Tamir—. ¿Tú qué crees?

—¿Crees que debería hacerlo? —preguntó Jacob. No era inmune a la curiosidad mórbida, a esa sed de sangre vista de lejos tan propia de los judíos estadounidenses.

—Pues claro que debería —contestó Irv.

—Si hubiera una forma de bombardear Irán sin bombardear Irán, sería ideal. Cualquier otro escenario sería malo.

—Bueno, pero ¿qué crees que tendría que hacer Israel? —quiso saber Jacob.

—Te lo acaba de decir. —dijo Irv—. Cree que tendría que bombardear Irán.

—No, yo creo que ustedes tendrían que bombardear Irán —le dijo Tamir a Irv.

—¿Estados Unidos?

—Eso también estaría bien, pero no, me refería a ustedes, específicamente a ti, Irv. Tú deberías bombardear Irán. Podrías emplear algunas de esas armas biológicas que nos has enseñado antes.

Todos se rieron, sobre todo Max.

—En serio —insistió Irv—, ¿qué crees que tendría que pasar?

—En serio, no lo sé.

—¿Y eso te parece suficiente?

—¿Y a ti?

—No, no me lo parece. Yo creo que tenemos que bombardear Irán antes de que sea demasiado tarde.

—Y yo —respondió Tamir— creo que tenemos que decidir quién es «nosotros» antes de que sea demasiado tarde.

Tamir sólo quería hablar de dinero: los ingresos medios en Israel, el calibre de su cómoda fortuna y la calidad de vida sin igual en esa patria del tamaño de una uña cortada, rodeada de enemigos psicópatas y donde hacía un calor asfixiante.

Irv sólo quería hablar del «tema»: ¿cuándo iba Israel a darnos un motivo de orgullo y, al mismo tiempo, garantizar su propia seguridad? ¿Disponía de alguna información con la que pudiera lucirse ante sus amigos en el comedor del American Enterprise Institute, o de cuya anilla pudiera tirar en su blog antes de soltarla? ¿No iba siendo hora de que hiciéramos —o sea, «hicieran»— algo en relación con tal cosa o tal otra?

Jacob sólo quería hablar de cómo era vivir tan cerca de la muerte: ¿Tamir había matado a alguien? ¿Y Noam? ¿Tenía alguna historia de algún camarada del ejército que hubiera torturado a alguien o al que hubieran torturado? ¿Qué era lo peor que había visto con sus propios ojos?

Los judíos con los que Jacob había crecido se ajustaban los lentes de aviador con los músculos de la cara mientras diseccionaban letras de Fugazi y hundían el mechero eléctrico de sus furgonetas Volvo de segunda mano. Cuando el mechero saltaba, lo volvían a hundir. Nunca encendían nada. Eran pésimos en los deportes, pero buenísimos en los deportes *fantasy*. Evitaban las peleas pero buscaban las discusiones. Eran los hijos y los nietos de inmigrantes, de supervivientes. Se definían por su debilidad flagrante, más aún, se sentían orgullosos de ella.

Y, sin embargo, el músculo los embriagaba. No el músculo literal (que les parecía sospechoso, ridículo y aburrido), no: les volvía locos la aplicación muscular del cerebro judío. Macabeos que se metían debajo de los elefantes griegos acorazados para apuñalarles el vientre; misiones del Mossad cuyas probabilidades de éxito, medios y resultados rayaban la magia; virus informáticos tan rematadamente complicados y listos que era imposible que no dejaran huellas judías. ¿Crees que te puedes meter con nosotros, mundo? ¿Que nos puedes vacilar? Pues sí, puedes. Pero el cerebro derrota al músculo del mismo modo que el papel derrota a la piedra, y vamos a averiguar cómo funcionas; vamos a sentarnos en nuestros escritorios y, al final, los únicos que quedaremos de pie seremos nosotros.

Mientras buscaban la salida del estacionamiento, que parecía una de las creaciones con atisbos de TOC que Benjy hacía con el *Marble Madness*, Jacob experimentó una calma inexplicable. ¿Era posible que, después de todo lo que habían derramado, el vaso siguiera medio lleno? ¿O era tan sólo que acababa de liberarse una partícula de bupropión de entre los mecanismos de su cerebro, generando un bocado de felicidad todavía no digerido? El vaso estaba lo suficientemente medio lleno.

A pesar de sus eternas protestas de listillo, legítimas y casi honorables, Sam iba a sus clases de *bar mitzvá*. Y a pesar de que lo obligaran a disculparse por un crimen inexistente que no había cometido, se presentaría ante la *bema*.

A pesar de ser un chovinista engreído e insufrible, Irv estaba siempre ahí para echar una mano, aunque fuera a su manera.

A pesar de su largo historial de falsas promesas, y a pesar de tener a su hijo mayor de servicio en Cisjordania, Tamir los había ido a ver y había traído con él a su hijo. Eran familia y actuaban como tal.

Pero ¿y Jacob? ¿Estaba ahí? La mente se le iba una y otra vez al superimán de Mark y Julia, aunque no de la manera que habría esperado. A menudo había imaginado a Julia en la cama con otros hombres. Aquel pensamiento estaba siempre a punto de destruirlo, pero excitaba enormemente la parte de él que quedaba indemne. No quería pensar en esas cosas, pero la fantasía sexual siempre quiere lo que no se puede tener. Había imaginado a Mark cogiéndosela después de que se reunieran en la galería de interiorismo, pero ahora que sabía que había pasado algo entre ellos —era perfectamente posible que ya hubieran tenido sexo—, su mente se relajó. No era que de repente la fantasía resultara demasiado dolorosa; era que de repente no lo era lo suficiente.

En aquel momento, conduciendo un coche lleno de familiares, y mientras su mujer estaba en un hotel con un hombre al que por lo menos había besado, sus fantasías dieron en el blanco: iba en el mismo coche, pero con diferentes pasajeros. Julia mira por el retrovisor y ve a Benjy durmiéndose a lo Benjy: con el cuerpo erguido, el cuello recto, la vista al frente y los ojos cerrándose tan despacio que el movimiento es imperceptible. La única forma de percibir el cambio es apartando la vista y volviendo a mirar. El elemento físico del momento, la fragilidad percibida en esa lentitud, resulta tan desconcertante como hermosa. Julia mira la carretera, mira por el retrovisor, vuelve a mirar la carretera. Cada vez que mira a Benjy en el retrovisor, sus ojos se han cerrado un milímetro o dos más. El proceso de dormirse dura diez minutos; a medida que se van cerrando, sus párpados van dilatando los segundos, que se vuelven casi translúcidos. Y justo antes de que sus ojos se cierren por completo, suelta una breve alentada, como si quisiera apagar una vela. El resto del viaje transcurre entre susurros, cada bache en la carretera parece un cráter lunar, y en la luna hay una foto de familia que dejó el astronauta del *Apolo* Charles Duke en 1972. Permanecerá allí millones de años, y sobrevivirá no sólo a los padres y a los hijos de la foto, y a los nietos de los nietos de sus nietos, sino a toda la civilización humana, hasta que el sol agonizante los consuma. Llegan a casa, apagan el motor y se desabrochan los cinturones, Mark toma a Benjy en brazos y se lo lleva dentro.

Ése era su nuevo limbo, el lugar al que se había ido su mente cuando llegaron a la salida del estacionamiento. Tamir se llevó la mano a la cartera, pero Irv fue más rápido desenfundando.

—La próxima vez pago yo —dijo Tamir.

—Sí, claro —respondió Irv—. La próxima vez que salgamos del National Airport dejaré que pagues el estacionamiento.

La barrera se levantó y por primera vez desde que habían subido al coche, Max abrió la boca:

—Pon la radio, papá —dijo.

—¿Cómo?

—¿No lo has oído?

—¿Qué tengo que haber oído?

—En la caseta.

—¿Del cobrador?

—Sí. Lo que decía la radio.

—No.

—Ha pasado algo grave.

—¿Qué?

—¿Lo tengo que hacer todo yo o qué? —preguntó Tamir, poniendo la radio.

La noticia estaba a medias y, de entrada, les resultó imposible entender qué había sucedido, pero era evidente que Max tenía razón en cuanto a la magnitud. La NPR estaba en alerta: llegaban noticias de todo Oriente Próximo, pero la información todavía era escasa.

La mente de Jacob acudió rápidamente a su zona de confort: el peor escenario posible. Los israelíes habían lanzado un ataque contra Irán, o al revés. O los egipcios se habían atacado a sí mismos. Había explotado un autobús. Habían secuestrado un avión. Había habido un tiroteo en una mezquita, o en una sinagoga, alguien había atacado a la gente con un cuchillo en un lugar público muy concurrido. Una explosión nuclear había fundido Tel Aviv. Pero, por definición, es imposible anticipar el peor escenario posible.

Other Life no se detiene aunque no haya nadie para verlo. Igual que la vida. Sam estaba en la Asamblea General simulada de la ONU —en ese momento, su madre le pasó una nota: «Veo por encima del muro. ¿Tú?»—, pero las ruinas de su primera sinagoga brillaban junto a los cimientos de la segunda. Esparcidos entre los escombros había fragmentos del vitral de colores del Presente Judío, las esquirlas iluminadas por la destrucción.

REALMENTE REAL

En el Salón Internacional del Hilton había mesas y sillas dispuestas en arcos concéntricos, imitando la Asamblea General de la ONU. Las delegaciones llevaban trajes tradicionales y algunos de los estudiantes intentaron, sin demasiado éxito, hablar con acento, hasta que uno de los coordinadores solicitó la suspensión de aquella idea tan pésima.

La delegación saudí estaba terminando su intervención. Una chica hispana, con acento natural y con *hijab*, hablaba con manos temblorosas y voz débil, titubeante. Julia detestaba ver a un niño nervioso. Habría querido ir y soltarle un discurso edificante, explicarle que la vida cambia, que lo que en un momento parece débil luego se vuelve fuerte, y lo que hoy es un sueño se convierte en una realidad que exige un nuevo sueño.

—Por eso, nuestra esperanza —dijo la chica, claramente aliviada de estar terminando— es que los Estados Federados de Micronesia entren en razón, actúen con sensatez y presteza, y entreguen la bomba a la Agencia Internacional de la Energía Atómica. Eso es todo. Muchas gracias. *As-salamu alaykum.*

Hubo algunos aplausos aislados, básicamente por parte de Julia. En la parte delantera de la sala, el presidente —un coordinador con perilla y una cartera con velcro en el bolsillo trasero— tomó la palabra.

—Gracias, Arabia Saudí. Tiene la palabra la delegada de los Estados Federados de Micronesia.

Toda la atención se centró en la delegación de George-town Day. Billie se levantó.

—Resulta irónico que la delegada saudí pretenda darnos lecciones sobre lo que tenemos que hacer —empezó diciendo y, para dejar claro su control de la situación, fingió ordenar sus papeles mientras hablaba— cuando en su propio país las mujeres tienen prohibido nadar. Por poner un ejemplo.

Los niños se rieron. La delegación saudí se encogió. Con dramatismo premeditado, Billie puso bien sus papeles dando golpecitos sobre el escritorio y siguió hablando.

—Apreciados miembros de las Naciones Unidas, en nombre de los Estados Federados de Micronesia quisiera abordar lo que se viene denominando la crisis nuclear. El diccionario Merriam-Webster —dijo, desbloqueando su celular con un dedo— define crisis como «una situación difícil o peligrosa que requiere atención inmediata». Esto no es una crisis. Nuestra situación no tiene nada de difícil, ni de peligroso. Lo que tenemos, de hecho, es una oportunidad, un término que el Merriam-Webster define como..., un segundo... —El wifi del hotel era bastante malo y la página tardó más de lo previsto en cargarse—. Aquí está: «Espacio de tiempo o situación en que algo puede hacerse». No hemos elegido nuestro destino, pero tampoco tenemos intención de eludirlo. Durante años, milenios, o por lo menos siglos, la buena gente de Micronesia hemos aceptado las cosas tal como eran, asumiendo que nuestra existencia subordinada era nuestra suerte, nuestra responsabilidad, nuestro destino.

Julia y Sam estaban sentados en extremos opuestos de la delegación. Mientras dibujaba un muro de piedra en la página amarilla de una libreta, rememoró la llamada de aquella mañana a Jacob: su suerte, su responsabilidad, su destino. ¿Por qué había sentido la necesidad de hacerlo justo en aquel momento y de aquella manera? No sólo había disparado desde la cadera cuando debería haber hablado desde el corazón (o por lo menos debería haberse mordido la lengua), sino que también se había arriesgado a que Max e Irv se vieran atrapados en el fuego cruzado. ¿Qué habían oído y entendido? ¿Qué explicaciones había tenido que dar Jacob y cómo lo había hecho? ¿Iba alguno de los tres a mencionar la llamada delante de Tamir y Barak? ¿Y qué intención tenía ella? ¿Que todo volara por los aires? Su muro cubría ya tres cuartos de la página, tal vez un millar de ladrillos.

—Pero las cosas están a punto de cambiar, colegas delegados —siguió diciendo Billie—. Micronesia dice que se acabó. Se acabó que nos mangoneen, se acabó la sumisión, se acabó comer restos. Colegas delegados, las cosas están a punto de cambiar, empezando, aunque definitivamente no terminará aquí, con la siguiente lista de exigencias...

En el espacio restante entre el muro y el margen de la página, Julia escribió: «Veo por encima del muro. ¿Tú?». Dobló la nota por la mitad, volvió a doblarla y se la hizo llegar a través de la delegación. Sam no reveló ningún tipo de emoción mientras la leía. Escribió algo en el mismo papel, lo dobló y lo volvió a doblar, e hizo que se lo devolvieran a su madre. Ésta lo abrió y al principio no vio nada escrito. Examinó los ladrillos: nada. Miró a Sam. Éste abrió la mano, con los dedos extendidos, y volvió la palma hacia arriba. Julia le dio la vuelta al papel. Sam había escrito: «Al otro lado del muro no hay muro».

Mientras el resto de la delegación intentaba asimilar su desviación radical del guion acordado, Billie estaba haciendo pedazos el techo retórico:

—A partir de este momento, Micronesia dispondrá de un asiento en el Consejo de Seguridad de la ONU; pasará a ser miembro de la OTAN, y sí, somos conscientes de que estamos en el Pacífico; tendrá un acuerdo comercial preferente con los miembros de la Unión Europea, el Tratado de Libre Comercio de América del Norte, la Unión de Naciones Sudamericanas, la Unión Africana y la Comunidad Económica Eurasiática; podrá nombrar un miembro en el Comité de Mercado Abierto de la Reserva Federal.

En ese momento un coordinador entró corriendo en la sala.

—Lamento tener que interrumpir la sesión —dijo—, pero tengo que anunciar una noticia. Ha habido un terremoto terrible en Oriente Próximo.

—¿Esto es real? —preguntó otro coordinador.

—Es real.

—¿Qué significa terrible?

—Se ve que es histórico.

—¿Pero es real como la crisis nuclear? ¿O es realmente real?

A Julia le vibró el celular: era una llamada, de Deborah. Fue hasta un rincón de la sala y contestó, mientras la crisis realmente real reemplazaba a la crisis en miniatura.

—¿Deborah?

—Hola, Julia.

—¿Está todo bien?

—Benjy está bien.

—Al ver tu nombre en la pantalla me asusté.

—Está bien. Está viendo una peli.

—Bueno. Me había asustado.

—Julia. —Respiró hondo para prolongar aquel momento de desconocimiento—. Ha pasado algo horrible, Julia.

—¿A Benjy?

—No, Benjy está perfectamente.

—Tú también eres madre, me lo contarías, ¿verdad?

—Claro que te lo contaría. Benjy está bien, Julia. Está contento.

—Quiero hablar con él.

—No se trata de Benjy.

—Oh, Dios mío. ¿Les pasó algo a Jacob y a Max?

—No, también están bien.

—¿Me lo prometes?

—Tienes que volver a casa.

VEY IZ MIR[22]

Se sabían pocas cosas, pero lo poco que se sabía resultaba aterrador. A las 18:23 se había producido un terremoto de magnitud 7.6 con el epicentro en las profundidades del mar Muerto, en las proximidades del asentamiento israelí de Kalya. La práctica totalidad de Israel, Jordania, el Líbano y Siria se habían quedado sin electricidad. Al parecer, las zonas más perjudicadas eran Salt y Amán, en Jordania, y la ciudad cisjordana de Jericó, cuyos muros se habían derrumbado tres mil cuatrocientos años antes, según muchos arqueólogos, no por las trompetas de Josué, sino a causa de un gran terremoto.

Llegaban las primeras informaciones de la ciudad vieja de Jerusalén: la iglesia del Santo Sepulcro, de la época de las Cruzadas, el lugar más sagrado de la cristiandad, donde tradicionalmente se consideraba que se encontraba la tumba de Jesús, que ya había sufrido graves daños en un terremoto ocurrido en 1927, se había hundido parcialmente con un número indeterminado de turistas y religiosos en el interior. Había sinagogas y *yeshivás*, monasterios, mezquitas y madrazas en ruinas. No había noticias de la Explanada de las Mezquitas, ya fuera porque realmente no había noticias, o porque quienes las tenían preferían no difundirlas.

22. «¡Ay de mí!».

Estaban entrevistando a un ingeniero civil en la NPR, la radio pública. El presentador, un judío de voz sensual, seguramente bajito y calvo, llamado Robert Siegel, dijo:

SIEGEL: Les pedimos disculpas de antemano por la mala calidad de audio de esta entrevista. Normalmente, cuando las líneas telefónicas no están operativas usamos el teléfono celular. Pero como el servicio de celular tampoco funciona hablaremos con el señor Horowitz usando un teléfono por satélite. Señor Horowitz, ¿me escucha?

HOROWITZ: Sí, hola. Estoy aquí.

SIEGEL: ¿Podría darnos su opinión profesional sobre lo que está sucediendo?

HOROWITZ: Puedo darles mi opinión profesional, pero como ser humano les puedo decir que Israel ha sufrido un terremoto cataclísmico. Mires donde mires, sólo se ve destrucción.

SIEGEL: ¿Pero se encuentra en un lugar seguro?

HOROWITZ: *Seguro* es un término relativo. Mi familia está viva y yo, como puede oír, también. Algunos están más seguros, otros lo están menos.

¿Por qué carajo les costaba tanto a los israelíes responder a una simple pregunta?, se preguntó Jacob. Incluso en un momento como ése, en pleno cataclismo —cuando el mundo entero parecía una clásica hipérbole israelí—, los israelíes eran incapaces de dar una respuesta directa, no-israelí.

SIEGEL: Señor Horowitz, es usted ingeniero de los servicios civiles israelíes, ¿es correcto?

HOROWITZ: Soy ingeniero, asesor de proyectos gubernamentales, académico...

SIEGEL: Como ingeniero, ¿qué puede decirnos acerca de los efectos potenciales de un terremoto de esta magnitud?

HOROWITZ: Que no son buenos.

SIEGEL: ¿Podría detallar un poco más?

HOROWITZ: De las 650,000 estructuras que hay en Israel, menos de la mitad están preparadas para sobrevivir a un acontecimiento así.

SIEGEL: ¿Veremos caer rascacielos?

HOROWITZ: Por supuesto que no, Robert Siegel. Nuestros rascacielos están preparados para sobrevivir a mucho más que esto. Son los edificios de entre tres y ocho pisos los que me preocupan. Muchos sobrevivirán, pero muy pocos serán habitables. Tenga en cuenta que Israel sólo dispone de una ordenanza de urbanismo desde finales de los setenta, y que ésta nunca se ha hecho cumplir.

SIEGEL: ¿Por qué?

HOROWITZ: Hemos estado ocupados con otras cosas.

SIEGEL: Con el conflicto...

HOROWITZ: ¿El conflicto? Ojalá sólo nos hubiéramos tenido que preocupar por un conflicto. La mayoría de los edificios son de hormigón, construcciones rígidas e implacables; un poco como los israelíes, se podría decir. Han resultado útiles para absorber el boom de población, pero no podrían ser menos adecuados dada la situación actual.

SIEGEL: ¿Y qué me dice de Cisjordania?

HOROWITZ: ¿Qué le digo de qué?

SIEGEL: ¿Cómo responderán sus estructuras a un terremoto así?

HOROWITZ: Eso se lo tendrá que preguntar a un ingeniero civil palestino.

SIEGEL: Lo intentaremos, desde luego...

HOROWITZ: Pero ya que me lo pregunta, imagino que habrá quedado completamente destruida.

SIEGEL: Disculpe, ¿a qué se refiere?

HOROWITZ: A Cisjordania.

SIEGEL: ¿Destruida?

HOROWITZ: Todas las estructuras. Todo. Va a haber muchos muertos.

SIEGEL: ¿Hablamos de miles?

HOROWITZ: Me temo que ya en estos momentos la cifra ascenderá a varias decenas de miles.

SIEGEL: Estoy seguro de que desea volver con su familia pero, antes de que se vaya, ¿podría aventurar un pronóstico sobre cómo terminará esto?

HOROWITZ: Cuando dice «cómo terminará», ¿a qué se refiere? ¿Horas? ¿Semanas? ¿Generaciones?

SIEGEL: Empecemos por horas.

HOROWITZ: Las próximas horas serán decisivas para Israel. La clave ahora mismo es priorizar. El país entero se ha quedado sin electricidad, y es posible que esa situación se alargue varios días, incluso en las principales ciudades. Como puede imaginar, las necesidades militares serán la primera prioridad.

SIEGEL: Me sorprende que diga eso.

HOROWITZ: ¿Es usted judío?

SIEGEL: No sé si es una información relevante, pero sí.

HOROWITZ: A mí lo que me sorprende es que a un judío eso le sorprenda. Pero, bueno, sólo un judío estadounidense se preguntaría por qué ser judío es relevante.

SIEGEL: ¿Le preocupa la seguridad de Israel?

HOROWITZ: ¿A usted no?

SIEGEL: Señor Horowitz...

HOROWITZ: La superioridad táctica de Israel es de naturaleza tecnológica y se ha visto afectada en gran medida por el terremoto. La destrucción provocará desesperación y agitación. Y eso, ya sea de forma orgánica o deliberada, terminará generando violencia. Si no está pasando ya, acabaremos viendo grandes masas humanas desbordando las fronteras de Israel, procedentes de Cisjordania, Gaza, Jordania, el Líbano y Siria. No hace falta que le cuente que Siria tiene un problema de refugiados.

SIEGEL: Pero ¿por qué acudirían a Israel, un país que la mayoría en el mundo árabe ve como el enemigo mortal?

HOROWITZ: Porque su enemigo mortal tiene un sistema sanitario de primera categoría. Su enemigo mortal tiene comida y agua. E Israel va a tener que elegir entre permitir que pasen o no permitirlo. Permitir que pasen implicaría compartir unos recursos valiosísimos y limitados. Para que otros puedan vivir tendrán que morir israelíes. Pero para impedir que pasen habrá que usar balas. Y, naturalmente, los vecinos de Israel también tendrán que elegir entre ocuparse de sus ciudadanos y aprovecharse de la súbita vulnerabilidad de Israel.

SIEGEL: Esperemos que esta tragedia compartida pueda unir la región.

HOROWITZ: Sí, pero que las esperanzas no nos vuelvan ingenuos.

SIEGEL: ¿Y qué me dice a largo plazo? Antes ha menciona-do la perspectiva generacional...

HOROWITZ: Naturalmente, nadie sabe qué va a pasar, pero la situación a la que se enfrenta Israel supone una amenaza mucho mayor que la del año 67, el 73 o incluso que la amenaza nuclear de Irán. Está la crisis inmediata, la necesidad de garantizar la seguridad en el país, rescatar ciudadanos, proporcionar comida y atención médica a quienes lo necesitan, y reparar el sistema eléctrico, de gas, agua y demás servicios de forma rápida y segura. Luego está también la misión de reconstruir el país; eso supondrá un reto para toda una generación. Y, finalmente, tal vez la tarea más ardua de todas será retener a los judíos en el país.

SIEGEL: ¿Qué quiere decir?

HOROWITZ: Un israelí joven, ambicioso e idealista tiene muchos motivos para irse de Israel. En Estados Unidos tienen una expresión, «la brizna de paja que rompe el lomo del camello».

SIEGEL: Sí.

HOROWITZ: De pronto al camello le han caído miles de edificios sobre el lomo.

JACOB: *Vey iz mir.*

Jacob no quería decir nada, y desde luego no quería decir *vey iz mir.* Pero es que nadie quiere decir *vey iz mir.*

—La cosa pinta mal —dijo Irv, meneando la cabeza—. Es fatal, por un millón de motivos distintos.

La mente de Jacob se teletransportó a un escenario apocalíptico: el techo derruido sobre la cama nido del antiguo dormitorio de Tamir; mujeres con peluca atrapadas debajo de losas de piedra de Jerusalén, las ruinas de las ruinas de Masada. Imaginó el banco de mármol de Blumenberg Park reducido a un montón de piedras. Tenía que ser una catástrofe, pensó, pero la frase tenía dos significados distintos: que ciertamente tenía que serlo, y que él quería que lo fuera. No podía admitir el segundo significado, pero tampoco lo podía negar.

—No es una buena noticia, pero tampoco es tan grave —dijo Tamir.

—¿Quieres llamar a tu casa?

—Ya lo has oído: las comunicaciones no funcionan. Y mi voz tampoco iba a ayudar a nadie.

—¿Seguro?

—Estarán bien. Ya lo creo. Vivimos en un edificio nuevo. Como ha dicho el tipo de la radio, están preparados para estas eventualidades; mejor que sus rascacielos, créanme. El edificio tiene un generador de emergencia. No, dos, creo. Y en el refugio antiaéreo hay comida para meses. El refugio es más bonito que su departamento en Foggy Bottom. ¿Te acuerdas?

Sí, Jacob se acordaba: había vivido en aquel departamento cinco años. Pero se acordaba mejor aún del refugio antiaéreo de la casa donde se había criado Tamir, aunque sólo había pasado cinco minutos en él, el último día de su primer viaje a Israel. Deborah y la madre de Tamir, Adina, habían ido a pie al mercado, donde esperaban poder comprar alguna exquisitez para Isaac. Mientras los hombres tomaban café, Irv, con una expresión que casi parecía una sonrisa, le había preguntado a Shlomo si la casa contaba con un refugio.

—Pues claro —había respondido Shlomo—. Es obligatorio por ley.

—¿Debajo de la casa?

—Pues claro.

El segundo «pues claro» pretendía dejar claro lo que a Irv debería haberle quedado claro con lo de «es obligatorio por ley»: Shlomo quería que el refugio quedara oculto bajo tierra cuando los bombardearan y cuando no. Pero Irv insistió:

—¿Nos lo enseñarías? Quiero que Jacob lo vea.

Aquel «quiero que Jacob lo vea» pretendía dejar claro lo que a Shlomo debería haberle quedado claro con lo de «¿debajo de la casa?»: Irv no pensaba rendirse.

A excepción de la puerta de treinta centímetros de grosor, tardabas un rato en reparar en la singularidad de aquella sala. Era húmeda, el suelo de hormigón exudaba. La luz era blanquecina y tenía una textura como de yeso. El sonido parecía que se acumulara y formara nubes sobre sus cabezas. Había cuatro mascarillas antigás colgando de la pared, aunque en la familia de Tamir eran sólo tres. ¿Habrían encontrado una oferta de cuatro al precio de tres? ¿Para quién era la cuarta? ¿Para la mujer de la limpieza, para un futuro hijo? ¿Para Elijah? ¿Cuál sería el protocolo si estallaba una guerra química mientras la familia de Jacob estaba allí? ¿Era como en un avión, donde los adultos debían ocuparse de sí mismos antes de atender a los niños? ¿Jacob se vería a sí mismo asfixiándose, reflejado en la mascarilla de su padre? No, su madre no lo permitiría. Aunque, por otro lado, a lo mejor ella también se estaría asfixiando. Pero su padre le cedería la máscara a ella, ¿no? A menos que su madre se pusiera la de Tamir; entonces no habría problema. Porque ¿los adultos debían ocuparse de sí mismos antes de atender a sus propios hijos o al resto de los niños también? Si la mujer de la limpieza estaba allí, ¿pediría la máscara de uno de los padres de Jacob? Tamir le sacaba unos meses a Jacob: ¿lo convertía eso en el adulto de los dos, en términos relativos? No había ningún escenario en el que Jacob no terminara siendo víctima de la guerra química.

—Larguémonos de este antro —le dijo Tamir a Jacob.

Pero Jacob no quería irse. Quería pasar todo el tiempo que le quedaba en Israel explorando hasta el último centímetro cuadrado de aquella sala, memorizándola, memorizándose a sí mismo allí dentro, simplemente estando allí. Quería comer allí abajo, bajar su ropa y sus maletas para preparar allí el equipaje, renunciar a las últimas horas de turismo para poder pasar unas horas más detrás de aquellos muros impenetrables. Más aún, quería oír la sirena antiaérea; no la del simulacro del *Yom HaShoah*, sino una sirena de verdad, que anunciara una destrucción completa de la que él se salvaría.

—Vamos —dijo Tamir, jalándole la manga de forma vergonzosa.

Durante el vuelo de vuelta a Estados Unidos, diez mil metros encima del Atlántico, Jacob soñó con un refugio debajo del refugio, al que se llegaba a través de otra escalera. Pero aquel segundo refugio era inmenso, lo bastante grande para confundirse con el mundo, lo bastante grande para albergar a tanta gente que la guerra resultaría inevitable. Y cuando las bombas empezaban a caer en el mundo que quedaba al otro lado de la puerta, el mundo de esta parte se convertía en el refugio.

Casi diez años más tarde, Tamir y Jacob se estaban repartiendo un pack de seis cervezas en una mesa de cocina que era imposible rodear caminando, en un departamento construido sobre un departamento construido sobre una casa de Foggy Bottom, cuando Jacob dijo por primera vez en voz alta:

—He conocido a alguien.

Casi veinte años más tarde, en un coche japonés que cruzaba la capital del país, su primo israelí —el primo israelí de Jacob— dijo:

—Pero, bueno, tampoco se va a llegar a eso.

—¿A qué?

—A tener que usar los refugios. A una guerra.

—¿Quién ha hablado de guerra?

—Encontraremos la solución —dijo Tamir, como hablando solo—. *Israel* significa «plan de contingencia» en hebreo.

Pasaron unos minutos conduciendo en silencio. Mientras la NPR hacía lo que podía con las noticias poco fiables de las que disponía, y Tamir se sumergió en su teléfono, que podría haber sido una tableta, o incluso un televisor. Aunque Jacob miraba el suyo con constancia psicótica, detestaba todos los teléfonos, le parecían peor todavía que los tumores cerebrales que provocaban en sus usuarios. ¿Por qué? ¿Porque detestaba que el suyo le estuviera arruinando la vida? ¿O porque sabía que no le estaba arruinando la vida, sino que le proporcionaba un medio sencillo y socialmente aceptable para arruinársela él mismo? ¿O tal vez porque sospechaba que los mensajes que recibían los demás eran más numerosos e interesantes? A lo mejor había intuido desde el principio que su teléfono lo llevaría a la perdición, aunque no sabía de qué forma.

El teléfono de Tamir era particularmente fastidioso. Y el de Barak también. Sus teléfonos eran los cuatro por cuatro de la telefonía. A Jacob le tenía sin cuidado la definición de la pantalla, lo buena que fuera la recepción o la facilidad con la que se conectaran con sus otros artilugios. Barak ni siquiera había estado antes en Estados Unidos, que si no era el mejor país de la historia, por lo menos ofrecía bastantes cosas interesantes a los ojos que desearan prestar atención. A lo mejor estaban leyendo las noticias, pero ¿qué página de noticias hace «*Boom shakalaka!*» cada pocos segundos?

—¿Y Noam? —preguntó Jacob.

—¿Qué pasa con Noam?

—¿Dónde está?

—¿Ahora mismo? —dijo Tamir—. ¿Mientras hablamos? No tengo ni idea. Mantener a tus padres informados no es una prioridad nacional.

—¿Dónde estaba cuando hablaste con él por última vez?

—En Hebrón, pero seguro que los han evacuado.

—¿En helicóptero?

—No lo sé, Jacob. ¿Cómo quieres que lo sepa?

—¿Y Yael?

—Está bien. En Auschwitz.

Boom shakalaka!

—¿Cómo?

—De viaje, con el colegio.

Circularon por la autovía George Washington sin decir nada, mientras el aire acondicionado combatía la humedad que se colaba por puntos de entrada invisibles, y Jacob e Irv charlaban sobre nada en concreto, combatiendo el silencio incómodo que se asomaba a las ventanillas: dejaron atrás Gravelly Point, donde los aficionados a los aviones, con sus escáneres de radios, y los padres con sus hijos casi pueden tocar los trenes de aterrizaje de los jumbos con las manos; el Capitolio a mano derecha, al otro lado del Potomac café; la inevitable explicación sobre por qué el monumento a Washington cambia de color en el tercio superior. Cruzaron el Memorial Bridge entre los caballos dorados, rodearon el monumento a Lincoln, con sus escaleras que parecen no conducir a ninguna parte, y se incorporaron al tráfico de la autovía de Rock Creek. Después de pasar por debajo de la terraza del Kennedy Center y de dejar atrás los balcones del Watergate, fueron alejándose de los puestos de avanzada de la civilización capitalina, siguiendo los meandros del río.

—El zoológico —dijo Tamir, levantando la vista de la pantalla del teléfono.

—El zoológico —repitió Jacob.

Irv se inclinó hacia ellos:

—¿Saben que ahora mismo nuestros primates preferidos, Benjy y Deborah, seguramente están allí?

El zoológico era el epicentro de la amistad entre Tamir y Jacob, de su relación familiar; era el umbral entre su juventud y su edad adulta. Y era también el epicentro de la vida de Jacob. A menudo, sobre todo cuando tenía la sensación de estar desperdiciando la vida, Jacob se ponía a pensar en las últimas escenas en su lecho de muerte. ¿Qué episodios rememoraría en sus instantes finales? Recordaría su llegada a la pensión de Pensilvania con Julia, las dos veces. Recordaría cuando había entrado en casa con Sam en brazos, al volver de urgencias, su manita momificada debajo de capas y capas de vendas, tan hinchada que parecía de dibujos animados: el puño más grande e inútil del mundo. Y recordaría la noche en el zoológico.

Se preguntaba si Tamir todavía pensaba en ello, si en aquel momento se estaría acordando. De repente, Tamir soltó una carcajada profunda, subterránea.

—¿Qué te hace tanta gracia? —preguntó Jacob.

—Yo. Lo que siento.

—¿Qué sientes?

Tamir volvió a reírse. ¿Sería su mejor actuación hasta la fecha?

—Celos.

—¿Celos, en serio? Eso sí que no me lo esperaba.

—Yo tampoco esperaba sentirlo, por eso tiene gracia.

—No entiendo.

—Por fin Noam tendrá mejores historias que yo. Por eso tengo celos. Pero no pasa nada, está bien así.

—¿Qué es lo que está bien?

—Que tenga mejores historias.

—¿No deberías llamar? —preguntó Irv.

—Había una vez un hombre que vivió tan bien que no hay nada que contar sobre él —dijo Jacob.

—Lo intentaré —dijo Tamir, marcando una larga retahíla de números—. No funcionará, pero por ti, Irv, lo intentaré.

Al cabo de un momento, un contestador automático en hebreo resonó dentro del coche. Tamir colgó y, esta vez sin que Irv se lo sugiriera, volvió a llamar. Aguzó el oído. Todos lo aguzaron.

—Las líneas están ocupadas.

Vey iz mir.

—Inténtalo de nuevo dentro de un rato.

—No serviría de nada.

—No quisiera parecer alarmista —dijo Jacob—, pero ¿deberían volver a casa?

Boom shakalaka!

—¿Cómo, si se puede saber?

—Podríamos regresar al aeropuerto, a ver si encontramos algo —sugirió Jacob.

—Han cancelado todos los vuelos a y desde Israel.

Vey iz mir.

—¿Cómo lo sabes?

—¿Qué crees que estoy haciendo? —dijo Tamir, blandiendo el teléfono—. ¿Echar una partidita?

Boom shakalaka!

LA SEGUNDA SINAGOGA

No hay sinagogas sensibles, pero del mismo modo que Sam creía que todas las cosas pueden sentir nostalgia, también creía que todas las cosas tienen algún tipo de conciencia de su final inminente: «Todo irá bien», le decía al fuego mientras los últimos rescoldos humeaban, y se disculpaba a los aproximadamente trescientos millones de espermatozoides antes de jalar la cadena y que desaparecieran engullidos por el sistema de tratamiento de aguas residuales. No hay sinagogas que no sean sensibles.

Cuando Sam volvió de la simulación de la ONU, fue directamente a Other Life, como un fumador apresurándose para salir del aeropuerto de Sídney. Al conectar el iPad, le apareció una nota en la pantalla con la explicación de Max sobre la muerte de Samanta, la culpa de su padre (o sea, su culpabilidad), y su propia y profunda culpa (es decir, su sentimiento de culpabilidad). Sam la leyó dos veces, tanto para evitar malentendidos como para aplazar el momento en que iba a tener que afrontar la realidad.

Cuando finalmente comprendió que Max no le estaba jugando una broma de mal gusto, no perdió los estribos, y eso le sorprendió. ¿Por qué no estaba rompiendo el iPad contra la pata de la cama, o gritando cosas que luego lamentaría haber gritado, o como mínimo llorando? No era ni mucho menos indiferente a la muerte de Samanta, y desde luego no había tenido una epifanía de que aquello «sólo era un juego». No era sólo un juego. ¿Hasta qué punto había sido Samanta consciente de su inminente final? No hay ningún avatar que no sea sensible.

Todas las conversaciones por Skype con su bisabuelo empezaban con un «Te veo» y terminaban con un «Nos vemos». A Sam lo perturbaba saber que una de aquellas conversaciones podía ser la última, y que, en algún momento, en mayor o menor medida, tendrían que reconocerlo. Habían hablado por Skype la mañana anterior, mientras Sam preparaba apresuradamente el equipaje para el simulacro de la ONU. Isaac se levantaba antes de que saliera el sol y se acostaba antes de que se pusiera. Nunca hablaban más de cinco minutos (aunque le habían explicado cientos de veces que Skype no costaba nada, Isaac se negaba a creer que las conversaciones más largas no fueran más caras), pero aquella conversación había sido particularmente breve. Sam le había contado con vaguedad la salida que estaba a punto de hacer con el colegio y le había asegurado que no estaba enfermo, que no pasaba hambre y que no, que no estaba «viendo a nadie».

—¿Y ya está todo listo para tu *bar mitzvá*?

—Sí, más o menos.

Pero cuando estaba a punto de cortar la llamada —«Mamá me está esperando abajo, creo que tengo que irme»—, Sam experimentó el malestar habitual, sólo que esta vez más acusado y urgente. No estaba seguro de que aquel deseo fuera suyo.

—Vete, vete —dijo Isaac—. Ya llevamos demasiado tiempo hablando.

—Sólo quería decirte que te quiero.

—Sí, lo sé, ya lo sé. Yo también te quiero a ti. Y ahora vete, anda.

—Y siento que tengas que mudarte.

—Ve, Sameleh.

—No veo por qué no te puedes quedar.

—Porque ya no puedo arreglármelas solo.

—No, quiero decir aquí.

—Sameleh...

—¿Qué? Es que no lo entiendo.

—No podría subir y bajar las escaleras.

—Pues te compraríamos uno de esos teleféricos.

—Son muy caros.

—Podríamos comprarlo con mi dinero del *bar mitzvá*.

—Tengo que tomarme muchos medicamentos.

—Y yo muchas vitaminas. A mamá se le da muy bien organizar eso.

—No quiero preocuparte, pero pronto no voy a poder bañarme, ni ir solo al lavabo.

—Benjy tampoco puede bañarse solo y nos pasamos la vida limpiando las cacas de Argo.

—No soy un niño y tampoco soy un perro.

—Ya, pero...

—Soy yo quien tiene que ocuparse de su familia, Sameleh.

—Y te ocupas muy bien, pero...

—Y no al revés.

—Ya te entiendo, pero...

—Y no hay más que hablar.

—Se lo pediré a papá...

—No —dijo Isaac, con una severidad que Sam no le había oído nunca.

—¿Por qué no? Estoy seguro de que diría que sí.

Hubo una larga pausa. De no ser porque Isaac parpadeó, Sam se habría preguntado si se había congelado la imagen.

—Te he dicho que no —dijo finalmente Isaac, con dureza.

La conexión se entrecortó, la imagen se pixeleó.

¿Qué había hecho Sam? Había cometido un error, desde luego, había dicho algo desagradable, pero ¿qué? Con actitud vacilante, en un esfuerzo por compensar todo el sufrimiento que hubiera podido infligir en su intento de demostrar amor, añadió:

—Y tengo novia.

—¿Judía? —preguntó Isaac, su rostro convertido en un puñado de píxeles.

—Sí —mintió Sam.

—Te veo —dijo Isaac, y cortó la llamada.

«Te veo» en lugar de «nos vemos»: el deseo era todo de su bisabuelo.

La segunda sinagoga de Sam estaba tal como la había dejado. No disponía de un avatar con el que explorar, de modo que se apresuró a crear una figura de trazos poco definidos que pudiera usar de inmediato. Habían puesto los cimientos y habían montado la estructura del edificio, pero, sin las paredes en sí, podía atravesarla con una flecha, o con su mirada. Su nuevo avatar —Sam sabía que era un hombre— se acercó a una de las paredes, agarró los pernos como si fueran los barrotes de una cárcel y los empujó hasta derribarlos. Sam controlaba lo que sucedía y, al mismo tiempo, asistía a ello como espectador.

Sam no estaba destruyendo, y además no era Sam; estaba creando un espacio sobre otro espacio mayor. Todavía no sabía quién era.

El edificio, con sus exuberantes ramificaciones, empezó a replegarse hacia el centro, como un imperio fallido que va concentrando todo el ejército en la capital, como los dedos cada vez más negros de un escalador extraviado. Eliminó el salón para actos sociales, la cancha de basquetbol y los vestidores, la biblioteca infantil, las aulas, las oficinas de administración, los despachos para cantores y rabinos, la capilla y el santuario.

¿Qué quedaba cuando esas paredes se hubieron derribado?

Media docena de espacios.

Sam no había planeado aquella distribución, simplemente la había creado. Y no era Sam.

Un comedor, una sala de estar y una cocina. Un vestíbulo. Un baño, un cuarto para invitados, una sala para ver la televisión y un dormitorio.

Faltaba algo. Aquel lugar deseaba algo.

Fue hasta las ruinas de la primera sinagoga y tomó el

inmenso ventanal intacto de Moisés descendiendo por el Nilo, además de un puñado de escombros. Reemplazó una de las ventanas de la cocina con el ventanal de Moisés y metió los escombros en el refrigerador, entre las botellas de *ginger ale*.

Pero todavía faltaba algo. El deseo seguía ahí.

Un sótano. Necesitaba un sótano. La sinagoga sensible, consciente de que la estaban construyendo al mismo tiempo que la destruían, deseaba un piso subterráneo. El avatar no tenía dinero para comprar una pala, de modo que utilizó las manos. Cavó como si cavara una tumba. Cavó hasta que dejó de sentir unos brazos que no eran los suyos. Cavó hasta que tuvo un hoyo donde podría haberse escondido una familia entera.

Y entonces se colocó dentro de su obra, como un pintor de cuevas en su pintura de una cueva.

«Te veo.»

Sam se puso pelo blanco, abrió el Firefox y buscó en Google: «¿Cómo se fabrica el envoltorio de burbujas?».

EL TERREMOTO

Cuando llegaron a casa, encontraron a Julia sentada en la escalera de la entrada, abrazándose las rodillas. El sol se le reflejaba en el pelo, como un polvo de yeso amarillo que se esparcía con el menor movimiento. Al verla de aquella forma, Jacob se sacudió espontáneamente el resentimiento que se le había ido depositando en el corazón como piedritas. En aquel momento no era su mujer, sino la mujer con la que se había casado; una persona, más que una dinámica.

Al verlo llegar Julia le dirigió una sonrisa débil, de resignación. Esa mañana, antes de salir hacia el aeropuerto, Jacob había leído una columna del *National Geographic* sobre un satélite meteorológico averiado que ya no servía para lo que lo habían creado, pero que, debido al alto costo y a la limitada necesidad de recuperarlo, seguiría en su órbita sin hacer nada, hasta que un día caería a la Tierra. La sonrisa de Julia era así de distante.

—¿Qué haces aquí? —le preguntó Jacob—. Pensaba que no volvías hasta más tarde.

—Hemos decidido regresar unas horas antes.

—¿Dónde está Sam? —preguntó Max.

—¿Y puedes hacerlo? ¿Como acompañante?

—Si Mark tiene algún problema puedo plantarme allí en quince minutos.

Jacob estaba hasta los huevos de aquel nombre. Sintió que el corazón volvía a llenársele de piedritas y se le hundía.

—Sam está arriba —le dijo Julia a Max.

—Supongo que puedes venir conmigo —le dijo Max a Barak, y los dos entraron en casa.

—Voy a defecar —anunció Irv, que pasó junto a ellos arrastrando los pies— y luego vuelvo con ustedes. Hola, Julia.

Tamir salió del coche y abrió los brazos.

—¡Julie!

Nadie la llamaba Julie. Ni siquiera Tamir la llamaba Julie.

—¡Tamir!

La abrazó con su teatralidad habitual: la sujetó con los brazos extendidos, la examinó de pies a cabeza, la acercó de nuevo a su cuerpo y volvió a extender los brazos para volver a examinarla.

—Todos los demás van envejeciendo —dijo Tamir.

—No es que yo esté más joven... —respondió ella, que no quería entrar en su flirteo pero tampoco quería ponerle punto final.

—Yo no he dicho que lo estés.

Intercambiaron una sonrisa.

Jacob quería odiar a Tamir por darle a todo una connotación sexual, pero no estaba seguro de si aquel hábito respondía a una decisión voluntaria o a un condicionamiento ambiental; hasta qué punto la actitud de Tamir era simplemente una actitud israelí, un malentendido cultural. Y, a lo mejor, quitarle la connotación sexual a todo era la actitud de Jacob, aun cuando, al mismo tiempo, le diera una connotación sexual a todo.

—Nos alegra mucho tenerte aquí con unos días de antelación —dijo Julia.

¿Por qué nadie decía nada sobre el terremoto?, se preguntó Jacob. ¿Acaso Julia creía que todavía no se habían enterado? ¿Quería darles la noticia con tacto y delicadeza, sin interrupciones potenciales? ¿O era ella la que todavía no se había enterado? Y, más desconcertante todavía, ¿por qué Tamir, que siempre lo comentaba todo, no comentaba nada?

—No es un viaje sencillo —dijo Tamir—. Añadiría que ya lo sabes, pero no lo sabes. Pero, bueno, pensé que era mejor venir antes y sacarle todo el partido; así Barak tendrá más tiempo para conocer a su familia americana.

—¿Y Rivka?

—Te manda saludos. Le habría encantado venir.

—¿Está todo bien?

A Jacob le sorprendió la franqueza de Julia, y eso le hizo tomar conciencia de su propia inhibición.

—Sí, claro —dijo Tamir—. Tenía compromisos anteriores y no los ha podido cancelar. Bueno, Jake mencionó que habías preparado comida.

—¿En serio?

—Yo no he dicho nada de eso. De hecho, creía que no ibas a volver hasta la noche.

—No le mientas a tu mujer —dijo Tamir y le guiñó un ojo a Jacob.

—Me guiñó un ojo —le dijo Jacob a Julia, pues no estaba seguro de que lo hubiera visto.

—Ya improvisaremos algo —dijo Julia—. Pasen, Max les enseñará dónde pueden dejar las cosas. Y luego bajen a la cocina.

Cuando Tamir entró en casa, Julia tomó a Jacob de la mano.

—¿Podemos hablar un momento?

—Yo no he dicho eso.

—Ya lo sé.

—Me están volviendo loco.

—Tengo que contarte algo.

—¿Algo más?

—Sí.

Años más tarde, Jacob recordaría aquel instante como un momento clave.

—Ha pasado algo —dijo.

—Ya lo sé.

—¿Qué?

—Lo de Mark.

—No —dijo Julia—, no es eso. No tiene que ver conmigo.

—Ah, ya —dijo entonces Jacob, con una oleada de alivio—. Lo hemos oído.

—¿Cómo?

—Por la radio.

—¿La radio?

—Sí, al parecer es terrible. Da miedo.

—¿De qué hablas?

—Del terremoto.

—Ah —dijo Julia, atando cabos y confundida al mismo tiempo.

Fue en ese momento cuando Jacob se dio cuenta de que todavía se estaban dando la mano.

—Espera, ¿a qué te referías tú?

—Jacob...

—A lo de Mark.

—Que no.

—Venía pensando en eso en el coche. Pensaba en todo. Después de colgar me ha...

—Déjalo. Por favor.

Sintió cómo se ruborizaba, una oleada de calor que le invadió la cara y se retiró con la misma rapidez con la que había llegado. Había hecho algo horrible, pero no sabía qué. No era lo del teléfono, no había nada más que aprender de aquello. ¿Se trataba del dinero que había sacado de los cajeros a lo largo de los años para comprar tonterías inocuas que le daba vergüenza admitir que quería? ¿O qué, si no? ¿Acaso Julia había leído su correo electrónico? ¿Había sido tan burro como para dejar la sesión abierta en algún aparato? ¿Le habría empujado su subconsciente a hacerlo?

Puso la otra mano encima de la mano de Julia encima de su propia mano.

—Lo siento —dijo.

—No es culpa tuya.

—Lo siento mucho, Julia.

Lo sentía, lo sentía muchísimo, pero ¿qué era lo que sentía? Había tantas cosas por las que disculparse...

En su boda, su madre había contado una historia que él no recordaba, que no creía que fuera cierta, pero que le había dolido igual, porque, aunque no fuera cierta, podría haberlo sido y lo había dejado en evidencia delante de todos.

—Seguramente esperaban que hablara mi marido —empezó diciendo Deborah, suscitando una carcajada—. Seguramente ya se habrán dado cuenta de que generalmente es él quién habla. Y sigue hablando.

Más risas.

—Pero esta vez quería hablar yo. Es la boda de mi hijo, al que llevé dentro de mi cuerpo, al que alimenté con mi cuerpo y al que se lo di todo para que un día pudiera soltarme la mano y tomar la de otra persona. Para ser justos, cuando le dije que hoy hablaría yo, mi marido no protestó ni se quejó. Me retiró la palabra durante tres semanas. —Más risas, sobre todo de Irv—. Fueron las tres semanas más felices de mi vida.

Más risas.

—¡No te olvides de la luna de miel! —exclamó Irv.

—¿Tú y yo fuimos de luna de miel? —preguntó Deborah.

Más risas.

—Se habrán dado cuenta de que los judíos no pronunciamos votos matrimoniales. El acuerdo, suele decirse, va implícito en el ritual. ¿No les parece maravillosamente judío? ¿Estar delante de tu pareja y delante de Dios, en el que seguramente es el momento más importante de tu vida, y asumir que sobran las palabras? Es difícil imaginar otro momento, cualquiera, en el que un judío considere que sobran las palabras.

Más risas.

—Nunca dejará de sorprenderme lo raros que somos y lo fácil que es despacharnos con lugares comunes. Pero a lo mejor algunos de ustedes son como yo y no pueden dejar de oír esos votos que conocemos tan bien: «En la riqueza y en la pobreza, en la salud y en la enfermedad...». Tal vez las palabras no sean nuestras, pero las llevamos en nuestro subconsciente colectivo.

»Durante un año, cuando Jacob era pequeño —dijo, y miró hacia Irv—. O a lo mejor fue más de un año. ¿Un año y medio, tal vez? —Volvió a mirar a los presentes—. Hubo un periodo de tiempo que pareció más largo de lo que fue en realidad —risas—, durante el que Jacob fingió que era discapacitado. Todo empezó cuando, una mañana, nos anunció que era ciego. "Pero si tienes los ojos cerrados", le dije.

Más risas.

—«Porque no hay nada que mirar», contestó, «y así descansan». Jacob era un niño testarudo, capaz de mantenerse firme durante días y semanas. ¿De dónde debió de sacarlo, Irv?

Risas.

—¡Lo innato de mí, lo adquirido de ti! —respondió Irv.

Más risas. Deborah siguió hablando.

—Lo de la ceguera le duró tres o cuatro días más, mucho tiempo para un niño, o para cualquiera, de hecho, teniendo en cuenta que andaba todo el día con los ojos cerrados. Pero entonces, un día, cuando bajó a cenar, parpadeaba y volvía a usar los cubiertos. «Me alegra ver que te has recuperado», le dije. Él se encogió de hombros y se señaló las orejas. «¿Qué sucede, cariño?», le pregunté. Él fue al armario, tomó papel y pluma y escribió: «Lo siento, no te oigo. Soy sordo». «¡Qué vas a ser sordo!», dijo Irv. «Soy sordo», dijo Jacob, vocalizando las palabras en silencio.

»Tal vez un mes más tarde, entró en la sala de estar cojeando y con una almohada en la espalda, debajo de la camiseta. No dijo nada, se acercó cojeando a la estantería, tomó un libro y volvió a salir. "Ciao, Quasimodo", le dijo Irv, y siguió leyendo, pensando que sería otra de sus fases. Yo lo seguí hasta su cuarto, me senté junto a él en la cama y le pregunté: "¿Te has roto la espalda?". Él asintió con la cabeza. "Eso debe de doler muchísimo." Jacob volvió a asentir. Le sugerí que, si quería volver a poner la columna en su sitio, se atara una escoba a la espalda. Pasó dos días yendo de aquí para allá con la escoba, hasta que finalmente se recuperó.

»Unas semanas más tarde, le estaba leyendo en la cama cuando de repente Jacob, que tenía la cabeza apoyada en la almohada que había utilizado como joroba, se levantó una manga de la pijama y dijo: "Mira qué ha pasado". Yo no sabía qué se suponía que me estaba enseñando, sólo que tenía que verlo, o sea que le contesté: "Vaya, qué mal se ve eso". Él asintió en silencio. "Es una quemadura horrible", explicó. "Ya lo veo", le dije yo, tocando suavemente el brazo. "Espera, tengo una pomada en el botiquín." Volví con un tarro de crema hidratante. "Usar en caso de quemaduras graves", dije, fingiendo leer las instrucciones de la parte trasera. "Aplicar generosamente sobre la quemadura y dar una friega para que penetre en la piel. Recuperación total a la mañana siguiente." Pasé media hora frotándole el brazo, un masaje con varias fases: agradable, meditativa, íntima y, al parecer, sedante. A la mañana siguiente, cuando se metió en nuestra cama, me enseñó el brazo y dijo: "Ha funcionado". "Un milagro", dije yo. "No", contestó él, "sólo es medicina".

Más risas.

—«Sólo es medicina.» Es una frase que recuerdo constantemente: los milagros no existen, sólo la medicina.

»Las discapacidades y las enfermedades siguieron llegando: una costilla rota, pérdida de la sensibilidad en la pierna izquierda, dedos rotos... Pero cada vez sucedían con menos frecuencia. Y entonces, una mañana, tal vez un año después de la ceguera, Jacob no bajó a desayunar. A menudo se quedaba dormido, sobre todo si la noche antes él y su padre habían visto un partido de los Orioles hasta tarde. Llamé a la puerta, pero no hubo respuesta. Abrí y me lo encontré inmóvil, en la cama, con los brazos y las piernas estiradas, con una nota sobre el esternón: "Estoy muy, muy enfermo y creo que puedo morir esta noche. Si me estás mirando y no me muevo, es que estoy muerto". Si hubiera sido un juego, habría ganado. Pero no era ningún juego. Yo podía curarle una quemadura con pomada, podía reparar una espalda rota, pero con los muertos no hay nada que hacer. Hasta entonces había disfrutado mucho de la intimidad de nuestra secreta complicidad, pero de pronto no entendía nada. Me quedé mirándolo: mi hijo, tan estoico, tan quieto. Me puse a llorar, como estoy a punto de hacer ahora. Me arrodillé junto al cuerpo de Jacob y lloré, lloré y lloré.

Irv fue hasta la pista de baile y rodeó a Deborah con un brazo. Le susurró algo al oído. Ella asintió y le respondió también con un susurro. Él susurró algo más. Deborah se recompuso y siguió hablando:

—Lloré mucho. Apoyé la cabeza sobre su pecho y lloré ríos de lágrimas entre sus costillas. Estabas muy flaco, Jacob. Por mucho que comieras, estabas siempre en los huesos. Huesos y nada más —dijo con un suspiro—. Me dejaste llorar durante mucho, mucho tiempo. Entonces tosiste, agitaste las piernas, volviste a toser y regresaste lentamente a la vida. Yo nunca me enfadaba tanto contigo como cuando hacías algo peligroso: cuando no mirabas a ambos lados antes de cruzar la calle, cuando corrías con unas tijeras en la mano... Me daban ganas de pegarte. Tenía que hacer un esfuerzo consciente por no hacerlo. ¿Cómo podías ser tan imprudente con lo que más quería en este mundo?

»Pero en ese momento no me enfadé. Me quedé simplemente desolada. "No vuelvas a hacerlo", te dije. "No vuelvas a hacerlo nunca, nunca más." Todavía echado, giraste la cabeza hacia mí, ¿te acuerdas?, y dijiste: "Pero es que lo tengo que hacer".

Deborah arrancó de nuevo a llorar y le pasó a Irv la página de donde había estado leyendo.

—«En la salud y en la enfermedad —leyó Irv—. Jacob y Julia, mi hijo y mi hija: sólo existe la enfermedad. Hay gente que se vuelve ciega y gente que se vuelve sorda. Gente que se rompe la espalda y otra que se quema. Pero tenías razón, Jacob: ibas a tener que volver a hacerlo, otra vez. No como un juego, o un ensayo, ni siquiera como un retorcido intento de comunicar algo, sino de verdad, para siempre.»

Irv levantó los ojos de la página, se volvió hacia Deborah y dijo:

—Por Dios, Deborah, qué deprimente es esto.

Más risas, pero ahora temblorosas. Deborah también se rio y le tomó la mano a Irv, que siguió leyendo:

—«En la enfermedad y en la enfermedad. He aquí lo que les deseo. No busquen ni esperen milagros, porque no existen. Ya no. Y tampoco existen curas para el dolor que más duele. Sólo existe la medicina de creer en el dolor del otro y de estar presente cuando aparezca.»

Después de hacer el amor por primera vez como marido y mujer, Jacob y Julia se habían quedado echados, uno junto al otro, mirando al techo.

—El discurso de mi madre ha estado muy bien —le dijo Jacob.

—Pues sí —dijo Julia.

Jacob le tomó la mano.

—Pero lo único que realmente sucedió fue lo de la sordera —añadió—. Lo demás no es verdad.

Dieciséis años más tarde, a solas con la madre de sus tres hijos, en la escalera de su casa y debajo tan sólo del techo infinito, Jacob sabía que todo lo que había dicho su madre era verdad. Aunque no lo recordara, incluso aunque no hubiera sucedido. Había elegido la enfermedad porque no conocía ninguna otra forma de que lo vieran, ni siquiera quienes lo estaban mirando.

Pero entonces Julia le dio un apretón en la mano; no con fuerza, sino apenas con la presión suficiente para transmitir amor. Y Jacob sintió amor. Marital, coparental, romántico, el amor de la amistad, del perdón, de la devoción, un amor resignado, tercamente esperanzado: la clase de amor era lo de menos. En su vida había pasado demasiado tiempo en los umbrales, diseccionando el amor, negando el consuelo, imponiendo la felicidad. Julia presionó un poco más la mano del que todavía era su marido y le sostuvo la mirada como si lo sujetara también con los ojos.

—Tu abuelo ha muerto —dijo.

—Lo siento —dijo Jacob, unas palabras que le salieron del espinazo.

—¿Cómo?

—Espera, ¿qué has dicho? No te he oído.

—Tu abuelo. Isaac. Se ha muerto.

—¿Qué?

IV

QUINCE DÍAS DE CINCO MIL AÑOS

DÍA 2

A la pregunta de aproximadamente cuántas personas siguen atrapadas bajo los escombros, el director del dispositivo de rescate de Israel responde: «Una sola serían ya diez mil más de la cuenta». La siguiente pregunta del periodista es: «¿Sugiere que son diez mil?».

DÍA 3

Declaración del ministro del Interior israelí: «No es momento para riñas absurdas. Si los islamistas quieren tener el control, tendrán el control. Y si quieren protección para sus lugares sagrados, tendrán protección. Eso sí, tener las dos cosas a la vez es imposible».

A lo que el *waqf* responde: «Los sionistas tienen un largo historial a la hora de subestimar a los árabes y de quedarse lo que toman prestado».

A lo que el ministro del Interior responde: «Israel nunca hace estimaciones ni toma nada prestado».

DÍA 4

Editorial de *The New York Times*: «Muchos lectores han usado el término *desproporcionado* para comentar el pronóstico de víctimas en Oriente Próximo que publicamos ayer en portada».

En el Líbano, el líder de Hezbolá realiza unas declaraciones por televisión y pronuncia la frase: «El terremoto no fue obra de la naturaleza, y tampoco fue un terremoto».

El presentador del boletín de noticias nocturno de la CBS dice: «Y, finalmente, esta noche, un resquicio de esperanza entre los escombros. Les presentamos la historia de la joven Adia, una niña palestina de tres años que perdió a sus padres y a tres hermanas en Nablus. Caminando entre las ruinas, sin ni siquiera un apellido, tomó la mano del fotoperiodista estadounidense John Tirr y se negó a soltarla».

DÍA 5

Respuesta del embajador israelí: «A lo mejor tendríamos que preguntarles a los treinta y seis ciudadanos japoneses a quienes rescatamos "de forma unilateral, torpe y brutal", pagando con nuestra propia sangre, si quieren que los volvamos a transportar en helicóptero a la Explanada de las Mezquitas».

Un analista militar en Fox News, refiriéndose a la decisión unilateral de Turquía de usar el espacio aéreo de Israel para el transporte de suministros, afirma: «La falta de reacción de Israel es o bien un gesto de cooperación sin precedentes o una muestra de debilidad sin precedentes por parte de sus fuerzas aéreas».

Un ciudadano árabe israelí de veintidós años que ha perdido a cuatro hermanos explica: «La botella de cristal es inútil como arma, por eso es letal como símbolo». Las manifestaciones, que han dejado ya de ser espontáneas, se conocen como el *tdammar*, el resentimiento.

El presidente sirio: «A partir de este preciso instante, extendemos la tregua y la alianza estratégica a los once grupos rebeldes más numerosos».

DÍA 6

En Roma, el Vaticano anuncia: «El Vaticano financiará y supervisará la restauración del santo sepulcro».

Respuesta del sínodo de la Iglesia ortodoxa griega: «El Vaticano no supervisará nada».

Respuesta del catolicós de la Iglesia armenia: «Las ruinas se quedarán como están».

El Parlamento británico aprueba una resolución para garantizar «que todos los envíos de ayuda británica sean distribuidos directamente a sus destinatarios previstos, y no a través de canales israelíes».

El senador más joven (y judío) de California: «Sin duda, Israel está haciendo todo lo posible para garantizar que la recuperación se produzca de la forma más efectiva y generalizada. Es evidente que Israel no puede discriminar territorios ni renunciar a su responsabilidad sobre la población».

La canciller alemana: «Como el amigo más cercano de Israel en Europa, les aconsejamos que conviertan esta tragedia en una oportunidad para tender puentes con sus vecinos árabes».

Comunicado secreto del rey de Jordania al primer ministro de Israel: «Nuestra necesidad de ayuda es tan extrema y urgente que no estamos en situación de cuestionar su origen».

Respuesta: «¿Eso es una petición o una amenaza?».

Respuesta: «Es una constatación».

El Comité de Relaciones Públicas entre Estados Unidos e Israel anuncia la creación de dos listas de funcionarios: «Defensores de Israel» y «Traidores a Israel». La primera versión identifica a 512 defensores y 123 traidores.

Cartel en Ammán: DETENGAN EL CÓLERA.

DÍA 7

Respuesta del ministro de Exteriores egipcio: «En cuanto a la Marcha de un Millón, no podemos impedir que la población libre exprese su fraternidad ante el sufrimiento de las víctimas del terremoto».

El embajador turco en la ONU declara: «Israel ha reducido a la mitad el número de embarcaciones con ayuda humanitaria a las que permite acceder a sus aguas».
Al-Yazira afirma: «Israel retiene los suministros médicos que se envían a Cisjordania en los pasos fronterizos bajo su control».
El secretario de Estado de Estados Unidos afirma: «Israel está cooperando plenamente con sus socios leales».
Siria afirma: «Hemos desplazado fuerzas terrestres a la frontera sur para garantizar nuestra defensa».

Declaración de la Organización Mundial de la Salud: «La epidemia de cólera, que se ha declarado en más de una decena de ciudades de los territorios palestinos y de Jordania, supone una amenaza más grave aún que las posibles réplicas del terremoto o que una guerra».

En una conversación telefónica con el primer ministro israelí, el presidente estadounidense reafirma una vez más el compromiso de su país a la hora de garantizar la seguridad de Israel «con todos los medios necesarios y sin límites», pero añade: «Esta terrible catástrofe debe inspirar un cambio fundamental en los axiomas de Oriente Próximo».

El presentador de la CNN, llevándose el dedo índice al chícharo: «Lamento tener que interrumpir la emisión, pero acabamos de saber que justo antes de las siete de la tarde, hora local, otro terremoto devastador de escala 7.3 ha afectado Oriente Próximo».

DÍA 8

Extracto del informe del director de ingeniería civil de Israel, transmitido vía videoconferencia encriptada a los hogares de los miembros del Knesset: «He aquí algunas de las estructuras fundamentales que han quedado inutilizables: la sede del Ministerio de Defensa; el Instituto de Geofísica de Lod; el aeropuerto internacional Ben Gurión; y las bases de las fuerzas aéreas de Tel Nof y Hatzor. Todas las autopistas sufren por lo menos obstrucciones parciales. El acceso norte-sur ha estado bloqueado durante noventa minutos. La red de ferrocarril sigue inoperativa. Los puertos funcionan bajo mínimos. En cuanto al Muro de las Lamentaciones, las partes derruidas no ponen en peligro la integridad de la Explanada de las Mezquitas, pero de producirse más acontecimientos geológicos las consecuencias podrían resultar catastróficas».

Tras la réplica del terremoto, Arabia Saudí y Jordania firman un acuerdo de «unificación temporal». Ante la pregunta de por qué la caravana humanitaria saudita, de unas dimensiones sin precedentes, incluye también tropas terrestres, el rey saudita responde: «Para las tareas de recuperación». Ante la pregunta de por qué incluye doscientos aviones de combate, responde: «No hemos enviado aviones».

Israel se niega a reconocer «Transarabia» y, de este modo, le da nombre.

Irán promete que «Jordania no tendrá mejor aliado que Irán» y, de este modo, se niega a reconocer Transarabia.

El Consejo de Derechos Humanos de la ONU aprueba una resolución de condena de «la crisis de proporciones catastróficas provocada por la retirada completa, unilateral y sin previo aviso de los Territorios Ocupados por parte de Israel». Ningún Estado miembro se abstiene. Ningún Estado miembro vota en contra de la resolución.

Ante la pregunta sobre por qué medios piensa derogar Egipto todos sus tratados con Israel, el jefe del ejército egipcio responde: «Todos esos acuerdos y tratados se firmaron en el contexto de una serie de condiciones que ya no existen». Ante la pregunta de si Egipto seguirá reconociendo el Estado de Israel, responde: «Eso es semántica».

Cánticos delante del auditorio de la Universidad de Georgetown, donde un biólogo molecular israelí está presentando un artículo sobre la identificación de células embrionarias pluripotentes cancerígenas: «¡La culpa es de Israel! ¡La culpa es de Israel!».

375 defensores y 260 traidores.

«Y finalmente, esta noche, novedades sobre una noticia que ha cautivado el corazón de muchísima gente en todo el mundo: la de la joven Adia. Con preocupación, pero también con esperanza y plegarias, informamos que el orfanato improvisado donde vivía la pequeña Adia se derrumbó parcialmente debido a las réplicas de ayer. Algunos de los ocupantes del edificio lograron escapar, pero, como muchos otros, Adia se encuentra en paradero desconocido.»

DÍA 9

Un escuadrón de extremistas israelíes disfrazados de operarios logra penetrar en la Cúpula de la Roca y prenderle fuego. Los pirómanos son arrestados de inmediato. El primer ministro israelí emite un comunicado en el que afirma que el «incendio frustrado» forma parte de un «complot terrorista».

Financial Times: «La declaración de lealtad de Hamás hacia el Estado Islámico supone un paso más hacia una unificación sin precedentes del mundo musulmán».

Extracto de un informe del ministro de Sanidad israelí al primer ministro: «Los hospitales funcionan al cinco mil por ciento de ocupación, y la entrada de suministros procedentes de Estados Unidos no es ni lo bastante rápida ni lo bastante cuantiosa. Es inevitable que se produzca una epidemia de cólera, y brotes de disentería y tifus. Nos encaminamos hacia una guerra y debemos tomar decisiones difíciles en cuanto a nuestras prioridades».

En un mitin improvisado en la plaza Azadi de Teherán, ante una multitud estimada de doscientas mil personas, el ayatolá exclama: «¡Judíos, les ha llegado la hora! ¡Han quemado nuestra Cúpula de la Roca y responderemos a su fuego con fuego! ¡Vamos a quemar sus ciudades y sus pueblos, sus escuelas y hospitales, y todas sus casas! ¡Ningún judío estará a salvo!».

DÍA 10

En su discurso diario al país, el primer ministro israelí declara: «Los motivos tras la decisión de esta mañana son muy sencillos: hemos expulsado el *waqf* de la Explanada de las Mezquitas y lo hemos reemplazado por las Fuerzas de Defensa de Israel para mostrar al mundo que la Cúpula de la Roca ha sufrido daños mínimos y para proteger la zona mientras esté en peligro».

Las tres principales cadenas de supermercados europeos retiran todos los productos *kosher* de sus estantes por miedo a protestas. A modo de respuesta, un diputado tory tuitea: «Los JUDÍOS no son ISRAELÍES! Cómo se ATREVEN! #LosJudíosSonKosher».

Un analista político estadounidense, en relación con la declaración conjunta por parte de Siria, Egipto, el Líbano y Transarabia, asegura: «Se trata de una respuesta necesaria tras la toma de la Explanada de las Mezquitas por parte del ejército de Israel, pero llevamos ya una semana de ataques con misiles y refriegas. Esta declaración sólo lo hace oficial».

La población ultraortodoxa de Jerusalén extiende el rumor de que «el Mesías está en la puerta».

El presidente de Estados Unidos, en una sesión conjunta del Congreso: «Israel debe ceder inmediatamente el control de la Explanada de las Mezquitas a una fuerza de pacificación internacional, detener las represalias militares y retomar su participación en las tareas de rescate en los Territorios Ocupados. Si Israel asume sus responsabilidades, tendrá el apoyo incondicional y unilateral de Estados Unidos».

El Comité de Relaciones Públicas entre Estados Unidos e Israel incluye al presidente estadounidense en la lista de traidores.

DÍA 11

Editorial de *The Guardian*: «La cuestión no es tanto quién izó la bandera israelí en la Explanada de las Mezquitas, sino por qué todavía no se ha retirado. La inacción de Israel parece una provocación».

El califa del Estado Islámico anuncia la unidad temporal con «el Gobierno infiel de Siria y Hezbolá».

Un portavoz de las Fuerzas Aéreas turcas: «El virus informático que ha atacado nuestro sistema de control aéreo y ha provocado los múltiples accidentes de esta mañana es un acto de guerra».

El primer ministro israelí asegura al presidente estadounidense que Israel ni creó ni ha puesto en circulación el supuesto virus.

En un gesto sin precedentes, el presidente estadounidense ofrece ayuda y armas avanzadas a Turquía a cambio de su promesa de no participar en la guerra.

Argelia, Baréin, Comoras, los Emiratos Árabes Unidos, Irán, Iraq, Kuwait, Libia, Marruecos, Mauritania, Omán, Pakistán, Qatar, Somalia, Sudán, Túnez, el Yemen y Yibuti declaran la guerra a Israel.

Estados Unidos ejecuta la venta, largo tiempo en suspenso, de 60 misiles Harpoon, 185 «kits de expansión» M1A1 para tanques Abrams, 20 cazabombarderos F-16 y 500 misiles Hellfire II de fabricación estadounidense a Egipto. El Departamento de Estado se niega a hacer comentarios.

El presidente de la sección Hillel de la Universidad de Columbia, en relación con las primeras manifestaciones contra Israel dirigidas por estudiantes judíos, afirma: «La búsqueda de la justicia, en particular cuando ésta exige introspección y humildad, es un elemento central de nuestro objetivo: enriquecer la vida de los estudiantes judíos para que ellos puedan transmitir esa riqueza al resto de los judíos y al mundo».

CNN: «Disponemos de informaciones que confirman que un avión de carga estadounidense que se dirigía a un campo de aviación del Néguev se ha estrellado».

289 defensores y 246 traidores.

DÍA 12

Primera página del *New York Post*: la bandera israelí, ondeando aún, bajo el titular: «¡LA CÚPULA DE LA MOFA!».

Albania, Azerbaiyán, Bangladesh, Gambia, Guinea, Kosovo, Kirguistán, Maldivas, Mali, Níger, Senegal, Sierra Leona, Tayikistán, Turkmenistán y Uzbekistán declaran la guerra a Israel.

El ayatolá publica una carta abierta a «los hermanos árabes de Irán» que concluye así: «Su reticencia a permitir nuestra entrada en el campo de batalla será su propia perdición. Con independencia de nuestras diferencias, éste es nuestro momento».

El secretario de Estado de Estados Unidos ofrece al primer ministro israelí «toda la ayuda necesaria» a cambio del control sobre el arsenal nuclear de Israel. Después de rechazar sumariamente la propuesta, el primer ministro israelí pregunta: «¿Por qué no me ha llamado el presidente?».

Una madre joven de Tel-Aviv: «No paran de caer misiles, pero el alcantarillado de la ciudad ha inundado los refugios, o sea que esperamos fuera y que sea lo que tenga que ser».

En Bruselas, el presidente de la Unión Europea pronuncia un discurso en el que afirma: «La catástrofe de Oriente Próximo ha puesto de manifiesto un experimento fallido».

Israel declara la guerra «contra todos aquellos que pretenden destruir el Estado judío».

DÍA 13

NPR: «El nombre *Marcha de un Millón* fue siempre poco apropiado. Mientras era una marcha coherente, no llegaba a las cincuenta mil personas. Ahora se ha convertido en varias campañas descoordinadas, con orígenes diversos y Jerusalén como destino compartido, que según algunas fuentes suma dos millones de personas».

Una encuesta del Centro de Investigaciones Pew revela que el 58 por ciento de los judíos estadounidenses consideran que Estados Unidos debería entrar en la guerra.

Noticia de Associated Press: «Varias tribus beduinas del Néguev aseguran que las autoridades israelíes distribuyen yoduro de potasio entre la población judía próxima al Centro de Investigación Nuclear de Dimona, pero no a ellos».

Israel no responde a la acusación, ni tampoco a la retórica beligerante de Turquía, ni a las insinuaciones de que Israel ataca las instalaciones civiles de las principales ciudades de Siria, Egipto, el Líbano y Transarabia, ni tampoco a la ocupación de la ciudad turística de Eilat por parte del ejército de Transarabia, ni a la decisión de las Fuerzas de Defensa de Israel de purgar categóricamente a los árabes israelíes del ejército israelí, al tiempo que llama a filas a todos los hombres y mujeres judíos de más de dieciséis años para que proporcionen «apoyo paramilitar».

Varios periódicos estadounidenses publican un anuncio de página completa, firmado por cien líderes evangélicos, con el titular: «Todos somos sionistas».

Declaración de las Naciones Unidas: «Los más de veinte millones de refugiados estimados a causa del terremoto, la epidemia de cólera y los brotes de disentería y tifus, que han provocado ya más víctimas que el terremoto y la guerra juntos, y la escasez extrema de comida, agua potable y suministros médicos han sumido a Oriente Próximo en una crisis humanitaria sin precedentes. O respondemos a esta crisis de forma inmediata y con innegable determinación, o nos exponemos a varias décadas de inestabilidad global y a la mayor pérdida de vidas civiles desde la Segunda Guerra Mundial».

DÍA 14

Un portavoz de Transarabia: «No hemos conquistado las ciudades de Belén y Hebrón, sino que las hemos recuperado. Esta victoria histórica no habría sido posible sin el valor de nuestros hermanos de Marruecos, Argelia, Libia y Pakistán».

El presidente de Estados Unidos al primer ministro israelí:
—Fue el Mossad: nuestro avión y también lo de Turquía.
—¿Qué interés puede tener Israel en derribar un avión no ya del único país de la región que no ha entrado en combate, sino de nuestro aliado más próximo y necesario?
—Ésa es una pregunta que debe formularse a sí mismo.
—Le doy mi palabra de que Israel no tiene nada que ver con el asunto del avión estadounidense derribado.

Turquía declara la guerra «junto a nuestros hermanos musulmanes y contra el ente sionista».

301 defensores y 334 traidores.

Informe militar enviado al primer ministro de Israel: «Las FDI están a punto del colapso en el norte y en el este. La 5.ª, 7.ª y 9.ª divisiones del ejército sirio controlan totalmente los Altos del Golán y preparan una ofensiva para capturar Galilea. El ejército de Transarabia ha penetrado en el Néguev».

El portavoz de los colonos israelíes, que se niegan a ser evacuados, afirma: «Moriremos en nuestras casas».

DÍA 15

Memorando del Ministerio de Defensa al primer ministro de Israel:

A continuación encontrará nuestra respuesta a su petición de tres estrategias viables para ganar la guerra.

Estrategia 1: Desgaste
Israel dispone de más recursos sanitarios, las epidemias están matando más rápido que la contienda armada y es menos costoso adoptar una posición defensiva que una ofensiva. Nos replegamos dentro de nuestras fronteras defendibles, reforzamos nuestro ya de por sí sólido despliegue militar y esperamos ganar la guerra por medios biológicos. Aceleramos el proceso interrumpiendo las redes de suministro de medicamentos y, sobre todo, de agua potable. Existe la opción de adoptar acciones más proactivas en este sentido, que habría que discutir en persona.

Estrategia 2: Acción drástica
Un ataque nuclear sería la demostración de fuerza más drástica posible, pero entraña demasiados riesgos en cuanto a consecuencias imprevisibles, posibles represalias y la respuesta de Estados Unidos. Alternativamente, podríamos llevar a cabo dos ataques convencionales pero expeditivos: uno en el este y otro en el oeste. El objetivo más efectivo en el oeste es la presa

de Asuán. El noventa y cinco por ciento de la población de Egipto vive a menos de veinte kilómetros del Nilo y la presa genera más de la mitad de la energía del país. Con la destrucción de la presa, la totalidad del lago Nasser descendería por el cauce del río e inundaría prácticamente todo Egipto. El número de víctimas civiles sería elevadísimo, se contabilizaría por millones. Egipto dejaría de ser una sociedad funcional. En el este, bombardearíamos los principales pozos petrolíferos de Transarabia, con lo que dificultaríamos enormemente la capacidad de los árabes de seguir tomando parte en la guerra.

Estrategia 3: Diáspora inversa

Aunque la guerra ha revelado diferencias crecientes tanto entre los líderes estadounidenses y los israelíes como entre los judíos estadounidenses y los israelíes, una buena campaña de relaciones públicas culminada por un discurso del primer ministro debe permitir a Israel atraer a cien mil judíos estadounidenses a Israel para que colaboren con los esfuerzos bélicos.

Será una operación logística ciertamente costosa, que obligará a desviar hombres, equipamientos y atención estratégica originalmente destinados a la planificación y ejecución de operaciones militares. La inmensa mayoría de los voluntarios no tendrán ningún tipo de preparación ni de experiencia militar, no estarán en condiciones de entrar en combate y no hablarán hebreo. Pero su presencia obligará a Estados Unidos a implicarse militarmente. El presidente de Estados Unidos puede asistir impasible a la matanza de ocho millones de judíos israelíes, pero no a la de cien mil judíos estadounidenses.

En espera de su respuesta, empezaremos a elaborar un plan de acción completo y detallado.

V

NO TENER ELECCIÓN TAMBIÉN ES UNA ELECCIÓN

LA PALABRA QUE EMPIEZA POR I

«Buenas tardes. Deseo trasladar las más profundas condolencias y el apoyo incondicional del pueblo estadounidense a los habitantes de la región afectada por el terremoto de ayer. Todavía se desconoce el alcance total de la devastación, pero las imágenes que hemos visto de barrios enteros en ruinas y de padres y madres buscando a sus hijos entre los escombros son desgarradoras. No sólo eso, sino que, tratándose de una región tan habituada al sufrimiento, esta tragedia parece especialmente cruel e incomprensible. Nuestros pensamientos y nuestras plegarias están con la gente de Oriente Próximo, y también con aquellos que desde nuestro país todavía ignoran la suerte de sus seres queridos.

»He ordenado a mi Administración que aporte todos los recursos a disposición de Estados Unidos a la urgente tarea de rescatar a quienes siguen atrapados bajo los escombros, así como toda la ayuda humanitaria que se requerirá durante los próximos días y semanas. Para ello, nuestro Gobierno, y en particular el USAID y los departamentos de Estado y de Defensa, colaboran estrechamente con nuestros socios en la región y en todo el mundo.

»En estos momentos tenemos varias prioridades urgentes. En primer lugar, estamos trabajando para localizar a todo el personal de las embajadas estadounidenses y a sus familiares en Tel Aviv, Ammán y Beirut, además de a los muchos ciudadanos estadounidenses que viven y trabajan en la región. Pedimos a los americanos que estén intentando localizar a sus familiares en la zona que se pongan en contacto con el Departamento de Estado en el 299-306-2828.»

—Dilo —le urgió Tamir a la pantalla.

«En segundo lugar —siguió diciendo el presidente, ignorando a Tamir—, hemos movilizado numerosos recursos para asistir las tareas de rescate. En catástrofes como ésta, los primeros días resultan cruciales para salvar vidas y evitar una tragedia todavía mayor, por lo que he dado instrucciones a todas mis unidades para que actúen con prontitud a la hora de proporcionar asistencia y coordinarse con el resto de los socios.»

—¡Dilo!

«En tercer lugar, y teniendo en cuenta la multiplicidad de recursos que se precisan, estamos adoptando todas las medidas necesarias para garantizar que los gobiernos que prestan ayuda en la zona actúen de forma coordinada. Para ello he decidido nombrar al gestor de la Agencia de Desarrollo Internacional de Estados Unidos, el doctor Philip Shaw, como nuestro coordinador único de catástrofes.

»Estamos ante un operativo de recuperación y rescate altamente complejo, que supone un verdadero desafío. Al tiempo que desplazamos recursos hacia Oriente Próximo, trabajaremos estrechamente con nuestros socios en la región, agencias gubernamentales locales, numerosas ONG, las misiones de Naciones Unidas, que al parecer han sufrido bajas entre sus filas, y demás socios en la región y en el resto del mundo. Ésta es y tiene que ser una misión internacional.»

—¡Dilo ya! ¡Sólo es una palabra!

Por primera vez en décadas, o tal vez por primera vez desde siempre, Jacob se acordó de un juguete de deletrear palabras que había tenido de niño. Un verano se lo llevó a la playa; el juguete se derritió encima de una mesa de pícnic y no paraba de repetir «Dilo». No se calló ni siquiera cuando lo apagaron, como un fantasma: «Dilo, dilo, dilo...».

«Y, finalmente, permítanme añadir que éste es un momento que invita a recordar la humanidad compartida por todos. Soy consciente de que muchos estadounidenses pasan momentos difíciles también dentro de nuestro país, pero quisiera animar a todos aquellos que deseen colaborar en la tarea humanitaria urgente a que visiten la página de la Casa Blanca, WhiteHouse.gov, donde encontrarán instrucciones para realizar una contribución. Éste no es un momento en el que debamos parapetarnos detrás de nuestras fronteras, sino tender la mano y ofrecer toda nuestra compasión y nuestros recursos a las gentes de Oriente Próximo. Debemos prepararnos para las horas y los días difíciles que nos esperan, a medida que vayamos conociendo más detalles sobre el alcance de la tragedia. Tendremos a las víctimas y a sus familias en nuestras plegarias. Seremos activos y decididos en nuestra respuesta. Y prometo a toda la región que puede contar con Estados Unidos como amigo y como socio, hoy y en el futuro. Que Dios los bendiga y bendiga también a quienes trabajan por ustedes. Muchas gracias.»

—No ha sido capaz de decirlo.

—Al parecer tú tampoco.

Tamir le dirigió a Jacob una mirada irritada, como dando por sentado que Jacob bromeaba, que no podía estar hablando en serio.

—¿Qué? ¿*Militar*? ¿*Ayuda*?

Tamir silenció el televisor, que mostraba imágenes de cazas levantando grandes nubes de humo, y dijo:

—*Israel.*

—No seas absurdo.

—No lo seas tú.

—Claro que lo ha dicho.

—Claro que no.

—Lo ha dicho. Ha dicho «la gente de Israel».

—No, «de la región».

—Bueno, pero Tel Aviv seguro que sí lo ha dicho.

—Pero seguro que no ha dicho Jerusalén.

—¡Que sí! Y si no, aunque estoy seguro de que sí, lo ha hecho por todos los motivos comprensibles, que conoces perfectamente.

—Refréscame la memoria sobre lo que sé.

El teléfono de Tamir empezó a sonar, y como con todas las llamadas que había recibido desde el terremoto, no tuvo que sonar dos veces: a lo mejor eran noticias de Rivka o de Noam. A lo mejor era la respuesta a uno de sus múltiples intentos de volver a casa. Esa misma mañana había recibido un correo electrónico, o sea que sabía que estaban bien, pero todavía había muchos familiares y amigos de quienes no tenían noticias.

Pero era Barak, que llamaba desde el piso de arriba: quería saber si podía usar su iPad.

—¿Qué le pasa a la tuya?

—Es que necesitamos dos.

Tamir colgó.

—Es una catástrofe regional —dijo Jacob, resumiendo—, no israelí. Es geológica, no política.

—No hay nada que no sea político —dijo Tamir.

—Esto no lo es.

—Eso me lo cuentas dentro de unos días.

—Y si no fueran tan insistentes con lo de querer oír su nombre, sería más fácil decirlo.

—Ah...

—¿Qué?

—Que es culpa nuestra.

—No, me he expresado mal.

—¿Puedo preguntarte una cosa? —añadió Tamir—. Cuando dices «si no fueran tan insistentes», ¿a quién te refieres exactamente?

—A ustedes.

—¿A nosotros quién? ¿A mi familia?

—A los israelíes.

—Ah, vale, a los israelíes. Sólo quería asegurarme de que no te referías a los judíos.

—Oye, sólo era una declaración, el presidente intentaba ser cauto.

—Pero no es político.

—No quería convertirlo en algo político.

—Bueno, ¿cuál es el plan? —preguntó Julia, que acababa de entrar en la sala.

—Iremos a Dumbarton Oaks —contestó Jacob.

—Julia —dijo Tamir, volviéndose hacia ella—, déjame preguntarte algo. ¿Tú sientes que tienes que ser cauta cuando un amigo tuyo está herido?

—¿En el plano teórico, te refieres?

—No, en la vida.

—¿De qué tipo de herida hablamos?

—Algo serio.

—Creo que nunca he tenido a un amigo herido en plan serio.

—Qué suerte tienen algunos.

—En el plano teórico te diría que sí, que sería cauta. Si fuera necesario.

—¿Y tú? —le preguntó Tamir a Jacob.

—Pues claro que sería cauto.

—Entonces somos distintos.

—¿Tú eres temerario?

—No, soy leal.

—La lealtad no tiene por qué implicar temeridad —dijo Julia, como si se pusiera del lado de Jacob, algo que no le apetecía nada, y menos aún sin saber de qué hablaban.

—Pues yo creo que sí.

—Además, si la lealtad implica empeorar todavía más una situación, eso no ayuda a nadie —añadió Jacob, para que Julia sintiera que la defendía.

—A menos que la situación fuera a empeorar de todos modos. Tu padre estaría de acuerdo conmigo.

—Lo cual demuestra la sensatez de mi argumentación.

Tamir soltó una carcajada y aquello hizo que bajara la

presión y que la temperatura en la sala, que se estaba calentando por momentos, se redujera a la mitad.

—¿Cuál es el mejor restaurante de sushi de Washington? —preguntó Tamir.

—No lo sé —dijo Jacob—, pero sé que no será tan bueno como el peor restaurante de sushi de Israel, que es mejor que el mejor restaurante de sushi de Japón.

—Creo que yo me quedaré en casa mientras ustedes salen hoy —dijo Julia—. Quiero ponerme al día con unas cuantas cosas.

—¿Qué cosas? —preguntó Tamir, como sólo lo haría un israelí.

—Cosas del *bar mitzvá*.

—Creía que se había cancelado.

Julia miró a Jacob.

—¿Le has dicho que se había cancelado?

—No.

—No le mientas a tu mujer —dijo Tamir.

—¿Por qué insistes en repetir eso?

—¿Insiste en repetirlo? —preguntó Julia.

—Tú no lo ves —le dijo Jacob a Julia—, pero ahora mismo me está dando codazos. Para que lo sepas.

Tamir le dio otro codazo disimulado a Jacob y le dijo:

—Me dijiste que con la muerte de Isaac, el terremoto y lo que ha pasado entre ustedes dos...

—Yo no he dicho nada de eso.

—No le mientas a tu mujer, Jacob.

—¿Qué le has contado? —preguntó Julia—. ¿Lo de Mark? ¿Y lo del teléfono, también se lo has contado?

—No le había contado nada de lo que le acabas de contar tú.

—Y no es asunto mío —añadió Tamir.

—Lo que le he dicho —explicó Jacob, dirigiéndose sólo a Julia— es que, a lo mejor, a la luz de todo lo que ha pasado, tendríamos que modificar el *bar mitzvá*.

—¿Modificar qué? —preguntó Sam.

¿Cómo lo hacen los niños?, se preguntó Jacob. Entrar en todas partes no ya sin hacer ruido, sino también en el peor momento posible.

—Tu *bar mitzvá* —respondió Max. ¿Y ése? ¿De dónde había salido?

—Mamá y yo estábamos hablando de qué podemos hacer para que el *bar mitzvá* encaje mejor en el contexto de..., en fin, ya sabes.

—¿El terremoto?

—¿Qué terremoto? —preguntó Benjy, sin levantar los ojos del laberinto que estaba dibujando. ¿Llevaba todo el tiempo allí?

—Y lo del bisabuelo —dijo Jacob.

—Papá y yo creemos que...

—¿Es necesario empezar todas las frases con «papá y yo»?

—Creemos que es mejor que no haya ningún grupo de música —dijo Jacob, asumiendo la parte paterna de la conversación para demostrarle a Julia que también era capaz de dar malas noticias.

—Bueno —dijo Sam—, de todos modos eran una mierda.

Es muy difícil tener una conversación productiva con un chico de trece años: cualquier asunto, por delicadamente que se aborde, termina convirtiéndose en *la* conversación definitiva, que exige sistemas de defensa y contraataque a ataques que nunca has lanzado. Lo que empieza como una observación inocente sobre el hábito de Sam de dejar cosas olvidadas en los bolsillos de sus prendas sucias termina con Sam culpando a sus padres por haberse quedado en el percentil veintiocho de altura, algo que hace que quiera suicidarse por YouTube.

—No eran una mierda —repuso Jacob.

—Cuando mamá estacionó el coche —dijo Benjy, todavía concentrado en su laberinto— lo dejó mal, o sea que lo tomé y lo puse en su sitio.

—Muchas gracias, Benjy —le dijo Julia, que se volvió hacia Sam—. Hay formas más delicadas de decirlo.

—Por el amor de Dios —dijo Sam—. ¿Uno ya no puede ni tener opinión, o qué?

—Un momento —dijo Jacob—. Los elegiste tú. No fue mamá, ni tampoco fui yo. Fuiste tú. Tú miraste videos de media docena de grupos y decidiste, tú solo, que la Electric Brigade era la banda apropiada para tu *bar mitzvá*.

—Era la menos patética de tres opciones absolutamente patéticas. Además, tuve que elegir bajo presión; eso no es lo mismo que ser un *groupie*.

—¿Qué presión?

—La presión de tener que hacer un *bar mitzvá* cuando los dos saben que toda esta mierda es una puta mierda.

Jacob intentó evitar que Julia tuviera que ser otra vez quien lo reprendiera por decir palabrotas.

—¿«Esta mierda es una puta mierda», Sam?

—¿Qué pasa, tengo un léxico demasiado limitado?

—Inexistente. E intenta creerme si te digo que a mí también me habría hecho muy feliz no tener que pagar cinco mil dólares a una banda tan mediocre como la Electric Brigade para que tocara versiones mediocres de canciones mediocres.

—Pero el rito de iniciación es innegociable —dijo Sam.

—Sí —confirmó Jacob—, es así.

—Porque fue innegociable para ti, porque fue innegociable para...

—Correcto de nuevo. Es lo que hacen los judíos.

—¿No negociar?

—Celebrar *bar mitzvás*.

—Ah... Lo había entendido todo mal, pero ahora que sé que celebramos *bar mitzvás* porque celebramos *bar mitzvás*, lo que realmente me apetece es casarme con una chica judía y tener hijos judíos.

—Tienes que calmarte —dijo Julia.

—Y, desde luego, no quiero que me entierren —dijo Sam, cada vez más cerca de la conversación definitiva—. Especialmente si hay una ley judía que lo exige.

—Haz que te incineren, como a mí —dijo Max.

—O no te mueras —sugirió Benjy.

—Ya basta —les espetó severamente Julia, como una directora cerrando una pieza musical. Los tres se callaron en seco. ¿Por qué daba tanto miedo? ¿Qué tenía aquella mujer de metro sesenta, que nunca empleaba ningún tipo de violencia, física ni emocional, que ni siquiera hacía cumplir los castigos hasta el final, que aterrorizaba a su marido y a sus hijos hasta el punto de la rendición incondicional?

Jacob ofreció un resumen resumido:

—Mira, queremos ser sensibles y no transmitir la apariencia de que disfrutamos demasiado de la vida, teniendo en cuenta que se acaba de morir el bisabuelo. Por no hablar del terremoto. Sería de mal gusto y nos sentiríamos mal.

—¿La apariencia de que disfrutamos de la vida? —preguntó Sam.

—Lo único que digo es que tenemos que ser sensibles.

—Si quieren les digo cuál es la forma correcta de mirar este asunto —empezó a decir Tamir.

—A lo mejor más tarde —lo cortó Jacob.

—O sea que no habrá grupo de música —dijo Sam—. ¿Bastará para que parezca que no disfrutamos de la vida?

—En Israel no celebramos ninguna fiesta con el *bar mitzvá* —dijo Tamir.

—*Mazel tov* —le dijo Jacob, y se volvió de nuevo hacia Sam—. También es posible que anule lo del pizarrón de firmas.

—Que yo me he querido saltar desde el principio —respondió Sam.

—Y que yo he pasado tres semanas preparando —añadió Julia.

—Lo has preparado a lo largo de tres semanas —la corrigió Jacob.

—¿Cómo?

—Que no has pasado tres semanas preparándolo.

—¿Y ésa te parece una puntualización necesaria porque...?

De pronto no se lo parecía, de modo que cambió de tema:

—Creo que también deberíamos pensar en modificar los centros de mesa.

—¿Por qué? —preguntó Julia, que empezaba a creer que Jacob le estaba arrebatando cosas a ella, no a Sam.

—Nunca he entendido por qué a los judíos estadounidenses les gusta tanto pronunciar palabras que no entienden —dijo Tamir—. Encontrarle sentido a la ausencia de sentido. No lo entiendo.

—Porque son... festivos —dijo Jacob.

—No, son elegantes —replicó Julia.

—Un momento —dijo Sam—, entonces ¿qué queda?

—¿Qué queda?

—Exacto —dijo Tamir.

—Lo que queda —dijo Jacob, poniendo la mano sobre el hombro de Sam hasta que éste se apartó— es que te convertirás en un hombre.

—Lo que queda —dijo Julia— es compartir ese momento con tu familia.

—Son las personas más afortunadas de la historia del universo —dijo Tamir.

—Eso intentamos —le dijo Jacob a Sam, que bajó los ojos y dijo:

—Vaya mierda.

—No lo será, ya verás —dijo Julia—. Haremos que sea muy especial.

—Yo no he dicho que será una mierda, he dicho que vaya mierda. Todo esto. En presente.

—¿Preferirías estar en un congelador, como tu bisabuelo? —preguntó de pronto Jacob, tan sorprendido como todos los demás por sus propias palabras. ¿Cómo podía haber pensado aquello y, más aún, cómo podía haberlo dicho en voz alta? Aunque lo mismo valía para lo que dijo a continuación—: ¿Preferirías estar atrapado debajo de los escombros de un edificio en Israel?

—¿Ésas son mis opciones? —preguntó Sam.

—No, pero a lo mejor te sirven para poner las cosas en perspectiva, que falta te hace. Fíjate —dijo Jacob, señalando el televisor en silencio, que mostraba imágenes de unas excavadoras enormes apartando los escombros; eran tan grandes que tenían escaleras montadas sobre las ruedas.

Sam interiorizó aquellas imágenes, asintió y apartó la mirada lo bastante lejos como para no tener que cruzarla con la de sus padres.

—No habrá flores —dijo.

—¿No habrá flores?

—Son demasiado bonitas.

—No creo que se trate de un problema de belleza —dijo Julia.

—El problema —intervino Tamir— es que...

—Es parte del problema —dijo Sam, cortando a Tamir—, o sea que aire.

—Bueno, no sé si es tan fácil como «aire» —dijo Jacob—, porque ya las hemos pagado. Pero podemos preguntar si podrían cambiar el diseño por otro más acorde con...

—Y pasemos también de *yarmulkes* con monograma.

—¿Por qué? —preguntó Julia, dolida como sólo puede sentirse alguien que ha pasado seis horas para elegir la fuente, la paleta de colores y el material de unos *yarmulkes* con monograma.

—Porque son decorativos —dijo Sam.

—Bueno —intervino Jacob—, a lo mejor, a la vista de todo, son un poco cursis...

—No son cursis —dijo Julia.

—El problema... —volvió a empezar Tamir.

—Y seguramente es una obviedad —dijo Sam, como siempre que estaba a punto de decir algo que no era ninguna obviedad—, pero tampoco vamos a repartir recuerdos festivos entre los invitados.

—Lo siento, pero eso ya es pasarse de la raya —protestó Julia.

—Pues yo creo que tiene razón, sinceramente —dijo Jacob.

—¿En serio? —preguntó Julia—. ¿Sinceramente?

—Pues sí —dijo Jacob, al que no le había hecho ninguna gracia que repitiera el «sinceramente», sinceramente—. Los recuerdos festivos implican una fiesta.

—El problema...

—Eso no es verdad.

—Recuerdos *festivos*, Julia.

—Lo que implican es una convención social, y no cumplirla sería muy maleducado. *Jacob.*

—Exacto, una convención social al final de una fiesta.

—O sea que ahora vamos a castigar a sus amigos por unas placas tectónicas y por la muerte de su bisabuelo...

—Castigar a chicos de trece años es encasquetarles bolsas llenas de cervezas turísticas correspondientes a los lugares donde viven unos familiares y parientes de Sam que no importan a nadie, y encima fingir que lo haces por ellos.

—A ti, en cambio, no te hace falta fingir que eres un cabrón —dijo Julia.

—¡Zaz! —dijo Barak.

¿A qué había venido eso?

—¿Perdón? —dijo Jacob, exactamente como habría dicho Julia.

—No estaba recitando la Torá —dijo Julia—. Creo que todos hemos entendido perfectamente lo que acabo de decir.

—¿Se puede saber qué mosca te picó?

—No me picó nada.

El televisor soltaba fogonazos, como luciérnagas atrapadas dentro de un tarro.

—El problema —dijo Tamir, levantándose— es que no tienen suficientes problemas.

—¿Puedo decir una obviedad? —preguntó Sam.

—No —respondieron sus padres al unísono, una unidad poco corriente.

En la pantalla había una mujer de etnia y nacionalidad indeterminadas, que se daba jalones de pelo mientras lloraba, con tanta fuerza que la cabeza le iba de un lado a otro. No había ningún titular en la parte inferior de la pantalla, ningún comentario. Ninguna explicación para su sufrimiento. Sólo había sufrimiento. Sólo estaba aquella mujer, con mechones de pelo dentro de los puños con los que se golpeaba el pecho.

ABSORBER O ABSORTO

Cuando Isaac debería haber estado ya descomponiéndose bajo tierra, en realidad seguía muy bien conservado en una cámara frigorífica en Bethesda. Si había alguien para quien el final del sufrimiento podía convertirse en una prolongación del sufrimiento, ese alguien era Isaac. Su última voluntad —expresada tanto en su testamento como en numerosas conversaciones con Irv, Jacob o cualquiera que pudiera terminar encargándose de ello— era que lo enterraran en Israel.

—Pero ¿por qué? —preguntó Jacob.

—Porque es adonde van los judíos.

—¡A pasar las vacaciones de Navidad, no la eternidad!

Cuando Sam, que había acompañado a su padre, había señalado que allí recibiría muchas menos visitas, Isaac había contestado que «los muertos están muertos», y que las visitas son lo último que les pasa por la mente, también muerta.

—¿Y no quieres que te entierren con la abuela y el resto de la familia? —insistió Jacob.

—Nos volveremos a reunir cuando llegue el momento.

«¿Y eso qué demonios significa?», habría querido preguntar Jacob. Pero no lo hizo, pues hay momentos en que los significados, en sí mismos, significan muy poco. Y una última voluntad es uno de esos momentos. Isaac había comprado la parcela hacía veinte años —le había salido cara incluso entonces, pero no le importaba llegar pobre a la tumba—, o sea que lo único que hacía falta para cumplir su última y más duradera voluntad era embarcar su cuerpo en un avión y atar todos los cabos logísticos en su destino final.

Pero cuando llegó el momento de echar el cuerpo de Isaac en el buzón, se habían topado con la imposibilidad logística: no volaba ningún avión, y cuando se volvió a abrir el espacio aéreo, los únicos cuerpos a los que el país autorizaba la entrada eran los de quienes estaban dispuestos a morir.

Teniendo en cuenta que era imposible celebrar el entierro el mismo día de la muerte, tal como prescribía el ritual, nadie tuvo demasiada prisa para encontrar una solución. Aunque eso no significaba que la familia fuera indiferente a los rituales judíos: alguien tenía que velar el cuerpo en todo momento entre la muerte y el entierro. La sinagoga contaba con un grupo de personas que se encargaban de eso, pero con el paso de los días, el entusiasmo por cuidar del cadáver se fue desvaneciendo, y los Bloch tuvieron que asumir una parte cada vez mayor de la responsabilidad. Y tuvieron que encontrar el equilibrio entre esa responsabilidad y la de ser hospitalarios con los israelíes: Irv los acompañaba a Georgetown mientras Jacob se quedaba con el cuerpo de Isaac, y por la tarde Jacob los llevaba al Museo del Aire y el Espacio, a perder totalmente la perspectiva en el cine IMAX con ¡A volar!, mientras Deborah tenía una experiencia diametralmente opuesta junto al cuerpo de Isaac. Si antes hablaban a regañadientes por Skype con el patriarca durante siete minutos una vez por semana, ahora lo visitaban a diario. Gracias a una magia puramente judía, la transición de la vida a la muerte transformaba a alguien perpetuamente ignorado en alguien a quien no se podía olvidar jamás.

Jacob aceptó la peor parte de aquella responsabilidad, porque se consideraba el más capaz para asumirla y, sobre todo, porque deseaba eludir otras. Se sentaba a observar la *shmira*[23] —una expresión que no había oído hasta que él mismo pasó a formar parte de la coreografía de la *shmira*— por lo

23. Velatorio.

menos una vez al día, generalmente durante varias horas seguidas. Durante los primeros tres días, el cuerpo estuvo encima de una mesa, cubierto por una sábana, en la funeraria judía. Luego lo trasladaron a un lugar secundario, en la parte trasera del establecimiento, y al final de la semana lo llevaron a Bethesda, donde los cuerpos no enterrados van a morir. Jacob nunca se acercaba a menos de tres metros, ponía sus *podcasts* a volumen de sordo e intentaba no respirar por la nariz. Se llevaba libros, revisaba el correo electrónico (tenía que salir de la sala para que el celular tuviera señal) e incluso escribió un poco: «Cómo interpretar la distracción», «Cómo interpretar a los espíritus», «Cómo interpretar recuerdos sentidos pero incomunicables».

El domingo a media mañana, cuando las quejas rituales de Max de que no había nada que hacer alcanzaron un nivel de exasperación intolerable, Jacob le sugirió que lo acompañara a observar la *shmira*, pensando: «Así aprenderás a valorar el aburrimiento». Pero Max redobló la apuesta y aceptó.

En la puerta los recibió la anterior responsable de observar la *shmira*, una vieja del *shul*, que transmitía una vacuidad y una frialdad tales que podrían haberla confundido con uno de los muertos si su maquillaje excesivo no la hubiera delatado: los únicos judíos embalsamados son los judíos vivos. Se saludaron con la cabeza, la mujer le entregó a Jacob las llaves de la puerta principal, le recordó que no podían echar nada, absolutamente nada aparte del papel higiénico (y lo que iba con el papel higiénico, claro) en el inodoro, y con algo menos de ceremonia que en Buckingham Palace, realizaron el cambio de la guardia.

—Aquí huele fatal —dijo Max, sentándose detrás de la larga mesa de roble de la recepción.

—Yo, cuando tengo que respirar, lo hago por la boca.

—Huele como si alguien se hubiera tirado un pedo dentro de una botella de vodka.

—¿Y tú cómo sabes a qué huele el vodka?

—Pues porque el abuelo me lo hizo oler.

—¿Para qué?

—Para demostrarme que era caro.

—¿Y no era más fácil enseñarte el precio?

—Pregúntaselo a él.

—Mascar chicle también ayuda.

—¿Tienes chicle?

—Pues no.

Hablaron de Bryce Harper y de por qué, aunque el género estaba tan agotado que no daba para más, las películas sobre superhéroes seguían siendo geniales, y Max, como solía ser habitual en él, le pidió a su padre que le contara historias de Argo.

—Una vez lo llevamos a clases de entrenamiento canino. ¿Te lo había contado alguna vez?

—Sí, pero vuélvemelo a contar.

—Fue justo después de acogerlo. La profesora empezó a enseñarnos cómo un masaje en el vientre podía relajar a un perro nervioso. Nos habíamos sentado todos en círculo, éramos unas veinte personas. Estábamos acariciando el vientre de nuestros perros cuando de pronto se oyó un retumbo, como si el metro pasara por debajo del edificio. Venía de mi regazo: Argo estaba roncando.

—Qué lindo.

—Lindísimo.

—Pero nunca se ha portado muy bien que digamos...

—Dejamos las clases; teníamos la sensación de que eran una pérdida de tiempo. Pero unos años más tarde, Argo agarró el hábito de jalar la correa cuando lo sacábamos a pasear. Otras veces se paraba en seco y se negaba a dar un paso más. Contratamos a un tipo que había ayudado a otra gente del parque. Ya no me acuerdo de cómo se llamaba. Era de la isla de Santa Lucía, tirando a gordo, con cojera. Le puso un collar asfixiante a Argo y nos miró mientras lo paseábamos. Y, efectivamente, nada más empezar, Argo se plantó en seco. «Dele un jalón», me dijo el tipo. «Demuéstrele quién es el perro alfa.» Mamá se rio. Yo le di un jalón porque, en fin, soy el perro alfa, pero Argo ni se inmutó. «Más fuerte», dijo el tipo.

Jalé más fuerte, pero Argo jalaba igual de fuerte que yo. «Déjele claro quién manda aquí», dijo el hombre. Volví a jalar, esta vez con mucha fuerza, y Argo hizo un ruido como si se asfixiara, pero no se movió. Miré a mamá. El tipo dijo: «Tienen que educarlo o esto durará para siempre». Y recuerdo que pensé: «Yo, por mí, puedo vivir así para siempre».

»Esa noche me costó dormirme. Me sentía superculpable por haber jalado tan fuerte la última vez, tanto que lo había asfixiado. Y eso despertó la culpa por todas las otras cosas que había intentado enseñarle: a sentarse, a que diera la patita cuando se lo pedías o simplemente a volver cuando se iba. Si pudiera empezar de nuevo, no trataría de enseñarle nada.

Pasó una hora y luego otra.

Jugaron una partida al ahorcado y luego mil más. Las frases de Max siempre eran muy inspiradas, aunque no era fácil saber en qué: UNA NOCHE ANTES DE LAS BUENAS NOCHES; ASMA VISTO CON BINOCULARES; LANZAR BESOS A UNA CATERVA DE CUERVOS.

—Es una forma de llamar a un conjunto de aves —dijo, después de que Jacob la resolviera gastando sólo la cabeza, el torso y el brazo izquierdo.

—Sí, lo había oído.

—Una bandada de búhos, un averío de abubillas, una reunión de cardenales.

—¿Cómo sabes todo eso?

—Me gusta saber cosas.

—A mí también.

—Un *minyán* de judíos.

—Genial.

—Una discusión de los Bloch.

—Un universo de Maxs.

Jugaron a otro juego llamado «el espectro», en el que los participantes añadían por turnos letras a un fragmento cada vez más largo, cada uno de ellos intentando no completar la palabra, al tiempo que pensaba en una que pudiera corresponderse al fragmento.

—A.

—A-B.

—A-B-S.

—A-B-S-O.

—A-B-S-O-R.

—A-B-S-O-R-T.

—Mierda.

—*Absorto.*

—Sí, yo pensaba en *absorber*.

Jugaron a veinte preguntas, a dos verdades y una mentira y a afortunadamente desafortunado. A los dos les habría gustado tener una tele para amenizar la espera.

—Vamos a echarle un vistazo —dijo Max, tan a la ligera como si acabara de sugerir que abrieran la bolsa de mango deshidratado que se habían llevado.

—¿Al bisabuelo?

—Sí.

—¿Por qué?

—Porque está ahí.

—Ya, pero ¿por qué?

—¿Por qué no?

—«Por qué no» no es una respuesta.

—«Por qué» tampoco.

Aunque ¿por qué no? No estaba prohibido. No era una falta de respeto. Y no era, o no tenía por qué ser, desagradable.

—En la universidad me apunté a una asignatura de filosofía, no me acuerdo del nombre, ni siquiera me acuerdo del profesor, pero sí recuerdo que aprendí que algunas cosas están prohibidas no porque contravengan la ética, sino porque son cosas que simplemente no se hacen. Podríamos encontrar muchos motivos que explicaran por qué no está bien comer carne de humanos muertos por causas naturales, pero en el fondo no lo hacemos simplemente porque no lo hacemos.

—Yo no he dicho que nos lo comamos.

—No, ya lo sé. Sólo era un ejemplo.

—Pero ¿quién querría comer carne humana?

—Estoy casi seguro de que olería y sabría bien. Pero no lo hacemos, porque no se hace.

—¿Y eso quién lo decide?

—Muy buena pregunta. Algunas de las cosas que no se hacen son universales, pero otras son exclusivas de una cultura, o incluso de una familia.

—¿Como nosotros, que comemos gambas pero en cambio no comemos cerdo?

—No comemos gambas por costumbre, sólo de vez en cuando. Pero sí, algo así.

—Sólo que esto es distinto.

—¿Qué es distinto?

—Mirar al bisabuelo.

Tenía razón, era distinto.

—Hemos venido para estar con él, ¿no? —siguió diciendo Max—. Entonces ¿por qué no vamos a estar con él? ¿Qué sentido tiene venir hasta aquí y pasar tanto tiempo en otra sala? Para eso podríamos habernos quedado en casa, comiendo palomitas mientras veíamos su cuerpo por *streaming*.

Jacob tenía miedo, era una explicación muy simple. Explicar esa explicación, en cambio, resultaba un poco más complicado. ¿De qué tenía miedo? ¿De la proximidad de la muerte? No exactamente. ¿De la proximidad de la imperfección? ¿De aquella personificación de la realidad, en toda su grotesca honestidad? No, lo que le daba miedo era la proximidad de la vida.

—Te veo al otro lado —dijo Max, y entró en la sala.

Jacob se acordó de la noche en que, décadas atrás, él y Tamir se habían colado en el zoológico de Washington.

—¿Todo bien? —le preguntó a Max.

—Es raro.

—Te había avisado.

—No, tú no me habías avisado de eso.

—¿Qué aspecto tiene?

—Ven a verlo tú mismo.

—Estoy bien donde estoy.

—Es como cuando hablamos por Skype, pero como si estuviera más lejos.

—¿Pero tiene buen aspecto?

—Creo que yo no lo expresaría así.

¿Qué aspecto tendría? ¿Habría tenido un aspecto distinto si hubiera muerto de forma distinta?

Isaac había sido la personificación de la historia de Jacob, su propio almacén psicológico, con todas las estanterías caídas; una herencia de una fuerza y una debilidad incomprensibles. Y ahora era sólo un cuerpo. La personificación de toda la historia de Jacob era sólo un cuerpo.

Jacob recordaba cómo, de niño, cuando se quedaba a dormir en su casa, se bañaban juntos, y el pelo de los brazos, el pecho y las piernas de Isaac flotaba en la superficie del agua, como algas en un estanque.

Recordaba también cómo su abuelo se dormía con la bata de la barbería puesta, cómo se le caía la cabeza hacia delante, y cómo la hoja de afeitar trazaba un surco desde el cogote hasta donde alcanzaba la mano del barbero.

Jacob recordaba cómo su abuelo lo invitaba a jalarle el pellejo suelto que le colgaba del codo, hasta que formaba un colgante en el que cabía una pelota de béisbol.

Recordaba cómo olía el baño después de que lo usara su abuelo; lo que le producía aquel olor no era asco, sino pavor. Le tenía un terror mortal.

Recordaba que su abuelo llevaba el cinturón justo por debajo de los pezones y los calcetines justo por encima de las rodillas; que tenía unas uñas gruesas como las monedas de veinticinco centavos y unos párpados finos como el papel de plata; y que entre aplauso y aplauso volvía las palmas hacia el techo, como abriendo y cerrando un libro invisible, como si fuera incapaz de no darle una oportunidad al libro, lo rechazara y le diera una nueva oportunidad.

Una vez se había dormido jugando al Uno, con la boca llena de pan moreno. Jacob, que tendría la edad que ahora tenía Benjy, reemplazó la mano mediocre de su abuelo por una llena de cartas Comodín Roba 4, pero cuando lo despertó y retomaron el juego, Isaac no mostró ninguna sorpresa ante sus cartas y, cuando le llegó el turno, tomó del montón.

—¿No tienes nada? —le preguntó Jacob.

Isaac negó con la cabeza.

—Nada de nada —dijo.

Recordaba que su abuelo se cambiaba y se ponía el traje de baño donde le parecía más conveniente, sin consideración alguna hacia su propia intimidad y sin pensar si con ello humillaba a Jacob: junto al coche estacionado, en medio del vestidor masculino, incluso en la playa. ¿No se daba cuenta? ¿Le daba igual? Una vez, en una piscina pública a la que iban a veces los domingos por la mañana, su abuelo se desnudó al lado de la piscina. Jacob notó cómo las miradas de los desconocidos se restregaban en su interior, prendiendo y alimentando una hoguera de rabia: contra los desconocidos por juzgarlo, contra su abuelo por su falta de dignidad y contra sí mismo por sentirse humillado.

El socorrista se acercó y le dijo:

—Hay un vestidor detrás de las máquinas expendedoras.

—Ajá —le contestó su abuelo, como si le acabaran de decir que había un Home Depot junto a la carretera de circunvalación.

—No puede cambiarse aquí.

—¿Por qué no?

Jacob pasó décadas pensando en aquel «¿Por qué no?». ¿Por qué no, sencillamente porque el vestidor estaba allí, mientras que aquí estaba aquí? ¿Por qué no, porque qué hacemos siquiera hablando de esto? ¿Por qué no, porque si hubieras visto las cosas que yo he visto, también habrías perdido la capacidad de sentir vergüenza? ¿Por qué no, porque un cuerpo es sólo un cuerpo?

Un cuerpo es sólo un cuerpo. Pero antes de ser un cuerpo era una personificación de algo. Y ésa, por lo menos para Jacob, era la respuesta a por qué no: porque el cuerpo de su abuelo no podía ser sólo un cuerpo.

¿Cuánto tiempo más iba a durar aquello?

Irv sostenía que compraran una parcela en los Judean Gardens, tan cerca del resto de la familia como fuera posible, y acabaran con aquella muerte de una vez por todas. Jacob, en cambio, insistía en que esperaran hasta que la situación en Israel se aclarara un poco y pudieran cumplir la inequívoca última voluntad de Isaac.

—¿Y si tarda varios meses?

—Pues le deberemos a la funeraria varios meses de alquiler.

—¿Y si la situación no se aclara nunca?

—En ese caso, cuando miremos hacia atrás, pensaremos: qué afortunados éramos, ése era el mayor de nuestros problemas.

¿QUÉ SABEN LOS NIÑOS?

Julia quería ensayar la conversación con los niños. Jacob podría haber aducido que era innecesario y precipitado, pues esa conversación no iba a tener lugar hasta que la polvareda del *bar mitzvá* y del entierro se hubiera disipado. Pero dijo que sí, con la esperanza de que los oídos de Julia oyeran lo que su boca decía. Más aún, Jacob interpretó la voluntad de Julia de ensayar como un deseo de adoptar un papel, algo que equivalía a reconocer que no estaba segura. Julia, por su parte, interpretó la predisposición de Jacob a ensayar como una demostración de que, en realidad, estaba preparado para llegar al final.

—¿Tenemos que hablar de algo? —sugirió Julia.

Jacob lo pensó un instante y propuso otra fórmula:

—Tenemos que hablar en familia.

—¿Y eso por qué es mejor?

—Porque reafirma que somos una familia.

—Pero nunca tenemos charlas familiares. Los pondrá sobre aviso de que algo va mal.

—Es que algo va mal.

—Pero lo que intentamos transmitir con esta conversación es precisamente que nada va mal. Que las cosas van a ser distintas, nada más.

—Eso no te lo comprará ni Benjy.

—Pero si yo no tengo dinero... —dijo Benjy.

—¿Benjy?

—... para comprar.

—¿Qué pasa, cariño?

—Si tuvieran que pedir un deseo, ¿qué pedirían?

—¿Cómo dices, pequeño?

—En el colegio, el señor Schneiderman nos dijo que pidiéramos un deseo, que se los llevaría todos al Muro de las Lamentaciones, porque se iba a Israel de vacaciones. Y creo que pedí el deseo equivocado.

—¿Qué pediste? —preguntó Jacob.

—No te lo puedo decir, no se haría realidad.

—¿Y qué crees que deberías haber pedido?

—Tampoco te lo puedo decir, por si cambio de deseo.

—Pero si compartir tu deseo significa que éste no se va a hacer realidad, ¿por qué nos preguntas qué pediríamos nosotros?

—Es verdad —dijo, dio media vuelta y se fue de la sala.

Esperaron hasta oír que sus pasos se perdían escaleras arriba antes de proseguir.

—De lo que se trata —dijo Julia, bajando la voz— es de hacer que se sientan seguros y, a partir de ahí, presentarles el cambio.

—Y: chicos, ¿pueden venir un momento a la sala? ¿Qué tal?

—¿No es mejor en la cocina?

—Yo prefiero hacerlo aquí.

—¿Y entonces qué? —preguntó Julia—. ¿Les pedimos que se sienten?

—Ya, eso también daría demasiadas pistas.

—¿Y si esperamos a un momento en que estemos todos en el coche?

—Sí, no estaría mal.

—Pero entonces no los podremos mirar a la cara.

—Sólo a través del retrovisor.

—Un símbolo poco afortunado...

Jacob se rio. Julia intentaba ser graciosa y eso revelaba un fondo de bondad. Si aquello fuera en serio, nunca habría hecho una broma.

—¿Y durante la cena? —sugirió Julia.

—Primero tendríamos que explicarles qué hacemos cenando todos juntos.

—Cenamos juntos muy a menudo.

—De vez en cuando nos reunimos brevemente alrededor de la mesa.

—¿Qué hay para cenar? —preguntó Max, entrando de sopetón en la sala, exactamente como Kramer, a pesar de no haber visto nunca *Seinfeld*.

Julia le lanzó a Jacob una mirada que éste había visto un millón de veces, en un millón de contextos distintos: ¿qué saben los niños? ¿Qué sabía Sam cuando, dos años antes, había entrado en su habitación mientras hacían el amor? (En la postura del misionero, debajo de las sábanas y sin decirse guarradas, gracias a Dios.) Y cuando Max había descolgado el teléfono mientras Jacob interrogaba bruscamente a la ginecóloga de Julia sobre cuán benigno era un bultito benigno, ¿qué había oído? O cuando Benjy había entrado en la cocina y había dicho aquello de «epítome...», ¿qué sabía?

—Estábamos hablando de la cena —dijo Jacob.

—Sí, ya lo sé.

—¿Nos has oído?

—Creía que nos estaban llamando a cenar.

—Sólo son las cuatro y media.

—Ya, pero...

—¿Tienes hambre?

—¿Qué hay para cenar?

—¿Qué tiene que ver eso con si tienes hambre? —preguntó Jacob.

—Sólo es una pregunta.

—Lasaña y algún tipo de verdura —dijo Julia.

—¿Lasaña normal?

—De espinacas.

—No tengo hambre.

—Pues tienes una hora para que te dé hambre para la lasaña de espinacas.

—Creo que Argo necesita salir.

—Lo acabo de sacar —dijo Jacob.

—¿Y ha hecho caca?

—No me acuerdo.

—Si la hubiera hecho, te acordarías —dijo Max—. Necesita hacer caca. Ha empezado a hacer eso de dar lametones cuando tiene una caca urgente.

—¿Por qué nos dices todo esto en lugar de sacarlo?

—Porque estoy trabajando en mi discurso para el funeral del bisabuelo y necesito concentración.

—¿Vas a pronunciar un discurso? —preguntó Jacob.

—¿Tú no?

A Julia le emocionó aquella iniciativa tan adorablemente narcisista de Max. A Jacob le avergonzó el narcisismo de su propia falta de iniciativa.

—Diré unas palabras. En realidad, seguramente el abuelo hablará en nombre de todos.

—El abuelo no habla en mi nombre —dijo Max.

—Ve a trabajar en tu discurso —dijo Julia—. Papá sacará a Argo.

—¡Pero si lo acabo de sacar!

—Hasta que haga caca.

Max fue a la cocina y volvió a salir con una caja de cereales bio poco saludables, que se llevó a su habitación.

—Los cereales, en la boca o dentro de la caja —le dijo Julia, gritando—. No quiero encontrarlos en ningún otro lado.

—¿No me los puedo tragar? —respondió Max, gritando también.

—Tal vez sea un error hablar con los tres a la vez —dijo Jacob en voz baja para que no le oyeran—. ¿Y si habláramos primero con Sam?

—Supongo que podría...

—¡Dios!

—¿Qué?

Jacob señaló el televisor, que ahora estaba siempre encendido. Mostraba imágenes de un estadio de futbol de Jerusalén donde Jacob y Tamir habían presenciado un partido hacía más de dos décadas. Había decenas de excavadoras. No estaba claro qué hacían, ni por qué Israel había dado permiso para que se emitieran esas imágenes, y tantos interrogantes resultaban aterradores. ¿Estarían preparando una zona militar? ¿Excavando una fosa común?

Las noticias que llegaban a Estados Unidos eran inconsistentes, poco fiables y alarmistas. Y los Bloch se dedicaron a hacer lo que mejor se les daba: compensar las reacciones exageradas reprimiéndose a sí mismos. Cuando íntimamente creían que estaban a salvo, mostraban una preocupación excesiva, hablaban sin parar, se flagelaban a sí mismos y flagelaban a los demás hasta sacar escupitajos de angustia. Desde la comodidad de su sala de estar seguían las noticias como si de un espectáculo deportivo se tratara, y a veces se descubrían a sí mismos deseando más drama. Había conatos de bochornosa decepción cuando las estimaciones de la destrucción se revisaban a la baja, o cuando lo que parecía un acto de agresión resultaba no ser más que un accidente. Era como un partido cuyos riesgos irreales se podían comentar y saborear siempre y cuando el resultado final se supiera de antemano. Eso sí, en cuanto había un atisbo de peligro real cuando la mierda empezaba a alcanzar niveles alarmantes —como sucedería pronto—, cavaban en la tierra hasta que sus palas sacaban chispas: «Todo irá bien, no pasa nada».

Tamir estaba en gran medida ausente. Pasaba la mayor parte del día intentando encontrar la forma de volver a casa, siempre en vano. Si hablaba con Rivka y Noam, era en privado y no compartía nada. Pero, para asombro de Jacob, todavía le quedaban ganas de hacer turismo y arrastraba a Barak de monumento en monumento, de museo en museo, de la Cheesecake Factory al Ruth's Chris Steakhouse. Era curioso lo fácil que le resultaba a Jacob ver en Tamir lo que era incapaz de ver en sí mismo: su incapacidad de admitir la realidad. Hacía turismo para no tener que abrir los ojos.

Las imágenes del estadio se vieron reemplazadas por el

rostro de Adia, la niña palestina cuya familia había perecido en el terremoto y a la que habían descubierto en la calle, junto a un fotoperiodista estadounidense. Su historia había conmovido al mundo y seguía conmoviéndolo. A lo mejor era sólo porque la niña tenía una cara bonita; a lo mejor era por cómo se daban la mano. Se trataba de una noticia agradable en medio de la tragedia, pero al parecer de Jacob también era una tragedia, o cuando menos una mala señal, que de pronto empezaran a fluir sentimientos positivos entre palestinos y estadounidenses. Llegó un momento en el que Max empezó a dormir con una foto de Adia recortada de un periódico debajo de la almohada. Cuando su orfanato se hundió y la niña desapareció, Max también desapareció. Todos sabían dónde estaba —lo único que se había desvanecido era su voz, su mirada y sus dientes—, pero nadie sabía cómo encontrarlo.

—¿Hola? —dijo Julia, agitando la mano delante de los ojos de Jacob.

—¿Qué pasa?

—¿Has estado viendo la tele todo el tiempo mientras hablábamos?

—Con el rabillo del ojo.

—Soy consciente de que Oriente Próximo se está derrumbando y de que el mundo entero se verá arrastrado por el torbellino, pero ahora mismo esto es más importante —dijo, se levantó y apagó la tele. A Jacob le pareció que el aparato soltaba un suspiro de alivio—. Saca a Argo, luego terminaremos de hablar del asunto.

—Cuando realmente lo necesite, irá hasta la puerta y se pondrá a gemir.

—¿Qué necesidad hay de esperar hasta que realmente lo necesite?

—Cuando sea el momento, quiero decir.

—¿De verdad crees que tendríamos que hablar primero con Sam? ¿Antes que con los demás?

—O con Sam y Max. Por si alguno se echa a llorar. Benjy va a hacer lo mismo que hagan ellos, por eso digo que deberíamos darles la oportunidad de digerir la noticia y prepararse.

—También podemos dejar que lloren juntos —dijo Julia.

—A lo mejor deberíamos hablar primero con Sam, a solas. Seguramente tendrá la reacción más fuerte, sea la que sea, pero también es el más preparado para procesarlo.

Julia acarició uno de los libros de arte de la mesita de centro.

—¿Y si quien llora soy yo?

Aquella pregunta se apoderó de Jacob, y le dieron ganas de tocarla —tomarla por el hombro, pasarle la palma de la mano por las mejillas, notar cómo las crestas y los valles de sus dedos se entrelazaban—, pero no sabía si aquélla todavía era una reacción aceptable. La serenidad de Julia durante toda la conversación no la volvía distante, pero sí creaba un espacio a su alrededor. ¿Y si lloraba? Pues claro que lloraría. Todos llorarían. Se desharían en lágrimas. Sería horrible. Aquello les destrozaría la vida a los niños. Decenas de miles de personas morirían. Israel quedaría arrasado. Jacob quería todo eso, no porque anhelara el horror, sino porque imaginar lo peor lo mantenía a salvo: centrarse en el apocalipsis era lo que le dejaba margen para el día a día.

Una vez, hacía años, mientras iban en coche a visitar a Isaac, Sam había preguntado desde el asiento trasero:

—Dios está en todas partes, ¿verdad?

Jacob y Julia habían intercambiado otra mirada de «¿a qué viene eso?». Esa vez se encargó Jacob.

—Eso es lo que la gente que cree en Dios tiende a pensar, sí —dijo.

—¿Y Dios siempre ha estado en todas partes?

—Supongo que sí.

—Pues hay una cosa que no entiendo —añadió Sam, contemplando la luna temprana que seguían con el coche—. Si Dios estaba en todas partes, ¿dónde puso el mundo cuando lo creó?

Jacob y Julia intercambiaron otra mirada, ésta de asombro.

Julia se volvió hacia Sam, que seguía mirando por la ventana, sus pupilas yendo y viniendo como el carro de una máquina de escribir.

—Eres increíble —le dijo.

—De acuerdo —dijo Sam—, pero ¿dónde lo puso?

Esa noche, Jacob investigó un poco y descubrió que la pregunta de Sam había ocupado a los pensadores durante miles de años, y que la respuesta predominante era la idea cabalística del Tzimtzum. Resumiendo, Dios estaba en todas partes y, como Sam había supuesto, cuando había querido crear el mundo, no había encontrado dónde ponerlo. Por eso se había empequeñecido a sí mismo. Algunos lo consideraban un acto de contracción, otros de ocultación. La Creación exigía borrarse uno mismo. Para Jacob, se trataba de un gesto de humildad extrema, de la generosidad más pura.

En ese instante, sentado junto a Julia mientras ensayaban aquella conversación horrible, Jacob se preguntó si era posible que durante todos esos años hubiera estado malinterpretando los espacios que rodeaban a Julia: su silencio, su retraimiento. A lo mejor no se trataba de un mecanismo defensivo, sino de un gesto de humildad extrema, de la generosidad más pura. ¿Y si en lugar de retraerse quería atraer a los demás? ¿O las dos cosas a la vez, retraerse y atraer? O, más concretamente, dejar sitio para crear un mundo para sus hijos, incluso para Jacob.

—No llorarás —le dijo, intentando entrar en ese espacio.

—¿Sería malo si lo hiciera?

—No lo sé. Imagino que, en el fondo, es preferible no imponerles esa reacción. Bueno, *imponer* no es la palabra apropiada. Quiero decir que... Ya me entiendes.

—Sí, te entiendo.

Aquel «te entiendo» lo sorprendió y también se apoderó de él.

—Repetiremos esto varias decenas de veces y cada vez sentirás algo diferente.

—Pero nunca sucederá que no me deje destruida.

—Además, la adrenalina del momento ayudará a contener las lágrimas.

—Seguramente tengas razón.

«Seguramente tengas razón.» Hacía mucho tiempo —él tenía la sensación de que hacía mucho tiempo, lo habría corregido el doctor Silvers— que Julia no cedía a su opinión emocional sobre cualquier asunto; que no reaccionaba instintivamente a la contra. Aquellas palabras tenían un fondo de bondad —«seguramente tengas razón»— que lo desarmó. No necesitaba tener razón, pero sí aquella bondad. ¿Y si todas esas veces en que ella había reaccionado a la contra, o simplemente había descartado sus opiniones, le hubiera concedido un «seguramente tengas razón»? A él le habría resultado muy fácil rendirse ante aquella demostración de bondad.

—Y si lloras —añadió Jacob—, pues lloras.

—Sólo quiero ponérselo fácil.

—Eso es imposible.

—En la medida de lo posible.

—Pase lo que pase, nos las arreglaremos.

«Nos las arreglaremos.» Qué consuelo tan extraño, pensó Julia, cuando estaban ensayando aquella conversación precisamente porque no se las arreglaban. No juntos. Y, no obstante, el consuelo sugería unidad: «*nos* las arreglaremos».

—Creo que voy por un vaso de agua —dijo Julia—. ¿Quieres uno?

—Cuando lo necesite, iré hasta la puerta y me pondré a gemir.

—¿Tú crees que los niños saldrán perdiendo? —preguntó ella mientras entraba en la cocina. Jacob se preguntó si lo del agua sería una mera excusa para no tener que mirarlo a la cara al formular aquella pregunta.

—Voy a poner la tele un momento. Sin voz. Tengo que ver qué está pasando.

—¿Y lo que pasa aquí, qué?

—Estoy aquí. Me preguntaste si creo que los niños saldrán perdiendo. Sí, creo que es la única forma de describirlo.

Un mapa de Oriente Próximo cubierto de flechitas que indicaban los movimientos de los diversos ejércitos. Había habido escaramuzas, sobre todo con Siria y Hezbolá en el norte. Los turcos mostraban una actitud cada vez más hostil, y la recientemente creada Transarabia había empezado a acumular aviones y tropas en lo que había sido Jordania. Pero era controlable, contenible, aún era posible negarlo.

—Y tú, tranquila, que yo estaré llorando —dijo Jacob.

—¿Qué?

—¿Me traes un poco de agua?

—No te oí.

—He dicho que, aunque no me veas llorar, estaré llorando.

Esa frase era algo —o, por lo menos, él sentía que era algo— que tenía que decir. Siempre había sabido —o sea, había sentido— que Julia creía poseer una conexión emocional más fuerte con los niños, que por el hecho de ser madre, o mujer, o simplemente por ser como era, tenía un vínculo con ellos que a un padre, a un hombre, o simplemente a Jacob, le era vedado. Lo sugería sutilmente todo el tiempo —Jacob tenía la sensación de que lo sugería sutilmente— y de vez en cuando lo expresaba con todas las letras, aunque siempre camuflado dentro del discurso de todas las cosas especiales que tenía la relación de Jacob con ellos, como por ejemplo lo bien que se lo pasaban juntos.

Por lo general, la percepción de Julia de sus respectivas identidades como padres se podía resumir así: profundidad y diversión. Ella les daba el pecho, y Jacob hacía que se carcajearán con sus exagerados ruidos de avión mientras les daba de comer. Julia tenía una necesidad visceral, incontrolable, de ir a echarles un vistazo mientras dormían, y Jacob los despertaba si un partido se iba a la prórroga. Julia usaba palabras como *nostalgia*, *desasosiego* o *pensativo*, y a Jacob le gustaba decir que «no existen las palabrotas, sólo los usos groseros» para así justificar el uso supuestamente no grosero de palabras como *inútil* o *mierdoso*, que Julia odiaba en la misma medida en que les encantaban a los niños.

Había otra forma de describir la dicotomía entre profundidad y diversión, que Jacob había pasado horas y horas analizando con el doctor Silvers: pesadez y levedad. Julia le daba peso a todo, abría espacios para expresar todo tipo de emociones íntimas, sugería conversaciones sustanciosas sobre comentarios hechos de pasada y estaba siempre ponderando el valor de la tristeza. Jacob tenía la sensación de que la mayoría de los problemas no eran problemas, y que los que sí lo eran podían resolverse a base de distracciones, comida, actividad física o dejando pasar el tiempo. Julia siempre quería darles a los niños una vida cargada de gravedad: cultura, viajes al extranjero y películas en blanco y negro. Jacob no veía ningún problema —de hecho, veía su parte buena— en actividades más tontas y simples: parques acuáticos, partidos de béisbol y películas de superhéroes malísimas que producían gran placer. Julia consideraba la infancia como el periodo de formación del espíritu; Jacob, en cambio, la consideraba la única oportunidad que ofrecía la vida de sentirse seguro y feliz. Los dos veían las innumerables limitaciones del otro, pero también lo absolutamente necesario que era.

—¿Recuerdas hace años, cuando mi amiga Rachel vino a nuestro *séder*?[24] —preguntó Julia.

—¿Rachel?

—De la facultad de arquitectura. Vino con sus gemelos, ¿recuerdas?

—Y sin marido.

—Exacto. Le había dado un ataque al corazón en el gimnasio.

—Ésa sí es una historia con moraleja.

—¿Pero te acuerdas?

—Sí, fue la invitada por compasión del año.

—Creo que de niña había estudiado en una *yeshiva* o había recibido una rigurosa educación judía de algún otro tipo. Yo no lo sabía y me sentí muy avergonzada.

24. Cena pascual.

—¿De qué?

—De lo analfabetos que somos como judíos.

—Pero se lo pasó muy bien, ¿no?

—Sí.

—Pues ahórrate la vergüenza.

—Fue hace mucho tiempo.

—La vergüenza es la leche pasteurizada de las emociones.

Aquello suscitó una carcajada fabulosa —a Jacob le pareció fabulosa— por parte de Julia. Una risotada irrefrenable en medio de tanto tacticismo y estrategia.

—¿Y por qué te has acordado ahora?

El silencio puede ser tan irrefrenable como las carcajadas; puede acumularse, como ingrávidos copos de nieve sobre un tejado.

—No estoy segura —dijo Julia.

Jacob intentó elevar el tono de la conversación:

—A lo mejor has recordado cómo te sentó sentirte juzgada.

—Es posible. No creo que ella me estuviera juzgando, pero sí, me sentí juzgada.

—¿Y ahora temes sentirte juzgada? —preguntó Jacob.

Unas noches antes, Julia se había despertado como de una pesadilla, aunque no recordaba haber estado soñando. Bajó a la cocina, encontró el directorio de alumnos de Georgetown Day en el cajón de los descartes y corroboró que Benjy sería el único niño de su clase con dos direcciones.

—Temo que juzguen a nuestra familia —dijo.

—¿Te juzgas a ti misma?

—¿Tú no?

—Este año el invitado por compasión seré yo, ¿verdad?

Julia sonrió, agradeciendo que desviara el tema.

—No veo por qué tendría que ser distinto que los otros años.

Fue su primera carcajada compartida en semanas.

Jacob, que no estaba acostumbrado a aquella cordialidad, se quedó desconcertado. No era lo que había previsto mientras ensayaba para aquel ensayo de conversación. Había esperado un sutil tono pasivo-agresivo. Había asumido que iba a tener que tragar todo tipo de mierda, y que no tendría el valor necesario —no encontraría justificación a partir de un análisis defensivo de costo-beneficio— para recurrir al pequeño arsenal de contraargumentos que se había preparado.

El doctor Silvers lo había alentado a estar simplemente presente, a contemplar su dolor (en lugar de rebotarlo) y a resistirse al deseo de que las cosas salieran de una forma determinada. Pero Jacob tenía la sensación de que la situación iba a requerir un grado de reacción mucho menos zen. Iba a tener que evitar decir cosas que se pudieran utilizar en su contra en el futuro, porque todo iba a constar en acta para siempre. Iba a tener que hacer como que cedía (con afirmaciones discretas y abandonando algunas opiniones para abrazar otras que en secreto eran ya las suyas) sin conceder ni un milímetro. Iba a necesitar la astucia de alguien demasiado astuto para leer un libro sobre la astucia de los samuráis.

Pero a medida que la conversación iba tomando cuerpo, Jacob sintió que no tenía ninguna necesidad de controlarla. No había nada que ganar; sólo debía protegerse de todo lo que podía perder.

—Hay muchos tipos distintos de familia —dijo Julia—. ¿No te parece una buena forma de empezar?

—Pues sí.

—Algunas tienen dos padres; otras tienen dos madres.

—¿Algunas viven en dos casas distintas?

—En cuanto digamos eso, Max va a inferir que nos compramos una casa de veraneo y se va a emocionar.

—¿Una casa de veraneo?

—Junto al océano. Algunas familias viven en dos casas: una en la ciudad y otra junto al océano.

«Una casa de verano», pensó Julia, confundiéndose intencionadamente a sí misma como lo haría Max. Ella y Jacob habían hablado del asunto: no habían pensado en una casa junto al océano, que nunca podrían permitirse, pero sí en algo agradable en otro sitio. Era la gran noticia que había querido darle a Mark en su día, antes de que éste le recordara lo falta de noticias que estaba su vida. Una casa de verano estaría muy bien, lo suficiente, a lo mejor, para lograr que las cosas funcionaran durante un tiempo o, cuando menos, para aparentar que eran una familia funcional mientras pensaban en la siguiente solución temporal. «La apariencia de felicidad.» Si podían mantener esa apariencia —no ante los demás, sino en su propia percepción de la vida—, a lo mejor la aproximación a la experiencia de la auténtica felicidad sería lo bastante lograda para conseguir que las cosas funcionaran.

Podían viajar más. Planificar un viaje, el viaje en sí mismo, la descompresión... Todo eso les concedería algo de tiempo.

Podían ir a terapia de pareja, aunque Jacob había insinuado una extrañísima lealtad al doctor Silvers que habría hecho que visitar a otro terapeuta equivaliera a una transgresión (una transgresión más grave, al parecer, que pedir una dosis de semen fecal de una mujer que no era su esposa); y ante la perspectiva de mostrar todas las cartas, del tiempo y los gastos que supondrían dos visitas semanales que terminarían en un silencio doloroso o en conversaciones interminables, no era capaz de concebir la esperanza necesaria.

Podían haber recurrido exactamente a lo que ella se había pasado toda su vida profesional ofreciendo y no había parado de criticar en su vida privada: una renovación. Había tantas cosas que mejorar en su casa: podían remodelar la cocina (por lo menos tendrían que cambiar el mobiliario, aunque también podían poner barras y aparatos nuevos e, idealmente, redistribuir el espacio para mejorar el campo visual); renovar el baño principal; cambiar los armarios; abrir la parte trasera de la casa al jardín; añadir un par de tragaluces encima de las duchas del piso de arriba y terminar el sótano.

—Una casa donde vivirá mamá y otra donde vivirá papá.

—Bueno —dijo Jacob—, déjame ser Sam por un momento.

—Vale.

—¿Se van a mudar al mismo tiempo?

—Lo vamos a intentar, sí.

—¿Y yo voy a tener que estar llevando mis cosas cada día de aquí para allá?

—Viviremos a cuatro pasos el uno del otro —dijo Julia—, y no será cada día.

—¿Eso es algo que puedas prometer? Ahora estoy siendo yo.

—Creo que es una premisa válida dada la situación.

—¿Y cómo repartiremos el tiempo?

—No lo sé —dijo Julia—, pero no será cada día.

—¿Y quién vivirá aquí? Ahora vuelvo a ser Sam.

—Espero que una buena familia.

—Nosotros somos una buena familia.

—Sí, lo somos.

—¿Alguno de ustedes ha tenido una aventura?

—Jacob...

—¿Qué?

—Que eso no lo va a preguntar.

—En primer lugar, es posible que lo haga. Y, en segundo lugar, es una de esas cosas para las que, por improbable que sea, debemos tener una respuesta preparada.

—Bueno —dijo Julia—. Yo seré Sam.

—Vale.

—¿Alguno de ustedes ha tenido una aventura?

—¿Y yo quién soy? —preguntó Jacob—. ¿Yo? ¿O tú?

—Tú.

—No. No se trata de eso.

—Pero vi tu teléfono.

—Un momento, ¿lo vio?

—Creo que no.

—¿Crees que no? ¿O sabes que no?

—Yo creo que no lo vio.

—Y entonces ¿por qué dices eso?

—Porque los niños saben cosas que nosotros creemos que no saben. Y porque me ayudó a introducir la contraseña...

—¿Te ayudó con la contraseña?

—Ni siquiera sabía de quién era.

—¿Y vio...?

—No.

—Pero le contaste...

—Claro que no.

Jacob volvió a su personaje.

—Lo que viste era una conversación con otro de los guionistas del programa. Nos estábamos mandando frases para una escena en la que, en fin, salen dos personajes que se dicen cosas bastante inapropiadas.

—Bastante convincente —dijo Julia, hablando consigo misma.

—¿Y tú, mamá? —preguntó Jacob—. ¿Has tenido una aventura?

—No.

—¿Ni con Mark Adelson?

—No.

—¿No lo besaste en la simulación de la ONU?

—¿Esto te parece muy útil, Jacob?

—De acuerdo, yo seré tú.

—¿Cómo que serás yo?

—Sí, Sam, besé a Mark. No fue premeditado...

—Yo nunca usaría esa palabra.

—No fue planeado. Ni siquiera fue agradable. Pasó y ya está. Siento mucho que pasara. Le he pedido disculpas a tu padre y él las ha aceptado. Tu padre es muy buena persona...

—De acuerdo, ya capto la idea.

—Pero, ahora en serio —dijo Jacob—, ¿cómo vamos a explicar nuestro razonamiento?

—¿Qué razonamiento?

Nunca usaban la palabra *divorcio*. Jacob la podría haber dicho sin problemas, porque sabía que no iba a suceder, pero prefería no abusar de ella. Julia no la podía decir porque no estaba tan segura. No sabía qué hacer con ella.

Si era totalmente honesta, a Julia no le resultaba nada fácil exponer los motivos para hacer lo que no podía ni mencionar.

Era infeliz, aunque no estaba del todo convencida de que su infelicidad no fuera la felicidad de otra persona. Tenía muchos deseos insatisfechos —cantidades industriales—, pero suponía que eso le pasaba a todo el mundo, estuviera casado o no. Quería más, pero no sabía si se podía encontrar más. Antes, no saber era inspirador, suscitaba en ella algo así como una fe. En cambio ahora suscitaba su agnosticismo: no saber era como no saber.

—¿Y si nos preguntan si nos vamos a volver a casar? —preguntó Julia.

—No sé. ¿Tú tienes planes?

—Ni hablar —dijo ella—. Imposible.

—Te veo muy segura.

—No estoy segura de nada.

—Antes estabas insegura de todo, en el mejor sentido posible.

—Supongo que tenía menos evidencias.

—De lo único de lo que tienes evidencia ahora es de que nuestra forma concreta de hacer las cosas no ha funcionado para la persona concreta que eres tú.

—Estoy preparada para el próximo capítulo.

—¿Para ser una solterona?

—Tal vez.

—¿Y qué me dices de Mark?

—¿Qué quieres que te diga?

—Es un buen tipo, es guapo. ¿Por qué no lo intentas?

—¿Cómo puedes estar tan ansioso por librarte de mí?

—No, es sólo que parece que conectas con él y...

—No te preocupes por mí, Jacob. Estaré bien.

—No me preocupo por ti.

Eso había sonado fatal. Lo volvió a intentar:

—No estoy más preocupado por ti de lo que lo estás tú por mí.

También eso sonaba bastante mal.

—Mark es un tipo legal —dijo Billie desde un extremo de la sala. ¿Aparecían espontáneamente en el tapizado, como los gusanos en la carne podrida?

—¿Billie?

—Hola —dijo, ofreciéndole la mano a Jacob—. No nos conocemos, pero he oído muchas cosas sobre ti.

¿Qué cosas exactamente?, habría querido preguntarle Jacob, que le dio la mano y dijo:

—Yo también he oído muchas cosas sobre ti. —Mentira—. Todas buenas, por cierto. —Eso era verdad.

—Estaba arriba, ayudando a Sam con sus palabras de disculpa del *bar mitzvá*, y se nos ha ocurrido que no sabemos qué se considera exactamente una disculpa. ¿Es necesaria una rectificación explícita?

Jacob le dirigió a Julia una mirada como diciendo «menudo vocabulario tiene ésta».

—¿Puede simplemente describir lo que pasó y explicarse? ¿Es estrictamente necesario que emplee las palabras *lo siento*?

—¿Y todo eso por qué no nos lo pregunta Sam?

—Ha sacado a Argo. Me pidió que se los preguntara yo.

—Dentro de un rato subiré a echarle una mano —dijo Jacob.

—No estoy segura de que eso sea necesario o, de hecho, deseable. Sólo queremos saber qué se entiende por disculpa.

—Creo que sí, que hace falta una rectificación explícita —dijo Julia—. Pero no es necesario utilizar las palabras *lo siento*.

—Es lo que intuía —dijo Billie—. Vale. Bueno, gracias.

Se giró para salir, pero Julia la llamó:

—Billie.

—¿Sí?

—¿Has oído algo de la conversación que estábamos teniendo? ¿O sólo que Mark es un buen tipo?

—No lo sé.

—¿No sabes si has oído algo? ¿O no sabes si te sientes cómoda respondiendo?

—Lo segundo.

—Es que...

—Lo entiendo.

—Todavía no hemos hablado con los chicos...

—Lo entiendo, de verdad.

—Y falta mucho contexto —añadió Jacob.

—Mis padres están divorciados. Lo entiendo perfectamente.

—Estamos buscando la forma de afrontarlo —dijo Jacob—, tratando de encontrar nuestro camino.

—¿Tus padres están divorciados? —preguntó Julia.

—Sí.

—¿Desde cuándo?

—Hace dos años.

—Lo siento.

—No me culpo a mí misma por el divorcio, ustedes tampoco deberían hacerlo.

—Qué graciosa —dijo Julia.

—Gracias.

—Es evidente que el divorcio no ha impedido que te conviertas en una persona increíble.

—Nunca sabremos si habría podido suceder al revés.

—Tienes mucha gracia, de verdad.

—Muchas gracias, de verdad.

—Sabemos que esto te deja en una posición incómoda —añadió Jacob.

—No pasa nada —dijo Billie, que se giró para irse de nuevo.

—¿Billie?

—¿Sí?

—¿Tú dirías que saliste perdiendo con el divorcio de tus padres?

—¿Cómo *perdiendo*?

—Quiero cambiar mi deseo —dijo Benjy.

—¿Benjy?

—Me tengo que ir —dijo Billie, dándoles la espalda de nuevo.

—No hace falta que te vayas —dijo Julia—. Quédate.

—Deseo que le crean a Sam.

—¿Que le creamos en qué? —preguntó Jacob, sentándose a Benjy en las rodillas.

—Yo voy regular —dijo Billie, y se fue.

—No lo sé —dijo Benjy—. Pero he oído que hablaba con Max y que decía que ojalá que le creyeran. O sea que le robé su deseo.

—No es que no le creamos —dijo Jacob, focalizando de nuevo su rabia contra Julia por no ser capaz de ponerse del lado de Sam.

—Y entonces ¿qué es?

—¿Sabes de qué estaban hablando Sam y Max? —preguntó Julia.

Benjy negó con la cabeza.

—Sam se metió en un lío en la escuela hebrea porque encontraron en su pupitre un papel con palabrotas. Él dice que no fue él, pero su maestro está convencido de que sí lo fue.

—¿Y por qué no le creen?

—No es que no le creamos —dijo Jacob.

—Nosotros siempre queremos creerle —dijo Julia—. Siempre queremos ponernos del lado de nuestros hijos. Pero esta vez no creemos que Sam nos esté contando la verdad. Eso no lo convierte en una mala persona, ni hace que lo queramos menos. De hecho, lo que pasa es que lo queremos. Y queremos ayudarle. La gente se equivoca todo el tiempo. Yo me equivoco, papá también. Y todos esperamos que los demás nos perdonen. Pero para eso hay que disculparse. Las buenas personas no son las que cometen menos errores, sino las que se disculpan mejor.

Benjy rumió aquella respuesta y finalmente volvió la cabeza hacia Jacob.

—Pero entonces ¿tú por qué sí le crees? —preguntó.

—Mamá y yo creemos lo mismo.

—¿Tú también crees que mintió?

—No, también creo que la gente comete errores y merece que la perdonen.

—¿Pero crees que mintió?

—No lo sé, Benjy. Y tu mamá tampoco. Eso sólo lo sabe Sam.

—¿Pero tú qué crees?

Jacob puso las palmas sobre las de Benjy y esperó la llamada del ángel, pero no apareció ninguno. Tampoco apareció ningún carnero.

—Creemos que no nos está contando la verdad —respondió finalmente.

—¿Pueden llamar al señor Schneiderman y pedirle que cambie lo que puse en mi nota?

—Sí, claro —dijo Jacob—. Ningún problema.

—¿Pero cómo le pasarán mi nuevo deseo sin decírselo?

—¿Por qué no lo escribes y se lo damos?

—Porque ya está allí.

—¿Dónde?

—En el Muro de las Lamentaciones.

—¿En Israel?

—Supongo...

—Ah, en ese caso no te preocupes. Seguro que su viaje se ha cancelado y que tendrás ocasión de cambiar tu deseo.

—¿Por qué?

—Por el terremoto.

—¿Qué terremoto?

—La semana pasada hubo un terremoto en Israel.

—¿Uno grave?

—¿No nos has oído hablar del tema?

—Entre ustedes hablan de muchas cosas de las que no me dicen nada. ¿Pero el Muro se ha salvado?

—Sí, claro —dijo Julia.

—Si hay algo que se salvará es el Muro —dijo Jacob—. Lleva más de dos mil años en pie.

—Sí, pero antes había tres muros más.

—En realidad es una historia muy interesante —dijo Jacob, que esperaba recordarla y podérsela contar. La historia estaba latente en su interior desde que la había oído por primera vez, en la escuela hebrea. No recordaba cuándo se la habían contado y no había vuelto a pensar en ella desde entonces, pero ahí estaba, una parte de sí mismo que podía transmitir a sus hijos—. Cuando los ejércitos romanos conquistaron Jerusalén, recibieron la orden de destruir el Templo.

—Era el Segundo Templo —puntualizó Benjy—, porque el primero ya lo habían destruido.

—Es verdad, qué bien que sepas eso. Bueno, pues tres de los muros cayeron, pero el cuarto resistió.

—¿Resistió?

—Aguantó. Dio la cara.

—Los muros no tienen cara.

—Era imposible destruirlo.

—Vale.

—Se mantuvo firme ante los martillos, los picos y los palos. Los romanos cargaron con sus elefantes contra el Muro, intentaron prenderle fuego, incluso inventaron el martillo de demolición.

—Guau.

—Pero parece que nada podía derribar el cuarto muro. El soldado a cargo de la destrucción del Templo informó a su comandante de que habían destruido tres de los muros, pero en lugar de admitir que no podían derribar el cuarto, sugirió dejarlo de pie.

—¿Por qué?

—Como una prueba de su grandeza.

—No lo entiendo.

—Al ver ese muro, la gente podría imaginar la inmensidad del Templo y del enemigo al que habían derrotado.

—¿Qué?

Julia simplificó el relato:

—Verían lo enorme que debía de haber sido el Templo.

—Ah, vale —dijo Benjy, comprendiendo finalmente.

Jacob se volvió hacia Julia.

—¿No hay una organización que se dedica a reconstruir las sinagogas destruidas en Europa a partir de sus cimientos? Pues es algo parecido.

—O el monumento conmemorativo del 11 de Septiembre.

—Hay una palabra para eso —dijo Jacob—. La oí una vez, un... *shul*. Eso es, *shul*.

—¿Como la sinagoga?

—Una coincidencia muy afortunada, pero no, es una palabra tibetana.

—¿Y de dónde aprendes tú palabras tibetanas?

—Ni idea —dijo Jacob—. Pero la he aprendido.

—¿Y ahora qué? ¿Vamos a tener que ir a buscar el diccionario tibetano?

—No sé si lo recuerdo bien, pero creo que es una huella física que deja algo. Como una pisada, o un canal por donde solía circular agua. O, en Connecticut, la hierba aplastada donde Argo había dormido.

—O un ángel en la nieve —dijo Benjy.

—Qué ejemplo tan bueno —dijo Julia, acariciándole la mejilla.

—Pero no creemos en los ángeles.

Jacob le puso una mano en la rodilla.

—No, lo que dije es que, aunque aparecen ángeles en la Torá, el judaísmo no fomenta...

—Mi ángel eres tú —le dijo Julia a Benjy.

—Y tú eres mi ratoncito de los dientes —dijo él.

Si hubiera tenido que escribir un deseo, Jacob habría pedido aprender sus lecciones vitales antes de que fuera demasiado tarde para ponerlas en práctica. Pero, como el muro donde lo habría introducido, aquel deseo conjuraba una inmensidad.

Después de que Benjy se fuera, de que dieran el ensayo por concluido, de que le sirvieran a Max una cena alternativa sin lasaña de espinacas y de que finalmente convinieran que la puerta que separaba a Sam y a Billie del resto del mundo estaba lo suficientemente abierta, Jacob decidió ir a la ferretería a hacer un par de mandados innecesarios: comprar una manguera más corta y más fácil de guardar, reponer el suministro de pilas AAA y acaso toquetear alguna herramienta eléctrica. De camino a la tienda llamó a su padre.

—Me rindo —dijo.

—¿Estás conectado al Bluetooth?

—Sí.

—Pues desconéctate para que te pueda oír.

—Conducir con el teléfono en la mano es ilegal.

—Y también produce cáncer. Llámalo costos fijos de operación.

Jacob se acercó el teléfono a la cara y repitió:

—Me rindo.

—Me alegra oírlo. ¿Respecto a qué?

—Enterremos al abuelo aquí.

—¿En serio? —preguntó Irv en un tono entre sorprendido, complacido y desconsolado—. ¿Por qué ahora?

En el fondo, el motivo —ya fuera que se había dejado convencer por el pragmatismo de su padre, que estaba harto de reorganizar su vida para hacer compañía a un cadáver o que estaba demasiado preocupado con el entierro de su propia familia para dar la cara— era lo de menos. Todavía tardarían ocho días, pero la decisión ya estaba tomada: iban a enterrar a Isaac en los Judean Gardens, un cementerio corriente, que no estaba mal, a unos treinta minutos de la ciudad. Recibiría visitas y pasaría el resto de la eternidad rodeado de su familia, y aunque tal vez no sería la primera parada de aquel Mesías inexistente e informal (ni tampoco la número mil), antes o después pasaría por allí.

LA VERSIÓN GENUINA

Eyesick, un avatar andrajoso e incipiente, se encontraba en medio de un limonar digital, un terreno privado claramente delimitado y rodeado por alambre de púas, propiedad de una empresa de refrescos que hacía unos videos más o menos graciosos, con actores más o menos buenos, para persuadir a consumidores interesados pero no convencidos de que lo que bebían era más o menos auténtico. Sam detestaba ese tipo de empresas casi tanto como se detestaba a sí mismo por ser otro engranaje inútil y mimado, que sonreía y tragaba al tiempo que odiaba (y pregonaba su odio) a esas empresas. En la vida real, jamás habría violado una propiedad privada: tenía demasiada ética y era demasiado cobarde. (A veces no era fácil diferenciar entre lo uno y lo otro.) Pero ésa era una de las muchas, muchísimas cosas fantásticas de Other Life, que acaso explicaba su adición: le ofrecía la oportunidad de tener menos ética y de ser menos cobarde.

Eyesick estaba entrando en una propiedad ajena, sí, pero no estaba ahí para provocar un incendio, ni talar árboles, ni *hacer* grafitis (o como se diga), ni siquiera, en realidad, para violar la propiedad privada. Había ido allí para estar a solas. Entre infinitas columnas de troncos, y debajo de un edredón de limones, no lo molestaría nadie. Aunque en realidad no *tenía que* estar a solas. *Tener que* era una de las expresiones típicas de su madre.

—¿Tienes que hacer los deberes antes de ir a cenar?

—Terminar —le respondía él, complaciéndose enormemente en aquella puntualización.

—¿Tienes que terminar los deberes antes de ir a cenar?

—¿«Tienes que»?

—Sí, «tienes que».

No se complacía en absoluto complaciéndose como aparentaba cuando se comportaba como un listillo con ella. Pero tenía que hacerlo. Tenía que resistirse a su propio instinto de aferrarse a ella, alienarse de aquello a lo que sentía la necesidad de apegarse, pero sobre todo, tenía que dejar de ser el objeto de las necesidades de su madre. Se trataba de una necesidad física. Lo que le repugnaba no era que su madre tuviera la necesidad constante de besarlo, sino sus esfuerzos manifiestos por gestionar esa necesidad. Sus atenciones furtivas lo asqueaban, le provocaban repulsión y náuseas: cuando le arreglaba el pelo durante un segundo más de lo necesario, cuando le sostenía la mano mientras le cortaba las uñas (algo que Sam sabía hacer por sí mismo, pero que necesitaba que hiciera ella, aunque, eso sí, de forma correcta y limitada). Y lo mismo podía decirse de sus miradas robadas: cuando Sam salía de la piscina o, peor aún, cuando se quitaba la camiseta para meterla en una lavada improvisada. Lo que robaba se lo robaba a él, y no sólo le provocaba asco y rabia, sino que también le generaba resistencia. Puedes conseguir lo que quieres, pero no puedes arrebatarlo.

Eyesick buscaba la soledad en un limonar porque Sam estaba participando en el *shiva* de Isaac y quería evitar conversaciones con sus familiares, que tenían las unidades de procesamiento programadas para avergonzarlo. ¿Por qué otro motivo un primo segundo al que no veía desde hacía años iba a mencionar su acné? ¿O lo grave que se le estaba poniendo la voz? ¿O a preguntarle entre guiños si tenía novia?

Eyesick buscaba la soledad. No quería estar solo, sino lejos de los demás. Que no es lo mismo.

>¿Sam?
>...
>Sam, ¿eres tú?
>¿Con quién hablas?
>¡CONTIGO!
>¿Conmigo?
>Contigo. Sam.
>¿Quién eres?
>SABÍA que eras tú.
>¿Quién eres?
>¿No me reconoces?

¿Cómo lo iba a reconocer? El avatar que hablaba con Eyesick era un león con una melena de los colores del arcoíris; un chaleco de ante café con botones opalescentes debajo de un esmoquin blanco con una cola que le llegaba hasta el extremo de la cola (decorada a su vez con un corazón cúbico de circonio); unos dientes blanqueados ocultos detrás de unos labios pintados (en la medida en que un león tiene labios); un hocico húmedo en exceso; pupilas de rubí (no de color rubí, sino de piedra preciosa); y unas garras de madreperla con símbolos de la paz y estrellas de David grabadas. Si era un buen avatar, era buenísimo. Pero ¿era bueno?

Sam no dejó translucir ningún destello de reconocimiento, tan sólo la sorpresa por que lo hubieran descubierto en un momento de reflexión y la vergüenza por que lo hubieran reconocido y llamado por su nombre.

Sobre el papel, alguien dotado de conocimientos técnicos suficientes y carente de la *joie de vivre* necesaria podía conectar a Eyesick con Sam. Pero a éste le costaba creer que nadie que él conociera —nadie que lo conociera a él— fuera a tomarse la molestia. Excepto, tal vez, Billie.

Dejando a un lado los intentos torpes y de dudoso virtuosismo de sus padres por «controlar» su uso de la computadora, a Sam nunca dejaba de admirarlo la de veces en que lograba salirse con la suya.

Un ejemplo: de vez en cuando robaba cosas en la tiendita de la esquina que todavía llevaba el nombre de su familia encima de la puerta, la tienda que su bisabuelo había abierto cuando tenía más hermanos muertos que palabras en inglés en su vocabulario. Sam robaba tanta comida basura (bolsas de Cheetos que pinchaba con el extremo de un clip para sacarles todo el aire y poder comprimirlas, paquetes de Mentos que, dentro del bolsillo, parecían erecciones) a los inmigrantes coreanos que la regentaban (y que siempre tenían rodajas de limón junto a la caja, para tener los dedos húmedos para contar billetes) que habría podido abrir su propia tienda, ésta con otro nombre, o preferiblemente sin nombre, simplemente: TIENDA. ¿Por qué robaba tanto? Desde luego, no lo hacía para comer lo que robaba; no se lo comía nunca, jamás. Siempre, siempre devolvía los productos (algo que suponía una proeza ilícita muy superior a robarlos). Lo hacía para demostrar que podía, para demostrar que era una persona horrible y para demostrar que no le importaba a nadie.

Otro ejemplo: el volumen (en terabytes) de pornografía que consumía, y el volumen (en litros) de semen que diseminaba. «Debajo de sus narices» era tal vez una expresión desafortunada, pero ¿cómo era posible que quienes se hacían llamar sus padres no tuvieran ni idea de que había una fosa común llena de esperma en su propio jardín?

El *shiva* lo empujó a pensar en muchas cosas —en la naturaleza mortal de sus abuelos y de sus padres, en su propia naturaleza mortal y en la de Argo, en lo innegablemente reconfortante que resulta participar en rituales que no entiendes—, pero sobre todo en la primera vez que se había masturbado, también en un *shiva*. Había sido durante la recepción tras el funeral de su tía abuela Doris. Aunque la llamaran tía abuela Doris, en realidad tenían un parentesco mucho más distante y difuso. (En una ocasión, después de varios vasos de vodka del caro, su abuelo había insinuado incluso que no eran ni siquiera parientes consanguíneos.) En todo caso, la tía abuela Doris nunca se había casado y no tenía hijos, y esgrimía su soledad para acercarse cada vez más al tronco del árbol familiar.

Mientras aquellos familiares tan poco familiarizados entre sí se dedicaban a engullir, Sam se fue trotando al baño como si fuera Moisés después de oír la llamada de un arbusto en apuros. No sabía cómo, pero comprendió que había llegado el momento, aunque todavía no conociera el método. Usó gel, porque lo tenía a mano y era viscoso. A medida que se la meneaba, fue creciendo su sospecha de que allí estaba sucediendo algo genuinamente relevante; no sólo agradable, sino místico. Cada vez se sentía mejor. Sam apretó más fuerte y se sintió todavía mejor, y entonces, con una pequeña expulsión para el hombre, la humanidad saltó por encima del desfiladero que separaba una vida mísera, patética y falsa de un mundo de sencillez donde no existían el enfado ni la torpeza, y donde quería pasar el resto de los días y las noches que le quedaran en la Tierra. De su pene brotó una sustancia que Sam tenía que admitir que amaba más que a ninguna de las personas de su vida, más que a ninguna idea; de hecho, la amaba tanto que se convirtió en su enemiga. A veces, en momentos de los que no se sentía demasiado orgulloso, hablaba con su esperma mientras el semen se cuajaba en su ombligo. A veces miraba a sus espermatozoides a los ojos, cientos de millones de ojos, y les decía, simplemente: «Somos enemigos».

La primera vez fue una revelación. Las primeras varias miles de veces. Volvió a jalársela esa tarde, y esa noche otra vez, y otra. Se la jaló con la determinación de alguien que atisba ya la cima del Everest, alguien que ha perdido a todos sus acompañantes y sherpas, que se ha quedado sin oxígeno suplementario, pero que prefiere la muerte al fracaso. Usó gel cada vez, sin cuestionar los potenciales efectos dermatológicos de aplicar repetidamente sobre su pene una sustancia pensada para darle forma al pelo. Al tercer día tenía el vello púbico como el de un cepillo para desatascar cañerías, con el mango leproso.

Empezó a masturbarse con aloe vera, pero el color verde

le provocaba una disonancia cognitiva, sentía como si se estuviera cogiendo a una alienígena, en el mal sentido. Así pues, pasó a la crema hidratante.

Era un científico masturbador loco, buscando siempre nuevas maneras de que su mano se pareciera a una vagina. Le habría resultado muy útil disponer de una vagina de fiar con la que tener una experiencia honesta y sincera. Pero teniendo en cuenta que no podía dejar de pensar que, dadas las circunstancias, era mucho mejor una experiencia «sin cera» que «con cera», no es difícil comprender que tenía unas probabilidades tan peregrinas de conseguirlo como las de poder usar la palabra *peregrinas*. En todo caso, internet no era más que un recurso ginecológico y, en todo caso, también, uno sabía cosas que no había tenido ocasión de aprender, como por ejemplo que un bebé nunca se tiraría gateando por un precipicio (un dato del que estaba seguro en un 95 por ciento). Cuando cinco años infinita y cósmicamente injustos más tarde tuvo su primera experiencia sexual con una mujer de carne y hueso —no con Billie, trágicamente, sino con una chica simpática, lista y guapa, sin más—, se sorprendió ante la precisión de lo que había imaginado. Lo había sabido todo, desde el principio. A lo mejor, de haber sabido que ya lo sabía, todos esos años le habrían resultado mucho más soportables.

Usó la mano a secas; se la lubricó con miel, con *shampoo*, con vaselina, con espuma de afeitar, con arroz con leche, con pasta de dientes (sólo una vez), con los restos de un tubo de vitaminas en gel del que sus padres no se habían querido deshacer, aunque sí se habían deshecho de todo lo que realmente importaba. Fabricó una vagina artificial con un rollo de papel higiénico: taponó un extremo con plástico adherente (que sujetó con ligas), cubrió el interior del rollo con miel de maple y taponó el otro extremo con más plástico adherente (y más ligas), en el que practicó un agujero. Se cogió almohadas, mantas, aspiradoras de fondo de piscina y animales de peluche. Se la jaló con el catálogo de Victoria's Secret, con el número sobre trajes de baño de *Sports Illustrated*, con las últimas páginas del *City Paper*, con los anuncios de brasieres de JC Penney en *Parade* y, básicamente, con cualquier cosa que, en los confines más remotos de su imaginación, tan potente como hipermotivada, pudiera confundirse con un agujero del culo, una vagina, un pezón o una boca (en ese orden). Naturalmente, tenía a su alcance más pornografía gratuita de la que podían ver a lo largo de sus vidas todos los ciudadanos de China juntos, pero incluso un niñote de doce años loco por los culos sabe apreciar la correlación entre el esfuerzo mental requerido y la magnitud de la venida, de ahí que su mayor fantasía consistiera en cachar a una árabe virgen de camino a que se la cogiera un mártir de verdad, que, con la cabeza debajo del burka, y en las profundidades de ese espacio oscuro, en aquel aislamiento sensorial, se dedicaría a describir órbitas alrededor de su agujero negro con la lengua. ¿Alguien se creería que su fantasía no tenía nada que ver con temas de religión, etnia o tabús?

Se ataba las muñecas con ligas —las ligas son a la masturbación lo que la levadura a la pastelería— para perder la sensibilidad en los dedos y no reconocerlos como propios. Funcionaba de maravilla, tanto que estuvo a punto de perder la mano. Utilizaba varios espejos colocados de tal forma que reflejaran su propio agujero del culo y ninguna otra parte de su cuerpo, y era capaz de convencerse a sí mismo de que era el de una mujer que lo quería dentro. Se masturbaba con su mano dominante y con su mano recesiva —la intacta y la deforme—, y una vez se frotó el pene con las dos manos, con tanto ímpetu que se escaldó la piel y le quedó escocida. Durante meses recurrió a lo que él denominó —aunque no usó el nombre delante de nadie, naturalmente— el «agarre Roger Ebert»: una semitorsión de muñeca en la que el pulgar quedaba mirando hacia afuera. (Por razones que no alcanzaba a comprender, y que no sentía necesidad de comprender, eso también hacía que su mano pareciera la de otra persona.) Cerraba los ojos y contenía la respiración hasta que empezaba a desmayarse. Se cogía las plantas de los pies como un *maha-*

rishi en celo. No habría jalado su pene con más fuerza aunque hubiera intentado arrancárselo, y era un milagro que nunca se hubiera hecho daño, aunque cuando se daba placer tenía la sensación de que, a un nivel profundo e irreparable, estaba también haciéndose daño, que tenía que ser así, y que ésa era otra de esas cosas elementales que sabía desde que había nacido.

Se masturbaba en baños de tren, en baños de aviones, en los baños de su escuela y de la escuela hebrea, en baños de librerías, en los baños de GAP, de Zara, de H&M, en baños de restaurantes y en los baños de todas las casas en las que había estado desde que había aprendido a venirse en la taza del inodoro. Si tenía cadena, se la cogía.

¿Cuántas veces había intentado chupársela él mismo? (Como Tántalo cuando intentaba tomar la fruta, ésta se alejaba de su alcance.) Había intentado metérsela a sí mismo por el culo, pero para eso tenía que llevar el pene erecto en la dirección que menos le apetecía, el equivalente a obligar a un puente levadizo a tocar el agua. Podía frotarse el escroto alrededor del agujero del culo, pero eso sólo le generaba melancolía.

Una vez, en el foro de una comunidad de besos negros, se había tropezado casualmente con un argumento bastante convincente sobre las virtudes de meterse un dedo en el culo mientras se venía. Después de entrenar el esfínter para que dejara de contraerse por reflejo, como una trampa china, la sensación, aunque un poco rara, resultaba bastante agradable. Era como convertirse en un tazón con el borde cubierto de masa para galletas, que alguien sin paciencia —él, concretamente— recogía con el dedo. De hecho, consiguió encontrarse la próstata y, tal como le habían prometido, en el momento de venirse tuvo la sensación de que veía a través de las paredes. Aunque no había nada que ver, más allá de la mísera habitación contigua. Pero retirar el dedo lo arruinaba todo. En primer lugar, inmediatamente después de venirse, todo lo que justo antes de venirse le parecía no sólo bueno, sino lógico, necesario e inevitable, se volvía inexplicable, perturbador y asqueroso.

Es posible relativizar (o incluso negar) casi cualquier cosa que uno diga o haga, pero cuando tienes un dedo metido en tu propio culo, no hay forma de relativizar o negar nada. Sólo puedes dejarlo donde está o sacarlo. Y, evidentemente, no puedes dejarlo donde está.

Sam nunca se sentía cómodo en su propio cuerpo —vestido con una ropa que nunca quedaba bien o tratando patéticamente de imitar a alguien que caminaba de forma natural—, excepto cuando se masturbaba. Cuando se masturbaba, su cuerpo le pertenecía y, al mismo tiempo, él lo habitaba. No le costaba ningún esfuerzo, le salía de forma natural: era él mismo.

>Soy YO.
>Eso no ayuda. Y deja de abusar de las mayúsculas.
>soy yo.
>¿Billie?
>¿Billie?
>¿Max?
>No.
>¿Eres el bisabuelo?
>SOY NOAM.
>No grites.
>soy noam, tu primo.
>¿Noam, mi primo israelí?
>No, Noam, tu primo sueco.
>Qué gracioso.
>Sí, y también israelí.
>Tu padre y tu hermano están aquí.
>Ya lo sé. Mi padre me envió un e-mail desde el cementerio.
>Qué raro, dijo que no había podido contactar con ustedes.
>Seguramente quería decir por teléfono. Nos escribimos e-mails todo el tiempo.
>Estamos celebrando el *shiva* de mi abuelo, en su casa.

>Sí, eso también lo sé. Me mandó una foto del salmón.

>¿Por qué?

>Porque estaba ahí. Y porque para él el mundo sólo es completamente real cuando le saca una foto con el celular.

>¡Carajo, alucino cómo hablas en inglés!

>«Alucino *con* cómo hablas.»

>Eso.

>En realidad sólo quería transmitirte la versión genuina de «te acompaño en el sentimiento».

>No creo en versiones genuinas.

>Te deseo menos tristeza. ¿Qué te parece?

>¿Cómo me encontraste?

>De la misma forma en que me habrías encontrado tú si me hubieras buscado. No es nada difícil.

>Ni sabía que estabas en Other Life.

>Antes pasaba la mayor parte del tiempo aquí, pero nunca había estado en este huerto.

>Yo tampoco había estado en este huerto.

>¿No te gusta cuando la gente repite partes de una frase innecesariamente? ¿Como acabas de hacer tú? Podrías haber dicho: «Yo tampoco», pero tomaste lo que había dicho yo y lo hiciste tuyo. Digo: «Nunca había estado en este huerto» y tú repites: «Yo tampoco había estado en este huerto».

>Sí, me gusta cuando la gente repite partes de una frase innecesariamente.

>Si usara emoticonos, aquí habría usado uno.

>Me alegro de que no lo hagas.

>En el ejército no queda tiempo para Other Life.

>¿Demasiada vida real?

>No creo en la vida real.

>;)

>Me he descuidado mucho. Mira cómo tengo las uñas.

>¿Que te mire a ti? ¡Mírame tú a mí! Todavía tengo placenta en la cara.

>???
>Mi padre cometió un avataricidio.
>¿Por qué?
>Olisqueó un Ramillete de la Muerte por accidente.
>¿Por qué?
>Porque lleva el esfínter como collar y le cortó el riego sanguíneo al cerebro. Me agarras en pleno proceso de reconstrucción y, en fin, no estoy lo que se dice muy satisfecho con el progreso.
>Tienes pinta de... viejo.
>Ya. Me he convertido en mi bisabuelo, o algo así.
>¿Por qué?
>Por el mismo motivo por el que lo haré en la vida real, supongo. En esta vida, me refiero.
>¿Necesitas frutas de resiliencia?
>Varios cientos de miles no me vendrían mal.
>Te puedo dar las mías.
>Lo dije en broma.
>Yo no.
>¿Por qué ibas a dármelas?
>Porque tú las necesitas y yo no. ¿Quieres 250,000?
>¡250,000!
>Deja de gritar.
>Debes de haber tardado un año en reunir todo eso.
>O tres.
>No lo puedo aceptar.
>Claro que puedes. Será mi regalo de *bar mitzvá*.
>Ni siquiera sé si voy a tener uno.
>No «tienes» sino que «te conviertes en» un *bar mitzvá*.
>Pues no sé si me voy a convertir en un *bar mitzvá*.
>¿Los bebés saben que han nacido?
>Por lo menos lloran.
>Pues llora.
>¿Dónde estás?
>En casa hasta dentro de unas horas.
>Creía que estabas en algún lugar peligroso.

>Veo que has conocido a mi madre.

>Tu padre dijo que estabas en Cisjordania.

>Estaba allí, pero volví a casa un día antes del terremoto.

>Carajo, no puedo creer que llevemos tanto tiempo hablando y todavía no te haya preguntado cómo están. Soy lo peor. Lo siento.

>No pasa nada. Recuerda que fui yo quien te encontró a ti.

>Soy lo peor.

>Estoy a salvo. Todos estamos a salvo.

>¿Qué habría pasado si te hubiera agarrado en Cisjordania?

>No lo sé, la verdad.

>Pero tú qué crees.

>¿Por qué lo quieres saber?

>No sé, siento curiosidad.

>Pues... si el terremoto nos hubiera agarrado allí, supongo que habríamos tenido que construir algún tipo de base temporal y esperar a que nos rescataran.

>¿Qué tipo de base?

>Lo que fuera que hubieran podido arreglar. A lo mejor habríamos ocupado un edificio.

>¿Rodeado de gente que los querría matar?

>¿Dónde está la noticia?

>¿Y se habrían lanzado mierdas?

>¿Mierdas?

>Granadas o lo que fuera.

>Eso de «granadas o lo que fuera» no existe. Las armas son precisas.

>Vale.

>Puede ser, pero también puede ser que no. Tal vez habrían estado ocupados con sus propios problemas.

>Pero no habría sido deseable.

>No hay ningún escenario en el que algo así hubiera sido deseable.

>¿Y cuál habría sido el peor escenario imaginable?

Sam, como su padre, sentía atracción por los peores escenarios imaginables. Era evidente por qué lo entusiasmaban tanto, pero resultaba mucho más difícil explicar qué tipo de consuelo le ofrecían. A lo mejor le servían para marcar distancias respecto de su vida, tan plácida. A lo mejor reconciliarse con las situaciones más horribles le brindaba una especie de preparación mental, o era un ejercicio de resignación. O a lo mejor se sumaban a aquella retahíla de objetos afilados —junto a esos videos que detestaba y necesitaba al mismo tiempo— que le permitían verter sus entrañas.

Cuando iba a sexto, en la escuela hebrea tuvo que ver un documental sobre los campos de concentración. Sam nunca terminó de saber si su maestro era un vago (y aquélla le parecía una forma aceptable de ocupar unas cuantas horas), no podía o no quería enseñarles aquel material con una lección normal, o consideraba imposible enseñarlo de otra forma que no fuera mostrándoselo. Ya entonces, Sam tuvo la sensación de ser demasiado joven para ver aquello.

Se habían sentado en sus pupitres para diestros y el maestro —cuyo nombre todos los alumnos recordarán el resto de sus vidas— había murmurado unas palabras nada memorables sobre el contexto y la inspiración, a modo de descarga de responsabilidad, y le había puesto play. Vieron largas filas de mujeres desnudas, muchas de ellas con niños en brazos. Todos —madres y niños— lloraban, pero ¿por qué sólo lloraban? ¿Por qué eran tan disciplinados, tan obedientes? ¿Por qué no corrían las madres? ¿Por qué no intentaban salvar las vidas de sus hijos? ¿Por qué no los protegían? Era mejor que te dieran un tiro intentando escapar que dirigirte caminando a tu propia muerte. Es infinitamente mejor tener una oportunidad minúscula que no tener ninguna.

Los alumnos, aún niños, miraban desde sus pupitres; vieron a hombres cavando sus propias fosas comunes y luego metiéndose, con los dedos entrelazados en la nuca. ¿Por qué cavaban sus propias tumbas? Si te van a matar de todos modos, ¿por qué colaborar? ¿Para disponer de un momento extra de vida? Eso tendría algo de sentido, pero ¿cómo conservaban la compostura? ¿Porque creían que eso era precisamente lo que les proporcionaría unos momentos extra de vida? Tal vez. Es infinitamente mejor tener una oportunidad minúscula que no tener ninguna, pero un momento de vida es una eternidad. Sé un buen chico judío, cava una buena fosa judía, arrodíllate obedientemente y, como la maestra de parvulario de Sam, Judy Shore, solía cantarles, «Te toca lo que te toca, y te conformas».

Vieron montajes granulados de seres humanos convertidos en experimentos científicos. Vieron unos gemelos muertos (Sam no los había podido olvidar) todavía abrazados encima de una mesa. ¿Habrían estado tan unidos en vida? No podía evitar preguntárselo.

Vieron imágenes de los campos ya liberados: pilas de cientos o miles de cuerpos esqueléticos, rodillas y codos doblados hacia donde no debían, piernas y brazos en ángulos aberrantes, ojos tan hundidos que ni se veían. Montañas de cuerpos. Excavadoras poniendo a prueba la convicción de un niño de que los cadáveres no sienten nada.

¿Qué le había quedado de aquello? La certeza de que los alemanes eran —son— malos, malísimos, que no sólo eran capaces de arrancar a un hijo de los brazos de su madre y despedazar su cuerpecito, sino que estaban ansiosos por hacerlo; la convicción de que, sin la intervención de los no-alemanes, los alemanes habrían asesinado a todos los hombres, mujeres y niños judíos del planeta; y la seguridad de que, aunque pareciera una locura, naturalmente su abuelo tenía razón cuando decía que un judío nunca debía comprar un producto alemán de ningún tipo o tamaño, nunca debía meter dinero en bolsillos alemanes, nunca debía visitar Alemania, nunca debía dejar de estremecerse ante el sonido de ese ruin idioma de salvajes, y debía reducir al mínimo indispensable las interacciones con alemanes de la edad que fuera. Cuelga eso en la reja de tu casa y en la viga de la puerta.

O le quedó la conciencia de que todo lo que ha pasado puede volver a pasar, es probable que pase, tiene que volver a pasar, pasará.

O la conciencia de que su vida, si no era el resultado de aquel profundo sufrimiento, por lo menos estaba inextricablemente vinculada a él, y que había una ecuación existencial, fuera la que fuera y tuviera las implicaciones que tuviera, que conectaba la vida de Sam con todas esas muertes.

O tal vez no era una conciencia, sino una sensación. ¿Una sensación de qué? ¿Qué tipo de sensación?

Sam no mencionó a sus padres lo que había visto. No buscó explicaciones, ni consuelo. De hecho, recibió numerosas indicaciones —casi todas no buscadas y sumamente sutiles— que lo invitaban a no preguntar, ni siquiera a admitir que sabía lo que había sucedido. Así pues, aquello nunca se mencionó, fue siempre algo de lo que no se hablaba, se convirtió en el tema de no-conversación permanente. Adondequiera que miraras, no estaba allí.

Su padre estaba obsesionado con las demostraciones de optimismo, la acumulación imaginaria de propiedad y las bromas; su madre, con el contacto físico antes de decir adiós, el aceite de pescado, las prendas de abrigo y con «hacer lo correcto»; Max, con su empatía extrema y su alienación voluntaria; Benjy, con la metafísica y la seguridad elemental. Y él, Sam, estaba siempre anhelando. ¿Cómo era ese sentimiento? Tenía algo que ver con la soledad (suya y de los demás), con el sufrimiento (suyo y de los demás), con la vergüenza (suya y de los demás) y el miedo (suyo y de los demás). Pero también con una convicción, una dignidad y una felicidad tenaces. Y, sin embargo, en realidad no era ninguna de esas cosas, ni tampoco la suma de todas ellas. Era el sentimiento de ser judío, pero ¿cómo era ese sentimiento?

HOY EN DÍA NO ES FÁCIL DECIR SEGÚN QUÉ COSAS

Israel seguía describiendo la situación como controlable, pero mantenía su espacio aéreo cerrado, por lo que todavía había decenas de miles de israelíes tirados en sus respectivos destinos turísticos, y numerosos judíos que querían ir a echar una mano pero no podían. Tamir intentó comprar un asiento en un avión de carga de la Cruz Roja, obtener un permiso especial a través del agregado militar de la embajada o que lo dejaran viajar como acompañante de un cargamento de material de construcción. Pero no había forma de volver a casa. Seguramente era la única persona que se alegraba de asistir a aquel funeral, que le proporcionaba unas horas para descansar en paz.

Sam fue al cementerio con su traje de *bar mitzvá*, que no le quedaba demasiado bien. Ponérselo era lo único que detestaba más que el proceso de comprarlo en sí: la cámara de tortura de los espejos, la ayuda de su madre, que tan poco ayudaba, el sastre superviviente y pedófilo funcional que le metió mano en el entrepierna con sus dedos con párkinson no una vez, ni dos, sino tres, y dijo: «Queda espacio de sobra».

Tamir y Barak llevaban pantalón de vestir y camisa de manga corta, su uniforme estándar para todas las ocasiones, ya fuera para ir a la sinagoga, al súper, a ver un partido de basquetbol del Maccabi de Tel Aviv o al funeral del patriarca de la familia. Consideraban cualquier tipo de formalidad

433

—en el vestir, en el hablar o en las muestras de afecto—
como una grosera vulneración de la dádiva divina de ser
siempre uno mismo. A Jacob le parecía odioso al tiempo que
envidiable.

Jacob llevaba un traje negro con una cajita de pastillitas
de menta Altoids en el bolsillo, herencia de una época en que
todavía le preocupaba lo suficiente cómo le olía el aliento
como para echárselo en las palmas de las manos y olérselas.

Julia llevaba un vestido *vintage* de A. P. C. que había encontrado en Etsy por el equivalente de nada. No era exactamente ropa de funeral, pero nunca tenía ocasión de llevarlo y
quería ponérselo, y como habían castrado el *bar mitzvá*, aquel
funeral era el acontecimiento más glamuroso al que iba a asistir.

—Estás muy guapa, Julia —le dijo a Jacob, y se maldijo
por haberlo dicho.

—Muy guapa —dijo Jacob, maldiciéndola por haberlo dicho, pero sorprendido también de que todavía le importara su
opinión sobre su aspecto.

—El impacto es menor si te lo tienen que arrancar.

—Es un funeral, Julia. Y gracias.

—¿Por qué?

—Por decir que estoy guapo.

Irv se había puesto el mismo traje que traía desde la guerra de los Seis Días.

Isaac traía el sudario con el que se había casado, el sudario que se ponía una vez al año, en el Día de la Expiación, y en
cuyo pecho se había dado puñetazos: «Por el pecado que hemos cometido ante ti con una palabra de nuestros labios... Por
el pecado que hemos cometido ante ti, abiertamente o en secreto... Por el pecado que hemos cometido ante ti con el corazón confundido...». El sudario no tenía bolsillos, pues a los
muertos hay que enterrarlos libres de estorbos.

Un pequeño —en número pero también en estatura física— ejército de Adas Israel pasó por el velorio como una bri-
sa: llevaron taburetes, cubrieron los espejos, se encargaron de

las bandejas y le mandaron a Jacob una factura sin detallar que éste no habría podido discutir sin cometer un *seppuku* a la judía. Habría un pequeño oficio, al que seguiría el entierro en los Judean Gardens, al que seguiría un pequeño *Kiddush* en casa de Irv y Deborah, al que seguiría la eternidad.

Todos los primos de la ciudad asistieron al funeral, y acudieron también varios judíos viejos y chiflados de Nueva York, Filadelfia y Chicago. Jacob los había conocido a todos en un momento u otro de su vida, siempre en el contexto de alguna ceremonia: un *bar mitzvá*, una boda, un funeral... No sabía cómo se llamaban, pero sus rostros evocaban un tipo de existencialismo pavloviano: si los dos estamos aquí, si te estoy viendo, es que ha pasado algo importante.

El rabino Auerbach, que conocía a Isaac desde hacía varias décadas, había sufrido una apoplejía un mes atrás, de modo que el oficio había quedado en manos de su sustituto, un chico joven, desaliñado y listo, aunque a lo mejor era tonto, un producto reciente del lugar de donde fuera que salían los rabinos. Llevaba tenis con las agujetas desatadas, algo que a Jacob le pareció un triste tributo a alguien que seguramente había tenido que *comer* tenis en los bosques sin cielo de Polonia. Aunque también podía ser una muestra religiosa de reverencia, como sentarse en taburetes y cubrir los espejos.

Antes de empezar el oficio, el rabino se acercó hasta donde estaban Jacob e Irv.

—Los acompaño en el sentimiento —dijo, con las manos ahuecadas ante sí, como si encapsularan la empatía, la sabiduría o el vacío.

—Sí, bueno —dijo Irv.

—Hay algunos elementos del ritual que...

—Puede ahorrarse las palabras. No somos una familia religiosa.

—Seguramente eso depende de lo que se entienda por «religioso» —dijo el rabino.

—Seguramente, no —lo corrigió Jacob, ya fuera defendiendo a su padre o en ausencia de Dios.

—Además, nuestra postura es una elección —añadió Irv—. No es ni por indolencia, ni por asimilación, ni por inercia.

—Y lo respeto —dijo el rabino.

—Somos tan buenos como cualquier otro judío.

—Estoy seguro de que son mejores que la mayoría.

—Me tiene bastante sin cuidado lo que usted respete o deje de respetar —le espetó Irv al rabino.

—Eso también lo respeto —respondió el rabino—. Es usted un hombre de opiniones fuertes.

Irv se volvió hacia Jacob.

—Este tío no sabe encajar un insulto.

—Bueno —dijo Jacob—, es la hora.

El rabino los guio a través de los pequeños rituales que, aunque enteramente voluntarios, había que observar siguiendo un orden determinado para asegurarse de que Isaac llegara debidamente al lugar (dondequiera que esté) en el que creen los judíos. Después de su reticencia inicial, Irv pareció no sólo dispuesto, sino incluso deseoso, de esmerarse en todo, como si el hecho de haber manifestado su resistencia fuera ya resistencia suficiente. No creía en Dios; no podía, si bien abrir la puerta a ese sinsentido le habría permitido recibir un consuelo que necesitaba desesperadamente. Había tenido unos pocos momentos —no de fe, pero sí de religiosidad—, todos ellos relacionados con Jacob. Cuando Deborah estuvo lista para el parto, Irv había rezado a nadie para que ella y el bebé salieran del paritorio sanos y salvos. Cuando Jacob nació, rezó a nadie para que su hijo viviera más que él, adquiriera más conocimiento del mundo y de sí mismo que él y experimentara más felicidad. En el *bar mitzvá* de Jacob, Irv había pronunciado una plegaria de gratitud delante del arca dirigida a nadie, que había empezado de forma trémula, se había agrietado y finalmente había estallado, convertida en algo tan bellamente desatado y desgarrador que, en el momento de pronunciar el discurso durante la fiesta, se había quedado totalmente afónico. Él y Deborah estaban en la sala de espera del hospital George Washington, sin leer los libros en los que tenían la vista clavada, cuando Jacob casi había arrancado las puertas de las bisagras y, con la cara cubierta de lágrimas y la bata cubierta de sangre, había pronunciado como buenamente había podido las palabras: «Tienen un nieto». Irv había cerrado los ojos, aunque no a la oscuridad, y había dicho una plegaria dirigida a nadie, que era toda fuerza carente de contenido. La suma de todos esos nadies era el Rey del Universo. En su vida había dedicado demasiado tiempo a luchar contra la insensatez. En aquel momento, en el cementerio, tanto luchar le pareció una insensatez.

El rabino dijo una breve plegaria, sin ofrecer ninguna traducción ni aproximación a su significado, y acercó una hoja de afeitar a la solapa de Irv.

—Necesito el traje para el *bar mitzvá* de mi nieto.

Pero el joven rabino no lo oyó, o tal vez fue precisamente porque lo oyó, pero la cuestión es que hizo una pequeña incisión en la tela y le indicó a Irv con un gesto que la desgarrara con los dedos. Se trataba de un gesto ridículo; un acto de brujería, herencia de una época en que lapidaban a las mujeres por tener el periodo cuando no tocaba, además de un gesto inadmisible con un traje de Brooks Brothers. Pero Irv quería enterrar a su padre de acuerdo con la ley y la tradición judías.

Así pues, introdujo los dedos en el corte, como si los hundiera en su propio pecho, y jaló. Mientras la tela se rasgaba, a Irv le brotaron las lágrimas. Jacob no había visto a su padre llorar desde hacía años. De hecho, no recordaba cuándo había sido la última vez. De pronto le pareció totalmente posible que no lo hubiera visto llorar nunca.

Irv miró a su hijo y susurró:

—Ya no tengo padres.

El rabino dijo que aquél era el momento indicado, antes de sacar el ataúd del coche fúnebre, para que Irv perdonara a su padre y le pidiera perdón.

—Bueno, muy interesante —dijo Irv, rechazando la oferta.

—No pasa nada —dijo el rabino.

—Hemos dicho ya todo lo que había que decir.

—Hágalo de todos modos —sugirió el rabino.

—Hablar con un muerto es ridículo.

—Hágalo de todos modos. No quiero que luego se arrepienta de haber desperdiciado esta última oportunidad.

—Está muerto. A él le da igual.

—Pero usted está vivo —dijo el rabino.

Irv sacudió la cabeza y siguió sacudiéndola, pero el objeto de su gesto se desplazó del ritual a su incapacidad de participar en él. Finalmente se volvió hacia Jacob y dijo:

—Lo siento.

—Yo no estoy muerto, lo sabes, ¿no?

—Sí. Pero un día lo estaremos los dos. Y aquí nos tienes.

—¿Qué sientes?

—Una disculpa sólo es una disculpa si es completa. Siento todo lo que merece una disculpa por mi parte. Sin contexto.

—Creía que sin contexto somos monstruos.

—Somos monstruos de todos modos.

—Bueno, yo también soy un idiota.

—Yo no he dicho que sea un idiota.

—Vale, pues lo soy sólo yo.

Irv puso una mano sobre la mejilla de Jacob y casi sonrió.

—Que empiece la fiesta —le dijo al rabino, y se acercó a la parte trasera del coche fúnebre.

Entonces apoyó las manos en el ataúd e inclinó la cabeza, cubierta con el *yarmulke*. Jacob oyó algunas de las palabras —habría querido oírlas todas—, pero no logró descifrar su significado.

Los susurros continuaron, más allá del «Perdóname», más allá del «Yo te perdono». ¿Qué estaba diciendo? ¿Y por qué les costaba tanto a los Bloch hablar unos con otros mientras todavía estaban vivos? ¿Por qué Jacob no podía echarse en un ataúd el tiempo suficiente para escuchar los sentimientos inconfesables de su familia, y a continuación volver al mundo de los vivos con lo que había aprendido? Todas las palabras iban dirigidas a aquellos que no podían responder a ellas.

Había demasiada humedad, y un discurso extemporáneo habría sido excesivo. Los hombres sudaban bajo la ropa interior, a través de las camisas blancas y los trajes negros, empapados hasta los pliegues de los pañuelos que llevaban en los bolsillos de la pechera. Estaban perdiendo su peso corporal a través del sudor, como si intentaran convertirse en sal, como la mujer de Lot, o convertirse en nada, como el hombre al que habían ido a enterrar.

La mayoría de los primos se sintieron obligados a decir unas palabras, pero no se habían sentido igualmente obligados a preparárselas, de modo que todo el mundo tuvo que soportar una hora de lugares comunes bajo aquella humedad: Isaac era valiente; era fuerte; había sabido amar. Y la vergonzosa inversión de lo que los *goyim* dicen sobre su héroe: sobrevivió para nosotros.

Max contó la historia sobre cómo en una ocasión su bisabuelo se lo había llevado a un lado, sin motivo aparente, pues no era su cumpleaños, ni era Janucá, ni había sacado unas calificaciones especialmente brillantes, ni se celebraba ningún recital ni rito de paso, y le había dicho: «¿Qué quieres? Pídeme lo que sea. Quiero que tengas lo que más desees». Max le había dicho que quería un dron. En la siguiente visita de Max, Isaac se lo había llevado a un lado y le había regalado un juego de mesa llamado Reversi, que era una copia de Othello, o tal vez el juego del que Othello era una copia. Max les dijo a los dolientes que, si uno intentaba encontrar la palabra más parecida a *dron*, seguramente sería *Reversi*. Entonces asintió, o inclinó la cabeza, y volvió junto a su madre. Una historia sin moraleja, ni consuelo, ni sentido.

Irv, que había estado trabajando en su discurso desde mucho antes de la muerte de Isaac, optó por guardar silencio.

Tamir lo observaba todo desde lejos. No era fácil decir si intentaba reprimir las emociones o más bien generar alguna. En más de una ocasión sacó y utilizó el teléfono. Su informalidad no conocía límites, no había nada que no pudiera sacudirse de encima encogiéndose simplemente de hombros: la muerte, una catástrofe natural... Pero había aún otra cosa que enojaba a Jacob al tiempo que, cómo no, provocaba su envidia. ¿Por qué Tamir no podía parecerse más a Jacob? Ésa era la pregunta. ¿Y por qué Jacob no podía parecerse más a Tamir? Ésa era la otra pregunta. Si pudieran encontrarse a medio camino, de la combinación de los dos saldría un judío bastante razonable.

Finalmente, el rabino dio un paso al frente. Carraspeó, se subió los lentes hasta el puente de la nariz y sacó una libretita de espiral del bolsillo. La hojeó un momento y se la volvió a guardar; o bien había memorizado el contenido o se había dado cuenta de que había tomado la libreta equivocada.

—¿Qué podemos decir sobre Isaac Bloch?

Hizo una pausa lo suficientemente larga como para generar una cierta incertidumbre retórica. ¿Era una pregunta real? ¿Estaba admitiendo que no conocía lo bastante a Isaac como para saber qué decir sobre él?

¿Qué podemos decir sobre Isaac Bloch?

Rápidamente, el cemento húmedo del enfado que Jacob había experimentado en el coche fúnebre se solidificó hasta convertirse en algo contra lo que uno podía partirse las manos a puñetazos. Odiaba a aquel hombre. Odiaba su indolente rectitud, sus estúpidos amaneramientos, aquel cuello demasiado ajustado, los tenis sin amarrar y el *yarmulke* descentrado. A veces, aquella sensación podía con Jacob, aquella aversión repentina, eterna, sin matices. Le pasaba con algunos meseros, con David Letterman o con el rabino que había acusado a Sam. En más de una ocasión, al volver de comer con algún viejo amigo, alguien junto a quien había vivido numerosas etapas vitales, le había dicho a Julia, como si nada: «Creo que hemos llegado al final». Al principio ella no entendía a qué se refería (¿El final de qué? ¿Por qué el final?), pero después de años viviendo junto a una persona tan binaria e implacable, alguien tan agnóstico acerca de su propio valor que se sentía impelido a buscar una certidumbre religiosa en los demás, había terminado conociéndolo, si no comprendiéndolo.

—¿Qué podemos decir sobre alguien de quien hay demasiadas cosas que decir?

El rabino se metió las manos en los bolsillos del saco, cerró los ojos y asintió con la cabeza.

—Lo que nos falta no son palabras, sino tiempo. No hay tiempo, desde hoy hasta el final de los tiempos, para narrar la tragedia, el heroísmo y una vez más la tragedia de la vida de Isaac Bloch. Podríamos estar hablando sobre él hasta nuestro propio funeral, y ni eso bastaría. Visité a Isaac la mañana de su muerte.

Un momento: ¿qué? ¿Era posible? Entonces ¿no había recurrido a aquel rabino imbécil sólo porque al rabino bueno hubiera dejado de funcionarle la boca? Si hubieran pasado por casa de Isaac volviendo del aeropuerto, ¿se habrían cruzado con aquel tipo?

—Me llamó y me pidió que fuera a verlo. No detecté urgencia en su voz, ni tampoco desesperación. Pero detecté necesidad. Así que fui. Era la primera vez que estaba en su casa. Sólo habíamos hablado un par de veces en el *shul*, y siempre de pasada. Me invitó a sentarme a la mesa de su cocina. Me sirvió un vaso de *ginger ale* y me ofreció un plato con rebanadas de pan de centeno, un poco de melón. Muchos de ustedes han probado ese plato en su mesa.

Débiles risas de reconocimiento.

—Se expresaba despacio, con dificultad. Me habló del *bar mitzvá* de Sam y de la serie de Jacob, me contó que Max hacía divisiones largas mucho antes de lo habitual y me dijo que Benjy había aprendido a andar en bicicleta, me puso al día sobre los proyectos de Julia y las *mishegas*[25] de Irv... Que conste que esa palabra la usó él.

25. Locuras.

Débiles carcajadas. Iba ganando.

—Y entonces dijo: «Rabino, ya no me embarga el desespero. He tenido pesadillas durante setenta años, pero ya no. Ahora siento sólo gratitud por mi vida, por cada momento que he vivido. No sólo por los buenos: siento gratitud por todos los momentos de mi vida. He visto tantos milagros...».

Aquello era o bien la montaña de mierda judía más audaz, apestosa y humeante que un rabino (o cualquier judío, de hecho) se hubiera atrevido a amontonar jamás, o una reveladora mirada dentro de la conciencia de Isaac Bloch. Sólo el rabino sabía con certeza qué partes de aquel chal de oración, el *talit*, estaba contando de forma fehaciente, qué cosas adornaba y qué cosas se inventaba. ¿Alguien había oído alguna vez a Isaac usando la palabra *desespero*? ¿Y *gratitud*? Él habría dicho: «Fue horrible, pero podría haber sido peor». Aunque, ¿habría dicho eso? ¿Cuáles eran esas cosas por las que estaba agradecido? ¿Qué milagros había visto?

—Entonces me preguntó si hablaba yiddish. Le dije que no. «¿Qué tipo de rabino no habla yiddish?», me preguntó.

Una carcajada en toda regla.

—Le dije que mis abuelos hablaban en yiddish con mis padres, pero que mis padres no me dejaban oírlo. Querían que aprendiera inglés, que olvidara el yiddish. Isaac me confesó que él había hecho lo mismo, que era el último miembro de su familia que hablaba yiddish, y que ese idioma lo acompañaría en la tumba. Entonces puso su mano sobre la mía y dijo: «Permítame enseñarle una expresión en yiddish». Me miró a los ojos y dijo: «*Kein briere iz oich a breire*». Le pregunté qué significaba. Él apartó la mano y dijo: «Búsquelo usted mismo».

Otra carcajada.

—Y eso hice. Con el celular, en su baño.

Y otra carcajada.

—*Kein briere iz oich a breire*. Significa «no tener elección también es una elección».

No, esas palabras no podían ser suyas. Eran demasiado

falsamente sagaces, demasiado en sintonía con la ceremonia. Isaac Bloch era muchas cosas, pero no era un tipo resignado.

Si no tener elección fuera una elección, Isaac se habría quedado sin elecciones una vez al día desde 1938. Pero la familia lo necesitaba, especialmente antes de que su familia existiera. Necesitaban que diera la espalda a sus abuelos, a sus padres y a cinco de sus hermanos. Necesitaban que se escondiera en ese hoyo con Shlomo, que se dirigiera con las piernas tiesas hacia Rusia, que comiera la basura de otra gente por la noche, que se escondiera, que robara, que buscara comida. Necesitaban que falsificara sus documentos para poder embarcarse, que contara las mentiras precisas al agente de inmigración de Estados Unidos y que trabajara dieciocho horas al día para que la tienda diera beneficios.

—Entonces —dijo el joven rabino— me pidió que le fuera a comprar papel higiénico en Safeway, porque estaba de oferta.

Todos los presentes soltaron una risita.

—Yo le dije que ya no tenía que comprar más papel higiénico, que en la residencia judía se encargarían de todo. Él me dirigió una mirada astuta y dijo: «Pero ¿usted ha visto el precio?».

Una carcajada más ruidosa, más liberada.

—«¿Eso es todo?», le pregunté yo. «Sí, eso es todo», respondió él. «¿Pero no había algo que quería oír? ¿O que me quería contar?». «Todo el mundo necesita dos cosas», dijo él. «La primera es sentir que aporta algo al mundo. ¿Está de acuerdo?». Le dije que sí. «La segunda», añadió, «es papel higiénico».

La carcajada más ruidosa hasta el momento.

—Me viene a la mente una enseñanza hasídica que aprendí en la escuela rabínica. El duelo tiene tres niveles ascendentes: las lágrimas, el silencio y los cantos. ¿Cómo pasamos el duelo por Isaac Bloch? ¿Con lágrimas, con silencio o cantando? ¿Cómo pasamos el duelo por el fin de su vida? ¿Por el fin de la época judía de la que tomó parte y que encarnó? ¿Por el fin de los judíos que hablan con música de instrumentos rotos, que organizan su gramática de forma inversa y que confunden todas las frases hechas? ¿Que dicen «*mine*» en lugar de «*my*», «los alemanes» en lugar de «los nazis», y que imploran a sus familiares, sanísimos todos ellos, que velen por su salud, en lugar de dar gracias por ella en silencio? ¿Qué hacemos con el fin de los besos de ciento cincuenta decibeles, de ese caótico guion europeo? ¿Vertemos lágrimas por su desaparición? ¿Pasamos el duelo en silencio? ¿O le cantamos nuestras alabanzas?

»Isaac Bloch no era el último de su especie, pero con su desaparición su especie se perderá para siempre. Todos los conocemos: hemos vivido entre ellos, nos han moldeado como judíos y como estadounidenses, como hijos, hijas, nietos y nietas, pero la época que nos ha sido dada para conocerlos ya casi se ha terminado. Y entonces desaparecerán para siempre. Ya sólo los recordaremos. Hasta que dejemos de recordarlos.

»Los conocemos. Los conocemos con lágrimas por su sufrimiento, con silencio por todo lo que no se puede decir y con cantos por su capacidad de aguante sin precedentes. Nos quedaremos sin esos judíos viejos que interpretan un par de buenas noticias como una garantía del apocalipsis inminente, que entran en un bufet libre como en una tienda antes de una tormenta de nieve, que se llevan un dedo al labio inferior antes de pasar la página de la historia épica de su gente.

El odio de Jacob había empezado a atenuarse; no a evaporarse, ni siquiera a derretirse, pero sí a perder las aristas.

El rabino hizo una pausa, juntó las manos y suspiró.

—Mientras estamos aquí, junto a la tumba de Isaac Bloch, se está librando una guerra. En realidad se trata de dos guerras: una que está a punto de estallar y otra que empezó hace setenta años. La guerra inminente decidirá la supervivencia de Israel. La antigua decidirá la supervivencia del alma judía.

»La supervivencia ha sido el tema central, imperativo, de la existencia judía desde sus orígenes, y no porque nosotros eligiéramos que fuera así. Siempre hemos tenido enemigos, siempre hemos sido perseguidos. No es cierto que todo el mundo odie a los judíos, pero en todos los países en los que hemos vivido, en cada década de cada siglo, nos hemos topado con el odio.

»Por ese motivo hemos dormido con un ojo entreabierto y hemos vivido con una maleta hecha guardada en el armario y un boleto de tren de ida en el bolsillo de la camisa, junto al corazón. Nos hemos esforzado por no ofender, por no hacernos notar. Por llegar lejos, sí, pero sin llamar demasiado la atención en el proceso. Hemos organizado nuestras vidas alrededor de la voluntad de perpetuar nuestras vidas, con nuestras historias, valores, sueños y ansiedades. ¿Quién puede culparnos por ello? Somos un pueblo traumatizado. Nada como el trauma tiene el poder de deformar el alma y el corazón.

»Si les preguntan a cien judíos cuál es el libro judío del siglo, les darán una sola respuesta: *El diario de Anne Frank*. Si les preguntan cuál es la obra de arte judía del siglo, les darán la misma respuesta. Y eso a pesar de que no se escribió como libro, ni se concibió como obra de arte, y que ni siquiera pertenece al siglo en que se formula la pregunta. Pero su atractivo, tanto simbólico como intrínseco, es irresistible.

Jacob miró a su alrededor para ver si alguien más estaba sorprendido por la dirección que estaba tomando aquello, pero nadie pareció inmutarse. Incluso Irv, cuya cabeza solía rotar sólo sobre el eje de la desaprobación, estaba asintiendo.

—Pero ¿es eso bueno para nosotros? ¿Nos ha beneficiado preferir el patetismo al rigor, preferir escondernos a buscar, la victimización a la voluntad? Nadie puede culpar a Anne Frank por haber muerto, pero sí podríamos culparnos a nosotros mismos por contar su historia como si fuera la nuestra. Nuestras historias son tan fundamentales para nosotros que a menudo nos olvidamos de que las hemos elegido. Que hemos elegido arrancar ciertas páginas de nuestros libros de historia y enroscar otras y meterlas en nuestras *mezuzot*.[26] Que hemos elegido convertir la vida en el valor judío definitivo, en lugar

26. Cartucho que contiene un pasaje bíblico y que se fija a los dinteles.

de diferenciar entre el valor de distintos tipos de vida o, de forma todavía más radical, admitir que hay cosas más importantes aún que estar vivos.

»Muchas de las cosas que pasan en el judaísmo actual, desde considerar que Larry David sea algo más que muy gracioso, hasta la existencia y persistencia de la Princesa Judía Estadounidense, la exaltación de la torpeza, el temor a la ira, o la tendencia a valorar cada vez más las confesiones en detrimento de los argumentos, son consecuencia directa de nuestra decisión de permitir que el diario de Anne Frank reemplazara la Biblia como nuestra biblia. Porque la Biblia judía, cuyo objetivo es delimitar y transmitir los valores judíos, deja muy claro que la ambición más alta posible no es la vida en sí misma, sino la rectitud.

»Abraham le pide a Dios que no castigue Sodoma apelando a la rectitud de sus ciudadanos. No porque la vida merezca inherentemente la salvación, sino porque la rectitud merece el perdón.

»Dios destruye la Tierra con una inundación y salva sólo a Noé, un hombre "recto entre sus contemporáneos".

»Y luego está el concepto de los Lamed Vovniks, los treinta y seis hombres rectos de cada generación que, con sus méritos, evitan la destrucción del mundo entero. La humanidad no se salva porque valga la pena salvarla, sino porque la rectitud de unos pocos justifica la existencia de todos los demás.

»Uno de los tropos de mi educación judía, y tal vez también de la suya, fue este versículo del Talmud: "El que salva una vida humana salva al mundo entero". Se trata de una idea muy bonita, a partir de la cual vale la pena regir la vida. Pero no deberíamos otorgarle un sentido que no tiene.

»A los judíos actuales nos iría mucho mejor si, en lugar de "no morir", nuestra ambición fuera "vivir con rectitud"; si en lugar de "me hicieron tal y cual", nuestro mantra fuera "yo hice tal y cual".

Guardó silencio. Miró a los presentes durante un largo rato y se mordió el labio inferior.

—Hoy en día no es fácil decir según qué cosas.

Casi sonrió, como Irv casi había sonreído cuando había tocado la mejilla de Jacob.

—El judaísmo tiene una relación especial con las palabras. Otorgarle una palabra a una cosa es otorgarle la vida. «Hágase la luz», dijo Dios, «y se hizo la luz». Sin magia. Sin manos levantadas, rayos y truenos. Fue la articulación de la palabra lo que lo hizo posible. Y ésa es tal vez la más poderosa de todas las ideas judías: la palabra es generativa.

»Lo mismo sucede con el matrimonio. Dices: "Sí, quiero", y quieres. ¿Qué es, en realidad, estar casado?

Jacob notó una quemazón en el pecho. Julia sintió la necesidad de mover los dedos.

—Estar casado es decir que estás casado. No sólo ante tu cónyuge, sino también ante tu comunidad y, si eres creyente, ante Dios.

»Y lo mismo sucede con la plegaria, la plegaria de verdad, que nunca es una petición, ni una alabanza, sino la expresión de algo sumamente importante que de otro modo no podría expresarse. Como escribió Abraham Joshua Heschel: «Puede que la plegaria no nos salve, pero la plegaria nos hará dignos de ser salvados». Lo que nos hace dignos, lo que nos hace rectos, es la palabra.

Se mordió de nuevo el labio inferior y sacudió la cabeza.

—Hoy en día no es fácil decir según qué cosas.

»A menudo sucede que todo el mundo dice lo que nadie sabe. Hoy, en cambio, nadie dice lo que todo el mundo sabe.

»Cuando pienso en las guerras que nos aguardan, la guerra por salvar nuestras vidas y la guerra por salvar nuestras almas, pienso en nuestro gran líder, Moisés. Seguramente recordaran que su madre, Jocabed, lo esconde en una cesta de mimbre que suelta en la corriente del Nilo, como última esperanza para salvarle la vida. La hija del faraón descubre la cesta. «¡Miren!», dice, «¡un bebé hebreo llorando!». Pero ¿cómo sabía que era hebreo?

El rabino hizo una pausa y retuvo aquel silencio inquieto,

como si salvara a la fuerza la vida de un pájaro que sólo deseaba irse volando.

—Seguramente porque los judíos intentaban impedir que mataran a sus hijos —dijo Max—. Sólo alguien en esa situación habría metido a un bebé en una cesta y lo habría enviado río abajo.

—Puede ser —dijo el rabino, que no mostró ningún tipo de placer condescendiente ante la confianza de Max, sólo admiración por su idea—. Puede ser.

Una vez más, su silencio impuso el silencio. Quien habló entonces fue Sam:

—Bueno, que conste que hablo totalmente en serio: a lo mejor vio que estaba circuncidado, ¿no? Si no, ¿por qué diría «miren»?

—Sí, eso también puede ser —dijo el rabino, asintiendo.

Y cavó otro silencio.

—Yo no sé nada —dijo Benjy—, pero a lo mejor estaba llorando en judío...

—¿Y cómo se llora en judío? —preguntó el rabino.

—Yo no sé nada —repitió Benjy.

—Nadie sabe nada —dijo el rabino—. Intentamos aprender juntos. ¿Cómo lloraría uno en judío?

—Supongo que los bebés tampoco hablan...

—¿Y las lágrimas?

—No lo sé.

—Es extraño —dijo Julia.

—¿Qué es extraño?

—¿No lo habría *oído* llorar? Porque funciona así, ¿no? Los oyes llorar y vas a ver qué pasa.

—Sí, así es.

—Pero, en cambio, lo que dijo fue: «¡Miren! ¡Un bebé hebreo llorando!». *Miren.* Vio que estaba llorando, pero no lo oyó.

—¿Y eso qué indica? —preguntó el rabino, sin paternalismo, sin fariseísmo.

—Supo que era hebreo porque sólo los judíos lloran en silencio.

Durante un instante, Jacob se sintió abrumado por el terror de haber sido capaz de perder a la persona más inteligente de la Tierra.

—¿Y tenía razón? —preguntó el rabino.

—Sí —dijo Julia—. Era un bebé hebreo.

—Pero ¿tenía razón en pensar que los judíos lloran en silencio?

—En mi experiencia, no —contestó Julia, con una risita que arrancó una carcajada liberadora de los presentes.

Sin moverse, el rabino entró en la tumba de silencio que había cavado. Miró a Julia, le dirigió una mirada de una fijeza casi insoportable, como si fueran las dos únicas personas vivas que quedaban en la Tierra, como si lo único que distinguiera a quienes estaban enterrados y a quienes estaban de pie fueran noventa grados. Miró en su interior y dijo:

—Pero, en tu experiencia, ¿los judíos lloran en silencio?

Julia asintió con la cabeza.

—Ahora me gustaría hacerte una pregunta a ti, Benjy.

—Vale.

—Pongamos que, como judíos, tenemos dos opciones: llorar en silencio, como ha dicho tu madre, o llorar en judío, como has dicho tú. Si alguien llorara en judío, ¿cómo sonaría?

—No lo sé.

—No lo sabe nadie, o sea que no hay ninguna respuesta equivocada.

—Es que no tengo ni idea.

—¿Como una carcajada, tal vez? —sugirió Max.

—¿Una carcajada?

—No lo sé. Es lo que hacemos.

Durante un instante, apenas un hilo, Jacob se sintió abrumado por el terror de haber sido capaz de estropear a los tres seres humanos más maravillosos de la Tierra.

Se acordó de cómo, cuando Sam era pequeño, cada vez que se hacía un arañazo, se cortaba o se quemaba, cada vez que le sacaban sangre, cada vez que se caía de la rama de un árbol que a partir de aquel momento se consideraría para siempre «demasiado alta», Jacob iba corriendo y lo tomaba en brazos, como si el suelo estuviera en llamas, y le decía: «No pasó nada, estás bien. No es nada. Estás bien». Sam siempre le creía, y Jacob quedaba maravillado de lo bien que funcionaba, avergonzado de lo bien que funcionaba. A veces, si se requería una mentira todavía más grande, si había sangre visible, Jacob añadía: «Tiene gracia». Y su hijo le creía, porque los hijos no tienen elección. Pero los hijos sienten el dolor. Y la ausencia de una expresión del dolor no es la ausencia del dolor, sino un dolor diferente. Por eso, cuando se destruyó la mano, Sam dijo: «Tiene gracia. ¿Verdad que tiene gracia?». Ésa era su herencia.

Las columnas que eran las piernas de Jacob no podían cargar con el enorme peso de su corazón. Sintió que se doblegaba, que cedía a la debilidad, a una genuflexión.

Rodeó a Julia con un brazo. Ella no se volvió hacia él, no dio muestras de notar su contacto, pero lo mantuvo.

—Bien —dijo el rabino, recuperando su autoridad—, ¿qué podemos decir sobre Isaac Bloch y cómo debemos pasar el duelo por su muerte? Sólo hay dos tipos de judíos de su generación: los que murieron y los que sobrevivieron. Juramos lealtad a las víctimas y cumplimos nuestra promesa de no olvidarlos. En cambio, dimos la espalda a quienes pervivieron y los olvidamos. Nuestro amor fue todo para los muertos.

»Pero ahora esos dos tipos de judíos comparten el mismo estatus mortal. Es posible que Isaac no acompañe a sus hermanos en el más allá, pero sí los acompaña en la muerte. Así pues, ¿qué podemos decir ahora sobre él y sobre cómo debemos pasar el duelo por su muerte? Sus hermanos no murieron porque no fueran fuertes, pero Isaac vivió y murió porque lo fue. *Kein briere iz oich a breire.* No tener elección también es una elección. ¿Cómo contaremos la historia de quienes nunca tuvieron elección? Está en juego nuestra noción de rectitud, de una vida digna de ser salvada.

»¿Por qué lloraba Moisés? ¿Lloraba por sí mismo? ¿Por

miedo o hambre? ¿Lloraba por su gente? ¿Por su esclavitud, su sufrimiento? ¿O eran lágrimas de gratitud? A lo mejor la hija del faraón no lo oyó llorar porque no lloró hasta que ella abrió la cesta.

»¿Cómo debemos pasar el duelo por la muerte de Isaac Bloch? ¿Con lágrimas? ¿Qué tipo de lágrimas? ¿Con silencio? ¿Qué silencio? ¿O con cantos? ¿Y con qué cantos? Nuestra respuesta no lo salvará, pero puede salvarnos a nosotros.

Con los tres, naturalmente. Jacob había visto venir al rabino desde hacía cinco mil años. Por los tres, por la tragedia, por nuestra reverencia, por nuestra gratitud. Por todo lo que ha sido necesario para que lleguemos a este momento, por todas las mentiras que tenemos por delante, por los momentos de alegría extrema que no guardan relación alguna con la felicidad. Con lágrimas, con silencio y con cantos porque sobrevivió para que los demás pudiéramos pecar, porque nuestra religión es tan hermosa, opaca y quebradiza como el cristal policromado del Col Nidré, y porque el Eclesiastés estaba equivocado: no hay un tiempo para cada cosa.

«¿Qué quieres? Pídeme lo que sea. Quiero que tengas lo que más desees.»

Jacob lloró, aulló.

LOS NOMBRES ERAN MAGNÍFICOS

Jacob llevó el féretro junto con sus primos. Era mucho más ligero de lo que había imaginado. ¿Cómo era posible que alguien que había vivido tantas cosas pesara tan poco?

Era una tarea increíblemente compleja: estuvieron a punto de caerse varias veces y a Irv le faltó un pelo para terminar dentro de la tumba con su padre.

—Éste es el peor cementerio de la historia —dijo Max, que no se dirigía a nadie en concreto pero que habló lo bastante fuerte para que lo oyera todo el mundo.

Finalmente lograron colocar el sencillo ataúd de pino encima de las anchas tiras de tela con las que lo bajaron a la tumba.

Y ahí estaba el hecho innegable. Irv tuvo la responsabilidad —el privilegio del *mitzvá*— de ser el primero en echar tierra sobre el féretro de su padre. Hundió la pala con fuerza, se giró hacia el agujero y ladeó la pala. Al caer, la tierra hizo un ruido más estruendoso y violento del esperado, como si todas las partículas hubieran impactado contra la madera al mismo tiempo, como si la hubieran echado desde una gran altura. Jacob dio un brinco. Julia y los niños dieron un brinco. Todo el mundo dio un brinco. Algunos pensaban en el cuerpo del féretro. Otros pensaban en Irv.

Mis primeros recuerdos están ocultos como *afikomens*[27] alrededor de la última casa donde vivió mi abuelo: espumosos baños de burbujas; partidos de futbol de rodillas en el sótano con los nietos de los supervivientes (siempre terminaban lesionados); los ojos del retrato de Golda Meir, que parecía moverse; cristales de café instantáneo; perlas de grasa en la superficie de todos los líquidos; partidas de Uno en la mesa de su cocina, sólo él y yo, dos seres humanos, los restos del *bagel* de ayer, el *The Jewish Week* de la semana anterior y jugo concentrado de cuando fueron las últimas grandes rebajas. Siempre ganaba yo. A veces jugábamos cien partidas en una sola noche, a veces las dos noches del fin de semana, a veces tres fines de semana al mes. Y él perdía siempre.

Lo que considero mi primer recuerdo no puede ser mi primer recuerdo, yo era ya demasiado mayor. Confundo momento fundacional con primer momento, del mismo modo que, como señaló Julia, el primer piso de una casa generalmente es el segundo, y a veces incluso el tercero.

Mi primer recuerdo es éste: estaba rasurando las hojas delante de casa cuando vi algo junto a la puerta lateral. Las hormigas empezaban a cubrir una ardilla muerta. ¿Cuánto tiempo llevaba allí? ¿Habría comido veneno? ¿Qué veneno? ¿O tal vez el perro de algún vecino la había matado y luego, cargado de arrepentimiento perruno, había depositado allí el objeto de su remordimiento? ¿O era orgullo perruno? ¿O acaso la ardilla había muerto tratando de entrar?

Me metí corriendo en casa y se lo dije a mi madre. Tenía los lentes cubiertos de vapor, removía un cazo que no veía. Sin levantar la vista, respondió:

—Ve y díselo a tu padre.

A través de la puerta abierta —desde el lado seguro del umbral— vi cómo mi padre metía la mano en la bolsa transparente en la que esa mañana nos habían repartido el *Post*, tomaba la ardilla, sacaba la mano y le daba la vuelta a la bolsa, de modo que el animal quedara en la parte de adentro. Mientras mi padre se lavaba las manos en el baño, me puse a su lado y le hice una pregunta tras otra. Siempre me estaban dando lecciones, de

27. Pan con el que se concluye la cena pascual.

modo que asumía que todo contenía necesariamente un tipo u otro de información oculta, de moraleja.

¿Estaba fría? ¿Cuándo crees que murió? ¿Cómo crees que murió? ¿Te dio cosa agarrarla?

—¿Cosa? —preguntó mi padre.

—Asco.

—Pues claro.

—Pero saliste y la agarraste como si nada.

Él asintió con la cabeza.

Yo contemplé su anillo de boda a través del jabón.

—¿Ha sido desagradable?

—Pues sí.

—Era asqueroso.

—Sí.

—Yo no habría podido.

Él soltó una risa de padre y dijo:

—Un día lo harás.

—¿Y si no puedo?

—Cuando eres padre, no hay nadie por encima de ti. Y si hay que hacer algo, ¿quién lo va a hacer si no?

—Aun así, no podría.

—Cuanto menos quieras hacerlo, más padre serás.

El armario estaba lleno de bolsas de plástico. Había agarrado una transparente para darme una lección.

Pasé varios días obsesionado con esa ardilla, pero no volví a acordarme de ella hasta un cuarto de siglo más tarde, Julia ya embarazada de Sam, cuando empecé a tener un sueño recurrente en el que las calles de nuestro barrio amanecían cubiertas de ardillas muertas. Las había a millares: aplastadas en las aceras, llenando las basuras hasta los topes, boca abajo en poses definitivas mientras los aspersores automáticos les empapaban el pelaje. En el sueño estaba siempre volviendo a casa desde alguna parte, siempre caminando por la calle y siempre a última hora del día. Las persianas de la casa estaban iluminadas como pantallas de televisión. Nuestro hogar no funcionaba, pero aun así salía humo por la chimenea. Yo tenía que andar de puntitas para no pisar las ardillas, pero a veces era inevitable; entonces me disculpaba (¿con quién?). Había ardillas en los alféizares y en las escaleras, ardillas que desbordaban las alcantarillas. Sus siluetas deformaban las telas de los toldos. Ardillas con medio cuerpo colgando en el exterior de los buzones, como si hubieran estado buscando comida o agua, o simplemente hubieran ido a morir allí adentro, como aquella ardilla había querido morir dentro de la casa de mi infancia. Y sabía que iba a tener que encargarme de todas.

Jacob habría querido acercarse a su padre, como hacía de niño, y preguntarle cómo había logrado echar la tierra encima del féretro de su padre.

—*¿Te dio asco?*

—*Pues claro.*

—*Yo no habría podido.*

Su padre se habría reído y habría dicho:

—*Un día lo harás.*

—*¿Y si no puedo?*

Los hijos entierran a sus padres muertos porque a los muertos hay que enterrarlos. Los padres no tienen por qué traer a sus hijos al mundo, pero los hijos sí tienen que encargarse de sus padres cuando éstos lo abandonan.

Irv le pasó la pala a Jacob. Sus ojos se encontraron.

—Aquí estamos, y volveremos a estar —susurró el padre al oído del hijo.

Cuando Jacob imaginaba que sus hijos le sobrevivían, lo que sentía no tenía nada que ver con la inmortalidad, como suele decir alguna gente sin imaginación que, generalmente, busca alentar a los demás a tener hijos. No sentía ni alegría, ni paz, ni satisfacción de ningún tipo. Lo único que sentía era tristeza por todo lo que no vería. La muerte parecía menos justa con los hijos, porque había más cosas que perderse. ¿Con quién se casaría Benjy? (Muy a su pesar, Jacob no podía deshacerse de la certeza judía de que querría casarse y lo haría.) ¿Por qué profesión ética y lucrativa se sentiría atraído Sam? ¿Qué pasatiempos extraños tendría Max? ¿Adónde viajarían? ¿Qué aspecto tendrían sus hijos? (Porque, naturalmente, querrían tener hijos y los tendrían.) ¿Cómo se las arreglarían?

¿Cómo celebrarían las cosas? ¿Cómo morirían? (Por lo menos se perdería sus muertes. A lo mejor ésa era la compensación por el hecho de tener que morir.)

Antes de volver al coche, Jacob fue a dar una vuelta. Leyó las lápidas como si fueran las páginas de un libro inmenso. Los nombres eran majestuosos: porque eran un haikú judío, porque viajaban en máquinas del tiempo mientras las personas a las que identificaban quedaban atrás, porque eran tan vergonzosos como paquetitos de centavos envueltos en papel, porque eran tan bonitos como un barco dentro de una botella viajando en un barco, porque eran un reto nemotécnico: Miriam Apfel, Shaindel Potash, Beryl Dressler... Jacob quería recordarlos y aprovecharlos más tarde. Quería recordarlo todo, usarlo todo: las agujetas de los tenis del rabino, las melodías desatadas de dolor, las fuertes pisadas de un visitante bajo la lluvia.

Sindey Landesman, Ethel Keiser, Lebel Alterman, Deborah Fischbach, Lazer Berenbaum...

Recordaría los nombres. No los perdería. Los usaría. Crearía algo a partir de lo que ya no era nada.

Seymour Kaiser, Shoshanna Ostrov, Elsa Glaser, Sura Needleman, Hymie Rattner, Simcha Tisch, Dinah Perlman, Ruchel Neustadt, Izzie Reinhardt, Ruben Fischman, Hindel Schulz...

Como escuchar un río judío en el que podías bañarte dos veces. Podías hacerlo. Jacob podía; o, por lo menos, creía que podía: tomar todo lo que había perdido y redescubrirlo, resucitarlo, insuflar nueva vida en los pulmones deshinchados de todos esos nombres, todos esos acentos, modismos, gestos y formas de ser. El joven rabino tenía razón: nadie volvería a tener esos nombres. Pero se equivocaba.

Mayer Vogel, Frida Walzer, Yussel Offenbacher, Rachel Blumenstein, Velvel Kronberg, Leah Beckerman, Mendel Fogelman, Sarah Bronstein, Schmuel Gersh, Wolf Seligman, Abner Edelson, Judith Weisz, Bernard Rosenbluth, Eliezer Umansky, Ruth Abramowicz, Irving Perlman, Leonard Goldberger, Nathan Moskowitz, Pincus Ziskind, Solomon Altman...

Una vez había leído que actualmente hay más gente viva de la que ha muerto en toda la historia de la humanidad. Jacob no tenía la sensación de que fuera así. Al contrario, era como si todo el mundo estuviera muerto. Y a pesar de toda la individualidad —de la extrema idiosincrasia de esos nombres y de todos esos judíos extremadamente idiosincráticos—, existía un único destino.

Y de pronto llegó al lugar donde dos muros se encontraban, en un rincón del vasto cementerio, situado en un rincón de la vastedad de todo lo demás.

Se volvió hacia la inmensidad y sólo entonces se le ocurrió, o sólo entonces se vio obligado a reconocer lo que se había obligado a no ver: estaba rodeado de suicidas. Se encontraba en el gueto de quienes no podían ser enterrados con el resto. Aquel rincón era donde se acordonaba la vergüenza, donde la vergüenza innombrable terminaba bajo tierra. La leche en unos platos, la carne en los otros. Que nunca coincidieran.

Miriam Apfel, Shaindel Potash, Beryl Dressler...

Era vagamente consciente de la prohibición de quitarse la vida y del castigo por hacerlo. Pero el precio —más allá de la muerte— no recaía en el criminal, sino en las víctimas, aquellos a quienes el muerto dejaba atrás y que se veían obligados a enterrarlo en la otra tierra. Lo recordaba tal como recordaba la prohibición de los tatuajes —algo sobre no agraviar el propio cuerpo—, que también te condenaba a la otra tierra. Y luego —aunque menos espiritual, igualmente religiosa— estaba también la prohibición de beber Pepsi, porque Pepsi había decidido comercializar su producto en los países árabes y no en Israel. Y la prohibición de tocar a una chica no-judía de alguna de las formas en las que uno se moría por tocarlas, porque era una vergüenza y un escándalo. Y la prohibición a resistirte cuando tus mayores tocan cualquier parte de tu cuerpo, de la forma en que quieran tocarla, porque se están muriendo, se están muriendo perpetuamente, y porque es un *mitzvá*.

En aquel gueto sin muros, pensó en los *eruv*, un tecnicismo deliciosamente judío que Julia había compartido con él cuando no sabía ni qué prohibición tenían la función de eludir. Julia los había descubierto no en el marco de su educación judía, sino en una clase de arquitectura, como un ejemplo de «estructura mágica».

Los judíos no pueden «llevar» nada durante el *sabbat*: ni llaves, ni dinero, ni pañuelos, ni medicinas, ni cochecitos de bebé, ni bastones, ni siquiera niños que todavía no caminan. Técnicamente, esa prohibición impide «llevar» algo de un espacio privado a un espacio público. Pero ¿y si una gran área se convirtiera en una zona privada? Un *eruv* es un cordón o un alambre que encierra un área determinada, convirtiéndola así en un lugar privado donde «llevar» está, por tanto, permitido. Casi todo Manhattan está rodeado por un *eruv*. Hay un *eruv* en prácticamente todas las comunidades judías del mundo.

—¿También en Washington D. C.?

—Sí, claro.

—No lo he visto nunca.

—Porque nunca lo has buscado.

Julia lo llevó hasta la intersección de la calle Reno con la calle Davenport, donde el *eruv* doblaba una esquina y era muy fácil de distinguir. Ahí estaba, una especie de hilo dental. Lo siguieron por Davenport hasta Linnean, Brandywine y Broad Branch. Pasaron por debajo del cordel, que iba de una señal de tráfico a un farol y de un poste de la luz a un poste de teléfono.

Jacob caminaba entre los suicidas con los bolsillos llenos: un clip metálico que Sam había doblado y convertido en un avión, un billete de veinte arrugado, el *yarmulke* que Max había usado durante el funeral (adquirido, al parecer, en la boda de dos personas de las que Jacob no había oído hablar nunca), un recibo de tintorería de los pantalones que llevaba puestos, una piedrita que Benjy había tomado de una tumba y le había pedido a Jacob que le guardara y más llaves que cerraduras había en su vida. Cuanto mayor se hacía, más cosas llevaba encima, algo que debería haberlo hecho más fuerte.

Habían enterrado a Isaac ataviado con un sudario sin bolsillos, a seiscientos metros de la que había sido su mujer durante doscientas mil horas.

Seymour Kaiser: hermano e hijo devoto; metió la cabeza en el horno. Shoshanna Ostrov: esposa devota; se cortó las venas en el baño. Elsa Glaser: madre y abuela devota; se colgó del ventilador del techo. Sura Needleman: esposa, madre y hermana devota; se metió en un río con los bolsillos llenos de piedras. Hymie Rattner: hijo devoto; se cortó las venas sobre el lavabo. Simcha Tisch: padre devoto, hermano devoto; se clavó un cuchillo de carnicero en el vientre. Dinah Perlman: abuela, madre y hermana devota; se arrojó desde lo alto de las escaleras. Ruchel Neustadt: mujer y madre devota; se clavó un abrecartas en el cuello. Izzie Reinhardt: padre, marido y hermano devoto; se arrojó desde el Memorial Bridge. Ruben Fischman: marido devoto; estrelló el coche contra un árbol a ciento cincuenta por hora. Hindel Schulz: madre devota; se cortó las venas con un cuchillo de sierra. Isaac Bloch: hermano, marido, padre, abuelo y bisabuelo devoto; se ahorcó con un cinturón en su propia cocina.

Jacob habría querido estirar una hebra de su traje negro, atarla al árbol de la esquina y recorrer el perímetro del gueto de los suicidas, rodeándolo al tiempo que él se deshilachaba. Y cuando lo público se hubiera convertido en privado, Jacob se llevaría toda la vergüenza consigo. Aunque ¿adónde?

Todas las masas continentales están rodeadas de agua. ¿Toda costa era un *eruv*?

¿Era el ecuador un *eruv* que rodeaba la Tierra?

¿Encerraba la órbita de Plutón el sistema solar?

¿Y qué pasaba con el anillo de boda que Jacob llevaba aún en el dedo?

REENCARNACIÓN

>¿Alguna novedad?

>El que está en medio de una crisis eres tú.

>Pero eso no es ninguna novedad.

>Aquí todo está como siempre, sólo que mi bisabuelo está muerto.

>¿Y tu familia? ¿Está bien?

>Sí. Creo que mi padre está bastante molesto, aunque vete a saber, siempre parece algo molesto.

>Ya.

>Cualquiera diría que se trata de su padre; quien ha muerto es su abuelo. Y también es triste, pero menos. Mucho menos.

>Ya.

>Realmente me gusta mucho cuando la gente repite partes de una frase. ¿Por qué lo hacemos?

>No lo sé.

>Tu padre y tu hermano parecen estar pasándosela bien. Están preocupados por ti, naturalmente. No hacen más que hablar de ti. Pero si no pueden estar ahí, es mejor que estén aquí.

>¿Han encontrado algo?

>¿A qué te refieres?

>Una casa.

>¿Para?

>Para comprarla.

>¿Y para qué van a comprar una casa?

>¿Mi padre no se los ha contado?

>¿Qué nos tiene que contar?

>A lo mejor se lo ha contado a tu padre...

>¿Se van a mudar?

>Llevaba ya unos años hablando del tema, pero cuando me incorporé al ejército se puso a buscar. Por internet, tal vez con la ayuda de algunos agentes de allí. Yo creía que lo decía por decir, pero cuando me destinaron a Cisjordania empezó a buscar más en serio. Creo que encontró varias propiedades prometedoras, por eso se ha ido allí. Para verlas en persona.

>Creía que había venido para mi *bar mitzvá*.

>Por eso se queda unos días más.

>Pues no tenía ni idea.

>A lo mejor le da vergüenza.

>No sabía que tu padre fuera capaz de sentir vergüenza.

>De sentirla, sí. De demostrarla, no.

>¿Y tu madre se quiere mudar?

>No lo sé.

>¿Y tú? ¿Te quieres mudar?

>Dudo que vuelva a vivir con mis padres. Después del ejército vendrá la universidad. Y después de la universidad, la vida. Espero.

>¿Pero qué piensas?

>Intento no pensar en ello.

>¿Te da vergüenza?

>No, no es eso.

>¿Crees que tu padre engaña a tu madre?

>Qué pregunta tan rara.

>¿Te parece?

>Sí.

>¿Te parece? ¿O sí crees que tu padre engaña a tu madre?

>Las dos.

>Dios. ¿En serio?

>A alguien que hace esa pregunta no debería sorprender-
le tanto la respuesta.
>¿Qué te hace pensar que la engaña?
>¿Qué te hace preguntar eso?
>No lo sé.
>Pues pregúntatelo.
>¿Qué me hace preguntar eso?

No se lo había preguntado porque sí. Se lo preguntaba
porque había encontrado el teléfono de su padre un día antes
que su madre. Seguramente *encontrar* no era la palabra apropiada, ya que se había topado con él fisgoneando en los es-
condites preferidos de su padre: debajo de una pila de calcetines en la cómoda, en una caja del fondo del «armario de los
regalos», encima del reloj de pared que su abuelo les había regalado por el nacimiento de Benjy... El botín nunca ascendía
a más que alguna revista pornográfica ocasional. («¿Por
qué?», habría querido preguntar, pero no podía. «¿Por qué alguien con una computadora de mesa, una laptop, una tablet o
un smartphone pagaba por pornografía?»).

Había encontrado un fajo de billetes de cincuenta, seguramente para algún vicio del que papá no quería que mamá
supiera nada (algo perfectamente inocente, por ejemplo una
herramienta eléctrica que no quería que mamá señalara que
no iba a utilizar nunca). Había encontrado una bolsita de hierba
que, en el año y medio que llevaba vigilándola, nunca había
menguado de tamaño. Había encontrado un contrabando de
golosinas de Halloween. Qué tristeza. Había encontrado una
pila de papeles con una portada en la que ponía: «Biblia de *El
pueblo agonizante*».

CÓMO INTERPRETAR EL DESEO

No lo hagas. Tienes todo lo que puedes necesitar o querer.
Tienes salud (por ahora) y eso es fantástico. ¿Tú sabes cuánto
sufrimiento, cuántos esfuerzos han sido necesarios para que
este momento se hiciera realidad? ¿Realidad para ti? Piensa en
lo fantástico que es y en lo feliz, lo satisfecho que estás.

... un rollazo que no valía la pena seguir investigando.

Pero entonces, hurgando en un cajón del buró de papá, Sam había encontrado un teléfono. El teléfono de papá era un iPhone. Todo el mundo lo sabía, porque todo el mundo tenía que aguantar sus quejas constantes sobre lo increíble que era y lo enganchado que estaba. («Esto me está arruinando la vida, literalmente», decía, mientras lo empleaba para algo totalmente innecesario, como por ejemplo consultar el tiempo que iba a hacer tres días más tarde. «Posibilidad de lluvia. Qué interesante.») Aquél, en cambio, era un celular genérico, de esos que te regalan gratis con un plan de tarifas criminalmente caras. A lo mejor era una reliquia de la que papá no se quería deshacer por nostalgia. O a lo mejor estaba lleno de fotos de Sam y sus hermanos, que su padre no era lo bastante listo para pasarlas a su iPhone (al tiempo que se consideraba demasiado listo para pedir ayuda en una tienda de celulares, o incluso a su hijo, experto en tecnología), de modo que había optado por guardar el teléfono. Con el tiempo, el cajón se iría llenando de teléfonos llenos de fotos.

Desbloquearlo había sido un juego de niños: su padre recurría siempre a las tres mismas variaciones ridículas de la contraseña familiar que empleaba para todas sus necesidades de seguridad.

Fondo de pantalla genérico: una puesta de sol.

Ni un juego. Ni una sola app interesante más allá de una calculadora. ¿Para qué quería un teléfono así?

Era un teléfono para mamá. Un teléfono privado entre los dos. No era fácil entender para qué lo necesitaban, pero a lo mejor la gracia estaba precisamente en que no lo necesitaban. En realidad era bastante bonito. Pésimo, sí, pero también bastante romántico. Lo que daba bastante asquito. A menos que tuviera una justificación evidente; de hecho, ahora que lo pensaba, seguramente era el caso. A lo mejor era el teléfono que se llevaban de viaje y tenía un plan para llamadas desde el extranjero.

Pero mientras revisaba los mensajes, le quedó claro que todas esas explicaciones eran erróneas, extremadamente erróneas, y que o bien sus padres no eran quienes él creía que eran, ni por asomo, o bien había más de una Julia en el mundo, porque la Julia que era su madre nunca (no: ¡nunca!) movería los dedos para escribir unas palabras como «con la humedad de mi vulva y prepara mi culo para recibirte».

Se llevó el teléfono al baño, cerró la puerta y leyó más mensajes.

Quiero dos dedos tuyos en mis dos agujeros.

¿Como Spock? ¿Qué demonios estaba pasando aquí?

... boca abajo, con las piernas abiertas y las manos en la espalda, abriendo el agujero del culo a más no poder, mientras tu vulva chorrea sobre las sábanas...

¿Qué DEMONIOS estaba pasando aquí?

Pero antes de que Sam pudiera hacer la pregunta por tercera vez, se abrió la puerta de casa y el teléfono se le cayó detrás del lavabo.

—¡Ya llegué! —exclamó Julia, y Sam subió a su cuarto intentando sincronizar sus pasos con los de su madre.

Nunca había conocido al doctor Silvers, pero sabía perfectamente qué habría dicho: que había dejado el teléfono ahí a propósito. Como todos los miembros de la familia a excepción de su padre, Sam detestaba al doctor Silvers, estaba celoso de su padre por tener a un confidente así, y estaba celoso del doctor Silvers por tener a su padre. ¿Qué consecuencias positivas podía tener, para quien fuera, que se descubriera el teléfono?

>¿Tu padre está engañando a tu madre, o algo?

De vuelta súbitamente a la vida real irreal, Eyesick se tambaleó y retrocedió unos metros. Cojeaba levemente, caminaba a tropezones. Después de dar unas vueltas alrededor de nada —como un planeta orbitando alrededor de un sol inexistente, o como una novia girando alrededor de un novio que no estaba—, recogió un fósil de pájaro de una de las primeras generaciones de Other Life, tal vez de tres años atrás: el logo de Twitter. Eyesick estudió la piedra en silencio y la dejó, la volvió a tomar, hizo un gesto como si fuera a tirarla, y entonces se golpeó la cabeza contra ella, como si comprobara que estuviera madura.

>¿Tú has visto este *glitch*?
>No es ningún fallo, he empezado la transferencia.
>¿De qué?
>De las frutas de resiliencia.
>¡Te dije que no lo hicieras!
>No es verdad. Pero si lo hubieras dicho, tampoco te habría hecho caso.

Un torrente de imágenes digitales que estallaban en la pantalla y desaparecían en cuanto eran procesadas: algunas correspondían a momentos almacenados de la otra vida de Samanta, o a conversaciones y experiencias que había tenido; otras eran más impresionistas. Vio pantallas que él había consultado combinadas con pantallas que debía de haber consultado Noam: una estela blanca sobre un cielo azul; unos arcoíris de gancho vistos en Etsy; la pala de una excavadora que entraba en contacto con el cuerpo de una anciana; un cunnilingus hecho desde detrás, en un vestidor; un mono de laboratorio revolcándose; unos gemelos unidos (uno reía, el otro lloraba); fotos vía satélite de la península del Sinaí; jugadores de futbol americano inconscientes; paletas de color de esmalte de uñas; la oreja de Evander Holyfield; un perro a punto de ser sacrificado.

>¿Cuántas me estás transfiriendo?

>Todas.

>¿Cómo?

>1,738,341.

>¡DEMONIOS! ¿Tantas tienes?

>Te estoy haciendo una transfusión total.

>¿Por qué?

>Oye, tengo que prepararme para irme.

>¿Adónde?

>A Jerusalén. Han movilizado mi unidad. Pero no se lo cuentes a mi padre, ¿vale?

>¿Por qué no?

>Porque se preocuparía.

>Es que tendría que preocuparse.

>Preocuparse no le servirá de nada, y a mí tampoco.

>Pero no necesito tanto. Sólo tenía cuarenta y cinco mil cuando mi padre me mató...

>Que no te falte de nada.

>A mi avatar.

>A tu bisabuelo.

>Es demasiado.

>¿Qué quieres que haga, que las deje pudrirse? ¿Que haga sidra de resiliencia?

>Tendrías que usarlas.

>Ya, pero no lo haré. Y, en cambio, tú sí.

Las imágenes se sucedían cada vez con mayor rapidez, tanto que ya sólo penetraban subliminalmente; se sobreponían, se fundían, y desde una esquina, una luz, procedente de unos pocos pixeles, tiñó la pantalla y se fue expandiendo, una luz como la oscuridad que proyecta un fluorescente roto en el techo, una luz que inundaba las imágenes, actualizadas constantemente, y que era cada vez más luz que imagen, hasta que sólo quedó una pantalla en blanco, aunque era más brillante que blanca, e imágenes vagas, como vistas a través de una avalancha.

En el que seguramente era el momento de empatía más

puro de su vida, Sam intentó imaginar qué estaría viendo Noam en su pantalla en aquel momento. ¿Una oscuridad que se extendía como su luz? ¿Estaría recibiendo advertencias sobre su bajo nivel de vitalidad? Sam imaginó a Noam haciendo clic en IGNORAR una y otra vez, ignorando esas advertencias tan molestas, y finalmente dándole a CONFIRMAR cuando le pedían que confirmara la decisión final.

El león se acercó al viejo, se echó a su lado, colocó sus inmensas y orgullosas garras sobre los hombros de Eyesick, lamió su sombra blanca de última hora del atardecer (¿cómo se llamaría eso?, ¿un fulgor de atardecer?), y siguió lamiéndolo una y otra vez, como si intentara devolver a Eyesick a la vida, cuando en realidad lo que quería era devolverse a sí mismo a lo que viene antes de la vida.

>Mírate, *bar mitzvá*.

El león apoyó su enorme cabeza sobre el pecho hundido de Eyesick, que metió los dedos en la melena del animal.

En medio de la recepción posterior al funeral, Sam se había echado a llorar. No lloraba a menudo. La última vez había sido cuando Argo había vuelto a casa después de la segunda operación de cadera, hacía dos años, con el lomo medio rapado en el que podían verse sus puntos a lo Frankenstein, la mirada caída en su cabeza caída.

—Ése es el aspecto que tiene uno mientras se está curando —había dicho Jacob—. Un mes y volverá a ser el de siempre.

—¡Un mes!

—Pasará rápido.

—No para Argo.

—Lo mimaremos mucho.

—Pero si no puede ni caminar.

—Y no debe caminar más allá de lo estrictamente necesario. El veterinario ha dicho que eso es lo más importante para su recuperación, tiene que pasar echado cuanto más tiempo mejor. Siempre que lo saquemos a pasear, tiene que ser con correa. Y nada de escaleras, tenemos que conseguir que se quede en la planta baja.

—Pero ¿cómo subirá a la cama?

—Va a tener que dormir aquí abajo.

—Pero subirá.

—No creo. Él también sabe lo débiles que tiene las patas.

—Subirá.

—Colocaré una pila de libros en las escaleras para que no pueda pasar.

Sam puso la alarma a las dos de la madrugada para ir a echar un vistazo a Argo. Pulsó el botón de repetición una vez, y otra más, pero cuando sonó por tercera vez, su culpabilidad lo despertó. Bajó por las escaleras tambaleándose, vagamente consciente de que había salido de la cama, y encontró a su padre durmiendo encima de un saco de dormir, abrazando a Argo. Entonces fue cuando lloró. No porque quisiera a su padre —aunque en ese momento desde luego lo quería—, sino porque, de los dos animales que había en el suelo, era el que más lástima le daba.

>Mírate, *bar mitzvá*.

Estaba junto a la ventana. Sus primos estaban jugando Play-Station, matando personajes digitales. Los adultos estaban en el piso de arriba, comiendo la comida asquerosa, apestosa, ahumada y gelatinosa que los judíos necesitan repentinamente en momentos de reflexión. Nadie se fijó en él, y eso era justo lo que quería, aunque no fuera lo que necesitaba.

No lloraba por nada de lo que tenía delante, ni por la muerte de su bisabuelo, ni por la muerte del avatar de Noam, ni por el derrumbe del matrimonio de sus padres, ni por el derrumbe de su *bar mitzvá*, ni tampoco por el derrumbe de los edificios de Israel. Sus lágrimas eran retroactivas. El momento de bondad de Noam había puesto de manifiesto una ausencia galopante de bondad. Su padre había pasado treinta y ocho días durmiendo en el suelo. (Una semana extra, para ser exactos.) ¿Era más fácil demostrar esa bondad con un perro porque no te exponías al rechazo? ¿O era que las necesidades de los animales son animales, mientras que las necesidades de los humanos son humanas?

Tal vez nunca sería un hombre, pero allí, llorando junto a la ventana —con su bisabuelo completamente solo bajo tierra, a veinte minutos de distancia; mientras un avatar se convertía en polvo pixelado en un centro de almacenamiento de datos refrigerados, en algún lugar cerca de ningún lugar; con sus padres al otro lado del techo, pero un techo carente de límites—, Sam volvió a nacer.

SÓLO LAS LAMENTACIONES

El judaísmo entiende la muerte, pensaba Jacob. Nos dice qué tenemos que hacer justamente cuando no tenemos ni idea de qué hacer pero sentimos una necesidad imperiosa de hacer algo. Se tienen que sentar así, y lo hacemos. Se tienen que vestir asá, y lo hacemos. Tienen que decir tal cosa y tal otra en tal y tal momento, aunque para ello tengan que leer una transliteración. *Na-ah-seh.*[28]

Jacob había dejado de llorar hacía más de una hora, pero todavía tenía lo que Benjy llamaba «aliento post-llorera». Irv le llevó un vaso de licor de durazno.

—Le dije al rabino que pase por la casa si quiere —dijo—, pero dudo que venga.

La mesa del comedor estaba cubierta de bandejas de comida: pan integral y *bagels* de todo tipo, *minibagels*, *flagels*, *bialis*, queso cremoso, queso cremoso con cebollín, salmón para untar, tofu para untar, pescado ahumado y adobado, *brownies* negrísimos con remolinos de chocolate blanco, como universos cuadrados, *brownies* blancos, *rugelaj*, *hamantaschen* fuera de temporada (de fresa, ciruela y semillas de amapola) y «ensaladas»; los judíos usan la palabra *ensalada* para todo lo que no se puede agarrar con la mano: ensalada de pepino, ensalada de bacalao, de atún y de salmón al horno, ensalada de

28. «Lo haremos.»

lentejas, ensalada de pasta y ensalada de quinoa. También había refresco morado, café negro, Coca-Cola light, té negro, soda suficiente para llenar un avión de carga y mosto Kedem (un líquido más judío que la sangre judía). También había encurtidos de varios tipos. Las alcaparras no combinan con ningún tipo de comida, pero las alcaparras que todas las cucharas habían intentado evitar habían terminado en platos en los que realmente no pintaban nada, por ejemplo en una taza con un medio descafeinado a medio terminar. Y, en el centro de la mesa, unos *kugels* de una densidad inconcebible, alrededor de los cuales se doblaban la luz y el tiempo. Había diez veces más comida de la que necesitaban, pero así tenía que ser.

Los parientes intercambiaron historias sobre Isaac mientras los platos se iban amontonando, cada vez más cerca del techo. Se rieron de lo gracioso que era (a propósito, pero también sin querer) y de lo rematadamente incordio que podía llegar a ser (a propósito, pero también sin querer). Todos opinaron que había sido un héroe (a propósito, pero también sin querer). Hubo algunas lágrimas, algunos silencios incómodos, muestras de gratitud por tener a la familia reunida (algunos de los primos no se veían desde el *bat mitzvá* de Leah, otros desde la muerte de la tía abuela Doris), y todos estaban atentos a sus teléfonos: para seguir la evolución de la guerra, el resultado del partido, la predicción del tiempo...

Los niños, que se habían olvidado ya de cualquier tipo de tristeza en primera persona que la muerte de Isaac les hubiera podido causar, estaban en el sótano, jugando videojuegos en primera persona. A Max se le aceleró el pulso al presenciar su intento de asesinato por alguien que creía que era su primo segundo. Sam estaba sentado a su lado, con el iPad, vagando por un limonar virtual. Siempre sucedía así, siempre se producía aquella segregación vertical. E, inevitablemente, los adultos con suficiente criterio para huir del mundo adulto migraban a la planta inferior. Eso fue lo que hizo Jacob.

Había por lo menos una docena de primos, muchos de la familia de Deborah, unos pocos de la de Julia. Los más pequeños estaban abriendo los juegos de mesa, uno a uno: no para jugar con ellos, sino para abrirlos y mezclar las piezas. Regularmente había alguno que soltaba un grito espontáneo. Los primos mayores rodeaban a Barak, que ejecutaba virtuosos actos de violencia extrema en un televisor tan grande que uno tenía que sentarse con la espalda pegada en la pared de enfrente para poder ver los bordes.

Benjy estaba solo, metiendo billetes de Monopoly arrugados entre las persianas venecianas.

—Eres muy generoso con la ventana —le dijo Jacob.

—No es dinero de verdad.

—Ah, ¿no?

—Ya sé que lo dijiste en broma.

—No habrás visto a mamá por aquí, ¿verdad?

—No.

—Oye...

—¿Qué?

—¿Has estado llorando, colega?

—No.

—¿Estás seguro? Porque por la cara que tienes parece que sí.

—¡Mierda! —exclamó uno de los primos.

—¡Esa boca! —gritó Jacob.

—No he llorado —dijo Benjy.

—¿Estás triste por el bisabuelo?

—No mucho.

—¿Pues qué te preocupa?

—Nada.

—Papá sabe de estas cosas.

—Entonces ¿por qué no sabes qué me preocupa?

—Los papás no lo saben todo.

—No, el único que lo sabe todo es Dios.

—¿Quién te ha dicho eso?

—El señor Schneiderman.

—¿Y ése quién es?

—El maestro de la escuela hebrea.

—Ah, Schneiderman. Es verdad.

—Dijo que Dios lo sabe todo, pero yo creo que eso no tiene sentido.

—Lo mismo creo yo.

—Pero eso es porque no crees en Dios.

—Yo sólo dije que no estaba seguro. Pero si creyera en Dios, seguiría pensando que no tiene sentido.

—Ya. Porque si Dios lo sabe todo, ¿por qué tenemos que escribir notas y meterlas en el Muro?

—Buena.

—El señor Schneiderman dijo que Dios lo sabe todo, pero a veces se le olvida. Y que las notas sirven para recordarle qué cosas son importantes.

—¿Que se le olvida? ¿Lo dijo en serio?

—Eso fue lo que dijo, sí.

—¿Y tú qué crees?

—Me parece raro.

—Sí, a mí también.

—Pero eso es porque no crees en Dios.

—Si creyera en Dios, sería un Dios que recordaría las cosas.

—El mío también.

A pesar de ser igual de agnóstico tanto respecto a la existencia de Dios como al sentido de la pregunta (¿era posible que dos personas se refirieran a lo mismo cuando hablaban de Dios?), Jacob quería que Benjy creyera. O por lo menos el doctor Silvers lo quería. Durante meses, la ansiedad de Benjy ante la muerte había ido empeorando de forma lenta pero constante, una obsesión que amenazaba con pasar de adorable a problemática. «Tiene toda la vida para desarrollar respuestas profundas a las cuestiones teológicas —le dijo el doctor Silvers—, pero nunca podrá volver a desarrollar su primera relación con el mundo. Haga que se sienta cómodo.» A Jacob le pareció una observación atinada, aunque la perspectiva evangelizadora le resultaba incómoda. Cuando Benjy volvió a expresar su temor a la muerte, justo cuando, siguiendo su instinto, Jacob estaba a punto de admitir que, ciertamente, no se le ocurría nada más horrible que una eternidad entera sin existir, se acordó del consejo del doctor Silvers: «Que se sienta seguro».

—Bueno, pero has oído hablar del paraíso, ¿verdad? —dijo Jacob, haciendo que un ángel inexistente perdiera las alas.

—Sé que tú crees que no existe.

—Nadie lo sabe seguro. Yo, desde luego, no lo sé. Pero ¿sabes qué es el paraíso?

—En realidad, no.

Jacob le ofreció la explicación más reconfortante, sin reparar en extravagancias ni en su integridad intelectual.

—¿Y si quisiera quedarme despierto hasta tarde, en el paraíso? —preguntó Benjy, echado en el sofá.

—Podrías quedarte todo lo tarde que quisieras —dijo Jacob—, cada noche.

—Y seguramente podría comer postre antes de cenar.

—No tendrías ni que cenar.

—Pero entonces no estaría sano.

—Allí la salud no importa.

Benjy ladeó la cabeza y dijo:

—¿Y los cumpleaños?

—¿Qué pasa con los cumpleaños?

—¿Cómo son?

—Interminables, por supuesto.

—Un momento, ¿es siempre tu cumpleaños?

—Sí.

—¿Y hay una fiesta y te hacen regalos cada día?

—Cada día, todo el día.

—Un momento, pero ¿tienes que escribir notas de agradecimiento?

—No tienes ni que dar las gracias.

—Un momento, pero entonces ¿eres cero o infinito?

—¿Tú qué quieres ser?

—Infinito.

—Pues eres infinito.

—Un momento, pero ¿es siempre el cumpleaños de todo el mundo?

—No, sólo el tuyo.

Benjy se puso de pie, levantó las manos por encima de la cabeza y exclamó:

—¡Me quiero morir ahora mismo!

«Tampoco te pases haciéndolo sentirse seguro...».

En el sótano de Irv y Deborah, delante de una pregunta teológica mucho más sutil, Jacob renunció una vez más a lo que su instinto le decía que era verdad en favor de la seguridad emocional de Benjy.

—A lo mejor lo recuerda todo, pero a veces prefiere olvidar.

—¿Y por qué haría eso?

—Para que nosotros recordemos —dijo Jacob, muy orgulloso de su improvisación—. Como con los deseos —añadió—. Si Dios ya supiera qué queremos, nosotros no tendríamos que saberlo.

—Y Dios quiere que lo sepamos.

—Puede ser.

—Antes creía que el bisabuelo era Dios —dijo Benjy.

—¿En serio?

—Sí, pero se ha muerto, o sea que es obvio que no era Dios.

—Es una forma de verlo.

—Y sé que mamá no es Dios.

—¿Por qué no?

—Porque ella nunca se olvidaría de mí.

—Es verdad —dijo Jacob—. No se olvidaría nunca.

—Pase lo que pase.

—Pase lo que pase.

Los primos soltaron otra salva de palabrotas.

—Bueno —dijo Benjy—, lo que me hacía llorar era eso.

—¿Mamá?

—No, mi nota para el Muro de las Lamentaciones.

—¿Porque a Dios se le olvidan las cosas?

—No —dijo Benjy, señalando el televisor, que no mostraba un videojuego, como Jacob había creído, sino los efectos de la réplica más reciente y más severa del terremoto—, porque el Muro se ha derrumbado.

—¿El Muro?

Cayeron y se esparcieron por el mundo: todos los deseos ocultos en todas las grietas, pero también todos los deseos ocultos en todos los corazones judíos.

—Ya no queda ninguna muestra de lo grandes que fueron —dijo Benjy.

—¿Qué?

—Lo que me contaste de los romanos.

¡Cuántas cosas saben los niños! ¡Y cuántas cosas recuerdan!

—¡Jacob! —llamó Irv desde el piso de arriba.

—¡El Muro de las Lamentaciones! —dijo, como si por decir su nombre en voz alta fuera a existir de nuevo.

Jacob podía hacer que sus hijos se sintieran seguros. Pero ¿podía mantenerlos a salvo? Benjy negó con la cabeza y dijo:

—Ahora ya son sólo las lamentaciones.

¡MIREN! ¡UN BEBÉ HEBREO LLORANDO!

La presencia de Tamir no sólo hacía imposible un ajuste de cuentas completo, sino que obligaba a Julia a ser una anfitriona feliz. Y la muerte del abuelo de Jacob la obligaba a, cuando menos, mostrar amor y atención, cuando lo único que sentía era tristeza y dudas. Se le daba bastante bien ocultar su resentimiento floreciente, incluso reprimir su instinto pasivo-agresivo, pero tarde o temprano la obligación de ser buena persona termina por inspirar odio hacia uno mismo y hacia los demás.

Como todo el mundo, Julia tenía fantasías. (Aunque su inmenso sentimiento de culpa por ser humana la obligaba a recordarse constantemente que era «como todo el mundo».) Las casas que diseñaba eran fantasías, pero había otras.

Imaginaba una semana, a solas, en Big Sur. A lo mejor en el Post Ranch Inn, tal vez en una de las habitaciones con vistas al mar. A lo mejor se regalaría un masaje, o un tratamiento facial, o un tratamiento que no tratara nada. A lo mejor pasearía bajo un dosel de secuoyas, con los anillos de crecimiento serpenteando a su alrededor.

Imaginaba que tenía un chef personal. Los veganos viven más tiempo, están más sanos y tienen la piel mejor. Julia también podía hacerlo. Si alguien compraba, cocinaba y limpiaba para ella, sería facilísimo.

Imaginaba que Mark se daba cuenta de pequeños detalles

sobre ella en los que Julia no había reparado nunca: modismos que empleaba encantadoramente mal, lo que hacía con los pies mientras se pasaba el hilo por los dientes, su curiosa relación con las cartas de postre...

Imaginaba que salía a pasear sin destino fijo, pensando en cosas sin ninguna transcendencia logística, como hasta qué punto los focos que inventó Edison eran realmente repulsivos.

Imaginaba que un admirador secreto la suscribía anónimamente a una revista.

Imaginaba que le desaparecían las patas de gallo, como las pisadas de un gallo desaparecen de un camino de tierra.

Imaginaba que desaparecían las pantallas, de su vida y también de la de sus hijos. Del gimnasio, de las consultas de los médicos, de los asientos de atrás de los taxis, de las esquinas de los restaurantes, de los iWatches de las personas del metro que iban ensimismadas en su iPad.

Imaginaba la muerte de sus clientes, tan vacíos, y de sus sueños de tener aparatos de cocina cada vez más aparatosos.

Fantaseaba con la muerte del supuesto maestro que, cuatro años antes, se había burlado de una respuesta de Max, algo que había requerido un mes de charlas antes de ir a dormir para volver a infundirle las ganas de ir al colegio.

El doctor Silvers tendría que morir por lo menos un par de veces.

Imaginaba que Jacob desaparecía de forma repentina, de casa, de la existencia. Imaginaba que se moría en el gimnasio. Aunque para eso tenía que imaginar que iba al gimnasio. Y para eso, a su vez, tenía que imaginar que volvía a desear estar atractivo, más allá del éxito profesional.

Naturalmente, Julia no quería que se muriera, no había una sola parte de ella que lo quisiera, ni siquiera de forma subconsciente, y cuando fantaseaba con su muerte, ésta era siempre indolora. A veces una mirada de pánico atravesaba el rostro a Jacob mientras se llevaba la mano al pecho, donde el corazón le latía desbocado. A veces pensaba en los niños. El fin de los a veces: habría desaparecido para siempre. Y ella se quedaría sola, finalmente desatendida por partida doble, y la gente lloraría por ella.

Prepararía todas las comidas (como ya hacía), se encargaría de toda la limpieza (como ya hacía), compraría el papel cuadriculado en el que Benjy dibujaba sus laberintos insolubles, los snacks de algas tostadas con teriyaki para Max y una mochila bonita pero sin pasarse para Sam, cuando la última que le había regalado se rompiera. Los vestiría con ropa de rebajas de fin de año de Zara y Crewcuts y los llevaría al colegio (como ya hacía). Iba a tener que mantenerse sola (imposible con la vida que llevaba actualmente, aunque con el seguro de vida de Jacob no tendría de qué preocuparse). Su imaginación era lo bastante potente para provocarle dolor. Y ella era lo bastante débil para guardarse todo aquel dolor.

Y a continuación venía la idea más dolorosa de todas, una idea que no se puede tocar nunca, ni con las espirales de los dedos del cerebro: la muerte de sus hijos. El pensamiento más horrible de todos se le había presentado en muchas ocasiones desde que había quedado embarazada de Sam: abortos imaginarios; el síndrome imaginario de la muerte súbita del lactante; caídas imaginaras por las escaleras, con ella intentando proteger el cuerpo de su hijo de terminar aplastado mientras caían; cánceres imaginarios cada vez que veía a un niño con cáncer. Sabía con certeza que cada autobús escolar en el que dejaba a sus hijos iba a despeñarse por una pendiente y caer en un lago helado, cuyo hielo volvería a cerrarse de inmediato. Cada vez que alguno de sus hijos era sometido a anestesia total, se despedía de él como si estuviera despidiéndose de él. No era nerviosa por naturaleza, y menos aún apocalíptica, pero Jacob había dado en el clavo cuando, después del accidente de Sam, había dicho que tenía demasiado amor para ser feliz.

El accidente de Sam. Aquél era un asunto que prefería no visitar, pues sabía que desde allí no había camino de regreso. Y, sin embargo, la región de su cerebro que controlaba los traumas la empujaba constantemente hacia allí. Y ella nunca regresaba del todo. Había hecho las paces con la pregunta de por qué había sucedido (no había ningún porqué), pero no con la de cómo. Resultaba demasiado doloroso, porque, con independencia de la secuencia de acontecimientos, no se trataba de algo ni necesario ni inevitable. Jacob nunca le había preguntado si había sido ella quien había dejado la puerta abierta. (Era demasiado pesada para que Sam la abriera solo.) Julia nunca le había preguntado a Jacob si había sido él quien la había cerrado sobre los dedos de Sam. (¿Tal vez Sam había logrado ponerla en movimiento y la inercia se había encargado del resto?) Habían pasado cinco años, y aquel viaje —la mañana en urgencias, que había parecido un siglo, las visitas quincenales al cirujano plástico y el año de rehabilitación— los había unido más que nunca. Pero también había creado un agujero negro de silencio respecto al cual todo debía mantener una distancia de seguridad, que se había tragado un montón de cosas, y una cucharadita del cual pesaba más que un millón de soles consumiendo un millón de fotos de un millón de familias en un millón de lunas.

Podían hablar de la suerte que habían tenido (Sam había estado a punto de perder los dedos), pero nunca de la mala suerte. Podían rememorar el episodio en términos generales, pero nunca podían entrar en los detalles: el doctor Fred clavando agujas y más agujas en los dedos de Sam para comprobar si conservaba la sensibilidad, mientras Sam miraba a sus padres a los ojos y les pedía, les suplicaba que pararan. Al volver a casa, Jacob había metido su camiseta ensangrentada en una bolsa de plástico y la había tirado al bote de basura de la esquina de Connecticut. Julia había metido su camisa ensangrentada dentro de una funda de almohada y la había escondido entre una pila de pantalones.

Tenía demasiado amor para ser feliz, pero ¿cuánta felicidad era suficiente? ¿Volvería Julia a vivirlo todo igual? Siempre había creído que tenía una capacidad para soportar el dolor superior a la de los demás y, desde luego, a la de sus hijos y a la de Jacob. Lo más fácil para ella era asumir todas las cargas, que terminaría asumiendo de cualquier modo. Sólo los hombres pueden dejar de tener los hijos que han tenido. Pero ¿y si Julia pudiera volver a vivirlo todo?

A menudo pensaba en los ingenieros japoneses jubilados que se habían presentado voluntarios para reparar las centrales nucleares afectadas por el tsunami. Sabían que se verían expuestos a cantidades fatales de radiación, pero teniendo en cuenta que su esperanza de vida era inferior al tiempo que necesitaría el cáncer para matarlos, no veían por qué no iban a arriesgarse a tener cáncer. En la galería de interiorismo, Mark le había dicho que no era demasiado tarde para la felicidad. ¿En qué momento, en la vida de Julia, sería demasiado tarde para la honestidad?

Era increíble lo poco que cambiaban las cosas cuando todo cambiaba. La conversación se expandía sin parar, pero ya no estaba claro sobre qué hablaban. Cuando ahora Jacob le enseñaba anuncios de casas a las que tal vez se mudaría, ¿era más real que cuando le enseñaba anuncios de casas a las que tal vez podían mudarse todos? Cuando compartían sus visiones sobre cómo sería vivir solos y felices, ¿fantaseaban menos que cuando habían compartido sus visiones sobre cómo sería vivir juntos y felices? El ensayo para contárselo a los niños había adquirido una naturaleza teatral, como si les preocupara más interpretar la escena de forma correcta que vivirla de forma correcta. Julia tenía la sensación de que para Jacob todo aquello era como un juego, que estaba disfrutando. O, peor aún, que planear la separación era un nuevo ritual que los mantenía juntos.

La vida doméstica se había estancado. Hablaban de que Jacob iba tener que empezar a dormir en otro sitio, pero Tamir ocupaba el cuarto de invitados, Barak dormía en el sofá, e irse a un hotel cuando todo el mundo estuviera dormido y volver antes de que se despertaran parecía una crueldad, además de un despilfarro. Hablaban y hablaban sobre qué horarios les permitirían pasar más tiempo de calidad con los niños, facilitarían una buena transición y harían que no los echaran tanto de menos, pero no daban ni un solo paso para o bien reparar lo que se había roto, o bien dejarlo atrás.

Después del funeral...

Después del *bar mitzvá*...

Después de que se vayan los israelíes...

Después de que termine el semestre...

Su desesperación tenía algo de indiferente y a lo mejor de momento bastaba con hablar del asunto. Podía esperar hasta que no pudiera esperar más.

Pero los funerales, como las turbulencias en un avión y tu cumpleaños cuarenta, te obligan a plantearte la cuestión de la mortalidad. Cualquier otro día, ella y Jacob habrían encontrado la forma de seguir viviendo dentro de su purgatorio particular. Habrían encontrado recados que hacer, distracciones, vías de escape emocional, fantasías. El funeral convertía cualquier conversación en poco menos que un crimen, pero también le había provocado a Julia una sed implacable de preguntas. De repente, todo lo que podría haberse aplazado hasta otro día le parecía urgente. Recordó la obsesión de Max con el tiempo, concretamente con el poco tiempo que había. «¡Estoy desperdiciando la vida!».

Fue al dormitorio, donde había decenas de abrigos amontonados encima de la cama. Parecían cadáveres de judíos muertos. Aquellas imágenes habían marcado también la infancia de Julia y ahora le resultaba imposible eludir ciertas resonancias. Aquellas imágenes de mujeres desnudas con sus bebés en brazos. No había vuelto a verlas, pero al mismo tiempo nunca había dejado de verlas.

El rabino había mirado desde el otro lado de la tumba, que aguardaba pacientemente, y había clavado los ojos en los de Julia. «Pero, en tu experiencia, ¿los judíos lloran en silencio?», le había preguntado. ¿Era posible que aquel rabino viera lo que nadie más alcanzaba a oír?

Encontró su abrigo y se lo puso. Tenía los bolsillos llenos de recibos, un pequeño arsenal de caramelos para sobornos, llaves, tarjetas de visita y distintas monedas extranjeras de viajes que recordaba haber planeado y para los que recordaba haber hecho las maletas, pero que no recordaba haber llevado a cabo. Sacó dos puñados y lo tiró todo a la basura, como en el *tashlij*.

Fue hasta la puerta de entrada sin detenerse: dejó atrás la ensalada verde, el café negro, el caviar rojo y los *brownies* blancos; dejó atrás los refrescos morados y los licores de durazno; dejó atrás las conversaciones sobre inversiones, Israel y el cáncer. Dejó atrás los susurros del *kaddish*[29] y los espejos; dejó atrás las fotos de Isaac encima de la mesita: con los israelíes durante su última visita, en el cumpleaños cuarenta de Julia, sentado en su sofá con la mirada perdida. Al llegar a la puerta vio por primera vez el libro de condolencias abierto encima de la mesita del recibidor. Lo hojeó para ver si sus chicos habían escrito algo.

Sam: «Lo siento». Max: «Lo siento». Benjy: «Lo siento».

Ella también lo sentía, y al cruzar el umbral tocó la *mezuzot*, pero no se besó los dedos. Se acordó de cuando Jacob había sugerido que eligieran su propio fragmento para introducirlo en la *mezuzot* de la puerta de su casa. Habían elegido un versículo del Talmud: «Cada brizna de hierba tiene un ángel que vela por él y le susurra: "¡Crece, crece!"». ¿Lo sabría la siguiente familia que viviera en la casa?

29. Plegaria mortuoria.

LA GUARIDA DEL LEÓN

Esa noche Tamir y Jacob se quedaron despiertos hasta tarde. Julia estaba en alguna parte, pero no allí. Isaac no estaba ni allí ni en ninguna otra parte. Se suponía que los niños estaban durmiendo en sus habitaciones, pero Sam estaba en Other Life mientras hablaba con Billie por Snapchat, y Max estaba buscando las palabras que no entendía de *El guardián entre el centeno*, enojado, como había aprendido de Holden, por tener que consultar un diccionario de papel. Barak estaba en el cuarto de invitados, durmiendo y creciendo. En el piso de abajo quedaban sólo los dos primos: viejos amigos, hombres de mediana edad, padres de niños aún pequeños.

Jacob sacó unas cervezas del refrigerador, que zumbaba débilmente, silenció el televisor y, con un suspiro profundo, afectado, se sentó delante de Tamir, al otro lado de la mesa.

—Qué día tan duro.

—Ha tenido una buena vida, muy larga —dijo Tamir, que dio un buen trago, muy largo.

—Sí, supongo que tienes razón —dijo Jacob—, excepto en lo de «buena».

—Ha tenido bisnietos.

—A quienes se refería como su «venganza contra los alemanes».

—La venganza es dulce.

—Se pasaba los días recortando vales de descuento de cosas que no iba a comprar, mientras le decía a todo el mundo que quería escucharlo que nadie lo escuchaba nunca. —Un trago—. Una vez llevé a los niños al zoológico de Berlín.

—¿Has estado en Berlín?

—Fuimos a grabar allí y coincidía con unas vacaciones del colegio.

—¿Has llevado a tus hijos a Berlín pero no a Israel?

—Como te iba diciendo, fuimos a un zoológico del Este y me pareció poco menos que el lugar más deprimente que he visitado en mi vida. Había una pantera viviendo en un hábitat del tamaño de un lugar de estacionamiento para minusválidos, con una flora tan convincente como el plato de muestra de un restaurante chino. Caminaba describiendo ochos, una y otra vez, trazando siempre el mismo recorrido. Cada vez que giraba, volvía la cabeza hacia atrás y entornaba los ojos. Cada vez. Nos quedamos fascinados. Sam, que tendría unos siete años, apoyó las palmas en el cristal y preguntó: «¿Cuándo es el cumpleaños del bisabuelo?». Julia y yo nos miramos. ¿Qué niño de siete años pregunta algo así en un momento como ése?

—Uno que piensa que su bisabuelo es una pantera deprimida.

—Exacto. Y tenía razón. La misma rutina, un día tras otro, un día tras otro: café instantáneo solo y melón; arrastrarte a través de *The Jewish Week* con una enorme lupa; hacer la ronda por la casa para asegurarte de que todas las luces siguen apagadas; ir hasta el *shul* empujando un taca-taca con pelotas de tenis en las patas para tener las conversaciones de siempre con las mismas personas aquejadas de degeneración macular, sustituyendo los nombres en las noticias sobre pronósticos y graduaciones; descongelar una sopa de pollo mientras hojeas los mismos álbumes de fotos; comerte la sopa con pan moreno mientras te abres paso a través de otro párrafo de *The Jewish Week*; echar una siesta delante de una de las cinco películas que ves siempre; cruzar la calle para asegurarte de que el señor Kowalski sigue vivo; no cenar; hacer la ronda por la casa para asegurarte de que todas las luces siguen apagadas;

acostarte a las siete y pasar once horas teniendo las mismas pesadillas. ¿A eso le llamas felicidad?

—Es una de sus versiones.

—Que dudo que nadie eligiera voluntariamente.

—La elegiría mucha gente.

Jacob pensó en los hermanos de Isaac, en refugiados hambrientos, en supervivientes que ni siquiera tenían una familia que los ignorara; se avergonzaba tanto de haber permitido que su abuelo llevara una vida tan inadecuada como de considerarla inadecuada.

—No puedo creer que llevaras a tus hijos a Berlín —dijo Tamir.

—Es una ciudad increíble.

—Pero ¿antes que a Israel?

Google sabía la distancia que había entre Tel Aviv y Washington, y se podía medir el ancho de la mesa con cinta métrica, pero Jacob era incapaz de aventurar, ni siquiera aproximadamente, la distancia emocional que lo separaba de Tamir. Se preguntó: ¿Nos conocemos? ¿O somos unos casi desconocidos, suponiendo y simulando?

—Siento que no hayamos estado más en contacto —dijo Jacob.

—¿Tú e Isaac?

—No, tú y yo.

—Supongo que si hubiéramos querido, lo habríamos estado.

—Pues yo no estoy tan seguro —dijo Jacob—. Hay muchas cosas que habría querido hacer y que no he hecho.

—¿Habrías querido en su momento o retrospectivamente?

—No sé.

—¿No lo sabes o no lo quieres decir?

Jacob dio un trago de cerveza y secó el aro de encima de la mesa con la palma de la mano. Y, mientras lo hacía, deseó ser el tipo de persona capaz de dejar pasar cosas como ésa. Pensó en todo lo que estaba sucediendo detrás de las paredes, al otro lado del techo, debajo del suelo; pensó en lo poco que comprendía el funcionamiento de su casa. ¿Qué les pasaba a los enchufes cuando no había nada conectado? ¿Había agua en las tuberías en ese momento? Tenía que haberla, pues salía en cuanto abría la llave. ¿Significaba eso que la casa estaba constantemente llena de agua inmóvil? ¿Eso no era mucho peso? Cuando en el colegio le habían enseñado que su cuerpo estaba compuesto por agua en más de un sesenta por ciento, Jacob había hecho lo que le había enseñado su padre y había dudado. Era imposible, el agua no pesaba lo suficiente. Entonces hizo lo que le había enseñado su padre y acudió a su padre en busca de la verdad. Irv llenó un bote de basura con agua y desafió a Jacob a levantarlo. Mientras éste resoplaba, Irv dijo: «Pues la sangre pesa todavía más».

Jacob se llevó la cerveza a los labios. En la tele pasaban imágenes del Muro de las Lamentaciones. Se reclinó y dijo:

—¿Te acuerdas de cuando nos escapamos de casa de mis padres? ¿Hace años?

—No.

—Cuando fuimos al zoológico de Washington.

—¿Al zoológico?

—¿En serio? —preguntó Jacob—. ¿Unas noches antes de mi *bar mitzvá*?

—Pues claro que me acuerdo. Eres tú quien no recuerda que lo mencioné en el coche, volviendo del aeropuerto. Y fue la noche antes de tu *bar mitzvá*, no unas noches antes.

—Sí, es verdad. Lo sabía, no sé por qué lo he cambiado.

—¿Qué diría el doctor Silvers?

—Estoy impresionado de que recuerdes su nombre.

—Me lo has puesto fácil.

—¿Que qué diría el doctor Silvers? Probablemente que he recurrido a la vaguedad para intentar protegerme.

—¿Cuánto le pagas a ese tipo?

—Le pago un dineral absurdo. Y el seguro cubre los otros dos tercios.

—¿Para protegerte de qué?

—¿De que a mí me importe más?

—¿Más que a mí?

—Es evidente que no intento demostrar mi superioridad intelectual.

Y no era sólo detrás de las paredes, encima del techo y debajo del suelo. También la cocina estaba llena de actividad de la que Jacob sólo era vagamente consciente: emisoras de radio, emisoras de televisión, conversaciones de celular, el Bluetooth, el wifi, ondas que se escapaban del microondas, radiación procedente del horno y de los focos, la radiación solar del horno y el foco más grande del universo. Todo eso fluía constantemente a través de la cocina. Y algunas de esas cosas hacían crecer tumores o mataban el esperma, pero él no percibía ninguna.

—Éramos tan tontos —se rio Tamir.

—Todavía lo somos.

—Antes lo éramos todavía más.

—Pero también éramos románticos.

—¿Cómo «románticos»?

—En relación con la vida. ¿No te acuerdas? Creíamos que la vida en sí podía ser objeto de amor.

Mientras Tamir iba por otra cerveza, Jacob le envió un mensaje a Julia: «dónde te has metido? llamé a Maggie y me dijo que no estabas con ella».

—No —dijo Tamir, dirigiéndose al refrigerador—. De eso no me acuerdo.

Aquella mañana en el zoológico, hacía treinta años, sus calcetines habían terminado convertidos en esponjas de sudor. El verano en Washginton era un constante ritual de purificación. Vieron los famosos pandas, Ling-Ling y Hsing-Hsing, los elefantes y sus recuerdos, y los puercoespines y sus púas, que se usan para fabricar plumas. Sus padres discutían qué ciudad tenía el clima más insoportable, Washington o Haifa. Los dos querían perder, porque perder era la forma de ganar. Tamir, que era seis cruciales meses mayor que Jacob, pasó la mayor parte del tiempo señalando la poca seguridad que había en el zoológico y lo fácil que resultaría colarse, ignorando tal vez que el zoológico estaba abierto, que estaban allí y que era gratis.

Después del zoológico habían ido por Connecticut Avenue hasta Dupont Circle —Irv y Shlomo delante; Adina y Deborah en los asientos traseros, Jacob y Tamir mirando hacia atrás, en la parte posterior del Volvo—, habían comido bocadillos en un café nada memorable y habían pasado la tarde en el Museo Nacional del Aire y el Espacio, haciendo cola para disfrutar de los veintisiete gloriosos minutos que duraba *¡A volar!*

Para compensar aquella comida tan miserable, por la noche habían ido a cenar a Armand's, que ofrecía «la mejor pizza estilo Chicago de Washington», habían tomado un helado en Swensen's y habían visto una aburrida película de acción en el Uptown, tan sólo para vivir la experiencia de estar delante de una pantalla tan grande que te hacía sentir todo lo contrario de estar enterrado, tal vez incluso todo lo contrario de estar muerto.

Cinco horas más tarde, cuando la única luz de la casa procedía del teclado de la alarma, Tamir sacudió a Jacob para despertarlo.

—Ay, ¿qué haces? —protestó Jacob.

—Nos vamos —le susurró Tamir.

—¿Qué?

—Vamos, en marcha.

—Estoy durmiendo.

—La gente dormida no habla.

—Se llama hablar en sueños.

—Nos vamos.

—¿Adónde?

—Al zoológico.

—¿Qué zoológico?

—Vamos, idiota.

—Mañana es mi *bar mitzvá*.

—Hoy.

—Pues eso. Tengo que dormir.

—Ya dormirás durante el *bar mitzvá*.

—¿Por qué tenemos que ir al zoológico?

—Para colarnos.

—¿Pero para qué?

—No seas gallina.

A lo mejor el sentido común de Jacob estaba todavía en suspenso, o a lo mejor era que no quería quedar como un gallina delante de Tamir, pues se incorporó, se frotó los ojos y se vistió. Una frase se formó en su mente —«esto es impropio de mí»—, una frase que iría repitiendo a lo largo de toda la noche, hasta el momento en que el mismo Jacob se convirtió en su contrario.

Bajaron por la Newark Street en la oscuridad y giraron a la derecha al llegar a la biblioteca pública de Cleveland Park. En silencio, más como sonámbulos que como agentes del Mossad, tomaron Connecticut Avenue, atravesaron el puente de Klingle Valley (que Jacob no podía cruzar sin pensar en tirarse) y dejaron atrás los departamentos Kennedy-Warren. Estaban despiertos, pero al mismo tiempo era un sueño. Llegaron al lugar del león cubierto de verdín y las grandes letras de cemento: ZOOLÓGICO.

Tamir tenía razón: no había nada más fácil que saltar aquel muro de hormigón que apenas les llegaba hasta la cintura. Era tan fácil que casi parecía una trampa. Jacob se habría conformado con atravesar aquella frontera, convertir la transgresión en algo oficial y dar media vuelta, sujetando la medalla de intruso entre los dedos temblorosos. Pero para Tamir aquello no era suficiente.

Como si fueran un pequeño comando, Tamir se puso en cuclillas, examinó su campo de visión y finalmente le hizo un gesto rápido a Jacob para que lo siguiera. Y Jacob lo siguió. Tamir lo llevó hasta el quiosco de la entrada, dejaron atrás el mapa del zoológico y siguieron avanzando hasta perder la calle de vista, como dos marineros que perdieran de vista la costa. Jacob no sabía adónde lo llevaba Tamir, pero era consciente de que éste lo guiaba y que él lo seguiría. «Esto es impropio de mí.»

Los animales, hasta donde Jacob habría podido decir, estaban durmiendo. Sólo se oía el viento que azotaba las abundantes cañas de bambú, y el zumbido espectral de las máquinas dispensadoras. Aquella mañana, el zoológico le había parecido un salón recreativo el Día del Trabajo. Ahora, en cambio, era como si estuviera perdido en medio del océano.

Los animales siempre habían sido un misterio para Jacob, pero nunca tanto como cuando dormían. Uno tenía la sensación de que era posible trazar —aunque sólo fuera de forma inexacta, aproximada— la conciencia de un animal despierto. Pero ¿con qué sueñan los rinocerontes? De hecho, ¿sueñan los rinocerontes? Un animal despierto nunca se duerme súbitamente, es algo que sucede despacio, de forma paulatina. En cambio, un animal dormido parecía siempre a punto de despertarse de repente, de forma violenta.

Al llegar al recinto del león, Tamir se detuvo.

—No he dejado de pensar en esto desde que estuvimos aquí esta mañana.

—¿En qué?

Tamir se apoyó en el barandal.

—Quiero tocar el suelo —dijo.

—Ya estás tocando el suelo.

—No, el de ahí dentro.

—¿Perdón?

—Durante un segundo.

—Anda ya.

—Lo digo en serio.

—No es verdad.

—Te digo que sí.

—En ese caso, estás como una puta cabra.

—Bueno, pero lo digo en serio.

Jacob se dio cuenta de que Tamir lo había llevado hasta la única parte del recinto donde el muro era lo bastante bajo como para que alguien que se encontrara en el espectro autista pudiera salir de ahí dentro escalando. Era evidente que ya se había fijado por la mañana, tal vez lo había medido a ojo, y tal vez —no, seguro— había imaginado la escena.

—No lo hagas —le pidió Jacob.

—¿Por qué no?

—Ya sabes por qué no.

—No, no lo sé.

—Carajo, pues porque te va a comer un león, Tamir. Por el amor de Dios.

—Están dormidos —dijo él.

—¿Están?

—Hay tres.

—¿Los contaste?

—Sí. Y lo dice en la placa.

—Están dormidos porque no hay nadie invadiendo su territorio.

—Además, ni siquiera están aquí afuera. Están dentro.

—¿Y tú qué sabes?

—¿Tú los ves?

—Yo no soy un zoólogo, carajo. De todas las cosas que están pasando ahora mismo, seguramente no veo ni una.

—Están dentro, durmiendo.

—Volvamos a casa. Les diré a todos que has saltado dentro. Les diré que has matado un león, o que te la ha chupado una leona, o lo que sea que te haga sentirte como un héroe, pero, carajo, larguémonos de aquí.

—Lo que quiero no tiene nada que ver con los demás.

Tamir estaba ya sentado con las piernas a ambos lados encima del muro.

—Vas a morir —le dijo Jacob.

—Tú también —respondió Tamir.

—¿Y qué se supone que tengo que hacer si un león se abalanza hacia ti?

—¿Qué se supone que tienes que hacer TÚ?

Aquella pregunta había hecho reír a Jacob. Y eso, a su vez, había hecho reír a Tamir. La bromita había servido para liberar la tensión acumulada y para que la más estúpida de las ideas pareciera razonable, casi sensata, incluso genial. La alternativa —la sensatez— se convirtió de pronto en una insensatez. Porque eran jóvenes. Porque uno sólo es joven una vez en la vida.

Porque la temeridad es la única forma que tenemos de lanzarle un puñetazo a la nada. ¿Cuánta vitalidad puede uno soportar?

Sucedió en un instante pero tardó una eternidad. Tamir saltó y aterrizó con un golpe seco que evidentemente no había previsto, porque sus ojos se cruzaron con los de Jacob con un destello de terror. Intentó separarse del suelo, como si éste fuera de lava. No alcanzó el muro con el primer salto, pero el segundo hizo que casi pareciera fácil. Se levantó a fuerza de brazos, Jacob lo jaló por encima del cristal y se dejaron caer al suelo de cemento, riendo.

¿Qué sintió Jacob, riendo con su primo? Se reía de la vida; se reía de sí mismo. Incluso un chico de trece años tiene consciencia de la emoción y el terror que provoca su propia insignificancia. No, *sobre todo* un chico de trece años.

—Ahora tú —dijo Tamir mientras se levantaban y se sacudían la ropa.

—Estás alucinando.

«Esto es impropio de mí.»

—Vamos.

—Antes prefiero morirme.

—No son cosas mutuamente excluyentes. Vamos, tienes que hacerlo.

—¿Porque lo has hecho tú?

—No, porque quieres.

—Es que no quiero.

—Oh, vamos —insistió Tamir—. Vas a ser tan feliz. La felicidad te durará años.

—La felicidad no es tan importante para mí.

—Ahora, Jacob —dijo entonces Tamir, poniéndose serio.

Jacob se rio e intentó ignorar aquel conato de agresividad de su primo.

—Si me muero antes del *bar mitzvá*, mis padres me matan.

—Tu *bar mitzvá* es esto.

—Ni hablar.

Entonces Tamir acercó la cara a pocos centímetros de la de Jacob.

—Si no lo haces te doy un puñetazo.

—Ay, déjame en paz.

—Hablo en serio: o lo haces o te parto la cara.

—Pero traigo lentes. Y tengo acné.

Aquella bromita no liberó ninguna tensión, ni hizo que nada pareciera razonable. Tamir le dio un puñetazo a Jacob en el pecho, con tanta fuerza que lo mandó contra el barandal. Era la primera vez que alguien le daba un puñetazo.

—Oye, ¿qué te pasa, Tamir?

—¿Por qué lloras?

—No estoy llorando.

—Pues si no estás llorando, deja de llorar.

—Que no estoy llorando.

Tamir le puso las manos encima de los hombros y apoyó la frente contra su frente. A Jacob le habían dado el pecho durante un año y lo habían bañado en el fregadero de la cocina, se había dormido en brazos de su padre un millar de veces, pero nunca había experimentado una intimidad como aquélla.

—Tienes que hacerlo —dijo Tamir.

—Es que no quiero.

—Sí quieres, pero te da miedo.

—No me da miedo.

Pero era verdad, le daba miedo.

—Vamos —dijo Tamir, acompañando a Jacob hasta el muro—. Es fácil. Sólo será un segundo, ya lo has visto. Has visto que no es nada. Y lo recordarás para siempre.

«Esto es impropio de mí.»

—Los muertos no tienen recuerdos.

—No dejaré que te mueras.

—Ah, ¿no? ¿Y qué harás?

—Saltaré contigo.

—¿Para que nos muramos juntos?

—Sí.

—Pero eso no hará que esté menos muerto.

—Que sí. Y ahora, salta.

—¿Oíste algo?

—No, porque no hay nada que oír.

—En serio: no quiero morir.

En cierto modo sucedió sin suceder, sin que se tomara la decisión, sin que ningún cerebro mandara ninguna señal a ningún músculo. En un momento dado, Jacob había pasado ya medio cuerpo por encima del cristal sin haberse propuesto ni siquiera subirse a él. Le temblaban tanto las manos que apenas era capaz de agarrarse.

«Esto es impropio de mí.»

—Suéltate —dijo Tamir.

Jacob seguía agarrado.

«Esto es impropio de mí.»

—Que te sueltes.

Jacob sacudió la cabeza y se soltó.

De pronto estaba en el suelo, dentro de la guarida del león.

«Esto es lo contrario de mí.»

Allí, sobre la tierra, en medio de aquella sabana simulada en medio de la capital de su país, experimentó algo tan irreprimible y auténtico que supo que o bien le salvaría la vida o se la arruinaría.

Tres años más tarde tocaría con su lengua la lengua de una chica por la que se habría cortado alegremente los brazos si ella lo hubiera dejado hacerlo. Un año más tarde, un airbag le desgarraría la córnea y le salvaría la vida. Dos años más tarde contemplaría con asombro unos labios alrededor de su pene. Un año más tarde le diría a su padre lo que hacía años que iba diciendo de él por ahí. Se fumaría una buena cantidad de hierba, vería cómo se le doblaba la rodilla en un ángulo antinatural durante un estúpido partidito de futbol toque, se conmovería hasta las lágrimas en una ciudad extranjera ante el cuadro de una mujer y su bebé, tocaría un oso pardo en hibernación y un pangolín en peligro de extinción, pasaría una semana esperando los resultados de unas pruebas, rezaría en silencio por la vida de su mujer, que aullaba mientras una vida nueva salía de su cuerpo... Viviría muchos momentos en que la vida le parecería algo grande, precioso. Y, no obstante, esos momentos constituirían una porción diminuta de su vida en la Tierra: ¿cinco minutos por cada año? ¿A cuánto ascendía la suma de todos ellos? ¿A un día? ¿A lo sumo? ¿Un día de sentirse vivo en cuatro décadas de vida?

Dentro de la guarida del león, se sintió rodeado, abrazado por su propia existencia. Por primera vez en toda su vida, tal vez, se sintió seguro.

Pero entonces lo oyó y volvió en sí. Levantó la mirada, sus ojos se toparon con los de Tamir y se dio cuenta de que Tamir también lo había oído. Un rumor. Un crujir de hojas. ¿Por qué intercambiaron esa mirada? ¿Por miedo? Pareció una carcajada, como si acabaran de compartir el mejor chiste de la historia.

Jacob se giró y vio un animal. No estaba en su mente, era un animal real, en el mundo real. Un animal que ni deliberaba ni peroraba. Un animal no circuncidado. Estaba a cincuenta metros de distancia, pero su cálido aliento le empañó los lentes.

Sin decir ni una palabra, Tamir trepó por encima del muro y le tendió la mano. Jacob saltó, pero no llegó; rozó los dedos de su primo y eso hizo que la distancia pareciera infinita. Jacob volvió a saltar y, una vez más, las puntas de sus dedos se tocaron levemente. Ahora el león estaba corriendo, dividiendo con cada paso la distancia que los separaba. Jacob no tuvo tiempo de recomponerse, ni de pensar cómo podía conseguir los dos o tres centímetros que le faltaban, simplemente volvió a intentarlo, y esta vez —por la adrenalina, o porque de repente Dios tuvo ganas de demostrar su existencia— logró agarrarse a la muñeca de Tamir.

Y de pronto Jacob y Tamir volvían a estar acostados sobre el suelo de cemento. Tamir se reía y Jacob se reía, y entonces, o tal vez al mismo tiempo, Jacob se puso a llorar.

A lo mejor lo sabía. A lo mejor, de algún modo, aquel adolescente que reía y lloraba sobre el asfalto era consciente de que nunca volvería a sentir nada parecido. A lo mejor, desde la cumbre de la montaña, veía una gran llanura que se extendía ante él.

Tamir también estaba llorando.

Treinta años más tarde seguían junto a aquel recinto del zoológico, pero a pesar de lo mucho que habían crecido, ya no podían entrar. El cristal también había crecido. Había crecido más que ellos.

—Desde esa noche no he vuelto a sentirme vivo —dijo Jacob, que le llevó otra cerveza a Tamir.

—¿Tan aburrida ha sido tu vida?

—No, han pasado muchas cosas, pero yo no las he sentido.

—La felicidad tiene muchas versiones —dijo Tamir.

Jacob hizo una pausa antes de abrir la botella y dijo:

—En realidad no sé si lo creo.

—Porque no lo quieres creer. Prefieres creer que tu mundo debe tener la misma trascendencia que una guerra, que un largo matrimonio tiene que ofrecer la misma emoción que una primera cita.

—Ya lo sé —dijo Jacob—. No te hagas demasiadas ilusiones. Aprende a valorar la insensibilidad.

—Yo no he dicho eso.

—He pasado la vida aferrándome a la creencia de que las cosas de las que hablamos de niños tenían por lo menos un granito de verdad. Que la promesa de una vida sentida no es una mentira.

—¿Alguna vez te has planteado por qué pones tanto énfasis a los sentimientos?

—¿A qué se lo voy a poner, si no?

—A la paz.

—Tengo mucha paz —dijo Jacob—. Demasiada paz.

—La paz también tiene muchas versiones.

Una ráfaga de viento azotó la casa y dentro del tronco de la campana extractora se oyó el aleteo del regulador.

—Julia cree que no creo en nada —dijo Jacob—. A lo mejor tiene razón. No sé si eso cuenta como creer o no creer, pero estoy seguro de que mi abuelo no está en ningún otro sitio que no sea bajo tierra. Lo que ya tenemos es todo lo que vamos a tener. Nuestros trabajos, nuestros matrimonios...

—¿Y estás decepcionado?

—Pues sí. O desolado. No, algo entre decepcionado y desolado. ¿Descorazonado?

La testaruda luz indirecta de encima del fregadero se apagó con un chasquido. Debía de haber una mala conexión.

—Ha sido un día difícil —dijo Tamir.

—Sí, pero un día que ha durado décadas.

—¿Aunque haya parecido que eran sólo unos segundos?

—Cada vez que alguien me pregunta qué tal me va, me descubro diciendo: «Estoy pasando por una fase». Todo es transición, turbulencias de camino a la estación final. Pero llevo tanto tiempo diciendo lo mismo que seguramente tendría que empezar a aceptar que el resto de mi vida va a ser una larga travesía: un reloj de arena que es todo cuello; siempre pasando por el tubo.

—Te lo digo en serio, Jacob: no tienes suficientes problemas.

—Con los que tengo me basta y me sobra —dijo Jacob mientras le escribía otro mensaje a Julia—, créeme. Sólo que mis problemas son pequeños, domésticos. Mis hijos pasan el día pegados a alguna pantalla. Mi perro tiene incontinencia. Tengo una sed insaciable de pornografía, pero no puedo contar con tener una erección cuando estoy delante de una vulva analógica. Me estoy quedando calvo, algo de lo que seguro que te has dado cuenta y que te agradezco que no hayas mencionado...

—No te estás quedando calvo.

—Soy un incauto.

Tamir asintió y preguntó:

—¿Y quién no lo es?

—¡Tú!

—¿Por qué mi vida te parece tan fantástica? Tengo ganas de que me lo cuentes.

—Pues porque has luchado en guerras, vives a la sombra

498

de guerras futuras y Noam está en medio de Dios sabe qué ahora mismo. Las cosas que están en juego en tu vida son un reflejo de la grandeza de la vida.

—¿Y eso te parece digno de envidia? —preguntó Tamir—. Una cerveza menos y lo que estás diciendo me ofendería. —Se bebió media botella de un trago—. Una cerveza más y me enojaría.

—No tienes por qué ofenderte. Sólo digo que has evitado la Gran Llanura.

—¿Tú crees que no me gustaría tener una casa blanca y aburrida en un barrio aburrido, donde nadie conoce a sus vecinos porque todo el mundo está mirando la tele?

—No —dijo Jacob—. Creo que te volverías loco como mi abuelo.

—Tu abuelo no estaba loco. Aquí el único loco eres tú.

—No era mi intención...

La luz volvió a encenderse y le ahorró a Jacob tener que saber cuál era su intención.

—Pero escucha lo que dices, Jacob. Para ti todo es un juego, porque sólo eres un fanático.

—¿Y eso qué se supone que quiere decir?

—Eres peor que un fanático, porque no sabes ni a quién animas.

—Oye, Tamir, me estás echando en cara algo que yo no he dicho. ¿Qué pasa?

Tamir señaló el televisor —tropas israelíes intentando contener una turba de palestinos que querían entrar en Jerusalén Oeste— y dijo:

—Eso es lo que pasa. Aunque tal vez no te hayas dado cuenta.

—Eso es precisamente a lo que me refiero.

—El drama, claro. Te encanta el drama. Es quienes somos lo que te avergüenza.

—¿Cómo? ¿De quién hablas?

—De Israel.

—Tamir, ya basta. No sé de qué hablas, ni por qué esta

conversación ha dado este giro. ¿Es que no puedo quejarme de mi vida?

—Sólo si yo puedo defender la mía.

Con la esperanza de que un poco de autonomía lograra sacar a Max de su depre, Jacob y Julia habían empezado a dejar que corriera aventuras por el barrio a solas: que fuera a la pizzería, a la biblioteca, a la panadería... Una tarde había regresado de la tienda con unos lentes de rayos X de cartón. Jacob lo observó disimuladamente mientras se los probaba, volvía a leer el paquete, se los volvía a poner, volvía a leer el paquete... Los probó por todo el primer piso, cada vez más nervioso. «¡Esto es un robo!», dijo, y los arrojó al suelo. Jacob le explicó delicadamente que eran de broma, que de lo que se trataba era de hacer que la otra gente creyera que podías ver a través de las cosas. «¿Y por qué no lo dicen en el paquete?», preguntó Max, mientras su rabia se iba transformando en humillación. «¿Y por qué iban a ser menos graciosos si realmente sirvieran para ver a través de las cosas?».

¿Qué estaba sucediendo dentro de Tamir? Jacob no entendía cómo su inocente comentario sobre la felicidad había podido derivar en una acalorada discusión política con un solo participante. Había tocado algún punto débil, sí, pero ¿cuál?

—Yo trabajo mucho —dijo Tamir—. Ya lo sabes. Siempre he trabajado mucho. Algunos hombres trabajan para huir de sus familias. Yo he trabajado para que a la mía no le faltara nada. Cuando digo eso me crees, ¿verdad?

Jacob asintió, incapaz de decir: «Sí, claro que te creo».

—Cuando Noam era pequeño me perdí muchas cenas, pero cada mañana lo acompañaba al colegio. Para mí era importante. Así conocí a muchos de los otros padres. La mayoría me caían bien, pero había un padre al que no soportaba. Era un patán integral, como yo. Y, naturalmente, yo también detestaba a su hijo. Se llamaba Eitan. ¿Intuyes hacia dónde va esta historia?

—No tengo ni idea, la verdad.

—Cuando Noam entró en el ejército, ¿quién más había en su unidad?

—Eitan.

—Exacto, Eitan. Su padre y yo nos mandamos correos electrónicos cada vez que uno tiene alguna información sobre los chicos. Nunca hacemos nada juntos y nunca hablamos por teléfono, pero nos escribimos bastante a menudo. Nunca me ha caído bien; de hecho, cuanta más relación tengo con él, más lo odio. Pero también lo quiero. —Tamir agarró la botella vacía—. ¿Te puedo hacer una pregunta?

—Sí, claro.

—¿Cuánto dinero das a Israel?

—¿Cuánto dinero? —preguntó Jacob, yendo hacia el refrigerador a buscar otra cerveza para Tamir, pero también porque necesitaba moverse—. Qué pregunta tan rara.

—Sí, ya. Pero ¿cuánto dinero das a Israel? Lo digo en serio.

—Pero ¿a qué te refieres? ¿A la UJA, a la Universidad Ben Gurión?

—Sí, súmalo todo. Y súmale también tus viajes a Israel, con tus padres y con tu propia familia.

—Sabes perfectamente que nunca he ido con Julia y los niños.

—Es verdad, fuiste a Berlín. Bueno, pues imagina si hubieras ido a Israel. Imagina los hoteles en los que te hubieras alojado, los viajes en taxi, el falafel, las *mezuzot* de piedra de Jerusalén que habrías traído de vuelta...

—No sé adónde quieres ir a parar.

—Yo sé que doy más del sesenta por ciento de mi salario.

—¿En impuestos, quieres decir? Pero tú vives allí.

—Razón de más para que asumas la carga económica.

—De verdad que no te entiendo, Tamir.

—Pero es que no sólo te niegas a pagar la parte que te toca, encima nos quieres arrebatar lo que es nuestro.

—¿Qué les arrebato?

—Nuestro futuro. ¿Sabes que más de un cuarenta por ciento de israelíes se plantea emigrar? Lo leí en una encuesta.

—¿Y eso es culpa mía? Tamir, yo ya entiendo que Israel no es una ciudad universitaria, y que para ti debe de ser una tortura estar lejos de tu familia en momentos como éste, pero la estás agarrando en contra del tipo equivocado.

—Oh, vamos, Jacob.

—¿Qué?

—Te quejas de que estás descorazonado, de lo pequeña que es tu vida. —Tamir se inclinó hacia él—. Yo tengo miedo.

Jacob se conmovió tanto que se quedó sin palabras. Era como si aquella noche hubiera entrado en la cocina con unos lentes de rayos X de cartón y los hubiera arrojado al suelo, frustrado, y en lugar de explicarle que sólo servían para que los demás creyeran que podías ver a través de las cosas, Tamir se hubiera hecho transparente.

—Tengo miedo —repitió—. Y estoy harto de hablar con el padre de Eitan.

—Pero no sólo tienes al padre de Eitan.

—Es verdad, también tengo a los árabes.

—No, a nosotros.

—¿«Nosotros»? Tus hijos duermen en colchones orgánicos y, mientras tanto, mi hijo está en medio de eso —dijo Tamir, señalando otra vez el televisor—. Yo doy más de la mitad de lo que tengo y tú das un uno por ciento, como máximo. Quieres formar parte de la épica y te crees con el derecho de decirme cómo tengo que llevar mi casa, pero ni das ni haces nada. Más dar y menos hablar. Pero, sobre todo, deja de referirte a «nosotros».

Como Jacob, Tamir prefería no llevar el teléfono en el bolsillo y por eso lo dejaba encima de mesas y barras. En varias ocasiones, y aunque no se parecía en nada al suyo, Jacob lo había tomado instintivamente. La primera vez, el protector de pantalla era una foto de Noam de niño, a punto de sacar un tiro de esquina. La siguiente vez la foto había cambiado: ahora era Noam de uniforme, saludando a cámara. La tercera vez era Noam en brazos de Rivka.

—Ya sé que estás preocupado —dijo Jacob—. Yo me estaría volviendo loco. Y, si fuera tú, seguramente también estaría resentido conmigo. Ha sido un día muy largo.

—¿Te acuerdas de tu obsesión con nuestro refugio antiaéreo? ¿Cuando viniste de visita por primera vez? Y tu padre lo mismo. Casi tuve que sacarte de ahí a rastras.

—Eso no es verdad.

—Cuando derrotamos media decena de ejércitos árabes en el 48...

—¿«Derrotamos»? Pero si ni siquiera habías nacido...

—Es verdad, no debería haberlo expresado así; ese «nosotros» te incluye también a ti, y tú no tuviste nada que ver.

—Tuve tanto que ver como tú.

—Sólo que mi abuelo arriesgó la vida y, en consecuencia, arriesgó la mía.

—No le quedó otra opción.

—Estados Unidos siempre ha sido una opción para nosotros, del mismo modo que Jerusalén lo ha sido para ustedes. Cada año cierran el *séder* con un «El año que viene en Jerusalén», pero cada año deciden celebrar el *séder* en Estados Unidos.

—Eso es porque Jerusalén es una idea.

Tamir soltó una carcajada y pegó un puñetazo en la mesa.

—No lo es para la gente que vive allí. Ni tampoco lo es mientras le pones una máscara antigás a tu hijo. ¿Qué hizo tu padre en el 73, cuando egipcios y sirios nos empujaban hacia el mar?

—Escribir editoriales, encabezar manifestaciones, trabajar con grupos de presión...

—Sabes que quiero mucho a tu padre, pero me gustaría que oyeras lo que estás diciendo, Jacob. ¿Editoriales? Mi padre comandaba una unidad de tanques.

—Mi padre echó una mano.

—Hizo lo que pudo sin sacrificar, ni siquiera arriesgar, nada. ¿Crees que en algún momento se planteó tomar un avión e ir a luchar?

—No tenía ni idea de luchar.

—No es muy difícil, en el fondo se trata de intentar no

morir. En el 48 les dieron rifles incluso a los esqueletos con los brazos tatuados que bajaban de los barcos procedentes de Europa.

—Y tenía una mujer en casa.

—¿No me digas?

—Y no era su país.

—Bingo.

—Su país era Estados Unidos.

—No, era apátrida.

—Estados Unidos era su patria.

—Estados Unidos era el lugar donde alquilaba una habitación. ¿Y sabes qué habría sucedido si hubiéramos perdido la guerra, como tantos tantísimos de nosotros temíamos que pudiera pasar?

—Pero no la perdieron.

—Pero ¿y si la hubiéramos perdido? ¿Y si nos hubieran obligado a recular hasta el mar, o nos hubieran matado donde estábamos?

—¿Adónde quieres ir a parar?

—Tu padre habría escrito editoriales.

—No sé muy bien qué te propones con este ejercicio mental. ¿Intentas demostrar que tú vives en Israel y yo no?

—No, intento demostrar que para ti Israel es prescindible.

—¿Prescindible?

—Sí. Lo amas, lo defiendes, le cantas y rezas por él, incluso envidias a los judíos que viven allí, pero sobrevivirías sin él.

—¿En el sentido de que no dejaría de respirar?

—En ese sentido, sí.

—Bueno, en ese sentido Estados Unidos también es prescindible para mí.

—Sí, exacto. La gente cree que los palestinos son apátridas, pero ellos morirían por la tierra donde han nacido. Quienes merecen compasión son ustedes.

—¿Porque no moriría por un país?

—Tienes razón, no he dicho todo lo que pienso. Tú no

morirías por nada. Lo siento si he herido tus sentimientos, pero no finjas que es injusto o que no es verdad. Julia tenía razón: no crees en nada.

Habría sido el momento perfecto para que uno de los dos saliera muy enojado, pero Jacob tomó el teléfono de encima de la mesa y, muy sosegadamente, dijo:

—Ahora voy a mear y, cuando vuelva, fingiremos que estos últimos diez minutos no han existido.

Tamir ni se inmutó.

Jacob se encerró en el baño, pero no orinó, ni tampoco fingió que la pelea no había tenido lugar. Se sacó el celular del bolsillo. El fondo de pantalla era una foto que le habían tomado a Max en su sexto cumpleaños. Él y Julia le habían regalado una maleta llena de disfraces: de payaso, de bombero, de indio, de botones, de sheriff... El primero que se había probado, y que había quedado digitalmente conmemorado, había sido uno de soldado. Jacob jaló la cadena porque sí, fue a los ajustes del teléfono y reemplazó la foto con una de las imágenes genéricas que venían con el teléfono: un árbol sin hojas.

Volvió a la cocina y se sentó delante de Tamir. Había decidido contarle el chiste sobre la diferencia entre un Subaru y una erección, pero Tamir no le dio tiempo ni de empezar.

—No sé dónde está Noam —dijo.

—¿Qué quieres decir?

—Estuvo unos días en casa. Nos hemos intercambiado algunos correos y hemos hablado, pero esta tarde lo han destinado a otra parte, Rivka no sabe adónde. Y yo tampoco he tenido noticias. Me ha intentado llamar, pero soy tan bruto que no llevaba el teléfono encima. ¿Qué tipo de padre soy?

—Ay, Tamir, me parece muy mal. Ni siquiera me puedo imaginar cómo te sientes.

—Claro que puedes.

—A Noam no le pasará nada.

—¿Me lo puedes prometer?

Jacob se rascó el brazo, donde notaba un picor parecido a un no.

—Ojalá pudiera —contestó.

—Muchas de las cosas que he dicho las pienso de verdad, pero muchas otras no. O por lo menos no estoy seguro de pensarlas.

—Yo también he dicho algunas cosas que no pienso. Es normal.

—¿Por qué no puede mandarme un e-mail con dos frases? ¿O dos letras: OK?

—Yo no sé dónde está Julia —dijo Jacob, intentando igualar la autenticidad de Tamir con la suya propia—. No se ha ido de viaje de trabajo.

—Ah, ¿no?

—No, y estoy asustado.

—Entonces podemos hablar.

—¿Qué hemos hecho hasta ahora?

—Ruidos con la boca.

—Es todo culpa mía. Julia. La familia. Me he comportado como si mi hogar fuera prescindible.

—Frena un poco. Cuéntame qué hic...

—Julia encontró un teléfono —dijo Jacob, como si para decir esa frase fuera obligatorio interrumpir a alguien mientras hablaba—. Un teléfono secreto que yo tenía.

—Mierda. ¿Y por qué tenías un teléfono secreto?

—Fui tan estúpido...

—¿Has tenido una aventura?

—Ni siquiera sé qué significa esa palabra.

—Si Julia estuviera teniendo una aventura, lo sabrías —dijo Tamir, y esa frase soltó el freno de emergencia de la mente de Jacob: ¿estaría cogiendo con Mark en ese preciso instante? ¿Estarían en la cama mientras ellos dos hablaban de ella?—. ¿Te la cogiste? —le preguntó Tamir.

Jacob hizo una pausa, como si tuviera que considerar su respuesta, como si ni siquiera supiera qué significaba *coger*.

—Sí.

—¿Más de una vez?

—Sí.

—Pero no aquí, en casa...

—¡No! —dijo Jacob, como si aquella insinuación lo ofendiera—. En hoteles. Una vez en la oficina. Fue eso lo que nos permitió admitir nuestra infelicidad. Seguramente Julia lo agradeció en su momento.

—Claro, porque todo el mundo agradece que le permitan hacer algo que no quiere hacer.

—Puede ser.

—Es que es exactamente lo mismo de lo que estábamos hablando. Lo mismo.

—¿No habíamos quedado que todo eran tonterías?

—Algunas cosas sí, pero no esta parte. Eres incapaz de decir: «Yo soy así». No puedes decir: «Soy un hombre casado. Tengo tres hijos fantásticos, una casa bonita, un buen trabajo. No tengo todo lo que quiero, no soy tan respetado como me gustaría, no tengo tanto dinero, ni me quieren tanto, ni cojo tanto como querría, pero yo soy así, así es como elijo ser, como admito que soy». No puedes decirlo. Pero tampoco puedes admitir que necesitas más, que quieres más. Y no hablo ya de los demás: no puedes admitir tu infelicidad ni siquiera ante ti mismo.

—Soy infeliz. Si es lo que quieres que diga, ahí lo tienes. Quiero más.

—Eso no es más que hacer ruidos.

—¿Qué no sería hacer ruidos?

—Ir a Israel. A vivir.

—Bueno, ahora sí estás bromeando.

—Sólo digo lo que tú ya sabes.

—¿Que mi matrimonio mejoraría si me mudara a Israel?

—Que si fueras capaz de plantarte y decir: «Yo soy así», por lo menos vivirías tu propia vida. Aunque ser como eres te convierta en alguien antipático a ojos de los demás. O a tus propios ojos.

—¿Ni siquiera estoy viviendo mi propia vida?

—No.

—Y entonces ¿de quién es la vida que estoy viviendo?

—A lo mejor es la idea que tu abuelo tenía de la vida. O tu padre. O a lo mejor es tu propia idea. A lo mejor no es ni una vida.

Jacob tenía la sensación de que debía pasar al ataque, y su instinto le decía que tenía que devolverle el golpe a Tamir, pero al mismo tiempo lo que sentía era humildad y gratitud.

—Ha sido un día muy largo —dijo— y no estoy seguro de que ninguno de los dos esté diciendo lo que piensa. Me gusta tenerte aquí. Me recuerda a cuando éramos niños. Minimicemos pérdidas.

Tamir se bebió el último tercio de su cerveza de un trago y dejó la botella encima de la mesa con una delicadeza que Jacob no le conocía.

—¿En qué momento dejamos de minimizar pérdidas?

—¿Tú y yo?

—Sí, claro.

—¿Por oposición a qué? ¿A perderlo todo?

—A reclamar lo que es nuestro.

—¿Tuyo y mío?

—Sí.

Tamir se terminó la cerveza que le quedaba a Jacob y tiró las dos botellas vacías a la basura.

—Nosotros reciclamos, ¿sabes? —le dijo Jacob.

—Yo no.

—¿Tienes toallas suficientes arriba?

—¿Pero tú qué crees que hago con las toallas?

—Sólo intento ser un buen anfitrión.

—Siempre intentando ser algo.

—Sí, estoy siempre intentando ser algo. Eso es positivo.

—Lo que tú digas.

—Por cierto, tú también estás siempre intentando ser algo. Y Barak. Y Julia, y Sam, y Max y Benjy. Todo el mundo.

—Y qué intento ser yo.

Jacob hizo una pausa breve, cauta.

—Intentas aparentar más de lo que eres en realidad.

La sonrisa de Tamir reveló la potencia del golpe.

—Ah.

—Todo el mundo intenta ser algo.

—Tu abuelo no.

¿Qué era eso? ¿Una broma estúpida? ¿Un intento sin gracia de decir algo profundo?

—Dejó de intentarlo —dijo Jacob— y eso lo mató.

—Te equivocas. De todos nosotros, es el único que lo consiguió.

—¿Qué consiguió?

—Convertirse en algo.

—¿Un muerto?

—Real.

«Ahí me has perdido», estuvo a punto de decir Jacob.

«Me voy a mi cuarto», estuvo a punto de decir Jacob.

«No estoy de acuerdo con lo que has dicho, pero te entiendo», estuvo a punto de decir Jacob.

Podían dar la velada por terminada, concluir aquella conversación, procesar todo lo compartido, digerirlo y expulsarlo después de aprovechar los nutrientes.

Pero en lugar de eso, Jacob preguntó:

—¿Quieres otra cerveza? ¿O con eso sólo conseguiremos terminar borrachos y obesos?

—Quiero lo mismo que quieras tú —respondió Tamir—. Incluida la borrachera y la obesidad.

—Y la calvicie.

—No, de eso ya te encargas tú por los dos.

—¿Sabes qué? —dijo Jacob—. Arriba tengo una bolsa de marihuana. En alguna parte. Seguramente tiene tantos años como Max, pero la marihuana no se estropea, ¿no?

—No más que los hijos —dijo Tamir.

—Mierda.

—¿Qué es lo peor que puede pasar? ¿Que no nos haga efecto?

EN EL QUICIO

Julia tardó cuatro horas en llegar caminando a casa de Mark. Jacob le mandó varios mensajes y la llamó, pero ella ni mandó mensajes ni llamó para ver si Mark estaba en casa. Su dedo se separó del timbre de la casa en el mismo momento en que lo pulsó; el circuito hizo contacto durante un instante sorprendentemente breve, como si un pájaro hubiera chocado contra una ventana.

—¿Sí?

Julia se quedó inmóvil, en silencio. ¿Captaría el micrófono su respiración? ¿Percibiría Mark sus exhalaciones, desde cuatro pisos más arriba?

—Te estoy viendo, Julia. Hay una cámara encima de los timbres.

—Soy Julia —dijo ella, como si pudiera eliminar los últimos segundos y responder a su «¿Sí?» como un ser humano normal.

—Ya, te estoy viendo.

—Es una sensación bastante poco agradable.

—Pues sal del encuadre y sube.

La puerta se abrió sola.

A continuación las puertas del ascensor se abrieron para ella. Al llegar al piso de Mark se volvieron a abrir.

—No te esperaba —dijo éste, invitándola a pasar.

—Yo tampoco me esperaba.

Julia examinó el departamento con actitud reflexiva. Todo era nuevo, o por lo menos lo parecía: molduras falsas, suelos tan relucientes como los de un boliche, toscos interruptores reguladores de plástico...

—Como puedes ver, todavía es un proyecto en desarrollo —dijo Mark.

—¿Qué no lo es?

—Muchos de los muebles llegan mañana. Mañana tendrá un aspecto totalmente distinto.

—En ese caso, me alegro de haber visto el antes.

—Y es temporal. Necesitaba un sitio y esto... era un sitio.

—¿Crees que te estoy juzgando?

—No, pero creo que estás juzgando mi departamento.

Se fijó en Mark y pensó en todos los esfuerzos que hacía: iba al gimnasio, usaba productos para el pelo, compraba ropa que alguien —en una revista o en una tienda— había dicho que era elegante. Echó un vistazo al departamento: techos altísimos, lo mismo que las ventanas, y electrodomésticos relucientes.

—¿Dónde comes?

—Generalmente fuera. Bueno, siempre.

—¿Y dónde abres el correo electrónico?

—Lo hago todo en el sofá.

—¿Dormir también?

—Todo menos dormir.

«Todo menos dormir»: era insoportablemente sugerente. O por lo menos eso le parecía a Julia. Aunque, en realidad, en aquellos momentos todo le parecía insoportablemente sugerente, porque estaba insoportablemente desprotegida. Antes de que la piel volviera a crecer y la herida cicatrizara por completo, los tejidos de la mano de Sam habían quedado al descubierto y las infecciones se habían convertido en un motivo de preocupación constante. En una reacción pueril, Julia no había querido culpar a la mano de su hijo de su vulnerabilidad, de modo que había decidido que él no había cambiado y que había sido el mundo el que se había vuelto más amenazador.

Saliendo del hospital, habían ido directamente a tomar un helado. «¿Con todos los *toppings*?», había preguntado la dependienta. Mientras empujaba la puerta —la primera que abría desde que aquella otra tan pesada se había cerrado—, Julia se fijó en la cara posterior del cartel de ABIERTO.

—Fíjate, el mundo está cerrado —había dicho, encontrando en la broma otro motivo para odiarse a sí misma.

Podría haberle dicho muchas cosas a Mark. Tenían muchas conversaciones triviales disponibles. En un campamento había aprendido a hacer la cama como en los hospitales; en el hospital había aprendido a doblar las palabras y a condensarlas en segundos eternos. Pero en ese momento no quería que las cosas estuvieran ordenadas, ni ocultas. Aunque tampoco las quería tan desordenadas, ni tan al descubierto como tenía la sensación de que estaban.

¿Qué quería?

—¿Qué quiero? —preguntó, en medio de un silencio digno de una caminata por el espacio.

Quería que parte de lo que llevaba dentro quedara expuesto, pero ¿qué partes quería mostrar y cuánto?

—¿Cómo? —preguntó Mark.

—No sé por qué te lo he preguntado a ti.

—No oí la pregunta —dijo él, acortando la distancia entre ambos, tal vez para oírla mejor.

Julia lo había probado todo: purificar el organismo a base de jugos, asistir a maratones de poesía, hacer tejido, escribir cartas a mano a personas de las que se había distanciado, momentos de honestidad de esos que se habían prometido en Pensilvania, dieciséis años atrás... Había intentado meditar media docena de veces, pero siempre que le decían que «recordara» su cuerpo, se sentía perdida. Sabía lo que quería decir, pero no se sentía capaz, o no quería hacerlo.

Dio un paso hacia Mark, acortando más la distancia, tal vez para que todas las cosas que no podía decir se oyeran mejor.

Pero en ese momento, y sin proponérselo, recordó su cuerpo. Recordó sus pechos, que ningún hombre había visto en un contexto sexual desde que era joven. Recordó su pesadez, dos pesos que descendían lentamente y daban cuerda a su reloj biológico. Le habían salido demasiado pronto, pero luego habían crecido demasiado despacio, y el único novio de la universidad del que todavía recordaba cuándo cumplía años se refería a ellos como «platónicos». Cuando tenía el periodo eran tan sensibles que se los sujetaba mientras caminaba por la casa. Años después de que lo utilizara por última vez, de vez en cuando todavía oía el sacaleches asmático Medela, luchando por no morirse. Julia había adquirido un conocimiento todavía más íntimo de sus pechos a medida que iba teniendo más motivos de temor, aunque los tres últimos años cada vez que los había colocado encima del aparato de mastografías había apartado la vista; año tras año, y aunque nadie se lo había pedido, la tecnología prometía que la máquina emitía menos radiación de la que uno recibía durante un vuelo transatlántico. Cuando Jacob la llevó a París para celebrar su cumpleaños cuarenta y uno, Julia imaginó a los niños estudiando el cielo, buscando el avión en el que iban, mientras sus pechos brillaban como balizas contaminadas.

¿Qué quería?

Quería que todo quedara en el exterior.

Quería algo imposible, cuya realización la destruyera.

Y de pronto entendió a Jacob. Cuando él le había dicho que sus palabras sólo eran eso, palabras, Julia lo había creído, pero no lo había entendido. Ahora lo entendía: necesitaba meter la mano en el quicio, pero no quería cerrar la puerta y machucarse los dedos.

—Tengo que volver a casa —le dijo.

Necesitaba algo imposible, cuya realización la salvara.

—¿Eso es lo que has venido a decirme?

Julia asintió con la cabeza.

Mark se mantuvo erguido. De pronto era más alto de lo que nunca había sido.

—Entiendo que has emprendido algo así como un viaje —dijo—. No hay nadie que lo entienda tan bien como yo. Y me alegro mucho haberte servido como área de servicio para estirar las piernas, repostar y hacer del baño.

—No te enfades, por favor —dijo ella, casi como una niña.

Le ardía la piel de miedo: de su rabia, de merecerla, de recibir finalmente el justo castigo por su malicia. Podía esperar que la perdonaran por permitir que les hicieran daño a sus hijos, pero no hay castigo suficiente por hacerles daño a tus hijos a sabiendas. Iba a destruir su familia: a propósito, no porque no tuviera elección. Iba a elegir no tener elección.

—Espero haber propiciado tu crecimiento —siguió diciendo Mark, que ya no se esforzaba por ocultar lo dolido que estaba—. En serio. Espero que hayas aprendido algo conmigo que puedas aplicar más tarde con otra persona. Pero ¿me permites un consejo?

—Es sólo que tengo que irme a casa —dijo ella, aterrorizada por lo que Mark fuera a decir, de que, por una especie de justicia mágica, pudiera matar a sus hijos.

—El problema no eres tú, Julia. El problema es tu vida.

La bondad era todavía peor que el peor de sus temores. Mark abrió la puerta.

—Y lo que diré ahora es sólo en aras de la paz entre los dos: que sepas que cuando vuelva a ver tu cara en esta pantalla, ni siquiera me voy a quedar mirando mientras esperas.

—Tengo que irme a casa —dijo ella.

—Que te sea leve —dijo él.

Julia se fue.

Tomó un taxi a un hotel que había estado a punto de contratarla para que supervisara la restauración.

Había un inmenso centro de mesa floral como de dibujos animados, de una simetría antinatural, debajo de una araña de techo con diez mil piezas de cristal.

Y un botones dijo algo a través de un micrófono que llevaba en la palma de la mano; el cable le bajaba por dentro de la manga hasta el transmisor, que llevaba colgando del cinturón. Tenía que haber una forma mejor de comunicarse.

Y el recepcionista, que casi podría haber sido Sam quince años más tarde pero con una mano izquierda perfecta, le preguntó:

—¿Cuántas llaves necesita?

«Todas», estuvo a punto de decir. «Ninguna», estuvo a punto de decir.

¿QUIÉN ESTÁ EN LA HABITACIÓN VACÍA?

Cuando Jacob volvió a bajar con la marihuana, Tamir ya había fabricado una pipa a partir de una manzana, al parecer sin usar herramientas.

—Impresionante —dijo Jacob.

—Soy una persona impresionante, sí.

—Bueno, eres capaz de convertir una pieza de fruta en un instrumento para consumir droga, eso seguro.

—Todavía huele a hierba —dijo Tamir después de abrir la bolsita de dentro de la bolsa—. Es una buena señal.

Entreabrieron varias ventanas y fumaron en silencio, interrumpido sólo por la humillante tos de Jacob. Se recostaron. Esperaron.

El canal de tele había cambiado misteriosamente a ESPN. ¿Quizá el televisor había adquirido conciencia y voluntad propias? Pasaban un documental sobre el trueque que, en 1988, había mandado a Wayne Gretzky de los Edmonton Oilers a los L. A. Kings, y el efecto que eso había tenido en Gretzky, en Edmonton, en Los Ángeles, en el hockey sobre hielo, en el planeta Tierra y en el universo. Lo que en cualquier otro momento habría incitado a Jacob a romper el televisor o a volverse ciego, en aquel momento le pareció un aplazamiento de lo más agradable. ¿Lo habría puesto Tamir?

Perdieron la noción del tiempo que había transcurrido: lo mismo podían haber pasado cuarenta y cinco segundos que cuarenta y cinco minutos. Les importaba tan poco como a Isaac.

—Me siento bien —dijo Jacob, inclinándose como le habían enseñado a hacerlo durante los *séders* de la Pascua judía de su infancia, como le corresponde a un hombre libre.

—Yo me siento muy bien —dijo Tamir.

—O sea, me siento básicamente, fundamentalmente... bien.

—Conozco la sensación.

—Pero, en cambio, mi vida no va bien.

—Ya.

—¿Ya, ya lo sabes? ¿O ya, la tuya tampoco?

—Ya.

—La infancia está bien —dijo Jacob—, pero a partir de ahí todo es mover las cosas de aquí para allá. Si tienes suerte, no sentirás que las cosas te importan una mierda, pero la diferencia es milimétrica.

—Sí, pero esos milímetros importan.

—¿Estás seguro?

—Si te importa una cosa, te importa todo.

—Una gran imitación de alguien que habla con sabiduría.

—El *lo mein* importa. Los chistes guarros e idiotas importan. Dormir en un colchón firme con sábanas suaves importa. El Boss importa.

—¿El Boss?

—Springsteen. Tener un asiento de inodoro con calefacción importa. Las cosas pequeñas: cambiar un foco, perder contra tu hijo en basquetbol, conducir a ninguna parte. Ahí tienes tu Gran Llanura. Podría seguir.

—Mejor aún, ¿crees que podrías rebobinar hasta el principio y repetirlo todo exactamente como lo has dicho, mientras te grabo?

—La comida china importa. Los chistes guarros, idiotas, importan. Dormir en un colchón firme con sábanas suaves...

—Estoy drogado.

—Estoy viendo la lámpara de araña desde arriba.

—¿Tiene mucho polvo? —preguntó Jacob.

—Otra persona habría preguntado si es bonita.

—La gente debería tener prohibido casarse hasta que fuera demasiado tarde para tener hijos.

—A lo mejor logras recoger las firmas suficientes.

—Y es imposible tener una carrera gratificante.

—¿Para todo el mundo?

—Para los buenos padres. Pero, carajo, qué difícil es apartarse del camino con todos estos clavos judíos que me atraviesan las palmas de las manos.

—¿Clavos judíos?

—Expectativas. Leyes. Mandamientos. El deseo de complacer a todos. Y todo lo demás.

—¿Qué es lo demás?

—¿Alguna vez te hicieron leer un poema, o una noticia de periódico, o lo que fuera, de un niño que murió en Auschwitz? ¿O era en Treblinka? Bueno, no es ése el detalle relevante, es sólo que... ¿Ese que decía «La próxima vez que juegues con una pelota, juega por mí»?

—No.

—¿En serio?

—No me suena.

—Pues no sabes la suerte que tienes. Es posible que no lo recuerde con exactitud, pero decía: no llores por mí, vive por mí; están a punto de meterme en la cámara de gas, o sea que hazme un favor y diviértete por mí.

—No lo he oído nunca.

—Pues yo debo de haberlo leído unas mil veces. Fue la banda sonora de mi educación judía y lo mandó todo a la mierda. No porque cada vez que juegas con una pelota pienses en el cadáver de un niño que tendrías que haber sido tú, sino porque a veces lo único que te apetece es aplastarte en el sofá a ver tele basura, pero entonces piensas: «Tengo que salir a jugar con la pelota».

Tamir soltó una carcajada.

—Es gracioso, sí, pero llega el momento en que jugar con

la pelota se convierte en tu actitud en relación con el éxito académico, se convierte en la distancia que te separa de la perfección medida en unidades de fracaso, se convierte en ir a la universidad a la que le habría gustado ir a aquel chico asesinado, se convierte en estudiar cosas que no te interesan pero que son buenas y dignas y están bien pagadas, se convierte en un matrimonio judío, en tener hijos judíos y en vivir como un judío, en un intento desaforado por redimir el sufrimiento que hizo posible la vida que tienes hoy, cada vez más alienada.

—Tendrías que fumar un poco más.

—El problema —siguió diciendo Jacob, tomando de nuevo la manzana— es que conseguir que tus expectativas se hagan realidad te proporciona una sensación increíble, pero se hacen realidad una sola vez, «¡Saqué un diez!», «¡Me caso!», «¡Es un niño!», y lo único que te queda luego es vivirlas. En su momento no lo sabe nadie. Y luego lo sabe todo el mundo, pero nadie lo admite, porque eso equivaldría a retirar una pieza básica de la torre de Jenga judía. Cambias la ambición emocional por el compañerismo, vivir la vida dentro de un cuerpo lleno de terminaciones nerviosas por el compañerismo, la exploración por el compañerismo. El trato tiene su parte positiva, ya lo sé; las cosas necesitan tiempo para crecer, madurar y completarse. Pero eso también tiene un precio, y que nunca lo mencionemos no significa que sea soportable. Tantas bendiciones... ¿Quién dice que queríamos que nos bendijeran?

—Una bendición no es más que una maldición que los demás envidian.

—Tienes que fumar más marihuana, Tamir. Te conviertes en Yoda, primo, o cuando menos en Deepak Chopra.

—A lo mejor es que tú me escuchas de forma distinta.

—¿Lo ves? A eso me refiero.

—De pronto eres muy gracioso —dijo Tamir, llevándose la manzana a la boca.

—Yo siempre soy gracioso.

—A ver si va a resultar que soy yo quien escucha de forma distinta.

Tamir dio otra calada.

—¿Cómo reaccionó Julia? A los mensajes, digo.

—No muy bien, obviamente.

—¿Seguirán juntos?

—Sí. Claro. Tenemos los niños. Y una vida juntos.

—¿Estás seguro?

—Hemos hablado de separarnos, pero...

—Espero que tengas razón.

Jacob dio otra calada.

—¿Te he hablado alguna vez de mi serie de televisión?

—Sí, claro.

—No, me refiero a *mi* serie.

—Estoy drogado, Jacob. Háblame como si tuviera seis años.

—He estado escribiendo una serie sobre nosotros.

—¿Tú y yo?

—Bueno, no, tú no sales. Todavía.

—Pues sería un personaje de serie genial.

—Mi familia.

—Yo soy parte de tu familia.

—No, *mi* familia. Isaac. Mis padres. Julia y los niños.

—¿Quién querría ver eso?

—Todo el mundo, seguramente. Pero no es de eso de lo que quería hablarte; no, lo que quería decir es que seguramente lo que tengo hasta ahora es bueno, muy bueno, que seguramente nací para escribir esto, y que le he dedicado prácticamente todos mis esfuerzos durante los últimos diez años o así.

—¿Diez años?

—Y nunca lo he compartido con nadie.

—¿Por qué no?

—Bueno, antes de la muerte de Isaac era porque temía traicionarlo.

—¿Cómo?

—Contando la verdad sobre quiénes somos y cómo somos.

—¿Y eso sería una traición? ¿Por qué?

—La otra mañana estaba escuchando la radio, un *podcast* sobre ciencia que me encanta. Entrevistaron a una mujer que había vivido dos años en una enorme cúpula geodésica en la que no entra nada y de la que no sale nada. Ésa. Me pareció bastante interesante.

—Escuchémoslo ahora mismo.

—No, sólo estoy buscando una metáfora.

—Me encantaría escucharlo ahora mismo.

—No sé si hablas en serio o te estás burlando de mí.

—Por favor, Jacob.

—Sigo sin saberlo. En todo caso, la mujer contaba que vivir en un ambiente cerrado la había hecho tomar conciencia de que la vida está interconectada: tal cosa se come tal otra, entonces defeca y con ello alimenta otra cosa, que bla bla bla. Y luego empezó a hablar de otra cosa que ya sabía, no porque sea muy listo, sino porque es una de esas cosas que sabe casi todo el mundo: que cada vez que respiras es probable que estés inhalando moléculas que antes respiró Pol Pot, o César, o incluso los dinosaurios. Bueno, lo de los dinosaurios no lo sé seguro. Últimamente me he dado cuenta de que los dinosaurios me interesan mucho, no sé por qué. He pasado unos treinta años sin pensar en ellos y un día, de repente, volvieron a interesarme. En otro *podcast* oí que...

—Tú escuchas muchos *podcasts*, ¿no?

—Sí, ya lo sé. Da un poco de vergüenza, ¿verdad?

—¿Me estás preguntando si te avergüenzas?

—Es humillante.

—No veo por qué.

—¿Qué tipo de persona se esconde en una habitación vacía y, con el teléfono casi en silencio, se lo pega al oído para escuchar a solas a un diletante perorando sobre algo irrelevante como la ecolocalización? Es humillante. Y esa humillación resulta humillante.

Con su botella de cerveza, Jacob trazó un aro de condensación sobre la mesa.

521

—Bueno, pues en ese otro *podcast* pusieron una pieza sobre cómo todos los dinosaurios —no la mayoría: todos, desaparecieron a la vez. Pasaron no sé cuántos millones de años vagando por la Tierra, hasta que un día, en apenas una hora, se esfumaron. ¿Por qué la gente utiliza siempre la palabra *vagar* cuando habla de dinosaurios?

—No lo sé.

—Pero es así. Los dinosaurios *vagaban* por la Tierra. Es raro.

—Pues sí.

—Es rarísimo, ¿verdad?

—Cuanto más lo pienso, más raro me parece.

—«Los judíos vagaron por Europa durante miles de años...».

—Y entonces, en apenas una década...

—No, pero yo quería hablar de otra cosa. Sobre la mujer de la cúpula..., los dinosaurios..., ¿o tal vez era sobre Pol Pot?

—Sobre respirar.

—¡Eso es! Cada vez que inhalamos, aspiramos moléculas, etcétera, etcétera. Puse los ojos en blanco, porque me pareció el típico coctel de rollos científicos que he oído mil veces, pero entonces la mujer añadió que es igualmente probable que el aire que exhalamos lo respiren los bisnietos de los bisnietos de nuestros bisnietos.

—Y los dinosaurios del futuro.

—Y los Pol Pot del futuro.

Se rieron los dos.

—Pero, por lo que fuera, aquello me afectó. No me puse a llorar, ni nada parecido; no tuve que parar el coche en la orilla, pero sí tuve que apagar el *podcast*. De pronto todo me parecía demasiado.

—¿Y tú por qué crees?

—¿Por qué creo qué?

—No, digo que por qué piensas que te afectó imaginar al bisnieto del bisnieto de tu bisnieto respirando el mismo aire que tú.

Jacob soltó un suspiro que respiraría el último miembro de su progenie.

—Inténtalo —insistió Tamir.

—Supongo... —dijo Jacob, con otro suspiro—. Supongo que de pequeño me dieron a entender que no era digno de todo lo que sucedió antes de mí. Pero nadie me preparó para tener que asumir que tampoco soy digno de todo lo que vendrá después de mí.

Tamir levantó la manzana de la mesa, la sostuvo de tal forma que la luz de la araña de techo se filtraba a través del agujero.

—Quiero cogerme esta manzana —dijo.

—¿Cómo?

—Pero tengo la verga demasiado grande —dijo, y entonces intentó meter el índice por el agujero—. Ni siquiera me la puedo coger con el dedo.

—Suéltala, Tamir.

—Es la Manzana de la Verdad —dijo Tamir, ignorando a Jacob—. Y me la quiero coger.

—Por Dios.

—Hablo en serio.

—¿Quieres cogerte la Manzana de la Verdad pero tienes la verga demasiado grande?

—Sí, ése es justamente el dilema.

—¿Tu dilema presente? ¿O el dilema de la vida?

—Ambos.

—Estás drogado.

—Pues igual que tú.

—El científico que contaba lo de los dinosaurios...

—¿De qué hablas?

—Del *podcast*. El científico dijo algo tan bonito que creí que me moría.

—No te mueras.

—Les pidió a los oyentes que imaginaran una bala disparada bajo el agua, y cómo ésta dejaría una estela cónica de vacío a su paso, un agujero en el agua, antes de que ésta tuviera tiempo de volver a cerrarse. Dijo que un asteroide dejaría una estela similar, un desgarre en la atmósfera, y que un dinosaurio que lo mirara vería un agujero de noche en el cielo diurno. De hecho, eso es lo que el dinosaurio vería justo antes de ser destruido.

—A lo mejor no es que quisieras morirte, sino que te convertiste en ese dinosaurio.

—¿Eh?

—Éste vio algo increíblemente bonito antes de morir destruido. Tú lo oíste, pensaste que era increíblemente bonito y creíste que ibas a morir destruido.

—Siempre le dan la beca MacArthur a la persona equivocada.

—He mentido.

—¿Sobre qué?

—Sobre casi todo.

—Ajá.

—Rivka y yo hemos estado hablando de mudarnos.

—¿En serio?

—De momento sólo hemos hablado.

—¿Adónde se quieren mudar?

—¿Me vas a obligar a decirlo?

—Pues... creo que sí.

—Aquí.

—No me jodas.

—Nos hemos planteado la posibilidad, pero de momento sólo es una idea. De vez en cuando me llegan ofertas de trabajo, pero hace un mes me llegó una muy buena, buenísima, de una empresa de tecnología. Rivka y yo empezamos a fantasear mientras cenábamos, imaginando qué pasaría si aceptaba el trabajo, hasta que de pronto ya no estábamos fantaseando.

—Pero yo creía que eran felices allí. ¿Y todo ese rollo sobre rentar algo en Estados Unidos?

—¿Has escuchado algo de lo que te he dicho?

—¿Cuando me suplicabas que me embarcara para la *aliyá*?

—Para que yo pueda hacer *ayilá*.

—¿Y eso qué es?

—Es *aliyá* al revés.

—¿Lo has hecho mentalmente?

—Mientras hablabas.

—Pero ¿qué pasa, que hay una especie de Constante Bloch-Blumenberg que hay que mantener?

—No, una constante judía. Idealmente, los judíos estadounidenses y los judíos israelíes se cambiarían unos por otros.

—¿Es eso de lo que hemos estado hablando desde el principio? ¿De tu sentimiento de culpa por abandonar Israel?

—No, hablábamos de tu sentimiento de culpa por abandonar tu matrimonio.

—Yo no voy a abandonar mi matrimonio —dijo Jacob.

—Y yo no voy a abandonar Israel —dijo Tamir.

—Entonces ¿son todo palabras?

—Siempre que mi padre me invitaba a hacer algo y yo le decía que no, a tomar otro pedazo de *halva*, o a salir a dar una vuelta, él decía «*De zelbe prayz*». El mismo precio. Era la única vez que hablaba en yiddish. Detestaba el yiddish, pero esa frase le gustaba. No sólo la decía en yiddish, sino que imitaba la voz de mi abuelo. No me cuesta nada hablar sobre irme de Israel. El precio es el mismo que no hablar de ello. Es como si oyera a mi padre imitando a mi abuelo: *de zelbe prayz*.

Tamir desbloqueó el teléfono y le enseñó a Jacob unas imágenes de Noam: del hospital, de cuando dio los primeros pasos, del primer día de colegio, del primer partido de futbol, de su primera cita, de la primera vez que se puso el uniforme del ejército...

—Estoy obsesionado con estas fotos —confesó Tamir—. No tanto con mirarlas como con asegurarme de que siguen ahí. A veces las miro debajo de la mesa; otras veces me encierro en el baño. ¿Recuerdas cuando los chicos eran pequeños y te los llevabas al supermercado? ¿La sensación de que en cuanto apartaras la vista desaparecerían para siempre? Pues es lo mismo.

Todos los dinosaurios se habían extinguido, pero algunos

mamíferos habían sobrevivido. La mayoría eran excavadores: bajo tierra habían quedado protegidos del calor que había consumido a todos los seres vivos en la superficie. Tamir se enterraba en su teléfono, bajo las fotos de su hijo.

—¿Somos hombres buenos? —preguntó Tamir.

—Qué pregunta tan extraña.

—¿Te parece?

—No creo que haya ningún poder superior que nos juzgue —dijo Jacob.

—Pero ¿cómo debemos juzgarnos a nosotros mismos?

—¿Con lágrimas, con silencio, con...?

—Incluso mi confesión ha sido una mentira.

—Debo de haberte dado motivos para mentir.

—Yo me quiero ir, pero Rivka no quiere.

—¿Quieres dejar Israel? ¿O a tu mujer?

—Israel.

—¿Has tenido una aventura?

—No.

—¿Y ella?

—No.

—Yo siempre estoy cansado —dijo Jacob—. Exhausto. Nunca me lo había planteado hasta ahora, pero ¿y si en realidad todo este tiempo no estaba cansado? ¿Y si mi cansancio no es más que un escondite?

—Los hay peores.

—¿Y si decido que nunca más volveré a estar cansado? ¿Si me niego a estar cansado? ¿Si decido que, aunque mi cuerpo esté cansado, yo no lo estaré?

—No sé, Jacob.

—Oye, ¿y si no puedo salir de mi escondite? ¿Si me siento demasiado cómodo o demasiado seguro? ¿Y si necesito que me ahuyenten con humo?

—Creo que de momento te bastas solo para ahuyentarte.

—¿Y si necesito que sea Julia quien me eche?

Jacob se fijó en la manzana que había entre los dos. De pronto entendió qué quería decir Tamir con lo de que quería cogérsela. No era un deseo sexual, sino existencial; el deseo de penetrar la propia verdad.

—¿Sabes qué me gustaría hacer ahora mismo?

—¿Qué? —preguntó Tamir.

—Raparme la cabeza.

—¿Por qué?

—Para ver lo calvo que estoy realmente. Y para que lo vea todo el mundo.

—¿Y si en lugar de eso preparamos unas palomitas?

—Sería horrible. Pero por mí, adelante. Aunque sería horrible. Pero bueno: por mí, adelante.

—Estás repitiendo lo mismo una y otra vez.

—Creo que me estoy durmiendo.

—Pues duerme.

—Pero...

—¿Qué?

—Yo también te he mentido.

—Ya lo sé.

—¿En serio?

—Sí. Lo que no sé es en qué partes.

—No he tenido una aventura.

—Ah, ¿no?

—Bueno, sí, pero no me la cogí.

—Y entonces ¿qué hiciste?

—Mandar un montón de mensajes. En realidad ni siquiera eran tantos.

—¿Y por qué mentiste?

—Porque no quería que me pescaran.

—A mí, digo.

—Ah. No sé.

—Seguro que hay un motivo.

—Estoy tan pasado que no sabes.

—Pero no has mentido sobre nada más.

—Cuando Julia encontró el teléfono le conté la verdad, que en realidad no había pasado nada, y me creyó.

—Eso está bien.

—No, pero no es que se fiara de mí. Dijo que sabía que no era capaz de ello.

—Pero querías que yo creyera que sí eras capaz.

—Es lo que yo interpreto, sí.

—Aunque en realidad no eres capaz de ello.

—Afirmativo.

—Antes has preguntado qué tipo de persona se esconde en una habitación para escuchar *podcasts* de ciencia, ¿verdad?

—Sí.

—El tipo de persona que utiliza ese mismo teléfono para enviar mensajes sexuales a una mujer a la que no piensa tocar.

—Era otro teléfono.

—Pero era la misma mano.

—Ahora que me has rapado la cabeza —dijo Jacob, cerrando los ojos—, ¿qué ves?

—Que eres más calvo de lo que yo creía, pero no tanto como crees tú.

Jacob notó un espasmo, la típica caída por el hueco del ascensor que indica que te estás durmiendo. Perdió la noción del tiempo, del tránsito entre pensamientos y de los momentos en que no pensaba en nada.

¿Qué pasaría con el sonido del tiempo? ¿Qué pasaría si él y Julia representaban lo que habían estado ensayando? ¿Si explorar una idea no tenía el mismo precio que no hacerlo? Nunca más volverían a susurrarles a los niños al oído, a la luz de las velas; nunca más volverían a hablar sobre el cumpleaños que acababan de celebrar, mientras lavaban los platos; nunca más amontonarían las hojas junto a la acera para que los niños se revolcaran en ellas una última vez. ¿Qué escucharía para oír su propia vida? ¿O acaso habría perdido la capacidad de oírla?

De lo siguiente que tuvo conciencia fue de una mano, de una voz.

—Hay noticias —dijo Tamir, sacudiendo el hombro de Jacob.

—¿Qué?

—Estabas durmiendo.

—No. No dormía, sólo estaba pensando.

—Ha pasado algo grande, lo están pasando en las noticias.

—Un segundo.

Jacob parpadeó para despejarse un poco, ladeó la cabeza hacia un hombro y hacia el otro, y se acercó al sofá.

Dos horas antes, mientras Jacob y Tamir se drogaban, unos extremistas israelíes habían entrado en la Cúpula de la Roca y le habían prendido fuego. Fuentes israelíes aseguraban que las llamas apenas habían provocado daños, pero el hecho en sí había resultado incendiario. En el televisor, que había pasado misteriosamente de ESPN a la CNN, las muestras de ira se sucedían: hombres —siempre hombres— alzando el puño al cielo, disparando ríos intermitentes de balas al cielo, intentando matar el cielo. Jacob había visto escenas similares con anterioridad, pero las imágenes procedían siempre de zonas próximas al terremoto, sobre todo Gaza y Cisjordania. Ahora, en cambio, la CNN iba saltando entre conexiones, nutriéndose de un caudal aparentemente inagotable de furia: un grupo de hombres quemando una bandera israelí en Yakarta; hombres en Jartum apaleando una efigie del primer ministro israelí; hombres en Karachi, en Dacca, en Riad y en Lahore; hombres con la cara cubierta con pañuelos destrozando el escaparate de una tienda judía en París; un hombre, con un acento tan fuerte que seguramente no sabría más de cien palabras en inglés, gritando «¡Muerte a los judíos!» delante de una cámara en Teherán.

—Esto pinta mal —dijo Jacob, paralizado, embriagado por las imágenes.

—¿Mal?

—Fatal.

—Tengo que volver a casa.

—Ya lo sé —dijo Jacob, demasiado zombi para comprender, o estar seguro siquiera de que no dormía—. Ya se nos ocurrirá la forma.

—Ahora. Tenemos que ir a la embajada.

—Ah. Bueno.

Tamir negó con la cabeza y dijo:

—Ahora, ahora, ahora.

—Bueno, bueno. Déjame que me vista.

Pero ninguno de los dos se movió del sofá. El televisor se llenó de ira judía: hombres con sombrero negro gritando en hebreo en Londres; hombres morenos de uno de los últimos *kibbutzim* que quedaban, apuntando a cámara con el dedo mientras repetían histéricamente unas palabras que Jacob no comprendió; hombres judíos enfrentándose a los soldados judíos que vigilaban la Explanada de las Mezquitas.

—Tú también tienes que venir —dijo Tamir.

—Sí, claro. Dame un minuto.

—No —dijo Tamir, que lo agarró por los hombros con la misma fuerza que había empleado en el zoológico, hacía tres décadas—. Tienes que venir a casa.

—Ya estoy en casa. ¿Qué dices?

—A Israel.

—¿Cómo?

—Tienes que venir a Israel conmigo.

—¿Tú crees?

—Sí.

—Me acabas de contar que quieres irte de Israel, Tamir.

—Jacob...

—¿Y ahora quieres que vaya yo?

Tamir señaló el televisor.

—¿Tú estás viendo esto?

—Llevo una semana viéndolo.

—No, esto no lo había visto nadie.

—¿De qué hablas?

—Así es como se termina todo —dijo—. Exactamente así.

Y por primera vez desde que Tamir había llegado a Washington, por primera vez en toda su vida, Jacob detectó el parecido familiar. Vio los ojos aterrorizados de sus hijos, el pavor que precedía los análisis de sangre y que seguía a una herida con sangre.

—¿Como se termina qué?

—Como se destruye Israel.

—¿Porque los musulmanes gritan en Yakarta y en Riad? ¿Qué van a hacer? ¿Ir a Jerusalén caminando?

—Sí. Y a caballo, y conduciendo coches destruidos, y en ómnibus, y en barco. Y no son sólo ellos. Mira a los nuestros.

—Esto pasará.

—No pasará. Así es como se termina todo.

Ni las imágenes de la pantalla ni las palabras de Tamir asustaron tanto a Jacob como las miradas de terror de sus hijos que vio reflejadas en los ojos de Tamir.

—Si eso es realmente lo que piensas, Tamir, tienes que sacar a tu familia de Israel.

—¡No puedo! —exclamó Tamir, y en sus dientes apretados Jacob vio la rabia de Irv, una tristeza profunda que no podía expresarse de otro modo que con una furia sin objeto.

—¿Por qué? —preguntó Jacob—. ¿Qué puede haber más importante que la seguridad de tu familia?

—No puedo sacarlos de Israel, Jacob. No salen ni entran vuelos. ¿No crees que lo he intentado? ¿Qué crees que hago todo el día? ¿Ir a museos? ¿Ir de compras? No, intento poner a mi familia a salvo. No puedo sacarlos de ahí, por eso tengo que ir yo. Y tú tienes que venir también.

Jacob estaba demasiado despierto para hacerse despreocupadamente el héroe.

—Israel no es mi casa.

—Eso lo dices sólo porque todavía no lo han destruido.

—No, lo digo porque no es mi casa.

—Pero es la mía —dijo Tamir, y Jacob vio a Julia. Vio las súplicas que había sido incapaz de ver cuando la casa de Julia, su hogar, todavía podría haberse salvado. Vio su propia ceguera.

—Es que... Tamir...

Pero las palabras no se llegaron a formar, pues no había ninguna idea que expresar. Tamir había dejado de escuchar. Estaba inclinado hacia un lado, escribiendo un mensaje. ¿A Rivka? ¿A Noam? Jacob no preguntó, se sentía fuera de lugar.

Su lugar era la habitación vacía, mientras él escribía: «Me estás pidiendo de rodillas que te la meta, pero todavía no te lo mereces».

Su lugar era la habitación vacía, donde la misma mano acercaba un teléfono distinto al oído para que él, y sólo él, pudiera oír: «Los ciegos pueden ver. Es la verdad. Chasqueando con la lengua pueden orientarse gracias a los ecos que les devuelven los objetos cercanos. Así, los ciegos pueden ir de excursión por terrenos pedregosos, caminar por las calles de las ciudades e incluso andar en bici. Pero ¿es eso ver? Los escáneres cerebrales de personas que practican la ecolocalización muestran actividad en los mismos centros de la visión que en las personas que ven; no es simplemente que vieran con los oídos en lugar de hacerlo con los ojos».

Su lugar era la habitación vacía, mientras leía: «Mi marido se va con los niños este fin de semana, ven y cógeme de verdad».

Su lugar era la habitación vacía, mientras oía: «¿Por qué no hay más ciegos andando en bici? David Spellman, el preeminente profesor de ecolocalización, opina que es porque no gozan de la libertad de aprender.

»"Muy pocos padres, tal vez uno de cada cien, seguramente incluso menos, son capaces de ver cómo su hijo ciego se acerca a una intersección sin tomarlo del brazo. El instinto de protección ante el peligro surge del amor, pero al mismo tiempo les impide ver. Cuando enseño a esos niños a andar en bici, inevitablemente hay accidentes, igual que con los niños sin problemas de visión. Pero los padres de niños ciegos casi siempre lo interpretan como una prueba de que les están exigiendo demasiado a sus hijos e intervienen para protegerlos. Los padres que más quieren que sus hijos vean son los que más difícil se lo ponen, pues el amor se convierte en un obstáculo."

»"¿Y usted? ¿Cómo logró superar ese obstáculo y aprender?"

»"Mi padre nos dejó antes de que yo naciera y mi madre tenía tres empleos. Fue la falta de amor lo que me permitió ver."»

DE ZELBE PRAYZ

Tamir subió al primer piso y Jacob se quedó en el sofá, intentando reproducir de nuevo los últimos momentos y las últimas dos horas, y las últimas dos semanas, y los últimos trece, dieciséis, y cuarenta y dos años. ¿Qué había pasado?

Tamir había dicho que Jacob no era capaz de morir por nada. Aunque eso fuera cierto, ¿qué importancia tenía? ¿Qué tiene de inherentemente bueno esa devoción absoluta? ¿Qué tiene de malo ganarse la vida más o menos bien, alimentarse con comida más o menos buena y aspirar a llevar una existencia tan ética y ambiciosa como permitan las circunstancias? Jacob lo había intentado y se había quedado corto en todos los sentidos, pero ¿según qué normas? Había ofrecido una vida más o menos buena a su familia; todo lo empujaba a creer que, considerando que uno sólo tiene una vida, no podía conformarse con que ésta fuera más o menos buena, pero ¿cuántos intentos por conseguir algo más habían terminado en nada?

Años antes, en la época en que Julia y él todavía compartían sus respectivos trabajos con el otro, Julia había bajado al sótano con una taza de té en cada mano y le había preguntado qué tal le iba.

Jacob se había reclinado en su silla Aeron y había dicho:

—Pues mira, no es tan bueno como podría ser, pero supongo que es lo mejor que puedo hacer ahora mismo.

—Pues entonces es tan bueno como podría ser.

—No —dijo Jacob—, podría ser mucho mejor.

—¿Cómo? ¿Si lo escribiera otro? ¿Si lo escribieras tú en otro momento de tu vida? Porque entonces estaríamos hablando de otra cosa...

—Si fuera mejor escritor.

—Pero no lo eres —había dicho ella, dejando la taza encima de la mesa—, sólo eres perfecto.

A pesar de todo lo que no podía darle a Julia, le había dado muchísimo. No era un gran artista, pero trabajaba duro (bastante) y se entregaba (bastante) a lo que escribía. Reconocer la complejidad no es un signo de debilidad. Dar un paso atrás no equivale a batirse en retirada. No era un error envidiar a hombres que lloraban sobre alfombras de plegaria en la Cúpula de la Roca, pero a lo mejor sí lo era ver su propia palidez existencial reflejada en su devoción. No hay menos devoción en el agnosticismo que en el fundamentalismo, y a lo mejor había destruido lo que amaba por no haber sabido ver la perfección de lo que era más o menos bueno.

Llamó al celular de Julia. No lo contestó. Eran las dos de la madrugada, pero aquellos días no había ningún momento del día en que respondiera a sus llamadas.

«Hola, estás llamando a Julia...».

Por lo menos vería que había acudido a ella. Después de la señal, dijo:

—Hola, soy yo. No sé si has estado viendo las noticias, pero unos extremistas le han prendido fuego a la Cúpula de la Roca, o por lo menos lo han intentado. Extremistas judíos. Bueno, supongo que, técnicamente, lo han conseguido. Ha sido un pequeño incendio, pero, claro, se ha desatado un buen lío. Bueno, si quieres saber más lo están pasando en la tele. O lo puedes leer en el periódico. Ni siquiera sé dónde estás. ¿Dónde estás? En fin...

El contestador se cortó. Volvió a llamar.

«Hola, estás llamando a Julia...».

—Oye, se cortó. No sé hasta dónde te habrá llegado, pero

te estaba contando que Oriente Próximo está en llamas y tenemos a Tamir histérico. Quiere que lo lleve a la embajada esta misma noche, ahora mismo, a las dos de la madrugada, para intentar que lo dejen subirse a un avión. Pero es que además dice que tengo que ir con él. Al principio creía que se refería a...

El contestador se cortó. Volvió a llamar.

«Hola, estás llamando a Julia...».

—Y... vuelvo a ser yo, Jacob. Obviamente. Bueno, como te iba diciendo, Tamir está histérico y lo voy a llevar a la embajada. Despertaré a Sam y le diré que vamos a salir, y que tiene que...

El contestador se cortó. El tiempo que el contestador le concedía parecía reducirse con cada nueva llamada. Volvió a llamar.

—¿Jacob?

—¿Julia?

—¿Qué hora es?

—Creía que tenías el teléfono apagado.

—¿Por qué llamas?

—Bueno, básicamente te lo he dicho en los mensajes, pero...

—¿Qué hora es?

—Las dos o así.

—¿Por qué, Jacob?

—¿Dónde estás?

—Jacob, ¿por qué me llamas a las dos de la madrugada?

—Porque es importante.

—¿Los niños están bien?

—Sí, todo el mundo está bien, pero Israel...

—¿No ha pasado nada?

—No. A los niños no. Están durmiendo. Es Israel...

—Me lo cuentas por la mañana, ¿de acuerdo?

—Julia, no te habría llamado si no fuera...

—Si los niños están bien, puede esperar, sea lo que sea.

—No, no puede.

—Créeme, puede esperar. Buenas noches, Jacob.

—Unos extremistas han intentado prenderle fuego a la Cúpula de la Roca.

—Mañana.

—Va a haber una guerra.

—Mañana.

—Una guerra contra nosotros.

—Tenemos una tonelada de pilas en el refrigerador.

—¿Qué?

—No lo sé, estoy medio dormida.

—Creo que me voy a ir.

—Gracias.

—A Israel. Con Tamir.

La oyó removerse, la línea crujió.

—No te vas a ir a Israel.

—Me lo estoy planteando seriamente.

—Nunca dejarías que una frase tan estúpida se colara en uno de tus guiones.

—¿Y eso qué se supone que significa?

—Significa que ya hablaremos por la mañana.

—Me voy a Israel —dijo, y en esta ocasión, eliminando el «creo que», la frase expresó algo totalmente distinto: una certidumbre que, expresada en voz alta, revelaba toda su falta de certidumbre. La primera vez había querido que ella respondiera «No te vayas», pero en lugar de eso ella no le había creído.

—¿Y por qué harías eso?

—Para ayudar.

—¿A qué? ¿A escribir el periódico del ejército?

—A lo que me pidan. A llenar sacos de arena, a preparar bocadillos, a luchar...

Julia soltó una carcajada que terminó de despertarla.

—¿A luchar?

—Si hace falta, sí.

—¿Y cómo imaginas que saldría eso?

—Necesitan hombres.

Julia se rio bajito. A Jacob le pareció oírla reírse.

—No busco tu respeto, ni tu aprobación —dijo Jacob—.

Te lo digo porque vamos a tener que arreglárnoslas durante las próximas semanas. Supongo que querrás volver a casa y...

—Respeto y apruebo tu deseo de hacerte el héroe, especialmente en estos momentos...

—Tu reacción está siendo pésima.

—No —replicó ella, ya en tono claramente agresivo—, la reacción pésima es la tuya. Despertarme en plena noche con este cuento chino para demostrar..., ¡es que no sé ni qué pretendes demostrar! ¿Determinación? ¿Valentía? ¿Generosidad? ¿Y encima supones que querré volver a casa? Muy amable. ¿Y luego qué? ¿Tendré que encargarme sola de los niños hasta que te canses de jugar *gotcha*? Claro, porque eso no será ningún problema: preparar tres comidas al día, que son nueve, porque cada uno quiere una cosa distinta, llevarlos en coche a clases de chelo, y al logopeda, y a futbol, y otra vez a futbol, y al colegio hebreo, y a médicos varios... Sí, claro. Yo también quiero convertirme en una heroína. Ser una heroína sería genial. Pero antes de que nos tomen la medida para las capas, veamos si podemos mantener lo que ya tenemos.

—Julia...

—No he terminado. Me has despertado con esta tontería absurda, o sea que ahora me vas a dejar hablar. Si consideramos seriamente por un momento la idea ridícula de que puedas combatir en una guerra, deberemos reconocer que un ejército dispuesto a incorporarte a sus filas tiene que estar desesperado, y los ejércitos desesperados, espero que lo sepas, no tienden a tratar todas las vidas humanas como si fueran la humanidad entera; si a eso le sumamos tu absoluta falta de experiencia militar, dudo mucho que te asignaran operaciones especiales, como la desactivación de bombas o asesinatos selectivos, sino algo más del estilo «colócate delante de esa bala para que tu carne la frene un poco antes de que alcance a una persona a la que valoremos de verdad». Y entonces estarías muerto. Y tus hijos no tendrían padre. Y tu padre se convertiría en un imbécil público todavía mayor. Y...

—¿Y tú?

—¿Qué?

—¿En qué te convertirías tú?

«En la enfermedad y en la enfermedad», había dicho la madre de Jacob en su boda. «He aquí lo que les deseo. No busquen ni esperen milagros, porque no existen. Ya no. Y tampoco existen curas para el dolor que más duele. Sólo existe la medicina de creer en el dolor del otro y de estar presente cuando aparezca.»

Jacob había recuperado la audición que había perdido de niño, pero había desarrollado un interés por la sordera que lo había acompañado hasta la edad adulta. Nunca lo había compartido con Julia ni con nadie, como si fuera algo inapropiado, de mal gusto. Nadie, ni siquiera el doctor Silvers, sabía que dominaba la lengua de signos, ni que asistía a algunas convenciones anuales de la sección de Washington de la Asociación Americana de Sordos. Cuando iba no fingía ser sordo. Tampoco fingía ser maestro en una escuela elemental para niños sordos. Explicaba su interés diciendo que su padre era sordo.

—¿En qué te convertirías tú, Julia?

—No tengo ni idea de qué quieres que te conteste. ¿Que plantearme que tendría que criar a tres niños yo sola me convierte en una egoísta?

—No.

—¿Insinúas que es lo que quiero en secreto?

—¿Es así? Ni se me había ocurrido, pero es evidente que a ti sí.

—¿Hablas en serio?

—¿En qué te convertirías?

—No tengo ni idea de adónde pretendes llevarme, pero estoy cansada, y demasiado harta de esta conversación, o sea que si tienes algo que decirme...

—¿Por qué no me dices que quieres que me quede?

—¿Cómo?

—Es que no entiendo que no seas capaz de decir que no quieres que me vaya.

—Es lo que te he estado diciendo los últimos cinco minutos.

—No, has dicho que es injusto para los niños. Que es injusto para ti.

—Lo de «injusto» lo dices tú.

—Ni una sola vez has dicho que tú, Julia, no quieres que me vaya porque no quieres que me vaya.

Julia abrió un silencio, del mismo modo que el rabino, en el funeral, había abierto un desgarre en el saco de Irv.

—En una viuda —dijo Jacob—. En eso te convertirías. Estás constantemente proyectando tus necesidades y temores en los niños, o en mí, o en quien sea que te quede más a mano. ¿Por qué no puedes admitir que tú, y nadie más que tú, no quieres convertirte en una viuda?

Jacob oyó (o creyó oír) los resortes de un colchón que volvían a su sitio. ¿De qué cama se estaría levantando? ¿Qué partes de su cuerpo estarían a la vista? ¿Y en qué grado de oscuridad?

—No sería una viuda —dijo ella.

—Sí, sí lo serías.

—No, Jacob, no lo sería. Una viuda es alguien cuyo cónyuge ha muerto.

—¿Y?

—Que tú no eres mi cónyuge.

En la década de los setenta no había ningún tipo de infraestructura para los niños sordos en Nicaragua: ni escuelas, ni recursos educativos, ni información, ni siquiera existía una lengua de signos codificada. Cuando se inauguró la primera escuela nicaragüense para sordos, los maestros enseñaban lectura de labios en español. Pero en el patio los niños se comunicaban usando señas que habían desarrollado en sus casas, generando así, de forma orgánica, un vocabulario compartido. Con el paso de generaciones de estudiantes por el colegio, esa lengua improvisada fue creciendo y madurando. Es el único caso documentado de un lenguaje creado desde cero por sus hablantes. No los ayudó ningún adulto, no se documentó nada por escrito, ni se siguió nin-gún modelo más allá de la voluntad de los niños de hacerse entender.

Jacob y Julia lo habían intentado. Habían creado algunas señas, deletreaban palabras delante de los niños, cuando éstos todavía eran pequeños, y empleaban códigos. Pero en lugar de dotar el mundo de mayor claridad, el lenguaje que habían creado, y que seguían creando incluso en aquel momento, lo había convertido en un lugar más pequeño.

«No soy tu cónyuge.»

¿Por esos mensajes? ¿Iban a destruirlo todo tan sólo por cómo se habían distribuido varios cientos de letras? ¿Qué ha-bía creído Jacob que iba a pasar? ¿Qué había creído que estaba haciendo? Julia tenía razón: no había sido un momento de debilidad. Había sido él quien había llevado aquel intercam-bio al terreno sexual, quien se había comprado otro teléfono, quien imaginaba las palabras cuando no las estaba escribien-do, quien corría a esconderse para leer los mensajes de ella en cuanto llegaban. En más de una ocasión le había puesto una peli a Benjy para poder masturbarse con un mensaje nuevo. ¿Por qué?

Porque era perfecto. Era un padre para sus hijos, un hijo para su padre, un marido para su mujer, un amigo para sus amigos, pero ¿para quién era él mismo? El velo digital brinda-ba una forma de desaparición que, finalmente, le permitía ex-presarse tal como era. No era que estuviera a punto de reven-tar a causa de la sexualidad reprimida, que también; lo verdaderamente importante era la libertad. Por eso, cuando ella le había escrito «Mi marido se va con los niños este fin de semana, ven y cógeme de verdad», no había obtenido respues-ta. Por eso «Es imposible que todavía te estés masturbando!» no había obtenido respuesta. Y por eso «Se puede saber dón-de te has metido?» fueron las últimas palabras que habían intercambiado a través sus teléfonos.

—No sé cómo podría estar más arrepentido por lo que hice —dijo Jacob.

—Podrías empezar por pedir perdón.

—He pedido perdón muchas veces.

—No, has dicho muchas veces que habías pedido perdón. Pero a mí no me lo has pedido ni una sola vez.

—Que sí lo hice, en la cocina.

—No es verdad.

—Y en la cama.

—No.

—Y por teléfono, cuando iba en coche y tú estabas en el simulacro de la ONU.

—Dijiste que me habías pedido perdón, pero no pediste perdón. Yo presto atención, Jacob. Me acuerdo perfectamente. Desde que encontré el teléfono, sólo has dicho «lo siento» una vez: cuando te dije que tu abuelo había muerto. Y no iba dirigido a mí, ni a nadie.

—Bueno, aunque sea así no importa...

—Es así y sí, importa.

—Aunque sea así no importa, porque si no recuerdas que te haya pedido perdón significa que no lo he hecho lo suficiente: lo siento mucho, Julia. Estoy avergonzado y lo siento.

—No se trata de los mensajes.

La noche en que Julia había encontrado el teléfono, le había dicho a Jacob: «Pareces feliz, pero no lo eres». Y aún más: «La infelicidad te parece tan amenazadora que estás dispuesto a irte a pique con el barco con tal de no tener que admitir que hay una fuga». Pero ¿y si ella no estaba dispuesta a irse a pique con el barco? Porque si no eran los mensajes, entonces era todo. ¿Y si cuando Jacob se encerraba en la habitación vacía, Julia se encerraba en la casa vacía? ¿Y si en el fondo Jacob tenía que disculparse por todo?

—Dime —dijo Jacob—, dime sólo una cosa: ¿por qué vas a destruir esta familia?

—No te atrevas a decir eso.

—Pero es la verdad. Estás destruyendo nuestra familia.

—No es verdad. Lo único que hago es poner fin a nuestro matrimonio.

Jacob no podía creer que Julia se hubiera atrevido a decir eso.

—Poner fin a nuestro matrimonio destruirá nuestra familia.

—No, no es verdad.

—¿Por qué? ¿Por qué vas a poner fin a nuestro matrimonio?

—¿Con quién he estado teniendo todas esas conversaciones durante las últimas semanas?

—Sólo estábamos hablando.

Julia dejó que aquella frase penetrara entre los dos y a continuación dijo:

—Pues por eso.

—¿Porque hemos estado hablando?

—Porque tú siempre hablas, pero tus palabras nunca significan nada. Escondiste tu gran secreto detrás de una pared, ¿te acuerdas?

—No.

—En nuestra boda, caminé siete veces a tu alrededor y te he rodeado de amor durante años, hasta que el muro se derrumbó. Yo lo derrumbé. ¿Y sabes qué descubrí? Que tu gran secreto es que eres todo muro, hasta la piedra central. Detrás del muro no hay nada.

De pronto Jacob no tenía elección:

—Me voy a Israel, Julia.

Y ya fuera por cómo había añadido su nombre, o por el cambio en su tono de voz, o porque la conversación había llegado al punto de no retorno, la frase cobró un nuevo sentido y Julia se la creyó.

—No lo puedo creer —dijo.

—Tengo que hacerlo.

—¿Por quién?

—Por nuestros hijos. Y por sus hijos.

—Nuestros hijos no tienen hijos.

—Pero los tendrán.

—¿Ése es el trato? ¿Perder a tu padre a cambio de tu hijo?

—Lo has dicho tú misma, Julia: me van a poner detrás de una computadora.

—Yo no he dicho eso.

—Has dicho que no serían tan tontos como para darme una pistola.

—No, eso tampoco lo he dicho.

Jacob oyó el interruptor de una lámpara. ¿Estaba en un hotel? ¿En el departamento de Mark? ¿Cómo podía preguntarle dónde estaba sin que pareciera que la juzgaba, ni que estaba celoso, ni dando a entender que se iba a Israel para castigarla por haber ido a casa de Mark?

Lingüistas, novelistas y aficionados han inventado más de mil «lenguajes artificiales», todos ellos con el sueño de corregir la imprecisión, la ineficiencia y la irregularidad del lenguaje natural. Hay lenguajes artificiales cantados, basados en la escala musical. Los hay silenciosos, basados en la escala cromática. Los lenguajes artificiales más admirados tenían como objetivo revelar qué podía llegar a ser la comunicación, pero todos ellos han caído en desuso.

—Si vas a hacer esto —dijo Julia—, si realmente lo vas a hacer, necesito que antes me prometas dos cosas.

—¿De qué hablas?

—Si te vas a ir a Israel...

—Voy a ir.

—... necesito que hagas dos cosas por mí.

—Vale.

—Sam tiene que celebrar su *bar mitzvá*. No puedes irte sin ayudarlo con eso.

—Vale. Hagámoslo mañana.

—O sea, ¿hoy?

—El miércoles. Y lo haremos aquí.

—¿Se sabe siquiera su *haftará* de memoria?

—Sabe lo suficiente. Invitaremos a los familiares que puedan venir y a los amigos que Sam quiera invitar. Los israelíes ya están aquí. Compraremos el noventa por ciento de lo que necesitamos en Whole Foods. Y prescindiremos de accesorios, naturalmente.

—Mis padres no podrían asistir.

—Lo siento mucho. ¿Podemos conectarnos con ellos por Skype?

—Y necesitamos una Torá. Eso no es un accesorio.

—Es verdad. Mierda. Si el rabino Singer no quiere participar...

—No querrá.

—Mi padre puede pedir un favor al *shul* de Georgetown. Conoce a mucha gente de allí.

—¿Te encargarás tú de ello?

—Sí.

—Vale. Yo puedo conseguir el... Y si logro que...

Julia se replegó en sus planes interiores, aquel lóbulo cerebral materno que no descansaba nunca, el lugar que organizaba planes para niños con dos semanas de antelación, que estaba siempre atento a las alergias alimenticias de los amigos de sus hijos, que recordaba siempre qué talla de zapatos usaba cada uno, que no necesitaba programar ninguna alarma para las citas bianuales con el dentista y que enviaba mensajes de agradecimiento para todos los regalos de cumpleaños.

—¿Y la segunda? —preguntó Jacob.

—Perdona, ¿qué?

—Has dicho que tenía que hacer dos cosas.

—Tienes que sacrificar a Argo.

—¡¿Sacrificarlo?!

—Sí.

—¿Por qué?

—Porque ha llegado el momento y porque es tuyo.

De niño, Jacob tenía la costumbre de hacer girar globos terráqueos, detenerlos con el pulgar e imaginar cómo sería su vida si viviera en Holanda, en Argentina, en China o en Sudán.

De niño, Jacob imaginaba que su dedo detenía realmente la Tierra. Nadie lo notaba, del mismo modo que nadie notaba la rotación, pero el sol se quedaba inmóvil en el cielo, desaparecían las olas del océano y todas las fotos caían de los refrigeradores.

Cuando Julia dijo esas palabras —«Porque ha llegado el momento y porque es tuyo»—, su dedo sujetaba la vida de Jacob en su sitio.

«Porque ha llegado el momento y porque es tuyo.»

El espacio donde se unían esas dos afirmaciones era su casa.

Pero ¿podía vivir allí?

En la última convención a la que había asistido, Jacob había conocido a unos padres sordos y a su hijo de ocho años, también sordo. Hacía poco que se habían mudado a Estados Unidos desde Inglaterra, le explicó el padre, porque su hijo se había visto involucrado en un accidente de coche y había perdido la mano izquierda.

—Lo siento —había dicho Jacob, trazando un círculo alrededor de su corazón con el puño.

La madre se había llevado cuatro dedos al labio inferior y había estirado el brazo, apuntando hacia abajo con los dedos, como si tirara un beso sin beso.

—¿Los médicos son mejores aquí? —preguntó Jacob.

—La lengua de signos británica usa las dos manos para deletrear —le contó la madre por señas—. La estadounidense sólo usa una. En Inglaterra se las habría arreglado, pero queríamos darle todas las oportunidades.

La madre y el niño se habían ido a la carpa de las manualidades y Jacob se había quedado con el padre. Habían pasado una hora hablando en silencio, moviendo el aire que había entre ellos con las historias de sus vidas.

Jacob había leído que algunas parejas sordas preferían tener hijos sordos. De hecho, una había incluso seleccionado genéticamente a un niño sordo. Pensaba a menudo en ello, en las implicaciones morales que tenía. En cuanto habían compartido suficientes historias como para que no pareciera que estaba fisgoneando, Jacob le preguntó al hombre cómo se había sentido cuando había sabido que su hijo era sordo, como él.

—Alguna gente me preguntaba si prefería un niño o una niña —dijo el padre con las manos—. Yo les decía que sólo quería un bebé sano, pero en realidad tenía una preferencia secreta. Seguramente sabrá que no realizan la prueba de audición hasta justo antes de que te vayas del hospital.

—No, no lo sabía.

—La prueba consiste en enviar sonidos al interior del oído; si hay eco, es que el bebé oye. Por eso dejan pasar el máximo tiempo posible para que el oído se vacíe de líquido amniótico.

—¿Y si el sonido no produce eco es que el niño es sordo?

—Exacto.

—Pero ¿adónde va el sonido?

—Lo absorbe la sordera.

—O sea que hubo un periodo de incertidumbre.

—Un día. Durante un día, ni era sordo ni oía. Cuando la enfermera nos dijo que era sordo, lloré y lloré.

Una vez más, Jacob trazó un círculo alrededor de su corazón con el puño.

—No —dijo el padre—. Un bebé que oyera habría sido una bendición, pero un bebé sordo era una bendición todavía más especial.

—¿Ésa era su preferencia?

—Mi preferencia secreta, sí.

—¿Y qué me dice de lo de darle todas las oportunidades?

—¿Le puedo preguntar si es usted judío?

La pregunta era tan peregrina que Jacob no estaba seguro de haberla entendido, pero asintió.

—Nosotros también lo somos.

Jacob experimentó la vieja sensación de reconocimiento, al mismo tiempo vergonzosa y reconfortante.

—¿De dónde son sus familias?

—De todas partes, pero sobre todo de Drogóbich.

—Entonces somos *landsmen* —dijo el padre, por señas. Lo que dijo en realidad fue: «Somos del mismo lugar», pero Jacob entendió que sus manos hablaban yiddish—. Ser judío es más duro —añadió el padre—. No te brinda todas las oportunidades.

—Es diferente —respondió Jacob.

—Una vez leí un poema —dijo el hombre con las manos—. «Puedes encontrar un pájaro muerto, pero nunca verás una bandada.»

El signo para *bandada* son dos manos alejándose del torso como dos olas.

Jacob volvió a casa de la convención justo a tiempo para la cena del *sabbat*. Encendieron las velas y las bendijeron. Bendijeron el vino y se lo bebieron. Apartaron el paño que cubría la *jalá*, la bendijeron, la partieron, la repartieron y se la comieron. Sus bendiciones desaparecían en la sordera del universo, pero cuando Jacob y Julia susurraban al oído de sus hijos, sus plegarias tenían eco. Después de la cena, Jacob, Julia, Sam, Max y Benjy cerraron los ojos y recorrieron toda la casa.

VI

LA DESTRUCCIÓN DE ISRAEL

VUELVAN A CASA

Al final no tuvieron que precipitar el *bar mitzvá*: Tamir y Jacob tardaron ocho días en encontrar la forma de viajar a Israel, pero al parecer no fue tiempo suficiente para sacrificar a Argo. Jacob habló con varios veterinarios de buen corazón, pero también vio varios videos horribles en YouTube. Incluso en los casos en que la eutanasia era claramente la mejor opción —un animal que sufría de verdad y al que querían ayudar de verdad a que se fuera en paz—, era horrible. Jacob no podía hacerlo, no estaba preparado. Argo no estaba preparado. No estaban preparados.

La embajada seguía sin cooperar y los vuelos comerciales a Israel seguían paralizados, de modo que intentaron conseguir acreditaciones de prensa, presentarse voluntarios a Médicos Sin Fronteras, o volar a otro país y llegar a Israel en barco, pero todo resultó en vano.

Lo que cambió su situación, y también todo lo demás, fue un discurso televisado del primer ministro israelí. Mientras lo escribía, seguramente el primer ministro sabía que, en el futuro, aquel discurso o bien lo aprenderían de memoria en los colegios o lo grabarían en monumentos.

Mirando directamente a la cámara, y también a las almas judías de todos los judíos que estaban mirando, se refirió a una amenaza sin precedentes para la existencia de Israel, y pidió que todos los hombres judíos de entre dieciséis y cincuenta y cinco años «volvieran a casa».

El espacio aéreo se abriría para admitir vuelos entrantes y aviones comerciales jumbo, sin asientos para poder dar cabida a más cuerpos, despegarían continuamente de aeródromos próximos a Nueva York, Los Ángeles, Miami, Chicago, París, Londres, Buenos Aires, Moscú y otros grandes centros de población judía.

Los aviones no cargarían combustible hasta justo antes del despegue, pues nadie sabía, ni siquiera aproximadamente, cuánto peso llevarían.

HOY NO SOY UN HOMBRE

—Tenemos que hablar de la familia —dijo Sam. Era la noche antes del *bar mitzvá* improvisado. En doce horas empezaría a llegar el catering, y poco después lo harían los primos y amigos que habían podido desplazarse a pesar de que les avisaran con tan poca antelación. Y a continuación se convertiría en un hombre.

Max y Benjy estaban sentados en la cama de Sam, sus pies creciendo hacia el suelo, y Sam dejó caer sus cuarenta y dos kilos encima de su adorada silla giratoria; la adoraba porque el alcance de movimiento lo hacía sentirse capaz y también porque había sido de su padre. La pantalla de su computadora mostraba imágenes de un ejército avanzando por el Sinaí.

Con delicadeza paternal, Sam les ofreció una versión apta para niños sobre lo que había pasado con el teléfono de su padre, y lo que sabía —a partir de lo que Max había oído en el coche, lo que Billie había presenciado e inferido en la excursión de la ONU y sus propias deducciones— sobre la relación entre su madre y Mark. («No entiendo a qué viene tanto relajo», dijo Benjy. «La gente besa a otra gente todo el tiempo y eso es bonito, ¿no?»). Sam compartió también con ellos la parte del ensayo de conversación sobre la separación de sus padres que Billie había escuchado (completada con los resultados del fisgoneo por parte de Max), y lo que Barak sabía sobre la decisión de sus padres de irse a Israel. Todos sabían que Jacob había mentido cuando les había dicho que Julia había pasado la noche en una visita de obra, pero también intuían que no sabía dónde estaba en realidad, de modo que no sacaron el tema.

A menudo, Sam fantaseaba con matar a sus hermanos, pero también fantaseaba con salvarlos. Había sentido la atracción de aquellos polos opuestos desde que eran hermanos suyos —los mismos brazos que acunaban a Benjy de bebé querían aplastarle las costillas—, y la intensidad de aquellos impulsos coexistentes definían su amor fraternal.

Pero en aquel momento no. En aquel momento sólo quería acunarlos. No lo asaltó ningún instinto posesivo, ni sintió que él tenía que salir perdiendo para que ellos salieran ganando, ni experimentó un fastidio abrasador y carente de objeto.

Cuando Sam llegó al clímax —«Todo está a punto de cambiar»—, Max se puso a llorar. Instintivamente, a Sam le dieron ganas de decir «Tiene gracia, tiene gracia», pero se impuso un reflejo todavía más potente y dijo: «Ya lo sé, ya lo sé». Al ver que Max se ponía a llorar, Benjy también se puso a llorar, como una presa que se desborda e inunda una presa de desagüe, que también se desborda.

—Es una mierda —dijo Sam—, pero todo irá bien. Eso sí, no podemos dejar que pase.

—No lo entiendo —dijo Benjy, entre lágrimas—. Besarse es bonito.

—¿Qué vamos a hacer? —preguntó Max.

—Están aplazando el asunto hasta después de mi *bar mitzvá*. Nos van a decir que se divorcian después de mi *bar mitzvá*. Papá se irá de casa después de mi *bar mitzvá*. Y ahora resulta que también se irá a Israel después de mi *bar mitzvá*. O sea que no voy a celebrar mi *bar mitzvá*.

—Es un buen plan —dijo Benjy—. Qué listo eres.

—Pero te obligarán —dijo Max.

—¿Y qué van a hacer? ¿Taparme la nariz hasta que suelte mi *haftará*?

—Te castigarán.

—No importa.

—Te dejarán sin ver la tele.

—No importa.

—Sí importa. Te importa a ti.

—No me importará.

—También podrías escaparte de casa —sugirió Benjy.

—¿Huir de casa? —preguntaron sus hermanos al unísono.

—¡Bis bis! —no pudo evitar decir Max.

—Sam, Sam, Sam —dijo Benjy, repitiendo su nombre para que su hermano pudiera volver a hablar.

—No me puedo largar —dijo Sam.

—Sólo hasta que se termine la guerra —sugirió Max.

—Nunca los dejaría solos.

—Ya, yo te extrañaría —dijo Benjy.

Cuando Jacob y Julia les contaron que iban a tener un hermano pequeño, Jacob cometió el error de sugerir que Sam y Max eligieran el nombre, una idea adorable que podría haberse repetido cien millones de veces sin producir un resultado aceptable. Max se decantó rápidamente por Ed la Hiena, el leal escudero de Scar de *El rey león*, asumiendo, seguramente, que su hermano sería eso: su leal escudero. Sam quería llamarlo Espumante, la tercera palabra sobre la que se había posado su dedo cuando había abierto el diccionario al azar; había prometido quedarse con la primera, fuera la que fuera, pero le había salido *extorsión*, y luego *ambivalente*. El problema no era que los hermanos no se pusieran de acuerdo, sino que los dos nombres eran fantásticos: Ed la Hiena y Espumante. Grandes nombres, que cualquier ser humano consideraría un privilegio llevar y que serían garantía de una vida genial. Se lo jugaron en un volado, y luego al mejor de tres, y luego al mejor de siete, y Julia, que era así, tomó el nombre ganador e hizo con él un pájaro de origami que arrojó por la ventana, pero hizo camisetas para los chicos, en las que podía leerse «Soy hermano de Espumante», con letras planchadas, y, naturalmente, un *body* de bebé en el que ponía «Espumante». Hay una foto de los tres con sus uniformes de Espumante, dormidos en el asiento trasero del Volvo, que bautizaron como Ed la Hiena como concesión fácil a Max.

Sam se dio unas palmadas en las rodillas, invitando a Benjy a subir.

—Yo también te extrañaría, Espumante —le dijo.

—¿Quién es Espumante? —preguntó Benjy, trepando al regazo de su hermano.

—Estuviste a punto de serlo tú.

A Max todo aquello le pareció demasiado emotivo como para admitirlo o siquiera mencionarlo.

—Si te vas de casa, yo me voy contigo.

—Nadie se irá de casa —dijo Sam.

—Sí, yo también.

—Tenemos que quedarnos aquí.

—¿Por qué? —preguntaron los dos.

—¡Bis bis!

—Benjy, Benjy, Benjy.

Sam podría haber dicho: «Porque alguien tiene que cuidar de ustedes y yo solo no puedo». O: «Porque es mi *bar mitzvá*, o sea que el único que tiene que largarse soy yo». O: «Porque la vida no es una película de Wes Anderson». Pero lo que dijo fue:

—Porque entonces nuestra casa quedaría completamente vacía.

—¿Y qué? —dijo Max—. Se lo merece.

—Y por Argo.

—Que se venga con nosotros.

—No puede ni ir caminando hasta la esquina. ¿Cómo va a escaparse?

Max estaba cada vez más desesperado:

—Pues lo sacrificamos y luego nos escapamos.

—¿Matarías a Argo para impedir un *bar mitzvá*?

—Mataría a Argo para detener la vida.

—Sí, su vida.

—No, nuestra vida.

—Tengo una pregunta —dijo Benjy.

—¿Cuál? —preguntaron sus hermanos al unísono.

—¡Bis bis!

—Carajo, Max.

—Bueno. Sam, Sam, Sam.

—¿Cuál es tu pregunta?

—Max ha dicho que podrías escaparte hasta que se terminara la guerra.

—Aquí no se va a escapar nadie.

—Pero ¿y si la guerra no se termina nunca?

¡JUDÍOS, LES HA LLEGADO LA HORA!

Julia volvió a casa justo a tiempo para acostar a los niños. La situación no resultó tan dolorosa como habían imaginado tanto ella como Jacob, pero eso fue así sólo porque ella había imaginado una noche de silencio y Jacob había imaginado una noche de gritos. Se abrazaron, intercambiaron una sonrisa y se pusieron manos a la obra.

—Mi padre ha conseguido una Torá.

—¿Y un rabino?

—Sí, era una oferta de dos por uno.

—Pero un cantor no, ¿verdad? ¿Por favor?

—No, gracias a Dios.

—¿Y has encontrado todo lo necesario en Whole Foods?

—He encontrado una empresa de catering.

—¿Con sólo un día de antelación?

—No es la mejor, eso seguro. Han recibido algunas acusaciones de salmonelosis, pero sin fundamento.

—Estoy segura de que sólo son rumores. ¿Cuánta gente va a venir? ¿Quince personas, veinte?

—Tendremos comida para cien.

—Y todos esos globos de nieve... —dijo Julia, con melancolía genuina.

Ocupaban tres estantes del armario para la ropa de cama, dispuestos en cuadrículas de cuarenta de ancho por veinte de fondo. Se quedarían allí, intactos, durante años: agua atrapada como el aire atrapado en el envoltorio de burbujas, como las palabras atrapadas en los bocadillos de los cómics. Los globos debían de tener grietas diminutas, pues el agua se había ido evaporando lentamente —a razón tal vez de medio centímetro por año—, y cuando llegó el momento de que Benjy celebrara, o no celebrara, su *bar mitzvá*, la nieve se amontonaba en las calles secas de varias ciudades, todavía intacta.

—Los chicos no saben nada de nada, por cierto. Les acabo de decir que ayer pasaste la noche en una visita de obra y no han preguntado nada más.

—Nunca sabremos qué saben.

—Ellos tampoco.

—Sólo ha sido una noche —dijo Julia, mientras cargaba el lavavajillas—. Pero hasta hoy nunca había decidido estar lejos de ellos, siempre lo había hecho porque no tenía más remedio. Me siento fatal.

En lugar de quitarle hierro a la sensación, Jacob intentó compartirla.

—Es duro —empezó a decir, pero de pronto apareció el otro ángel y sus pies diminutos se clavaron en el hombro de Jacob—. ¿Estuviste en casa de Mark?

—¿Cuándo?

—Fuiste allí, ¿verdad?

Había muchas formas de contestar a esa pregunta.

—Sí —optó por decir Julia.

Jacob subió los platos extra del sótano. Julia se duchó para liberar la tensión de sus hombros agarrotados y planchar el traje de Sam con el vapor. Jacob llevó a Argo hasta Rosedale, donde escucharon cómo otros perros jugaban a ir a buscar la pelota en la oscuridad. Julia puso una lavadora con ropa interior de los niños, calcetines y trapos de cocina. Y a continuación volvieron a encontrarse en la cocina, donde empezaron a guardar los platos limpios, todavía calientes.

Sin querer, Julia retomó la conversación donde la había dejado antes.

—Cuando eran pequeños no les quitaba el ojo de encima

ni durante dos segundos. Pero llegará un momento en que pasaremos días enteros sin hablar.

—No, no llegará.

—Ya lo verás. Todos los padres creen que eso a ellos no les pasará, pero le pasa a todo el mundo.

—No dejaremos que pase.

—Y, al mismo tiempo, haremos que pase.

Más tarde se encontraban en el dormitorio. Julia rebuscó entre sus artículos de tocador hasta que se le olvidó qué buscaba. Jacob cambió de armario sus suéteres y camisetas, algo pronto aquel año. Las ventanas estaban oscuras, pero Julia bajó las persianas para la mañana siguiente. Jacob se subió a una banca para cambiar un foco. Y finalmente estuvieron uno junto al otro, cepillándose los dientes.

—Hay una casa interesante a la venta —dijo Jacob—. En Rock Creek Park.

—¿En Davenport?

—¿Qué?

Julia escupió y dijo:

—¿La casa de Davenport?

—Sí.

—Ya la he visto.

—¿Has ido?

—No, he visto el anuncio.

—Es interesante, ¿no?

—Esta casa es mejor —dijo ella.

—Esta casa es la mejor.

—Es una casa fantástica.

Jacob escupió y se puso a enjuagar el cepillo y a cepillarse la lengua de forma alterna.

—Será mejor que duerma en el sofá —dijo.

—También puedo ir yo.

—No, iré yo. Tengo que ir acostumbrándome a lugares incómodos, curtirme un poco.

Su broma ponía presión sobre algo serio, pero Julia contraatacó con otra broma:

—Nuestro sofá está raído pero es bastante elegante; tampoco sería precisamente una privación.

—A lo mejor tendría que poner una alarma a primera hora y volver al dormitorio para que los chicos nos encuentren aquí por la mañana...

—Tarde o temprano se tienen que enterar. Además, seguramente ya lo saben.

—Después del *bar mitzvá*. Concedámosles unas horas más. Aunque todo el mundo se dedique a fingir.

—¿En serio no vamos a decir nada más sobre lo de que te vas a Israel?

—¿Qué más se puede decir?

—Que es una locura.

—Ya se ha dicho.

—Que es injusto para mí y para los niños.

—También se ha dicho.

Lo que no se había dicho, y lo que él quería oír, y lo que tal vez le habría hecho tomar otra decisión era: «No quiero que te vayas». Pero, en lugar de eso, ella le había soltado aquel «No eres mi cónyuge».

El sofá era comodísimo —más cómodo que el colchón de quelpo y pelo de poni de siete mil dólares que Julia había insistido en comprar—, pero Jacob no podía dormir. Ni siquiera estaba de humor para girarse. No estaba seguro de qué sentía —podía tratarse de culpa, de humillación, o simplemente de tristeza—, y como siempre cuando no lograba identificar un sentimiento, éste se convirtió en rabia.

Bajó al sótano y encendió la tele. CNN, MSNBC, Fox News, ABC: todas las cadenas cubrían Oriente Próximo, con contenidos intercambiables. ¿Por qué no podía admitir que estaba buscando su serie, que ni siquiera era su serie? No por egocentrismo, sino para flagelarse. Que era otra forma de egocentrismo.

Ahí estaba, en una emisora local del circuito de la TBS. A veces, Jacob se convencía a sí mismo de que la serie mejoraba si eliminabas los líos y desnudos fugaces, que estaban ahí sólo porque había que justificar la libertad para hacer ese tipo de cosas precisamente ejerciéndola. Jacob se preguntó cuánto debían de ganar los productores ejecutivos con aquella emisión y cambió de canal.

Pasó rápidamente por un *reality show* de cocina, un programa sobre deportes extremos o algo así y una de las viles reposiciones de *Mi villano favorito*. Todo era una versión de algo que, ya de por sí, distaba bastante de ser bueno. Dio la vuelta entera al planeta televisivo y terminó en el punto de partida: la CNN.

Wolf Blitzer había decidido aliviar la terrible tensión de su barba-purgatorio —que ni era una barba ni dejaba de serlo— con unos lentes nuevos. Era un hombre en el televisor, de pie delante de otro televisor, que utilizaba su televisor dentro de otro televisor para explicar la geopolítica de Oriente Próximo. Jacob dejó la mente en blanco. Normalmente habría aprovechado aquel momento de dispersión mental para pensar en masturbarse, o para preguntarse si los restos que pudiera encontrar en el fondo de la bolsa de aperitivos Pirate's Booty justificaban una excursión al piso de arriba. Pero, en lugar de eso, e inspirado en el *bar mitzvá* del día siguiente, pensó en el suyo, celebrado casi treinta años atrás. Le había tocado recitar el *Ki Tissa*, que, para su desgracia, era la sección más larga del Éxodo, y una de las más largas de la Torá. De eso se acordaba. *Ki Tissa* significa «cuando tomas», las primeras palabras del fragmento, que hacen referencia al primer censo de los judíos. Jacob se acordaba vagamente de las melodías, aunque también podía tratarse de frases musicales genéricas de salmodia judía, a las que uno suele recurrir cuando hace como que reza y le da angustia no saberse la plegaria.

El fragmento estaba lleno de elementos dramáticos: el primer censo, Moisés ascendiendo al monte Sinaí, el becerro de oro, Moisés destruyendo las tablas y Moisés ascendiendo por segunda vez al monte Sinaí, del que desciende con lo que termina convirtiéndose en los diez mandamientos. Pero lo que Jacob recordaba más claramente no constaba en la *para-*

sha en sí, sino en un texto paralelo, un pasaje del Talmud que le había pasado su rabino y que abordaba la cuestión de qué había que hacer con las tablas rotas. Aunque tenía trece años y ningún interés en aquellos asuntos, a Jacob le pareció una pregunta preciosa. Según el Talmud, Dios había dado órdenes a Moisés para que metiera tanto las tablas intactas como las rotas en el arca. Los judíos cargaron con ellas —con las rotas y con las intactas— durante los cuarenta años que habían pasado errando por el desierto, y finalmente las habían metido en el Templo de Jerusalén.

«¿Por qué?», había preguntado el rabino, cuyo rostro Jacob no lograba visualizar, cuya voz no podía conjurar y que seguramente ya ni siquiera estaba vivo. «¿Por qué no se limitaron a enterrarlas, como habría correspondido con un texto sagrado? ¿O por qué no las dejaron atrás, como correspondía a un objeto blasfemo».

Cuando Jacob volvió a prestar atención a la CNN, Wolf estaba delante de un holograma del ayatolá y especulaba acerca del contenido de su discurso inminente, el primer comentario público por parte de Irán desde el incendio en la Cúpula de la Roca. Al parecer, los mundos tanto islámico como judío esperaban sus palabras con gran interés, ya que la suya sería la respuesta más extrema a la situación, la que marcaría sus límites exteriores.

Jacob subió corriendo al piso de arriba, tomó la bolsa de Pirate's Booty —y también un paquete de algas tostadas, las dos últimas Oreos de imitación, de la marca Newman's Own, que quedaban, y una botella de *hefeweizen*—, y volvió a bajar a toda prisa, a tiempo para ver el principio. Lo que Wolf no había mencionado era que el discurso iba a pronunciarse al aire libre, en la plaza Azadi, delante de doscientas mil personas. Había cometido el pecado más imperdonable del periodismo televisivo: no darle suficiente importancia al asunto, rebajar las expectativas, hacer que lo que era una emisión televisiva realmente necesaria pareciera algo optativo.

Un hombre regordete se acercó al micrófono: turbante

negro, barba blanca y túnica negra, como un globo negro lleno de gritos. Sus ojos desprendían una sabiduría, una ternura
incluso, innegable. No había nada que distinguiera sus faccio-
nes de las de un judío.

VUELVAN A CASA

—Son las nueve de la noche en Israel, las dos de la tarde en Nueva York, las siete de la tarde en Londres, las once de la mañana en Los Ángeles, las ocho de la tarde en París, las tres de la tarde en Buenos Aires, las nueve de la noche en Moscú y las cuatro de la madrugada en Melbourne.

»Este discurso se emite para todo el mundo, a través de las principales cadenas, con interpretación simultánea a decenas de idiomas, y lo verán personas de todas las religiones, razas y culturas del mundo. Pero en realidad me dirijo exclusivamente a los judíos.

»Desde el devastador terremoto de hace dos semanas, Israel ha sufrido una calamidad tras otra, algunas infligidas por la mano indiferente de la Madre Naturaleza, otras por los puños de nuestros enemigos. Con ingenio, fuerza y determinación, hemos hecho lo que los judíos hacemos siempre: sobrevivir. ¿Cuántos pueblos más poderosos que el nuestro han desaparecido de la faz de la Tierra mientras el pueblo judío sobrevivía? ¿Dónde están los vikingos? ¿Dónde están los mayas? ¿Y los hititas? ¿Y los mesopotámicos? ¿Y dónde están nuestros enemigos históricos, que siempre nos han superado en número? ¿Dónde están los babilonios, que destruyeron nuestro Sagrado Templo pero no pudieron destruirnos a nosotros? ¿Dónde está el Imperio romano, que destruyó el Segundo Templo, pero no pudo destruirnos a nosotros? ¿Dónde están los nazis, que no pudieron con nosotros?

»Han desaparecido.

»Y nosotros estamos aquí.

»Diseminados por todo el planeta, soñamos cosas distintas en idiomas distintos, pero nos une una historia más rica y merecedora de orgullo que la de cualquier otro pueblo que haya vivido en la Tierra. Hemos sobrevivido, sobrevivido y sobrevivido, y hemos asumido que siempre será así. Pero, hermanos y hermanas, descendientes de Abraham, Isaac y Jacob, de Sara, Rebeca, Raquel y Lea, esta noche me dirijo a ustedes para decirles que la supervivencia es la historia del pueblo judío sólo porque el pueblo judío nunca ha sido destruido. Si sobrevivimos diez mil calamidades pero al final nos destruyen, la historia de los judíos será una historia de destrucción. Hermanos y hermanas, herederos de reyes y reinas, profetas y santos; hijos, todos nosotros, de la madre judía que soltó una cesta de mimbre en el río de la historia: nos acaban de soltar a la corriente y este momento determinará nuestra historia.

»Como el rey Salomón bien sabía, "un hombre recto cae siete veces y se levanta". Nosotros hemos caído siete veces, y siete veces nos hemos levantado. Hemos sufrido un terremoto de proporciones sin precedentes. Hemos visto cómo se derrumbaban nuestras casas, nos hemos quedado sin servicios básicos, hemos sufrido réplicas, enfermedades, misiles, y ahora nos acosan por todas partes enemigos que reciben financiamiento y armamento de parte de superpotencias, mientras el apoyo a nuestra causa flaquea y nuestros amigos miran hacia otro lado. Nuestra rectitud no ha menguado, pero no podemos volver a caer. Nos derrotaron hace dos mil años y eso nos condenó a dos mil años de exilio. Como primer ministro de Israel, comparezco hoy ante todos ustedes para decirles que si volvemos a caer, el libro de las Lamentaciones no sólo añadirá un nuevo capítulo, sino también el final. La historia del pueblo judío, nuestra historia, se contará junto a la de los vikingos y los mayas.

»El Éxodo cuenta la batalla entre Israel y Amalek: hombres contra hombres, ejércitos contra ejércitos, un pueblo contra otro pueblo, con los comandantes observando desde atalayas, detrás de sus propias filas. Mientras contempla la batalla, Moisés se da cuenta de que, cada vez que levanta los brazos, Israel avanza, y que cuando los baja, Israel retrocede. Así pues, decide mantener los brazos alzados. Pero, como se nos recuerda una y otra vez, Moisés es humano, y ningún ser humano puede mantener los brazos alzados eternamente.

»Por suerte, el hermano de Moisés, Aarón, y su cuñado, Hur, andan por ahí cerca. Moisés los llama y, entre los dos, le sostienen los brazos en alto hasta que finaliza la batalla. Israel sale victorioso.

»Mientras me dirijo a ustedes, las Fuerzas Aéreas israelíes, en colaboración con otras divisiones de las Fuerzas de Defensa de Israel, están lanzando la Operación Brazos de Moisés. A las ocho, aviones de El Al empezarán a despegar desde los grandes núcleos de población judía de todo el mundo para traer a mujeres y hombres judíos de entre dieciséis y cincuenta y cinco años a las estaciones militares de Israel. Esos vuelos irán acompañados por cazas para garantizar su seguridad. Al llegar a Israel, nuestros valientes y esforzados hermanos y hermanas serán evaluados y destinados allí donde resulten más útiles en los trabajos de supervivencia. Encontraran información detallada sobre la operación en www.operacionbrazosdemoises.com.

»Llevamos mucho tiempo preparándonos para este momento. Trajimos a casa a nuestros hermanos y hermanas etíopes del desierto. Trajimos a casa a los judíos rusos, los judíos iraquíes y los judíos franceses. Trajimos a casa a quienes sobrevivieron a los horrores del Holocausto. Pero en estos momentos nos encontramos ante una operación sin precedentes en la historia de Israel y en la historia del mundo. Porque ésta es también una crisis sin precedentes. La única forma de evitar nuestra destrucción total es recurriendo a la totalidad de nuestra fuerza.

»Tras las primeras veinticuatro horas de vuelos, habremos traído ya a cincuenta mil judíos de vuelta a Israel.

»Tras los primeros tres días serán trescientos mil.

»Y el séptimo día la diáspora habrá vuelto a casa: un millón de judíos, luchando codo a codo con sus hermanos y hermanas. La ayuda de esos Aarones y esos Hurs nos permitirá no sólo mantener los brazos en alto hasta la victoria, sino también dictar las condiciones de la paz.

HOY NO SOY UN HOMBRE

Extendieron la Torá sobre la isleta de la cocina y Sam cantó con una gracia que nunca antes había tocado a ningún miembro de la familia Bloch, la gracia de estar totalmente presente y ser uno mismo. Irv no tenía esa gracia: le avergonzaba llorar y por eso reprimió las lágrimas. Julia tampoco tenía esa gracia: estaba demasiado preocupada con la etiqueta y por eso no obedeció a su instinto primitivo, que la empujaba a ponerse del lado de su hijo. Jacob tampoco tenía esa gracia: estaba demasiado pendiente de lo que pensaban los demás.

Enrollaron la Torá, la cubrieron con el paño y la metieron en un armario del que habían sacado previamente los anaqueles y el material para manualidades. Los hombres que rodeaban a Sam tomaron asiento y lo dejaron a solas para que cantara su *haftará*; lo hizo despacio, con decisión y con la precisión de un oftalmólogo operándose su propio ojo. Terminados los rituales, ya sólo quedaba su discurso.

Sam se quedó inmóvil junto a la *bema* de la isleta de cocina. Imaginó un cono de luz pálida que salía de su frente y creaba todo lo que había ante él: el *yarmulke* que Benjy llevaba en la cabeza («Boda de Jacob y Julia, 23 de agosto del 2000»), el chal de oración (el *talit*) que envolvió a su abuelo como un disfraz de fantasma sin terminar, la silla plegable, ahora vacía, en la que se sentaba su bisabuelo...

Rodeó la isleta, se abrió paso torpemente entre las sillas y finalmente puso un brazo sobre el hombro de Max. Con una proximidad física que ninguno de los dos habría tolerado en otro momento, Sam tomó la cara de Max con las dos manos y le susurró algo al oído. No era ningún plan. No era ningún secreto. No era información. Max se derritió como una vela del *yahrzeit*.

Sam volvió a su sitio, al otro lado de la isleta.

—Saludos a todos los reunidos. Bueno. De acuerdo. A ver. ¿Qué puedo decir?

»¿Saben cuando a veces alguien gana un premio y hace como que estaba tan seguro de que no iba a ganar que ni siquiera se ha tomado la molestia de preparar un discurso? Yo no creo que eso haya sido verdad ni una sola vez en la historia de la humanidad. Por lo menos si se trata de un Oscar, o algo así de importante, y dan la ceremonia por la tele. Supongo que creen que si dicen que no se han preparado ningún discurso parecerán modestos o, peor aún, sencillos, pero en realidad quedan como unos falsos y unos narcisistas.

»Supongo que mi discurso de *bar mitzvá* es como un avión en medio de la tormenta: una vez estás ahí metido, tienes que jalar adelante. Esa frase hecha me la enseñó el bisabuelo, aunque no se había subido a un avión desde hacía treinta años o así. Las frases hechas le encantaban. Creo que lo hacían sentirse estadounidense.

»Si les soy sincero, en realidad esto no es un discurso. No creía que fuera a estar aquí, o sea que no he preparado nada más allá de mi discurso original de *bar mitzvá*, que ahora mismo no tendría mucho sentido, porque todo ha cambiado completamente. Aunque trabajé mucho en él, o sea, que si alguien lo quiere leer supongo que se lo puedo mandar por e-mail. Pero, bueno, he mencionado lo de los actores que dicen que no han preparado un discurso porque, a lo mejor, demostrando que soy consciente de que la gente que dice que no se ha preparado es de poco fiar les daré un motivo para que me crean. Aunque la verdadera pregunta aquí es por qué me importa que me crean.

»En fin, el abuelo Irv tenía la costumbre de darnos cinco dólares a Max y a mí si dábamos un discurso que lo convencía de algo. Cuando fuera y sobre lo que fuera. Por eso estábamos siempre soltando discursos: por qué la gente no debería tener perros como animales domésticos; por qué las escaleras mecánicas fomentan la obesidad y habría que ilegalizarlas; por qué veremos cómo los robots derrotan a los seres humanos antes de morirnos; por qué había que vender a Bryce Harper; por qué matar moscas está bien... No había nada que escapara a nuestras argumentaciones, porque, aunque no necesitábamos el dinero, lo queríamos. Queríamos ver cómo se acumulaba. O queríamos ganar. O sentirnos queridos. No lo sé. Sólo lo menciono porque, a raíz de eso, se nos da bastante bien improvisar discursos, que es lo que estoy a punto de hacer. O sea que gracias, abuelo, supongo.

»La verdad es que yo nunca quise hacer el *bar mitzvá*. Mis objeciones no eran ni morales ni intelectuales, simplemente me parecía una colosal pérdida de tiempo. Aunque a lo mejor eso es moral. No sé, supongo que habría seguido oponiéndome a ello si mis padres me hubieran escuchado sinceramente, o tal vez habría propuesto formas alternativas de enfocar un *bar mitzvá*. No lo sabremos nunca, porque simplemente me dijeron que esto era lo que tenía que hacer, porque esto es lo que hacemos; del mismo modo que no comemos hamburguesas con queso porque no lo hacemos. Aunque a veces comamos rollitos California de cangrejo auténtico, a pesar de que ésa sea otra de las cosas que no hacemos. Y aunque a veces no observemos el *sabbat*, aunque eso sí lo hacemos. Y que conste que la hipocresía no me molesta cuando es conveniente, pero aplicar la lógica de "es lo que hacemos" al *bar mitzvá* no me convenía.

»Por eso decidí sabotearlo. Intenté no aprenderme mi *haftará*, pero mamá ponía el audio siempre que estábamos en el coche, y resulta que es increíblemente pegajoso: todos los miembros de la familia pueden recitarlo y Argo se pone a menear la cola con el primer versículo.

»Me porté fatal con mi tutor, pero a él no le importaba soportar con tal de embolsarse los cheques de mis padres.

»Como algunos de ustedes saben, me acusaron de haber escrito unas palabras inapropiadas en el colegio judío. Aunque me sentó fatal que no me creyeran, me alegré de haberme metido en un lío si eso significaba que iba a ahorrarme esto. Es evidente que no fue así.

»Nunca lo había pensado hasta este momento, pero se me acaba de ocurrir que no sé si alguna vez me había propuesto impedir que algo sucediera en mi vida. Quiero decir, si el *pitcher* tira a darme evidentemente intento esquivar la bola, y hago lo posible por no usar mingitorios sin muros de separación, pero ahora me refiero específicamente a acontecimientos. Nunca he intentado impedir una fiesta de cumpleaños o, qué sé yo, de Janucá. A lo mejor la inexperiencia me convenció de que iba a ser más fácil, pero lo cierto es que, a pesar de mis esfuerzos, la edad adulta judía no ha hecho más que acercarse inexorablemente.

»Pero entonces pasó lo del terremoto, y eso lo cambió todo, y mi bisabuelo se murió, y eso también lo cambió todo, y todo el mundo empezó a atacar Israel, y muchas otras cosas que no es ni el momento ni el lugar para discutir, y de pronto todo era distinto. Y al tiempo que todo cambiaba, mis razones para no querer un *bar mitzvá* cambiaron también y se hicieron más fuertes. Ya no era sólo que me pareciera una colosal pérdida de tiempo, porque en el fondo ese tiempo ya se había perdido. Y ni siquiera era que yo supiera que después de mi *bar mitzvá* iban a pasar muchas cosas malas, y que, por lo tanto, mis esfuerzos por impedir mi *bar mitzvá* fueran en realidad intentos por impedir que pasaran todas esas cosas malas.

»Es imposible impedir que las cosas pasen. Lo único que puedes hacer es optar por no estar ahí, como el bisabuelo Isaac, o entregarte por completo, como mi padre, que ha tomado la gran decisión de ir a Israel a luchar. Aunque a lo mejor quien ha optado por no estar ahí, o sea aquí, es mi padre, y el bisabuelo fue quien decidió entregarse por completo.

»Este año en el colegio hemos leído *Hamlet*, y todo el mundo conoce la parte de "Ser o no ser"; pasamos tres clases hablando del tema: la decisión entre vida y muerte, acción y reflexión, tal y cual. La conversación no iba a ninguna parte, hasta que mi amiga Billie dijo algo realmente inteligente. Dijo: "¿Y no hay ninguna otra opción, aparte de esas dos? No sé, algo así como generalmente ser o generalmente no ser, ésa es la cuestión". Y eso me hizo pensar que a lo mejor uno no tiene que elegir, no exactamente. "Ser o no ser, ésa es la cuestión." Ser *y* no ser, ésa es la respuesta.

»Mi primo israelí Noam (ahí tienen a su padre Tamir, por cierto) me dijo que un *bar mitzvá* no es algo que celebras, sino algo en lo que te conviertes. Tenía razón y se equivocaba: celebras el *bar mitzvá* y, al mismo tiempo, te conviertes en un *bar mitzvá*. He cantado mi parte de la Torá y de la *haftará* sin que nadie me apuntara con una pistola a la sien, pero quiero aprovechar esta oportunidad para dejar claro delante de todos que no pienso convertirme en un *bar mitzvá*. No he pedido ser un hombre y no quiero ser un hombre, me niego a ser un hombre.

»Papá me contó una vez una historia de cuando era niño y encontró una ardilla muerta en el jardín de su casa. El abuelo se encargó de ella y, cuando terminó, papá le dijo: "Yo no habría podido hacerlo". Y el abuelo contestó: "Claro que habrías podido". Y papá dijo: "Que no". Y el abuelo dijo: "Cuando eres padre, no hay nadie por encima de ti". Y papá dijo: "Aun así, no podría". Y el abuelo dijo: "Cuanto menos quieras hacerlo, más padre serás". Yo no quiero ser así, o sea que no lo seré.

»Y ahora les contaré por qué escribí esas palabras.

¡JUDÍOS, LES HA LLEGADO LA HORA!

—¡Musulmanes del mundo, ha llegado la hora! ¡La guerra de Dios contra los enemigos de Dios terminará en victoria! La victoria en la tierra santa de Palestina está al alcance de los hombres rectos. Ahora nos vengaremos por Lydda, nos vengaremos por Haifa, y por Acre, y por Deir Yassin, nos vengaremos por todas las generaciones de mártires. ¡Y nos vengaremos, alabado sea Alá, por Al-Quds! ¡Oh, Al-Quds, violada por los judíos, tratada como una puta por esos hijos de cerdos y monos, pronto te devolveremos la corona y la gloria!

»Han quemado Qubbat la Cúpula de la Roca hasta los cimientos, pero ahora son ellos quienes arderán. Por eso hoy les digo las mismas palabras que llenaron los corazones de un millar de mártires: *"Khaybar, Khaybar, ya Yahud, jaish Muhammad Saouf Ya'ud!"*. Tal como el profeta Mahoma, la paz esté con él, derrotó a los pérfidos judíos en Khaybar, hoy los ejércitos de Mahoma asestarán la humillación definitiva a los judíos.

»¡Judíos, les ha llegado la hora! ¡Responderemos a su fuego con fuego! ¡Vamos a quemar sus ciudades y su pueblos, sus escuelas y hospitales, y todas sus casas! ¡Ningún judío estará a salvo! Permítanme, oh, musulmanes del mundo, que les recuerde las enseñanzas del Profeta, la paz esté con él: el Día del Juicio incluso las piedras y los árboles hablarán y, con o sin palabras, dirán: *"¡Oh, siervo de Alá, oh, musulmán, hay un judío a mis espaldas, ven y mátalo!"*.

VUELVAN A CASA

—«Fíjense en mí», les dijo Gedeón a sus hombres, ampliamente superados en número, que se enfrentaban a los madianitas, cerca del lugar donde yo me encuentro ahora mismo. «Sigan mi ejemplo. Cuando llegue al límite del campo de batalla, hagan exactamente lo mismo que yo. Cuando yo y todos los que me acompañan hagamos sonar nuestras trompetas, hagan lo mismo desde el perímetro del campo y griten: "Por el Señor y por Gedeón".» Al ver y oír nuestra unidad, el enemigo se dispersó y huyó.

»La mayoría de la población judía ha optado por no vivir en Israel, y los judíos no compartimos ningún tipo de creencia política ni religiosa, no tenemos ni una cultura ni una lengua común. Pero todos estamos en el mismo río de la historia.

»Judíos del mundo, quienes vinieron antes que ustedes, sus abuelos y bisabuelos, y quienes vendrán después de ustedes, sus nietos y bisnietos, les están llamando: "Vuelvan a casa".

»Vuelvan a casa no sólo porque su casa los necesita, sino porque ustedes necesitan su casa.

»Vuelvan a casa no sólo a luchar por la supervivencia de Israel, sino a luchar por los suyos.

»Vuelvan a casa porque un pueblo sin casa no es un pueblo, del mismo modo que una persona sin casa no es una persona.

»Vuelvan a casa no porque estén de acuerdo con todo lo que Israel hace, no porque crean que Israel es perfecto, ni mejor que los demás países. Vuelvan a casa no porque Israel sea lo que quieren que sea, sino porque es suyo.

»Vuelvan a casa porque la historia recordará lo que cada uno de nosotros elija en este momento.

»Vuelvan a casa y ganaremos esta guerra, y estableceremos una paz duradera.

»Vuelvan a casa y reconstruiremos este Estado, para que sea más fuerte y esté más cerca de su promesa de lo que lo estaba antes de su destrucción.

»Vuelvan a casa y sean otra mano que empuña la pluma que escribe la historia del pueblo judío.

»Vuelvan a casa y sostengan los brazos de Moisés en alto. Y entonces, cuando las armas se hayan enfriado, cuando los edificios vuelvan a alzarse donde se alzaron en su día, sólo que más orgullosos, y las calles se llenen con el sonido de los niños jugando, no encontrarán su nombre en el libro de las Lamentaciones, sino en el libro de la Vida.

»Porque entonces, adondequiera que decidan ir a continuación, estarán siempre en casa.

HOY NO SOY UN HOMBRE

—Hace unas semanas todo el mundo estaba obsesionado con cómo iba a pedir perdón en mi discurso de *bar mitzvá*. ¿Cómo explicaría mi actitud? ¿Me resignaría siquiera a confesar? Mientras todos me echaban la culpa, no me sentía inclinado a explicar mi comportamiento, y menos aún a pedir perdón. Pero ahora que todo el mundo está atento a otras cosas y lo mío ya no le importa a nadie, me gustaría explicarme y pedir perdón.

»Mi amiga Billie, a quien ya he mencionado antes, me dijo que estaba reprimido. Billie es guapísima, inteligente y buena.

»—A lo mejor es sólo que tengo paz interior —le dije yo.

»—¿Paz entre qué partes? —dijo ella, y a mí me pareció una pregunta de lo más interesante.

»—No estoy reprimido —repliqué yo.

»—Eso es exactamente lo que una persona reprimida contestaría —dijo ella.

»—Porque supongo que tú no estás reprimida, ¿no? —le pregunté yo.

»—Todo el mundo está reprimido, en mayor o menor medida —dijo ella.

»—De acuerdo —dije yo—, en ese caso yo no estoy más reprimido que la media.

»—Di la cosa más difícil de decir —me soltó ella.

»—¿Eh? —pregunté yo.

»—No me refiero a ahora mismo —dijo ella—. Tendrás que pasar mucho tiempo pensando para saber qué es. Pero cuando lo descubras, te desafío a decirlo.

»—¿Y si lo digo?

»—No lo dirás.

»—Pero ¿y si?

»—Te invitaría a elegir los términos tú mismo —dijo ella—, pero sé que estás demasiado reprimido para decirme lo que realmente quieres.

»Evidentemente tenía razón.

»—A lo mejor eso es justamente lo más difícil de decir —aventuré yo.

»—¿Qué? ¿Que quieres besarme? —preguntó ella—. Eso ni siquiera entra en el top cien.

»Pensé mucho en lo que me había dicho. Y seguía pensando en ello aquel día en la escuela hebrea, cuando escribí esas palabras. Estaba intentando ver cómo me hacía sentir cada una, lo difícil que era escribirlas y decirlas para mí mismo. Por eso lo hice. Pero eso da igual.

»Lo importante es que cometí un error. Pensaba que lo peor que puedes decir es también lo más difícil. Pero en realidad es bastante fácil decir cosas horribles: retrasado, zorra, lo que sea. En cierto modo, es todavía más fácil precisamente porque sabemos que se trata de palabrotas. Y no asustan a nadie. Parte de lo que hace que algo sea realmente difícil de decir es el hecho de no saber.

»Hoy estoy aquí porque he descubierto que lo más difícil de decir no es una palabra, ni una frase, sino un hecho. Lo más difícil de decir no puede ser algo que dices sólo para ti. No, lo más difícil se lo tienes que decir a la persona o personas a quienes resulta más difícil decírselo.

¡JUDÍOS, LES HA LLEGADO LA HORA!

—Musulmanes del mundo, Dios pide a sus siervos que maten a esos judíos. Yo llamo a los soldados del Corán a librar la batalla final contra las bestias que asesinan profetas. Musulmanes del mundo, ¿tengo que contarles la historia de la mujer judía que le sirvió al Profeta, la paz esté con él, un cordero envenenado para matarlo? El Profeta, la paz esté con él, dijo a sus acompañantes: «No coman este cordero. Me está diciendo que está envenenado». Pero fue demasiado tarde para Bishr ibn al-Bara, que murió envenenado. La judía intentó matar a nuestro Profeta, la paz esté con él, pero gracias a Dios no lo logró. ¡He aquí la naturaleza de los judíos, este pueblo doblemente maldito! Intentarán matarlos, pero Alá plantará el conocimiento de los malévolos actos que cometen en sus corazones, para salvarse. Deben hacer como el Profeta, la paz esté con él, hizo con el judío Kenana ibn al-Rabi, que escondió el tesoro de los judíos, el Banu Nadir. El Profeta, la paz esté con él, le dijo a Az-Zubair ibn al-Awwam: «Tortura a este judío hasta descubrir todo lo que sabe». Le puso un hierro ardiente sobre el pecho hasta que casi estuvo muerto. Entonces el Profeta, la paz esté con él, entregó el judío Kenana a Mahoma ibn Maslamah y éste le cortó la cabeza. ¡Así convirtió a los judíos de Kenana en esclavos y Mahoma, la paz esté con él, se quedó a la mujer más bella de los judíos para él! ¡Éste es el camino, musulmanes! ¡Que el Profeta sea su maestro cuando traten con los judíos!

»¡Oh, hermanos palestinos! ¡Recuerden! Cuando los musulmanes, los árabes y los palestinos luchan contra los judíos, lo hacen para adorar a Alá. ¡Van a la guerra como musulmanes! El *hadiz*[30] no dice: "Oh, suní; oh, chiita; oh, palestino; oh, sirio; oh, persa, vengan a luchar". Dice: "¡Oh, musulmán!". Llevamos demasiado tiempo luchando contra nosotros mismos y perdiendo. Ahora lucharemos juntos y ganaremos.

»Vamos a la guerra en nombre del islam, porque el islam nos ordena luchar hasta la muerte contra cualquiera que saquee nuestra tierra. ¡La rendición es propia de Satán!

30. Dichos de Mahoma.

VUELVAN A CASA

Pero entonces, después de su palabra final, la cámara siguió enfocando al primer ministro. Y éste siguió mirando la cámara. Y la cámara lo siguió enfocando. Al principio pareció un embarazoso error de emisión, pero no lo era.

El primer ministro siguió mirando la cámara.

La cámara siguió enfocándolo.

Y entonces el primer ministro hizo algo tan escandalosamente simbólico, tan potencialmente kitsch, algo que se pasaba tantos kilómetros de la raya que parecía amenazar con romper las piernas de los destinatarios de su mensaje justo cuando éstos, en un acto de fe, estaban a punto de dar el salto al vacío.

Sacó un *shofar* de debajo del atril y, sin explicar su significado —su significación bíblica o histórica, su objetivo de despertar a los judíos para que se arrepintieran y regresaran, sin explicar siquiera que aquel *shofar* en concreto, aquel cuerno de carnero curvado, tenía más de dos mil años de antigüedad, que era el *shofar* descubierto en Masada, oculto dentro de un pozo y preservado por el calor seco del desierto, y que contenía los restos biológicos de un noble mártir judío—, se lo llevó a los labios.

La cámara lo siguió enfocando.

El primer ministro inhaló y llenó el cuerno de carnero de moléculas de todos los judíos que jamás habían vivido: el alien-

581

to de reyes guerreros y de pescaderos; de sastres, casamenteros y productores ejecutivos; de carniceros *kosher*, editores radicales, *kibbutzniks*, consultores de *management*, cirujanos ortopedistas, curtidores y jueces; la risa de agradecimiento de alguien con más de cuarenta nietos reunidos en su habitación de hospital; el gemido fingido de una prostituta que escondía a sus hijos debajo de la cama en la que besaba a nazis en la boca; el suspiro de un viejo filósofo en un momento de revelación; el llanto de un nuevo huérfano, solo en un bosque; la última burbuja de aire que se elevó y estalló en la superficie del Sena mientras Paul Celan se hundía, con los bolsillos llenos de piedras; la palabra *preparado* en los labios del primer astronauta judío, atado a una silla que miraba hacia el infinito. Y el aliento de todos aquellos que no han vivido nunca, pero de cuya existencia depende la existencia judía: los patriarcas, matriarcas y profetas; la última oración de Abel; la risa de Sara ante la posibilidad del milagro; Abraham ofreciendo a su Dios y a su hijo lo que no podía ofrecerles a los dos: «Aquí estoy».

El primer ministro levantó el *shofar* cuarenta y cinco grados, sesenta grados, y en Nueva York, en Los Ángeles, en Miami, en Chicago, en París, en Londres, en Buenos Aires, en Moscú y en Melbourne las pantallas de los televisores temblaron, se sacudieron.

HOY NO SOY UN HOMBRE

—La cosa más difícil de decir es también la más difícil de oír: si me obligaran a elegir entre uno de mis padres, podría hacerlo.

»He hablado de ello con Max y con Benjy y, si los obligaran a elegir, también ellos podrían hacerlo. Dos habríamos elegido a uno y el otro habría elegido al otro, pero hemos decidido que, si nos obligan a elegir, los tres elegiremos al mismo, para poder seguir juntos.

»Cuando estuve en la simulación de la ONU, hace unas semanas, al país al que representábamos, Micronesia, le cayó de pronto una arma nuclear entre las manos. No habíamos pedido ni queríamos un arma nuclear, las armas nucleares son, en casi todos los sentidos, terribles. Pero todos las tienen por el mismo motivo: para no tener que usarlas.

»Ya está, he terminado.

Sam no se inclinó para saludar, los presentes no aplaudieron. Nadie se movió ni dijo nada.

Como siempre, Sam no sabía qué hacer con su cuerpo. Pero el organismo formado por parientes y amigos reunidos en la sala parecía depender de sus movimientos. Si se ponía a llorar, alguien iría a consolarlo. Si se echaba a correr, alguien saldría tras él. Si simplemente iba a hablar con Max, todo el mundo empezaría a charlar. Y si se quedaba ahí plantado, con los puños apretados, todos se quedarían donde estaban.

Jacob pensó que tal vez podía dar una palmada, sonreír y decir algo manido como «¡Y, ahora, a comer!».

Julia pensó que tal vez podía acercarse a Sam, abrazarlo y apoyar la cabeza sobre la cabeza de su hijo.

Incluso Benjy, que, como nunca pensaba en ello, siempre sabía qué hacer, se quedó inmóvil.

Irv se moría de ganas de asumir la autoridad como nuevo patriarca de la familia, pero no sabía cómo hacerlo. ¿Llevaba un billete de cinco dólares en el bolsillo?

Entre los presentes, Billie dijo:

—Aún.

Todos se volvieron hacia ella.

—¿Qué? —preguntó Sam.

Y, aunque no tenía que imponerse a ningún ruido, Billie gritó:

—¡Aún!

¡JUDÍOS, LES HA LLEGADO LA HORA!

La ovación se prolongó hasta mucho después de que el ayatolá bajara el brazo, que había levantado en un gesto de solidaridad. Hasta mucho después de que desapareciera detrás del improvisado escenario, rodeado por una decena de guardaespaldas vestidos de paisano. La ovación —los aplausos, los cánticos, los gritos, las canciones— continuó hasta después de que lo recibiera una larga fila formada por sus consejeros más próximos, que lo besaron y le dieron sus bendiciones. La ovación continuó y se intensificó, pero sin centro de gravedad, la multitud se fue dispersando en todas las direcciones.

Wolf Blitzer y sus tertulianos empezaron a analizar el discurso —sin tiempo para digerir la traducción, fueron tomando una cita tras otra hasta reconstruirlo desordenadamente—, pero la cámara seguía enfocando la multitud. El gentío no cabía en la plaza Azadi, que lo bombeaba hacia las calles adyacentes, como si fuera sangre, y tampoco cabía dentro del foco de la cámara.

Jacob imaginó todas las calles de Teherán abarrotadas de gente levantando el puño, golpeándose el pecho. Imaginó cada parque y cada espacio de reunión lleno hasta los topes, como la plaza Azadi. La cámara hizo zoom en una mujer que aplaudía golpeando el dorso de una mano contra la palma de la otra, una y otra vez, y en un niño que gritaba subido a los hombros de su padre, ambos con los brazos levantados. Había gente en los balcones, en los tejados, trepada a los árboles. Gente encima de los coches y sobre los tejados ardientes de metal corrugado.

Las palabras del ayatolá habían goteado en más de mil millones de oídos atentos, había habido doscientos mil pares de ojos fijos en la plaza, el 0.2 por ciento de la población mundial era judía, pero mientras veía las repeticiones del discurso —los puños gesticulantes del ayatolá, las ondulaciones de la multitud—, Jacob sólo podía pensar en su familia.

Cuando nació Sam, y antes de que los dejaran llevárselo a casa con ellos, Jacob tuvo que asistir a un curso de quince minutos sobre los diez mandamientos de los cuidados del bebé, que resumía los conocimientos básicos para padres novatos: NO SACUDIRÁS A TU BEBÉ; LE LIMPIARÁS EL CORDÓN UMBILICAL CON UN ALGODONCITO MOJADO CON AGUA CALIENTE Y JABÓN, POR LO MENOS UNA VEZ AL DÍA; TENDRÁS CUIDADO CON LA MOLLERA; ALIMENTARÁS A TU BEBÉ SÓLO CON LECHE MATERNA O LECHE DE FÓRMULA, ENTRE TREINTA Y CIEN GRAMOS UNA VEZ CADA DOS O TRES HORAS, Y NO LO OBLIGARÁS A ERUCTAR SI SE DUERME DESPUÉS DE COMER, etcétera. Se trataba de cosas que cualquiera que hubiera ido a clases preparto, o que hubiera pasado tiempo con un bebé, o simplemente que hubiera nacido judío, sabía. Pero el décimo mandamiento había conmovido a Jacob. RECORDARÁS QUE ESTO NO DURARÁ.

VUELVAN A CASA

Después de que los invitados se fueran a casa, después de que un vehículo de Uber fuera a buscar la Torá, después de que Tamir se llevara a todos los niños al partido de los Nationals (donde, gracias al ingenio de Max, felicitaron a Sam por su *bar mitzvá* a través del marcador durante la séptima entrada), después de enviar unos cuantos correos electrónicos innecesarios y después de sacar a Argo hasta la esquina, a Jacob y a Julia ya sólo les quedaba encargarse de la limpieza. Si antes de tener hijos les hubieran preguntado qué imágenes evocaban para ellos el concepto de paternidad, habrían dicho «leer en la cama», «bañar a los niños» y «correr mientras sujetas el asiento de la bicicleta». Pero aunque la paternidad tiene momentos íntimos y simpáticos, no es eso. La paternidad es limpiar. La mayor parte de la vida familiar no se basa en el intercambio de amor, ni de significado, sólo en satisfacer. Y no en satisfacer para que todos estén satisfechos, sino en satisfacer las obligaciones que se te vienen encima.

Al final, Julia no había podido aceptar los platos de cartón, o sea que había un montón de platos por lavar. Jacob llenó el lavavajillas hasta los topes y lavó el resto a mano. Él y Julia se turnaron enjabonando y secando.

—Tenías razón no creyéndolo —dijo Jacob.

—Eso parece. Pero tú también tenías razón con lo de que debíamos creerlo.

—¿Nos hemos equivocado?

—No lo sé —dijo Julia—. De hecho, no sé ni si ésa es la pregunta. Con los niños siempre te equivocas, más o menos. Se trata de intentar aprender y de equivocarse menos en el futuro. Pero entretanto ya han cambiado, o sea que la lección aprendida ya no se puede aplicar.

—Es una de esas situaciones en las que todos salen perdiendo.

Los dos se rieron.

La esponja estaba casi hecha papilla, sólo quedaba un trapo de cocina y estaba empapado, y tenían que diluir jabón con agua porque no había suficiente, pero lograron terminar.

—Escucha —dijo Jacob—. No lo tomes en plan fatalista, sino responsable. He hablado largo y tendido con el contador y con el abogado y...

—Gracias —dijo Julia.

—Bueno, todo queda bastante claro en el documento que te he dejado encima del buró. En un sobre cerrado, por si uno de los niños se tropezaba con él.

—No te vas a morir.

—No, claro que no.

—Ni siquiera vas a ir.

—Sí iré.

Julia puso en marcha la trituradora y Jacob pensó que si fuera un artista de foley y le encargaran crear el sonido de Satán gritando desde el infierno, le bastaría con acercar un micrófono a lo que estaba oyendo.

—Otra cosa —dijo.

—¿Qué?

—Esperaré a que termines.

Julia apagó la trituradora.

—¿Recuerdas que mencioné que llevo mucho tiempo trabajando en una serie?

—Tu obra maestra secreta.

—Yo nunca la he descrito así.

—Basada en nosotros.

—Vagamente, sí.

—Sí, sé a qué te refieres.

—He dejado una copia en el cajón inferior derecho de mi escritorio.

—¿De todo?

—Sí. Y encima está la biblia.

—¡¿La Biblia?!

—De la serie. Es una especie de manual sobre cómo leerla, para los futuros actores y el futuro director.

—¿Una obra no debe hablar por sí misma?

—Nada habla por sí mismo.

—Sam sí.

—Si la serie fuera Sam no necesitaría una biblia.

—Y si tú fueras Sam no necesitarías una serie.

—Correcto.

—Vale. O sea que tu serie y la biblia están en el cajón inferior derecho de tu escritorio. Y en caso de que termines yendo a Israel y ¿qué? ¿Mueras en combate? ¿Qué se supone que tengo que hacer? ¿Enviárselo a tu agente?

—No. Por favor, Julia.

—¿Quemarlo?

—Oye, no soy Kafka.

—¿Pues qué?

—Mi idea era que lo leyeras.

—Si te mueres.

—Si y sólo si.

—No sé si estoy conmovida por tu franqueza u ofendida por tu cerrazón.

—Ya has oído a Sam: «Ser y no ser».

Julia secó la espuma de jabón de la barra y colgó el trapo de cocina de la llave.

—¿Y ahora qué?

—Pues... —dijo Jacob, y se sacó el celular del bolsillo para mirar la hora—. Son las tres, o sea que es demasiado pronto para acostarse.

—¿Estás cansado?

—No —dijo él—. Pero estoy acostumbrado a estar cansado.

—Eso no sé qué quiere decir, pero vale.

—*Aqua seafoam shame.*

—¿Eh?

—No asumas que tiene que querer decir algo. —Jacob apoyó una mano en la barra—. Eres tú, naturalmente —dijo—. Lo que ha dicho Sam.

—¿Lo que ha dicho sobre qué?

—Ya lo sabes. Sobre a quién elegiría.

—Ya —dijo ella, con una sonrisa tierna—, claro que soy yo. La verdadera pregunta es: ¿quién es el disidente?

—Es muy posible que eso no fuera más que una pequeña arma de guerra psicológica.

—Sí, seguramente tengas razón.

Volvieron a reírse.

—¿Por qué no me has pedido que no vaya a Israel?

—Porque después de dieciséis años hay cosas que no hace falta decirlas.

—¡Miren! ¡Un bebé hebreo llorando!

—¡Miren! ¡La hija sorda de un faraón!

Jacob se metió las manos en los bolsillos y dijo:

—Sé lenguaje de signos.

Julia se rio.

—¿Qué dices?

—Hablo totalmente en serio.

—Sí, claro.

—Desde que me conociste.

—Me tomas el pelo.

—No.

—Di «Me tomas el pelo» con señas.

Jacob señaló a Julia, a continuación, puso las dos manos abiertas en forma de garra con las palmas mirando hacia él y se las acercó dos veces al cuerpo.

—¿Y cómo se supone que tengo que saber si es verdad?

—Es verdad.

—Di «La vida es larga» con señas.

Jacob juntó las yemas de los dedos de cada mano formando dos saquitos y se las acercó al pecho. A continuación volvió a poner las manos abiertas y en tensión, como dos garras, cerca del cuerpo. Después, alejó la mano derecha de su cuerpo, poco a poco, hasta que el brazo le quedó extendido.

—Espera, ¿estás llorando? —preguntó Jacob.

—No.

—¿Pero estás a punto de llorar?

—No —dijo Julia—. ¿Tú?

—Yo siempre estoy a punto de llorar.

—Di «¡Miren! ¡Un bebé judío llorando!» con señas.

Jacob acercó la mano derecha a la cara y se señaló un ojo con el dedo índice. Levantó ese mismo dedo en el aire, indicando un uno, y después, mientras la mano izquierda acunaba el codo derecho con la otra formaba una cuchara simulando la cabeza de un bebé y la sacudía. Después, con el dedo índice doblado, simuló una nariz ganchuda. A continuación trazó una línea descendiente sobre las mejillas con los índices de ambas manos, de forma alterna, como si se pintara unas lágrimas.

—¿Eso de la nariz es el signo de *judío*?

—De *judío* y de *hebreo*, sí.

—Caray, es antisemita.

—La mayoría de los nazis eran sordos, lo sabías, ¿no?

—Sí, ya lo sabía.

—Y la mayoría de los franceses, ingleses, españoles, italianos, escandinavos. Casi todo el mundo excepto nosotros.

—Por eso tu padre está siempre gritando.

—Exacto —se rio Jacob—. Y, por cierto, el signo de *tacaño* es el mismo que el de *judío*, pero cerrando el puño al final.[31]

—Jesús...

Jacob extendió los brazos e inclinó la cabeza hacia el

---

31. En este caso, mantenemos la lengua de signos estadounidense para no perder el sentido original. (*N. del e.*).

hombro derecho. Julia se rio y escurrió la esponja hasta que tuvo los nudillos blancos.

—Es que no sé qué decir, Jacob. No puedo creer que hayas mantenido un lenguaje entero en secreto.

—No lo he mantenido en secreto. No se lo he dicho a nadie, nada más.

—¿Por qué?

—Cuando escriba mis memorias las titularé *El gran libro de los porqués*.

—Creía que las habías titulado *La Biblia*.

Julia apagó la radio, que llevaba funcionando sin volumen desde quién sabía cuándo.

—Los diferentes países tienen diferentes lenguas de signos, ¿verdad?

—Sí.

—¿Cómo se dice *judío* en hebreo?

—Ni idea —dijo Jacob, que sacó el celular y buscó en Google: «Judío en hebreo lengua de signos». Entonces le pasó el teléfono a Julia—. Es el mismo —dijo.

—Qué triste.

—Sí, ¿verdad?

—Sí, a muchos niveles.

—Porque tú ¿qué signo harías? —preguntó Jacob.

—Una estrella de David requeriría varias articulaciones dobles...

—¿Y qué tal la palma abierta sobre la cabeza?

—No está mal —dijo Julia—, pero no tiene en cuenta a las mujeres. O a la mayoría de los hombres judíos, como tú, que no llevan *yarmulke*. ¿Y las dos palmas abiertas, como un libro?

—Muy bonito —dijo Jacob—. Pero entonces ¿los judíos analfabetos no son judíos? ¿Y los bebés?

—No pensaba en leer un libro, sino en el libro en sí. La Torá, tal vez. O el libro de la vida. ¿Cuál es el signo de la vida?

—¿Recuerdas cómo he dicho «la vida es larga»? —dijo

Jacob, y volvió a poner las manos abiertas en garra cerca del cuerpo y alejó la derecha poco a poco.

—Pues sería así —dijo Julia, que colocó las manos ante ella, las abrió como un libro y las alejó de su cuerpo.

—Lo pondré sobre la mesa en la próxima reunión de los Sabios de Sion.

—¿Cuál es el signo de *gentil*?

—¿*Gentil*? ¿A quién carajo le importa?

Julia se rio, Jacob se rio.

—No puedo creer que supieras una lengua tú solo.

Eliezer Ben-Yehuda revivió él solo el hebreo. A diferencia de la mayoría de los sionistas, no le apasionaba la idea de crear un Estado de Israel para que su pueblo tuviera un hogar. Lo que él quería era que su idioma tuviera un hogar. Sabía que sin un Estado —sin un lugar donde los judíos pudieran pelearse, maldecir, crear leyes seculares y hacer el amor— la lengua no sobreviviría. Y, en definitiva, sin una lengua no habría pueblo.

El hijo de Ben-Yehuda, Itamar, fue el primer hablante nativo de hebreo desde hacía más de mil años. De niño, tenía prohibido escuchar o hablar ningún otro idioma. (En una ocasión, su padre reprendió a la madre de Itamar por cantarle una nana en ruso.) Sus padres no lo dejaban jugar con otros niños —ninguno de ellos hablaba hebreo—, pero como concesión a su soledad le regalaron un perro, al que bautizaron como Maher, «rápido» en hebreo. Fue una forma de maltrato infantil, pero aun así es posible que Itamar sea todavía más responsable que su padre de la primera vez en que un judío moderno contó un chiste guarro en hebreo, mandó a otro judío a la mierda en hebreo, escribió en hebreo en la máquina estenográfica de un tribunal, gritó en hebreo unas palabras que no quería decir o gimió de placer en hebreo.

Jacob colocó las últimas tazas secas boca abajo en el estante.

—¿Qué haces? —preguntó Julia.

—Lo hago a tu manera.

—¿Y no te pones histérico pensando que no podrán ventilarse como es debido?

—No, aunque eso no significa que de repente esté convencido de que boca arriba se llenen de polvo. Estoy harto de discrepar.

Dios le dijo a Moisés que metiera las tablas enteras y las rotas dentro del arca. Los judíos cargaron con ellas —con las rotas y con las intactas— durante los cuarenta años que pasaron errando, y finalmente las metieron en el Templo de Jerusalén.

¿Por qué? ¿Por qué no las enterraron, como correspondería a un texto sagrado? ¿O las dejaron olvidadas, como correspondería a una blasfemia?

Porque eran nuestras.

VII

LA BIBLIA

CÓMO INTERPRETAR LA TRISTEZA

No existe, o sea que ocúltala como si fuera un tumor.

CÓMO INTERPRETAR EL MIEDO

Siempre con efecto humorístico.

CÓMO INTERPRETAR EL LLANTO

En el funeral de mi abuelo, el rabino contó la historia de cuando la hija del faraón había descubierto a Moisés. «¡Miren! —había dicho después de abrir la cesta—.Un bebé hebreo llorando.» Les pidió a los niños que explicaran las palabras de la hija del faraón. Benjy sugirió que Moisés estaba «llorando en judío».

«¿Y cómo se llora en judío?», preguntó el rabino.

Max dio un paso hacia delante hacia la tumba vacía y dijo: «¿Como una carcajada, tal vez?».

Yo di un paso hacia atrás.

CÓMO INTERPRETAR LA ÚLTIMA RISA

Emplea el humor de forma tan agresiva como si fuera una quimio. Ríete hasta que se te caiga el pelo. No hay nada que no pueda acompañarse de una risa. Cuando Julia diga: «Pero somos sólo tú y yo. Sólo tú y yo hablando por teléfono», ríe y dile: «Y Dios. Y la Agencia de Seguridad Nacional».

CÓMO INTERPRETAR LA MUERTE DEL PELO

Nadie sabe cuánto pelo tiene en realidad, porque es imposible ver todo el pelo propio con los ojos (ni siquiera usando espejos múltiples, créeme) y porque nuestros ojos son nuestros.

A veces, cuando todavía eran lo bastante pequeños para no poner en duda la pregunta —y yo podía estar seguro de que no se lo iban a contar a nadie—, les preguntaba a los niños si me veían calvo. Me inclinaba ante ellos, apartaba el pelo donde creía que me empezaba a clarear y les pedía que me describieran lo que veían.

—Es normal —solían decir.

—¿Y aquí?

—Lo tienes como todo el mundo.

—¿Pero no parece que hay menos aquí?

—Creo que no.

—¿Crees que no o no?

—¿No?

—Oye, te estoy pidiendo ayuda. ¿No puedes mirar de verdad y darme una respuesta?

Lo que quedaba de mi pelo era pura utilería, el resultado de la intervención farmacéutica: las diminutas manos de Aarón y Hur sosteniéndome las raíces desde dentro de mi cráneo. Culpaba de mi calvicie a la genética, culpaba al estrés. En ese sentido, era realmente como todos los demás.

La Propecia funciona inhibiendo la testosterona. Uno de los efectos secundarios más extendidos y mejor documentados es una disminución de la libido. Eso es un hecho, no una opinión, ni tampoco una excusa. Me gustaría haberlo compartido con Julia, pero no podía: no podía hablarle de la Propecia, porque no podía admitir que me importaba mi aspecto. Era mejor dejar que pensara que si no se me paraba era por su culpa.

Un día estaba bañando a Benjy, unos meses después de que los niños empezaran a pasar tiempo en mi casa. Estábamos hablando de *La Odisea*, cuya edición infantil habíamos leído hacía poco, y de lo doloroso que debía de haber sido para Odiseo mantener su identidad en secreto después de volver a casa, aunque fuera necesario.

—No basta con llegar a casa —dijo—. También tienes que poder quedarte.

—Cuánta razón tienes, Benjy —dije yo. Siempre usaba su nombre cuando estaba orgulloso de él.

—La verdad es que sí estás un poco calvo —dijo.

—¿Cómo?

—Que estás un poco calvo.

—¿En serio?

—Un poco, sí.

—¿Has estado intentando proteger mis sentimientos todo este tiempo?

—No lo sé.

—Toca las partes donde estoy calvo.

Me incliné, pero no noté que me tocara.

—¿Benjy? —le pregunté, con la cara pegada al agua.

—No estás calvo.

Levanté la cabeza.

—Y entonces ¿por qué lo has dicho?

—Porque quería que te sintieras bien.

CÓMO INTERPRETAR LA VERDADERA CALVICIE

Solíamos ir a La Gran Muralla China de Sichuan cada año por Navidad. Sosteníamos a los niños a la altura del acuario hasta que nos temblaban los brazos y pedíamos todas las entradas picantes que no llevaran cerdo. En la última de esas Navidades, mi galletita de la fortuna decía: «No eres un fantasma». Cuando las leímos en voz alta, como teníamos por costumbre, miré mi «No eres un fantasma» y dije: «Siempre hay un camino».

Una década más tarde, perdí todo el pelo en sólo un mes. Esa Nochebuena, Benjy se presentó en mi casa con suficiente comida china para alimentar a una familia de cinco miembros.

—¿Has pedido todos los platos de la carta? —pregunté y solté una carcajada, encantado con aquella sobreabundancia.

—Todos los que no eran *kosher* —dijo él.

—¿Estás preocupado por si me siento solo?

—¿Estás preocupado por si estoy preocupado?

Comimos en el sofá, con platos encima del regazo y la mesita llena de cajitas blancas humeantes. Antes de repetir, Benjy dejó el plato vacío encima de la mesa atiborrada, me tomó la cabeza con las dos manos y me obligó a inclinarla. Si su gesto no hubiera sido tan inesperado, habría encontrado la forma de evitarlo, pero de pronto me di cuenta de que ya estaba sucediendo y decidí rendirme: apoyé las manos en las rodillas y cerré los ojos.

—Te faltan manos, ¿verdad?

—No necesito ninguna.

—Ay, Benjy.

—Lo digo en serio —dijo—. Vaya mata de pelo.

—Hace una eternidad el médico me advirtió que pasaría esto: en cuanto dejas de tomarte la pastilla, se te cae todo de golpe. No le creí. O creí que sería la excepción.

—¿Qué se siente?

—¿Cortando el pan cuando la tengo tiesa?

—Ay, estoy comiendo, papá.

—¿Haciendo flexiones con las manos a la espalda?

—Siento haber mostrado interés —dijo él, incapaz de controlar las comisuras de los labios.

—Un día estaba en la cocina y me faltaba un huevo.

—¿En serio? —dijo él, siguiéndome la corriente.

—Sí. Estaba cocinando...

—Porque tú cocinas a menudo.

—Sí, constantemente. Me sorprende no estar cocinando mientras te cuento este chiste. Pues eso, estaba cocinando y me di cuenta de que me faltaba un huevo. ¿No es lo peor?

—No hay nada peor que eso, literalmente.

—¿Verdad? —Los dos notamos un cosquilleo anticipando ya el final—. Pero en lugar de ir a la tienda abriéndome paso entre la nieve para comprar once huevos que no necesitaba, se me ocurrió pedírselo a alguien.

—Y por eso, ni más ni menos, tienes el National Jewists Book Award de 1998 colgado en el despacho.

—*Yiddishe kop*[32] —dije yo, dándome unos golpecitos en la frente.

—Cómo me gustaría que fueras mi padre de verdad —dijo Benjy, con lágrimas en los ojos de tanto contener la risa.

—Así pues, abrí la ventana... —No estaba seguro de cómo iba a rematar el chiste, aunque cada vez estaba más cerca—. Abrí la ventana, escribí, dirigí y protagonicé una escena de cinco segundos para la que no hay suficientes X, y mi glande hinchado tocó el timbre de la casa del otro lado de la calle.

Casi convulsionándose de tanto contenerse, Benjy preguntó:

—¿Y tu vecina tenía un huevo?

—Es un vecino.

—¡Un vecino!

—Y no, no tenía.

—Menudo cabrón.

—Pero lo dejé ciego sin querer.

—Por si fuera poco.

—No, espera, espera. Vuelve a preguntarme si mi vecina tenía un huevo.

—Tengo una pregunta.

—A ver si te la puedo contestar.

—¿Tu vecina tenía un huevo?

—¿Tu madre? Sí.

—Oh maravilla.

—Y lo fecundé sin querer.

La carcajada que habíamos estado conteniendo no llegó. Soltamos un suspiro, sonreímos, nos reclinamos en el sofá y asentimos en silencio.

—Debe de ser un alivio —dijo Benjy.

—¿A qué te refieres?

—A tener finalmente tu aspecto.

Me quedé mirando mi «Viajarás a muchos lugares» y dije: —«No soy un fantasma.»

Benjy tenía cinco años cuando empezamos los *Cuentos de la Odisea*. Se lo había leído a Sam y a Max, y en ambos casos, cuanto más avanzábamos, más despacio íbamos, hasta que al

32. «Cabeza judía.»

final apenas leíamos una página por noche. Con Benjy, en cambio, llegamos al Cíclope ya en la primera noche. Excepcionalmente, me di cuenta de lo que estaba pasando mientras pasaba: era mi último hijo y aquélla era la última vez que leía aquel pasaje. No iba a durar. «¿Por qué? —leí—. ¿Por qué rompes la paz de la noche con tus gritos?». Alargué las pausas, prolongando el máximo posible las frases. «"¿Quién te ha hecho daño?" "¡NADIE!", exclamó Polifemo, retorciéndose en el suelo de su caverna. "¡Nadie ha intentado matarme! ¡Nadie me ha cegado!"».

CÓMO INTERPRETAR A NADIE

Le dije a Julia que no quería que nos acompañara al aeropuerto. Acostaría a los niños como todas las noches, sin despedidas dramáticas, les diría que estaría en FaceTime siempre que pudiera y que volvería al cabo de una o dos semanas con la maleta llena de cosas. Y me iría mientras durmieran.

—Hazlo como quieras —dijo ella—. ¿Pero puedo preguntarte qué estás esperando? ¿O puedes preguntártelo tú mismo?

—¿A qué te refieres?

—Nunca nada tiene importancia. En toda tu vida has levantado la voz una sola vez, para decirme que soy tu enemiga.

—No hablaba en serio.

—Ya lo sé, pero tus silencios tampoco van en serio. Si esto no es importante, despedirte de tus hijos antes de irte a la guerra, ¿qué lo es? ¿Qué acontecimiento importante estás esperando?

Mi padre nos llevó en coche al aeropuerto MacArthur de Islip, en Long Island. Yo me senté en el asiento del acompañante, y Barak iba dando cabezazos, apoyado en el hombro de Tamir, en el asiento de atrás. Cinco horas. La radio informaba ya del primer día de la Operación Brazos de Moisés. Había corresponsales informando desde los aeródromos elegidos en todo el mundo, pero todavía era pronto y la mayoría de las informaciones eran meras especulaciones sobre cuántas personas responderían al llamado. El viaje fue diametralmente opuesto al de unas semanas antes, cuando habíamos ido del aeropuerto Washington National a casa.

Las conversaciones dentro del coche estaban divididas entre los asientos delanteros y los traseros; no oía nada de lo que decían Tamir y Barak, y mi padre, que carecía de una voz baja, hablaba entre susurros.

—Gabe Perelman estará ahí —dijo—. Anoche hablé con Hersch. Vamos a ver a mucha gente que conocemos.

—Seguramente.

—Glenn Mechling. Larry Moverman.

—Mamá está bien, ¿verdad? La he visto tan despreocupada esta mañana que me preocupé.

—Es una madre, pero estará bien.

—¿Y tú?

—¿Qué quieres que te diga? Es el precio de decir verdades que nadie quiere oír. Desconecté el teléfono de casa. Y la policía de Washington D. C. puso un coche en la esquina. Les he pedido que no lo hicieran pero han insistido. Me dijeron que no era decisión mía. Ya pasará.

—No, me refiero a que yo me vaya.

—Has leído lo que escribí. No puedo evitar pensar que ojalá que no tuvieras que ir, pero sé que debes hacerlo.

—No puedo creer que esté pasando esto.

—Eso es porque hace veinte años que no me escuchas.

—Más, más.

Con los ojos fijos en la carretera, me puso la mano derecha encima del muslo y dijo:

—Yo tampoco lo puedo creer.

Paramos junto a la acera. El aeropuerto estaba cerrado, sólo salían los vuelos de Israel. Había una veintena de coches parados, de los que bajaban hombres; no había ningún policía blandiendo una de esas espadas láser cortas, diciendo «No se detengan, no se detengan», pero sí dos soldados vestidos de verde oscuro, con metralletas pegadas al pecho.

Sacamos los bultos de la cajuela y nos quedamos junto al coche.

—¿Barak no va a bajar? —pregunté.

—Está durmiendo —contestó Tamir—. Ya nos hemos despedido en el coche. Es mejor así.

Mi padre puso una mano sobre el hombro de Tamir y dijo:

—Eres un hombre valiente.

—Esto no cuenta como muestra de valentía —dijo Tamir.

—Quería mucho a tu padre.

—Y él a ti.

Mi padre asintió y puso la otra mano sobre el otro hombro de Tamir.

—Como él ya no está aquí...

Y eso fue lo único que tuvo que decir. Como si al nacer le hubieran enseñado lo que había que hacer en aquel momento, Tamir dejó el bulto en el suelo, pegó los brazos a ambos lados y agachó ligeramente la cabeza. Mi padre le puso las dos manos encima de la cabeza y dijo:

—*Yvarejej Adonai vyishmreja.* —Que Dios te bendiga y te proteja—. *Ya'ar Adonai panav ey'leja viy'hunecha.* —Que el rostro de Dios te ilumine y proyecte su gracia sobre ti—. *Yisa Adonai panav ey'leja veyasaym lecha shalom.* —Que Dios vuelva su rostro hacia ti y te dé paz.

Tamir le dio las gracias y me dijo que se iba a dar una vuelta y que nos encontraríamos dentro.

En cuanto nos quedamos a solas, mi padre se rio.

—¿Qué pasa?

—¿Sabes cuáles fueron las últimas palabras de Lou Gehrig? —preguntó.

—«¿No quiero morir?».

—«Maldita enfermedad de Lou Gehrig. Tendría que haberla visto venir.»

—Muy gracioso.

—Nosotros también lo tendríamos que haber visto —dijo.

—Tú lo viste.

—No, sólo dije que lo veía.

Barak se despertó, miró de un lado a otro y finalmente, creyendo que tal vez estaba soñando, cerró los ojos y apoyó la frente en el cristal.

—Pasarás por la casa cada día, ¿verdad?

—Claro —dijo mi padre.

—Y llévate a los niños por ahí. Que Julia pueda descansar un poco.

—Sí, descuida.

—Asegúrate de que mamá come.

—Hemos intercambiado las posiciones.

—Un amigo que trabaja en *The New York Times* me ha

dicho que no es ni mucho menos tan grave como parece. Israel está dramatizando la situación a propósito para conseguir la ayuda de Estados Unidos. Dice que están dilatando el conflicto para lograr el acuerdo de paz más beneficioso posible.

—*The New York Times* es bazofia antisemita.

—Sólo digo que no tengas miedo.

Como si al nacer me hubieran enseñado lo que había que hacer en aquel momento, agaché la cabeza. Mi padre puso sus dos manos encima. Esperé. Como si en el momento de nacer ya le hubieran enseñado lo que había que hacer, empezó a cerrar las manos, agarrándome el pelo entre los dedos, inmovilizándome. Esperé una bendición que no llegó.

CÓMO INTERPRETAR EL SILENCIO

Primero pregúntate: «¿De qué tipo de silencio se trata?». Un SILENCIO EMBARAZOSO no es lo mismo que un SILENCIO AVERGONZADO. Un SILENCIO SIN PALABRAS no es lo mismo que un SILENCIO MUDO, ni tampoco el SILENCIO SUTIL DE QUIEN CALLA. Etcétera. Etcétera, etcétera.

Y, a continuación, pregúntate: «¿De qué tipo de suicidio o sacrificio se trata?».

CÓMO INTERPRETAR A ALGUIEN QUE LEVANTA LA VOZ

He levantado la voz a un ser humano sólo dos veces en toda mi vida. La primera fue cuando Julia me mostró mis mensajes de texto y me provocó hasta superar mi autocontrol y abocarme a mi propio yo, momento en que grité: «¡Eres mi enemiga!». Ella no recordaba que en realidad la frase era suya. En el parto de Sam —su único parto natural—, estuvo cuarenta horas hundiéndose en una espiral de dolor que la aislaba cada vez más del mundo, hasta que llegó un momento en que, aunque nos rodeaban las mismas cuatro paredes, nos encontrábamos en habitaciones completamente distintas. La *doula* dijo algo absurdo (algo que, en cualquier otro momento, habría hecho que Julia pusiera los ojos en blanco, con gesto de desdén), y yo dije algo cariñoso (algo que, en cualquier otro momento, habría hecho que a Julia se le anegaran los ojos y me diera las gracias), y entonces Julia soltó un gruñido que no era el de una mujer, que ni siquiera era humano, se aferró al barandal de la cama como si fuera la de una montaña rusa, me miró con unos ojos más satánicos que esas fotografías con las pupilas rojas y rugió: «¡Eres mi enemigo!». Trece años más tarde yo no tenía intención de citarla, y no se me ocurrió que lo había hecho hasta más tarde, cuando me puse a escribir al respecto. Como muchas otras cosas que sucedieron durante el parto, Julia parecía haberse olvidado de ello.

La segunda vez que le levanté la voz a un ser humano fue también a Julia, muchos años después. Siempre me resultó más fácil dar algo si nadie me lo pedía o si no se lo debía a nadie. A lo mejor lo aprendí de Argo: la única forma de conseguir que soltara la pelota era fingir indiferencia. O a lo mejor Argo lo aprendió de mí. En cuanto Julia y yo empezamos a llevar vidas independientes, no sólo me era posible canalizar mi vida interior a través del conducto que todavía compartíamos, sino que me moría de ganas de hacerlo. Porque ella parecía indiferente. Lo parecía o lo era.

Hacía mucho tiempo que Julia y yo no hablábamos, pero ella era la persona con la que quería hablar. La llamaba, ella contestaba y, a diferencia de los viejos tiempos, compartíamos las cosas. «Supongo que necesitaba la prueba», decía yo. «Te recuerdo que soy el alma sensible a la que has llamado», decía ella. «¿Recuerdas cómo decían que no hay nada tan abierto como el mundo?», decía yo. «¿Qué te pasó?», preguntaba ella. No me acusaba ni me desafiaba; lo decía con la indiferencia innecesaria para que yo se lo diera todo.

He levantado mi voz a un ser humano sólo dos veces en toda mi vida. Las dos veces al mismo ser humano. Dicho de otro modo, sólo he conocido a un ser humano en toda mi vida. En otras palabras, sólo le he permitido a un ser humano conocerme. Con una tristeza que iba más allá de la rabia, el dolor y el miedo, le grité a Julia: «¡Qué injusto! ¡Qué injusto! ¡Qué injusto!».

CÓMO INTERPRETAR LA MUERTE DE UN IDIOMA

En la sinagoga a la que iba de joven —que abandoné cuando me fui a la universidad y a la que volví a incorporarme cuando Julia se quedó embarazada de Sam— había una pared-homenaje, con unos pequeños focos junto al nombre de las personas que habían muerto durante aquella semana concreta del año. Recuerdo que de niño reordenaba las letras de plástico de los nombres para formar otras palabras. Mi padre solía decir que no existen las palabrotas, sólo los usos groseros. Y más tarde, cuando el padre fui yo, les dije lo mismo a mis hijos.

Había más de mil cuatrocientos congregados en edad de luchar. De los sesenta y dos que fueron a combatir a Israel, veinticuatro murieron. Dos focos de diez vatios, de rosca fina y luz tipo llama de vela junto a cada nombre. Apenas 480 vatios de luz, menos que en el candelabro de mi sala de estar. Nadie tocó esos nombres. Pero un día alguien los convertirá en palabras. O ésa es la esperanza.

Tengo la sensación de que han pasado siglos desde la última vez que paseé por ese edificio, pero todavía recuerdo los olores: los *siddurim* olían a flores marchitas, el musgo del cesto de *yarmulkes*, el olor a coche nuevo del arca... Y también recuerdo el tacto de las superficies: el lugar donde se unían las tiras anchas de papel de pared de lino; las planchas como de Braille que cubrían los reposabrazos de las butacas de terciopelo y que inmortalizaban la generosidad de alguien que seguramente nunca se había sentado en ellas; el frío pasamanos metálico de las escaleras, cubiertas por una alfombra. Recuerdo también el calor que desprendían esos focos y el tacto rugoso de las letras. Sentado en un escritorio que contiene miles de páginas, comentando mis propios comentarios, me pregunto cómo debemos juzgar el uso de palabras hechas de muertos. Y de vivos. De todos los vivos y los muertos.

CÓMO INTERPRETAR A NADIE

Había varios cientos de hombres en la zona de espera. Varios cientos de judíos. Éramos hombres circuncidados, que compartíamos marcadores genéticos judíos, hombres que canturreábamos las mismas melodías antiguas. ¿Cuántas veces me habían dicho de pequeño que, tanto si yo me consideraba a mí mismo judío como si no, los alemanes me consideraban judío? En el área de espera del aeropuerto, y tal vez por primera vez en mi vida, dejé de preguntarme si me sentía judío. No porque tuviera una respuesta, sino porque la pregunta había dejado de importar.

Vi a algunas personas que conocía: viejos amigos, rostros familiares de la sinagoga, algunas figuras públicas. No vi a Gabe Perelman ni a Larry Moverman, pero Glenn Mechling estaba ahí. Nos saludamos en aquella sala enorme. Hubo algunas interacciones. Algunos aguardaban sentados, en silencio, o hablaban por el celular, seguramente con sus familias. Hubo conatos de cánticos: «*Yerushalayim Shel Zahav*»... «*Hatikva*»[33]... Los cánticos tenían algo emotivo, pero ¿qué era ese algo? ¿La camaradería? ¿Una versión más extrema del reconocimiento que había experimentado hablando con aquel padre sordo en la convención? ¿La devoción compartida? ¿La repentina conciencia de la historia, de lo pequeña y de lo grande que es, de lo impotente y omnipotente que es el individuo dentro de ella? ¿El miedo?

Había pasado toda la vida adulta escribiendo libros y guiones, pero era la primera vez que me sentía como el personaje de uno de ellos, la primera vez que sentía que la escala de mi diminuta existencia, el drama de vivir, se correspondía finalmente con el privilegio de estar vivo.

No, era la segunda vez. La primera había sido en la guarida del león.

Tamir tenía razón: mis problemas eran pequeños. Había gastado una parte ingente de mi limitado tiempo en la Tierra ocupado con pensamientos pequeños, sentimientos pequeños, escurriéndome por debajo de puertas en habitaciones vacías. ¿Cuántas horas había pasado en internet, viendo una y otra vez videos tontos, estudiando ofertas de casas que no compraría nunca, cambiando de pantalla para leer correos escritos a toda prisa por personas que no me interesaban? ¿Cuántas partes de mí mismo, cuántas palabras, sentimientos y acciones me había obligado a reprimir? Me había ido apartando de mí, milímetro a milímetro; al cabo de tantos años necesitaba un avión para volver a encontrarme.

33. Himno nacional de Israel.

Estaban cantando y yo conocía la canción, pero no sabía cómo unirme a ellos.

CÓMO INTERPRETAR UN COSQUILLEO DE ESPERANZA

Siempre he creído que lo único que necesitaría para cambiar completamente mi vida sería cambiar completamente mi individualidad.

CÓMO INTERPRETAR TU CASA

Cuando terminamos los *Cuentos de la Odisea* Max se quedó desolado.

—¿Por qué? —preguntó, volviendo la cara hacia la almohada—. ¿Por qué tiene que terminarse?

Yo le froté la espalda y le dije:

—No querrías que Odiseo estuviera vagando eternamente, ¿no?

—Pero entonces ¿por qué se fue de casa?

A la mañana siguiente lo llevé al mercado con la esperanza de poder consolarlo con un bollo recién horneado. Cada domingo había una unidad móvil de rescate animal estacionada en la entrada, y a menudo nos parábamos a mirar los animalitos. Max se encandiló con un golden retriever llamado Stan. Nunca nos habíamos planteado tener un perro, y desde luego yo no había salido de casa esa mañana con la intención de volver con uno. De hecho, ni siquiera sabía si a Sam le gustaba ese perro en concreto, pero le dije:

—Si quieres que nos llevemos a Stan a casa, nos lo podemos llevar.

Todos menos yo entraron corriendo en casa. Julia estaba muy enfadada, pero no lo demostró hasta que estuvimos a solas en el piso de arriba.

—Una vez más, las únicas opciones que me dejas son o tragar con una idea pésima o ser la mala de la película —dijo.

En el piso de abajo, los niños gritaban:

—¡Stan! ¡Ven, Stan! ¡Ven aquí!

Le había preguntado a la mujer de la unidad de rescate de dónde había salido aquel nombre, pues que un perro se llamara

609

Stan me parecía raro. La mujer me contó que bautizaban a los perros con nombres retirados de tormentas atlánticas; tenían tantos corriendo por las instalaciones que poder recurrir a una lista simplificaba mucho las cosas.

—Disculpe, ¿nombres retirados de qué?

—Sabe que a cada tormenta le ponen un nombre distinto, ¿no? Hay unos cien y van rotando, pero si una tormenta causa muchas pérdidas materiales o humanas, retiran ese nombre... Para no herir sensibilidades. Nunca va a haber otra Sandy.

Del mismo modo que nunca iba a haber otro Isaac.

No sabemos cómo se llamaba el abuelo de mi abuelo.

Cuando mi abuelo llegó a América, se cambió el apellido de Blumenberg a Bloch.

Mi padre fue la primera persona de nuestra familia que tuvo un «apellido inglés» y un «nombre hebreo».

Cuando me convertí en guionista, experimenté con diferentes versiones de mi nombre: varios usos de iniciales, incorporar mi segundo nombre, usar seudónimo...

A medida que nos alejábamos de Europa, cada vez teníamos que elegir entre más identidades.

«¡Nadie ha intentado matarme! ¡Nadie me ha cegado!».

Fue Max quien tuvo la idea de rebautizar a Stan. Yo sugerí que a lo mejor lo confundíamos.

—Pero lo tenemos que hacer nuestro —dijo Max.

CÓMO INTERPRETAR A NADIE

Nos dieron unos formularios para que los rellenáramos y nos indicaron que formáramos en fila india y fuéramos pasando por delante de un hombre de mediana edad con bata blanca. Éste realizaba una rápida inspección visual y dirigía al personal a una decena de largas filas, dividiéndonos vagamente según nuestras edades. El parecido con el proceso de selección a la entrada de los campos de concentración era tan explícito e innegable que se hacía difícil imaginar que no fuera intencionado.

Cuando llegué al principio de mi fila, una mujer gruesa, de unos setenta años, me invitó a sentarme delante de ella, en una silla plegable de plástico. Me recibió los papeles y empezó a llenar otro formulario.

—*Atah medaber ivrit?*[34] —preguntó, sin levantar la vista.

—¿Perdón?

—*Lo medaber ivrit?*[35] —dijo, marcando una casilla.

—¿Perdón?

—¿Judío?

—Sí, claro.

—Recite la Shema.

—*Sh'má Yisrael, Adonai...*

—¿Pertenece a alguna comunidad judía?

—A Adas Israel.

—¿Con qué frecuencia asiste a los oficios?

—Pues... unas dos veces al año, año sí, año no.

—¿Y cuáles son esas dos ocasiones?

—Por *Rosh Hashaná* y por el *Yom Kippur.*[36]

—¿Habla algún idioma aparte del inglés?

—Un poco de español.

—Seguro que eso nos será muy útil. ¿Problemas de salud?

—No.

—¿Asma, presión alta, epilepsia?

—No. Tengo un poco de eccema. En las entradas del pelo.

—¿Ha probado el aceite de coco? —preguntó la mujer, que seguía sin levantar la mirada.

—No.

—Pues pruébelo. ¿Algún tipo de preparación o experiencia militar?

—No.

—¿Ha disparado alguna vez una pistola?

—Ni siquiera he empuñado una pistola.

La mujer marcó varias casillas; al parecer pensó que podía saltarse todas esas preguntas.

—¿Puede valerse sin lentes?

—Defina valerse.

Marcó otra casilla.

—¿Sabe nadar?

—¿Sin lentes?

34. «¿Hablas hebreo?».
35. «¿No hablas hebreo?».
36. Día de la Expiación.

—¿Sabe nadar o no?

—Sí, claro que sí.

—¿Ha practicado alguna vez la natación competitiva?

—No.

—¿Tiene experiencia haciendo nudos?

—La tiene todo el mundo, ¿no?

Marcó dos casillas.

—¿Sabe leer un mapa topográfico?

—Supongo que sé lo que estoy mirando, pero no sé si eso cuenta como *leer*.

Marcó otra casilla.

—¿Tiene alguna experiencia en ingeniería eléctrica?

—Una vez hice un...

—Pero no sabe desarmar una bomba sencilla.

—Pues no sé, ¿cómo de sencilla?

—No sabe desarmar una bomba sencilla.

—No.

—¿Cuál es el periodo más largo que ha pasado sin comer?

—El *Yom Kippur*, hace unos años.

—¿Cuál es su tolerancia al dolor?

—Ni siquiera sé cómo hay que contestar a esta pregunta.

—Ya ha contestado —dijo ella—. ¿Alguna vez ha estado en shock?

—Seguramente. De hecho, sí. A menudo.

—¿Tiene claustrofobia?

—Muchísima.

—¿Con cuánto peso puede cargar?

—¿Físicamente?

—¿Es sensible al calor y el frío extremos?

—¿Hay alguien que no lo sea?

—¿Es alérgico a algún medicamento?

—Soy intolerante a la lactosa, pero supongo que no es eso lo que me ha preguntado.

—¿A la morfina?

—¿Morfina?

—¿Tiene conocimientos de primeros auxilios?

—No le he contestado lo de la morfina.

—¿Es alérgico a la morfina?

—Ni idea.

La mujer escribió algo, pero aunque intenté descifrarlo, no lo logré.

—No quiero que no me den morfina si la necesito.

—Hay otros medios analgésicos.

—¿Igual de buenos?

—¿Tiene conocimientos de primeros auxilios?

—Vagos.

—Eso será vagamente reconfortante para alguien que vagamente necesite primeros auxilios. —Mientras comprobaba los papeles que había rellenado cuando hacía fila, dijo—: Información del contacto de emergencia.

—Está ahí.

—Julia Bloch.

—Sí.

—¿Quién es?

—¿Cómo?

—No ha especificado qué relación tiene con ella.

—Que sí.

—Pues debe de haber usado tinta invisible.

—Es mi mujer.

—Las mujeres prefieren el marcador permanente.

—Debo de haber...

—Veo que es donante de órganos en Estados Unidos.

—Sí.

—Si lo matan en Israel, ¿permitiría que sus órganos fueran utilizados en Israel?

—Sí —dije yo, alargando la «i» durante cien metros.

—¿Sí?

—Sí, si me matan...

—¿Cuál es su grupo sanguíneo?

—¿Grupo sanguíneo?

—¿Tiene sangre?

—Sí.

—¿De qué grupo? ¿A? ¿B? ¿AB? ¿O?

—Pero ¿como donante o como receptor?

Finalmente, por primera vez desde que habíamos empezado a hablar, me miró a los ojos:

—La sangre es la misma.

CÓMO INTERPRETAR LOS ANILLOS DE CRECIMIENTO DEL SUICIDIO

Para que se diga que ser zurdo, tener gemelos o ser pelirrojo es un rasgo de familia —y los tres lo son de la mía— hacen falta muchos casos. En cambio, para que se diga que el suicidio es un rasgo familiar basta con apenas uno.

Recibí el certificado de defunción de mi abuelo del Registro de Maryland. Quería asegurarme de que sabía lo que ya sabía. El médico forense tenía una letra tan clara que parecía tipográfica, opuesta a la de un médico: «Asfixia por ahorcamiento». Se había quitado la vida aproximadamente a las diez de la mañana. Según el certificado, había dado el aviso el señor Kowalski, el vecino de al lado. Decía también que el nombre de mi abuelo era Isaac Bloch. Que había nacido en Polonia. Y que se había ahorcado con un cinturón encajado entre la puerta de la cocina y el marco.

Pero esa noche, mientras lo imaginaba desde la cama, lo vi afuera, colgando de una cuerda de la rama de un árbol. La hierba que quedaba a la sombra que proyectaban sus pies se fue muriendo lentamente y dejó un círculo de tierra en un jardín por lo demás frondoso y descuidado.

Más tarde, esa misma noche, imaginé unas plantas que crecían hasta sus pies, como si la Tierra intentara expiar la gravedad. Imaginé unas frondas de palma que lo sostenían como si fueran manos, la cuerda ya sin tensión.

Más tarde aún —apenas dormí—, imaginé que caminaba por un bosque de secuoyas con mi abuelo. Tenía la piel azulada y las uñas le medían casi tres centímetros de largo, pero por lo demás tenía el mismo aspecto que el hombre en cuya mesa de la cocina yo solía comer pan moreno y melón, el mismo hombre que, cuando le decían que no podía cambiarse el traje de baño en público, preguntaba: «¿Por qué no?». Nos detuvimos junto a un inmenso árbol derribado y él señaló los anillos.

—Mira, esto de aquí es la boda de mis padres. Fue un matrimonio concertado. Y funcionó. Y esto de aquí —dijo, señalando otro anillo— es cuando Iser se cayó de un árbol y se rompió el brazo.

—¿Iser?

—Mi hermano. Te bautizamos en su honor.

—Yo creía que me habían bautizado en honor a alguien llamado Yakov.

—No, eso fue sólo lo que te contamos.

—¿Y cómo se convierte Iser en Jacob?

—Iser es una abreviación de Israel. Después de pasar la noche entera luchando contra Jacob, el ángel le cambió el nombre y lo llamó Israel.

—¿Qué edad tenía?

—Y esto de aquí —dijo él, señalado otro anillo— es cuando me fui de casa. Con Benny. Todos los demás se quedaron: mis abuelos y mis padres, mis otros cinco hermanos. Y yo habría querido quedarme también, pero Benny me convenció. Me obligó. Y esto de aquí es cuando Benny y yo subimos a barcos distintos, uno rumbo a América y el otro, a Israel. —Acarició otro anillo y su uña fue deslizándose hacia la corteza mientras hablaba—. Y mira, esto de aquí es cuando naciste tú. Aquí eras un niño. Aquí te casaste. Esto es el nacimiento de Sam, y esto el de Max, y esto el de Benjy. Y esto —dijo, con la uña sobre el borde del tronco, como la aguja de un tocadiscos— es este preciso instante. Y esto de aquí —dijo, señalando un punto en el aire, junto al tronco— es cuando te morirás, y esto —dijo, señalando una zona más cercana al tronco— es el resto de tu vida, y esto —añadió, señalando justo al lado del tronco— es lo que sucederá a continuación.

Comprendí, no sé cómo, que el peso de su cuerpo ahorcado había partido el árbol y había hecho visible nuestra historia.

CÓMO INTERPRETAR SIETE CÍRCULOS

Nunca podía anticipar qué rituales religiosos le gustarían a Julia, y cuáles le parecerían misóginos, moralmente repugnantes o simplemente absurdos. Por eso me sorprendió cuando dijo que quería trazar siete círculos caminando a mi alrededor, debajo de la *jupá*.[37]

En nuestra lectura preparatoria —su lectura preparatoria,

37. Palio nupcial.

porque yo hacía ya tiempo que me había rendido—, descubrió que los círculos son un eco de la historia bíblica de Josué guiando a los israelitas a Canaán. Al llegar a la ciudad amurallada de Jericó, justo antes de la primera de las muchas batallas que tendrían que librar para llegar a la Tierra Prometida, Dios le dijo a Josué que él y los israelitas debían dar siete vueltas alrededor de las murallas. En cuanto completaron la séptima vuelta, las murallas se derribaron y los israelitas conquistaron la ciudad.

—Tú esconderás tu gran secreto detrás de un muro —dijo ella, con un tono que sugería al mismo tiempo ironía y seriedad—, yo te rodearé de amor y el muro se derribará...

—Y me habrás conquistado.

—Nos habremos conquistado a nosotros mismos.

—¿Y lo único que tengo que hacer yo es mantenerme de pie?

—Mantenerte de pie y luego derrumbarte.

—¿Cuál es mi gran secreto?

—No lo sé. Sólo estamos empezando.

No lo descubrió hasta que ya estábamos terminando.

CÓMO INTERPRETAR EL ÚLTIMO MOMENTO DE FELICIDAD ABSOLUTA

—Hagamos algo —sugerí un mes antes de que Julia cumpliera los cuarenta—. Algo impropio de nosotros. Una fiesta, un fiestón: con grupo de música, un carrito de helados, un mago...

—¿Un mago?

—O una bailarina de flamenco.

—No —dijo ella—. Eso es lo último que querría.

—Bueno, aunque sea lo último está en la lista.

Julia se rio y dijo:

—Es adorable que pienses en esas cosas. Pero hagamos algo simple, una buena cena en casa.

—Oh, vamos. Será divertido.

—Divertido, para mí, es una cena sencilla, con la familia.

Intenté convencerla varias veces más, pero ella me dejó claro, con vehemencia creciente, que no quería nada «exagerado».

—¿Estás segura de que no protestas demasiado?

—No me quejo. Lo que más deseo es una cena tranquila con mi familia.

Aquella mañana, los chicos y yo le llevamos el desayuno a la cama: *waffles* recién hechos, un *smoothie* de *kale* y pera, y huevos rancheros.

Le susurramos deseos al elefante del zoológico (un viejo ritual de cumpleaños, de origen desconocido), recogimos hojas en el parque de Rock Creek para luego pegarlas al Libro de los Años (otro ritual) y comimos en una de las mesas al aire libre de su restaurante griego preferido, en Dupont Circle. Fuimos a visitar la Colección Phillips, donde Sam y Max se esforzaron tanto en fingir interés y lo hicieron tan mal, que al final Julia les dijo:

—Ya sé que me quieren. No pasa nada si esto les aburre.

Estaba ya oscureciendo cuando llegamos a casa, cargados con media docena de bolsas de comida para la cena. (Insistí en que no compráramos para otras comidas, aunque había varias cosas que necesitábamos. «Hoy —dije— no caeremos en el utilitarismo.») Le di la llave a Sam y los chicos entraron corriendo en casa. Julia y yo vaciamos las bolsas en la isleta de la cocina y empezamos a guardar los alimentos perecederos. Entonces nuestras miradas se cruzaron y me di cuenta de que estaba llorando.

—¿Qué pasa? —le pregunté.

—Si te lo digo me vas a detestar.

—Estoy seguro de que no.

—Te molestará muchísimo.

—Estoy bastante seguro de que durante los cumpleaños existe una moratoria para los enfados.

Y entonces, llorando a lágrima viva, dijo:

—En realidad sí quería algo exagerado.

Me reí.

—No tiene gracia.

—Sí la tiene, Julia.

—No es que supiera lo que quería y te lo ocultara. No era mi intención llevarme una decepción.

—Ya lo sé.

—Cuando dije lo que dije, lo dije sinceramente. De verdad que sí. No ha sido hasta ahora, ni siquiera mientras entrábamos en casa, sino hace unos segundos, que me he dado cuenta de que en realidad sí quería algo exagerado. Es así. Vaya tontería. Qué tengo, ¿ocho años?

—No, cuarenta.

—Sí, ya los tengo, ¿verdad? Soy una mujer de cuarenta años que no se conoce a sí misma hasta que ya es demasiado tarde. Y encima te lo suelto a ti, como si pudieras hacer algo más que sentirte culpable o dolido.

—Toma —le dije pasándole una caja de *orecciette*—. Guarda esto.

—¿Tu compasión no da para más?

—¿Qué ha pasado con la moratoria contra los enfados?

—Es unidireccional y lo sabes.

—Guarda de una vez esta pasta tan pretenciosa.

—No —dijo ella—. No. Hoy no.

Me reí.

—No tiene gracia —dijo ella, golpeando la barra.

—Sí tiene, mucha.

Julia tomó la caja, la rasgó y tiró la pasta por el suelo.

—Acabo de hacer una cochinada —dijo— y ni siquiera sé por qué.

—Guarda la caja vacía —le dije.

—¿La caja?

—Sí.

—¿Por qué? —preguntó ella—. ¿Para crear un símbolo deprimente?

—No —dije yo—. Porque entenderse uno mismo es un prerrequisito para que te entiendan.

Julia suspiró, entendiendo algo que todavía no había entendido, y abrió la puerta de la despensa. De dentro salieron los chicos, los abuelos, Mark y Jennifer, David y Hanna, Steve y Patty, y alguien puso la música, y era Stevie Wonder, y alguien soltó los globos atrapados en el armario del vestíbulo, que chocaron contra la lámpara de araña, y Julia me miró.

CÓMO INTERPRETAR LA VERGÜENZA EXISTENCIAL

El encuentro inesperado con Maggie Silliman en IKEA me persiguió durante años. Maggie se convirtió en la encarnación de mi vergüenza. A menudo me despertaba a media noche y le escribía cartas. Todas empezaban igual: «Estabas equivocada, no soy buena persona». Si yo hubiera podido encarnar mi propia vergüenza, a lo mejor me la habría ahorrado. A lo mejor incluso habría sido buena persona.

CÓMO INTERPRETAR CUÁNDO LOS ANILLOS NO ESTÁN ROTOS

Para el primer truco, el mago le pidió a Julia que eligiera una carta de una baraja invisible.

—Mírala bien —le dijo—, pero no me la enseñes.

Julia puso los ojos en blanco, pero hizo lo que le pedía.

—¿Ya sabes qué carta has elegido?

Ella asintió y dijo:

—Sí. Sé que carta es.

—Ahora tírala al otro extremo de la sala.

Con un lanzamiento exagerado, Julia arrojó la carta invisible. Fue un gesto hermoso: por lo falso que era, por su generosidad, por lo rápido que fue y lo mucho que duró, por cómo su anillo describió un arco en el aire.

—Max. Te llamas Max, ¿verdad? ¿Puedes ir a buscar la carta que acaba de tirar tu madre?

—Pero es invisible —dijo Max, pidiéndole ayuda a su madre con la mirada.

—Ve por ella igualmente —insistió el mago.

Julia asintió con la cabeza, como dándole permiso, y Max cruzó alegremente la sala.

—¡Ya la tengo! —dijo.

—¿Podrías decirnos qué carta es, por favor?

Max miró a su madre y dijo:

—Pero es que no la veo...

—Dínoslo de todos modos —dijo el mago.

—No me acuerdo de qué tipos de carta hay.

—Corazones, picas, tréboles y diamantes. Cualquier número entre el dos y el diez, el jóker, la jota, la reina, el rey y el as.

—Bueno —dijo Max, que volvió a mirar a su madre, que le volvió a decir que no pasaba nada. Max examinó la carta invisible y se la acercó a los ojos, bizqueando—. Es el siete de diamantes.

El mago no tuvo ni que preguntarle a Julia si era su carta, porque ella estaba llorando. Asintiendo con la cabeza y llorando.

Comimos algo de pastel, despejamos el comedor y bailamos como tontos. Usamos platos de cartón y cubiertos de plástico.

El mago se quedó un rato más, haciendo trucos a corta distancia para quienquiera que quisiera prestar atención.

—Ha sido fantástico —le dije, dándole unas palmaditas en la espalda; su delgadez me sorprendió y me repelió—. Simplemente perfecto.

—Me alegro. Si quiere puede recomendarme. Es como me salen más trabajos.

—Lo haré, desde luego.

Hizo el clásico truco de los anillos anudados para mí. Lo había visto un montón de veces, pero todavía me encantaba.

—Mi padre fue el mago en mi quinto cumpleaños —le conté—. Abrió la actuación con este truco.

—Entonces ¿sabe cómo se hace?

—Los anillos están rotos.

Me los pasó. Debí de pasar cinco minutos buscando lo que sin duda tenía que estar ahí.

—¿Qué pasa si el truco falla? —le pregunté; todavía no quería devolverle los anillos.

—¿Qué puede fallar?

—Si alguien toma la carta equivocada, o miente, o la baraja cae al suelo.

—Yo no me dedico a los trucos —dijo el mago—. Lo que hago son procesos. No necesito ningún resultado concreto.

Esa noche, en la cama, se lo conté a Julia.

—Dice que no necesita ningún resultado concreto.

—Suena oriental.

—De la Europa oriental no, desde luego...

—No.

Apagué la luz del buró.

—Ese primer truco. O proceso, vaya. ¿De verdad Max acertó la carta?

—No había elegido ninguna.

—Ah, ¿no?

—Quería hacerlo, pero no pude.

—Y entonces ¿por qué lloraste?

—Porque Max todavía puede.

CÓMO INTERPRETAR A NADIE

La noche en que volví del aeropuerto de Islip fui directamente al cuarto de los niños. Eran las tres de la madrugada. Benjy estaba retorcido en una de esas poses casi inconcebibles en que a veces duermen los niños: el trasero para arriba, las piernas extendidas, el peso de su cuerpo hundiéndole la mejilla en la almohada. Había apartado las sábanas y roncaba como un animalito humano. Alargué la mano, pero justo cuando iba a tocarlo abrió los ojos.

—No estaba durmiendo.

—No pasa nada —le dije yo, acariciándole el pelo húmedo con la mano—. Cierra los ojos.

—Estaba despierto.

—Sí, y respirando hondo.

—Volviste.

—Sí. Al final no me fui.

Benjy sonrió. Se le cerraron los ojos demasiado despacio para que fuera voluntario y dijo:

—Cuéntamelo.

—¿Qué quieres que te cuente?

Abrió los ojos, vio que seguía ahí y volvió a sonreír.

—No lo sé —dijo—. Cuéntame algo.

—Volví a casa.

Cerró los ojos y dijo:

—¿Ganaste la guerra?

—Estás dormido.

Benjy abrió los ojos y dijo:

—No, estoy pensando que estabas en la guerra.

—Al final no fui.

—Ah. Qué bien —dijo, y cerró los ojos—. Ya sé qué es.

—¿Qué es qué?

—La palabra que empieza por ene.

—Ah, ¿sí?

—La he buscado en Google.

—Ah, muy bien.

Abrió los ojos y, aunque esta vez no sonrió, me di cuenta por su profundo suspiro de que se sentía aliviado una vez más por mi permanencia.

—No la diré nunca —dijo—. Nunca.

—Buenas noches, cariño.

—No estoy dormido.

—Pero te estás durmiendo.

Se le cerraron los ojos. Le di un beso. Sonrió.

—¿Es con *g* de *gusano*? ¿O con *g* de *colegio*?

—¿Qué?

—La palabra que empieza por ene. No sé cómo se dice.

—Pero si nunca vas a usarla.

—Pero quiero saberlo.

—¿Por qué?

—No te volverás a ir, ¿verdad? —preguntó.

—No —dije yo, porque no sabía qué decir, ni a mi hijo ni a mí mismo.

CÓMO INTERPRETAR EL AMOR

El amor no es una emoción positiva. No es ni una suerte ni una maldición. Es una suerte en el sentido de que es una maldición, y al mismo tiempo no lo es. EL AMOR HACIA TUS HIJOS no implica AMOR HACIA LOS NIÑOS, ni AMOR HACIA TU PAREJA, ni AMOR HACIA TUS PADRES, ni AMOR HACIA TUS PARIENTES LEJANOS. EL AMOR AL JUDAÍSMO no implica AMOR A LA JUDEIDAD, ni AMOR A ISRAEL, ni AMOR A DIOS. EL AMOR AL TRABAJO no implica AMOR A UNO MISMO. Ni siquiera EL AMOR A UNO MISMO implica AMOR A UNO MISMO. El lugar donde EL AMOR AL PAÍS, EL AMOR A LA PATRIA y EL AMOR AL HOGAR se solapan no existe. EL AMOR A LOS PERROS es al AMOR A TU HIJO DORMIDO lo que EL AMOR A LOS PERROS es al AMOR A TU PERRO. EL AMOR AL PASADO tiene tanto en común con EL AMOR AL FUTURO como EL AMOR AL AMOR tiene en común con EL AMOR A LA TRISTEZA; o sea, todo. Pero es que EL AMOR A DECIR «TODO» te convierte en una persona poco de fiar.

Sin amor te mueres. Con amor también te mueres. No todas las muertes son iguales.

CÓMO INTERPRETAR LA RABIA
«¡Eres mi enemiga!».

CÓMO INTERPRETAR EL MIEDO A LA MUERTE
«¡Qué injusto! ¡Qué injusto! ¡Qué injusto!».

CÓMO INTERPRETAR LA INTERSECCIÓN DEL AMOR, LA RABIA
Y EL MIEDO A LA MUERTE

Durante mi limpieza anual, el dentista pasó un rato exageradamente largo examinándome la boca (no los dientes, más adentro), mientras los instrumentos de tortura iban perdiendo lustre, intactos, sobre la bandeja. Me preguntó si últimamente había tenido problemas para tragar.

—¿Por qué lo pregunta?

—Por curiosidad.

—Sí, un poco, supongo.

—¿Desde cuándo?

—¿Hace unos meses, tal vez?

—¿Y no se lo ha comentado a su médico?

Me recomendó un oncólogo del hospital Johns Hopkins. Mi reacción instintiva de llamar a Julia me sorprendió. Ya no hablábamos casi nunca: ella hacía mucho que se había vuelto a casar; los niños gestionaban ya su propia logística, eran adultos; y a medida que uno va envejeciendo tiene cada vez menos noticias que compartir, hasta la noticia final, que siempre la da otra persona. El diálogo de la serie es prácticamente idéntico a lo que sucedió en realidad, con una excepción significativa: en la vida real no lloré. Grité: «¡Qué injusto! ¡Qué injusto! ¡Qué injusto!».

JACOB
Soy yo.

JULIA
Te reconocí por la voz.

JACOB
Cuánto tiempo.

JULIA
Y mi teléfono reconoce tu número.

JACOB
¿Como «Jacob»?

JULIA
¿Por oposición a qué?

JACOB
Escucha...

JULIA
¿Está todo bien?

JACOB
Esta mañana fui al dentista...

JULIA
Pero si no te pedí cita.

JACOB
Me he vuelto extraordinariamente capaz.

JULIA
La necesidad es la exesposa de la capacidad.

JACOB
Me vio un bulto en la garganta.

Julia se pone a llorar. Los dos se sorprenden ante su reacción a nada (todavía), una reacción que se prolonga durante mucho más de lo que cualquiera de los dos habría imaginado o creído que podría soportar.

JULIA
¿Te estás muriendo?

JACOB
Es sólo un dentista, Julia.

JULIA
Dijiste que tienes un bulto. Y me estás llamando.

JACOB
Tanto los bultos como las llamadas pueden ser benignos, ¿sabes?

JULIA
¿Qué harás?

JACOB
Tengo una cita con un oncólogo en el Hopkins.

JULIA
Cuéntamelo todo.

JACOB
Ya sabes lo mismo que yo.

JULIA
¿Has tenido otros síntomas? ¿Rigidez en el cuello? ¿Dificultad para tragar?

JACOB
¿Hiciste la carrera de Medicina desde que hablamos por última vez?

JULIA
Estoy buscándolo en Google.

JACOB
Sí, me he notado el cuello rígido. Y sí, he tenido dificultad para tragar. Y ahora, ¿me puedes dedicar toda tu atención?

JULIA
¿Lauren está siendo comprensiva?

JACOB
Eso se lo tendrás que preguntar al hombre con el que está saliendo.

JULIA
Vaya, lo siento.

JACOB
Además, eres la primera persona a la que se lo cuento.

JULIA
¿Lo saben los niños?

JACOB
Te acabo de decir que eres la primera...

JULIA
De acuerdo.

JACOB
Siento venirte con esto. Sé que hace ya mucho que no soy responsabilidad tuya.

JULIA
Nunca has sido responsabilidad mía.

(una pausa)

Y todavía lo eres.

JACOB
No se lo contaré a los niños hasta que no pueda contarles algo tangible.

JULIA
Bien. Me parece bien.

(una pausa)

¿Cómo te sientes?

JACOB
Estoy bien. Es sólo un dentista.

JULIA
No pasa nada por tener miedo.

JACOB
Si fuera tan listo sería dermatólogo.

JULIA
¿Has llorado?

JACOB
El 18 de noviembre de 1985, cuando Lawrence Taylor puso fin a la carrera de Joe Theismann.

JULIA
Ya basta, Jacob.

JACOB
Es sólo un dentista.

JULIA
¿Sabes que creo que nunca te he visto llorar? Excepto lágrimas de felicidad cuando nacieron los niños. ¿Puede ser?

JACOB
En el funeral de mi abuelo.

JULIA
Es verdad. Lloraste mucho.

JACOB
Lloré normal.

JULIA
Pero recordar ese momento como excepción demuestra...

JACOB
No demuestra nada.

JULIA
Y todas esas lágrimas reprimidas han hecho metástasis.

JACOB
Sí, eso es justo lo que el dentista cree que dirá el oncólogo.

JULIA
Cáncer de garganta.

JACOB
¿Quién dijo algo de cáncer?

JULIA
Un tumor maligno en la garganta.

JACOB
Gracias.

JULIA
¿Es demasiado pronto para referirse a la justicia poética de este momento?

JACOB
¡Prontísimo! Ni siquiera me han diagnosticado, y menos aún me he sometido a un festival de quimio y recuperación sólo para descubrir que no lo han eliminado del todo.

JULIA
Finalmente podrás disfrutar de tu anhelada calvicie.

JACOB
Ya puedo.

JULIA
Es verdad.

JACOB

No, en serio. He dejado la Propecia y ahora parezco Maestro Limpio. Pregúntaselo a Benjy.

JULIA

¿Lo has visto hace poco?

JACOB

Me trajo comida china por Nochebuena.

JULIA

Qué lindo. ¿Cómo lo viste?

JACOB

Enorme. Y viejo.

JULIA

Ni siquiera sabía que tomaras Propecia. Aunque supongo que a estas alturas ya no tengo ni idea de qué medicación sigues.

JACOB

En realidad la tomé durante mucho tiempo.

JULIA

¿Cuánto tiempo?

JACOB

¿Desde que nació Max?

JULIA

¿Nuestro Max?

JACOB

Me daba vergüenza. Las guardaba donde mi faja.

JULIA

Me parece muy triste.

JACOB
A mí también.

JULIA
¿Por qué no lloras de una vez, Jacob?

JACOB
Sí, claro.

JULIA
Lo digo en serio.

JACOB
Esto no es *Los días de nuestras vidas*. Es la vida.

JULIA
No quieres soltar prenda porque temes que si te abres pueda entrar algo. Te conozco. Pero somos sólo tú y yo. Sólo tú y yo, hablando por teléfono.

JACOB
Y Dios. Y la Agencia de Seguridad Nacional.

JULIA
¿Es ésta la persona que quieres ser? ¿Quieres estar siempre bromeando? ¿Disimulando, despistando, ocultando? ¿No ser nunca tú del todo?

JACOB
Cuando te llamé sólo buscaba tu simpatía, ¿sabes?

JULIA
Y la mataste sin tener que disparar una sola bala. La simpatía verdadera es esto.

JACOB

(después de una larga pausa)

No.

JULIA
¿No qué?

JACOB
No, no soy la persona que quiero ser.

JULIA
Bueno, estás en buena compañía.

JACOB
Antes de llamarte me he descubierto a mí mismo preguntándome, literalmente, en voz alta, una y otra vez: «¿Quién es un alma bondadosa? ¿Quién es un alma bondadosa?».

JULIA
¿Por qué?

JACOB
Supongo que necesitaba pruebas.

JULIA
¿De que existe gente bondadosa?

JACOB
Bondadosa conmigo.

JULIA
Jacob...

JACOB
Hablo en serio. Tú tienes a Daniel. Los chicos tienen sus vidas. Yo soy el tipo de persona que descubren que se ha muerto porque los vecinos notan el olor.

JULIA
¿Te acuerdas del poema? «¿Una prueba de tu existencia? ¿Sólo existe lo contrario?».

JACOB

Dios... sí, me acuerdo. Compramos el libro en Shakespeare and Company. Lo leímos a orillas del Sena, con una baguette con queso, no teníamos cuchillo. Qué felices éramos. Ha pasado tanto tiempo...

JULIA

Mira a tu alrededor, Jacob. Sólo hay pruebas de que la gente te quiere. Tus hijos te idolatran. Estás siempre rodeado de amigos. Y estoy segura de que las mujeres...

JACOB

¿Y tú? ¿Qué me dices de ti?

JULIA

Yo soy el alma bondadosa a la que has llamado, ¿te acuerdas?

JACOB

Perdona.

JULIA

¿Qué te tengo que perdonar?

JACOB

Ahora mismo estamos en los Días Temibles.

JULIA

Sé que sé qué significa eso, pero ahora no entiendo.

JACOB

Son los días que transcurren entre el *Rosh Hashaná* y el *Yom Kippur*. El mundo está abierto como nunca. Dios abre las orejas, los ojos, el corazón. Y la gente también.

JULIA

Vaya, te has convertido en un judío de tomo y lomo.

JACOB

No creo nada de todo eso, pero creo en ello.

(una pausa)

En fin, se supone que durante estos diez días debemos pedirles a nuestros seres queridos que nos perdonen todos los agravios cometidos «consciente e inconscientemente».

(otra pausa)

Julia...

JULIA
Es sólo un dentista.

JACOB
Siento sinceramente todas las veces que te he agraviado, consciente o inconscientemente.

JULIA
No me has agraviado.

JACOB
Que sí.

JULIA
Cometimos errores, los dos.

JACOB
La palabra hebrea para *pecado* se puede traducir por «errar el blanco». Siento todas las veces que pequé contra ti infinitesimalmente, y todas las veces que pequé contra ti alejándome corriendo de aquello precisamente hacia lo que debería haber corrido.

JULIA
Había otro verso en ese libro: «Y todo lo que antaño era infinitamente lejano e indecible es hoy indecible y está aquí, en esta habitación».

El silencio es tan absoluto que ninguno de los dos está seguro de si se ha cortado la llamada.

JACOB
Tú abriste la puerta, inconscientemente. Y yo la cerré, inconscientemente.

JULIA
¿Qué puerta?

JACOB
La mano de Sam.

Julia empieza a llorar, en silencio.

JULIA
Te perdono, Jacob. De verdad. Te lo perdono todo. Todo lo que nos ocultamos mutuamente y todo lo que permitimos que pasara entre los dos. Toda la mezquindad. Los silencios y la resistencia. Los cálculos. Nada de eso importa ya.

JACOB
No importó nunca.

JULIA
Sí, sí importó. Pero no tanto como creíamos.

(una pausa)

Y espero que tú también me perdones.

JACOB
Te perdono.

(tras una larga pausa)

Estoy seguro de que tienes razón y me vendría bien mostrar mi tristeza.

JULIA
Tu enfado.

JACOB
No estoy enfadado.

JULIA
Sí lo estás.

JACOB
Que no, de verdad.

JULIA
¿Por qué estás tan enfadado?

JACOB
Julia, te digo...

JULIA
¿Qué te pasó?

Se quedan en silencio, pero se trata de un silencio distinto al que siempre han conocido. No es el silencio de cuando bromean, disimulan o se despistan. No es el silencio de los muros, sino el silencio de crear un espacio que hay que llenar.

Con cada segundo que pasa —y los segundos van pasando, de dos en dos— se crea más espacio. Éste adquiere la forma de la casa a la que tal vez se habrían mudado si hubieran decidido darse otra oportunidad e intentar reencontrar la felicidad juntos, sin condiciones. Jacob siente la atracción del espacio no ocupado, el anhelo ardiente de poder penetrar en lo que está abierto de par en par para él.

Y llora.

¿Cuándo fue la última vez que lloró? ¿Cuando sacrificó a Argo? ¿Cuando despertó a Max para contarle que no había ido a Israel y éste le dijo: «Sabía que no irías»? ¿Cuando había intentado fomentar el interés incipiente de Benjy por la astronomía y lo había llevado a Marfa, donde habían hecho una visita guiada al observatorio y habían albergado galaxias enteras en los ojos, como océanos dentro de conchas, y por la noche, echados en el tejado de la cabaña de Airbnb, Benjy había preguntado: «¿Por qué susurramos?», y Jacob había contestado: «Ni me había dado

cuenta», y Benjy había dicho: «Cuando la gente mira las estrellas tiende a susurrar. ¿Por qué será?».

CÓMO INTERPRETAR LOS ÚLTIMOS RECUERDOS

Mi recuerdo más antiguo es el de mi padre encargándose de una ardilla muerta.

Mi último recuerdo de la vieja casa es cuando dejamos la llave en el buzón, dentro de un sobre cerrado pero sin dirección ni remitente.

Mi último recuerdo de mi madre es darle su yogur con una cucharita. Instintivamente me salió hacer el ruido del avión, aunque llevaba quince años sin hacerlo. Me avergoncé tanto que ni siquiera quise admitir que lo había hecho pidiéndole perdón; ella debió de parpadear, estoy seguro.

Mi último recuerdo de Argo es cuando oí cómo su respiración se iba haciendo más profunda, noté cómo se le ralentizaba el latido del corazón y, finalmente, se le pusieron los ojos en blanco y me vi reflejado en ellos.

A pesar de que nos hemos seguido mandando mensajes y correos electrónicos, mi último recuerdo de Tamir es en el aeropuerto de Islip. «Quédate», le dije. «Pero entonces ¿quién iría?», preguntó él. «Nadie», dije yo. «Y entonces ¿qué lo salvaría?», preguntó él. «Nada», dije yo. «¿Y lo dejamos perder así, sin más?», preguntó él.

Mi último recuerdo de mi familia antes del terremoto es cuando estábamos delante de la puerta de casa: mis padres iban a llevarse a Benjy a pasar la noche con ellos, y Sam y Julia estaban a punto de irse a la excursión de la ONU. «¿Y si no los extraño?», preguntó Benjy. Aún no sabía qué estaba a punto de pasar, claro, pero ¿cómo no voy a recordarlo como un momento profético?

Mi último recuerdo de mi padre es cuando los dejé a él y a su novia en el aeropuerto de Dulles para que se fueran de viaje al gueto de Varsovia —quería verlo antes de morir, era su Cooperstown—, y le pregunté: «Quién se habría podido imaginar que te llevarías a una *shiksa* al baile de graduación de la diáspora inversa». Siempre sentí que me escatimaba sus risas, pero ese comentario le arrancó una buena. Me dio una palmada en la mejilla y dijo: «La vida te da sorpresas». Naturalmente, no sabía que ni siquiera lograría llegar al avión, pero ¿cómo no voy a recordarlo como un momento irónico?

Mi último recuerdo de estar casado con Julia: la jaladera pulida del cajón de los snacks; la línea donde se juntaban los azulejos de esteatita; la calcomanía del PREMIO ESPECIAL A LA VALENTÍA de la parte inferior del saliente de la isleta, que le habían dado a Max el día en que, sin que nadie lo supiera, le habían arrancado el último diente, una calcomanía que Argo, y sólo Argo, veía muchas veces al día. «Es ya demasiado tarde para eso en esta conversación», dijo Julia.

CÓMO INTERPRETAR CÓMO TE LLAMAS

Max pidió un *bar mitzvá*. Aunque fuera la expresión de algo subterráneo, aunque fuera un gesto hipersofisticado, sin complicaciones ni quejas, el oficio fue precioso (frente al arca junto a Julia, tuve la sensación de estar donde debíamos, me sentí bien), la fiesta no fue temática pero sí muy divertida, y Max recogió suficientes bonos de ahorro para comprarse algo genial en cuanto éstos maduraran hasta alcanzar su valor nominal, al cabo de veinte años o así, para cuando el doble de lo que había recogido parecería más o menos la mitad.

A Max le tocó recitar el *Vayishlaj*, en el que Jacob —el último de los patriarcas— recibe el ataque de un asaltante desconocido en plena noche. Jacob lo reduce y se niega a soltarlo, y le exige que lo bendiga. El asaltante —un ángel, o el mismísimo Dios— le pregunta: «¿Cómo te llamas?». Jacob, que abraza al hombre con todas sus fuerzas, responde: «Jacob». (Jacob significa «el que agarra el talón»: en el momento de nacer agarró el talón de su hermano mayor, Esaú, pues quería ser el primero en salir.) Entonces el ángel dice: «Tu nombre ya no será Jacob, sino Israel, "el que lucha contra Dios"».

Desde la *bema*, con un aplomo impropio de alguien de su edad, o incluso de la mía, Max dijo:

—Jacob luchó contra Dios para obtener su bendición, contra Esaú para obtener otra bendición, contra Labán para obtener otra, y siempre se salió con la suya. Luchó porque comprendió que la bendición compensaba la pelea. Sabía que al final te quedas sólo con lo que te niegas a soltar.

»Israel, el hogar histórico de los judíos, significa literalmente "el que lucha contra Dios". No "el que alaba a Dios", ni "reverencia a Dios", ni "ama a Dios", ni siquiera "obedece a Dios". De hecho, es todo lo contrario que obedecer a Dios. Luchar no es sólo nuestra condición, sino también nuestra identidad, nuestro nombre.

Aquella última frase era digna de Julia.

—Pero ¿qué es luchar?

Ésa, en cambio, era digna del doctor Silvers.

—Está la lucha grecorromana. La WWF y sus luchadores, la lucha libre y el sumo, que también es una lucha. Se puede luchar por una idea, luchar con fe... Pero todas tienen una cosa en común: la cercanía.

Y ahí estaba yo, el destinatario de aquel discurso, tan cerca de mi exmujer que la tela de nuestra ropa se rozaba, sentado en un banco junto a mis hijos, de quienes me estaba perdiendo media vida.

«Al final te quedas sólo con lo que te niegas a soltar», dijo Max.

«Un puño judío sirve para algo más que para masturbarte y para sujetar un bolígrafo», dijo una vez mi padre.

«Para ver la cuerda que te salva la vida la tienes que soltar», decía en la galletita de la fortuna que me tocó una Navidad.

Max era cada vez más listo. Julia y yo siempre habíamos dado por sentado que Sam era el más listo de la familia —que Max sería el artista y que Benjy sería eternamente adorable—, pero fue Max quien empezó a jugar al ajedrez en serio (quedó tercero en la liga de menores de dieciséis años de la zona de Washington D. C.), quien nos pidió que le pusiéramos un tutor de mandarín dos veces por semana (mientras su cerebro era todavía «elástico»), y al que aceptaron en Harvard después del tercer año de preparatoria. (Hasta que presentó la solicitud un año antes de lo habitual no comprendí que todos esos créditos extra —los cursos complementarios, las clases en verano— eran a la vez una forma de pasar más tiempo fuera de casa y de poder irse antes.)

—La cercanía —dijo, escrutando la congregación—. Estar

cerca de alguien es fácil, lo difícil es mantenerse. Piensen en los amigos. Piensen en sus hobbies, o incluso en sus ideas. Los tenemos cerca, a veces tan cerca que creemos que son parte de nosotros, hasta que un día descubrimos que ya no están cerca. Se han alejado. Sólo hay una forma de conservar algo cerca por tiempo que pase: agarrarlo con fuerza. Dominarlo. Reducirlo en el suelo, como hizo Jacob con el ángel, y negarse a soltarlo. Si no luchamos por retener algo, lo estamos soltando. El amor no es la ausencia de luchas. El amor es lucha.

Eso fue digno de la persona que yo quería pero no podía ser. Fue digno de Max.

CÓMO INTERPRETAR A NADIE

Oí el obturador antes de ver al fotógrafo. Era la primera y única foto de mi guerra.

—Eh —dije, y me dirigí hacia él—. ¿Qué carajo hace?

¿Por qué carajo me había molestado tanto?

—Soy del *Times* —dijo, mostrándome el pase de prensa que llevaba colgando del cuello.

—¿Y puede estar aquí?

—El consulado me ha dado permiso, si es eso lo que me pregunta.

—Bueno, pues yo no le he dado permiso para que me fotografíe.

—¿Quiere que borre la foto? —preguntó, en tono ni tajante ni conciliatorio.

—No, no hace falta —le dije—. Pero no me tome más.

—No quiero problemas. No me importa borrarla.

—Quédesela —dije—. Pero que sea la última.

Se fue a tomar fotos de otros grupos. Algunos posaban; otros o bien no se daban cuenta de su presencia o preferían hacer como que no lo veían. Mi arrebato reflexivo —si es que era eso— me sorprendió. Pero todavía era más difícil explicar mi insistencia en que conservara la fotografía que había tomado, pero que no me tomara ninguna más. ¿Qué parte de mi actitud se correspondía a nadar y qué parte a guardar la ropa?

Se me fue la imaginación hacia todos esos años de fotografías escolares: los dedos mojados con saliva que intentaban aplastar remolinos fingiendo que se trataba de una caricia cariñosa; ponerles unos dibujos animados mientras los vestías con una ropa elegante e incómoda; los intentos torpes por comunicar subliminalmente el valor de una sonrisa «natural». Las fotos siempre salían igual: una risa forzada con los labios cerrados, una mirada vacía, los ojos perdidos en la distancia... Imágenes de la pila de descartes de Diane Arbus. Pero a mí me encantaban. Me encantaba porque transmitían verdad: los niños todavía no sabían fingir. O sí sabían, pero todavía no eran capaces de ocultar su falta de sinceridad. Tenían unas sonrisas preciosas, las mejores, pero fingirlas se les daba fatal. La incapacidad de fingir una sonrisa es lo que define la infancia. Cuando Sam me dio las gracias por haberle puesto una habitación en mi nueva casa se convirtió en un hombre.

Un año, Benjy quedó realmente afectado por su retrato escolar; se negaba a creer que el niño de la foto fuera él, pero también que no lo fuera. Max decidió molestarlo más aún y le explicó que todo el mundo posee un yo vivo y un yo muerto, que existen en paralelo —«como tu espectro, más o menos»— y que la única vez que vemos nuestro yo muerto es en las fotos escolares. Benjy no tardó en ponerse a llorar. En un intento por calmarlo, saqué el álbum de fotos de mi *bar mitzvá*. Habíamos mirado ya varias decenas de fotos cuando Benjy dijo: «Pero yo creía que el *bar mitzvá* de Sam sería en el futuro».

En mi fiesta de *bar mitzvá*, familiares, amigos de mis padres y completos desconocidos me entregaron sobres con bonos de ahorro. A medida que los bolsillos de mi traje se llenaban, le daba los sobres a mi madre, que se los guardaba en la bolsa, debajo de su silla. Esa noche, mi padre y yo hicimos el recuento de aquel «saqueo honesto». No recuerdo la cantidad final, pero sí que era divisible por dieciocho.

Recuerdo el archipiélago de albúmina de encima del salmón. Recuerdo que cuando el cantante entonó el «Hava Nagila», pronunció *«ve-nismeja»* como un niño recitando el alfabeto que cree que «l-m-n-o» es una sola letra. Recuerdo que me levantaron sentado en la silla, por encima de las masas judías: el tuerto coronado. De vuelta sobre el parqué, mi padre me dijo que fuera a pasar un rato con mi abuelo. Yo lo veneraba, tal como me habían enseñado, pero estar con él nunca dejó de ser una obligación.

—Hola, abuelo —le dije, ofreciéndole la coronilla para que me diera un beso.

—He ingresado dinero en tu cuenta para la universidad —dijo, y dio unas palmadas en la silla de al lado.

—Gracias.

—¿Te dijo cuánto tu padre?

—No.

Miró a un lado y al otro, hizo un gesto para que acercara el oído a sus labios y susurró:

—Mil cuatrocientos cuarenta dólares.

—Guau —dije yo, recuperando una distancia cómoda. No tenía ni idea de si la cantidad justificaba aquella presentación, pero sabía lo que se esperaba de mí—. Qué generoso eres. Gracias.

—Pero también tengo esto —dijo, y se estiró para tomar una bolsa del súper del suelo. La dejó encima de la mesa y de dentro sacó algo envuelto en una servilleta. Asumí que era un ovillo de servilletas de restaurante (los solía guardar en bolsas de plástico), pero entonces me di cuenta de lo que pesaba—. Adelante —dijo. Dentro había una cámara Leica.

—Gracias —dije yo, pensando que la cámara era el regalo.

—Benny y yo volvimos después de la guerra, en 1946. Pensábamos que tal vez nuestra familia habría hallado la forma de sobrevivir, que por lo menos íbamos a encontrar a alguien. Pero no quedaba nadie. Un vecino, uno de los amigos de mi padre, nos vio y nos trajo esto a casa. Había guardado algunas de nuestras cosas, por si volvíamos. Nos dijo que aunque la guerra hubiera terminado aquél no era un lugar seguro y que era mejor que nos fuéramos. O sea que nos fuimos. Sólo me llevé algunas cosas, una de ellas esta cámara.

—Gracias.

—Cosí dinero y fotografías dentro del forro del saco que me puse para subir al barco. Imagina lo preocupado que estaba de que alguien fuera a robarme mis cosas. Me prometí que no me lo quitaría, pero hacía mucho calor, un calor insoportable. Dormía abrazado al saco, pero una mañana, al despertar, la maleta estaba ahí, pero el saco había desaparecido. Por eso no culpo a la persona que se lo llevó. De haber sido un ladrón, se habría llevado la maleta. Simplemente tenía frío.

—Pero si dijiste que hacía calor.

—Hacía calor para mí. —Puso el dedo sobre el disparador, como si fuera el detonador de una mina antipersona—. Conservo una sola foto de Europa. Es una foto mía. La usaba como punto de libro en el diario que llevaba en la maleta. Las fotos de mis hermanos y de mis padres las había cosido al saco. Y las perdí. Pero ésta es la cámara que las tomó.

—¿Dónde está tu diario?

—Me deshice de él.

¿Qué habría visto yo en esas fotos? ¿Qué habría leído en ese diario? Benjy no se reconocía a sí mismo en su foto escolar, pero ¿qué veía yo cuando la miraba? ¿Y qué había visto cuando había mirado el ultrasonido de Sam? ¿Una idea? ¿A un ser humano? ¿A *mi* ser humano? ¿A mí mismo? ¿Una idea de mí mismo? Tenía que creer en él y creí. Nunca dejé de creer en él, sólo dejé de creer en mí.

En su discurso del *bar mitzvá*, Sam dijo: «No habíamos pedido ni queríamos un arma nuclear, las armas nucleares son, en casi todos los sentidos, terribles. Pero todos las tienen por el mismo motivo: para no tener que usarlas».

Billie gritó algo que no entendí, pero lo que sí entendí fue el destello de felicidad de los ojos de Sam. La tensión en la sala fluyó hacia las esquinas; las palabras de Sam se dividieron y se bifurcaron en un puñado de conversaciones. Tomé algo de comida y se la llevé.

—Eres mucho mejor de lo que yo era a tu edad —le dije—. O ahora.

—No es una competencia —repuso él.

—No, es el progreso. Acompáñame un momento.

—¿Adónde?

—¿Adónde va a ser? ¡Al monte Moriá!

Lo llevé al piso de arriba, fuimos hasta mi cómoda y saqué la Leica del cajón de abajo.

—Esta cámara era de tu bisabuelo. La trajo de Europa. Me la regaló en mi *bar mitzvá*, me dijo que no conservaba ninguna foto de sus hermanos ni de sus padres, pero que esta cámara los había fotografiado. Sé que quería que fuera tuya.

—¿Te lo dijo él?

—No, pero sé que...

—O sea, que quien quiere que sea mía eres tú.

¿Quién guiaba a quién?

—Sí, soy yo.

La tomó y le dio varias vueltas.

—¿Funciona?

—Pues no lo sé. Aunque no creo que se trate de eso.

—¿Pero no debería tratarse precisamente de eso? —preguntó Sam.

Sam la mandó arreglar; la sacó al mundo y la cámara lo sacó a él de Other Life.

Estudió filosofía, pero se quedó en la licenciatura.

Olvidó la Leica en un tren, en Perú, durante la luna de miel con su primera mujer.

A los treinta y ocho años se convirtió en el juez más joven del Tribunal de Apelación del juzgado de Washington.

Para mi sesenta y cinco aniversario, los chicos me llevaron a comer al restaurante La Gran Muralla China de Sichuan. Sam levantó su botella de Tsingtao y propuso un brindis precioso, que terminó con un: «Por papá, que tiene siempre los ojos abiertos»; no supe si quería decir que estaba siempre buscando o que lo veía siempre todo.

Tamir estaba sentado en el suelo de la terminal, con la espalda apoyada en la pared y los ojos fijos en su teléfono celular. Me senté junto a él.

—Estoy empezando a arrepentirme —dije.

Él sonrió y asintió con la cabeza.

—¿Tamir?

Volvió a asentir.

—¿Puedes dejar de escribir mensajes un momento y escucharme?

—No estoy escribiendo —dijo, y me enseñó el teléfono: una cuadrícula llena de fotos en miniatura de su familia.

—Estoy empezando a arrepentirme.

—¿Empezando?

—Necesito que hablemos de todo esto.

—Define *todo esto*.

—Tú vas a volver con tu familia —dije—. Yo abandonaría la mía.

—¿Abandonaría?

—No seas así. Te estoy pidiendo ayuda.

—No, yo creo que lo que me estás pidiendo es que te perdone.

—¿Por qué? Pero si no he hecho nada.

—Todo lo que pienses después de la idea inicial te acerca un poco más a Newark Street.

—Eso no es necesariamente cierto.

—¿Necesariamente?

—Estoy aquí. Me he despedido de mis hijos.

—No me debes ninguna disculpa —dijo él—. No es tu país.

—A lo mejor estaba equivocado respecto a eso.

—Al parecer estabas en lo cierto.

—Y, como dijiste tú, aunque no sea mi casa es la tuya.

—¿Quién eres, Jacob?

Durante tres años consecutivos, Max cerró los ojos en la foto escolar. La primera vez fue una pequeña decepción, pero nos pareció básicamente gracioso. El segundo año ya nos costó más justificarlo diciendo que era un accidente. Hablamos con él sobre lo bonito que es tener esas fotos, lo mucho que a sus abuelos y a su bisabuelo les gustaba tenerlas, y cómo estropearlas a propósito era un gasto absurdo. La mañana de la foto del tercer año le pedimos a Max que nos mirara fijamente y nos prometiera que abriría los ojos. «Lo intentaré», dijo, parpadeando exageradamente, como si quisiera ahuyentar una mosca. «No lo intentes», dijo Julia, «hazlo». Cuando nos llegaron las fotos, los tres niños tenían los ojos cerrados, pero nunca he vuelto a ver unas sonrisas más genuinas.

—A lo mejor soy este que ves —le dije a Tamir.

—Lo dices como si no pudieras elegir quién quieres ser.

—A lo mejor he elegido ser éste.

—¿A lo mejor?

—No sé qué hacer, por eso te estoy pidiendo que hablemos.

—Bueno, hablemos. ¿Quién eres?

—¿Qué?

—Acabas de decir: «A lo mejor soy este que ves». Pues eso: ¿quién eres, a lo mejor?

—Oh, vamos, Tamir.

—¿Qué? Sólo te estoy pidiendo que me expliques qué has querido decir. ¿Quién eres?

—No es algo que se pueda articular en estos términos.

—Inténtalo. ¿Quién eres?

—Bueno, da igual. Siento haber preguntado.

—¿Quién eres, Jacob?

—¿Y tú? ¿Quién eres tú, Tamir?

—Yo soy alguien que vuelve a casa, por difícil que resulte.

—Vale, me lo quitaste de la boca.

—Puede ser, pero no del corazón. Vayas donde vayas, no estarás yendo a casa.

Cuando mi madre enfermó, mencionó que mi padre visitaba la tumba de Isaac una vez al mes. Le pregunté a mi padre por qué, pero él evadió el tema, como si yo tratara de obligarlo a reconocer una adicción al juego.

—Es una penitencia por haberlo enterrado en Estados Unidos —dijo.

—Pero ¿qué haces cuando vas?

—Me quedo ahí plantado como un idiota.

—¿Te puedo acompañar la próxima vez? —le pregunté a mi padre.

Lo que le contesté a Tamir, en cambio, fue:

—Quédate.

—Pero entonces ¿quién irá? —preguntó él.

—Nadie.

—¿Y qué lo salvará?

—Nada.

—¿Y lo dejamos perder así, sin más?

—Sí.

Tenía razón: mi padre desbrozaba el lugar de ramas, hojas y hierbas; limpiaba la lápida con un trapo húmedo que se había llevado dentro de una bolsa de plástico con cierre hermético, en el bolsillo del saco. De otra bolsa de plástico sacó las fotos.

—Los chicos —dijo, enseñándomelas un momento, y acto seguido las dejó en el suelo, boca abajo, sobre los ojos de su padre.

Habría querido colocar un *eruv* alrededor de los suicidas y librarlos de los remordimientos, pero ¿cómo llevaría yo mis propios remordimientos? ¿Qué les diría a Julia y a los niños al volver de Islip?

—Es como si lo hubiéramos enterrado hace cinco minutos —le dije a mi padre.

A Tamir, en cambio, le dije:

—Es como si te hubiéramos recogido del aeropuerto hace cinco minutos.

—Es como si todo hubiera pasado hace cinco minutos —dijo mi padre.

Tamir acercó los labios a mi oído y susurró:

—Eres inocente.

—¿Qué? —susurré yo, como si estuviera mirando estrellas.

—Que eres inocente.

—Gracias.

Él se apartó y añadió:

—No, quiero decir que eres demasiado confiado. Demasiado pueril.

—¿Crédulo, quieres decir?

—No conozco esa palabra.

—¿Qué intentas decirme?

—Que, naturalmente, no me encontré a Steven Spielberg en el baño.

—¿Te lo inventaste todo?

—Sí.

—Pero ¿sabías quién era?

—¿Qué crees, que en Israel no tenemos electricidad?

—Eres muy bueno —le dije.

«Te veo», solía decir mi abuelo desde el otro lado de la pantalla.

—Y tú muy inocente —dijo Tamir.

«Nos vemos», decía mi abuelo.

—Y, sin embargo, nunca hemos sido más viejos que ahora —dijo mi padre, y a continuación cantó un *kaddish* fúnebre.

CÓMO INTERPRETAR LO ÚLTIMO QUE UNO VE ANTES DE SUICIDARSE

Seis ojos cerrados, tres sonrisas genuinas.

CÓMO INTERPRETAR LO ÚLTIMO QUE UNO VE ANTES DE REENCARNARSE

La salida de EMERGENCIA de la terminal del aeropuerto McArthur; la entrada de EMERGENCIA al mundo.

CÓMO INTERPRETAR EL SUICIDIO

Desabróchate el cinturón. Sácalo de las cinco presillas de los pantalones. Abróchatelo alrededor del cuello y apriétalo. Colócalo en la parte superior de la puerta. Cierra la puerta para que el cinturón quede fijado entre la hoja y el marco. Mira el refrigerador. Deja caer todo el peso del cuerpo. Ocho ojos cerrados.

CÓMO INTERPRETAR LA REENCARNACIÓN

Unos meses después de mudarme, otro día en que no encontré ninguna carta en el buzón de la puerta de mi dormitorio, estaba vaciando las cestas de la ropa sucia de los chicos cuando encontré mierda dentro de unos calzoncillos de Max. Tenía once años. Durante las semanas siguientes volvió a pasar varias veces. A veces podía darles la vuelta encima de la taza del inodoro, frotar la mancha que quedaba y meterlos en la lavadora, pero por lo general no había forma de salvarlos.

No se lo mencioné al doctor Silvers por el mismo motivo por el que no le mencioné el dolor persistente de garganta al médico: sospechaba que se trataba de un síntoma de algo que no quería que se supiera. No se lo mencioné a Julia porque no quería oír que eso en su casa no lo hacía nunca. Y no se lo mencioné a Max porque preferí ahorrárselo. Y ahorrárnoslo nosotros.

De niño, a veces, yo dejaba deposiciones sobre la alfombra morada del baño de mi abuelo, a pocos centímetros de la taza del inodoro. A propósito. ¿Por qué lo hacía? ¿Por qué lo haría Max?

De niño me moría por tener un perro, pero siempre me decían que eran animales sucios. De niño me hacían lavar las manos antes de ir al baño, porque el mundo estaba sucio. Pero también me las tenía que lavar después.

Mi abuelo mencionó las cagadas de la alfombra una sola

vez. Sonrió, me cubrió media cabeza con su enorme mano y dijo: «No pasa nada. Es fantástico». ¿Por qué lo haría?

Max nunca mencionó la mierda de su cesto de ropa sucia, aunque una vez se me acercó mientras colgaba su ropa lavada a mano en el tendedero y dijo:

—Argo murió el día en que empezamos a venir a esta casa. ¿Tú crees que aquí se habría sentido como en casa?

CÓMO INTERPRETAR LAS CUESTIONES RELACIONADAS CON LA MUERTE Y EL RENACIMIENTO

No hablando nunca de ellas.

CÓMO INTERPRETAR LA NECESIDAD DE CREER

En el segundo ultrasonido que le hicieron a Julia, vimos los brazos y las piernas de Sam. (Aunque todavía no era Sam, sino «el berberecho».) Así empezó el éxodo de la idea a la cosa. Cuando piensas todo el tiempo en algo que —sin la ayuda de aparatos— no puedes ver, oír, oler ni tocar, no te queda más que creer en ello. Sólo unas semanas más tarde, cuando Julia empezó a notar la presencia y los movimientos del berberecho, creer en él dejó de ser la única opción posible, porque ahora también sabíamos. Con el paso de los meses —a medida que se giraba, pegaba patadas y le daba hipo—, fuimos sabiendo más y tuvimos que creer menos. Y cuando Sam llegó, nuestra necesidad de creer se desvaneció: ya no era necesaria.

Aunque no se desvaneció por completo. Quedó algún residuo. Las emociones y la actitud inexplicables, ilógicas y nada razonables de los padres pueden explicarse, por lo menos parcialmente, por haber tenido que pasar casi un año entero creyendo. Los padres no gozan del lujo de poder ser razonables, igual que les ocurre a las personas religiosas. Lo que hace que a veces las personas religiosas y los padres resulten tan insoportables es lo mismo que hace que la religión y la paternidad sean tan absolutamente hermosas: que suponen una apuesta a todo o nada. La fe.

Vi el nacimiento de Sam a través del visor de una cámara de video. Cuando el médico me tendió a mi hijo, dejé la cámara encima de la mesa y me olvidé de ella hasta que la enfermera vino a buscarlo para medirlo, o calentarlo, o lo que sea que les hacen a los recién nacidos y que les enseña la lección más importante de su vida: que todo el mundo se desentenderá de ti, incluso tus padres.

Pero pasamos veinte minutos con él, de modo que tenemos un video de veinte minutos de la ventana, con la banda sonora de una vida nueva: la vida de Sam, la nuestra. Le dije a Sam que era precioso. Le dije a Julia lo precioso que era Sam. Le dije lo preciosa que era ella. Todas ellas verdades que se quedan cortas, imprecisas: usé el mismo adjetivo para referirme a tres significados esenciales, enteramente diferentes: «precioso», «precioso» y «preciosa».

Se nos oye llorar, a todos.

Se nos oye reír, a Julia y a mí.

Se oye a Julia llamándome «papá» por primera vez. Se me oye a mí susurrándole bendiciones a Sam, rezando: «Que estés sano, que seas feliz, que vivas en paz». Se lo repetí una y otra vez: «Que estés sano, que seas feliz, que vivas en paz». No eran palabras propias de mí y no las había planeado; las palabras procedían de un pozo más profundo que mi vida, y las manos que recogían la cuerda con la cubeta no eran las mías. Lo último que se oye en el video, justo cuando la enfermera llama a la puerta, es a mí diciéndole a Julia:

—No nos daremos ni cuenta y nos estará enterrando.

—Jacob...

—Bueno, pues estaremos en su boda.

—¡Jacob!

—¿En su *bar mitzvá*?

—¿Por qué no podemos aceptar las cosas según vayan viniendo?

—¿Qué cosas?

—Las renuncias.

Me equivoqué en casi todo, pero acerté en lo de la velocidad a la que lo perderíamos todo. Algunos de los momentos fueron interminablemente largos —la cruel noche en que empezamos a acostumbrarlo a dormirse solo; cuando me lo arranqué cruelmente (o así lo percibí yo) de la pierna el primer día de colegio; cuando lo sujetaba sobre la camilla, mientras el médico que no le estaba cosiendo la mano me decía: «Éste no es momento para ser su amigo»—, pero los años pasaron tan rápido que tuve que recurrir a videos y álbumes fotográficos en busca de pruebas de nuestra existencia compartida. Sucedió, tuvo que suceder. Todo eso lo vivimos. Y, no obstante, había que tener pruebas o creer en ello.

La noche antes del accidente de Sam, le dije a Julia que tenía demasiado amor para ser feliz. Amaba a mi hijo más allá de mi capacidad de amar, pero no amaba el amor. Porque resultaba arrollador. Porque era necesariamente cruel. Porque no cabía en mi cuerpo, de modo que se deformaba y se convertía en una especie de sobrevigilancia agonizante que complicaba lo que tendría que haber sido la cosa menos complicada del mundo: la crianza y el juego. Porque era demasiado amor para la felicidad. Sobre eso también estaba en lo cierto.

Cuando llegamos con Sam a casa por primera vez, supliqué ser capaz de recordar cada sentimiento, cada detalle. Un día necesitaría recordar qué aspecto tenía el jardín cuando mi primogénito lo vio por primera vez. Necesitaría saber qué ruido había hecho el cinturón de seguridad al desengancharse. Mi vida dependería de mi capacidad de revisitar mi vida. Llegaría el día en que cambiaría un año de lo que me quedaba para poder tener a mis bebés en brazos durante una hora. Sobre eso también tenía razón, incluso sin saber que un día Julia y yo nos divorciaríamos.

Y en realidad me acordaba. Me acordaba de todo: de la gota de sangre que había manchado la gasa que cubría la herida de la circuncisión; de cómo le olía la nuca; de cómo se plegaba un cochecito con una sola mano; de cómo le levantaba los tobillos por encima de la cabeza mientras le limpiaba el interior de los muslos; de la viscosidad de la pomada para el pañal; de lo inquietante que era la leche materna congelada; del ruido del monitor de bebés cuando te equivocabas de canal; de lo que costaban los paquetes de pañales; de la transparencia de unos párpados nuevos; de cómo Sam extendía los brazos cuando lo ponías horizontal, como sus antepasados simios al caerse; de la tortuosa irregularidad de su respiración; y de cómo no podía perdonarme a mí mismo cada vez que apartaba la vista y pasaba algo intrascendente, pero pasaba. Porque pasó. Pasó todo. Y, sin embargo, eso me convirtió en creyente.

CÓMO INTERPRETAR EL EXCESO DE AMOR

Susurrando al oído y esperando el eco.

CÓMO INTERPRETAR LA PLEGARIA

Susurrando al oído sin esperar ningún eco.

CÓMO INTERPRETAR A NADIE

La noche en que volví del aeropuerto de Islip fue la última noche que pasé en la misma cama que Julia. Cuando me metí debajo de las sábanas ella se movió.

—Qué guerra tan corta —murmuró.

—Acabo de darles un beso a los niños —dije.

—¿Hemos ganado? —preguntó.

—Al final resulta que no hay un nosotros —dije yo.

—¿Y yo, he ganado? —insistió.

—¿Qué significa *ganado*?

Julia se dio la vuelta hacia su lado y dijo:

—Sobrevivido.

CÓMO INTERPRETAR AQUÍ ESTOY

Casi al final de nuestro acuerdo de divorcio había una cláusula que decía que si alguno de los dos tenía más hijos, los niños que habíamos tenido juntos no recibirían «un trato económico menos favorable», ni mientras viviéramos, ni tampoco en nuestros respectivos testamentos. Aunque había espinas más afiladas, y muchas, a Julia ésta se le clavó particularmente hondo. Sin embargo, en lugar de reconocer lo que en su momento yo creía que era la fuente de su angustia —que, teniendo en cuenta nuestra edad, lo de tener más hijos sólo era realista en mi caso—, se aferró a una cuestión que ni siquiera estaba sobre la mesa.

—Yo no me volvería a casar ni en un millón de años —le dijo al mediador.

—La cláusula no tiene que ver con volverse a casar, sino con tener más hijos.

—Si fuera a tener más hijos, que no tendré, sería en el contexto del matrimonio, cosa que no va a suceder.

—La vida es larga —dijo el mediador.

—Y el universo es mucho mayor, pero no parece que recibamos muchas visitas de formas de vida inteligente.

—Eso es porque todavía no vivimos en una residencia judía —dije yo, intentando al mismo tiempo calmarla un poco y crear una relación de camaradería inocente con el mediador, que me dirigió una mirada confundida.

—Y no, no es larga —dijo Julia—. Si la vida fuera larga no iría ya por la mitad.

—No vas por la mitad —dije yo.

—Tú no vas por la mitad, porque eres un hombre.

—Las mujeres viven más que los hombres.

—Sólo técnicamente.

El mediador, que no picaba nunca, no picó. Carraspeó como si blandiera un machete para limpiar la maleza de nuestra historia, y dijo:

—Esta cláusula, que debo decir que es totalmente estándar en acuerdos como el suyo, no le afectará si no tiene más hijos. Simplemente la protege a usted y a sus hijos si Jacob los tiene.

—No la quiero —dijo Julia.

—¿Podemos dejar este tema y pasar a cosas genuinamente controvertidas? —sugerí yo.

—No —replicó ella—. No la quiero.

—¿Aunque eso signifique renunciar a su protección legal? —preguntó el mediador.

—Confío en que Jacob no tratará a otros hijos más favorablemente que a los nuestros.

—La vida es larga —dije yo, haciéndole un guiño al mediador sin mover un párpado.

—¿Se supone que eso era una broma? —preguntó Julia.

—Sí, claro.

El mediador volvió a carraspear y tachó la cláusula trazando una raya.

Julia no dio su brazo a torcer ni siquiera después de que elimináramos lo que, en realidad, ya de buen principio no estaba ahí. En plena discusión sobre algún asunto que no tenía ninguna relación —sobre cómo gestionaríamos Acción de Gracias,

Halloween y cumpleaños; si era necesario prohibir legalmente la presencia de un árbol de Navidad en casa del otro—, de repente soltaba: «El divorcio tiene una mala reputación injustificada; la culpa de todo esto la tiene el matrimonio». Esos comentarios fuera de contexto se convirtieron en parte de la rutina: eran imposibles de anticipar y, al mismo tiempo, ya no sorprendían a nadie. El mediador demostró una paciencia casi autista a sus exabruptos, dignos de alguien con síndrome de Tourette, hasta que una tarde, mientras debatíamos los pormenores de cómo tomar decisiones médicas en caso de que uno de los dos padres no estuviera localizable, Julia dijo:

—Literalmente, antes de volver a casarme me moriré.

Sin carraspear ni perder un segundo, el mediador preguntó:

—¿Quiere que incluya una cláusula a tal efecto en el contrato, para darle validez legal?

Empezó a salir con Daniel unos tres años después del divorcio. Hasta donde sé (aunque en realidad no sé mucho debido a la bondad de los niños, que intentaban protegerme), no salió con demasiada gente antes. Parecía estar disfrutando de la calma y la soledad, como siempre había dicho (y yo nunca había creído) que haría. Su despacho de arquitectura prosperó mucho: se construyeron dos de sus casas (una en Bethesda, otra en la costa), y recibió un encargo para reconvertir una mansión de Dupont Circle en un museo que albergaría la colección de arte contemporáneo de un oligarca local del negocio de los supermercados. Benjy —que era igual de bondadoso que sus hermanos pero psicológicamente mucho menos sofisticado— mencionaba a Daniel cada vez con mayor frecuencia, generalmente para comentar su habilidad a la hora de editar películas en su computadora. Esa sencilla habilidad, que cualquiera dispuesto a invertir una tarde en aprenderla podía aprender en una sola tarde, cambió radicalmente la vida de Benjy. Todas las películas «inmaduras» que había estado grabando con la cámara digital sumergible que le había regalado hacía dos Janucás cobraron de pronto vida como «películas adultas». (Yo nunca sugerí que dejara la cámara en mi casa, y tampoco le pusimos peros a aquella terminología.) Un día, al dejar a los niños en casa de Julia después de un fin de semana de aventuras particularmente entretenido, que había pasado las dos semanas anteriores planeando, Benjy me agarró de la pierna y dijo:

—¿Te tienes que ir?

Le dije que sí, pero que se lo iba a pasar muy bien y que nos volveríamos a ver al cabo de unos días. Él se volvió hacia Julia y le preguntó:

—¿Está Daniel?

—Está en una reunión —dijo ella—, pero volverá de un momento a otro.

—¿Carajo, otra reunión? ¡Quería hacer una película adulta!

Al doblar la esquina con el coche, vi a un hombre más o menos de mi edad, vestido con una ropa como la que podría haber llevado yo, sentado en un banco, sin libro ni nada, esperando sin más.

Sabía que había ido de safari con ellos.

Sabía que llevaba a Max a ver partidos de los Wizards.

En un momento dado se mudó con ellos. No sé exactamente cuándo, nunca me lo contaron como si fuera una noticia.

—¿A qué se dedica Daniel? —les pregunté una noche a los chicos, mientras cenábamos en un restaurante indio. En esa época salíamos mucho a cenar, en parte porque me costaba encontrar el tiempo necesario para ir de compras y cocinar, pero sobre todo porque estaba obsesionado con demostrarles que todavía podíamos divertirnos juntos. Y salir a cenar es divertido. Hasta que alguien pregunta: «¿Adónde iremos a cenar hoy?», momento en que se vuelve deprimente.

—Es científico —dijo Sam.

—Pero no ha ganado el Nobel ni nada parecido —añadió Max—. Es científico y ya está.

—¿Y a qué se dedica?

—Ni idea —dijeron Sam y Max al unísono, pero ninguno de los dos dijo «bis bis».

—Es astrofísico —dijo Benjy—. ¿Te pones triste? —preguntó inmediatamente.

—¿Porque es astrofísico?

—Sí.

Julia me pidió varias veces que saliera a tomar algo con él, para conocerlo. Dijo que significaría mucho para ella y para Daniel, y que seguro que sería bueno para los niños.

—Sí, claro —le dije yo—. Es muy buena idea.

Y lo creí mientras lo decía, pero nunca salimos a tomar nada.

Un día, estábamos despidiéndonos después de una reunión con los maestros de Max cuando me dijo que ella y Daniel iban a casarse.

—¿Eso quiere decir que estás muerta?

—¿Disculpa?

—Dijiste que te morirías antes que volverte a casar.

Se echó a reír.

—No, muerta no. Reencarnada.

—¿En ti misma?

—En mí misma más el paso del tiempo.

—Yo mismo más el paso del tiempo es mi padre.

Julia volvió a reír. ¿Se trataba de una risa espontánea o generosa?

—Lo mejor de reencarnarte es que la vida se convierte en un proceso más que en un acontecimiento.

—Un momento, ¿hablas en serio?

—Son temas de yoga.

—Sí, que topan frontalmente con temas de ciencia.

—Como te iba diciendo, la vida se convierte en un proceso más que en un acontecimiento. Como lo que te contó el mago sobre trucos y resultados, ¿recuerdas? No tienes que alcanzar la iluminación, simplemente acercarte más a ella. Basta con que te vuelvas un poco más tolerante.

—La mayoría de las cosas no se deberían tolerar.

—Tolerante con el mundo...

—Sí, yo también vivo en el mundo.

—En tu mundo.

—Es más complicado que eso.

—Una sola vida supone demasiada presión.

—En la fosa de las Marianas también hay mucha presión, pero la realidad es como es. Por cierto, ¿a qué vinieron todos esos rollos sobre si Max es demasiado meticuloso?

—Es que se queda durante el recreo para terminar los deberes...

—Porque es diligente.

—Quiere controlar todo lo que es susceptible de control.

—¿Otro tema de yoga?

—En realidad he buscado a un doctor Silvers.

¿Por qué eso me provocó celos? ¿Tal vez porque los sentimientos que me provocaba su matrimonio eran demasiado intensos para experimentarlos directamente?

—Bueno —dije—, yo creo en muchas cosas. Pero en lo más alto de la lista de cosas en las que no creo está la reencarnación.

—Tú también te reencarnas, Jacob, una y otra vez. Sólo que siempre en ti mismo.

No le pregunté si los chicos lo sabían desde antes que yo y, en caso de que así fuera, desde cuándo. Ella no me contó cuándo sería, ni si me invitaría.

—¿Significa eso que a partir de ahora se me va a tratar de forma menos favorable? —pregunté.

Julia se rio. La abracé, le dije que me alegraba mucho por ella y en cuanto llegué a casa me compré una consola de videojuegos, algo que siempre habíamos dicho que no haríamos.

La boda fue tres meses más tarde y sí me invitaron, y los niños lo habían sabido antes que yo, pero sólo por un día. Les pedí que no mencionaran lo de la consola, y ésa fue mi forma de errar el blanco.

No puedo evitar comparar la boda con la nuestra. Había menos gente, pero muchos eran los mismos. ¿Qué pensarían al verme? Los que tuvieron el coraje de acercarse o bien fingieron que la situación no tenía nada de vergonzoso, que simplemente estábamos charlando en la boda de una amiga común, o me pusieron una mano en el hombro.

A Julia y a mí siempre se nos dio bien encontrarnos con la mirada, incluso después del divorcio. Teníamos la habilidad de localizarnos siempre. Era una de nuestras bromas privadas: «¿Cómo te encontraré en el cine?». «Siendo tú mismo.» Pero esa tarde no sucedió ni una sola vez. Ella tenía muchas cosas en la cabeza, pero también debía de controlar mentalmente dónde me encontraba yo. En varias ocasiones pensé en largarme disimuladamente, pero eso no se podía hacer.

Los chicos pronunciaron un discurso precioso los tres juntos.

Pedí una copa de tinto.

Daniel tuvo palabras atentas y cariñosas. Me dio las gracias por estar ahí y por ser tan comprensivo. Asentí y sonreí. Él pasó a otra cosa.

Pedí una copa de tinto.

Me acordé del discurso de mi madre en mi boda: «En la enfermedad y en la enfermedad. He aquí lo que les deseo. No busquen ni esperen milagros, porque no existen. Ya no. Y tampoco existen curas para el dolor que más duele. Sólo existe la medicina de creer en el dolor del otro y de estar presente cuando aparezca». ¿Quién creería en mi dolor? ¿Quién estaría presente cuando apareciera?

Observé la *horah* desde mi mesa, vi cómo los chicos levantaban a su madre sentada en la silla. Julia se desternilló, y yo estuve seguro que desde aquella perspectiva tan ventajosa nuestras miradas se cruzarían, pero no fue así.

Me colocaron una ensalada delante.

Julia y Daniel fueron de mesa en mesa para asegurarse de que saludaban a todos los invitados y para tomarse fotos con ellos. Los vi acercarse, como la ola en un partido de los Nationals, pero no podía hacer nada por participar en ella.

Me puse en un extremo. «¡Digan "patata"!», exclamó el fotógrafo, pero no lo hice. Sacó tres fotos, por si acaso. Julia le susurró algo a Daniel y le dio un beso. Él se fue y ella se sentó a mi lado.

—Me alegro de que hayas venido.

—Pues claro que he venido.

—No, de claro nada. Estás aquí porque lo has decidido, y sé que eso ha tenido su complejidad.

—Yo me alegro de que me quisieras aquí.

—¿Estás bien? —me preguntó.

—Sí, muy bien.

—De acuerdo.

Miré alrededor de la sala: las condenadas flores, vasos de agua sudorosos, labiales en bolsas abandonadas en las sillas, guitarras cada vez más desafinadas en las bocinas, cuchillos que habían asistido a miles de bodas.

—¿Quieres oír algo triste? —dije—. Siempre pensé que, de los dos, el feliz era yo. Bueno, el más feliz, debería decir en realidad. Nunca me he considerado feliz.

—¿Quieres oír algo todavía más triste? Yo siempre pensé que era la infeliz.

—Supongo que los dos estábamos equivocados.

—No —dijo ella—. Estábamos en lo cierto, pero sólo en el contexto de nuestro matrimonio.

Apoyé las manos en las rodillas para tener mejor equilibrio.

—¿Tú estabas cuando mi padre dijo aquello de «sin contexto todos seríamos monstruos»?

—Creo que no. Por lo menos no me acuerdo.

—Nuestro contexto nos convirtió en monstruos.

—No, en monstruos no —dijo ella—. Fuimos buenos y criamos a tres hijos fantásticos.

—Y ahora tú eres feliz y yo sigo siendo yo.

—La vida es larga —dijo ella, confiando en que me acordara.

—Y el universo es mucho mayor —dije yo, confirmándole que sí.

Me colocaron una lubina delante. Tomé el tenedor, para tener algo en las manos, y dije:

—¿Te puedo hacer una pregunta?

—Sí, claro.

—¿Qué le dices a la gente cuando te preguntan por qué nos divorciamos?

—Hace mucho que no me lo preguntan.

—¿Pero qué les decías?

—Que nos habíamos dado cuenta de que éramos básicamente buenos amigos y que se nos daba bien criar a los niños.

—¿Pero eso no serían motivos para no divorciarse?

Julia sonrió.

—Me costó mucho explicarlo —dijo.

—A mí también. Siempre parecía que escondía algo. O que me sentía culpable por algo. O que era veleidoso.

—En el fondo no le importa a nadie.

—¿Y qué te dices a ti misma?

—Hace mucho que no me lo pregunto.

—¿Qué te decías?

Julia tomó una cuchara de encima de la mesa.

—Nos divorciamos porque nos divorciamos —dijo—. Y no es una tautología.

Mientras los meseros estaban todavía llevando la cena a las últimas mesas, en las primeras ya iban por el postre.

—¿Y los chicos? —pregunté—. ¿Cómo se lo explicaste a ellos?

—Nunca me lo preguntaron explícitamente. A veces parecía que tanteaban el asunto, pero nunca terminaron de abordarlo. ¿A ti?

—Ni una sola vez. Raro, ¿no?

—No —dijo ella, una novia vestida de novia—. Para nada.

Me fijé en los chicos, que hacían el tonto en la pista de baile, y dije:

—¿Por qué los pusimos en situación de tener que preguntarlo?

—Nuestro amor hacia ellos se interpuso en nuestro deseo de ser buenos padres.

Acaricié el borde de mi copa, pero no hizo ningún sonido.

—Si pudiera volver a empezar sería mucho mejor padre.

—Puedes —dijo ella.

—No voy a tener más hijos.

—Ya lo sé.

—Y tampoco tengo una máquina del tiempo.

—Ya lo sé.

—¿Crees que podría haber salido bien? —le pregunté—. ¿Si lo hubiéramos intentado con más ahínco? ¿Si hubiéramos insistido?

—¿A qué te refieres?

—A la vida.

—Creamos tres vidas y nos salieron bastante bien —dijo ella.

—Pero ¿podríamos haber conseguido crear una?

—¿Es ésa la pregunta?

—¿Por qué no?

—«Conseguirlo.» No fracasar. Hay cosas más ambiciosas que hacer con la vida.

—¿Seguro?

—La esperanza es lo último que se pierde.

De camino a la boda había estado escuchando un *podcast* sobre asteroides y lo poco preparados que estamos para la eventualidad de que uno se dirija hacia nosotros. El físico al que entrevistaban explicó por qué ninguno de los posibles planes de contingencia funcionaría: lanzarle un misil sólo serviría para convertir una bomba cósmica en perdigones cósmicos (por no mencionar que seguramente los fragmentos se volverían a unir en pocas horas a causa de la gravedad); podríamos recurrir a cohetes robóticos que desviaran el curso del asteroide con sus propulsores, podríamos si existieran, claro, pero ni existían ni existirían; igual de inverosímil sería la opción de enviar una enorme nave que funcionara como «tractor gravitatorio» y que utilizara su masa para alejar el asteroide de la Tierra. «Pero entonces ¿qué haríamos?», preguntó el presentador. «Seguramente lanzar misiles», dijo el físico. «Pero acaba de decir que eso sólo serviría para dividirlo en un montón de asteroides que nos alcanzarían igualmente.» «Correcto.» «O sea que no funcionaría.» «Es casi seguro que no», dijo el físico, «pero sería nuestra mayor esperanza».

«Nuestra mayor esperanza.»

En su momento, la frase no había despertado nada en mí. Pero cuando Julia había pronunciado la palabra *esperanza*, algo dentro de mi mente había hecho clic y se había desencadenado mi tristeza.

—¿Te acuerdas de cuando rompí el foco? ¿En nuestra boda?

—¿En serio me estás preguntando eso?

—¿Te gustó ese momento?

—Qué pregunta tan rara —dijo ella—. Pero sí, me gustó.

—A mí también.

—Ni siquiera sé qué se supone que representa.

—Me gusta que me hagas esa pregunta.

—Sabía que te gustaría.

—Alguna gente cree que tiene la función de recordarnos toda la destrucción que fue necesaria para que pudiéramos llegar al momento de mayor felicidad. Otra cree que es algo así como una oración: que seamos felices hasta que los fragmentos de este foco vuelvan a unirse. Hay gente que lo considera un símbolo de fragilidad. Pero la interpretación que nunca he oído me parece la más honesta: el foco nos representa a nosotros, individuos rotos comprometiéndose a lo que será una unión rota en un mundo roto.

—Tu versión es menos inspiradora.

«No es verdad», pensé yo. «Lo es más.»

—No hay nada más entero que un corazón roto —dije.

—¿Silvers?

—En realidad lo dijo Kotzker Rebbe.

—Quién lo iba a decir.

—He estado estudiando con el rabino que ofició el funeral de mi abuelo.

—La curiosidad convirtió al gato.

—*Miauzel tov*.

Me encantaba hacerla reír.

Miré a Julia y en aquel momento supe que no lo habríamos conseguido nunca. Pero también supe que ella había sido mi mayor esperanza.

—Es raro —dije—. Pasamos dieciséis años de nuestras vidas juntos. Mientras duraron, parecía que lo eran todo, pero a medida que transcurra el tiempo cada vez serán una parte menor de nuestras vidas. Todo ese tiempo fue sólo un... ¿qué? ¿Un capítulo?

—Yo no me lo planteo en esos términos.

Se colocó el pelo detrás de la oreja, como la había visto hacer miles de veces.

—¿Por qué lloras? —le pregunté.

—¿Cómo que por qué lloro? ¿Por qué no lloras tú? La vida es así. Lloro porque esto es mi vida.

Del mismo modo que el sonido de la pala hundiéndose en el saco de comida hacía que Argo saliera de dondequiera que estuviera y apareciera corriendo, los chicos parecían sentir una atracción casi telepática por las lágrimas de su madre.

—¿Qué hace todo el mundo llorando? —preguntó Sam—. ¿Alguien ganó una medalla de oro?

—¿Estás triste? —me preguntó Benjy.

—No te preocupes por mí —le dije.

—Todo irá bien —dijo Julia—. Ya verás como todo irá bien.

No había nada más doloroso que ser el centro de atención durante la boda de mi mujer, excepto el hecho de que todavía pensara en ella como mi mujer.

—¿Eufórico? —preguntó Max, tendiéndole a Benjy la cereza de su Shirley Temple.

—No.

—¿Estupefacto? ¿Sorprendido? ¿Diáfano?

Solté una carcajada.

—Bueno, ¿qué? —preguntó Sam.

Eso, ¿qué? ¿Qué era lo que sentía?

—¿Se acuerdan cuando hablamos del valor absoluto? ¿Para algo de física, tal vez?

—Mates.

—¿Y se acuerdan de qué es?

—La distancia desde cero.

—No tengo ni idea de qué hablan —dijo Benjy.

Julia se lo sentó en el regazo y dijo:

—Yo tampoco.

—A veces los sentimientos son así —añadí yo—. Ni positivos, ni negativos, simplemente excesivos.

Nadie tenía ni idea de qué estaba diciendo. Ni siquiera yo sabía qué estaba diciendo. Me habría gustado llamar al doctor Silvers, poner el teléfono en altavoz y pedirle que me explicara qué me pasaba, a mí y también a mi familia.

Después del divorcio había tenido una serie de relaciones breves. Tuve suerte de poder conocer a esas mujeres: eran todas listas, fuertes, divertidas y generosas. Cuando tenía que explicar por qué no había funcionado, siempre terminaba reduciéndolo todo a mi incapacidad de ser totalmente honesto con ellas. El doctor Silvers me incitó a explorar a qué me refería con lo de «totalmente honesto», pero nunca puso en duda mi razonamiento, nunca sugirió que estuviera saboteándome a mí mismo, recurriendo a definiciones imposibles de satisfacer. Me respetaba, al tiempo que sentía lástima por mí. O, por lo menos, eso era lo que yo quería que sintiera.

—Sería muy difícil vivir así —dijo—. Siendo totalmente honesto.

—Ya lo sé.

—No sólo se expondría a que le hirieran una y otra vez: también heriría a los demás.

—Ya lo sé.

—Y no creo que eso le hiciera más feliz.

—No, yo tampoco.

Hizo girar la silla y miró por la ventana, como solía hacer

siempre que pensaba, como si la sabiduría sólo pudiera encontrarse en la distancia. Volvió a girar sobre la silla y añadió:

—Aunque si fuera capaz de vivir así... —Y entonces se detuvo y se quitó los lentes. En los veinte años que hacía que lo conocía era la primera vez que lo veía quitarse los lentes. Se sujetó el puente de la nariz entre el índice y el pulgar—. Si fuera capaz de vivir así, podríamos dar las sesiones por terminadas.

Nunca fui capaz de vivir así, pero nuestras sesiones terminaron un año más tarde, cuando el doctor Silvers murió de un ataque al corazón mientras hacía *footing*. Recibí una llamada de una de las terapeutas que tenía consulta en las mismas oficinas. Me invitó a ir a verla para hablar del asunto, pero yo no quería hablar con ella: quería hablar con él. Me sentí traicionado. ¡Tendría que haber sido él quien me llamara para comunicarme la noticia de su muerte!

Y debería haber sido yo quien comunicara la noticia de mi tristeza a los chicos. Pero del mismo modo que la muerte había impedido al doctor Silvers compartir su muerte conmigo, mi tristeza los mantenía al margen de mi tristeza.

Los miembros de la banda ocuparon su sitio y, pasando de preliminares musicales, atacaron directamente *Dancing on the Ceiling*. La lubina que en su momento me habían colocado delante ya no estaba; se la debían de haber llevado. La copa de vino que en su momento había tenido delante ya no estaba; me la debía de haber bebido.

Los chicos volvieron corriendo a la pista de baile.

—Me iré discretamente —le dije a Julia.

—Como en Islip —dijo—. Lo siento —añadió entonces—, no quería...

Cuando visitamos Masada, mi padre se llenó los bolsillos de piedras, y yo, sin saber por qué lo hacía, y sólo para obtener su aprobación, lo imité. Shlomo nos dijo que las volviéramos a dejar. Era la primera vez que nos decía que no a algo. Nos explicó que si todo el mundo se llevaba una roca, Masada quedaría dispersada por chimeneas, librerías y mesitas de centro de todo el mundo, y la montaña dejaría de existir. Aunque yo era un niño sabía que eso era ridículo: si hay algo permanente son las montañas.

Me fui discretamente. Como en Islip.

Fui hasta mi coche, bajo un cielo plagado de cuerpos próximos a la Tierra.

En algún lugar del libro de visitas están las firmas de mis hijos. Cada uno desarrolló su propia letra, pero fui yo quien les dio nombre.

Me estacioné delante de casa, con dos llantas encima de la acera. Incluso es posible que no haya cerrado la puerta delantera.

Y aquí estoy, escribiendo en mi despacho del semisótano, mientras mi familia baila.

¿Cuántas sinagogas construyó Sam al final? ¿Sobrevivió alguna? ¿Un muro, al menos?

Mi sinagoga está hecha de palabras. Los espacios son lo que permiten que oscile cuando el suelo se tambalea. En el umbral del santuario están las *mezuzot*: un marco clavado encima del marco de la puerta: los anillos de crecimiento de mi familia. Dentro del arca está lo roto y también lo entero: la mano aplastada de Sam junto a la otra mano, que se aferraba a mí mientras yo le decía: «Ya lo sé, ya lo sé»; Argo echado sobre su propia mierda, junto al cachorro que jadeaba y se orinaba cada vez que Max entraba en casa; el Tamir de después de la guerra junto al Noam de antes de la guerra; las rodillas de mi abuelo, que nunca volvería a enderezar del todo, junto al beso en una costra inexistente de su bisnieto; el reflejo de mi padre sobre un espejo cubierto con un paño negro junto a mis hijos durmiéndose en el retrovisor, junto a la persona que nunca dejará de escribir estas palabras, que se pasó la vida rompiéndose los puños contra la puerta de la sinagoga, suplicando que lo dejaran entrar, junto al niño que soñaba con gente huyendo de un refugio antiaéreo inmenso para refugiarse en el mundo, el niño que se habría dado cuenta de que aquella puerta pesada, pesadísima, se abría hacia afuera, y que él había estado en el sanctasanctórum desde el principio.

VIII

EN CASA

Durante el largo periodo que siguió a la destrucción de Israel, Jacob se mudó a su nueva casa. Era una versión bonita, si bien algo menos bonita, de su vieja casa: techos algo más bajos; un parquet algo menos antiguo de lamas algo menos anchas; una cocina con aplicaciones que sólo Home Depot podía considerar como «hechas a medida», pero que cumplían con su cometido; una bañera que seguramente contenía BPA, comprada seguramente de Home Depot, pero que cumplía también con su cometido; armarios de melanina con estantes casi nivelados, que cumplían con su cometido y que no estaban mal; un olor a desván leve y tirando a desagradable que llenaba aquella casa sin desván; manijas de Home Depot; ventanas antiguas y carcomidas que servían más como umbral visual que como barrera contra los elementos y el ruido; paredes irregulares, impregnadas de un moho nada encantador; ominosos descarapelados en los rincones; colores de pared de un sadismo sutil; interruptores torcidos; un tocador de Home Depot con cajones de melanina de imitación de madera en un baño color secreción en el que el rollo de papel higiénico quedaba fuera del alcance de cualquiera que no hubiera sido traído desde África para machacar la canasta sin saltar; separaciones horribles por todas partes: entre los componentes de las molduras, entre la moldura de techo y el techo, entre la moldura de suelo y el suelo, entre el fregadero y la pared, entre la repisa de la chimenea inoperativa y la pared, entre los interruptores torcidos y la pared, entre los marcos de puerta y la pared, entre los rosetones de Home Depot (con más plástico que si fueran de plástico) y el techo con ictericia, entre las lamas del suelo... En realidad no importaba, pero tampoco era algo que pasara desapercibido. Jacob tenía que admitir que era más burgués de lo que le habría gustado admitir, pero sabía que esas cosas sí importaban. Que tenían en sí mismas un efecto separador.

Disponía de tiempo, de pronto disponía de una vida entera, y las necesidades de Jacob habían empezado a tomar la forma de sus necesidades en lugar de la de su capacidad de satisfacerlas. Estaba declarando su independencia, y todo —desde la interminable espera a que llegara el Mesías del agua caliente hasta la placa descentrada que no dejaba suficientes hebras de cable a la vista— lo llenaba de esperanza. O de una versión de la esperanza. Tal vez Jacob la había empujado a ello, pero había sido Julia quien había optado por la separación. Y si bien podía interpretarse que su regreso de Islip le había servido para reclamar una identidad, también podía decirse que eso había supuesto su renuncia a otra. Es decir, que aunque seguramente no había redactado su declaración de independencia, estaba encantado de firmarla. Era una versión de la felicidad.

A los cuarenta y dos se es joven, no paraba de repetirse, como un idiota. Oía su idiotez con todas sus letras y, no obstante, no podía dejar de expresarla. Se recordaba a sí mismo que la tecnología médica avanzaba sin parar, que se estaba esforzando por consumir comida menos dañina, que pagaba la cuota del gimnasio (pura ceremonia), y también algo que Sam le había explicado una vez: con cada año que pasa, la esperanza de vida aumenta un año. Todo aquel que no fumara viviría hasta los cien, y los que hacían yoga durarían más que Moisés.

Con el tiempo, su casa se iría pareciendo a su hogar: un par de alfombras, acabados de mayor calidad, colores de pared que no vulneraran la Convención de Ginebra, cuadros, fotos y litografías, lámparas relajantes, libros sobre arte repartidos por las superficies, cobijas pulcramente dobladas y colocadas encima de sofás y sillas, tal vez un horno de leña en un rincón... Y, con el tiempo, todo lo que era posible se haría realidad. Encontraría novia, o tal vez no. Se compraría un coche por sorpresa, o seguramente no. Finalmente haría algo con la serie de televisión a la que llevaba más de una década entregando su alma. (El alma es lo único que necesita dispersión para acumularse.) Ahora que ya no necesitaba proteger a su abuelo, dejaría de escribir la biblia y volvería a concentrarse en la serie en sí. Se la enseñaría a uno de esos productores que en su día, cuando todavía hacía cosas que se podían compartir, se interesó por él. Había pasado mucho tiempo, pero todavía se acordarían de él.

Había tenido más de un motivo para guardar esas páginas en un cajón: no se trataba sólo de proteger a los demás. Pero ahora que ya no tenía nada que perder, incluso Julia vería que la serie no era una manera de evadirse de las dificultades de la vida familiar, sino una forma de redimir la destrucción de la familia.

Israel no había sido destruido, por lo menos no en el sentido literal. Seguía siendo un país judío, con un ejército judío y con unas fronteras sólo mínimamente diferentes de las que había tenido antes del terremoto. Había debates interminables que le daban vueltas a la cuestión de si esas nuevas fronteras eran «buenas para los judíos». Eso sí, resultaba revelador que de repente la expresión más habitual entre los judíos estadounidenses fuera «bueno para los israelíes». Y eso, pensaban los israelíes, era malo para los judíos.

Israel había salido debilitado, pero sus enemigos todavía se habían debilitado más. Cuando estás revolviendo entre tus escombros con una excavadora, saber que tu enemigo tiene que revolver entre los suyos a mano no supone un gran consuelo, pero sí uno pequeño. Como Isaac habría dicho, «Podría haber sido peor». No, en realidad habría dicho: «Es peor».

Y tal vez habría tenido razón. Tal vez era peor haber sobrevivido si seguir existiendo te obligaba a destruir tu razón de ser. Y no es que los judíos estadounidenses se desentendieran del asunto: seguían yendo de vacaciones y a celebrar el *bar mitzvá* a Israel, o simplemente se dejaban caer por ahí. Hacían una mueca de dolor cuando el agua del mar Muerto tocaba sus heriditas, hacían otra mueca de dolor cuando la *Hatikva* tocaba sus corazones, metían deseos doblados entre las ruinas del Muro de las Lamentaciones, hablaban de tugurios de humus en callejones, de lo emocionante que resultaba oír ataques de misiles a lo lejos, hacían otra mueca de dolor cuando el sol les tocaba los ojos en Masada, hablaban de la emoción constante de ver basureros judíos, bomberos judíos, judíos sin hogar. Pero la sensación de haber llegado, de haber encontrado finalmente un lugar de paz, de estar en casa, eso estaba desapareciendo.

Algunos no podían perdonar a Israel por lo que había hecho durante la guerra —una o dos masacres habrían sido más fáciles de aceptar que la renuncia completa y explícita del Estado de su responsabilidad hacia los no-judíos—, la retirada de las fuerzas de seguridad y el personal de emergencia, la acumulación de suministros médicos que en otras partes necesitaban con urgencia, la restricción de servicios, el racionamiento de comida incluso en la abundancia, y el bloqueo de la ayuda humanitaria a Gaza y Cisjordania. Irv —cuyo blog había pasado de un post al día y ocasionalmente incendiario a un caudaloso río de provocación— había defendido a Israel en todo momento:

—Si en lugar de un país fuera una familia en un momento de emergencia, nadie culparía a los padres por guardar comida en el refrigerador y curitas en el botiquín. Siempre pasan cosas, especialmente cuando tus sangrientos vecinos te odian a muerte, y no hay nada inmoral en preocuparte más por tus hijos.

—Si la familia viviera sola en su casa, casi tendrías razón —replicó Jacob—. Y casi tendrías razón también si todas las familias estuvieran en situación de dar un trato preferente a los suyos. Pero ése no es el mundo en el que vivimos, y lo sabes.

—Es el mundo que ellos han creado.

—Cuando ves a esa niña, Adia, ¿no se te parte el corazón?

—Sí, claro que sí. Pero, como todo el mundo, mi corazón tiene un tamaño limitado, y si tuviera que elegir entre Adia o Benjy, la dejaría a ella sin comida para darle de comer a él. Y que conste que ni siquiera estoy diciendo que eso sea correcto o bueno. Sólo digo que no es malo, porque no se puede escoger. Deber implica poder, ¿verdad? Para estar moralmente obligado a hacer algo tienes que poder hacerlo. Yo quiero a Noam, a Yael y a Barak, pero no puedo quererlos tanto como quiero a Sam, a Max y a Benjy. Es imposible. Y quiero a mis amigos, pero no los puedo querer tanto como quiero a mi familia. Y, lo creas o no, soy perfectamente capaz de querer a los árabes, pero no de quererlos tanto como quiero a los judíos. Y todo eso son cosas que no se pueden escoger.

Irv abogaba de forma genuina y contundente por que todos los judíos estadounidenses en edad de luchar acudieran a Israel. Lo defendía categóricamente. Con la excepción del único al que no podía no querer más que a los demás. Era un hipócrita, un padre.

—Y, sin embargo, hay gente que puede escoger otra cosa —dijo Jacob.

—¿Como por ejemplo?

—Pues por lo pronto me viene a la mente el ejemplo del primer judío: Abraham.

—Senador, yo luché junto a Abraham. Conocí a Abraham. Abraham era amigo mío. Y, senador, usted no es Abraham.

—No digo que yo pudiera optar por otra cosa, porque es evidente que no pude.

¿Era tan evidente? Irv había trazado el círculo de preocupación alrededor de los más pequeños de la familia, pero ¿de verdad el centro era ése? ¿Y uno mismo? Julia le había preguntado a Jacob si le entristecía saber que los dos querían a los niños más que al otro. Pero ¿de verdad Jacob quería a los niños más que a sí mismo? Debería, desde luego, pero ¿podía?

Para otros judíos estadounidenses, la distancia emocional no era consecuencia de la actitud de Israel, sino de su percepción de dicha actitud: aquellos que siempre mostraban su buena fe respecto a Israel o bien se habían cambiado de bando o habían optado por el silencio, y eso había provocado en los judíos estadounidenses más soledad que justa indignación.

Para otros, se trataba de la incomodidad que provocaba el hecho de que Israel ni estuviera desamparado ni fuera una superpotencia capaz de bombardear a sus vecinos de la Edad de Piedra y mandarlos a una época anterior a la Edad de Piedra. Ser David estaba bien, y ser Goliat también, pero más te valía ser uno o el otro.

El primer ministro se había marcado como objetivo atraer a un millón de judíos estadounidenses a Israel gracias a la Operación Brazos de Moisés. El día en que se habían inaugurado los vuelos habían llegado veinte mil, una cifra que si bien quedaba lejos de los cincuenta mil previstos, por lo menos era un principio. Pero en lugar de alcanzar los trescientos mil al final del tercer día, cada día la cifra se había partido en dos, como una entrada de cine. Según las estimaciones del *The New York Times*, al final menos de treinta y cinco mil judíos estadounidenses acudieron a Israel, tres cuartas partes de los cuales tenían cuarenta y cinco años o más. Israel sobrevivió sin ellos: el ejército se replegó dentro de las fronteras defendibles y dejó que las enfermedades se encargaran de la matanza. La tragedia duró quinientas horas televisadas, pero ni los israelíes ni los judíos estadounidenses podían negar todo lo que había quedado expuesto.

Jacob todavía pensaba en Tel Aviv como una ciudad dinámica y llena de cultura, y en Jerusalén como un lugar culturalmente irresistible. Todavía experimentaba un placer casi sexual cuando recordaba los lugares donde habían pasado cosas casi de fantasía a personas casi de fantasía. Ver a mujeres con pistola todavía le provocaba un placer genuinamente sexual. Lo seguían repugnando los ultraortodoxos y, al mismo tiempo, no podía reprimir la gratitud indebida que sentía por ellos. Pero algo había cambiado.

¿Qué significaba Israel para él? ¿Y los israelíes? Antes

eran sus hermanos, más agresivos que él, más ofensivos, más locos, más peludos, más musculosos... Sus hermanos de por ahí. Eran ridículos y eran suyos. Eran más valientes, más guapos, más tercos y delirantes, menos cohibidos, más temerarios, más ellos mismos. Y más de por ahí. Porque sólo ahí eran todas esas cosas. Y, además, eran suyos.

Después de la casi destrucción, seguían siendo de por ahí pero ya no eran suyos.

A cada paso, Jacob había hecho lo posible por racionalizar las acciones de Israel, para defenderlas, o cuando menos excusarlas. Y a cada paso se había creído sus propias palabras. ¿Era correcto regular los envíos de ayuda humanitaria entrantes si eso significaba ralentizar su distribución? Era necesario, para mantener el orden y la seguridad. ¿Era correcto tomar la Explanada de las Mezquitas? Era necesario, para protegerla. ¿Era correcto negar la atención médica a unos y prestársela a otros si todos tenían las mismas necesidades? Era necesario para poder atender a sus ciudadanos israelíes, que, a diferencia de sus vecinos árabes, no tenían ningún otro lugar al que acudir. Deber implica poder. Y, no obstante, todas esas medidas defendibles, o cuando menos excusables, habían llevado a Israel a acumular preciados recursos médicos, a conquistar el territorio musulmán más disputado del mundo y a obligar a madres de niños que no tenían por qué morir a golpear las puertas de hospitales cerrados. Aunque no podía haber otra solución, debería haberla habido.

¿Se habría dado cuenta alguien si, a la mañana siguiente, el océano se hubiera ensanchado un palmo? ¿Un kilómetro? ¿Si hubiera doblado su tamaño? El horizonte impide ver la distancia, como hace la distancia misma. Los judíos estadounidenses no pensaban que se hubieran distanciado y nunca habrían descrito su relación con Israel en esos términos: ni ante los demás, ni ante sí mismos. Pero al tiempo que expresaban alivio y alegría por la victoria de Israel, al tiempo que participaban en desfiles y mandaban cheques por cantidades incómodamente exorbitadas para colaborar en las tareas de reconstrucción, las olas israelíes habían dejado de llegar a la costa estadounidense.

Inesperadamente la distancia entre Irv y Jacob se redujo. Durante un año fueron juntos al *shul* y dijeron el *kaddish* por Isaac, tres veces al día, cada día (o por lo menos una vez al día, casi cada día). Y si no iban al *shul*, pasaban el luto en la sala de estar de Irv, de frente a la librería, sin preocuparse por qué punto cardinal indicaba. Encontraron un nuevo lenguaje, no exento de chistes, ironía y discusiones, pero que ya no dependía de ellos. A lo mejor se trataba de un lenguaje redescubierto.

No había nadie menos calificado que Irv para ayudar a Jacob con la mudanza —no habría sabido distinguir una sábana ajustable de un colador—, pero lo ayudó más que nadie. Fueron juntos a IKEA, a Pottery Barn, a Home Depot y a Gap Kids. Compraron dos escobas y hablaron de transiciones, de comienzos y de transitoriedad, mientras barrían un polvo que parecía infinito. A veces también barrían en silencio.

—No es bueno estar solo —dijo Irv, intentando averiguar cómo funcionaba la aspiradora.

—Lo volveré a intentar —dijo Jacob—. Pero todavía no estoy preparado.

—No, me refería a mí.

—¿Ha pasado algo con mamá?

—No, tu mamá es la mejor. Pensaba en toda la gente a la que he apartado de mi vida.

Meter todas sus cosas en cajas le había resultado emocionalmente más sencillo de lo que había previsto, pero la logística se había revelado sorprendentemente espinosa. No se trataba de un problema de volumen: a pesar de haber pasado dieciséis años acumulando cosas, sus pertenencias eran inesperadamente escasas. No, el problema —al final del día, al final del final de su matrimonio— era a partir de qué criterio decides que algo es tuyo y no del otro. ¿Cómo había llegado su vida al punto en el que ésa era una cuestión relevante? ¿Y por qué había tardado tanto?

De saber que iba a terminar divorciándose, se habría preparado mejor para aquel final. Habría comprado uno de esos anticuados exlibris en los que pusiera BIBLIOTECA DE JACOB BLOCH y habría marcado la portadilla de cada libro; a lo mejor habría ido apartando cantidades pequeñas, imperceptibles, de dinero; habría empezado a llevarse cosas cuya ausencia habría pasado desapercibida, pero cuya presencia en su nueva casa habría marcado la diferencia.

Asustaba ver la rapidez con la que su pasado podía reescribirse (o sobrescribirse) de forma completa. Mientras los vivía, había tenido la sensación de que todos esos años valían la pena, pero le habían bastado unos meses contemplándolos desde la distancia para que le parecieran una gigantesca pérdida de tiempo. O de la vida. El cerebro tenía una necesidad casi incontenible de ver siempre la peor parte de lo que había fracasado. De verlo como algo que había fracasado, y no como algo que había funcionado hasta que un día se había terminado. ¿Se estaba protegiendo a sí mismo de la pérdida negando haber perdido nada? ¿O simplemente recurría a su indiferencia para lograr una patética no-victoria emocional?

¿Por qué cada vez que un amigo le mostraba su apoyo, Jacob insistía en que no lo necesitaba? ¿Por qué se empeñaba en convertir década y media de matrimonio en un puñado de frases ingeniosas y de comentarios irónicos? ¿Por qué no podía admitir delante de nadie —ni siquiera de sí mismo— que aunque supiera que divorciarse era lo mejor que podía hacer, aunque viera el futuro con esperanza, aunque lo estuviera esperando la felicidad, estaba triste? Las cosas pueden pasar para bien y para mal al mismo tiempo.

Tres días después de regresar a Israel, Tamir le mandó un correo electrónico a Jacob desde un puesto de avanzada en el Néguev, donde su unidad acorazada esperaba órdenes: «Hoy he disparado con mi pistola, y mi hijo ha disparado con la suya. Nunca he dudado de que disparar un arma para defender mi patria es lo correcto, ni tampoco de que lo haga Noam.

Pero el hecho de que los dos lo hayamos hecho el mismo día no puede ser bueno. ¿Entiendes lo que te digo?».

«¿Conduces tú el tanque?», le preguntó Jacob.

«¿Has leído lo que he escrito?».

«Sí, lo siento. Es que no sé qué decir.»

«No, mi tarea consiste en recargar la munición.»

—Escucha —le dijo Irv cinco días más tarde, después de decir el *kaddish* de pie ante la librería. Jacob supo que había pasado algo. Más aún, supo que se trataba de Noam. Y no era que se lo esperara, pero, como alguien que contempla las vías desde la fila del tren, se dio cuenta de que no habría podido ser de otro modo.

Noam había resultado herido. Eran heridas graves, pero no mortales. Rivka estaba con él y Tamir se encontraba de camino.

—¿Cómo lo supiste? —preguntó Jacob.

—Tamir me llamó anoche.

—¿Te pidió que me lo contaras?

—Creo que me ve como a un padre.

El primer impulso de Jacob fue sugerir que fueran a Israel. No se subiría al avión para luchar junto a su primo, pero sí para estar presente junto a la cama del hijo de su primo y ofrecerle el tipo de apoyo para el que no hacen falta músculos.

El primer impulso de Tamir fue agarrarse a Rivka. Si alguien le hubiera dicho, un mes, un año o una década antes, que iban a herir a Noam en una guerra, habría dicho que eso sería el final de su matrimonio. En cambio, cuando sucedió lo inimaginable, fue todo lo contrario a lo que había imaginado.

Cuando llamaron a la puerta en plena noche, Tamir se encontraba en una base de operaciones de tropa cerca de Dimona: su comandante lo despertó con la noticia. Más tarde, él y Rivka intentarían precisar el momento en el que cada uno de ellos se había enterado de lo sucedido, como si algo profundo dependiera de quién lo había sabido primero y del tiempo exacto que había transcurrido mientras uno ya lo sabía y el otro seguía creyendo que Noam estaba bien. Durante los primeros cinco o treinta minutos habría habido entre ellos una distancia todavía mayor de la que los había separado antes de conocerse. A lo mejor, si Tamir hubiera estado en casa, la experiencia compartida habría terminado por separarlos, habría desencadenado un sufrimiento competitivo, una rabia dirigida a la persona equivocada, y se habrían terminado echando la culpa. Pero la distancia los había unido.

¿Cuántas veces, durante aquellas primeras semanas, Tamir había entrado en la habitación y se había quedado de pie ante la puerta, incapaz de hablar? ¿Cuántas veces ella le había preguntado: «¿Necesitas algo?».

—No —contestaba él

—¿Seguro? —decía ella.

—Sí —decía él, pero pensaba: «Vuelve a preguntármelo».

—Sé cómo te sientes —decía ella, pero pensaba: «Ven aquí».

—Vuelve a preguntármelo —decía él.

—Ven aquí —decía ella.

Y él, sin decir nada, iba.

Y ahí estaban, uno junto al otro, la mano de ella sobre el muslo de él, la cabeza de él apoyada en el pecho de ella. Si hubieran sido adolescentes, habría parecido un amor incipiente, pero llevaban veinte años casados y se trataba de la exhumación del amor.

Después de notificarle la situación de Noam, el ejército le había concedido a Tamir una semana de permiso. Tres horas más tarde estaba ya con Rivka, en el hospital; cuando oscureció les dijeron que tenían que irse a casa. Esa noche, instintivamente, Rivka había ido a dormir al cuarto de invitados. A media noche, Tamir había entrado y se había quedado junto a la puerta.

—¿Necesitas algo?

—No —había contestado él.

—¿Seguro? —había dicho ella.

—Sí —había dicho él.

—Sé cómo te sientes —había dicho ella.

677

—Vuelve a preguntármelo —había dicho él.

—Ven aquí —había dicho ella, y él, sin decir nada, había ido.

Tamir necesitaba la distancia para poder atravesarla. Y ella se la daba. Cada noche se iba al cuarto de invitados, y cada noche él acudía a ella.

Cuando se sentó junto al cuerpo de su hijo, Tamir se acordó de lo que Jacob le había contado sobre cuando se había sentado junto al cuerpo de Isaac, y cómo Max había querido estar más cerca. Noam tenía la cara desfigurada y cubierta de unos morados de un color sin parangón en la naturaleza, las mejillas y la frente juntas por culpa de la hinchazón. ¿Por qué la salud no resulta tan impactante como la enfermedad? ¿Por qué no suscita plegarias? Tamir había pasado semanas sin hablar con su hijo, pero de pronto se negaba a separarse voluntariamente de su cuerpo inconsciente.

Noam salió del coma el día antes del alto al fuego. Tardarían tiempo en conocer el alcance de sus heridas: de qué forma su cuerpo no volvería a funcionar como lo había hecho, el daño psicológico sufrido. No lo habían enterrado con vida ni lo habían quemado vivo, pero lo habían destrozado.

Cuando se firmó el alto al fuego no hubo celebraciones por las calles. No hubo fuegos artificiales, ni botellas que fueran de mano en mano, ni cánticos desde las ventanas. Esa noche, Rivka durmió en el dormitorio. La dulce distancia que habían descubierto con la crisis se cerró con la paz. Por todo el país y por todo el mundo había ya judíos escribiendo editoriales culpando a otros judíos: por la falta de preparación, de miras, de ética, de proporcionalidad en la respuesta o de apoyo. La coalición del primer ministro se derrumbó y se convocaron elecciones. Tamir, que no conseguía pegar ojo, tomó el teléfono del buró y le escribió un mensaje de una sola frase a Jacob: «Hemos ganado pero hemos perdido».

Eran las nueve de la noche en Washington D. C. Jacob estaba en el departamento de un dormitorio que había rentado a través de Airbnb para toda la semana, a tres cuadras de donde dormían sus hijos. Se iba después de meter a los niños en la cama y regresaba antes de que se despertaran. Los niños sabían que no pasaba la noche en casa, y él sabía que lo sabían, pero parecía una farsa necesaria. No habría nada más duro para Jacob que aquel periodo entre casas, que duraría medio año. Todo lo necesario suponía un castigo: fingir, levantarse a horas intempestivas, la soledad.

Jacob examinaba constantemente su lista de contactos, como si por el simple hecho de mover el pulgar fuera a materializarse una persona nueva con la que compartir aquella tristeza que no era capaz de confesar. Quería acudir a Tamir, pero después de Islip y de lo de Noam le era imposible. Por eso, cuando le llegó el mensaje de Tamir —«Hemos ganado pero hemos perdido»—, Jacob se sintió aliviado y agradecido, aunque se propuso no ensanchar su vergüenza mostrándola abiertamente.

¿Qué hemos ganado? ¿Y qué hemos perdido?

Hemos ganado la paz. Hemos perdido la guerra.

Pero parece que todo el mundo acepta las condiciones del armisticio, ¿no?

La paz entre nosotros.

¿Cómo está Noam?

Se recuperará.

No sabes cómo me alivia oír eso.

Cuando estábamos en la mesa de tu cocina,
drogados, dijiste algo sobre un
agujero de día en el cielo nocturno.
¿De qué iba eso?

¿Lo de los dinosaurios?

Sí, eso.

En realidad un agujero de noche en el cielo diurno.

¿Pero cómo era?

Imagina que dispararas una bala a través del agua.

Eso fue lo que dijiste. Ahora me acuerdo.

¿Qué te ha hecho pensar en ello?

No puedo dormir, o sea que pienso.

Yo tampoco he estado durmiendo mucho.
Para pasarnos la vida diciendo que estamos
cansados, no dormimos mucho, ¿no?

No me voy a mudar.

Creía que habías dicho que sí.

Íbamos a hacerlo.
Parecía que Rivka iba a ceder, pero ya no.

¿Qué ha cambiado?

Todo. Nada.

Vale.

Somos quienes somos.
Admitirlo, eso es lo que ha cambiado.

Yo también estoy trabajando en ello.

¿Y si hubiera sido de noche?

¿Cómo?

Cuando cayó el asteroide.

Pues se habrían extinguido

de noche.

Pero ¿qué habrían visto?

¿Un agujero de noche en el cielo nocturno?

¿Y cómo crees que habría sido eso?

¿Como nada, tal vez?

Durante los siguientes años intercambiarían mensajes y correos electrónicos breves, todos ellos prácticos, en general para ponerse al día sobre los chicos, desprovistos de tono y profundidad. Tamir no viajaría ni para el *bar mitzvá* de Max, ni para el de Benjy, ni para la boda de Julia (a pesar de que ésta lo invitaría y de que Jacob se lo pediría), ni tampoco para el funeral de Deborah, ni para el de Irv.

Después de la primera visita de los chicos a su casa nueva —el primer y el peor día del resto de su vida—, Jacob cerró la puerta, se echó con Argo durante media hora, diciéndole que era un buen perro, el mejor, a continuación se sentó con una taza de café que daba calor a la sala mientras le escribía un correo larguísimo a Tamir, que nunca llegaría a mandar, y entonces se levantó con las llaves en la mano, preparado finalmente para ir al veterinario. El correo empezaba así: «Hemos perdido pero hemos perdido».

Una parte de perder era tener que renunciar a algunas cosas. Otra parte era que te quitaran otras cosas. A Jacob no dejaba de sorprenderlo constatar a qué cosas se aferraba y cuáles soltaba de buen grado; lo que sentía que era suyo, lo que sentía que necesitaba.

¿Qué pasaba con aquel ejemplar de *Desgracia*? Lo había comprado él: recordaba que lo había encontrado en la tienda de libros usados de Great Barrington un verano; recordaba incluso que había también una preciosa colección de obras de teatro de Tennessee Williams que no había comprado porque Julia estaba ahí, y él no quería verse obligado a justificar su deseo de poseer libros que no tenía ninguna intención de leer.

Julia le había tomado el libro de su buró, aduciendo que lo tenía allí desde hacía más de un año, sin tocarlo. («Sin tocarlo» fue como lo expresó Julia; él habría dicho «sin leerlo».) El hecho de haberlo comprado ¿le daba derecho a quedárselo? ¿Se lo daba a ella el hecho de haberlo leído (tocado)? ¿O acaso debía renunciar a él justamente por haberlo tocado y leído, pues ahora le tocaba a Jacob? Esos pensamientos eran vergonzosos. La única forma de evitarlos era renunciando a todo, pero sólo una persona más iluminada o más estúpida habría podido lavarse las manos y pensar: «Sólo son cosas».

¿Y qué pasaba con el jarrón azul de la repisa de la chimenea? Se lo habían regalado sus padres. No a los dos: a él. Por su cumpleaños. O por el Día del Padre. En cualquier caso, recordaba que era un regalo que le habían hecho a él, con una tarjeta dirigida a él, elegida especialmente para él, porque sus padres se enorgullecían de conocerlo, algo que, para ser justos, era cierto.

Pero ¿era mezquino por su parte arrogarse la propiedad de algo que habían pagado sus padres y que, si bien se lo habían regalado a él, era evidente que habían elegido pensando en su hogar compartido? Y, aunque el jarrón era realmente bonito, ¿de verdad quería aquella energía psíquica en su santuario, en el símbolo de su nuevo comienzo? ¿Seguro que a sus flores les gustaría que las metiera allí dentro?

De la mayoría de las cosas podía desprenderse:

Le encantaba la Gran Butaca Roja, en cuya pana se había ovillado para leer prácticamente todo lo que había leído las últimas décadas. ¿No habría absorbido algo? ¿No habría adquirido cualidades que iban más allá de su butaquitud intrínseca? ¿Era posible que la mancha de sudor del respaldo fuera lo único que había quedado de toda aquella experiencia? ¿Qué había quedado atrapado entre los surcos de la pana? «Déjala», pensó.

La cubertería. Habían llevado comida hasta su boca, hasta la boca de sus hijos. La más fundamental de todas las actividades humanas, la única sin la que no podemos vivir. Los había lavado a mano en el fregadero antes de meterlos cuidadosamente en el lavavajillas. Había enderezado las cucharas después de que Sam intentara un truco de telequinesis; había usado los cuchillos para abrir latas de pintura y para rascar quién sabe qué que había quedado pegado al fregadero; se había metido tenedores por el cuello de la camisa para rascarse una comezón a la que no llegaba. Déjalos. Deja que se desvanezca todo hasta que todo se haya desvanecido.

Los álbumes de fotos. De eso sí le habría gustado quedarse alguno. Pero no podía separarlos, como tampoco podía separar los volúmenes de la *Enciclopedia Grove de Arte*. Y era innegable que la mayoría de las fotos las había tomado Julia: no había más que fijarse en su ausencia en casi todas ellas. Aquella ausencia ¿le daba derecho a decir que eran suyas?

Las marcas de crecimiento de los niños, grabadas en el marco de la puerta de la cocina. El día de Año Nuevo, y también el día del Año Nuevo judío, Jacob llamaba a los chicos con gran ceremonia para medirlos. Ellos se colocaban pegados al marco, la espalda recta como una tabla de surf, nunca de puntitas pero siempre tratando de estirarse al máximo. Jacob tomaba un marcador negro de punta fina y, nivelándolo en la parte superior de sus cabezas, trazaba una rayita de cinco centímetros, junto a la que anotaba las iniciales y la fecha. La primera marca era SB 01/01/05. La última, BB 01/01/16. Entre ellas, una decena de líneas. ¿A qué se parecían? ¿A una escalerita para que subieran y bajaran los angelitos? ¿A los trastes del instrumento que producía el sonido de la vida al pasar?

En realidad le habría gustado no llevarse nada y simplemente empezar de cero. «Sólo son cosas.» Pero no habría sido justo. Más aún, habría sido injusto. Rápidamente, las nociones de justicia e injusticia adquirieron más importancia que las cosas en sí. El sentimiento de agravio alcanzó el cénit cuando empezaron a hablar de cantidades de dinero simplemente irrelevantes. Una tarde de primavera, había flores de cerezo junto a la ventana cuando el doctor Silvers le dijo:

—Con independencia de tus condicionantes vitales, si sigues utilizando la palabra *injusto* con tanta frecuencia nunca vas a ser feliz.

Así pues, Jacob intentó renunciar a todo: a las cosas y a las ideas con las que las había impregnado. Iba a empezar de nuevo.

Lo primero que compró para la casa nueva fueron las camas de los niños. La habitación de Benjy era tirando a pequeña, o sea que necesitaba una cama con cajones. A lo mejor no era fácil encontrar camas con cajones, o a lo mejor Jacob complicó la tarea más de lo necesario. Pasó tres días enteros buscando en internet, visitando tiendas, y terminó encontrando una que estaba bastante bien (en una tienda con un nombre bastante ofensivo: Diseño A Su Alcance), de roble macizo, que costaba más de tres mil dólares. Más impuestos, más gastos de envío.

La cama, obviamente, necesitaba un colchón —menuda obviedad— y, obviamente, éste tenía que ser orgánico —menuda no obviedad— porque Julia preguntaría si lo era y, como no se fiaría de su respuesta, apartaría las sábanas para comprobarlo. ¿Sería muy grave tener que decir: «He optado por algo más sencillo»? Sí, mucho. Pero ¿por qué? ¿Por miedo a decepcionarla? ¿Por miedo a ella? ¿Porque Julia tenía razón y no daba igual sobre qué productos químicos pasaban la vida echados sus hijos? Mil dólares más.

El colchón necesitaba sábanas, obviamente, pero antes necesitaba una funda, porque aunque Benjy estaba a punto de dejar de tener accidentes nocturnos, todavía se encontraba en el lado equivocado de ese punto —a Jacob se le ocurrió que el divorcio podía incluso provocar una regresión—, y uno de esos accidentes podía perfectamente echar a perder un colchón orgánico de mil dólares. Ahí iban ciento cincuenta dólares más. Y luego estaban las sábanas. El plural no designa sólo los diferentes tipos de sábana que conforman un juego de sábanas, sino también el segundo juego de sábanas, porque eso es lo que la gente compra. A menudo se sentía a merced de esa lógica: hay que hacer las cosas así y asá porque sí, porque es lo que la gente hace. La gente compra dos cubiertos por cada cubierto que va a usar. La gente compra vinagres esotéricos para ensaladas que prepararán una vez, a lo sumo. Y ¿por qué la funcionalidad del tenedor goza de tan poco reconocimiento? Con un simple tenedor uno ya no necesita un batidor, una espátula, unas cucharas para servir la ensalada (bastan dos tenedores), un pasapurés y prácticamente cualquier otro aparato de cocina superespecializado, cuya verdadera función es que lo compres. Encontró una considerable paz interior cuando decidió que si compraba cosas que no necesitaba, por lo menos iban a ser versiones baratas.

Imagina que llegas a la otra vida y no sabes si estás en el cielo o en el infierno.

—Perdona —le dices a un ángel que pasa—, ¿dónde estoy?

—Es mejor que se lo preguntes al ángel del mostrador de información.

—¿Y eso dónde está?

Pero ya se ha ido.

Miras a tu alrededor. Muchas cosas parecen apuntar a que estás en el cielo. Muchas cosas parecen apuntar a que estás en el infierno. Así es IKEA.

Para cuando terminó de preparar su casa nueva para la llegada de los niños, Jacob había visitado IKEA media docena de veces, pero ni siquiera entonces era capaz de decidir si, a fin de cuentas, le encantaba o lo odiaba.

Odiaba los tableros de aglomerado y las librerías que necesitaban libros para no salir flotando.

Le encantaba imaginar la atención que había que poner en cada detalle —la largada funcional mínima de un taco que se reproduciría ochenta millones de veces— para poder vender a unos precios que rozaban la magia.

Detestaba la experiencia de pasar junto a alguien cuyo carro no sólo contenía productos idénticos que el suyo, sino que estaba organizado también de forma idéntica. De hecho, detestaba aquellos carros y sus ruedas pésimas, con un radio de giro como un arcoíris: no la forma, un arcoíris de verdad.

Le encantaba el objeto inesperado, con un diseño precioso y un nombre perfecto, fabricado con un material más denso que la espuma de afeitar. La mano de mortero Ädelsten de mármol negro, por ejemplo. ¿Era un artículo de reclamo? ¿Una demostración de amor?

Detestaba la máquina que golpeaba esa pobre butaca, una y otra vez, cada día, todo el día y seguramente también toda la noche, confirmando al mismo tiempo la resistencia de la butaca y la existencia del mal.

Jacob se sentó en el sofá —tapizado verde como de terciopelo forrado de lo que sea el contrario de las algas marinas y el pelo de poni— y cerró los ojos. Hacía tiempo que le costaba dormir. Mucho tiempo. Pero allí se sentía bien. A pesar de los desconocidos que iban desfilando ante él y que de vez en cuando se sentaban a su lado para ver si era cómodo, se sentía seguro. Estaba en su propio mundo, en ese mundo que está en su propio mundo dentro del mundo. Todos estaban allí porque buscaban algo, pero como la oferta era ilimitada, la satisfacción de uno no se producía a costa de la de los demás: no había necesidad de discutir, ni siquiera de discrepar. ¿Y qué si no tenía alma? ¿Y si el cielo no estaba lleno de almas, sino vacío? ¿Y si la ecuanimidad era eso?

Lo despertó lo que en un primer momento le parecieron los golpes de aquella máquina depravada, como si pusieran su resistencia a prueba violentamente, una y otra vez. Pero resultaron ser los golpecitos de una ángel amable.

—Cerramos en diez minutos —dijo.

—Ay, lo siento —dijo él.

—¿Qué siente? —preguntó ella.

Cuando lo del terremoto, Jacob bajaba cada mañana a la planta baja pensando no ya si encontraría cagadas de Argo, sino cuántas y de qué consistencia. Era una manera horrible de empezar el día, y Jacob sabía que Argo no tenía la culpa, pero cuando estaban justos de tiempo y los niños no cooperaban como robots, encontrar cuatro cagadas distintas podía provocar un colapso.

—¡Por el amor de Dios, Argo!

Entonces, uno de los niños acudía al rescate del perro:

—No lo puede evitar...

Y Jacob se sentía fatal.

Argo dejaba manchas propias de tests de Rorschach sobre alfombras persas y orientales, repartía el relleno del mobiliario tapizado por los armarios y dentro de su estómago, y arañaba el suelo de madera como si fuera Grand Wizard Theodore. Pero era suyo.

Todo habría sido mucho más sencillo si Argo hubiera sufrido; si, en lugar de molestias, hubiera tenido dolor de verdad. O si un veterinario le hubiera encontrado un cáncer, una dolencia cardiaca, incluso una insuficiencia renal.

Cuando Jacob le dijo a Julia que se iba a Israel a luchar, ella le dijo que primero sacrificara a Argo. No lo hizo y ella no lo volvió a mencionar. Pero cuando en lugar de subirse al avión regresó a casa, aquello se había convertido ya en una herida abierta, si bien invisible.

Durante los siguientes meses, el estado de Argo empeoró junto con todo lo demás. Empezó a gemir sin motivo aparente, a dar vueltas sobre sí mismo antes de sentarse, y cada vez comía menos, hasta que al final ya casi no comía.

Julia y los chicos llegarían en cualquier momento. Jacob iba de aquí para allá por toda la casa, fijándose en las imperfecciones, añadiendo elementos a la interminable lista mental de cosas que había que arreglar: el yeso agrietado de la ducha, que goteaba; la pintura de la parte inferior de la pared del pasillo, donde se unía con el suelo; la ventana del dormitorio, que estaba durísima.

Sonó el timbre. Volvió a sonar. Y volvió a sonar.

—¡Voy, voy!

Abrió la puerta y se los encontró a todos sonriendo.

—Tu timbre suena raro —dijo Max.

Tu timbre.

—Sí, es verdad, suena un poco raro. ¿Pero raro bien o raro mal?

—¿Raro bien, tal vez? —dijo Max, y tal vez era lo que pensaba, o tal vez era un gesto amable.

—Pasen —dijo Jacob—, pasen. Tengo unos snacks buenísimos. Conejitos de cheddar, ese queso con trufa que te gusta, Benjy; chips de tortilla con limón para Max. Y todas las variedades de refrescos italianos: *aranciata, limonata, pompelmo,* mandarina...

—No tenemos sed —dijo Sam, sonriendo como para una foto de familia.

—Nunca había oído hablar de *pompelmo* —dijo Max.

—Ni yo —dijo Jacob—, pero tenemos.

—Me encanta esta casa —dijo Julia, en un tono remarcablemente sincero y convincente para tratarse de una frase guionizada. Habían ensayado la visita, del mismo modo que habían ensayado la conversación sobre el divorcio, y cómo se organizarían para ir de una casa a otra, y tantas otras experiencias demasiado dolorosas para vivirlas una sola vez.

—Bueno, ¿quieren una visita guiada? ¿O prefieren explorarla ustedes mismos?

—¿Explorarla, tal vez? —dijo Sam.

—Pues adelante. Encontrarán el nombre de cada uno en la puerta correspondiente, o sea que no hay pierde —se oyó decir.

Los chicos subieron despacio al piso de arriba, con paso lento. No decían nada, pero Jacob los oía tocar cosas. Julia se quedó a su lado hasta que los chicos llegaron al tercer piso.

—De momento va muy bien —dijo entonces.

—¿Tú crees?

—Sí —dijo—. Pero necesitarán tiempo.

Jacob se preguntaba qué diría Tamir de la casa, si es que algún día llegaba a verla. ¿Qué habría dicho Isaac? Se había ahorrado la mudanza a la residencia judía sin saber que se estaba ahorrando también la mudanza de Jacob. Y que le ahorraría a Jacob tener que pasar por eso delante de su abuelo.

Jacob acompañó a Julia hasta lo que terminaría siendo la sala de estar, más vacía en ese momento que si nunca hubieran construido las paredes. Se sentaron en la única pieza de mobiliario que había, el sofá verde sobre el que Jacob se había quedado dormido hacía unas semanas. No ese mismo, pero uno de sus dos millones de gemelos idénticos.

—Hay polvo —dijo Julia—. Lo siento —añadió entonces.

—No, tienes razón. Hay mucho polvo.

—¿Tienes aspiradora?

—Tengo una como la que tenemos —dijo Jacob—. ¿Teníamos? ¿Tienes? Y también paso el trapeador. Siento que no hago nada más.

—Hay polvo en suspensión, de las obras. Se va posando.

—¿Y cómo te libras del polvo en suspensión?

—Tú sigue haciendo lo que haces —dijo ella.

—¿Y espero un resultado diferente? ¿Eso no es la definición de locura?

—¿Tienes un plumero?

—¿Perdón?

—Te compraré uno. Son muy útiles.

—Si me mandas un enlace me lo puedo comprar yo.

—Es que me es más fácil comprártelo directamente.

—De acuerdo, gracias.

—¿Te sientes mejor sobre lo de Argo?

—No.

—Pues deberías.

—A mis sentimientos nunca les ha preocupado demasiado cómo deberían ser.

—Eres bueno, Jacob.

—¿Comparado con qué?

—Comparado con otros hombres.

—Tengo la sensación de estar sacando agua con un colador.

—Si la vida fuera fácil, todo el mundo lo conseguiría.

—Todo el mundo lo consigue.

—Piensa en cuántos billones de billones de personas no nacen por cada una que sí.

—O, más fácil aún, piensa en mi abuelo.

—Lo hago a menudo —dijo ella, que levantó la mirada y escudriñó la sala—. No sé si mis comentarios te resultan molestos o útiles...

—¿Tiene que ser tan binario?

—Es verdad. Bueno. Las paredes son tirando a oscuras.

—Ya lo sé. Lo son, ¿verdad?

—Desconsoladamente oscuras.

—Pues contraté a un experto en color.

—No lo dices en serio.

—Compré esa pintura que tanto gusta. De Farrow nosequé.

—Farrow and Ball.

—Y me ofrecieron los servicios de un experto, imagino que como gesto de cortesía por gastarme una fortuna en su pintura carísima. Al final la factura subía a dos mil quinientos dólares.

—¡No!

—Dos mil quinientos del ala, y tengo la sensación de estar viviendo debajo de un quepis de la Unión.

—¿Un qué?

—Esas gorras de la guerra de Secesión. He estado escuchando una historia sobre...

—Me tendrías que haber preguntado a mí.

—No puedo permitirme tus honorarios.

—A ti no te habría cobrado.

—¿No te ha enseñado mi padre que los expertos en color que no te cobran no existen?

—Hay papel por todas partes —dijo Benjy, bajando por las escaleras. Parecía contento, impertérrito.

—Sólo está ahí para proteger el suelo mientras duren las obras —dijo Jacob.

—Me voy a tropezar un montón.

—Cuando vivas aquí hará ya tiempo que habrá desaparecido. El papel del suelo, las escaleras plegables, el polvo. Todo habrá desaparecido.

Max y Sam bajaron también.

—¿Podré poner un refrigerador pequeño en mi cuarto? —preguntó Max.

—Sí, claro —dijo Jacob.

—¿Para qué lo quieres? —preguntó Julia.

—¿Ustedes no creen que hay demasiado papel en el suelo? —les preguntó Benjy a sus hermanos.

—Para todos esos refrescos italianos.

—Creo que papá los ha comprado para tener algo especial para su primera visita.

—¿Papá?

—Sí, desde luego no serán una bebida habitual.

—Bueno, pues para guardar las ratas muertas.

—¿Ratas muertas?

—Le dije que podía tener una pitón —dijo Jacob— y eso es lo que comen.

—En realidad creo que tendrían que estar congeladas —dijo Max—. Y no creo que esos refrigeradores tengan congelador...

—¿Pero para qué quieres una pitón? —preguntó Julia.

—He querido una desde siempre, porque son increíbles, y

papá dijo que ahora, con la casa nueva, por fin podría tener una.

—¿Por qué a nadie le preocupa que me vaya a tropezar todo el tiempo? —preguntó Benjy.

Y entonces Sam, que llevaba callado mucho más tiempo del que era habitual en él, dijo:

—Mi cuarto es muy bonito. Gracias, papá.

A Jacob esa frase se le hizo una montaña. Julia se dio cuenta de que necesitaba ayuda y decidió intervenir.

—Bueno —dijo, dando una palmada y levantando más polvo sin querer—, papá y yo hemos pensado que sería una buena idea bautizar la casa.

—¿Pero no es «casa de papá»?

—Sí, también —dijo Jacob, recuperando la compostura y fingiendo optimismo—. Pero preferimos que piensen en ella como una de las dos casas de la familia.

—Sí, la casa donde vives tú. Por oposición a la casa donde vive mamá.

—Pues a mí esta casa no me gusta —dijo Benjy, cortando verbalmente los cables de freno emocionales de Jacob.

—Ya te gustará —dijo Julia.

—No me gusta.

—Te prometo que te gustará.

Jacob sintió que derrapaba. Era injusto que se hubiera tenido que mudar, injusto que los niños sintieran que era él quien se había ido, que todo aquel polvo fuera suyo. Era injusto. Pero también sentía que dependía de los esfuerzos de Julia. No podía sacar aquello adelante sin ella. No podía vivir sin ella, sin ella.

—Será genial —dijo Julia, como si, con su optimismo, pudiera seguir inflando el globo ponchado de la felicidad de Benjy e impedir que perdiera su forma—. Papá dice que arriba hay sitio incluso para una mesa de ping-pong.

—De sobra —dijo Jacob—. Y me estoy arrastrando por eBay para conseguir una de esas máquinas de *skee-ball* antiguas.

—Quieres decir rastreando, no arrastrando, ¿no?

—Tratándose de papá, seguramente tenga que arrastrarse para conseguir ganar una subasta en internet...

—Sí, tienes razón.

—Además, lo de «rastrear» e «internet» tampoco sería su fuerte...

Aquel momento de normalidad sugirió una vida normal.

—¿Qué es una máquina de *skee-ball*?

—Una combinación de bolos y dardos —dijo Sam.

—No sé si me hago a la idea.

—Como la que hay en Chuck E. Cheese's.

—Ah, bueno.

¿Una vida normal? ¿Era un objetivo que justificara todo aquel revuelo?

—¿Qué tal Arcade House? —sugirió Max.

—Se parece demasiado a Arcade Fire —dijo Sam.

—Hay mucho polvo.

—El polvo desaparecerá.

—¿Y la casa de Davenport?

—¿Por?

—Porque está en la calle Davenport.

—Parece el nombre de una residencia de ancianos.

—No veo qué tiene de malo llamarla casa de papá —dijo Sam—. Podemos fingir que es otra cosa, pero es eso.

—Casa de papel —dijo Benjy, un poco hablando consigo mismo, un poco sin dirigirse a nadie en concreto.

—¿Cómo?

—Es que hay papel por todas partes.

—Pero cuando se muden aquí el papel ya habrá desaparecido —insistió Jacob.

—Además, se escribe sobre papel y tú eres escritor.

—Pero escribe con computadora.

—Y el papel se rompe y arde fácilmente.

—¿Por qué quieres bautizar una casa con el nombre de algo que se rompe y arde fácilmente?

—No te metas con él, Max.

—¿Qué he dicho?

—Da igual —dijo Jacob—. La podemos llamar 2328, el número de la casa.

—No —dijo Julia—. Bautizarla es una buena idea, no se olviden. Y somos cinco personas inteligentes. Podemos hacerlo.

Aquellas cinco personas inteligentes se pusieron a pensar. Usaron su inteligencia para lograr algo que no dependía de la inteligencia, un poco como usar un destornillador de estrella para armar un rompecabezas.

Algunas religiones ponen el énfasis en la paz interna, otras en evitar el pecado, otras en la oración. El judaísmo pone el énfasis en la inteligencia: textual, ritual y culturalmente. Todo es aprendizaje, todo es preparación, estamos siempre llenando la caja de herramientas mentales, hasta que un día estamos preparados para cualquier situación (y la caja pesa tanto que es imposible cargar con ella). Los judíos son el 0.2 por ciento de la población mundial, pero han ganado el 22 por ciento de los premios Nobel (el 24 por ciento sin incluir el Nobel de la Paz). Y, a falta de un Nobel por No Morir Exterminado, hubo una década en la que los judíos no tuvieron demasiadas opciones, o sea que el porcentaje efectivo es todavía más alto. ¿Por qué? No es porque los judíos sean más listos que nadie, sino porque los judíos ponen el énfasis precisamente en las cosas que la Academia Sueca premia. Los judíos llevan miles de años preparándose para los premios Nobel. Pero si hubiera premios a la Satisfacción, a Sentirse Seguro y a la Capacidad de Renunciar, ese 22 por ciento (24 sin el de la Paz) necesitaría un paracaídas.

—Yo sigo pensando que tendríamos que llamarla casa de papá.

—Pero es que no es sólo mi casa; también es nuestra.

—Pues podemos llamarla nuestra casa —dijo Sam—, porque la otra también es nuestra casa.

—¿Y la casa del reloj?

—¿Por?

—No sé.

—La casa del *pompelmo*.

—La casa anónima.

—La casa polvorienta.

—Continuará —dijo Julia, mirando la hora en el celular—. Tengo que llevar a estos tres a la peluquería.

—Es verdad —dijo Jacob, que era consciente de lo inevitable pero quería aplazarlo, aunque sólo fuera unos minutos—. ¿Alguien quiere un snack o algo de beber?

—Es que llegaremos tarde —dijo Julia—. Vamos, chicos —añadió—, despídanse de Argo.

—Hasta luego, Argo.

—*Ciao*, Argo.

—Despídanse bien —insistió ella.

—¿Por qué?

—Porque es su primera noche en la casa nueva —dijo Jacob.

—¿Y qué tal la casa nueva? —sugirió Sam.

—No está mal —dijo Jacob—. Aunque no será nueva por mucho tiempo.

—Podemos volver a cambiarle el nombre entonces —dijo Sam.

—Como la nueva vieja sinagoga de Praga —dijo Julia.

—O mudarnos —añadió Benjy.

—Ya basta de mudanzas —dijo Jacob.

—Nos tenemos que ir —les dijo Julia a los niños.

Éstos le dijeron adiós a Argo, y Julia se arrodilló para estar cara a cara con él.

—Cuídate, peludo.

No se le notó nada, nada que nadie excepto Jacob pudiera ver. Pero él sí lo vio. No habría podido decir qué la había delatado —su cara no reveló nada, su cuerpo no reveló nada, no hubo nada revelador en su voz—, pero se había delatado de todos modos. Jacob sólo era capaz de reprimirse. Ella, en cambio, sabía mantener la compostura. Y la admiraba por ello. Lo había hecho por los niños. Lo había hecho por Argo. Pero ¿cómo lo había hecho?

—En fin —dijo Jacob.

—En fin —dijo Julia.

—Ya sé qué tenemos que hacer —dijo Benjy.

—Nos tenemos que ir —dijo Julia.

—No. Tenemos que caminar por la casa con los ojos cerrados. Como hacíamos durante el *sabbat*.

—¿Qué te parece si lo hacemos la próxima vez que vengan? —dijo Jacob.

Sam dio un paso hacia delante y ocupó el espacio de su edad adulta.

—Papá, hagámoslo por él.

Al oír esas palabras, Julia dejó la bolsa en el suelo. Y Jacob se sacó las manos de los bolsillos. Nadie miró cómo los demás cerraban los ojos, porque eso habría traicionado el espíritu del ritual. Y nadie echó miraditas furtivas, porque había un instinto más fuerte que ese instinto.

Al principio era divertido: tenía gracia. Los embargó una nostalgia dulce, no contaminada. Los chicos chocaban contra cosas a propósito, hacían los ruidos que hacen los chicos y se reían mucho. Pero entonces, sin que nadie lo buscara ni se percatara del cambio, se hizo el silencio. Nadie dejó de hablar, pero de pronto no hablaba nadie. No hubo carcajadas sofocadas, pero nadie se rio. Aquello se prolongó durante mucho tiempo —cada uno tuvo la sensación de que el tiempo transcurrido era diferente—, los cinco parecían fantasmas, exploradores, recién nacidos. Nadie sabía si los demás llevaban los brazos extendidos para protegerse. Nadie sabía si los demás se arrastraban, o si barrían el suelo con el pie para localizar obstáculos, o si seguían con los dedos una pared que mantenían siempre a la derecha. El pie de Julia chocó con la pata de una silla plegable. Sam encontró un interruptor y lo agarró con el índice y el pulgar, buscando el punto intermedio entre encendido y apagado. Max se estremeció mientras sus manos exploraban los fogones. Julia abrió los ojos y se encontró ante los ojos abiertos de Jacob.

—Ya lo tengo —dijo Benjy, que era ya lo bastante mayor

para saber que el mundo no desaparece cuando no lo estás mirando.

—¿Qué tienes? —le preguntó Julia desde el otro extremo de la sala, sin mirarlo para no traicionarlo.

—La casa de las lamentaciones.

Jacob no necesitaba nada cuando fue por última vez a IKEA. Se había acostumbrado tanto a que IKEA satisficiera sus necesidades —toallas de mano para el baño de arriba, una maceta de oreja de liebre, marcos de foto acrílicos— que terminó por convencerse de que IKEA conocía sus necesidades mejor que él mismo, del mismo modo que programaba chequeos médicos porque el médico sabía mejor que él si estaba enfermo.

Tomó un banco escalera rojo chillón, un prensador de ajos, tres escobillas de inodoro, un tendedero, un escurreplatos, media docena de cajas de fieltro que le vendrían que ni pintadas para algo que todavía no sabía, un nivel (aunque en cuarenta y dos años nunca jamás había necesitado uno), un tapete, dos bandejas para el correo, una manopla de horno, varios botes de cristal con cierre hermético para almacenar (y mostrar con elegancia) cosas como alubias, lentejas, chícharos, maíz para palomitas, quinoa y arroz, más colgadores, tiras de luces LED para pegar en las esquinas del cuarto de Benjy, un bote de pedal para cada baño y una sombrilla barata que no sobreviviría a dos tormentas pero sí a una. Estaba en la sección de textil, acariciando una piel de oveja de imitación, cuando oyó su nombre.

—¿Jacob?

Se giró y vio a una mujer bastante guapa: ojos cafés, cálidos como la piel curtida; un collar de oro que atrajo su mirada hacia su escote, apretado y sin una sola peca; brazaletes que se deslizaban hasta la mitad de la mano, como si en su día hubiera sido más gruesa. ¿Qué llevaría dentro del medallón? La conocía, o la había conocido en algún momento.

—Soy Maggie —dijo ella—. Silliman.

—Hola, Maggie.

La mujer esbozó una sonrisa capaz de devolver mil barcos a puerto.

—Dylan y Sam fueron juntos a la guardería. A la clase de Leah y Melissa.

—Ah, claro. Es verdad.

—Han pasado diez años —dijo ella, en un gesto de amabilidad.

—No, me acuerdo, me acuerdo.

—Ya me había parecido que eras tú; antes, en la sección de salas de estar. Aunque te perdí entre el gentío y no estaba segura. Pero cuando te ví aquí, no me quedó duda.

—Ah.

—Me alivia saber que has vuelto a casa.

—Bueno, no vivo aquí, ¿eh? —dijo Jacob, y su coqueteo instintivo alentó la idea de que tal vez su marido era el padre que había sufrido un aneurisma en pleno curso—. Sólo estoy comprando cuatro cosas para mi casa de verdad.

Ella no se rio. Parecía genuinamente conmovida. ¿Era la mujer a la que Julia había llevado tantas cenas preparadas?

—Había una lista de todos los que fueron.

—¿Fueron adónde?

—A Israel. La colgaron junto a la puerta de la sinagoga.

—No lo sabía —dijo él.

—Yo no tenía por costumbre rezar. En realidad no rezaba nunca, pero empecé a ir. Iba mucha gente. La mayoría de las mañanas la sinagoga estaba llena. Y yo leía la lista cada día.

«Todavía puedo contarle la verdad, pero ésta es mi última oportunidad», pensó Jacob. «Después de esto, un simple malentendido incómodo se convertirá en una mentira mucho peor que lo que pretende esconder.»

—No tenía ni idea —dijo Jacob.

«Tienes mentiras más discretas a mano (que en el aeropuerto te mandaron de vuelta a casa), o incluso medias verdades (que había una crisis en casa que te necesitaba más aún que la crisis en Israel).»

—En realidad había dos listas: una con los nombres de los que fueron a luchar y otra con los de los que murieron. Todos los de la segunda lista estaban en la primera, claro.

—Bueno, yo también me alegro de volver a verte —dijo Jacob, que odiaba la verdad, odiaba la mentira y odiaba no saber encontrar el punto medio.

—Todavía no las han arrancado. A lo mejor es una especie de homenaje o algo así. O a lo mejor las dejan porque, aunque la guerra haya terminado, en cierto modo sigue en marcha.

—Pues no sabría decirte.

—¿Qué hiciste? —preguntó.

—¿A qué te refieres?

—En Israel. ¿Te destinaron a logística? ¿A infantería? No estoy familiarizada con la terminología.

—Iba en un tanque.

Ella abrió muchos los ojos.

—Estar dentro de un tanque tiene que ser aterrador.

—No tanto como estar fuera.

Ella no se rio. Se llevó los dedos a la boca y dijo:

—Pero no lo conducías tú, ¿no?

—No. Para eso hace falta mucha preparación y experiencia. Mi tarea consistía en recargar la munición.

—Suena agotador.

—Sí, lo fue, supongo.

—¿Y entraste en combate? No sé si es la forma correcta de decirlo... ¿Se entra en combate?

—Ya, tampoco lo sé. Yo no era más que un cuerpo. Pero sí, entré en combate. Como todo el mundo, imagino.

La frase avanzó, pero su mente se quedó clavada en lo de: «Yo no era más que un cuerpo».

—¿Y alguna vez tuviste la sensación de estar en peligro?

—No sé si sentí mucho, la verdad. Sé que es un tópico, pero no había tiempo de pasar miedo.

Sin bajar los ojos, la mujer tomó el medallón con dos dedos. Su mano sabía perfectamente dónde estaba.

—Lo siento —dijo—. Hago demasiadas preguntas.

—No, no es eso —dijo él, aprovechando aquella confesión de remordimiento como ruta de escape—. Es sólo que tengo que salir pronto para ir a recoger a Sam.

—¿Cómo le va?

—Muy bien, gracias por preguntar. ¿Y a...?

—Dylan.

—Eso.

—Dylan está pasando una mala racha.

—Oh, vaya. Lamento oír eso.

—A lo mejor... —empezó a decir ella, pero sacudió la cabeza para alejar la idea.

—¿Qué?

—Iba a decir que, a lo mejor, si no es mucho pedir, agradecería una visita.

—Seguro que a Sam le encantaría.

—No —dijo ella, y de pronto le apareció una vena en el cuello, o él la vio por primera vez—. Tú. Me refería a ti.

De pronto, Jacob no entendía de qué iba aquello. ¿Era posible que fuera tan lanzada como parecía? ¿O lo estaba confundiendo con algún padre que era psicólogo infantil, como él la había confundido a ella con la mujer de alguien que había sufrido un aneurisma? Se sentía atraído hacia ella, la deseaba, pero aquello no podía ir más lejos.

—Sí, claro —dijo—. Podría pasar.

—A lo mejor, si le contaras algunas de tus experiencias, todo esto sería menos abstracto para él. Le daría menos miedo. Creo que, en parte, lo que le resulta tan duro es no tener ningún detalle.

—Sí, es lógico.

Pero no lo era.

—No digo que le tengas que dedicar mucho tiempo. Y tampoco que te hagas cargo de él, ni nada así.

—Ni se me había ocurrido.

—Eres una buena persona.

—No, no lo soy —dijo él.

Finalmente, ella se rio.

—Bueno, supongo que eres el único que lo sabe de veras. Pero a mí me pareces buena persona.

Una vez, Benjy había llamado a Jacob a su cuarto después de que lo acostara y le había preguntado:

—¿Hay cosas que no tienen nombre?

—Sí, claro —dijo Jacob—. Muchas cosas.

—¿Como qué?

—Este cabezal.

—Se llama cabezal.

—Es un cabezal, sí, pero no tiene un nombre propio.

—Es verdad.

—Buenas noches, cariño.

—Pues pongámosles nombre.

—Ésa fue la tarea del primer hombre, ¿sabes?

—¿Qué?

—Adán. De Adán y Eva. Dios le dijo que pusieran nombre a todos los animales.

—Nosotros le pusimos nombre a Argo.

—Es verdad.

—Pero el primer hombre era un mono, ¿no? ¿Se puso un nombre a sí mismo?

—Puede ser.

—Yo quiero ponerle nombre a todo.

—Eso te llevaría mucho trabajo.

—¿Y qué?

—Bueno, pero empezaremos mañana.

—De acuerdo.

Jacob fue hasta el umbral y esperó, como siempre, y Benjy lo volvió a llamar, como siempre.

—Dime.

—¿Y hay nombres que no tienen cosas?

Nombres como los nombres en las lápidas del gueto de los suicidas. Nombres como los nombres del muro de homenaje, que Jacob reordenaba para crear palabras. Nombres como los nombres de su serie, que nunca iba a compartir con nadie. Jacob había escrito miles y miles de páginas sobre su vida, pero sólo en ese momento, con el pulso de ella visible en su cuello, con la decisión del propio Jacob también visible, se preguntó si era digno de una sola de esas palabras.

—Bueno —dijo ella, que sonrió, asintió con la cabeza y dio medio paso—. Saluda a Julia de mi parte, por favor.

—Eso haré —dijo Jacob.

Dejó el carro atiborrado de productos de colores chillones donde estaba y siguió la flecha a través de las distintas secciones, SALA DE ESTAR, ESTUDIO, COCINA, COMEDOR y DORMITORIO, hasta el estacionamiento. Entonces tomó el coche y fue directamente a la sinagoga. Era verdad, las listas seguían ahí. Pero su nombre no constaba entre los de quienes habían ido. Lo comprobó dos, tres veces.

¿Qué había pasado?

¿Se habría confundido ella?

¿O habría visto tal vez la fotografía de Islip en el periódico y luego había creído recordar su nombre cuando lo que recordaba en realidad era su imagen?

A lo mejor le estaba ofreciendo a Jacob el beneficio de la duda.

O a lo mejor lo sabía todo y estaba destrozando la vida que él había salvado.

Con la mano que había cortado tres cordones umbilicales, Jacob acarició los nombres de los muertos.

—Ustedes son los únicos que lo saben de veras.

Había decenas de veterinarios a quienes no habían visitado —le parecía fundamental, tanto por Argo como por sí mismo, acudir a alguien nuevo—, y que estaban mucho más cerca que aquél, que tenía la consulta en Gaithersburg, Maryland, pero necesitaba poner una cierta distancia desde su casa.

De camino, llevó a Argo al McDonald's de una gasolinera. Tomó la comida y se instalaron en un montículo cubierto de hierba, junto al estacionamiento. Jacob intentó darle McNuggets, pero Argo apartó cada vez la cara. Jacob no paraba de rascarle debajo del mentón, como le gustaba.

«La vida es algo precioso», pensó Jacob. «Ése es el pensamiento más importante de todos, y el más obvio, pero también el que más cuesta recordar que hay que tener.» Pensó: «Qué distinta habría sido mi vida si hubiera pensado en eso antes de verme obligado a hacerlo».

Condujeron con las ventanas medio bajadas, con el audiolibro de Dan Carlin *Historia explícita (un proyecto para el Armagedón II)* a todo volumen. En el marco de un argumento sobre la relevancia de la Primera Guerra Mundial, Carlin se refirió a un concepto conocido como el Gran Filtro: el momento en el que una civilización se vuelve capaz de autodestruirse. Muchos consideran que 1945, y el uso de las armas nucleares, es el Gran Filtro de la humanidad. Carlin, en cambio, consideraba que era 1914, con la proliferación planetaria de conflictos bélicos mecanizados. Entonces hizo una pequeña digresión (ése era su verdadero talento) y se refirió a la paradoja de Fermi. Durante un descanso para comer en Los Álamos, en 1950, un grupo de los mejores físicos del mundo bromearon acerca de un reciente alud de avistamientos de ovnis. Considerando la cuestión medio en serio, medio en broma, tomaron una servilleta de papel e intentaron calcular las probabilidades de que existiera vida inteligente en el universo. Asumamos que existen 10^{24} estrellas en el universo observable, diez mil estrellas por cada grano de arena que hay en la Tierra. Aplicando las estimaciones más conservadoras, existen aproximadamente cien millones de billones de planetas parecidos a la Tierra, cien por cada grano de arena de la Tierra. Si, después de miles de millones de años de existencia, en el 1 por ciento de esos planetas se desarrollara vida, y en el 1 por ciento de ese 1 por ciento se desarrollara vida inteligente, tendría que haber diez mil billones de civilizaciones inteligentes en el universo, cien mil sólo en nuestra galaxia. Es evidente que no estamos solos.

En ese momento, Enrico Fermi, el físico más brillante y

célebre de la mesa, habló por primera vez. «Pero entonces ¿dónde están?». Si deberían estar ahí pero no están, ¿dónde están? Porque es evidente que estamos solos.

Esta paradoja tiene numerosas respuestas: que existen muchas formas de vida inteligente en el universo, pero que no podemos conocerlas porque estamos demasiado alejadas unas de otras para que lleguen nuestros mensajes; que los humanos no estamos escuchando como deberíamos; que las otras formas de vida son demasiado extrañas para reconocerlas, o para que ellas nos reconozcan a nosotros; que todos estamos escuchando pero nadie transmite como debería. A Jacob, todas esas posibilidades le parecían insoportablemente poéticas: estamos demasiado alejados para que nos lleguen los mensajes; no escuchamos como deberíamos; nadie transmite como debería... Entonces Carlin regresó a la idea del Gran Filtro. Tarde o temprano, todas las civilizaciones serán capaces de autodestruirse (a propósito o por accidente), y se encontrarán ante una prueba binaria sobre si es posible estar en situación de suicidarse y no hacerlo.

¿Cuándo alcanzó Isaac su Gran Filtro?

¿E Israel?

¿Y el matrimonio de Jacob y Julia?

¿Y Jacob?

Estacionó el coche y acompañó a Argo hasta la puerta de la clínica veterinaria. Ya no necesitaba ponerle correa, Argo no se iba a ninguna parte. Y, no obstante, en ese momento a Jacob le habría gustado tener una correa, para que no pareciera que Argo se dirigía, por su propio pie y sin saberlo, hacia su propia muerte. Llevarlo de la correa también habría sido horrible, pero menos.

El lugar se llamaba Clínica de la Esperanza. A Jacob se le había olvidado, o a lo mejor nunca se había tomado la molestia de memorizarlo. Le recordó una cita de Kafka: «Hay esperanza, infinita esperanza, pero no para nosotros». Pero no para ti, Argo.

Se acercó al mostrador.

—¿Viene por un chequeo? —preguntó la secretaria.

—Sí —contestó Jacob.

No podía, no estaba preparado. Tendría otra oportunidad con el veterinario.

Jacob hojeó una revista sin fijarse en qué veía. Se acordó de la primera vez que uno de sus hijos le había recriminado que estaba más pendiente del celular que de ellos.

—¿Qué pasa, chico? —le dijo a Argo, y le rascó debajo de la barbilla. ¿Lo había llamado «chico» alguna vez antes?

Apareció un técnico veterinario que los acompañó a la sala de chequeos, en la parte de atrás. El veterinario tardaba una eternidad, y Jacob se dedicó a ofrecerle a Argo chucherías de un bote de cristal que había encima del mostrador, pero Argo apartaba la cabeza cada vez.

—Eres bueno —le dijo Jacob, intentando calmarlo como Max en su día—. Eres muy bueno.

«Vivimos en el mundo», pensó Jacob. Era un pensamiento que acudía a su mente una y otra vez, por oposición al concepto «idealmente». Idealmente prepararíamos bocadillos en refugios para personas sin techo cada fin de semana, aprenderíamos a tocar instrumentos ya siendo adultos, dejaríamos de pensar en la mediana edad como la fase final de la vida, utilizaríamos algún recurso mental más allá de Google y algún recurso físico más allá de Amazon, aboliríamos para siempre los *mac and cheese*, dedicaríamos por lo menos una cuarta parte de nuestro tiempo a los familiares mayores que lo merecieran y nunca pondríamos a un niño delante de una pantalla. Pero vivimos en el mundo, y en el mundo hay entrenamientos de futbol, y logopedas, y hay que ir al súper, y hacer los deberes, y tener la casa más o menos limpia, y existe el dinero, y los cambios de humor, y el cansancio, y encima somos simples humanos, y los seres humanos no sólo necesitan, sino que merecen cosas como pasar un rato con el café y el periódico, y ver a los amigos, y tomarse un respiro, de modo que, por buena que sea la idea, es imposible que pase. Debería, pero es imposible.

Una y otra y otra vez: «Vivimos en el mundo».

Finalmente llegó el veterinario. Era un tipo mayor, de unos ochenta años. Mayor y anticuado, con un bolsillo cuadrado en la bata blanca y un estetoscopio colgando del cuello. Tenía un apretón de manos impresionante: pura flaccidez antes de llegar al hueso.

—¿Qué les trae hoy aquí?

—¿No se lo han explicado?

—¿Quién?

—Llamé con antelación...

—¿Por qué no me lo cuenta usted?

¿Se trataba de un ardid? ¿Como cuando obligan a una chica a escuchar el latido de un feto antes de dejarla abortar? No estaba preparado.

—Pues... mi perro sufre desde hace mucho tiempo.

—Ah, bueno —dijo el veterinario, ocultando la punta el bolígrafo con el que iba a rellenar un formulario—. ¿Y cómo se llama su perro?

—Argo.

—«Éste es el perro de un hombre que murió muy lejos de aquí» —declamó el veterinario.

—Estoy impresionado.

—Fui profesor de clásicas en otra vida.

—¿Con memoria fotográfica?

—Eso no existe. Pero me encantaba Homero. —El veterinario se arrodilló lentamente—. Hola, Argo —dijo, y le tomó la cabeza con las dos manos para mirarlo a los ojos—. No es mi expresión preferida —dijo, sin dejar de mirar a Argo—. «Sacrificar», digo. Me gusta más «ayudar a morir».

—Sí, a mí también me gusta más —dijo Jacob, más agradecido que nunca.

—¿Te duele, Argo?

—Gime mucho, a veces durante toda la noche. Y le cuesta mucho levantarse y acostarse.

—No pinta bien.

—Lleva bastante tiempo así, pero durante el último medio año ha empeorado. Apenas come. Y es incontinente.

—Sí, no parecen muy buenas noticias.

Noticias. Era la primera vez desde el terremoto en que Jacob oía aquella palabra referida a otro asunto.

—Nuestro veterinario, en Washington, le dio un par de meses, pero de eso hace ya casi medio año.

—Eres un luchador —le dijo el veterinario a Argo—, ¿verdad que sí?

Aquello a Jacob no le gustó. No quería pensar que Argo luchaba por la vida que estaban a punto de arrebatarle. Y aunque en el fondo sabía que Argo luchaba contra la enfermedad y la vejez, ahí estaban: Argo y Jacob, y un veterinario que cumpliría los deseos de Jacob a expensas de los de Argo. No era tan sencillo, Jacob sabía que no lo era. Pero también sabía que, en cierto sentido, era exactamente así de simple. No hay forma de darle a entender a un perro que sientes mucho que vivamos en el mundo, pero que ése es el único lugar donde se puede vivir. O a lo mejor no hay forma de no dárselo a entender.

El veterinario miró a Argo a los ojos un rato más, ahora en silencio.

—¿Qué piensa? —le preguntó Jacob.

—¿De qué?

—De esta situación.

—Pienso que usted conoce a su perro mejor que nadie, y desde luego mucho mejor que un viejo veterinario que apenas ha pasado cinco minutos con él.

—Vale —dijo Jacob.

—En mi experiencia, y tengo mucha, normalmente la gente sabe cuándo ha llegado el momento.

—Dudo mucho que yo lo supiera. Pero supongo que eso revela más cosas sobre mí que sobre el estado de Argo.

—Puede ser.

—Tengo la sensación de que ha llegado el momento, pero eso no es lo mismo que saberlo.

—Bien —dijo el veterinario, levantándose—. Bien.

Tomó una jeringa de un bote de cristal de encima del

mostrador —un bote que había junto al de chucherías— y sacó un pequeño vial de una vitrina.

—Se trata de un procedimiento muy simple, y le puedo asegurar que Argo no anticipará ni sentirá ningún dolor, más allá del piquete de la aguja, aunque tengo que decir que soy bastante bueno inyectando. Perderá la conciencia en un segundo o dos. Sólo quiero advertirle de que el momento de la muerte puede resultar desagradable. Por lo general es como si el animal se durmiera, y la mayoría de los dueños lo describen diciendo que el perro parecía aliviado. Pero cada perro es un mundo, y no es extraño que alguno evacue o se le pongan los ojos en blanco. Ocasionalmente pueden producirse convulsiones musculares, pero se trata de reacciones perfectamente normales y en ningún caso significan que Argo haya sentido algo. Para él será como dormirse.

—De acuerdo —dijo Jacob, pero lo que pensó fue: «No quiero que pase esto. No estoy preparado. Esto no puede estar pasando». Ya se había sentido así en dos ocasiones: sujetando a Sam mientras le cosían la mano y justo antes de que él y Julia les contaran a los niños que se separaban. Era la sensación de no querer vivir en el mundo, aunque fuera el único lugar donde se podía vivir.

—Lo mejor sería que Argo se echara en el suelo. Tal vez puede apoyar la cabeza en su regazo, algo que le resulte reconfortante.

El veterinario llenó la jeringa mientras hablaba, manteniéndola en todo momento fuera de la vista de Argo. Éste se echó en el suelo, como si supiera qué esperaban de él e incluso por qué. Todo estaba sucediendo muy deprisa y Jacob no pudo evitar una sensación de pánico al pensar que no estaba preparado. Le dio a Argo un masaje relajante en el vientre, que había aprendido en su primera y única clase de adiestramiento canino, pero Argo no quería dormir.

—Argo es viejo —dijo. No había ningún motivo para pronunciar aquellas palabras, más que para postergar el momento.

—Un viejo —dijo el veterinario—. Seguramente por eso nos llevamos tan bien. Intente que lo mire a los ojos.

—Un segundo —dijo Jacob, acariciando la ijada de Argo, pasándole los dedos por encima y entre las costillas—. No sabía que esto sería tan rápido.

—¿Quiere estar unos minutos a solas?

—¿Qué pasa con el cuerpo?

—A menos que tenga otros planes, lo incineramos.

—¿Qué otros planes podría tener?

—Enterrarlo.

—No, no.

—Pues eso es lo que haremos.

—¿De inmediato?

—¿Cómo dice?

—¿Lo incineran de inmediato?

—Dos veces por semana. Hay una planta incineradora a veinte minutos de aquí.

Argo soltó un débil gemido.

—Eres bueno —le dijo Jacob—. Eres bueno. —Entonces se volvió hacia el veterinario—. ¿Y en qué momento de ese ciclo estamos?

—No estoy seguro de entender la pregunta.

—Ya sé que no debería importarme, pero la idea de que el cuerpo de Argo pueda pasar cuatro días esperando no me convence.

¿Había que observar la *shmira* con los perros? Nadie debía pasar ese trago a solas.

—Hoy es jueves —dijo el veterinario—. O sea que sería esta tarde.

—Bien —dijo Jacob—. Me alegra oír eso.

—¿Desea estar unos minutos a solas? No es ningún problema.

—No, adelante.

—Voy a ejercer presión sobre la vena de Argo, para asegurarnos de que la aguja penetra correctamente. Sujételo. Dentro de unos segundos Argo respirará hondo y parecerá quedarse dormido.

A Jacob le incomodaba que el veterinario utilizara tan a menudo el nombre de Argo, como si no quisiera referirse a él sin decir su nombre. Aquel recordatorio constante de la personalidad específica de Argo, o de la identidad de Jacob, que era la persona que lo había bautizado, le pareció cruel.

—Aunque esté totalmente inconsciente, es posible que Argo todavía respire un par de veces más. Ignoro el porqué, pero he observado que cuanto mayor es un perro, más se prolonga esa respiración inconsciente.

—Qué interesante —dijo Jacob, y de golpe, justo mientras aquel «te» oclusivo abandonaba sus dientes, su incomodidad por el hecho de que el veterinario utilizara tanto el nombre de Argo se transformó en rabia hacia sí mismo, una rabia que a menudo permanecía profundamente enterrada y que a menudo también salía proyectada, pero que estaba siempre ahí. «Qué interesante.» Menuda estupidez, en un momento como ése. Qué comentario tan banal, envilecedor y repugnante. «Qué interesante.» Llevaba todo el día asustado, triste y sintiéndose culpable por no poder darle un poco más de tiempo a Argo, y orgulloso de habérselo concedido hasta entonces, pero de pronto, llegado el momento, sólo sentía rabia.

—¿Está preparado para despedirse de él? —preguntó el veterinario.

—Aún no. Lo siento.

—Tranquilo, no pasa nada.

—Eres bueno —le dijo Jacob a Argo, jalando el exceso de piel que tenía entre los omóplatos, como le gustaba.

Jacob debió de dirigirle una mirada al veterinario, porque una vez más éste preguntó:

—¿Está preparado?

—¿No va a administrarle algún tipo de sedante o, qué sé yo, un analgésico para que no note el piquete?

—Algunos veterinarios lo hacen, pero yo no. A menudo sólo se consigue que el animal se angustie.

—Ah, vaya.

—Hay gente que quiere quedarse unos minutos a solas...

Jacob señaló el vial que el veterinario llevaba en la mano y preguntó:

—¿Por qué tiene un color tan chillón, ese fluido?

—Para no confundirlo con otra cosa.

—Tiene lógica.

Necesitaba soltarlo todo, la rabia y lo demás; necesitaba ayuda, pero tenía que hacerlo solo.

—¿Podré quedarme con el cuerpo? ¿Hasta que lo incineren?

—Estoy seguro de que podemos arreglarlo.

—Argo —dijo Jacob, bautizándolo por segunda vez: una al principio y otra al final.

Argo levantó la mirada hasta la de Jacob. En sus ojos no había aceptación ni perdón. No transmitían la conciencia de que todo lo sucedido sería lo único que sucedería. Como tenía que ser, y como estaba bien que fuera. Su relación se había definido siempre no por lo que podían, sino por lo que no podían compartir. Entre dos seres existe siempre una distancia singular, infranqueable, un santuario impenetrable. Unas veces adquiere forma de soledad. Otras, de amor.

—Bueno —le dijo Jacob al veterinario, sin dejar de mirar a Argo.

—No se olvide de cómo termina —dijo el veterinario, preparando la jeringa—. Argo muere satisfecho. Su dueño finalmente ha vuelto a casa.

—Pero después de mucho sufrimiento.

—Ha encontrado la paz.

Lo que le dijo a Argo no fue «Todo irá bien». Le dijo:

—Mírame.

«La vida es algo precioso y yo vivo en el mundo», se dijo a sí mismo.

Y, dirigiéndose al veterinario, añadió:

—Estoy preparado.

ÍNDICE